Maik Feldmann

Anabo

Horden von menschenfressenden Infizierten hatten die ehemals pulsierende Metropole München regelrecht ausgelöscht. Kaum dass sich der Staub gelegt hatte, wurde das *CBESS* aus chinesischen Geheimdienstkreisen kontaktiert: Ein Angebot, gemeinsam den Ursprung des Massakers zu erforschen. Das *Bureau* entsendet ein achtköpfiges Team nach China, um dieser Einladung nachzugehen. Doch der als friedliches Treffen gedachte Einsatz entwickelt sich völlig anders als vorgesehen - plötzlich stehen Walter und sein Team einer existenziellen Bedrohung gegenüber.

Maik Feldmann

ANABO

Roman

© 2016 Maik Feldmann
Umschlag, Illustration: Maik Feldmann

Herstellung und Verlag: BoD – Books on Demand, Norderstedt

ISBN

Paperback   978 3 7431 1850 8
Hardcover   978 3 7431 1745 7

Gesprächsbedarf?   autorenkontakt@anabo-buch.de

Bibliografische Information der Deutschen Nationalbibliothek:
Die Deutsche Nationalbibliothek verzeichnet diese Publikation in der Deutschen Nationalbibliografie; detaillierte bibliografische Daten sind im Internet über http://dnb.dnb.de abrufbar.

Das Werk, einschließlich seiner Teile, ist urheberrechtlich geschützt. Jede Verwertung ist ohne Zustimmung des Verlages und des Autors unzulässig. Dies gilt insbesondere für die elektronische oder sonstige Vervielfältigung, Übersetzung, Verbreitung und öffentliche Zugänglichmachung.

Danksagung:

Mein Dank gilt allen, die mich bei diesem Werk, ganz gleich, ob aktiv oder unbewusst, unterstützt haben. Ohne euch gäbe es dieses Buch überhaupt nicht!
Herausragenden Dank schulde ich dem wichtigsten Menschen in meinem Leben: Liebe Sonja, vielen Dank für deine Geduld und die unermüdliche Unterstützung.
Besonders bedanken möchte ich mich bei meiner Fantasie, die manchmal ein recht interessantes und verblüffendes Eigenleben entwickelt, dass ich sie guten Gewissens in der dritten Person ansprechen kann. Liebe Imagination, für das jahrelange Hegen und Pflegen scheinst du dich wohl mit einem Bombardement von faszinierenden und manchmal auch abstrusen Einfällen zu revanchieren. Ich danke dir dafür.

– 1 –

München, Englischer Garten

Die ganze Stadt brannte.

Wie in einem nebligen Horrorfilm zog der Rauch durch die nächtlichen Straßen. Es schien, als hätte sich die sterbende Stadt unter einem weichen Mantel verkrochen, um den Blick auf ihr zerfurchtes, schwelendes Äußeres zu verbergen. Auch wenn die größten Brände mangels entflammbarer Nahrung in sich zusammengefallen waren, im Widerschein der unzähligen Brandherde schien der Dunst buchstäblich zu glühen. Das Blaulicht eines verwaisten Krankenwagens malte eine flimmernde Choreografie in den Rauch, so dass die kriechenden Schwaden beinahe lebendig wirkten.

Auf einem Hügel im Englischen Garten, Münchens grüner Lunge, thronte der Monopteros, ein kleiner Rundtempel im Stile des antiken Griechenlands. Wie ein Leuchtturm zog diese sonst so unauffällige Erhebung die Überlebenden aus der näheren Umgebung an. Es waren erschreckend wenige. Wer nicht gleich zu Beginn von den widernatürlichen Kreaturen in den Straßen gepackt und aufgefressen wurde, dem sollte der anschließende Großbrand zum Verhängnis werden.

Auf der untersten Stufe dieses Bauwerks saß Joseph Mayr und betrachtete die bizarre Szenerie: Im Halbschatten der Parkanlage zu seinen Füßen wimmelte es vor Menschen, die entweder ziellos durch das Halbdunkel irrten oder sich vor Erschöpfung in das feuchte Gras haben fallen lassen. Blinzelnd suchte er das unstete Zwielicht nach seinen Mitstreitern ab, konnte aber keinen einzigen ausmachen. Nach außen hin wirkte Joseph vollkommen ruhig. Lediglich ein vereinzelter Schluchzer durchbrach seine zugeschnürte Kehle und ließ auf den tosenden Sturm in seinem Inneren schließen.

Die schwelende Stadt breitete sich vor seinen Augen aus. Bis auf das entfernte Raunen der Brände und den gedämpften Widerhall vereinzelter Schüsse war es vollkommen still. Alles wirkte dumpf, unwirklich und fern, als würde er es durch eine unsichtbare Glaskuppel beobachten.

Das München, wie er es kannte, existierte nicht mehr. Für alle Ewigkeit würde diese Stadt nun mit dem hier geschehenen Massaker verwoben sein – Münchens stolze Geschichte, deren Könige, Künstler, Bauwerke und sogar das wenig ruhmreiche Kapitel Adolf Hitler traten in den Schatten der relativen Bedeutungslosigkeit zurück. Bittere Tränen liefen über Josephs Wangen. Ob dies Tränen der Erleichterung oder der Trauer waren, wusste er selbst nicht – wahrscheinlich beides. Viele geliebte Menschen hatte er verloren, doch er hatte das große Glück, zu den wenigen Überlebenden zu gehören. Wie erstarrt saß er auf den kalten, leicht verwitterten Steinstufen. Sein Bewusstsein war einfach nur leer. Er starrte stumpf und ohne eine Regung auf die Überreste der sterbenden Stadt. Doch tief in ihm, hinter der bröckeligen Fassade der Selbstbeherrschung, brodelten widersprüchliche Emotionen in ihm auf wie eine dicke Suppe.

Als nach einer Weile die Kälte der Nacht mit immer eisigeren Fingern nach ihm griff, erhob er sich und wanderte ziellos zwischen den anderen Überlebenden umher.

– 2 –

Vier Jahre zuvor: Altadena, California

Es versprach, ein ruhiger Abend zu werden. Die Polizeistation war nahezu verwaist und daran würde sich in den nächsten Stunden auch nichts ändern. Altadena war ein überschaubares Städtchen im Dunstkreis der allgegenwärtigen Metropole Los Angeles. Mit etwas mehr als vierzigtausend Einwohnern schmiegte es sich an die San Gabriel Mountains, die sich imposant im Norden erhoben. Am Himmel boten die tief hängenden Schleierwolken einen beeindruckenden Wettstreit um das kräftigste Abendrot. Doch in den Straßen hatten sich die Schatten bereits zu einer diffusen, nicht greifbaren Düsternis verwandelt.

Frank Hamilton lümmelte in seinem Stuhl und starrte auf das Funkgerät vor ihm. Er liebte diese seltenen Arbeitstage, die völlig ereignislos an ihm vorbeirauschten – sie boten Zeit für die wirklich wichtigen Dinge. Wie ihm zu Ohren gekommen war, sollte sich an diesem Abend die gesamte kriminelle Szene des Ortes im Angels Stadium in Anaheim versammeln. Die Angels hatten die Boston Red Sox zu Gast, ein willkommener Anlass um ein wenig zu trinken und das eine oder andere zu besprechen. Der Padre, das inoffizielle, aber auch unangefochtene Oberhaupt dieser Gemeinschaft, hatte dazu eingeladen und wer dort nicht erschien, war sofort raus aus dem Geschäft – bestenfalls. ›Der Padre, wie bescheuert das klingt‹, dachte sich Frank und widmete sich wieder dem hypnotischen Blinken der Akku-Ladeanzeige an der Funkgerätestation.

Der letzte Streifenwagen hatte sich vor einer halben Stunde verabschiedet und die Rückkehr des nächsten würde noch einige Stunden auf sich warten lassen. Solche Abende mochte Frank am liebsten. So konnte er ungestört vor sich hin dösen und niemand würde ihn dabei ertappen, wenn er sich an seinem persönlichen Heroinvorrat aus der Asservatenkammer bediente. Für Frank war dieses psychotrope Pulver Fluch und Segen zugleich. Seine benebelten Gedanken schweiften sehnsuchtsvoll an jenen glücklichen Tag vor drei Monaten zurück, an dem seine Drogenabhängigkeit ihren Anfang nahm.

Zugegeben, Frank hatte damals, an diesem besonderen Tag, mehr Glück gehabt als mancher Kollege in seiner gesamten Laufbahn, doch dieser einzelne Polizeieinsatz hatte seinem Leben eine sehr überraschende Wendung gegeben. Er war für die Spätschicht eingeteilt, doch an jenem Tag klingelte sein Telefon bereits um neun Uhr morgens und weckte ihn unsanft aus seinem ohnehin schon wenig erholsamen Schlaf. Frank war immer noch total breit von der vergangenen Nacht mit seinem Kumpel Walter – sie hatten sich wieder einmal richtig volllaufen lassen. Frank wusste, der Einzige, der ihn um diese Zeit anrufen würde, war der Sheriff. Dieser würde ihn zweifellos bitten, früher zum Dienst zu erscheinen. Den Grund dafür wusste er schon, bevor er überhaupt den Hörer abnahm: Rose, die verfluchte Schlampe, war wieder einmal nicht aufgetaucht. Tja, als Tochter des Sheriffs konnte man sich eben einiges herausnehmen, aber wehe, Frank würde seine Bitte ablehnen. Die Welt war so ungerecht.

Frank war der Neue im Team. Doch mit jedem Tag, den er bei der Sheriff-Station in Altadena verbrachte, fiel es ihm zunehmend schwerer, seinen Boss wirklich ernst zu nehmen. Seit Generationen war der Posten des örtlichen Polizeichefs in den Händen ein und derselben Familie. So war es Tradition in diesem Ort und auch die Einwohner unterstützten dies ohne Vorbehalte.

Milton, der Sheriff – er wollte von allen stets beim Vornamen genannt werden – wäre bis in die Siebzigerjahre hinein durchaus der richtige Typ für diesen Posten gewesen: Etwas klein, stämmig und mit bombenfestem Moralkorsett. Auf den Punkt gebracht, war Franks Boss ein uramerikanischer harter Hund, wie man ihn sich aus dem Fernsehen vorstellen mochte. Nur dummerweise fehlte ihm das Feingefühl und wohl auch ein wenig die Bereitschaft, sich angemessen mit der modernen, vernetzten Welt des organisierten Verbrechens auseinanderzusetzen. Die offizielle Kriminalitätsstatistik für seinen Ort sah nicht allzu schlecht aus, insbesondere im Vergleich zu den Nachbargemeinden. Doch diese Oberflächlichkeit täuschte. Die Gegend galt als sehr beliebter Ort, an dem gewisse Gruppen ihre vielfältigen geheimen Vorgänge abzuwickeln pflegten – vom informellen Treffen bis hin zu größeren Waffen- und Drogenlieferungen. Für normale Kleinkriminelle hatte der Sheriff tatsächlich ein gutes Händchen – Gewaltdelikte, Einbrüche oder auch Banküberfälle sollte man in Altadena besser nicht verüben, da war der

Sheriff gnadenlos. Doch gerade die richtig fetten Deals, dafür war Milton blind: Entweder er hatte keine Ahnung, was sich in Wirklichkeit in seinem Bereich abspielte oder er hatte – ähnlich wie so viele seiner Untergebenen – seinen eigenen Deal mit den schweren Jungs gemacht. Doch Letzteres konnte Frank einfach nicht glauben, dafür hielt der Sheriff zu viel von Ehre, Recht und Gesetz.

Das Telefonat war nach wenigen Sekunden beendet, mit genau dem befürchteten Resultat: Extraschicht. Übellaunig warf er das selten etwas Gutes verkündende Sprechgerät auf das zerwühlte Bettlaken und blickte durch die offene Tür ins Wohnzimmer. Walter schnarchte auf dem alten, fleckigen Sofa friedlich vor sich hin, Frank weckte ihn mit ein paar sanften Tritten in die Seite – das übliche Morgenritual. Je nachdem, wer zuerst aufwachte, durfte den anderen auf diese Art und Weise in die Wirklichkeit zurückholen. Frank wankte missgestimmt ins Bad und hämmerte die Faust auf den Lichtschalter. Vor ein paar Monaten wäre er beim Anblick seines Spiegelbilds noch erschrocken, doch an jenem Tag freute er sich sogar, dass er für seinen Zustand vergleichsweise gut ausschaute. Duschen, Rasieren, ein paar Liegestütze und er würde schon irgendwie durch den Tag kommen.

Als Frank schließlich in seinem alten Dodge saß, hatte er die Liegestütze wieder einmal ausgelassen. Damals, als er die US-Rangers verlassen hatte, war er noch richtig gut in Form, doch den ganzen Annehmlichkeiten eines normalen Lebens konnte er nicht widerstehen. Es war unübersehbar: Er hatte sich in den letzten Monaten ziemlich gehen lassen. Als Polizist, wie er sich nun seit Kurzem nennen durfte, war er immer noch ziemlich fit geblieben und doch, die Shirts spannten nicht mehr so wie früher und wenn, dann an der falschen Stelle. Langsam drehte er den Zündschlüssel, als müsste er gegen einen unsichtbaren Widerstand kämpfen. Der Motor erwachte spuckend zum Leben und mit finsterem Blick steuerte er das klapprige Gefährt in Richtung Polizeistation.

Rose kümmerte sich normalerweise um den Polizeifunk und nahm die Notrufe entgegen, für die nächsten Stunden war das nun Franks Aufgabe. ›Es gibt Schlimmeres‹, sagte er zu sich selbst und bog auf die Hauptstraße ein.

Auch nach der dritten Tasse Kaffee hatte sich noch nichts Besonderes ereignet – bis auf einen nackten Irren, der vor einer Tankstelle ein paar Leute erschreckt hatte – als plötzlich die Notrufleitung summte. Frank nahm ab, meldete sich mit dem üblichen Satz und fragte, wie die Polizei denn helfen könne. Doch niemand meldete sich, lediglich ein an- und abschwellendes Rascheln und Rauschen war zu vernehmen.

›Was für eine Zeitverschwendung, ich telefoniere mal wieder mit einer Hosentasche‹, dachte sich Frank, dem so etwas nicht zum ersten Mal widerfuhr. In vielen Mobiltelefonen war der Notruf als Schnellwahl gespeichert. Deshalb passierte dies durchaus immer wieder und die Beamten hatten mittlerweile eine gewisse Gelassenheit mit solchen fehlgeleiteten Anrufen erworben. Doch gerade, als er die Verbindung trennen wollte, hielt er inne und rückte sich das Headset zurecht. ›Die Stimme kenne ich doch! Das klingt doch wie der Padre.‹

Konzentriert legte er den Kopf schief, stellte die Lautstärke auf Maximum und versuchte, so gut es ging, dem Gespräch zu folgen. Aufgrund des permanenten Raschelns war das jedoch kaum möglich.

Wschschschsch

„... wie geht's deiner Frau?"

„Das geht dich einen ..."

Klock pock

„... Geschäft. Wie du siehst, ist ..."

Rzzzzzzz wwwfffbrrrrrr

„... Kilo, wo ist der ..."

„Sitz doch mal still, du Wichser!", schrie Frank durch die Polizeistation, doch es nützte nichts.

Die nächste Minute hörte er nur noch Rascheln, ihm klingelte es aufgrund der hochgedrehten Lautstärke in den Ohren. Wer auch immer dieses Handy in der Hosentasche hatte, schien sich gerade viel zu bewegen. Frank hörte nun Glas klirren und ein paar dumpfe Geräusche. Dort schien so einiges im Gange zu sein.

Es wurde wieder ruhiger, der Besitzer des Telefons schien nun endlich einen bequemen Platz gefunden zu haben. Es war nun wieder möglich, dumpf aber verständlich, der Unterhaltung zu folgen.

„... Klartext: Wo ist der Rest von dem Stoff?"

„Gegenfrage: Wo ist die Kohle?"

Genau in dem Moment kam Rose durch die Tür herein, Frank fiel vor Schreck beinahe vom Stuhl. Bevor sie auch nur ansetzen konnte, etwas zu sagen, legte er seinen Zeigefinger über die Lippen. „Das musst du dir anhören: Da passiert grad was richtig Großes!", stammelte er begeistert wie ein aufgeregter Teenager und leitete das Gespräch an den Lautsprecher.

„Joe, teste mal das Heroin, wer weiß was fü …."

Krrrschschrrrkkk

„Frank du Idiot, warum zeichnest du das nicht auf!" Rose kreischte regelrecht, stolperte hastig um den Tresen und hämmerte mit den Fingern auf die Konsole für die Notrufverbindung ein.
„Hast du den Anruf schon zurückverfolgt?"
Frank schüttelte abwesend den Kopf. Für ihn selbst bestand dazu keine Veranlassung, er wusste ohnehin, wo sich die mitgehörte Szene abspielte. Er selbst war mit dem Padre bereits oft genug dort gewesen. Rose schob ihn mitsamt Stuhl kurzerhand beiseite, wirbelte mit den Fingern über die Kontrollen und startete die Ortungssequenz.
„Was glotzt du denn so? Ab in den Streifenwagen mit dir!", schmollte sie auf eine Art, die keinerlei Widerstand zuließ.
Frank quälte sich ächzend aus dem Stuhl, nahm den Schlüssel und schlurfte zum Hofeingang. Er war unschlüssig, ob er den Padre warnen sollte, dass der Deal aufgeflogen war oder besser die Gelegenheit ergriff, um seine eben erst begonnene Polizeikarriere ein wenig voranzubringen. Immerhin sorgte der Padre für ein nettes Zusatzeinkommen, dafür tat ihm Frank ab und zu den Gefallen, die eine oder andere Polizeistreife ein wenig umzuleiten. Doch, anders gesehen, eine richtige Vereinbarung hatten sie auch nicht getroffen.
Einem Geistesblitz folgend, entschloss er sich kurzerhand, zwei Fliegen mit einer Klappe zu schlagen: Zehn Minuten, bevor er auftauchen würde, bekäme der Padre eine entsprechende Nachricht über dessen brisante Lage. So könnte sich das kriminelle Schwergewicht in aller Ruhe aus dem Staub machen und Frank dürfte im Handstreich ein verlassenes Drogenlabor hochnehmen. Der Padre wäre dankbar und der Sheriff natürlich auch.
›Frank! Auch ohne Highschoolabschluss taugst du doch für geniale

Einfälle!‹, sagte er vergnügt zu sich selbst, trommelte mit den Fingern auf dem Lenkrad herum und schoss mit Blaulicht aus der Ausfahrt der Polizeiwache.

Letztendlich war dieser Tag der bisher glücklichste in seinem Leben gewesen: Frank war der Erste in Garage Nummer sechsunddreißig, in welcher der Padre und seine mehr oder weniger zivilisierten Freunde ihre Deals abwickelten. Dank seiner Warnung waren diese über alle Berge – bis auf Stupid Joe, welcher das Pech hatte, den Stoff probieren zu müssen und völlig breit in der Ecke vor sich hin vegetierte. Frank konnte nicht anders, er musste dabei an Eidechsen denken: Diese können ihren Schwanz abwerfen, so dass ein Jäger sich auf dieses zappelnde Kleinod stürzt und die Echse sich in Sicherheit retten kann. Bei dem Padre und Stupid Joe war es im Prinzip genauso. Zum Glück fand der Padre nie heraus, dass es Frank war, der den Notruf entgegennahm und so konnte dieser sich ein paar Wochen später sogar über eine saftige Extrazuwendung für seine Warnung freuen.

Der Sheriff traf eine halbe Stunde nach Frank an der Garage ein. Was dieser dort vorfand, ließ auch dem altgedienten Cop den Mund offen stehen: Ein kleines Drogenlabor, dazu eine ansehnliche Sammlung von Pistolen und Handfeuerwaffen, Stupid Joe, fünfhundert Gramm reinstes Heroin und Frank, der majestätisch seinen Triumph zelebrierte. Das andere halbe Kilo Heroin, von dem der Sheriff niemals etwas erfahren sollte, verwahrte Frank einstweilen, bis sein rechtmäßiger Eigentümer es wieder an sich nehmen würde. Sorgfältiges Verwahren bedeutete für ihn natürlich auch, regelmäßig zu überprüfen, ob es noch genießbar war. In der Folge schrumpfte der Pulverberg allmählich Gramm für Gramm.

Und nun, einige Monate danach, saß Frank in der Wache und genoss die Annehmlichkeiten seines neuen, entspannten Innendienstpostens. An ruhigen Tagen wie diesen freute er sich wie ein Kind auf die eine oder andere Prise aus seinem Drogenvorrat, den er gut versteckt in der Asservatenkammer verborgen hielt. Es wirkte geradezu bizarr – dieser Verwahrraum war schließlich dafür vorgesehen, Beweise, Waffen und gefährliche Stoffe aus dem Verkehr zu ziehen. Und nun wählte Frank genau diesen Ort als sein persönliches Geheimversteck. Ein zusätzlicher Pluspunkt war, dass aufgrund des großen Durcheinanders dort, niemand Frank mit dem perfekt getarnten Beutelchen in Verbindung hätte bringen können, falls doch einmal jemand darauf stoßen sollte. Das perfekte Versteck!

Normalerweise nahm er das allgegenwärtige, rhythmische Blinken der Ladeanzeigen an der Funkgeräte-Station kaum zur Kenntnis. Doch nun, auf Heroin, verwandelten sich die Anzeigen zu einer wahren Sinfonie der Sinne. Das leicht vibrierende, rote Leuchten des Power-Knopfes und die grünen Signalstärke-Balken, die beim Gespräch auf und ab zuckten, zogen ihn unwiderruflich in seinen Bann. In seinem besonderen Bewusstseinszustand war Frank nun völlig versunken in den blinkenden Leuchtdioden-Tanz, als sein Mobiltelefon klingelte. Erst nach dem zehnten Klingeln nahm er es überhaupt zur Kenntnis und es dauerte noch einmal genauso lange, bis er es mit trägen Bewegungen aus seiner Hosentasche gekramt hatte. Es war Walter. Er wusste, dass Walter heute Abend Dienst hatte und seine geheimnisvolle, verborgene Forschungsbasis in den Bergen bewachte. ›Du hast Dienst, ich hab Dienst, ich geh da nicht ran‹, dachte sich Frank und ließ sich trotz des unablässig klingelnden Telefons wieder von den blinkenden Lichtern gefangen nehmen.

Fünf Minuten lang klingelte das Telefon immer wieder, bis er es einfach ausschaltete. ›Was will der Typ überhaupt? Braucht der etwa Stoff?‹ Dieser Gedanke waberte durch Franks Kopf, schien immer wieder vom Schädelknochen abzuprallen und vermischte sich mit anderen Gedanken an Frauen, Bier, Sternschnuppen und das rauschende Meer zu einer zähen, geistigen Suppe, als das Notruftelefon summte und wie ein tosender Herbststurm diese Fantasien einfach davon wehte.

Frank blinzelte irritiert. Das Notruftelefon summte erneut. Das schien keine Einbildung zu sein, geistesabwesend zögerte er noch. Als es das dritte Summen von sich gab, tastete er nach dem Headset, pflanzte es sich mehr schlecht als recht auf den Kopf, drückte die passende Taste und fand, dass der Standardsatz aus seinen Lippen gar nicht allzu schlecht klang.

Ein paar Sekunden hörte Frank nur dumpfes Dröhnen und ein lautes Geknatter, wie bei einem kaputten Moped, als nun jemand in das Telefon schrie: „Frank? Frank, bist du das? Hier ist Walter, ihr müsst alle zu uns auf den Berg kommen: Frank, hier ist …"

„Walter, ich arbeite. Können wir das nicht morgen klären? Was ist das bei dir für ein Lärm? Sind das Schüsse? Dreh den scheiß Film leiser!" Frank blinzelte und versuchte seinen ganzen Geist, oder was derzeit von ihm übrig war, auf die Geräusche im Headset zu richten. Tatsächlich klang das ziemlich realistisch nach Schüssen. Als ehemaliger Soldat konnte er das gut einschätzen. Er hörte vollautomatische Sturmgewehre, Pistolenschüsse und im Hintergrund ein dumpfes Grollen. Trotz seiner Betäubung waren die antrainierten Reflexe aus seinen Militärzeiten blitzschnell wieder aktiv. In seinem vernebelten Kopf wurde es nun um einiges klarer.

„Das ist kein Film du IDIOT! Wach aus deinem Koma auf und komm hier rauf. Der Berg ist ein Kriegsgebiet, wir werden überrannt."

Frank lachte schallend. Hätte er gewusst, welche Mühe Walter sich geben würde, um ihn zu verarschen, dann wäre er auch ans Handy gegangen.

„Frank das ist kein Witz! Ich hab dir doch mal erzählt, dass die da im Berg eine Superarmee züchten."

Frank konnte sein Kichern einfach nicht unterdrücken „Jaaa, hihi, hast du mal erwähnt huahaaha."

„Frank, jetzt im Ernst: Die machen hier im Berg wirklich Experimente und jetzt brechen die aus. Trommel alle zusammen und komm hier verdammt no…" Weitere Schüsse ratterten und klingelten in Franks Ohren.

„Walter, krieg dich ein. Du …" Dann bemerkte er, dass die Verbindung gekappt war. Nun saß er hinter seinem Pult, gehüllt in einen dumpfen, psychedelischen Nebel aus Heroin und Adrenalin. Die Geschichte war gut, musste Frank sich eingestehen. Sonst fragte Walter immer ganz normal, ob sie sich oben am Berg einen Joint reinziehen wollten, aber diese Variante war neu, das hatte schon was. Doch irgendwie passte das nicht zu seinem Freund, er hatte zwar Sinn für Humor, aber nicht auf solche Weise. Es war einfach nicht seine Art. Und die Schüsse klangen in der Tat ziemlich realistisch. Franks Gedanken fügten sich nur schleppend aneinander, als müssten sie bergauf gehen. Er wusste, dass Walter und seine Leute über ein kleines, aber feines Waffenlager auf dem Berg verfügten. Völlig unmöglich wäre die Geschichte schon mal nicht.

›Was soll's, hier unten ist ja eh nichts los.‹ Frank griff in seine Hosentasche und nestelte seine Naloxon-Packung heraus. Konzentriert sammelte er die Spucke in seinem Mund zusammen und warf sich die letzten beiden Tabletten ein. Ohne mit Wasser nachzuspülen, schluckte er sie mit einem angewiderten Gesichtsausdruck herunter. Ein Rettungssanitäter hatte ihm dieses Mittel empfohlen. Es holte einen sofort von einem Trip zurück, aber eben nicht gerade sanft.

Er wusste, was ihn erwartete und doch traf es ihn wie ein Hammerschlag: Sein Kopf wurde schlagartig frei. Doch durch seinen Körper schwappten Wellen aus purem Schmerz, die sich von den Fingerspitzen und Fußzehen in Richtung Körpermitte durcharbeiteten und dabei stetig an Stärke zunahmen. Schlagartig verkrampften alle Muskeln in seinem Körper und er konnte sich keinen einzigen Millimeter mehr bewegen. Einen ewig scheinenden Moment war er völlig gefangen in seiner eigenen Welt der Pein.

Zumindest die Muskelkrämpfe ließen relativ schnell nach. Er sackte in seinem Stuhl zusammen, krümmte sich und wartete, bis auch die übrigen Qualen langsam abebbten. Seine stoßweise Atmung beruhigte sich allmählich und ein paar Minuten später fühlte er sich wieder stark genug, um aufzustehen. Nach dem dritten Versuch hatte er sich dann endlich aus dem Stuhl gequält und schleppte sich in Richtung der Tür, welche zum Hinterhof der Station führte. Die Hand auf der Klinke hielt er inne, unsicher, wie er weiter fortfahren sollte.

›War das nur ein sehr raffinierter Scherz oder brauchte Walter wirklich Hilfe? So was passiert doch nur in Hollywood oder schlechten Träumen. Andererseits, die Schüsse klangen beeindruckend echt.‹

Frank beschloss, noch einen kleinen Bummel durch die Asservatenkammer zu machen. Im Laufe der letzten Jahre hatte sich dort eine Sammlung an Waffen angehäuft, die sich sehen lassen konnte. Die üblichen Pistolen und Jagdgewehre, die man wohl in jeder US-amerikanischen Beweismittelverwahrung fand, ließ er liegen und steuerte zielstrebig auf den Tresorschrank zu: Dort befanden sich unter anderem vier hervorragend gepflegte

M16 Sturmgewehre. Sie wurden beschlagnahmt, als sich eine mexikanische Schmugglerbande ihrer Sache ein wenig zu sicher war und nur ein paar Straßen vom Polizeirevier entfernt hochgenommen wurde. Doch das wahre Juwel war ein M32 Granatwerfer. Frank hatte keine Ahnung, wie diese Jungs an solch eine Waffe gelangt waren, legal auf jeden Fall nicht. Dieser Granatwerfer fasste sechs 40mm Granaten, die in einem Magazin eingefasst waren. Dank seiner Feuerkraft und der hohen Schussfolge genügte ein einziger Granatwerfer, um ein kleines Dorf dem Erdboden gleichzumachen. Frank schnappte sich die Sturmgewehre, den Granatwerfer, knackte ohne Spuren zu hinterlassen den maroden Munitionsschrank und packte die Ausrüstung in einen Seesack.

›Was auch immer da oben vor sich geht, nun können wir locker damit fertig werden‹, dachte er sich und fuhr mit dem letzten verbliebenen Streifenwagen vom Hof. Es war nicht das erste Mal, dass Frank sich in die Berge schlich. Er hatte den Notruf auf sein Handy umgeleitet und die Kollegen, die derzeit unterwegs waren, würden in den nächsten Stunden weiter ihre Kreise ziehen. Genug Zeit, um einmal dort oben nach dem Rechten zu sehen, mit Walter einen Joint zu rauchen und, wieder in das Revier zurückgekehrt, so zu tun, als wäre nichts geschehen. Ein Problem war nur das Naloxon. Er hatte soeben seine letzte Dosis genommen: Wenn dessen Wirkung nach etwa drei bis vier Stunden nachlassen würde, hätte das Heroin in seinem Körper wieder freies Spiel und Frank würde in einen tiefen geistigen Dämmerzustand verfallen. ›Auch da komm ich schon irgendwie durch‹, dachte er sich. Dann steuerte den Wagen zielsicher durch die Wohngebiete und bog auf den Angeles Crest Highway ab, der sich kurvenreich durch die Berge schlängelte.

Bei schönem Wetter fuhr er diesen Highway sehr gerne mit seinem kleinen Motorrad entlang – einfach nur zum Entspannen. Viele fanden die kargen Berge mit der spärlichen Vegetation, die sich beinahe verzweifelt in die wenigen schattigen Ritzen krallte, einfach nur hässlich. Frank jedoch fand in dieser Ödnis seinen Frieden wie sonst nirgendwo, wenn er sich Kurve für Kurve durch das Gebirge tragen ließ. Nach jeder Biegung offenbarte sich ein anderer Blick auf die Gegend und manchmal – nach einer langen

Nachtschicht – wartete er an seinem Lieblingsplatz, mit einem Bier in der Hand, auf den Sonnenuntergang.

Nun, mitten in der Nacht, schien es, als würden die Straße vor ihm, der ansteigende Berghang links und die rostige Leitplanke rechts das Licht der Scheinwerfer vollständig aufsaugen. Lediglich der gelbe Mittelstreifen war klar auszumachen. Frank fuhr genau in der Mitte des schwarzen Asphaltbands – um diese Zeit war praktisch nicht mit Gegenverkehr zu rechnen – und ließ sich von dessen grell ins Auge stechender Markierung durch die Dunkelheit leiten. Er fühlte sich wie in einem Raumschiff, das von einem gelben Traktorstrahl zum Raumhafen geleitet wurde.

Wo genau sich die geheime unterirdische Anlage befand, hatte Walter nie preisgegeben. Der Eingang müsste gut versteckt in der nördlichen Flanke des Mount Disappointment liegen. Selbst der aufmerksamste Wanderer hätte noch nie den geheimen Zugang gefunden, hatte Walter ihm eines Tages, nicht ohne Stolz, erzählt. Nach zwanzig ziemlich anstrengenden Meilen parkte Frank den Wagen auf dem Wanderparkplatz, wo sie sich sonst immer zu treffen pflegten, stieg aus und schaute sich um. Die gut gefüllte Halbsichel des Mondes thronte über dem benachbarten Gipfel und sorgte für genug Licht, um sich grob orientieren zu können – obwohl eigentlich namenlos, wurde dieser von den Ansässigen auf Mount Deception getauft. Mount Deception und Mount Disappointment, die Berge des Betrugs und der Enttäuschung – wer auch immer den beiden steinernen Nachbarn ihre Namen gegeben hatte, musste damals geahnt haben, welche schrecklichen Ereignisse sich hier eines Tages abspielen sollten.

Vom Parkplatz aus schlängelten sich ein Wanderpfad und ein alter, löchriger Schotterweg gen Gipfel. Frank lauschte in die Nacht. Anstatt der üblichen, friedlichen Stille herrschte nun eine leise, gedämpfte, jedoch nicht wirklich beruhigende Geräuschkulisse: Walter schien tatsächlich in Schwierigkeiten zu stecken, vom Berg sickerten die gedämpften Anzeichen von Kampfhandlungen herunter. Frank hörte Schreie. Es klang, als schien sich nicht allzu weit entfernt ein gutes Dutzend Männer regelrecht abzuschlachten. An seine Ohren drangen qualvolle Laute des Leidens und des Schmerzes, als würde jemand bei lebendigem Leibe aufgeschnitten, daneben waren die aggressiven Laute eines Handgemenges zu hören. Wie aus heiterem Himmel ertönte das dumpfe Krachen eines Revolvers und es wurde schlagartig still. Frank lauschte einen Moment mit geneigtem Kopf, dann hing er sich den Granatwerfer um die Schulter, schnappte sich die Tasche mit den Waffen und trabte den Schotterweg hinauf.

Weit musste er nicht laufen. Nach etwa hundert Metern, wo ein kleiner, rauschender Wasserfall den sonst eher schmucklosen Fels umspülte, klaffte ein riesiges Loch in der Wand: Er hatte den geheimen und nun enthüllten Eingang der Anlage entdeckt.

Eine schwere, dunkle Rauchsäule kroch aus der Öffnung und mattes, gelbliches Licht tastete sich seinen Weg an den Stellen, wo sich der Rauch weniger dicht durch die Luft kräuselte, nach draußen. Aus den Schreien, die Frank auf dem Parkplatz deutlich hören konnte, war nur noch ein entferntes Wimmern geworden. Das war kein gutes Zeichen – in seiner Militärzeit hatte er von den Sanitätern gelernt: ›Wenn er schreit, lebt er noch. Hört er auf, kann man nicht mehr viel für ihn tun.‹

Ein zweiter Schuss ertönte aus dem Inneren des Berges. Unmerklich zuckte er zusammen und beschleunigte sein Tempo, wobei die Steinchen des Weges gedämpft unter seinen Stiefeln knirschten.

Aus größerer Entfernung wirkte der Eingang, als hätte jemand ein riesiges Loch in den Berg gesprengt. Doch nun, als Frank näher herangekommen war, erkannte er die faszinierende Makellosigkeit der Konstruktion. Das etwa sechs Meter messende Portal war im Wesentlichen eine massive Stahltür, die sich an gigantischen hydraulischen Scharnieren nach außen öffnen ließ. Das Prinzip erinnerte ihn an einen Sportwagen mit Flügeltüren. Die Außenseite jedoch war ganz natürliches Gestein. Diese Stahl-Fels-Tür schloss millimetergenau mit dem Berg ab, so dass auch der aufmerksamste Wanderer nichts von der geheimen Welt hinter dem Wasserfall ahnen konnte.

Das Wasser selbst wurde mit Hilfe eines kleinen, ausfahrbaren Kanals um das Tor herum geleitet. Ein paar Meter bergab drang es wieder aus dem Fels, wo es seinen ursprünglichen Weg weiter beschrieb, als wäre nichts gewesen. Ein Maler wie Caspar David Friedrich hätte an diesem Schauplatz seine Freude gehabt: Der Nachthimmel in Kombination mit dem Rauch und dem diffusen Licht, das sich wie rastlose Finger aus dem Eingang tastete, gab eine düstere, fast schon ästhetisch-melancholische Szenerie wieder. Dank seiner surrealen Erfahrungen mit dem einen oder anderen bewusstseinserweiternden Mittelchen, war Frank besonders empfänglich für solch eine düstere Komposition. Er schluckte die aufkommende Beklemmung herunter, entsicherte den Granatwerfer und spähte vorsichtig um die Ecke in das Innere der Anlage.

Er wusste selbst nicht, was genau er im Herzen einer geheimen Forschungsanlage erwarten sollte, doch mit solch einem Inneren hatte er niemals gerechnet: Die Anlage hätte ebenso gut als Fünf-Sterne-Hotel durchgehen können. Der kreisrunde, vier Meter durchmessende und mehr als zehn Meter lange Eingangskorridor war höchst präzise in den Granit gebohrt. Der Boden war eben aufgeschüttet und mit matten, schwarzen Fliesen versehen worden und die umlaufende Wand war absolut glatt und auf Hochglanz poliert. Linkerhand konnte er trotz des Qualms die Flaggen einzelner Länder erkennen: Als Erstes die Sterne und Streifen der Vereinigten Staaten von Amerika, doch auch andere große Industrienationen, wie Japan oder Deutschland, konnte er erspähen. An der gegenüberliegenden Wand war in monumentalen goldenen Lettern ein Spruch oder Gedicht in den Fels graviert. Frank vermutete, dass es lateinisch war, doch er hatte weder die nötige Sprachkenntnis noch die Lust, sich weitergehend damit zu beschäftigen.

Nach dem Korridor gelangte er in eine große Halle. Diese war etwa so breit wie ein vierspuriger Highway und erstreckte sich mindestens fünfzig Meter tief in den Berg hinein. Der Rauch, der sich als dicke, wabernde Schicht an der Decke entlang bewegte, machte es unmöglich, weiter als fünfzig Meter weit zu blicken – gut möglich, dass es noch ein geraumes Stück weiter in den Berg hinein ging. Wie im Eingangstunnel, waren auch hier die Wände glatt poliert, so dass man jede Einzelheit des umgebenden Felsgesteins erkennen konnte. Damit die Decke dieses gigantischen Hohlraumes nicht einfach herabstürzen konnte, wurden alle paar Meter mehrere baumdicke Felssäulen stehen gelassen. Diese wiederum waren mit ihrem feinen, umlaufenden Spiralmuster fast noch schöner anzusehen als die perfekt polierten Wände. Vereinzelt sah Frank ein paar Container, diese dienten wohl dem Personal als Wohn-, Arbeits- und Lagerraum. Direkt daneben parkten ein paar Segway-Roller, die offensichtlich als flexible Transportmittel dienten. Vielleicht täuschten ihn auch seine Sinne, doch es sah beinahe so aus, als lägen leblose menschliche Körper um die Container verstreut, doch der dichte Rauch machte es ihm unmöglich, vom Eingang aus Gewissheit zu haben. Franks Magen verkrampfte sich bei der Vorstellung, doch er nahm sich vor, dies erst später genauer zu untersuchen. Zuerst galt es, Walter zu finden.

Die rechte Wand der Halle hatte keine Türen, Öffnungen oder Durchgänge – zumindest konnte Frank nichts Derartiges erkennen. Von der linken Wand, deutlich zu erkennen als schwarzes Rechteck innerhalb des gelben Zwielichts, zweigte ein großer Korridor ab und genau von dort schienen auch die zum Wimmern gewordenen Laute zu kommen.

„Walter? Walter bist du hier?", rief Frank in Richtung des Durchgangs.

Keine Antwort.

Frank ging weiter und versuchte es nun deutlich lauter: „Walter, hier ist Frank! Hallo? Ist jemand hier?"

„Frank!", hörte er die Antwort gedämpft aus dem Korridor schallen – seine Vermutung war doch richtig. „Dich schickt der Himmel! Schieb deinen Arsch hier rein!", hallte es verzerrt aus dem Gang.

„Unterwegs! Bin gleich da!" Frank trabte los, umrundete eine besonders dichte Qualmwalze und betrat den Durchgang. Von dem bisherigen Glanz der Haupthalle war hier nun keine Spur mehr zu vernehmen. Frank war sicher, dass die große Flügeltür, welche nun weit geöffnet den Weg tiefer in den Berg freigab, optisch hervorragend mit der Wand der großen Halle abschloss. Der Korridor dahinter wurde ganz ohne Verschnörkelungen in das Gestein getrieben und bot genug Raum, dass ein Kleintransporter ihn problemlos hätte passieren können. Alle paar Meter waren Stahltüren von normaler Größe in die Wände eingelassen – offensichtlich befanden sich hinter diesen die eigentlichen Räumlichkeiten der Anlage. Frank blinzelte gegen die an der Decke entlang kriechenden Rauchschwaden an. Einige Dutzend Meter entfernt erkannte er endlich den Ursprung der gequälten Laute und prallte regelrecht zurück, als wäre er gegen eine unsichtbare Wand gelaufen. Bei dem sich bietenden Anblick fühlten sich seine Eingeweide an, als hätte sich eine riesenhafte Faust darum geschlossen und schlagartig zugedrückt: Überall waren leblose menschliche Körper. Wie es aussah, hatten sich Walter und sein Team aus allen möglichen greifbaren Dingen eine Barrikade gebaut und alles abgemetzelt, was an ihnen vorbei nach draußen wollte. Im schummerigen, rauchgetrübten Licht der Deckenbeleuchtung wirkte diese Barrikade wie eine blutige, grausame Perversion moderner Kunst: Stühle, Tische und anderes Mobiliar wurden zu einem kaum überwindbaren Hindernis verknotet und darauf oder daneben befanden sich die leblosen Körper der Menschen, die ihre Versuche, es zu überwinden, mit dem Leben bezahlt hatten.

Walter selbst lehnte an der Wand und hielt einen rauchenden Revolver in der rechten Hand. Mit dem anderen Arm winkte er Frank hektisch zu sich heran. Direkt daneben erkannte er nun auch die Ursache des Wimmerns: Ein zweiter Wachsoldat war bis zur Hüfte von der Barrikade begraben, aus unzähligen Wunden sickerte Blut. Sein Leiden war merklich leiser geworden, sehr wahrscheinlich würde er diese Nacht nicht überleben.

Nicht weit entfernt lagen zwei achtlos hingeworfene Sturmgewehre und eine Schrotflinte, vermutlich leergeschossen. Frank hatte beim Militär schon viele unschöne Schauplätze menschlicher Gewalt gesehen, doch dieser Flur sprengte seine Vorstellungskraft. Allein auf der ihm zugewandten Seite der Barrikade sah er um die fünfzehn Leichen liegen.

Ein dritter, schrecklich verstümmelter Wachmann in der gleichen schwarzen Uniform, wie auch Walter sie trug, war regelrecht begraben von diesen Körpern. Wo eigentlich dessen Kopf sitzen sollte, war nur noch eine plattgedrückte, zerfetzte Masse zu erahnen – Schreckliches musste sich hier zugetragen haben. ›Mit dem möchte ich echt nicht tauschen‹, dachte sich Frank entsetzt und zögerte, ob er weitergehen sollte.

Die anderen Körper sahen nach ganz normalen Zivilangestellten aus. Ein paar hatten ganz alltägliche Laborkittel am Leib, der Rest trug unauffällige Kleidung. Ein toter, ziemlich fülliger Mann um die fünfzig lag bäuchlings auf der Barrikade, die Hand ausgestreckt, als würde er noch aus dem Jenseits direkt nach Frank greifen wollen. In dessen Kopf klaffte ein großes Loch – Walters Revolver hatte ganze Arbeit geleistet. Die anderen, die die Barrikade überwinden konnten, stapelten sich auf dem verstümmelten Wachmann. Irgendwie erinnerte es Frank an eine besonders makabre Variante des American Football.

Und Blut! Erst jetzt fiel es ihm auf. Überall sah er Blut: Rings um die Barrikade und die Körper erstreckte sich in eine riesige Ansammlung des vergossenen Lebenselixiers – dies Pfütze zu nennen, wäre hoffnungslos untertrieben gewesen. Verzerrt spiegelte sich die gelbliche Deckenbeleuchtung darin. Frank wurde übel von dem Anblick, beschloss jedoch, seinen spärlichen Mageninhalt mit aller Kraft für sich zu behalten.

Er stand mit weit aufgerissenen Augen einfach nur da und versuchte, das Unfassbare um sich herum zu verstehen. Walters Anruf schien tatsächlich kein Witz gewesen zu sein. Die Schießerei hatte definitiv stattgefunden, doch von dieser geheimnisvollen Superarmee war keine Spur zu sehen. Viel eindeutiger sah er dafür Walter, der ihn mit dem Revolver in der Hand erwartungsvoll ansah. Die Toten, die ihn umringten, vermittelten keinen besonderen Eindruck von Gefährlichkeit.

›Ist Walter etwa vollkommen durchgedreht? Das kann doch einfach nicht sein, überall diese Leichen! Es muss einfach eine logische Erklärung geben. Ich habe keine Lust, mit einem Psychopathen befreundet gewesen zu sein. Das DARF einfach nicht sein!‹

Sie kannten sich nun etwa anderthalb Jahre und bis zu jenem Tag glaubte Frank, wenn einer von beiden durchdrehe, dass er es sein würde.

Gerade als Walter ansetzen wollte, etwas zu sagen, richtete Frank die Mündung seines Gewehrs auf den Bewaffneten: „Warst du das hier?" Er deutete auf den Leichenberg. „Walter, was hast du dir eingeworfen? Du bist ja völlig durchgedreht!"

„Frank, ich habe gebetet, dass du endlich auftauchst! Hier ist …"

„BULLSHIT!", unterbrach Frank ihn sofort. „Spar dir die Erklärungen!" Wie hatte er sich nur so täuschen können, wie hätte er nur glauben können, sie wären Freunde.

„Frank! Wir sind in großer Gefahr. Hast du Waffen dabei?"

Sein Tonfall wurde drohend: „Oh ja. Aber glaub nicht, dass ich dich nahe genug heranlasse."

Weiter vorn im nicht einsehbaren Teil des Gangs rumorte es deutlich hörbar. Wie es schien, gab es noch Überlebende. ›Walter hat doch nicht alle umgebracht.‹ Erleichtert atmete Frank auf und schrie in deren Richtung: „Wer immer da ist, ihr könnt rauskommen! Es ist vorbei, hier ist jetzt alles unter Kontrolle!"

Walters Reaktion darauf verblüffte ihn. Frank konnte regelrecht zusehen, wie etwas tief in dem Soldaten vor ihm zerbrach: All seine Energie schien von einer Sekunde auf die nächste aus ihm gewichen zu sein. Er lauschte kurz in das Raunen hinein, das lauter werdend aus dem Korridor an seine Ohren drang, ließ den Revolver mit einem metallischen Klackern fallen und verbarg sein Gesicht in beiden Händen.

„Großer Fehler Frank, großer Fehler. Du hast ja keine Ahnung."

Frank wischte diese Worte mit einer herrischen Geste beiseite und deutete auf die Toten: „Was soll das alles? Was ist hier geschehen?"

„Ich hab's dir doch gesagt, die machen hier schreckliche Versuche in der Anlage."

„Hör auf mit deiner scheiß Superarmee. Ich seh hier keine Soldaten außer dir und deinen zwei Kameraden." Verstört warf er einen Blick auf den Leichenhaufen. Für einen kurzen Moment schien es, als würden sich ein paar der Leiber noch bewegen. Frank blinzelte, um diese Vorstellung wieder loszuwerden – so ganz gelang es ihm jedoch nicht.

„Hier geht's auch nicht um Soldaten, das sind Untote! Und jetzt wollen die alle hier raus."

Frank wollte lachen, einfach losprusten, so irre war die Vorstellung. Doch er konnte nicht, innerlich war er stattdessen einfach nur leer. Dieses Gefühl kannte er nur zu gut – wenn der Punkt erreicht war, an dem es einfach nur zu viel wurde. Zuletzt hatte er diese Leere in Somalia gespürt. Auch damals stand Staff Sergeant Frank Hamilton in einer Lache aus Blut, jegliche menschlichen Regungen gingen in den Standby-Modus.

Und doch, die Art, wie Walter dies sagte, hatte etwas Unheimliches an sich. Es schien, als wäre zumindest dieser zu hundert Prozent davon überzeugt, dass dem wirklich so sei.

Mit einer schlaffen Handbewegung deutete Walter auf den Korridor: „Überzeug dich selbst, da kommen sie, besser du suchst dir Deckung! Die haben ganz schön Hunger."

Frank trat wachsam an das Hindernis, reckte den Kopf und versuchte hinter der Barrikade etwas zu erkennen. Aus dem diffusen Raunen war nun ein Rascheln, Schlurfen und Wispern geworden, das allmählich immer lauter wurde. Kurze Zeit später sah er eine Gestalt um die Ecke taumeln.

Es war eine Frau um die vierzig. Sie hatte einen schwarzen Hosenanzug an, offenbar jemand vom Verwaltungspersonal. Als sie Frank erblickte, beschleunigte sie ihren Schritt, stolperte, taumelte weiter und streckte flehend die Arme in seine Richtung aus. Dann rutschte sie auf dem glitschigen Boden aus und klatschte längs auf den Boden. Dass sie selbst nun voller Blut war und die Wände mit weiteren Tropfen besprenkelte, schien sie überhaupt nicht zu bemerken. Sie kroch einfach weiter und versuchte unbeholfen, die Barrikade zu erklimmen.

›Verdammt, welche schrecklichen Dinge sind hier geschehen? Die Frau ist ja vollkommen weggetreten‹, dachte sich Frank.

„Mam, geht's ihnen gut? Warten Sie, ich helfe ihnen." Frank mühte sich nun seinerseits die massive, mannshohe Barrikade hinauf, stets ein wachsames Auge auf Walter gerichtet. Die Frau hatte den höchsten Punkt als Erste erreicht, gab ein dumpfes Stöhnen von sich und versuchte kraftlos nach Frank zu greifen. Er packte sie hilfsbereit an den Oberarmen und versuchte, sie auf seine Seite zu ziehen.

Dann ging alles ganz schnell. Für nur einen Sekundenbruchteil konnte er in ihre Augen blicken und wusste instinktiv, dass diese weibliche Gestalt nicht das war, was er bisher in ihr gesehen hatte: Die Augen waren vollkommen schwarz und vollkommen leer – ein furchterregender Anblick, der ihn so tief in seiner Seele erschütterte, dass Worte es nicht beschreiben konnten. Instinktiv schreckte er zurück und lockerte seinen Griff.

Diese automatische, unbewusste Reaktion rettete wohl sein Leben – er spürte, wie sie ihn mit einer beinahe schon unmenschlichen Kraft zu sich zog und zuschnappte. Ihre Kiefer verpassten seinen Hals nur um Zentimeter. Als ihre Zähne heftig aufeinander schlugen, hallte das laute, dumpfe Klacken gespenstisch durch den

Korridor. Frank versuchte panisch, sich von ihr loszureißen, doch sie hielt ihn unbarmherzig fest und gemeinsam stürzten sie von der Barrikade. Für einen ganz kurzen Moment fühlte Frank sich schwerelos, doch er wusste, was darauf folgen würde: Er spannte seinen ganzen Körper und wappnete sich für den Aufprall. Die Luft schoss aus seiner Lunge, als er, erdrückt von seiner wütend zappelnden Fracht, auf dem harten Steinboden aufschlug. Als wäre all dies nur ein harmloses Spiel, hockte sie nun auf ihm. Mit einer Hand griff sie nach Franks Kopf, hakte die Finger in seiner Augenhöhle unter und zog, als wollte sie ihm den Kopf kurzerhand abreißen. Frank schrie auf vor Qual und mühte sich ab, sie irgendwie von sich zu stoßen – vergebens. Hilflos ruderte er mit den Armen und versuchte, nach ihren in seinem Gesicht verkeilten Fingern zu greifen.

Hektisch tastend fand schließlich eine seiner Hände etwas zu packen. Er fühlte in seinen Fingerknochen das unterschwellige Vibrieren ihres unmenschlichen Knurrens und schloss daraus, dass er offenbar ihren Hals umklammert hielt. Trotz seiner Todesangst zögerte er einen winzigen Moment. Doch dann dirigierte er schwerfällig die andere Hand hinzu und drückte mit aller Kraft zu.

Zu einer Ewigkeit gedehnte Sekunden vergingen in dieser bizarren Umarmung. Unter allen denkbaren Umständen hätte die Frau nun röchelnd neben ihm liegen müssen, doch sie blieb davon völlig unbeeindruckt und schnappte mit ihren perfekten weißen Zähnen weiter nach ihm. Entsetzt registrierte Frank, wie seine Arme infolge der Anstrengung immer stärker schmerzten und bereits zu zittern begannen. Er spürte, wie seine Kraft und sein Widerstand allmählich schwanden und doch konnte er nichts dagegen tun. Wie eine Harpyie hockte sie mit ihrem ganzen Gewicht auf ihm und versuchte ihn immer noch mit aller Gewalt auseinanderzureißen.

Frank war wie festgenagelt. Ihre schwarzen Augen schienen glatt durch ihn hindurchzusehen, während sie unablässig versuchte, in seine würgenden Hände zu beißen – langgezogene Speichelfäden entsprangen ihren schnappenden Kiefern und benetzten sein vor Angst verzerrtes Gesicht.

›Nein! So will ich nicht draufgehen!‹ Trotzig sammelte er all seine Kräfte, um dieses tobende Monstrum von Frau abzuwerfen. Er mobilisierte seine gesamte Energie und bäumte sich auf. Beinahe sah es danach aus, als könnte Frank das Ruder mit dieser Kraftanstrengung noch einmal herumreißen, sie begann zu wanken und das Gleichgewicht zu verlieren. Doch sie hielt sich weiterhin unerbittlich fest. Auf der Suche nach Halt drückte sie ihren Daumen noch tiefer in seine Augenhöhle. Frank kreischte entsetzt auf, der Schmerz war geradezu unerträglich. Der Druck ihres bohrenden Fingers war so massiv, er glaubte, sein Auge würde jeden Moment platzen wie ein viel zu heftig aufgepumpter Fahrradreifen. Unwillkürlich lockerte er seinen Griff und stellte sich auf das unausweichliche Ende ein.

Ein Blitz! Ein dröhnender Knall!

Franks Knochen vibrierten, dann kippte das, was vor nicht allzu langer Zeit eine attraktive Frau gewesen sein musste, seitlich von ihm herunter. Er keuchte, blinzelte ein paar Mal und weitete erschrocken die Augen: Wenige Zentimeter von seinem Gesicht entfernt sah er die rauchende Mündung des Revolvers.
„Das war die letzte Kugel, eigentlich habe ich die für mich aufgehoben", sagte Walter in ruhigem, fast schon beiläufigem Tonfall.
Frank schnappte nach Luft. Allmählich stellte sich etwas ein, das er wieder als Sauerstoffversorgung bezeichnen konnte. Während er mit zitternden Fingern sein Gesicht betastete, tanzten kleine Sterne über sein Blickfeld.
„Glaubst du mir jetzt vielleicht? Wir beide sind die letzten Menschen hier drin", setzte sein uniformierter Retter nach.
Frank war von seinem Todeskampf immer noch wie gelähmt. Ihm fehlte schlichtweg die Energie, um sich wieder aufzurichten. Also blieb ihm nichts weiter übrig, als liegenzubleiben, bis sich seine Kräfte wieder gesammelt hatten. Im Augenwinkel regte sich der eingeklemmte Soldat, der bis vor Kurzem noch so jämmerlich gewimmert hatte. Walters Blick richtete sich ebenfalls auf die mitleiderregende Gestalt: Diese gab nun völlig andere Laute von sich als bisher – ein dumpfes, kehliges Grollen.
Der Verwundete wirkte nun wieder deutlich lebhafter als noch ein paar Augenblicke zuvor und versuchte, sich umständlich aus dem Schutthaufen zu befreien, der seine zerschmetterten Beine fest

umklammert hielt. Seine Fingernägel schrammten über den Boden, während er sich vergeblich in Richtung seines ehemaligen Kameraden abmühte. Wie bei der wahnsinnigen Frau war auch in seinen Augen nichts Menschliches mehr zu erkennen – obwohl auch sie vollkommen schwarz waren, strahlten sie im Gegenschein der Beleuchtung ein kaum sichtbares, dafür umso deutlicher spürbares, boshaftes Funkeln aus. Es wirkte irgendwie hungrig.

„Heute war sein erster Tag in meiner Nachtschicht, bisher hatte er immer tagsüber seinen Dienst geschoben. Dann war er, soweit ich weiß, zwei Tage krank und danach wurde er in unsere Nachtschicht gesteckt. Die schwarzen Augen fanden wir zwar alle etwas komisch, aber sonst war er ja völlig normal. Als auf einmal überall diese Irren herumgerannt sind und jeden hier auffressen wollten, hat er auch an unserer Seite gekämpft – schon sonderbar, jetzt, wo sich herausstellt, dass er auch einer von denen ist. Ich weiß nicht einmal, wie er heißt." Walter verzog das Gesicht und seufzte traurig. „Schieß ihnen ins Bein, sie stehen wieder auf, schieß ihnen in den Bauch, die halten mindestens noch fünf Minuten durch. Wenn du leben willst, blas ihnen den Schädel weg."

„Aber das ... Das ist ..."

„Unmöglich, wolltest du sagen? Glaub mir, es ist real, ich bin schon eine Weile hier in dem Berg. Die Forscher haben es tatsächlich geschafft, den Tod zu besiegen."

Frank glotzte einfach nur ungläubig. ›Das konnte einfach nicht sein!‹

„Es wird noch schlimmer: Die da", er deutete auf den Leichenhaufen, gekrönt mit der gekrümmten weiblichen Gestalt, die Frank vor Kurzem noch zerfetzen wollte, „sind nur stumpfe Fressmaschinen, die ahnungslos in ihr Verderben stolpern. Richtig fürchten müssen wir die beiden Bewaffneten."

Zu seinem Glück befand sich Frank bereits auf dem Boden, denn sonst hätten nach dieser schockierenden Offenbarung seine Beine ganz sicher nachgegeben. Aus seinen Eingeweiden formte sich ein dicker, kratziger Kloß. „Was hast du gerade gesagt? Bewaffnete Untote?" Franks Stimme überschlug sich mehrmals, als wehrten sich seine Stimmbänder dagegen, diese Ungeheuerlichkeit auszusprechen. Er lag immer noch auf dem Boden, in der gleichen Position, in der er die tödliche Furie mehr oder weniger erfolgreich abgewehrt hatte. Als er versuchte, sich aufzurappeln, spürte er das sanfte Schmatzen unter sich, das seine mit Blut vollgesogene Jacke auf dem Boden verursachte. ›Widerlich! Um ein Haar wäre das mein Blut gewesen. Glück gehabt.‹ Keuchend stemmte er sich langsam hoch, lehnte sich mit dem Rücken an die Barrikade, zog die Knie an den Körper und …

fühlte …
einfach …
…
nichts …
mehr …

Sein Bewusstsein dämmerte davon. Es wurde dunkel um ihn.

Klatsch!

Die Ohrfeige saß! Wie von einem Stromschlag getroffen, sprang Frank auf und nahm automatisch die jahrelang beim Militär antrainierte Kampfhaltung an. Er holte instinktiv mit der Faust zum Gegenschlag aus, konnte diesen jedoch nicht zu Ende bringen. Walter hielt ihn am Arm gepackt, in der anderen Hand hielt er eines der beiden Sturmgewehre, die Frank den Berg herauf gebracht hatte und streckte es ihm entgegen.
„Komm zu dir Frank! Wir müssen hier raus."
Frank starrte verwirrt zurück.
Walter schüttelte ihn sanft.
„Bist du wieder bei mir, Frank? Es werden immer mehr, wir müssen hier weg."
Frank nickte träge, blinzelte ein paar Mal und tastete dann nach dem schwarz schimmernden, noch unbenutzten Sturmgewehr. Als er sich mit der Waffe in der Hand wieder aufrichten wollte, wurde ihm erst ihre unfassbare Situation vollkommen bewusst: Sein Blick glitt über ein entsetzliches Potpourri aus reglosen Körpern, das sich über den Korridor verteilte. Der grausame Anblick, der sich ihm bot, hätte wahrscheinlich jedem normalen Menschen den Verstand geraubt. Doch die Mischung aus Heroin, Naloxon, antrainierten Kampfreflexen und Walters vielsagenden Blicken sorgten nun für

das genaue Gegenteil. Frank war auf einen Schlag hellwach, erfasste in wenigen Augenblicken die gesamte Situation und wusste automatisch, was nun zu tun war.

Wie es sich ihm nun offenbarte, war er doch mehr als nur ein paar Sekunden weggetreten gewesen. Die Veränderungen in der Umgebung sprachen da eine deutliche Sprache: Die Barrikade hatte nun einiges an Substanz eingebüßt, die ehemals verkeilten Stühle der linken Hälfte waren nun über einige Meter verstreut. An ihrer Stelle hatte sich dort nun eine unheimlich zuckende Häufung aus ehemals menschlichen Körpern gebildet. Es mussten an die zwanzig Untote gewesen sein, die offenbar versucht hatten, an der Barrikade vorbei an Franks schmackhaftes Fleisch zu gelangen. Offensichtlich hatte Walter eines der Sturmgewehre genommen und denen ordentlich eingeheizt. Auf dem glitschigen Boden verteilte sich eine beeindruckende Menge an Patronenhülsen. Grob geschätzt müsste das wohl der Inhalt von fünf Magazinen sein.

Was den Anblick aber wirklich schrecklich machte, war, dass sich nach normalen Maßstäben nichts mehr auf der Barrikade rühren sollte. Jedoch war das Gegenteil der Fall: Ungefähr die Hälfte der gestapelten Leiber bewegte sich noch und versuchte weiterhin mit lahmen und fahrigen Bewegungen auf die beiden Überlebenden zuzukriechen. Praktischerweise waren diese regelrecht ineinander verkeilt und deren Bemühungen nicht koordiniert genug, um den beiden wirklich gefährlich zu werden. Doch alleine die gierigen Blicke aus den unheimlichen, schwarzen Augen ließen Frank das Blut in den Adern gefrieren. Walter hatte tatsächlich recht gehabt. Man musste denen den Kopf wegpusten, erst dann herrschte auch endgültig Ruhe. Nichtsdestotrotz: Ein gebrochener Knochen blieb ein gebrochener Knochen und zerfetzte Muskeln oder Eingeweide waren nunmal zerfetzt. Dank Walters massivem Feuer aus dem Sturmgewehr waren diese monoton stöhnenden Wesen keine sonderliche Gefahr mehr für sie.

Die beiden wechselten vielsagende Blicke, die mehr zu sagen vermochten als alle Worte. Frank bedankte sich blinzelnd und Walter forderte mit einem kaum merklichen Zucken der Pupillen dazu auf, von hier zu verschwinden. Schließlich ließ das weiterhin anhaltende Raunen hinter der Barrikade erahnen, dass noch mehr hungrige Untote auf dem Weg waren. Frank schob wortlos die

Tasche mit den verbliebenen Magazinen zu Walter herüber. Während dieser sich mit Munition eindeckte, streifte Frank sich das Gewehr über den Kopf hinweg auf den Rücken und machte stattdessen den Granatwerfer feuerbereit.

›Das war die heutige Eine-Million-Dollar-Idee, dass ich nochmal zur Waffenkammer gegangen bin‹, ging es Frank triumphierend durch den Kopf.

Wie ein Hund, der gerade aus dem Wasser kam, schüttelte er das letzte bisschen Trägheit ab und rannte zusammen mit Walter durch den Korridor mit den seitlich abzweigenden Türen in Richtung Ausgang.

Sie hatten nicht mehr weit bis zur Halle, als er im Vorbeilaufen – gerade noch im Augenwinkel – sehen konnte, wie direkt neben ihm eine der vielen Türen mit einer immensen Wucht auflog. Zum Glück war er weit genug entfernt, um nicht direkt dagegen zu rennen, doch hinter sich hörte er einen dumpfen Aufprall. Vom Schwung getragen, trabte er noch ein paar Meter und wandte sich dann um.

Walter war nur wenige Meter hinter ihm gewesen. Die Tür flog im denkbar schlechtesten Moment auf und fegte ihn glatt von den Füßen. Noch im Fallen schrie Walter ein einziges Wort, dieses einzelne Wort, das wahrscheinlich beiden in letzter Sekunde das Leben rettete:

„GRANATE!"

Ohne bewusst zu denken, richtete Frank den Granatwerfer auf die viereckige, dunkle Öffnung in der Wand. Er drückte den Abzug und hörte das Ploppen, mit dem die Granate das Rohr verließ. Als würde sich die Realität um diesen winzigen Moment dehnen und sich alles in Zeitlupe abspielen, beobachtete er, wie das gelbe Geschoss auf einer leicht gekrümmten Flugbahn im Raum verschwand – genau in dem Moment, als eine massige, bewaffnete Gestalt heraus stürmte und ein Gewehr auf den noch im Fallen befindlichen Walter richtete.

Es klang ein wenig nach einem Tischtennisball, als die Granate im Raum aufschlug. Dann erhellte ein Lichtblitz den Raum. Direkt danach wurde für einen kurzen Moment alles schwarz – die Granate explodierte in einer gewaltigen Detonation.

Frank war glücklicherweise weit genug entfernt gewesen, so dass die Druckwelle ihm nicht mehr schaden konnte. Er überwand den Schreck rasch und seine Sinne schärften sich recht schnell wieder. Somit konnte er noch sehen, wie der riesige Körper, der sich noch einen Sekundenbruchteil zuvor in der Tür befand, mit einem leisen Schmatzen an der gegenüberliegenden Wand herunterrutschte. Die Druckwelle war unglaublich heftig ausgefallen. So viel Zerstörungskraft hätte er dem kleinen Geschoss gar nicht zugetraut, wenn deren Ergebnis nicht neben ihm die Wand herunter geglitten wäre. Die Explosionsenergie hatte den gesamten Raum ausgefüllt und fand als einzigen Ausweg die Tür, in der sich ihr unerwarteter Widersacher zum denkbar ungünstigsten Zeitpunkt befand. Mit einer enormen Kraft wurde dieser an die gegenüberliegende Wand geschleudert, dass klar war, auch der kräftigste Untote würde danach nicht wieder aufstehen. Viel mehr als eine grotesk verformte Andeutung des ehemals lebenden Wesens, das kurz zuvor noch in der Tür stand, war auch nicht mehr auszumachen. Doch nun benötigte man einiges an Vorstellungskraft, um sich vor Augen zu führen, wie dieser menschliche Körper vor dem Zusammenprall ausgesehen haben konnte. Auch das Gewehr, das der gewaltsam Verschiedene bei sich hatte, lag nun, deutlich verbogen, ein paar Meter entfernt auf dem kalten Steinboden.

Walter befand sich nicht weit von der Tür entfernt auf dem Boden und rappelte sich nun träge und benommen in eine sitzende Haltung auf. Ein hübscher Anblick war er keinesfalls, sein Gesicht war voller Blut – mit Sicherheit hatte er sich beim Zusammenprall mit der Tür die Nase gebrochen.

„Daff war knappfff. Dannnkche Frankch", röchelte Walter kaum verständlich und bemerkte für sich selbst, dass man mit gebrochener Nase doch lieber die Klappe hielt.

„Alles okay mit dir? Warte, ich helf dir auf." Frank legte den Granatwerfer ab und rannte zurück. Er wollte mit Walter einfach nur noch dieses Höllenloch verlassen. Rein ins Auto, runter von diesem scheiß Berg und einfach warten, bis das Naloxon nachließ und sich sein Geist von ganz alleine ausknipste. Als er auf der Höhe der weit offen stehenden Tür war, spürte er plötzlich ein schmerzhaftes Ziehen in der rechten Wade. In vollem Lauf machte er noch einen Schritt, dann sackte das rechte Bein unter ihm ein und er kippte wie ein gefällter Baum. Am Boden rollte er noch dreimal um die eigene Achse und wunderte sich, was ihm soeben widerfahren war. Dass dies ein Schuss gewesen war, realisierte er, vollgepumpt mit Adrenalin, Heroin und Naloxon, gar nicht. Erst, als er seine blutende Wade betrachtete und im Augenwinkel sah, wie Walter sein Gewehr in Anschlag brachte, wurde ihm klar, dass die Gefahr wohl noch nicht gebannt war. Der Schuss konnte nur aus diesem einen Raum gekommen sein.

Als sich ihre ungläubigen Blicke trafen, wussten sie, dass beide das Gleiche dachten: ›Da drin kann doch gar nichts überlebt haben.‹

Sofern das Klingeln in ihren Ohren es überhaupt zuließ, hörten sie nun schlurfende Geräusche aus dem verwüsteten Raum dringen. Es schien, als würde das Kratzen und Scharren die ballistische Realität der kürzlich detonierten Granate regelrecht verhöhnen. Frank nutzte beide Hände und sein noch gesundes Bein, um möglichst viel Abstand zwischen sich und die Tür zu bringen. Walter richtete sich in eine kniende Position auf und stabilisierte das entsicherte Sturmgewehr, bereit alles umzumähen, was aus dieser Tür kommen sollte.

Das Warten war grauenvoll. Bereits nach wenigen, qualvollen Sekunden fühlten sich beide, als müssten sie vor Anspannung schier platzen. Der metallische Druck an seinem Rückgrat erinnerte Frank, dass er selbst auch noch über ein Sturmgewehr verfügte und versuchte, es sich mit nestelnden Fingern vom Rücken zu zerren, jedoch mit wenig Erfolg.

Mit steigendem Entsetzen schauten sie nun auf den Türrahmen: Eine blutige Hand zeigte sich, griff nach diesem und schloss sich um das verrußte Metall. Die Hand war in keinem wirklich guten Zustand, stellenweise war die Haut verkohlt und löste sich in Fetzen ab. Und so konnten sie, besser als bei jedem Anatomiekurs, regelrecht zusehen, wie sich die Sehnen spannten, während der Griff der lädierten Hand sich verstärkte, um den Rest des Körpers aus dem Raum zu ziehen. Frank und Walter hielten den Atem an, als sie sahen, wie Zentimeter für Zentimeter der Kopf – einem aufgehenden Mond am Nachthimmel gleich – aus der Tür hervorkam.

Was durch diese Tür nach draußen wollte, war tatsächlich einmal ein Mensch gewesen, doch mittlerweile konnte man auch berechtigte Zweifel daran zulassen. Die explodierte Granate hatte ganze Arbeit geleistet: An der linken Hälfte des Schädels befand sich keine Kopfhaut mehr, der blutige, blanke Schädelknochen glänzte im Licht der immer noch funktionierenden Korridorbeleuchtung. Wer auch immer dieses Wesen einmal gewesen war, hatte einmal schulterlanges, dichtes, graumeliertes Haar gehabt. Wie eine Persiflage auf die Zeitgenossen, welche eine beginnende Glatze mit dem Kamm kaschieren wollen, hatte sich das Haar von der unversehrten Schädelhälfte über die weggefetzte Kahlstelle gelegt. Das Gesicht selbst war auch in Mitleidenschaft gezogen – tiefe Schrammen überall. Jedoch ließ sich noch erahnen, dass es sich um einen etwa fünfzigjährigen Mann mit Dreitagebart gehandelt haben muss. Das wahrhaft Schreckliche jedoch waren die Augen. Auch diese waren komplett schwarz, wie bei den anderen Untoten, doch sie blickten ihnen nicht einfach nur leer entgegen, sondern funkelten sie mit einer alptraumhaften, bosartigen Intelligenz an. Die beiden Augen wirkten nun nicht mehr wie irdische Sinnesorgane, sondern eher wie Fenster in die Untiefen der Hölle. Sie sollten insbesondere Frank noch des Öfteren in seinen Träumen verfolgen. Er würde sie niemals wieder vergessen können.

Unaufhörlich schob sich die Gestalt weiter aus der Tür heraus.

Krrrrrrrrrk

Der Kopf konnte von der zerstörten Halsmuskulatur nicht mehr gehalten werden, so dass der blanke Schädelknochen mit einem entsetzlichen, schleifenden Geräusch über den Boden schrammte.

Krrrrrrrrrk

Frank und Walter wagten es nicht, zu atmen. Das Wesen hielt kurz inne, sog mit einem rasselnd-schmatzenden Geräusch Luft ein und krächzte ihnen Worte entgegen, die sie ebenso im Traum verfolgen würden:

„Das ist nicht das Ende, wir werden euch kriegen …"

Es stemmte sich mit der zerfetzten rechten Hand weiter aus der Tür heraus und wirbelte in einer schwungvollen Bewegung, die man ihm gar nicht mehr zugetraut hätte, den anderen Arm herum.

„… aaaalleeee!"

In dieser linken Hand befand sich eben jene Pistole, die Frank so unsanft zu Fall gebracht hatte und nun setzte dieses Geschöpf an, sein begonnenes Werk zu vollenden.

Doch so weit wäre es niemals gekommen: Walter drückte ab. In einem zerstörerischen Reigen aus Licht, Krach und Hitze ergoss sich die gesamte Energie eines dreißig Schuss fassenden Magazins in den Schädel dieser bizarren Kreatur. Kopflos erschlaffte das Wesen, das einmal auf den Namen Dr. Georgij Denissow – wissenschaftlicher Leiter des Projekts *SysThan* – gehört hatte und rührte sich nicht mehr.

Gleichzeitig atmeten Frank und Walter, die beiden letzten menschlichen Überlebenden in diesem Berg des Grauens, tief durch und entließen die angestaute Spannung aus ihren Lungen. Das verklungene Rattern der vollautomatischen Militärwaffe klingelte ihnen noch immer in den Ohren. Kleine, hinter ihren Augen aufzuckende Blitze tanzten als Reaktion auf die alles zerfetzende Salve aus Feuer und Blei über ihr Sichtfeld. Ein kurzer Blick mit der klaren Botschaft ›Raus hier!‹ sprang zwischen beiden über. Walter rappelte sich schnaufend und Blut spuckend auf. Dann half er Frank auf die Beine – beziehungsweise auf das eine noch gebrauchsfähige – und stützte ihn, während sie sich Meter für Meter in Richtung Ausgang schleppten. Als sie beim zurückgelassenen Granatwerfer angekommen waren, gab Frank seine verbliebene Gewehrmunition an den Mitstreiter ab und tauschte die Waffen. Der Granatwerfer hatte nur wenig Rückstoß und ließ sich notfalls auch einbeinig benutzen.

Sie blickten noch einmal zurück. Die verknoteten Untoten zappelten weiter hilflos vor sich hin und versuchten sich zu befreien. Der Kopflose direkt vor ihnen blieb zu ihrer Erleichterung weiterhin kopflos und auch das zerschmetterte Opfer der Explosion rührte sich nicht. Die Lage schien sich also wieder zu ihren Gunsten gewendet zu haben. Doch so ganz wollten sie dem Frieden nicht mehr trauen – nach all dem, was ihnen hier unten bereits widerfahren ist. Das Raunen und Scharren hinter der Barrikade hatte keineswegs nachgelassen. Es war nur eine Frage der Zeit, bis sich die nachfolgenden, hungrigen Bestien nach draußen gekämpft hätten. Doch das instabile Hindernis würde immerhin noch lange genug halten, um hier lebendig heraus zu kommen.

Zehn Minuten später – aufgrund Franks Verletzung dauerte es länger als gedacht – hatten sie auch die imposante Haupthalle durchquert und standen nun im Eingangstunnel, der sie nach draußen führen würde. In der Halle wurden sie von ein paar vereinzelten Wesen in Laborkitteln attackiert, doch mit denen sind sie problemlos fertig geworden.

Es wirkte, als wollte sie der schöne Schein regelrecht verhöhnen: Die polierten Oberflächen und die wunderschön ausgeschmückten Details waren ein so extremer Gegensatz zu den Schrecken im Inneren des Berges, dass Frank regelrecht übel wurde.

„Du weißt, was ich jetzt tun werde, oder?", wandte Frank sich voller Ernst an seinen Freund. Dieser nickte stumm und wischte sich beiläufig eine Mischung aus Blut und Rotz aus dem geschundenen Gesicht – die gebrochene Nase hatte immer noch nicht aufgehört, zu bluten.

„Geh schon mal vor, nur für den Fall, dass hier mehr zusammenkracht als gedacht."

Walter wollte zu einem Widerspruch ansetzen, doch Frank stieß ihm den Ellbogen in die Rippen und drängte ihn, weiterzugehen, was ihn daraufhin beinahe selbst zu Fall gebracht hätte. Walter wusste um die beharrliche Dickköpfigkeit seines Freundes. Mit einem Kopfschütteln wandte er sich um und trottete nach draußen in die rauchgeschwängerte Dunkelheit.

Im Tunnel setzte Frank sich umständlich auf den Boden und legte das zweite, sechs Granaten fassende Magazin neben sich. Wie es schien, hatten die Untoten in der Zwischenzeit die Barrikade überwunden, denn nun waren tatsächlich Schritte aus dem Korridor zu hören. „Euch nehm ich auch noch mit, ihr Bastarde", schrie Frank in Richtung der wispernden Laute und tätschelte beinahe liebevoll den Granatwerfer. Als würden sie ihm antworten, wurde das Raunen und Stöhnen lauter.

Wenige Sekunden später sah er die ersten Schatten im Licht des Gangs. Der Rauch wälzte sich weiterhin unablässig die Decke entlang und das herausströmende Licht warf die Schatten der Monstren so in die weitläufige Halle hinein, dass es wirkte, als würden sich keine Untoten, sondern sphärische Geister aus dem Flur ergießen. Frank schätzte ab, dass gleich die ersten aus dem Korridor heraustreten müssten und platzierte zwei Granaten in die vermutete Menge. Die erste Explosion klang etwas gedämpfter als erwartet, als hätte ein Kissen oder eine Decke sie abgeschirmt. Kurz darauf flog ein abgetrennter Arm in einer taumelnden Flugbahn aus der Korridoröffnung heraus. Ein kurzes, silbrig metallisches Funkeln sagte Frank, dass es wohl ein linker Arm gewesen sein musste. Er meinte, sogar noch die Zeit von der Armbanduhr ablesen zu können.

›Mitten rein, Volltreffer!‹

Die zweite Explosion klang um einiges knackiger – eine einzige Granate hätte offenbar gereicht. Doch nun widmete er sich seinem eigentlichen Vorhaben: ›Niemand weiß, wie viele Untote hier noch im Berg sind und heraus wollen. Das muss enden!‹

Frank visierte eine der Felssäulen an und ließ die erste Granate daran zerschellen. Die Hälfte der Felsstütze war abgesprengt.

Eine zweite Granate folgte. Die Säule war noch nicht komplett zerstört, doch das musste genügen.

Ihr Nachbar rechts daneben fiel einem einzigen Schuss zum Opfer. Der letzte Sprengkörper im Magazin zerteilte eine dritte Säule, so dass bereits die ersten Steinbrocken polternd von der Decke regneten.

Frank wechselte das Magazin mit fahrigen Bewegungen. ›Noch sechs Stück, das muss einfach reichen!‹

Fünf Granaten später waren zwei weitere Säulen weggesprengt und zwei andere waren stark destabilisiert.

Der Berg, den sie abstützen sollten, arbeitete mittlerweile auf furchterregende Art und Weise: Das erste Knacken aus dem darüber lastenden Gestein war anfangs noch kaum hörbar, doch mit jeder malträtierten Säule wurde es lauter. Einmal bebte auch die Erde unter ihm und ein ohrenbetäubendes Dröhnen war zu vernehmen. Doch auch dieses ließ zu seiner Enttäuschung nach wenigen Augenblicken nach.

Die Halle stürzte nicht ein, zumindest nicht schnell genug. Frank hörte wieder tapsende Schritte aus dem Korridor: Die nächsten der hungrigen Gestalten waren unterwegs.

Unschlüssig, was er nun mit der letzten Granate anfangen sollte, blinzelte er in die Halle hinein. Die Explosionen hatten den Rauch ordentlich durcheinandergewirbelt, so dass er sich wie bei der Invasion einer Horde Spukgespenster im Areal ausbreitete. In der rechten Hälfte hatten sich die Schwaden zu einer dicken Wand zusammengepresst, dafür hatten sie sich in der Mitte, bei den beschossenen Säulen, deutlich gelichtet.

Nun konnte Frank erkennen, wo genau die letzte Granate hingehörte: Die Ursache des alles erfüllenden Dröhnens und Knackens war ein riesiger Riss in der Hallendecke. Diese hatte sich bereits um ein Stück gesenkt, war jedoch noch nicht völlig eingestürzt. ›Perfekt!‹, dachte er, spannte sich, zielte ruhig und feuerte die letzte Granate direkt in den Riss hinein.

Es hörte und fühlte sich an, als würde die Welt untergehen. Der Boden bebte und bäumte sich auf, als riesige Felsen in die große Halle hinabstürzten und alles dort unter sich begruben. Frank zog sich die Jacke über die Nase, um sich vor dem Staub zu schützen und robbte, vor Todesangst leise wimmernd, weiter in den polierten Eingangstunnel hinein, in der Hoffnung, dass dieser den Erschütterungen standhalten und nicht einstürzen würde. Zum Glück sollte er damit recht behalten.

Eine kleine Ewigkeit lang erzitterte der Berg, als wüsste dieser ganz genau, welche widernatürlichen Kreaturen in seinem Inneren herumliefen und wollte diese nun mit aller Macht abschütteln. Frank hatte glücklicherweise die letzte Granate an genau der einzig richtigen Stelle platziert. Nicht ohne Grund hatten die damaligen Erbauer die Säulen stehen gelassen. Wie bei einem monströsen Dominospiel folgte einem herabstürzenden Felsen sogleich der nächste, bis das gesamte Gewölbe der Haupthalle Stück für Stück in sich zusammengefallen war. Die Wucht der riesigen herunterregnenden Felsen zermalmte alles zu Geröll und Staub. Am Ende des tosenden Spektakels war der einzige Ein- und Ausgang zur Forschungseinrichtung so dicht verschüttet, dass nichts hinausgelangen konnte, was größer war als eine Maus.

Als sich der Berg nach einer kleinen, tosenden Ewigkeit endlich beruhigt hatte, traute Walter sich vorsichtig wieder in den Tunnel hinein. Die Röhre, die Frank Schutz gespendet hatte, war zu seiner Erleichterung hochpräzise und ohne Schwachstellen in den Fels hineingebohrt und hielt den immensen Erschütterungen des einstürzenden Gewölbes problemlos stand.

Frank war zwar bei Bewusstsein, doch wirklich ansprechbar war er nicht mehr. Zitternd und schwer atmend saß der Polizist und Held des Abends mit ausgestreckten Beinen da, den leergeschossenen Granatwerfer immer noch in den Händen.

Nur wenige Meter von ihm entfernt begannen die Ausläufer der frischen Schutthalde, von der gelegentlich noch ein paar Steinchen herab rollten. Von einem trockenen Husten aufgrund des Staubs abgesehen, hatte Frank vom Einsturz keine nennenswerten Schäden abbekommen, doch aus der Wunde im Bein sickerte weiterhin sein dunkelroter Lebenssaft. Frank musste schnellstmöglich ins Krankenhaus. ›Und wenn ich schon mal dort bin, ich auch‹, dachte sich Walter, als er sich vorstellte, wie sein blutverschmiertes Spiegelbild wohl aussehen würde.

Selbstverständlich wusste Walter von Franks Heroinabhängigkeit und ahnte deshalb schon, dass dieser sich mit seinem vermeintlichen Allheilmittel Naloxon zurück ins Leben katapultiert haben musste. Doch, soweit er die Wirkungsweise des Mittels verstanden hatte, musste die Wirkung nun allmählich nachlassen – zusammen mit dem Schock und dem Blutverlust aus der Schusswunde könnte es vielleicht noch brenzlig werden.

Walter nahm seine verbliebenen Kräfte noch einmal zusammen. Ächzend packte er sich sein menschliches Gepäck über die Schulter und trug Frank durch den sich allmählich lichtenden Staub und Qualm zum Streifenwagen.

– 3 –

Genf, Zentrale des CBESS

Vier Jahre nach dem Altadena-Vorfall saß Walter an seinem Schreibtisch und schaute mit besorgter Miene auf die vor ihm ausgebreiteten Dokumente. Diese bestätigten, dass seine schlimmsten Befürchtungen nicht nur wahr geworden waren, sondern sogar noch von der jüngsten *Entwicklung* in München übertroffen wurden.

Als Frank und er an jenem Abend die Einrichtung in den San Gabriel Mountains zerstörten, hatten sie beide gehofft, dass damit auch die Ursache des Ganzen – das Anabo-Virus – endgültig vom Planeten getilgt war. Doch die zurückliegenden Ereignisse in München haben diesen Wunsch zerspringen lassen wie ein fallengelassenes Sektglas.

So schrecklich die zurückliegenden Ereignisse in den Bergen Kaliforniens auch waren, für Walters Karriere hatte dies einen enormen Schub bedeutet. In Kampfeinheiten gab es hauptsächlich zwei Gründe für schnelle Karrieren: Einer davon waren tapfere Verdienste. Doch besonders in Kriegs- und Krisenzeiten gab es einen weiteren Laufbahnbeschleuniger: Die eigenen Vorgesetzten räumten ihre Posten durch unerwartetes Ableben. In Walters Fall ist sogar beides eingetreten. Walter war der einzige nicht infizierte Überlebende der gesamten unterirdischen Einrichtung gewesen – neben Frank natürlich, doch dieser war damals auch noch kein Teil des *CBESS*, welches diesen Komplex bis zu seinem ziemlich unschönen Ende betrieb. Zu der Zeit war Walter einfach nur ein Mitglied des militärischen Sicherungspersonals gewesen. Auch dies war bereits eine Auszeichnung an sich, denn sie waren allesamt aus militärischen Eliteeinheiten zum *CBESS* versetzt oder rekrutiert worden.

Wenn er sich an den Moment erinnerte, an dem er die offizielle Einladung erhalten hatte, konnte er den surrealen Zauber dieses Augenblicks regelrecht noch einmal spüren: *Walter diente zu dem*

Zeitpunkt bereits vier Jahre in der Spezialeinheit des kanadischen Militärs, des Commandement des Forces d'opérations spéciales du Canada, *kurz* COMFOSCAN, *als ihm sein Kommandeur dieses Angebot unterbreitete, das Walter einfach nicht ablehnen konnte. In der Hackordnung beim kanadischen Militär hatte sich Walter damals festgefahren. Mehr als sein damaliger Rang, Sergeant, wäre für viele lange Jahre einfach nicht drin gewesen. Das lag nicht einmal daran, dass Walter ein schlechter Soldat gewesen wäre – allein die Tatsache, dass er zum elitären Kreis des* COMFOSCAN *gehörte, widerlegte dies. Während seiner Kampfeinsätze bewährte er sich genauso gut wie all seine Kameraden, jedoch gab es etwas, das er noch besser beherrschte als die gewaltsame Konfliktlösung – Walter hatte ein unglaubliches Verhandlungs- und Organisationstalent: Was auch immer beschafft oder erledigt werden musste und wer auch immer dem im Wege war, wenn Walter dies in die Hand nahm, konnten sich alle sicher sein, dass es auch gelingen würde. Er besaß seit jeher ein äußerst feines Gefühl für die Stimmungen, Vorlieben und Abneigungen seiner Mitmenschen und verstand es nahezu meisterlich, dies bei Bedarf auch zu nutzen. In seiner damaligen Kompanie wurde, seitdem er seinen Kameraden eine Kostprobe seines Geschicks gab, jedes Jahr aufs Neue eine besondere Weihnachtsgeschichte erzählt: Damals versuchte die Einheit, bereits über mehrere Wochen vergeblich, eine Gruppe Taliban von einer Bergflanke im Hindukusch zurückzudrängen. Die Kämpfe waren festgefahren, es herrschte bereits seit mehreren Tagen eine Pattsituation, die nur mit einem enormen Blutzoll zu knacken gewesen wäre.*

Wie genau Walter dies bewerkstelligte, blieb weiterhin sein Geheimnis, doch am Morgen des Weihnachtstages stieg er, zum Erstaunen seiner Kameraden, mit einem schweren Rucksack auf dem Rücken den Berg herab. In dem prall gefüllten Behälter befanden sich mehrere Flaschen besten Rotweins und einige Paar handgestrickte Schafwollsocken, die er grinsend unter den verblüfften Kameraden verteilte. Doch seinem Einheitsführer brannten daraufhin beinahe die Sicherungen durch. Um ein Haar hätte er Walter auf der Stelle erschossen. Verbrüderung mit dem Feind hatte er ihm vorgeworfen – wie lächerlich. Nach ein paar Erklärungen und der guten Nachricht, dass die ach so bösen Taliban sogar eine Waffenruhe über die folgenden drei Tage einhalten würden, hatte auch dieser sich zähneknirschend beruhigt. Ein paar Wochen später mussten sie zwar die Bergflanke aufgrund des zähen Widerstands ihrer Gegner wieder räumen, doch immerhin hatten sie dank Walter ein paar wunderschöne Weihnachtstage in der unwirtlichen Fremde genießen können.

Einzig Frank hatte er eines Abends am Lagerfeuer eingeweiht, wie genau er die Taliban dazu gebracht hatte. Schlussendlich war es sogar verblüffend einfach gewesen, wenn man sich nur einmal überwand, sich in sein Gegenüber hineinzuversetzen.

Doch in einer militärischen Eliteeinheit wie der seinen wurden solche besonderen Fähigkeiten schlicht und ergreifend nicht gebraucht, dort kam es aus Sicht der Offiziere einzig auf die pure Kampfkraft an. Walter sah das zwar anders, doch nach dem weihnachtlichen Vorfall war nun auch sein Einheitsführer nicht mehr allzu gut auf ihn zu sprechen. Seitdem versauerte er für mittlerweile mehr als ein halbes Jahr im Schreibstubenlabyrinth des **COMFOSCAN**. Beinahe wollte er sich schon in sein Schicksal als „tödliche Elite-Sekretärin" fügen – wie er sich selbst oft scherzhaft nannte – als er zu Colonel Richard befohlen wurde. Dieses Gespräch änderte von einem Moment auf den nächsten einfach alles. Der Colonel hatte sehr wohl Walters verborgenes Talent registriert und eröffnete ihm daraufhin die Chance, zum **CBESS** zu wechseln, wo er seine bisher kaum genutzten und zu verkümmern drohenden Fähigkeiten zum Wohle des Vaterlands endlich einsetzen durfte und auch sollte.

Mit Geheimoperationen war Walter durchaus vertraut, doch mit seinem Eintritt in die multinationale Geheimorganisation der G8-Staaten wurde er praktisch vom Planeten getilgt. Noch am selben Tag stieg er in den unscheinbaren zivilen Geländewagen, der vor den Toren des Stützpunkts auf ihn wartete und seitdem sah er seine Kameraden, seine Freunde und auch seine Familie nie wieder. Einen Tag später erreichte ein pathetischer Kondolenzbrief, der sogar vom kanadischen Verteidigungsminister persönlich unterschrieben war, seine Angehörigen. Außerdem erhielten diese nun jeden Monat eine stattliche Rente. Diese Zuwendung war Walters Bedingung gewesen. Er war erstaunt, wie bereitwillig dies vom **Bureau** abgenickt wurde.

Seitdem war Walter Teil der Sicherungseinheit für das Projekt SysThan in den San Gabriel Mountains vor den Toren von Los Angeles. Was ihn angesichts der Geheimhaltungsstufe am meisten überraschte, er war keineswegs im Berg eingesperrt. Die Sicherheitsrichtlinien waren streng, keine Frage, doch solange er schwieg, niemanden einweihte und generell keinen auf sich aufmerksam machte, konnte er sogar ein relativ normales Leben führen. Er wohnte im Berg und sicherte während seiner Wachschichten die Anlage sowie deren unmittelbare Umgebung. Doch in *seiner – nach militärischen Maßstäben gar nicht so spärlichen – Freizeit konnte er tun, was ihm beliebte, solange die Geheimnisse des Berges darin verborgen blieben und sein Führungsoffizier wusste, wo er war und was er tat. Die Freundschaft mit dem zwielichtigen Polizisten Frank gab ihm ein kleines Stück Normalität in seiner, teilweise recht abgehobenen, Realität. Natürlich wusste er, dass Frank daraufhin akribisch durchleuchtet wurde, doch schienen dessen Geschäfte mit dem Padre niemanden beim CBESS besonders zu stören. Walter selbst glaubte, dass gerade dieses seinen Freund für die Organisation kalkulierbarer, weil erpressbarer machte, falls Walter sich doch einmal verplappern sollte. Doch was damals niemand ahnen konnte, diese Freundschaft mit dem auf den ersten Blick völlig unzuverlässigen und auch noch heroinabhängigen Provinzbullen Frank Hamilton hatte nicht nur Walter das Leben gerettet, sondern letztlich sogar verhindert, dass der Großraum L.A. von den Untoten überrannt wurde.*

Walter hatte sich immer noch nicht recht an seinen Dienstgrad Major gewöhnt. Nach dem *Gabriel-Mountains-Zwischenfall*, wie sie selbst die besonderen Ereignisse vor vier Jahren zu bezeichnen pflegten, waren jedoch so viele ranghohe Stellen ›frei geworden‹, dass es nicht lange dauerte, bis er zum Coordinating-Officer der mobilen Einsatzteams des *CBESS* ernannt wurde. Seitdem führte er von seinem Büro aus die drei ständigen Kampfteams des *Central Bureau Of Extraordinary Strategical Services*. Seit der Gründung der Organisation während des G8-Gipfels in Genf gab es eine elementare Regel für diese Kampfteams: Da das *CBESS* die offiziell nicht existierende Geheimorganisation der G8-Staaten war, bestanden folgerichtig sämtliche Einsatzteams aus jeweils acht hervorragend ausgebildeten Mitgliedern, wobei jedes Mitgliedsland eines davon stellte. Dementsprechend durfte Walter in jedem seiner Teams einen US-Amerikaner, Kanadier, Briten, Italiener, Russen, Franzosen, Deutschen und Japaner möglichst harmonisch zusammenbringen. Damit all dies nicht in sich zusammenfiel, war die fließende Beherrschung der englischen Sprache zwingende Voraussetzung für alle Angehörigen des *Bureaus*. Obwohl Walter durchaus genau der Richtige war, um so viele grundverschiedene Menschen zur Zusammenarbeit zu motivieren, ließen sich manche Reibereien einfach nicht vermeiden. Nahezu alle hatten bisher einen militärischen Hintergrund, was es immerhin etwas einfacher machte. Jedoch kam erschwerend hinzu, dass ausnahmslos alle über ein gesundes Selbstvertrauen verfügten. Einmal musste eine vielversprechende Operation auf der Finca eines kolumbianischen Drogenbosses wegen einer scheinbaren Banalität abgeblasen werden, weil sich der Einbruchsspezialist des Teams weigerte, die Sicherheitstüren zu öffnen. Kurz zuvor hatte dieser im Wettstreit um die äußerst attraktive deutsche Teamkameradin den Kürzeren gegen den Franzosen in der Einheit gezogen. ›Warum muss das zwischen Männern und Frauen immer so kompliziert sein‹, dachte sich Walter damals und seitdem wurden in sämtlichen Teams keinerlei Annäherungsversuche mehr geduldet.

Frank war seit seiner Rekrutierung ebenfalls Mitglied in einem dieser Teams und dadurch gleichzeitig ein direkter Untergebener Walters, was deren besondere Freundschaft jedoch keineswegs beeinträchtigte. Bereits zu den ruhigen Zeiten in Altadena hatten die beiden sich hervorragend verstanden, wobei sich damals die Freundschaft hauptsächlich auf das Leeren von Franks Biervorräten beschränkte. Doch bei den beiden genügte das bereits, um ein besonderes, festes Band zu knüpfen. Jedoch die unaussprechlichen Gräuel, die sie gemeinsam im Berg durchgestanden hatten, verstärkten diese freundschaftliche Verbindung zu einer tiefgreifenden, innigen Vertrautheit, die nur dann entstand, wenn man gemeinsam Tod und Gefahren trotzte.

Nachdem der Berg seinen Zorn entladen und die Forschungsanlage in sich begraben hatte, trug Walter den physisch immer mehr nachlassenden Frank zum Streifenwagen, fuhr ins nächste Krankenhaus und wich auch die nächsten drei Tage kaum von seiner Seite, bis dieser aus dem künstlichen Koma wieder aufgeweckt wurde. Die Ärzte hatten entschieden, nicht einfach nur die Wunde zu behandeln, sondern auch gleich einen Entzug zu machen und das Heroin aus seinem Körper zu spülen. Walter hatte sich nie erträumen können, dass ein Mensch im Koma so aktiv sein konnte: Frank lag zwar die meiste Zeit einfach nur da, als würde er schlafen, doch hin und wieder zuckten seine Muskeln so heftig und unkontrolliert, dass Walter panisch nach der Schwester rief. Diese konnte ihn erst mit einiger Mühe wieder beruhigen. All dies sei, so sagte sie „…in dieser Kombination mit Verletzung, künstlichem Koma und dem Drogenentzug vollkommen normal. Man kann ein Gehirn nicht einfach so ausknipsen, dann wäre der Patient nämlich tot. Normalerweise geben wir da Muskelrelaxantien, aber hier", sie warf noch einmal einen Blick auf ihren Tabletcomputer, worauf die Patientendaten gespeichert waren, *„schwimmt schon so viel Chemie im Blut herum, da sollten wir besser nichts riskieren. Ertragen Sie es einfach oder gehen Sie nach Hause, wir kümmern uns schon." Mit diesen Worten ließ sie Walter einfach stehen und verließ den Raum, ohne noch einmal einen Blick auf die bebende Gestalt im Krankenbett zu werfen. Eines Nachts verkrampfte Frank so heftig am ganzen Körper, dass die diensthabende Ärztin doch ein mildes Mittel spritzte. Vierundzwanzig Stunden später wurde Frank endlich ohne Komplikationen aufgeweckt. Verwirrt dreinblickend, wie ein frisch geschlüpftes Küken, wunderte sich dieser besorgt, warum ihm denn alle Knochen so höllisch weh taten. „Frank, du hast einfach nur schrecklichen Muskelkater, du hättest dich sehen sollen", versuchte Walter diesen zu beruhigen, was jedoch eher das Gegenteil bewirkte.*

Als der Genesende wenige Tage später wieder einigermaßen bei Kräften und klar im Kopf war, hatte Walter ihm genau das gleiche, unglaubliche Angebot unterbreiten dürfen, das auch sein eigenes Leben so nachhaltig geändert hatte. Während Franks Tage im Koma hatten Walters Vorgesetzte natürlich einige Fragen an ihn. Mit einem Helikopter wurde er insgesamt zweimal zum einigermaßen nahe gelegenen Pendleton-Marinestützpunkt geflogen, wo er über eine sichere Leitung das Geschehene an die Zentrale in Genf berichtete. Franks entschiedenes Eingreifen hatte er natürlich in allen Einzelheiten gewürdigt und zu seiner eigenen Verblüffung hatte er bei der Rückreise den Auftrag im Gepäck, diesen für das CBESS anzuwerben. Offenbar wurde Frank im Vorfeld doch deutlicher als vermutet durchleuchtet. Seine Qualifikation für den Job an sich war hervorragend, wenn man seine Geschichte kannte. Er hatte sich nach dem Ende seiner militärischen Dienstzeit nur ziemlich gehen lassen. Später fand Walter auch den eigentlichen Grund heraus: Frank hatte auf dem Berg Dinge gesehen, die für den Rest der Welt nicht existierten, ja nicht einmal vorstellbar waren. Um solch ein Geheimnis zu bewahren, gab es seit Jahrtausenden nur zwei zuverlässige Möglichkeiten: Den Mitwisser beseitigen oder mit ins Boot holen. Angesichts der entschlossenen Mithilfe am Berg wurde der für Frank zweifelsohne angenehmere Weg gewählt.

Walter hatte endlich den Bericht über die Ereignisse in München zu Ende gelesen und schloss für einen Moment die Augen. So konnte er am besten nachdenken, ohne von störenden Reizen abgelenkt zu werden. Langsam öffnete er wieder die Augen und blickte Frank, dem Verfasser des Dokuments, direkt in das mit mehreren Kratzern überzogene Gesicht. Ganze anderthalb Stunden wartete dieser bereits geduldig, dass Walter sein Studium der ausführlichen, von ihm niedergeschriebenen Schilderungen über die entsetzlichen Ereignisse in München beendete. Der bequeme Ledersessel, der speziell für seine – manchmal sogar recht langen – Besuche in Walters Büro angeschafft wurde, beförderte ihn in einen wohligen geistigen Schwebezustand, aus dem er sich nur langsam wieder ins Bewusstsein schälte, als er bemerkte, dass sein Freund und kommandierender Offizier offenbar fertig mit der Lektüre des Einsatzberichts war.

Walter erhob sich aus seinem Drehstuhl und ging zum Fenster, das zwar kein atemberaubendes Panorama offenbarte – eine kleine Ecke des Genfer Sees war immerhin zu sehen – aber dennoch eine angenehme Abwechslung zum Inneren des Raumes bot.

„Frank, da habt ihr ja einiges durchgemacht." Walter wedelte mit dessen Bericht in seiner Hand. „Ist das die offizielle Version oder kommt da noch was?"

Frank runzelte die Stirn und warf ihm einen strengen Blick zu: „Viel gab es ja nicht zu berichten. Wir kamen erst in München an, als die Stadt bereits mit leblosen – und noch viel mehr wandelnden – Leichen gepflastert war. Im Chaos wurde ich ziemlich früh vom Team getrennt und der Rest ist so passiert, wie es da steht. Hast du etwas von den anderen gehört?"

Der alle Vorstellungskraft sprengende Ausbruch des Anabo-Virus in München, dessen Auswirkungen auch Jahre später noch auf der ganzen Welt zu spüren sein würden, war erst ein paar Tage zuvor eingedämmt worden. Nachdem sie Frank in der ausgebrannten Ruine dieser ehemals florierenden Millionenstadt ausfindig machen konnten, hatten sie ihn direkt nach Genf ausgeflogen. Das Protokoll für alle Außeneinsätze des *CBESS* sah vor, dass jeder Agent, isoliert von allen anderen, seinen Bericht verfassen sollte – im *Bureau* glaubte man, dass man sich in einer solchen begrenzten Zwangsabschottung am detailliertesten erinnern kann. Frank kannte das Prozedere von den bisherigen Einsätzen, so dass er sich bereitwillig in seine Teilzeit-Gefangenschaft fügte und schnellstmöglich die erlebten Geschehnisse zu Papier brachte. Das Ergebnis lag nun auf Walters Schreibtisch direkt neben einem ziemlich dicken Dokumentenstapel. Seit seinem Aufbruch von München hatte er noch keine Gelegenheit gehabt, sich über den Zustand seiner Teamkameraden zu vergewissern, was er nun nachholte.

Walter ignorierte die letzte Frage schlichtweg, sein durchdringender Blick ruhte ein wenig zweifelnd auf seinem Freund und Weggefährten, bis dieser schließlich nachgab.

„Boah, du bist echt knallhart! Eines wäre da vielleicht noch: Du bist wahrscheinlich der Einzige, der mich deswegen nicht für bekloppt hält. Alles sah danach aus, als wären das die gleichen Zombies wie im Mount Disappointment, du weißt ja, Anabo-Virus und so. Die in München waren die gleichen und doch auch irgendwie anders, irgendwie organisierter. Vor vier Jahren haben die sich einfach nur auf uns stürzen wollen, in München hatte ich aber das Gefühl, sie wüssten, was sie taten – zumindest ein bisschen. Das ist aber nur so eine Ahnung, am Ende wollten sie uns ja doch alle nur fressen. Auf das Gehirn hatten sie es besonders abgesehen. Wenn es einen erwischte, haben die den Kopf geknackt und einfach alles ausgeschlürft." Er verzog angewidert das Gesicht, als er sich zurückerinnerte.

Walter stand an das Fensterbrett gelehnt und knetete nachdenklich das Kinn. „Du hast recht, das klingt erst einmal ziemlich schräg. Als wären das keine stumpfen Zombies, sondern eher irgendetwas anderes – irgendwie mit Köpfchen. Aber lass uns da vielleicht später noch einmal darüber sprechen." Als wäre ein unsichtbarer Vorhang gefallen, verschwand nun das Grübeln aus Walters Miene und machte einem breiten Grinsen Platz. „Genug fürs Protokoll. Frank, du ahnst ja nicht, wie froh ich bin, dass du wieder in einem Stück hier bist. Ich habe mir ganz schön Sorgen gemacht. Lass dich umarmen, alter Freund."

Walter stürmte mit ausgebreiteten Armen auf ihn zu.

Frank ließ die Umarmung sichtlich verlegen über sich ergehen. „Ist ja gut, ich kann doch auf mich aufpassen", konnte er gerade noch aus seinen freundschaftlich zusammengepressten Lungen herauszischen. „Aber wie geht es denn nun den anderen?"

Augenblicklich verlor die Umarmung an Kraft. Ein trauriger Schatten legte sich über Walters Gesicht. Er legte die Hand auf Franks Schulter, drückte ihn in den Sessel zurück und nahm selbst auf der weichen Armlehne Platz. „Sieht nicht gut aus. Von Team *Hunter* haben wir überhaupt nichts mehr gehört. Und von deinen

Kameraden aus Team *Recon* ist Pierre der Einzige, der sich ohne Hilfe auf den Beinen halten kann. Drei weitere liegen auf der Krankenstation."

„Pierre hat es also doch geschafft!" Frank klatschte begeistert in die Hände. „Kann ich ihn sehen?"

„Da musst du noch etwas warten, er schreibt immer noch an seinem Bericht. Er hat wohl etwas mehr in München erlebt als du."

Für einen Moment herrschte verlegenes Schweigen zwischen beiden, als Walter schließlich entgegnete: „Immerhin sind wir jetzt etwas schlauer als vorher." Walter rückte den armdicken Papierstapel auf seinem Tisch zurecht. Das verschlungene goldene Wappen des *CBESS* war deutlich auf dem Deckblatt zu erkennen.

Frank glotzte ungläubig auf den Papierberg: „Ist es das, was ich denke?"

- 4 -

Chinesisches Steppen-Hochland

Asphalt, Asphalt, Asphalt!

Und dann nur noch Schotter, Schotter, Schotter!

Und nach dem Schotter kam nur noch
Staub, Staub, Staub!

Alexander, David, Stephen, William und Bolor erreichten soeben die Kuppe des Berges und genossen ihre wohlverdiente Pause.

Die letzten zwei Wochen hatten sie die halbe Mongolei durchquert, in Jurten geschlafen, mit den Einheimischen getanzt, Kamelkarawanen begleitet und waren in Salzseen geschwommen. Ihr selbstgewähltes Problem dabei war nur, sie hatten als Transportmittel für diese Reise das Fahrrad ausgesucht. Dummerweise war in diesem Teil der Welt an bequem befahrbare Straßen und schnelles Vorankommen nicht zu denken.

Irgendwie hatten sie es sich ganz anders vorgestellt, ihr großes Abenteuer. In der Tat bewegten sie sich gerade durch eine faszinierende Landschaft und der Kontakt mit den Einheimischen war stets angenehm, doch das ersehnte Gefühl der Erfüllung und Befriedigung wollte sich seit Tagen einfach nicht mehr einstellen.

Die drei jungen Freunde Alexander, David und Bolor hatten letztes Jahr das Abitur in Köln gemacht und auf der Suche nach einer würdigen Abschlussreise hatte Bolor vorgeschlagen, gemeinsam die Mongolei zu besuchen. Er selbst war Halbmongole – seine Mutter arbeitete als Dolmetscherin in der Botschaft und hatte einen deutschen Mann geheiratet. Er sprach zwar recht gut mongolisch, hatte jedoch nur zweimal seine alte Heimat persönlich besuchen können – das Versäumte wollte er mit dieser Gelegenheit nur zu gerne nachholen. Auch die anderen beiden waren von der Idee sofort begeistert. Da kurz zuvor ein bekannter Weltenbummler einen Vortrag in ihrer Schule gehalten hatte – er war ganz allein mit dem Fahrrad beinahe komplett Australiens Küste entlanggefahren – fühlten sie sich in ihrem jugendlichen Enthusiasmus sogleich berufen, ihm nachzueifern.

Und während der Rest ihres Jahrgangs versuchte, auf Mallorca alles Gelernte mit Unmengen von Alkohol wieder aus den Köpfen herauszufeiern, hatten die drei Freunde sich gewissenhaft auf ihr Abenteuer vorbereitet. Wer schließlich die Idee hatte, das Ganze noch ein wenig auszuweiten, wussten sie nicht mehr. Doch das Ergebnis war nun, dass sie sich nicht mehr auf Bolors Heimat beschränkten, wo die Reise in den *Brennenden Bergen* am Südrand der Wüste Gobi ihr Ende finden sollte. Stattdessen hatten sie einstimmig die weltbekannte Stadt Lhasa in Tibet als Ziel ihrer Reise auserkoren – und so wurden aus achthundert Kilometern mehr als viertausend.

Mittlerweile hassten sie sich für diese Entscheidung. Seit sie die mongolischen Steppen und die Wüste Gobi hinter sich gelassen hatten, gab es kaum noch ein flaches Wegstück. Eine knappe Woche lang durchquerten sie nun bereits das hügelige Hochland, in dessen Rand sich der Gelbe Fluss über die Jahrtausende sein mäanderndes Zuhause gegraben hatte. Die umliegenden Berge waren nicht sonderlich hoch oder steil und doch machte das ständige Auf und Ab sie auf Dauer mürbe, so dass seit ein paar Tagen ihre Beinmuskeln unentwegt brannten – sogar im Schlaf. Dazu kam der stetige Seitenwind, der sie die ganze Zeit über zu verhöhnen schien: Kaum hatten sie gehofft, dass dieser nach einer kurzen Flaute zur Ruhe gekommen sei, kam schon die nächste Böe, die ihnen den Staub in jede noch so kleine Ritze wehte.

Lediglich die beiden Briten blieben von den Strapazen ziemlich unbeeindruckt. Stephen und William waren Reisereporter der britischen BBC und dokumentierten die Reiseerfahrungen der drei. Umsichtigerweise hatte das Pressehaus zwei erfahrene und hervorragend trainierte Mitarbeiter für diese Story ausgewählt. Obwohl sich die Deutschen und die Journalisten erst am Flughafen von Ulan-Bator persönlich kennengelernt hatten, waren sie sehr schnell zu einem harmonischen Team zusammengewachsen. Ohne die BBC hätte es diese Reise wohl auch nicht gegeben: Die Briten halfen bei der Finanzierung und erleichterten die Erteilung der nötigen Einreisegenehmigungen ungemein, im Gegenzug lieferten die drei Deutschen den Stoff für eine verwertbare Dokumentation – mit allen Höhen und Tiefen, wobei derzeit das Pendel mehr nach den negativen Aspekten hin ausschlug.

Von der soeben erreichten Kuppe aus konnten sie einen großen Teil des Berglands überblicken: Ein Meer aus staubigen Hügeln erstreckte sich, so weit das Auge reichte – und in der Ferne suchte sich der Gelbe Fluss unermüdlich seinen Weg. An dem einen oder anderen Hang sahen sie ausgetrocknete Terrassen und kleinere Bauerndörfer. Auf einem größeren Plateau knabberte eine Ziegenherde an den letzten sich bietenden Vegetationsresten, darüber hinaus herrschte das allgegenwärtige Rotbraun eines ausgedörrten Landstrichs vor, in dem es seit Wochen nicht mehr ergiebig geregnet hatte. Stephen zückte seine Kamera und hielt das Panorama für die Nachwelt fest, während William längst den Gaskocher für den Pausentee angeworfen hatte. Die drei jungen Abenteurer hingegen würdigten die Landschaft keines Blickes, sie setzten sich an den Wegesrand und versuchten, sich in einem bizarren Wettstreit zu übertrumpfen: Wer am herzerweichendsten jammern konnte. Auch diesen authentischen Moment bannte Stephen auf den Speicherchip seiner Kompaktkamera.

Eine halbe Stunde und zwei Teetassen später packten die beiden Journalisten ihr Gepäck wieder zusammen – die zu erwartenden enttäuschten und gequälten Laute der drei Abiturienten ließen nicht lang auf sich warten. Doch es nützte nichts, sie mussten weiter. Seit einigen Tagen bereits vollzogen sie immer das gleiche nervenzehrende Ritual – ohne die beiden Reporter hätten sie sicherlich längst die Reise abgebrochen. Das grummelige Ächzen und Stöhnen, das ihnen entfuhr, als sie sich wieder aufrichteten und die malträtierten Beinmuskeln ihre Schmerzbotschaft sendeten, erinnerte ein wenig an eine blökende Schafherde. Bolor griff tief in seine Gepäcktasche und kramte die letzten Reste des Yak-Trockenfleischs hervor, das sie vor einer gefühlten Ewigkeit von ein paar Mongolen als Proviant geschenkt bekommen hatten. Sie mussten wohl bereits an den ersten Tagen ihrer Reise ein ziemlich armseliges Bild abgegeben haben, denn die wettergegerbten Steppenreiter hatten ihnen eine solche Menge mitgegeben, dass sie in ihren Taschen extra etwas Platz schaffen mussten.

Doch alles Jammern nütze nichts, sie stiegen auf ihre Drahtesel und fuhren los. Nach einigen Minuten verebbten auch die letzten Unmutsbekundungen und sie kurbelten einmütig die sanft abfallende Staubpiste entlang.

Die Sonne stand nun tief im Westen. Es war nicht mehr lang, bis sie sich einen Platz für ihr Nachtlager suchen mussten, als sie eine Kolonne von sechs großen chinesischen Fahrzeugen überholte – vier klassische Geländewagen und zwei Pickup-Trucks. Die Staubwolke hüllte sie zunächst vollständig ein, dass sie gereizt husten mussten. Sie wurde jedoch vom Wind ebenso rasch wieder fortgetragen. Der Konvoi wurde allmählich langsamer und stoppte schließlich einen halben Kilometer vor ihnen. Den Staub aus den Augen blinzelnd sahen sie, wie aus dem Führungsfahrzeug ein großer, schlanker Mann ausstieg und sich in ihre Richtung umdrehte. In den anderen Wagen rührte sich nichts.

Kurz darauf waren sie auf dessen Höhe angekommen und hielten an, gespannt, was er denn von ihnen wollte – dies war schließlich kein Ort, an dem eine Fahrzeugkolonne einfach nur so anzuhalten pflegte. Zu ihrer Verblüffung entpuppte sich der Fremde nicht als Chinese, sondern als Europäer. „Fünf Abenteurer auf dem Fahrrad mitten in China!", rief er ihnen begeistert in perfektem Englisch entgegen. „Das erlebt man wahrlich nicht jeden Tag."

Unschlüssig, was sie darauf antworten sollten, glotzten sie einfach nur zurück. Ihr neuester Fan ließ sich davon nicht irritieren und inspizierte neugierig deren Ausrüstung. „Wow, ihr habt ja allerhand dabei, Zelt, Proviant, Bekleidung." Dann fiel sein Blick auf die beiden Reporter, „und sogar ein halbes Fotostudio mit Filmset. Nicht übel, das muss doch höllisch schwer sein, nicht wahr?"

Das Interesse an ihren Habseligkeiten irritierte sie, es war nicht das erste Mal, dass dadurch gewisse Begehrlichkeiten geweckt wurden. Stephen überwand sein Misstrauen und antwortete vorsichtig: „Nun ja, jeder von uns schleppt ungefähr zwanzig Kilo mit sich herum. Mit der Zeit gewöhnt man sich aber daran." Die drei Deutschen rollten daraufhin mit den Augen – offensichtlich waren sie nicht so ganz seiner Meinung.

Der Unbekannte stieß ein bewunderndes Pfeifen aus. „Wie unhöflich von mir, ich habe mich noch gar nicht vorgestellt: Ich heiße Stuart und arbeite in einer Einrichtung gar nicht weit von hier." Er überflog mit einem ausgedehnten Blick die Landschaft: So weit das Auge reichte, waren nur Berge, Staub und ein paar spärliche Büsche zu erblicken. „Nicht mehr lange und es wird dunkel. Ich möchte euch einen Vorschlag machen: Wir nehmen euch das letzte Stück einfach mit. Platz hätten wir genug." Er zeigte auf die Trucks in der Mitte des Konvois. „Und dann könnt ihr für eine Nacht oder auch zwei in richtigen Betten schlafen." Für einen Moment waren sie sprachlos, doch man sah jedem Einzelnen an, dass diese Aussicht ihnen aufs Äußerste behagte. Bolor hatte sich noch einen Rest Skepsis bewahrt und fragte in holprigem Englisch, was er denn im Gegenzug von ihnen erwarte, schließlich haben sie fast kein Geld mehr dabei.

Stuart lachte freundlich auf. „Ich will doch kein Geld von euch. Davon haben wir genug." Und tatsächlich, der Maßanzug und die hochwertige Fahrzeugflotte zeugten von einer gewissen materiellen Unabhängigkeit. „Das Einzige, was ich mir von euch wünsche, ist eure Geschichte. Ihr habt mich sehr neugierig gemacht, ihr habt doch bestimmt eine Menge erlebt auf eurem Weg. Oder seid ihr etwa gerade erst losgefahren?"

„In Ulan-Bator sind wir losgefahren", posaunte David voller Stolz heraus.

Vor Verblüffung fror Stuart glatt das Gesicht ein. „Ihr seid durch die Gobi bis hierher gekommen? Und die *Brennenden Berge*, seid ihr echt mit den Dingern da durch?", fragte er erstaunt und musterte argwöhnisch ihre völlig verstaubte Ausrüstung.

„Jap! Und bis nach Tibet wollen wir noch!", ergänzte Alexander. Man sah ihnen an, dass sie in der Anerkennung des Fremden regelrecht badeten. Ein äußerst gutes Gefühl nach den Strapazen der letzten Tage.

„Echte Abenteurer!" Stuart lachte und freute sich wie ein kleines Kind. „Und ich dachte, sowas gibt es in der heutigen Zeit nicht mehr. Ihr MÜSST einfach mitkommen. Bitte seid meine Gäste, es wird euch an nichts mangeln", lud er sie strahlend ein erneutes Mal ein. Ohne eine Antwort abzuwarten, winkte er die Besatzung der beiden Pickups heran. Vier kräftige Chinesen, ebenso tadellos gekleidet wie ihr Anführer, stiegen aus und eilten zu ihnen.

Ein paar knappe Kommandos später waren diese schon dabei, die fünf Reisenden von ihrer Last zu befreien und alles umsichtig auf die Trucks zu laden.

„Ach eines noch", entfuhr es ihrem neuen Gastgeber beiläufig. „Die chinesischen Behörden können ziemlich pingelig sein, vor allem bei Reportern mitten im Hinterland. Müssen wir irgendjemandem melden, dass wir euch mitnehmen? Ich möchte nicht, dass ihr Schwierigkeiten bekommt." Die beiden Briten nickten wissend und William verneinte: „So schlimm ist es bei uns nicht einmal – zumindest hier. Der letzte Parteifunktionär, mit dem wir zu tun hatten, hat uns bei der Überquerung des Gelben Flusses sogar eine schöne Reise gewünscht." Stephen warf noch kurz ein: „Wir vermeiden, so gut es eben geht, unseren Presseausweis zu zeigen und die Kameras verstecken wir für gewöhnlich auch besser als jetzt. Erst in zwei Wochen müssen wir uns beim Bezirkssekretär für innere Angelegenheiten in Xianyang melden. Eine kurze Pause sollte also kein Problem darstellen."

Stuarts Augen funkelten im Licht der niedrig stehenden Sonne. „Perfekt, das macht alles um einiges einfacher." Er deutete auf die offenstehenden Türen der ersten beiden Fahrzeuge. „Dann lasst uns einsteigen, unterwegs lasse ich bereits alles für unsere Ankunft arrangieren."

Sie ließen sich nicht zweimal bitten und kurz darauf verschwand die Kolonne in ihrer eigenen Staubwolke.

Genf, Hauptquartier des CBESS

„Ist es das, was ich denke?" Ein gespanntes Glänzen war ganz deutlich in Franks Augen zu erkennen.

Walter strich beinahe zärtlich mit den Fingern über das Papier. „Oh ja! Endlich, nach vier Jahren, hat man uns, den einzigen zwei noch lebenden Menschen – naja vor der Sache in München – die von einer Begegnung mit diesen Dingern berichten können, auch mal die Hintergründe rausgegeben. Da steht zwar nicht alles drin, aber ich verstehe nun so manches, das uns bisher Kopfschmerzen bereitet hatte."

Das Ganze lag nun etwa vier Jahre zurück. Walter und Frank hatten in dieser Zeit alles versucht, um herauszufinden, was genau dort im Berg geschehen war – bisher erfolglos. Stets hieß es von oberster Stelle: „Wir sind ein Geheimdienst, jeder erfährt nur so viel, wie unbedingt notwendig ist. Nicht mehr und nicht weniger", und damit war die Diskussion immer wieder recht schnell erledigt gewesen. Walters Vorkenntnisse waren, obwohl er monatelang seine Wachschichten in den Tiefen des Mt. Disappointment schob, sehr überschaubar. Er wusste nur, dass es sich um einen Virus handelte – das Anabo-Virus. Ihnen blieb nichts weiter übrig, als die wenigen Puzzlesteine selbst zusammenzufügen.

Walter hatte immer wieder auf den General eingeredet, dass alle einen Nutzen davontrugen, wenn sie doch nur wüssten, womit sie es zu tun hatten – dies blieb trotz seines Überzeugungstalents jedes Mal aufs Gleiche ohne Erfolg. Doch vor zwei Tagen, in München waren mittlerweile die Aufräumarbeiten in vollem Gange, wurde Walter zu General Pokov befohlen und auf dem Rückweg hatte er die entsprechende Sicherheitsfreigabe im Gepäck.

„Aber freu dich nicht zu früh. Er hat all das nicht einfach so rausgegeben." Walter deutete mit einem flüchtigen Blick auf den Dokumentenstapel. „Wir haben wieder zu tun, ein neuer Auftrag."

Frank spannte sich in seinem Sessel. Sorgenfalten überzogen sein Gesicht: „Wir haben nicht mal richtig angefangen, das Chaos und die Hinweise auf unsere Anwesenheit in München zu beseitigen. Von beiden Einsatzteams sind nur noch ein paar Agenten am Leben und wir sollen schon wieder da raus? Das ist doch …"

Walter brachte ihn mit einem eindeutigen Blick zum Schweigen.

„Beruhig dich Frank. Das wird kein Kampfeinsatz. Wir sollen uns nur ein bisschen umschauen und das eine oder andere Gespräch führen."

Frank entspannte sich ein wenig, doch die Sorgenfalten blieben. „Und wer gehört dazu? Die anderen müssen erst einmal wieder richtig zusammenwachsen. Pierre und ich sind doch die Einzigen, die München einigermaßen unbeschadet überlebt haben."

„Zusammen mit dem General baue ich gerade das neue Team auf. Pierre, du und ich sind auf jeden Fall dabei und die anderen werden wir bestimmt früh genug kennenlernen."

„Du kommst auch mit? Hast du was angestellt? Wurdest du degradiert?" Franks Sorgenfalten gruben sich tiefer in seine Stirn.

„Nein, alles bestens, aber das war die Bedingung. Entweder wir sind Teil der Operation und erfahren, was die damals genau gemacht haben oder der General stellt ein ganz neues Team zusammen und wir hocken weiter ahnungslos hier in Genf rum." Er machte eine wegwerfende Geste in sein Büro. „Ich finde sowieso, dass ich mal wieder hier raus sollte. Dann machen eben andere den Papierkram."

„Wow, dann erzähl mal. Was haben die da im Berg damals getrieben?"

„Das ist gar nicht so einfach zu beantworten. Auf jeden Fall war das Forschungsprojekt teils zivil, teils militärisch. Der ganze Papierstapel hier besteht fast nur aus wissenschaftlichen Notizen und Forschungsergebnissen. Ich habe mir wirklich große Mühe gegeben, da mitzukommen, doch das meiste ist für mich nur komisches Kauderwelsch." Sein Gesicht hatte dabei einen resignierten Ausdruck angenommen.

„Haben wir jemanden da, der uns das übersetzen kann?"

„Ja, bald. Unsere neue japanische Kameradin soll eine geniale Mikrobiologin sein, ich denke, sie wird uns das alles etwas weniger kompliziert erklären können."

Frank nickte zustimmend und blickte ihm erwartungsvoll in die Augen.

„Was wir ja schon wissen, weil ich damals lange genug in der Anlage war: Das Projekt hieß *SysThan*. Ich wusste bis gestern nicht, was das bedeutete, doch nun ist zumindest dieses Rätsel verblüffend einfach zu lösen gewesen."

Frank richtete sich aufmerksam im Sessel auf, um Walters Ausführungen besser folgen zu können.

„Der Name bezieht sich auf die griechische Mythologie. Und zwar auf Sisyphos und Thanatos. Thanatos war der Gott des Todes, der, wie es nunmal sein Job war, die Menschen in die Unterwelt berufen konnte, wenn ihm danach war. Eine ziemlich finstere Gestalt, das kann ich dir sagen. Sisyphos dagegen war ein ganz normaler Sterblicher, der mit Hilfe seines Geistes und einer genialen List den Tod herausforderte." Walter machte eine kurze theatralische Pause: „Und dabei auch noch gewann!"

„Sisyphos, das ist doch der mit dem Stein oder?"

„Ja genau, diese Variante kannte ich schon vorher, doch das Projekt bezieht sich auf das, was in der Geschichte davor geschah. Sisyphos soll der gerissenste aller Menschen gewesen sein. Doch als er den großen Fehler beging, sogar den Göttervater Zeus zu verraten, waren die Bewohner des Olymp nicht allzu gut auf ihn zu sprechen gewesen. Zeus schickte Thanatos, den Todesgott auf die Erde, um ihn höchstpersönlich in die Unterwelt zu schaffen. Eigentlich ein klarer Fall, doch dem verschlagenen Sisyphos gelang es, den göttlichen Besucher so betrunken zu machen, dass er ihn fesseln konnte."

„Wow nicht schlecht, die alten Griechen wussten noch, wie man feiert", bemerkte Frank beeindruckt.

„Da hast du recht, mein Freund. Das ist zwar nicht der älteste, dafür aber wohl der bekannteste altertümliche Mythos, dass der Geist den Tod bezwingen kann. Denn nun, da der Gott des Todes gefesselt war, starb niemand mehr auf der Erde."

„Das klingt nach einer feinen Sache. Wie ging es weiter?" Frank erhob sich und hinterließ einen gut sichtbaren, menschlichen Abdruck in den Polstern des Sessels, welcher sich augenblicklich daran versuchte, seine ursprüngliche Form wieder zurückzugewinnen. Gemächlich trottete er zu der kleinen Bar in der dunkelsten Ecke des Raumes. Er schenkte ihnen beiden jeweils einen doppelten Whisky ein, brachte seinem langjährigen Weggefährten das zweite

Glas und nahm erneut in seinem Sessel Platz. Das Leder ächzte unter dem schweren Mann, der in den letzten Jahren durch intensives Training seine Problemzonen wieder durch Muskeln ersetzen konnte.

„Auf den Tod!", prostete Walter ihm zu und nahm einen genussvollen Schluck. Dann setzte er sich auf eine Ecke seines Schreibtisches, wie so oft, wenn er mit Frank in seinem Büro war. „Zunächst hat sich keiner daran gestört, dass die Menschen nicht mehr starben. Nun ja, Thanatos selbst war natürlich stinksauer, das war klar, aber gefesselt konnte er ja nichts mehr ausrichten. Doch da gab es noch jemanden, dem das nicht recht schmecken wollte: Ares, der Kriegsgott. Denn das Blöde war nun, dass auch auf den Schlachtfeldern niemand mehr starb."

„Ein reizvoller Gedanke, das würde Kriege ziemlich überflüssig machen."

„Oder einfach nur noch grausamer", entgegnete Walter mit traurigem Blick. „Naja, auf jeden Fall ist dann auch Ares vom Olymp gestiegen, hat seinen Götterkollegen befreit und Sisyphos landete in der Unterwelt."

„Hätt ich mir ja denken können, dass das nicht gut geht. Und seitdem rollt er seinen Stein. Das hat man davon, die Götter herauszufordern."

„Von wegen, das war noch nicht das Ende der Geschichte. Sisyphos war zwar nun bei Hades in der Unterwelt, doch dieser wunderte sich, dass für seinen Neuzugang gar keine Totenopfer dargebracht wurden, wie es eigentlich der Brauch war. Was Hades nicht wusste: Sisyphos verbat seiner Frau, nach seinem Tod auch nur das geringste Opfer für ihn darzubringen. So schaffte es Sisyphos ein zweites Mal, durch List dem Tod zu entkommen. Denn er überredete Hades, ihn zurück zu seiner Frau zu schicken, damit er mit ihr ein ernstes Wort sprach und diese gefälligst ein paar Totenopfer springen ließ."

„Lass mich raten, Sisyphos ist einfach geblieben."

„Du sagst es. So machte er sich noch eine schöne Zeit auf Erden. Ewig hielt das natürlich nicht, am Ende kam Thanatos noch einmal, ließ sich diesmal nicht überrumpeln und verschleppte ihn endgültig in die Unterwelt. Und da bekam er auch die berühmte Strafe, bei der er den Stein diesen Berg hinauftragen darf, welcher immer wieder kurz vor dem Gipfel hinunterrollte. Und genau deswegen hieß das Projekt *SysThan*, denn auch die Forscher wollten den Tod bezwingen, nicht unbedingt mit List, aber ohne Zweifel mit Hilfe des menschlichen Geistes."

„Das haben die schlussendlich auch geschafft, wir haben das ja am eigenen Leib erfahren." Das Glas in Franks Hand erbebte nun leicht, als sich vor seinem geistigen Auge die damaligen Szenen erneut abspielten. „Zum Glück waren diese Dinger doch nicht so ganz unsterblich."

„Oh ja, sonst wären wir jetzt nicht hier. Mit einer Sache haben wir aber gehörig danebengelegen: Es waren keine Untoten oder Zombies!", überrumpelte ihn Walter.

Frank horchte auf. „Was dann?"

Walter lachte. „Da sind wir wohl ein Opfer von Hollywood geworden. Echte Zombies, also wandelnde Tote, gibt es nicht."

Frank legte den Kopf schief und blickte den Freund verwirrt an. Schließlich verwarf dieser mit seinen Worten ihre damals sorgsam zusammengegrübelte Theorie.

„Zombies sind ja Tote, die wiedererweckt werden und dann wieder auf Erden wandeln. Die Dinger damals im Berg und auch die in München sind aber nie gestorben, sondern haben den Schritt übersprungen und sind direkt zu den Bestien geworden, die wir schließlich in Aktion erlebt haben."

›Wie spießig‹, dachte sich Frank, ›die sind genauso blöd wie Zombies, die fressen Hirne wie Zombies, sind genauso unverwundbar wie Zombies. Man darf sie aber nicht so nennen, bloß weil sie vergessen haben, vor ihrer Verwandlung zu sterben. Am Ende bekommen die auch noch einen Gleichstellungsbeauftragten, der für ihre Rechte eintritt.‹

„Aber das sind ja eher Haarspaltereien", bügelte Walter mit einer wegwerfenden Geste ab, offenbar hatte er erraten, in welche Richtung Franks Gedanken kreisten. „Viel interessanter ist: Mittlerweile weiß ich so ungefähr, wie das alles funktioniert. Wenn ich es halbwegs richtig verstanden habe, dann haben wir mit unseren Vermutungen zu dem Virus gar nicht so weit danebengelegen."

Ein kleiner Moment der Verlegenheit verging, in dem beide still und in Gedanken verloren in ihre Gläser starrten, bis Walter wieder ansetzte: „Okay, Frank, ich versuch's mal. Ich hoffe, ich erklär das jetzt nicht vollkommen falsch. Du weißt ja, wir alle sterben irgendwann, weil unser Körper mehr oder weniger aufhört, neue Zellen zu bilden. Zumindest nicht genug davon. Diese Wissenschaftler hatten sich vorgenommen, genau das zu ändern. Wie genau, das steht irgendwo da drin." Walter schielte kurz auf den Papierstapel auf dem Tisch. „Ich weiß nicht mehr, mit welchen Viren die tatsächlich rumgepfuscht haben, um unsere Körper dazu zu bringen, wieder mehr neue Zellen zu bilden – auf jeden Fall waren das einige. Was der Virus genau bewirkt, da habe ich null Ahnung, irgendwas mit Stammzellen. Unsere neue japanische Kollegin wird uns das später bestimmt erklären können. Auf jeden Fall sorgt dieser neue Virus dafür – wir wissen ja schon, dass er Anabo-Virus heißt – dass verdammt viele neue Zellen produziert werden und wir deswegen nicht mehr altern und sterben."

„Das klingt doch echt super, aber warum wollten die uns dann anknabbern?"

„Ja, schwer zu sagen. In einer Passage stand etwas drin, dass die Teilnehmer einen extrem schnellen Stoffwechsel bekommen und deshalb ziemlich großen Hunger kriegen. Aber auch das war kein besonderes Problem, die Portionen sind dann eben etwas größer geworden. Jedoch nach ein paar Tagen bis Wochen hatten sich die Teilnehmer alle verändert: Ihr Hunger wurde unstillbar. Das Merkwürdige war, sie klagten über einen unglaublich intensiven Appetit, doch ihr Essen hatten sie nicht angerührt. Die Forscher waren ziemlich verwundert darüber und konnten sich zunächst noch keinen Reim darauf machen. Im Laufe der Zeit haben die Infizierten dann geistig enorm abgebaut und sind richtig aggressiv geworden. Einer hatte sogar einen Wärter getötet, ihm den Kopf mehr oder weniger abgerissen und dann versucht, das Gehirn zu verspeisen. Nur ein tödlicher Kopfschuss konnte das beenden.

In den nächsten Tagen sind sie schließlich wieder ruhiger geworden. Zu ruhig sogar, sie sind einfach nur apathisch in den Zellen rumgelaufen und ein paar Tage später waren sie alle tot."

„Doch nix mit unsterblich."

„Ja, das war noch am Anfang der Experimente. Im Tierversuch gab es diese Art von Problemen nicht. Ich glaube, dass die im Laufe der Zeit ziemlich genau herausgefunden haben, woran das lag, aber ich kann kein Lateinisch. Es sah so aus, als fehlte den Teilnehmern eine bestimmte Substanz im Gehirn. Und um weiterleben zu können, versuchten sie dann eben, unsere Gehirne zu essen. Als die Forscher das herausgefunden hatten, versuchten sie, die fehlende Substanz herzustellen und den Versuchspersonen zu verabreichen. Ich habe nichts dazu gefunden, wie sie das gemacht haben, aber irgendwie haben sie das in den Griff bekommen." Walter machte eine kurze Pause, nippte an seinem Whisky und sammelte seine Gedanken.

Frank blickte mit einem grüblerischen Blick zu ihm auf. „Ja, das erklärt so einiges." Nach einer Denkpause sagte er schließlich: „Aber so richtig unsterblich waren die dann doch nicht. Schließlich haben wir auch einige umgelegt."

„Unsterblich heißt ja nicht unverwundbar. Ich weiß nicht, wie es bei dir war. Aber mir wird immer noch ganz anders, wenn ich mich an damals zurückerinnere." Eine eiskalte Gänsehaut wanderte seinen Rücken hinunter. „Ich bin echt kein schlechter Schütze, aber wenn die einfach weiterlaufen, als wäre nichts gewesen, dann fängt doch jeder an, an seinem Verstand zu zweifeln. Schuss ins Bein, die fallen hin, stehen aber wieder auf. Volltreffer am Körper, die merken das nicht mal. Das Einzige, womit wir wirklich etwas ausrichten konnten, war ein Schuss in Kopf oder Herz, danach stehen auch die nicht mehr auf. Jetzt wissen wir immerhin, warum das so ist." Er schlug mit der flachen Hand auf den Papierhaufen, woraufhin dieser ein wenig verrutschte und sich die Hälfte davon fächerartig über die Tischplatte verteilte. Walter machte keinerlei Anstalten, die Unordnung wieder zu richten.

„Dieser geheimnisvolle Anabo-Virus sorgt ja dafür, dass sich rasend schnell wieder neue Zellen bilden. Das bedeutet unter anderem auch, dass Wunden und Verletzungen mit einer unerwarteten Geschwindigkeit wieder verheilen. Unsere Schüsse haben denen natürlich arg zugesetzt, doch die Wunden haben sich ziemlich schnell wieder geschlossen. An einer hässlichen Bauchwunde gehen die früher oder später auch zugrunde, doch bis es so weit ist, überleben die noch ziemlich lange. Für Unsereins wäre solch eine Verletzung unvermeidlich das Ende – ein paar letzte Atemzüge, dann ist es aus. Doch diese Wesen könnten so zugerichtet noch längere Zeit ihr Unheil anrichten, bis auch diese irgendwann ihren letzten Lebenshauch ausblasen. Das Faszinierende daran: Während der Heilung verbrennen diese regelrecht von innen. Der Kreislauf dreht dabei so richtig auf Hochtouren und die bekommen unbändigen, wilden Hunger. In diesem Zustand stürzen die sich auf alles, was irgendwie den Magen füllt. Eine Versuchsgruppe von Infizierten hatte sich damals beim Projekt sogar selbst massakriert. Ein Versuchsobjekt wurde von den Forschern aus sicherer Entfernung beschossen und dann wurde abgewartet, was passiert. Ein paar Minuten geschah erstmal nichts, er kratzte nur unruhig an der Tür, zu der immer das Essen hereingebracht wurde. Als von dort nichts Essbares kam, wurde er immer nervöser. Er ist wie wild umhergehetzt, als wäre er auf der Suche nach etwas, oder passender ausgedrückt, auf der Jagd. Irgendwann stürzte er sich ohne Vorwarnung auf die anderen, die mit ihm im Versuchsraum eingesperrt waren und schlug seine Zähne in alles, was er schnappen konnte. Das war dann der Anfang vom Ende. Die anderen, nun auch verwundet, setzten dieses Spiel fort, bis nur noch drei übrig waren. Diese machten sich dann in aller Ruhe über die Leichen her, bis zwei Tage später nur noch einer übrig war."

„Hmm, ich weiß nicht so recht", erwiderte Frank. „Meine Beobachtung in München war da ganz anders. Ich habe nichts mitbekommen, dass die sich gegenseitig an die Wäsche gegangen sind. Die sind sofort auf uns normale Menschen losgegangen, aber, ich weiß wie bescheuert das klingt, untereinander waren die regelrecht friedlich."

„Interessant. Wie gesagt, ich verstehe bei Weitem nicht alles, was da drin steht. Vielleicht findet unser Neuzugang deren Geheimnis heraus." Walter zuckte verwirrt mit den Schultern. „Zurück zu den Ergebnissen: Ab dann haben die Forscher die Kurve gekriegt und es hat tatsächlich geklappt mit der Unsterblichkeit. Die Teilnehmer waren sogar alle recht brav, wenn auch ziemlich hohl. Es stellte sich heraus, dass es doch eine gewisse Nebenwirkung gab: Der Virus wirkt wahrscheinlich vor allem im Gehirn und ist nicht gerade zimperlich. Nach der Infektion wird ein ziemliches Stück Hirnmasse einfach so vernichtet. Das passiert aber nicht wie bei einem Schlaganfall, wobei einzelne Hirnbereiche absterben, sondern überall im Gehirn gehen gleichmäßig die grauen Zellen verloren.

Die Folgen sind unterschiedlich: Ein paar Versuchsteilnehmer sind daran gestorben und andere sind zu einer leeren menschlichen Hülle geworden, deren Existenz sich nur noch auf Essen, Trinken und Schlafen beschränkte. Ungefähr die Hälfte jedoch blieb einigermaßen geistig erhalten. Dabei zeigte sich, dass diejenigen, die bereits vorher geistig aktiv und intelligent waren, zwar definitiv einiges einbüßten, aber immer noch zu brauchbaren Gesprächen in der Lage waren. Die anderen endeten geistig ungefähr auf dem Niveau eines Kleinkindes oder eines Seniden mit mittelschwer fortgeschrittener Demenz. Sie verstanden ungefähr, was man sagte, konnten auch einfache Antworten geben, mehr aber auch nicht."

„Na wenn das so ist, habe ich echt keinen Bock auf Unsterblichkeit."

„Sieht ganz danach aus. Doch gerade die schlaueren Probanden konnten sich davon auch wieder erholen. Ein paar Wochen später waren sie fast wieder vollkommen auf der Höhe. Ein paar Erinnerungen fehlten zwar noch, aber wie es scheint, hat sich das Gehirn wieder neu aufgebaut und zumindest vom Grips her waren sie wieder voll da. Auch die anderen hatten sich ein wenig erholt, doch auch nach Monaten war abzusehen, dass sie nie wieder ganz die Alten geworden wären. Mit einem Computer zum Beispiel konnte keine dieser Testpersonen etwas Sinnvolles anfangen."

„Obwohl, ein bestimmter Abschnitt hier, ein paar Zettel irgendwo in der Mitte, war recht interessant." Walter tätschelte sanft die verstreuten Papiere. „Einer der Degenerierten schien ziemlich musikalisch gewesen zu sein. Unter den Printausdruck eines Musik-Lerncomputers für Kinder hatte ein Forscher Musiknoten gemalt. Ich habe keine Ahnung von Noten, aber darunter stand ganz fett *awesome*, also schien die Melodie des unsterblichen Wunderknaben recht brauchbar gewesen zu sein. Naja egal, kurz und knapp kann man sagen: Ein genialer, sterblicher Professor wird durch den Virus zu einem mittelmäßigen, unsterblichen Professor und der normale Durchschnittsbürger wird zu einem unsterblichen Durchschnittsblödmann."

Walter machte eine kurze Pause, damit Frank das Gesagte erst einmal verarbeiten konnte. Er selbst hatte Stunden über den Dokumenten gebrütet, um denen Stück für Stück diese Informationen zu entreißen. Doch welche Gedanken nun nach diesem komprimierten Schnellkurs in Franks Kopf umherschwirrten, konnte er nur vermuten.

Dieser hockte vornübergebeugt im Sessel, die Ellbogen auf die Knie gestützt und drehte unablässig das geleerte Glas im Uhrzeigersinn. Walter ging nun selbst zur Bar, nahm die Whiskyflasche heraus und schenkte seinem Freund nach. Sein eigenes Glas füllte er nur zur Hälfte, bevor er die Flasche wieder zurückstellte. Für die nächsten Augenblicke gesellte sich ein zutiefst empathisches Schweigen zu den beiden – beinahe so präsent wie eine dritte Person.

Sichtlich von seinen eigenen, kreisenden Gedanken eingenommen, unterbrach Frank schließlich diese erdrückende Stille: „Boah, wer macht denn solche Versuche? Das ist ja widerlich! Untote, die sich gegenseitig auffressen und jeden anderen gleich mit. Hatte keiner die Idee, das Ganze nicht einfach zu stoppen? Vor allem, wo haben die nur die Leute für die Versuche her? Freiwillige waren das ja bestimmt nicht."

„Dieses Rätsel kann ich sogar ohne Hilfe lösen. Ein paar der Versuchspersonen waren tatsächlich freiwillig da. Das waren kranke Obdachlose oder hoffnungslose Fälle ohne Geld oder eine Krankenversicherung. Man hatte ihnen für die Teilnahme am Projekt eine letzte Chance auf Heilung angeboten. Ich selbst habe diese immer wieder in einem klapprigen Truck den Berg hinaufgefahren und zur Anlage gebracht. Eigentlich durfte ich nicht mit ihnen sprechen, aber du weißt ja, wie das ist: Hier ein kleines Wort, dort eine kurze Bemerkung und schon bist du mitten drin im Gespräch. Für diese Leute waren wir wirklich die allerletzte Hoffnung, fast alle hatten Krebs im Endstadium oder irgendein schweres Organversagen. Ich glaube nicht, dass auch nur einer von ihnen mehr als noch einen Monat zu leben hatte. Die Kranken waren für den medizinischen, friedlichen Teil der Forschung bestimmt und wie es aussah, konnte man denen wirklich helfen. Zumindest kann ich mich noch ganz gut an diesen einen Kerl erinnern, Scott hieß er. Der Arme schleppte eine miese Hepatitis mit sich rum und war so schwach, dass er schon im Rollstuhl saß. Er ließ sich davon aber nicht unterkriegen, er kannte wirklich gute Witze über den Tod – makaber oder? Auf jeden Fall habe ich den auch noch Monate später mal hier und mal da erspähen können.

Doch irgendwann hatte auch das ein Ende, aber bis dahin sah er sogar ziemlich vital aus."

Frank musterte ihn mit einem Stirnrunzeln, Walter sprach jedoch ungehindert weiter: „Bei den anderen Versuchsobjekten kann ich nur raten. Ich glaube nicht, dass sich bis auf die Todkranken noch jemand überreden ließ, freiwillig mitzumachen. Vermutlich waren das dann eher Leute, die niemand vermissen würde: Gefangene aus dem Todestrakt, der eine oder andere Obdachlose vielleicht. Ich würde tausend Dollar dafür verwetten, dass auch ein paar Gefangene aus Guantanamo dabei waren und ein paar russische Sträflinge aus Sibirien, aber Genaues weiß ich natürlich nicht. In den Akten steht dazu jedenfalls kein einziges Wort."

Frank sagte nichts dazu, lediglich sein Mienenspiel ließ erkennen, was er von solchen Praktiken hielt. Minutenlang saßen sie beide noch schweigend beisammen. Walter musterte seinen grübelnden Freund, während dieser die neu gewonnenen Erkenntnisse sortierte und verarbeitete. Dann erhoben sie sich wortlos und brachen auf, um in den ruhigen Gassen von Genf einen trinken zu gehen.

- 6 -

Unterirdische Forschungsanlage, Zentralchina

Bolors anfängliches Misstrauen hatte sich in der Tat bestätigt: Dieser Stuart hatte niemals vorgehabt, sie wieder gehen zu lassen. Anfangs hatten sie noch völlig unbeschwert seine Gastfreundschaft genossen: Sie sind in einem Dörfchen am Rand einer mysteriös wirkenden Felsklippe untergekommen und hatten endlich wieder Gelegenheit, sich zu duschen, eine gehaltvolle Mahlzeit einzunehmen und in weichen Betten zu schlafen – die reinste Wohltat nach mehreren Tagen mit Fahrrad und Zelt. Auch der darauf folgende Tag verlief unverdächtig, sie hatten ihrem Gastgeber von ihren Erlebnissen erzählt, welcher ihnen mit aufrichtiger Faszination gelauscht hatte. Den Nachmittag nutzten sie zur Wartung ihrer geschundenen Zweiräder – der Staub hatte den Fahrradteilen spürbar zugesetzt, früher oder später hätten sie unweigerlich mit den ersten schwereren Defekten zu rechnen gehabt. Dies stellte jedoch keine Sorge mehr dar, keiner von ihnen glaubte wahrhaftig mehr daran, dass sie ihre Expedition einfach so wieder fortsetzen könnten. Eigentlich hatten sie vor, am folgenden Tag wieder aufzubrechen, doch Stuart wollte sie nicht gehen lassen, bevor er ihnen nicht seinen Arbeitsplatz, eine unterirdische wissenschaftliche Anlage, gezeigt hatte. Zähneknirschend stimmten sie zu, schließlich wollten sie nicht unhöflich sein und ließen sich von ihm in den Untergrund führen. Zögernd traten sie in ein monströses Ungetüm von Lift und befanden sich nach einer rumpelnden Abfahrt viele Meter unter der Erde.

Als sich die Türen zur Seite schoben, drückte sie eine Wand aus warmer Luft regelrecht wieder von den Lifttüren weg. Es wirkte wie in einem schlechten Science-Fiction-Film: Bis auf die grellen Deckenleuchten bestand alles aus blankem Metall: Boden, Wände, Türen, Decke. Fragend blickten sie Stuart an, was für ein Ort das hier sei, doch dieser bog wortlos in den Korridor vor ihnen ein und deutete an, dass sie ihm folgen sollten. Einige Biegungen später standen sie vor einer breiten Metalltür. Aufgrund der Hitze, die zwar nicht gerade lebensfeindlich, aber dennoch weit entfernt von erträglich war, bildeten sich bereits erste Schweißperlen auf ihrer Haut. Zwei der Chinesen, die sie als Fahrer des Konvois vor ein paar Tagen wiedererkannten, flankierten Stuart, der zu ihrer Verwunderung keine Spur seiner bisherigen Herzlichkeit mehr ausstrahlte. „Da drin ist einer unserer Lagerräume", sprach er und hielt eine schlichte Plastikkarte an das Lesegerät neben der Türe. Es klickte. „Unter anderem bin ich hier für das *Nachschubmanagement* verantwortlich." Ein geheimnisvolles Schmunzeln umgab daraufhin seine Lippen.

Er deutete mit der Hand in den Raum und forderte sie auf, einzutreten. Zögernd kamen sie seiner Bitte nach und durchschritten die Tür. Dann ging es sehr schnell. Als die ersten drei – William, Stephen und Bolor – durch die Tür waren, wurde der vierte von ihnen schlicht hindurch gestoßen. Noch während David taumelte und um sein Gleichgewicht rang, wurde die Tür zugeschlagen. Sie waren eingesperrt. Vollkommen überrumpelt standen sie im Raum und hörten gedämpft Alexanders Fäuste von außen gegen die Tür hämmern. Was er rief, konnten sie nicht verstehen. Dafür registrierten sie kurz darauf umso deutlicher, dass es in ein panisches Schreien umschlug. Wenige Augenblicke später vernahmen sie einen dumpfen Schlag an der Tür und dann wurde es vollkommen still – sie sahen ihn nie wieder.

Wenige Stunden, nachdem die Tür zu ihrem brütend heißen Gefängnis zugefallen war, hatten sie noch einen der beiden verbliebenen Deutschen, David, abgeholt. Selbstverständlich versuchten sie, diese Gelegenheit zur Flucht zu nutzen, doch genauso selbstverständlich waren ihre Aufpasser darauf eingestellt. Als Stephen, der nur auf eine solche Gelegenheit gewartet hatte, den ersten von ihnen schwungvoll über den Haufen gerannt hatte und beinahe schon an der Tür angekommen war, durchströmte ihn bereits ein flauschiges Gefühl der Hoffnung. Direkt darauf spürte er einen kleinen Piks am Bein.

Dann kam der Schmerz mit der Wucht eines Schnellzuges! Es fühlte sich an, als würde er von den Händen eines Riesen schier auseinandergerissen: Seine Gesichtshaut schien sich vom blanken Schädelknochen abzulösen, die Eingeweide wurden zermalmt, seine Arme und Beine brannten lichterloh und seine Brustwarzen und Fingerkuppen zerplatzten wie Luftballons. Eingehüllt in einen alles verzehrenden Kokon aus reiner, destillierter Qual, sah er, wie der komplette Raum zur Seite kippte und der blanke Metallboden immer näher kam. Dann wurde es dunkel und der Schmerz verschwand.

Wenige Minuten später wachte Stephen langsam auf. Sein Sichtfeld war verschwommen und alle Geräusche wirkten dumpf, als wäre er unter Wasser. Der gesamte Körper war von einem matten Schmerz erfüllt – seine Hoden pochten, die Brustwarzen stachen, die Fingerkuppen brannten und seine Lippen waren taub. Als das chinesische Abholkommando wieder abgerückt war, hatte William das menschliche Bündel, das in der Bewusstlosigkeit immer noch beängstigend krampfte, mühsam aufgerichtet und an die Wand gelehnt. Nun schaute er dem Aufwachenden mit sorgenvollen Augen entgegen.

„Oooohhuuumaaaa brrraawwwf öööhhhlll …", entfuhr es aus Stephens Mund. Sein teilweise noch gelähmtes Gesicht ließ keine verständliche Artikulation zu, also verstummte er wieder.

William legte den Kopf schief, als versuchte er, dem Kauderwelsch irgendeinen Sinn abzuringen. Nach einem kurzen Moment lachte er erleichtert und klärte seinen mitgefangenen Kollegen auf: „Das war ziemlich taff von dir: Du hast den ersten von denen einfach umgerannt und warst schon beinahe an der Tür. Einen kurzen Moment haben wir gehofft, dass wir es dank dir tatsächlich schaffen könnten, doch dann haben die dich voll mit dem Taser erwischt – ich glaube sogar zweimal. Du bist zu Boden gegangen wie ein gefällter Baum. In dem Moment war uns klar, dass wir nicht den Hauch einer Chance hatten. David ist dann freiwillig mitgegangen und Bolor", er deutete auf die traurige Gestalt auf der Pritsche am anderen Ende des Raums, „hat seitdem auch keinen Mucks mehr von sich gegeben."

Ein paar Stunden später, Stephen hatte sich allmählich wieder von dem Stromschlag erholen können, öffnete sich die massive Stahltür erneut. Die gleichen Chinesen wie zuvor traten ein und wirkten dieses Mal noch wachsamer. Sie kamen, um Bolor mitzunehmen. Die drei Gefangenen hatten ihre Lektion gelernt und starteten keinen zweiten Ausbruchsversuch. Stattdessen saßen die beiden Briten einfach nur kraftlos auf ihren Pritschen und beobachteten mit traurigen Augen den armen Tropf, wie er mutlos den Aufpassern hinterher schlurfte.

– 7 –

Im Flugzeug irgendwo über der arabischen Halbinsel

Ohne den geringsten Zwischenfall startete der institutseigene Privatjet in Genf mit den drei Überlebenden des München-Massakers – Frank, Pierre und Joseph – sowie natürlich Walter an Bord.
Nach einer kurzweiligen Überquerung des Mittelmeers landete die Maschine auf dem Flughafen Tel Aviv in Israel, um aufzutanken und die vier verbleibenden Teammitglieder – Honoka, Natalja, Ricardo und Katie – aufzunehmen.
Wenige Minuten nach seinem zweiten Start an diesem Tag hatte der Flieger seine Reiseflughöhe erreicht und zerschnitt mit seinen Tragflächen die Luft oberhalb der arabischen Wüste. Die Anschnallzeichen erloschen.
›Endlich sind alle beisammen. Ich bin sehr gespannt, wie gut alle harmonieren werden.‹ Walter konnte es kaum erwarten, sich von seinem Sitz zu erheben und die nun anstehende Vorstellungsrunde einzuläuten.
„Liebe Kollegen." Da dies keiner der sonst üblichen Kampfeinsätze war, verzichtete Walter bewusst auf die geläufige Anrede *Kameraden*. „Nun sind wir alle acht endlich beisammen. Auch wenn wir uns in Tel Aviv schon begrüßt haben, möchte ich auch Honoka, Ricardo, Natalja und Katie ganz offiziell im Team willkommen heißen."
Die Alteingesessenen nickten zustimmend, während Walter zielsicher die Minibar des Privatjets ansteuerte und die Drinks einschenkte, welche er bereits vor dem Start in Genf sorgfältig ausgewählt hatte. Für Frank und ihn selbst gab es ihren üblichen Lieblingswhisky, weiterhin ein preisgekröntes Bier aus Bayern für Joseph, ziemlich teuren Gin für Katie, Sake aus Honokas Heimatdorf in einem klassischen Zedernholzbecher, einen hervorragenden Prosecco für Ricardo, für Pierre einen 1983er Bordeaux, den er sicher zu schätzen wusste und für Natalja einen unglaublich teuren Tomatensaft, den er in Tel Aviv von einem

Premium-Sterne-Caterer hatte zubereiten lassen – trotz ihrer russischen Herkunft trank sie generell keinen Alkohol, ersatzweise wollte er ihr auf elegante Art und Weise Tomatensaft, den flüssigen Prototyp des aeronautischen Klischees schlechthin, präsentieren.

Einem nach dem anderen servierte er die jeweiligen Getränke, wobei Joseph ganz aus dem Häuschen war, dass er so weit von Zuhause auf sein zweitliebstes Getränk – nach Kaffee – nicht verzichten musste. Natalja bekam ihren Tomatensaft als Letzte, schaute zunächst skeptisch, doch nach wenigen Worten zu den Hintergründen dieses Tomatensafts lachte sie herzlich, bedankte sich bei ihm und nahm schwungvoll das Glas vom Tablett.

Pathetisch wandte er sich an die versammelte Gruppe: „So lasst uns das Glas erheben. Trinken wir auf das Team und auf unsere Zusammenarbeit." Gläser klirrten. Höflichkeiten auf Englisch und natürlich auch in den anderen fünf Sprachen wurden ausgetauscht und nicht nur Walter konnte spüren, wie die verkrampfte Anspannung, die zu Beginn bei jedem neu zusammengestellten Team herrschte, allmählich schwand. ›Mögen sie und ihre Kulturen noch so unterschiedlich sein, die verbrüdernde Wirkung, gemeinsam ein anregendes Getränk zu genießen, ist für alle Menschen auf der Welt die gleiche‹, bemerkte Walter voller Freude.

„Nun denn, liebe Kollegen. Ihr seid bestimmt sehr neugierig, was uns die nächsten Tage erwarten wird. Wie ich unsere Organisation kenne, haben die euch nur gesagt, dass es sich um eine friedliche Aufklärungsmission in Zusammenarbeit mit dem chinesischen Geheimdienst handelt."

Walter blickte in die Runde und wie zu erwarten war, nickten die vier Neuzugänge verlegen. „Die Details erkläre ich euch gleich noch, doch nun möchte ich die Gelegenheit nutzen, dass wir uns gegenseitig kennenlernen. Auch dies sollte kein Geheimnis sein, solche friedlichen, gewaltfreien Missionen sind bei uns eher die Ausnahme. Aber allein die Tatsache, dass ihr das Training überstanden habt, beweist, dass ihr genau das Richtige tun werdet, wenn es doch einmal zur Sache geht." Walter machte eine kurze Pause und musterte die Versammelten, ob diese Botschaft auch tatsächlich angekommen ist. Er sprach nun besonders langsam und deutlich, diese Worte hatte er sich bereits vor langer Zeit sorgfältig zurechtgelegt und benutzte sie jedes Mal, wenn ein neues

Teammitglied hinzustieß: „Früher oder später kommt die Situation, dann müssen wir uns auf Leben und Tod vertrauen können. Deshalb möchte ich uns alle dazu einladen, dass wir uns gegenseitig ein wenig besser kennenlernen. Natürlich muss niemand seine dunkelsten Geheimnisse preisgeben, doch je besser wir als Team harmonieren, umso schwieriger sind wir totzukriegen." Er musterte die anderen gründlich und fand, dass allen einigermaßen klar war, worauf sie sich eingelassen hatten. ›Frank und Pierre sind ohnehin lange genug dabei, Joseph hat bereits in München einiges durchgemacht und das harte, aber effektive Training der letzten Wochen dürfte auch beim Letzten für Klarheit gesorgt haben‹, resümierte er zufrieden.

Walter prostete feierlich in die Runde, leerte sein Glas und fuhr fort: „Ich mache sogleich den Anfang: Wie ihr ja bereits wisst, mein Name ist Walter Warwick, ich repräsentiere den kanadischen Teil des Teams. Normalerweise koordiniere ich alle drei Teams des *CBESS* von Genf aus, ich bin also im Prinzip euer Vorgesetzter. Doch dieses Mal bin ich selbst Teil der Mission und innerhalb des Teams sind alle gleichberechtigt. Tja, was gibt es zu mir zu sagen, ich war ein paar Jahre bei der kanadischen Armee und wurde dann zum *CBESS* rekrutiert. Prompt gehörte ich zur Sicherungseinheit für Projekt *SysThan* in den kalifornischen Bergen. Dort ging es mir eine Weile lang richtig gut. Zu dieser Zeit habe ich übrigens auch Frank kennengelernt, der damals noch nicht zum Team gehörte. Doch seine Geschichte erzählt er euch besser selbst." Frank prostete ihm freundschaftlich zu. „Alles lief gut, bis auf einen Schlag das Projekt den Bach runter ging. Was genau dort geschehen ist, werde ich ohne Biologiestudium wohl nie ganz verstehen, doch was ich verstanden habe, ist ohnehin schon unglaublich genug. Ich versuche mal eine Kurzfassung: Im Berg versuchte das *Bureau* nichts Geringeres, als den Tod zu besiegen. Sie haben in alle möglichen Richtungen geforscht, bis sie im Tierversuch auf den Anabo-Virus gestoßen sind. Dieser sorgt wohl dafür, dass der Körper rasend schnell wieder neue Körperzellen bildet und deshalb Krankheiten und Altern kein Thema mehr sind und auch Verletzungen um einiges schneller verheilen. Doch das Problem war, die freiwilligen und unfreiwilligen Teilnehmer haben einen unersättlichen Hunger bekommen und stürzten sich auf alles und jeden, wenn nötig brachten sie sich sogar gegenseitig um. Das Ende dieser Geschichte: Irgendwie sind die alle ausgebrochen und haben den gesamten Berg in einen Schlachthof verwandelt. Frank und ich waren die Einzigen, die dort oben überlebt haben."

Walter schaute kurz in die Runde. An den verblüfften Gesichtern erkannte er, dass außer Frank und Pierre keiner der hier Versammelten von den bemerkenswerten Ereignissen im Berg wusste. Wie es schien, konnte damals dieses Geheimnis sehr gut vor dem Rest der Welt bewahrt bleiben. Als offizielle Version mussten damals mexikanische Drogenschmuggler herhalten. Der getürkten Pressemeldung zufolge waren sie sich oben am Berg in die Haare geraten und hatten sich dort gegenseitig abgeschlachtet. In jener Nacht waren zum Glück keine Zeugen zugegen gewesen, nur ein paar Anwohner haben Schüsse und das Rumpeln des Einsturzes vom Berg her gehört und so hatte der Rest der Welt die Ereignisse dort oben gar nicht wahrgenommen.

„Honoka, als Mikrobiologin bist du genau die richtige, um hierbei etwas Licht ins Dunkel zu bringen. Unter deinem Sitz ist ein kleiner Pappkarton, dort sind Kopien aller Unterlagen, die ich über Projekt *SysThan* in die Finger bekommen konnte. Das sind vor allem wissenschaftliche Forschungsnotizen, ein Soldat wie ich kann damit nicht allzu viel anfangen, du sicherlich schon. Mit dem Tankstopp in Singapur haben wir noch zwanzig Stunden Zeit bis zur Landung in Peking, versuche bitte in der kurzen Zeit so viel Nützliches wie möglich herauszufinden. Wir werden diese Informationen später bestimmt noch brauchen." Honoka tastete mit der rechten Hand nach dem Karton, bekam ihn zu fassen und zog ihn unter dem Sitz hervor. Sie hob den Deckel an und erschrak aufgrund der enormen Papiermenge. „Das ist ja Arbeit für Tage, wenn nicht sogar für Wochen. Ich gebe mein Bestes, aber versprechen kann ich nichts." Sie blickte besorgt zu Walter hinüber.

„Verkauf dich mal nicht unter Wert, auf diesem Planeten gibt es niemanden, dem ich das mehr zutraue als dir", beruhigte er sie. Ihr bisher neutraler Gesichtsausdruck verwandelte sich in ein mildes Lächeln. Walter spürte, dass er die richtigen Worte gewählt hatte und fuhr fort: „Dann beende ich noch schnell die Einführung zu meiner Person: Obwohl ich lange Zeit Elitesoldat war – und eigentlich immer noch bin – habe ich eine eher unverkrampfte

Haltung zu vielen Dingen. Disziplin ist wichtig, aber kein Selbstzweck und eine freundliche Bitte bringt oft mehr als ein scharfer Befehl. Mit mir kann man eine Menge Spaß haben, aber wenn es sein muss, kann ich richtig wild werden." Pierre fuchtelte daraufhin verschwörerisch mit den Armen, was jedoch ziemlich lächerlich aussah. Walter ignorierte es mit einem milden Schmunzeln.

„Meine besonderen Fähigkeiten hier im Team sind natürlich das Kämpfen an sich und ich habe irgendwie ein Händchen für andere Menschen. Manche sagen, ich bin manipulativ, doch ich finde, man kann nur diejenigen lenken, die sich auch bereitwillig lenken lassen. Ich benutze keine Hypnosetricks und bin auch kein Jediritter."

Frank musste daraufhin laut loslachen. „Das sind nicht die Droiden, die ihr sucht ...", und machte eine hypnotisch wischende Handbewegung, wie der allseits bekannte Jediritter im Film.

Walter stimmte beherzt mit ein und auch die anderen kicherten vergnügt. Bis auf Katie, die schlicht und einfach den Film nicht kannte und mehr ratlos als amüsiert in die Runde blickte.

Als die Fröhlichkeit wieder auf ein normales Maß abebbte, fuhr Walter fort: „Du sagst es, Frank. Nun ja, ich habe einfach nur ein gutes Gespür für andere Leute rund um den Globus. Ich denke, genau deswegen bin ich auch der Koordinator für die Einsatztrupps des *Bureaus*. Ein Team mit acht Profis aus acht Nationen zusammenzubringen ist gar nicht so einfach, da hilft das ungemein. Das ist in etwa das Wichtigste, das ihr über mich wissen solltet. Alles Weitere ergibt sich von ganz allein, wir werden noch genug Zeit haben, uns zu unterhalten." Damit endete Walter und ging zur Bar, um sich nachzuschenken. Mit dem wieder großzügig nachgefüllten Whiskyglas in der Hand nahm er etwas abseits auf einem in die Bordwand eingelassenen Klappsitz Platz und beobachtete neugierig die anderen.

Unschlüssig blickten sie ihn an und forderten ihn wortlos auf, mit seiner Moderation der Vorstellungsrunde fortzufahren. Doch dieser schmunzelte nur, erhob das Glas mit der unausgesprochenen Botschaft: ›Ihr seid erwachsen, das schafft ihr auch allein‹, und nahm einen kleinen Schluck. Ein wenig hilflos schauten sich alle in der Runde um, die Blicke eines jeden sprangen von einem Anwesenden zum nächsten. Immer wieder ruhten fragende

Augenpaare auf Walter, doch der machte keine Anstalten, auch nur ein wenig leitend einzugreifen und grinste vergnügt vor sich hin.

Eine kleine gefühlte Ewigkeit später lagen nun, wie von magischen Kräften gelenkt, alle Blicke auf Katie, der nun keine andere Wahl blieb, als die Flucht nach vorn anzutreten. Sie räusperte sich kurz, leerte ihr Glas und knallte es kraftvoll auf den Tisch. Die anderen zuckten erschrocken zusammen. „Nun denn, wie ihr ja bereits wisst, ich bin Katie und habe noch nie die StarWars-Filme gesehen." Dieser Satz zauberte ein Lächeln auf die Gesichter der anderen Passagiere. „Das müssen wir irgendwann einmal nachholen!", drang es von irgendwoher an ihr Ohr. Sie wusste nicht genau, wer dies sagte, tippte aber auf Pierre.

„Solange wir dann auch so guten Gin da haben", sie deutete mit Blicken auf das gepeinigte Glas, „lasse ich das sogar über mich ergehen."

Katie war die Britin im Team. Sie war nicht sehr groß, in ihrem Ausweis stand eine Größe von einem Meter sechzig, doch in Wahrheit maß sie vom Scheitel bis zur Sohle ganze zwei Zentimeter weniger. Sie hatte schulterlanges, rotblondes Haar und grün schimmernde Augen. Obwohl sie die Tage meistens in öden und dunklen Räumen verbrachte, hatte sie eine angenehm gesunde, gebräunte Hautfarbe. Die Sommersprossen auf ihren Wangen und der Nase waren dank der regelmäßigen Sonnenbankbesuche kaum zu erkennen. Ihr eher zierliches Äußeres ist schon einigen leichtsinnigen Männern zum Verhängnis geworden, die den Fehler gemacht haben, Katie zu unterschätzen. Im Alter von sieben Jahren hatten ihre Eltern beschlossen, dass Katie *irgendetwas Sinnvolles tun sollte*. Es hatte viele Tränen, eine Flut unerträglicher Instrumententöne und auch ein paar zerbrochene Haushaltsgegenstände gekostet, ihre Eltern von der lächerlichen Idee abzubringen, sie zum Flötenunterricht zu schicken. Seitdem war sie in der örtlichen Kampfkunstschule zeitweise öfter anzutreffen als Zuhause. Judo, klassisches Karate und Kickboxen hatte sie ausprobiert, doch hängen geblieben war sie beim Taekwon-Do.

Auch als Erwachsene konnte sie sich noch immer wie ein kleines Kind freuen, wenn sie in einer Bar oder einer der dunklen Londoner Gassen ihr Gegenüber zu Boden streckte oder in die Flucht trieb. Den erstaunten Blick sehen zu dürfen, wenn jemand realisierte, dass eine zwei Köpfe kleinere Frau, diesen mit einem Fußtritt zu Boden schickte, ohne den anderen Fuß auch nur vom Boden zu heben, war schlicht und einfach unbezahlbar. Glücklicherweise musste sie sich selbst nur zweimal auf diese Weise ernsthaft zur Wehr setzen, doch ab und zu kam sie anderen Notgeplagten zu Hilfe. Das hatte man davon, wenn man zur Entspannung Nachtspaziergänge durch die städtischen Parks und Gassen machte.

„Ich denke mal, ich bin die Jüngste hier. Ich bin vierundzwanzig Jahre alt." Sie blickte kurz in die Runde und fühlte sich in ihrer Feststellung bestätigt – lediglich Ricardo hatte die zweite Eintrittskarte im Club der Unter-Dreißigjährigen. „Ich denke mal, ich bin vor allem hier, weil ich viel von Computern verstehe. Der Begriff ist seit einigen Jahren schon ziemlich platt, aber ich denke, mich als Hacker zu bezeichnen, trifft es am besten."

Pierre konnte einfach nicht anders, als dies zu kommentieren: „So hübsche Computerspezialisten sieht man nicht jeden Tag. Hast du auch so eine typische Riesenbrille?"

Katie lachte kurz auf, „Du schaust zu viele Filme. Ja, es gibt diese klassischen Nerds mit Kellerbräune und Riesenbrille, ganz werden die wohl auch nicht aussterben. Doch wir leben schon lange nicht mehr in den Neunzigern, die meisten meines Fachs würdest du auf der Straße nicht mehr einfach so erkennen. Ich kenne da einen Freeclimber, ein paar haben sich zu einer professionellen Segelmannschaft zusammengetan und ein alter Kollege umrundet soeben die Welt auf dem Motorrad." Sie genoss die erstaunten Blicke regelrecht, lediglich Walter blieb unbeeindruckt, schließlich hatte er sie persönlich ausgesucht und kannte daher die Hintergründe. Sich im eigenen Keller zu verkriechen war für einen guten *IT-Sicherheitsberater*, wie sie sich oft zu nennen pflegte, ohnehin nicht mehr zeitgemäß. Man konnte seine Spuren noch so gut verwischen, eine Unachtsamkeit und schon standen uniformierte Strafverfolgungsbeamte oder sogar noch Schlimmeres vor der Tür. Deswegen hatte sich das Geschehen an Orte mit öffentlichem WLAN-Netzwerken verlagert: Mit ein paar Kniffen konnte man sich sehr gut im Netzwerk einer Universität verstecken, auch vom kostenlosen WLAN in diversen Fastfood-Restaurants aus wurden schon einige legendäre Hacks durchgeführt. Wer es sich leisten konnte, arbeitete international und wechselte alle drei Tage das Hotel – gefälschte Ausweise vorausgesetzt, war es bei entsprechender Vorsicht und Verschwiegenheit kaum möglich, solch einem Hacker auf die Schliche zu kommen.

„Mein Spezialgebiet ist es nicht, von außen in Netzwerke einzudringen, sondern, wenn ich einmal drin bin, dort die passenden Kniffe zu kennen und durch die richtigen Türen zu gehen. Davon abgesehen, dass viele Hochsicherheitssysteme nicht mehr am Netz hängen, unterscheidet sich auch die Architektur in den Eingeweiden einer solchen Struktur teilweise deutlich von normalen Computerplattformen. Ein Kollege, der sich von außen in das Weiße Haus hacken kann, würde sich in den verschlungenen Pfaden des Datei- und Befehlslabyrinths hoffnungslos verlaufen. Allein schon deshalb, weil ich den Entwicklern dabei helfe, genau dafür zu sorgen."

„Du arbeitest also für die Guten, schließe ich daraus?", warf Joseph kurzerhand ein.

„Das kann man so oder so sehen. Ich für mich sehe das so, doch aus der Sicht der anderen, die nach getaner Arbeit den Schaden haben, bin ich natürlich eine von den Bösen. Und ich muss zugeben, die eine oder andere relativ harmlose Schandtat geht durchaus auf meine Kappe, am besten wir lassen das als Jugendsünde unter den Tisch fallen", ergänzte sie zwinkernd. Frank, der in seiner Vergangenheit auch so manche Regel nicht ganz so ernst nahm, beschloss daraufhin, Katie zu mögen. „Willkommen in deinem neuen Leben!", prostete er ihr zu.

Sie lächelte sanft. „Und Teakwon-Do kann ich übrigens auch." Frank grinste daraufhin über das gesamte Gesicht. ›Ganz nach meinem Geschmack, die Kleine‹, freute er sich anlässlich der Qualitäten des neuen Teammitglieds.

Franks Begeisterung blieb ihr natürlich nicht verborgen. „Und du Frank, was ist deine Geschichte?" Damit war recht klar, dass ihre Ausführungen nun beendet wären und sie tat es Walter gleich, der sich nach seiner Vorstellung auch das Glas nachgefüllt hatte. Einen genüsslichen Schluck später lehnte sie sich lässig an die Kabinenwand, von wo aus sie gelegentlich einen Blick auf die unter ihnen zum Sandkasten geschrumpfte Wüstenlandschaft durch die Fenster warf.

„Nun ja, viel gibt es über mich gar nicht zu erzählen", begann Frank. „Wie Walter war auch ich beim Militär, natürlich nicht in Kanada, sondern bei den Rangers. Ich bin für Onkel Sam überall dort auf der Welt gewesen, wo es geraucht und gebrannt hat. Ein bisschen mehr als zehn Jahre war ich dort dabei und ich muss sagen, ich war gut in dem, was ich da tat. Irgendwann kam dann aber …"

Eine kurze Pause – er rang einen Moment mit sich selbst auf der Suche nach dem richtigen Wort und seufzte. „Ich war einfach aufgebraucht und ausgebrannt. Das trifft es wohl am besten. Schließlich bin ich nach dem Militär bei der Polizei gelandet, ein gemütlicher Job, doch ohne mich gleich zu Tode zu langweilen. Bis, ja bis auf einmal Walter den Notruf gewählt hatte." Frank hielt kurz inne, alle horchten auf und blickten Frank gespannt an, dass er doch fortfahren möge.

„Ich fülle nur kurz nach", sagte er und begab sich hinüber zur Bar. Danach erzählte er ihnen knapp, was oben auf dem Mt. Disappointment in Kalifornien geschehen ist.

Als er endete, war Franks Glas wieder leer und die anderen begannen, ihn mit Fragen zu jener Nacht zu bedrängen. Gequält wand er sich unter dem Trommelfeuer des anbrandenden Interesses wie ein geprügelter Hund – es war ihm deutlich anzusehen, dass er beim Nacherzählen den ganzen Abend mit all seinen Schrecken innerlich nochmals nacherlebt hatte. Insbesondere die markerschütternde Begegnung mit dem sprechenden Untoten wollte ihn daraufhin für die nächsten Stunden nicht mehr so ganz loslassen.

„Lasst mal gut sein, wir werden später von Honoka alles erfahren, was wir wissen müssen", mischte Walter sich ein, der genau wusste, wie sehr Frank auch vier Jahre später immer noch unter den Ereignissen litt. ›Wie gut er wohl das Massaker in München verkraftet hatte?‹, fragte er sich daraufhin besorgt.

Nun, da die gesamte Aufmerksamkeit auf Honoka lag, floh Frank regelrecht in Richtung der Bar und es war nun an der Japanerin, sich vorzustellen. Honoka war eine Mikrobiologin der Spitzenklasse, unzählige Artikel in verschiedenen anerkannten Fachzeitschriften belegten dies eindrucksvoll. Walter tat sich zunächst schwer, sie in die engere Auswahl für das Team zu nehmen. Normalerweise sollte jedes Teammitglied in der Lage sein, sich im Kampf gegen eine leichte Übermacht halten zu können. Auch bei den anderen Zivilisten, Natalja, Ricardo und Katie hatte er diesbezüglich Bauchschmerzen. Doch gerade Honoka, die ihr gesamtes Erwachsenenleben im Elfenbeinturm der Wissenschaften verbracht hatte, passte da zunächst gar nicht ins Bild, schließlich hatte sie keinerlei Erfahrungen im Kampf gesammelt. Doch da sie unbedingt jemanden brauchten, der in der Lage war, die Hintergründe der Untotenplage zu entschlüsseln – das war die unmissverständliche Vorgabe General Pokovs – und die anderen Kandidaten sogar noch weniger für die Operationen des *CBESS* geeignet waren, hatte sich Walter für Honoka entschieden und wurde im weiteren Verlauf sogar positiv überrascht. Das Kampf- und Einsatztraining, das jeder Neuzugang durchlaufen musste – egal ob Elitesoldat oder Wissenschaftler – hatte eine nahezu magische Wirkung entfaltet. Sie lernte schnell und hat den Grundsatz: *Vermeide Gewalt wenn nötig, doch wenn du sie brauchst, wisse damit umzugehen!* umgehend verinnerlicht. Mit jedem Zwischenbericht, den er vom Training erhalten hatte, wurden Walters Bedenken nach und nach immer mehr zerstreut. Mit den alten Hasen würde sie kämpferisch nicht mithalten können, doch mit dem, was sie sich in der kurzen Zeit aneignen konnte, wäre sie in der Lage, gut auf sich aufzupassen und auch fähig, den Abzug zu betätigen, wenn sie musste.

Honoka verbeugte sich höflich vor den anderen Teammitgliedern und begann zu sprechen: „Da gleich noch eine Menge Arbeit auf mich wartet, fasse ich mich lieber kurz. Wahrscheinlich hat bisher noch keiner etwas von Honoka Tanaka, also mir, gehört. Doch in Fachkreisen bin ich sogar ziemlich bekannt. Wie Walter schon sagte, ich bin Mikrobiologin. Insbesondere Pilze und Viren haben es mir angetan."

Honoka entsprach nur in einem Punkt dem gängigen Klischee einer typischen Japanerin: Sie war nicht allzu groß. Sie war sogar noch einen Zentimeter kleiner als Katie. Ansonsten tat sie alles, um mit dem üblichen Bild der Japanerin zu brechen: Beispielsweise bestand, im Gegensatz zum kollektiven Dogma fast aller ihrer Landsleute, ihr Leben nicht nur aus Arbeit. Sie musste einst in ihrer Familie leidvoll mit ansehen, was diese Berufshörigkeit mit ihren

Mitmenschen anstellte. Auf dem Höhepunkt des japanischen Immobilienbooms im vorigen Jahrhundert waren beinahe alle Verwandten – diejenigen ausgenommen, die in der elterlichen Sakebrauerei arbeiteten – in der Immobilienbranche beschäftigt. Wie es nun eben üblich war und auch von ihnen erwartet wurde, gaben sie alles für ihre Firma – vor dem Chef nach Hause zu gehen, galt zu der Zeit als ein Akt des Aufbegehrens. Die Geschäfte liefen gut und auch die Stimmung war geradezu euphorisch, der hohen Arbeitsbelastung zum Trotz.

Doch irgendwann hatte auch dieser Boom ein jähes und unerwartetes Ende gefunden. Nicht wenige Immobilienunternehmen rutschten unerwartet in die Pleite, mit schrecklichen Folgen für deren Angestellte. Diese hatten kompromisslos ihr ganzes Leben auf die Firma ausgerichtet, die nun, hinfortgespült von den Wellen des Niedergangs, von einem Tag auf den nächsten nicht mehr existierte. Plötzlich war nicht nur die finanzielle Existenzgrundlage, sondern gleich der komplette Lebensinhalt einfach verschwunden. Ein paar sind daraufhin in der Brennerei ihrer Eltern untergekommen, doch die meisten wurden arbeitslos und viele davon wurden von einer Niedergeschlagenheit befallen, von der sie sich nie wieder ganz befreien konnten. Nach vielen Monaten vergeblicher Sinnsuche nahm sich schließlich Kisho, ihr ältester Bruder, das Leben – zwei Tage vor seinem dreißigsten Geburtstag. Honoka war damals gerade einmal sechzehn Jahre alt, dieses schreckliche Ereignis erschütterte sie bis ins Mark. Als sie kurz darauf noch zwei Onkel auf die gleiche Weise an die Wirtschaftskrise verloren hatte, schwor sie sich, keinesfalls in solch eine seelisch-geistige Abhängigkeit zur Erwerbstätigkeit zu geraten und durch sich selbst für ihren gegangenen Bruder mitzuleben.

Dank der akademischen Freiheit im wissenschaftlichen Sektor begrenzte sie ihre zeitliche Aufopferung auf das Nötigste. Sie machte ihren geringen Fleiß durch umso ehrgeizigere Studenten wieder wett. Den Rest ihrer Zeit nutzte sie, *um möglichst viel Glück aufzusammeln*, wie sie es nannte. Sie nutzte jeden Vorwand, um verreisen zu können. Auf jeder internationalen Tagung war sie zu Gast und bereits auf dem Rückflug hatte sie sehr oft einige ziemlich gute Gedanken zum nächsten Forschungspapier im Kopf. Doch viel lieber ergriff sie jede sich bietende Gelegenheit, die

Sehenswürdigkeiten, Feiermeilen und Bars unsicher zu machen. Und, um gleich noch mit dem nächsten Klischee zu brechen: Sie hatte zu keiner Zeit eine Kamera dabei. Von der fernöstlichen Bildersucht, als versuche man einen Moment wie einen Geist einzufangen, hatte sie sich gründlich emanzipiert.

Honoka zog es vor, lieber den gegenwärtigen Moment an sich auszukosten, als vergangenen Erlebnissen nachzuschwärmen. Doch nun, mit einundvierzig, spürte sie auch, wie ihr Körper nicht mehr alle Exzesse so leicht wegsteckte wie bisher. Außerdem verschafften ihr die ziellosen Streifzüge nicht mehr den gleichen Genuss wie bisher. Sie ertappte sich, dass sie einmal mit ein paar Philosophen in ein angeregtes Gespräch geraten war, die ganze Nacht hindurch wildeste Theorien diskutierte und sogar einen riesigen Spaß dabei hatte. Der Wein hatte da natürlich etwas nachgeholfen, aber noch vor wenigen Jahren wäre das Ganze – Prädikat: zu langweilig – undenkbar gewesen.

Mit ernstem Ton wandte sie sich an die um sie herum Versammelten: „Mein letztes Projekt war die Entwicklung eines AIDS-Impfstoffes, das Projekt wird auch noch einige Jahre brauchen, bis wir dabei – wenn überhaupt – zu einem brauchbaren Ergebnis kommen. Eigentlich bedurfte es vieler glücklicher Zufälle, dass ich überhaupt hier bin. Ich komme aus einem kleinen Dorf in der Nähe von Nara auf Honshu: Nara ist eine kleine Stadt im Süden der größten Hauptinsel Japans und unter Kennern ziemlich bekannt für hervorragenden Sake. Wenn es nach meinen Eltern gegangen wäre, hätte ich nach dem Tod meines Bruders irgendwann die Sake-Brauerei übernommen. Diese lief ganz gut und heute arbeiten dort um die achtzig Menschen – also an sich gar keine schlechte Perspektive. Doch als ich neun Jahre alt war, hatte das Pockenimpfprogramm in unserem Dorf Station gemacht. Einen ganzen Vormittag lang haben diese Männer in den weißen Kitteln uns sehr viel darüber erzählt. Ich fand das alles so faszinierend, wie ein paar unvorstellbar winzige Dinger – die Pockenviren – eine so schlimme Krankheit auslösen können. Und noch begeisterter war ich, wie einfach die Medizin diese Seuche vom Planeten wischen kann. Ich habe diese Männer damals regelrecht verehrt und wollte genauso werden wie sie. Tja, das ist nun über dreißig Jahre her und jetzt sitze ich hier im Flieger, weiß wie man böse Jungs erschießt und habe die einmalige Chance, ein Mittel zur Unsterblichkeit zu erforschen." Sie nahm den Karton und stellte ihn voller Stolz und Zuversicht auf ihren Schoß. „Die Erwartungen sind hoch, also werde ich jetzt keine Zeit schinden, um über mich zu plaudern. Das können wir in meinen Denkpausen machen." Sie versuchte theatralisch den Karton in die Höhe zu wuchten, als wöge er eine Tonne, um die Last der erwarteten Arbeit zu verdeutlichen. „Also, wer will als Nächstes?"

birrrrrrrr

In der Holzverkleidung der Bar steckte ein vibrierendes Messer.
„Mein Werkzeug", rief Ricardo in die Stille, die auf den kleinen Schreck folgte. Er genoss ein wenig die Reaktionen der anderen: Die altgedienten Kämpfer Walter, Pierre und Frank hatten sich instinktiv angespannt und waren von einer Sekunde auf die nächste kampfbereit. Joseph und Natalja blieben relativ unbeeindruckt und Katie und Honoka brauchten noch ein wenig, um den Schreck zu verdauen. Diese Zeit wollte er ihnen gerne geben, erhob sich aus dem Sitz, passierte seine Mitreisenden und zog das Hightech-Messer aus dem Holz.
Er legte es so in seine Hand, dass alle es gut sehen konnten. Es war aus einem Stück gefertigt und komplett grau. Besonders groß war es nicht, es passte auf seine Handfläche, ohne dass ein Teil davon darüber hinaus ragte. „Keramikmesser", sagte er in einem beinahe schon zärtlichen Tonfall. „So scharf wie ein Skalpell und genauso stabil wie Waffenstahl. Und der Clou: Kein Metalldetektor oder Körperscanner ist in der Lage, es zu erkennen."
Das hatte relativ deutlich gemacht, dass Ricardo beim besten Willen kein Engel war, sondern sich nicht von ungefähr mit Nahkampfwaffen auskannte. Er entstammte einem kleinen Bergdorf im italienischen Ligurien und war bereits in jungem Alter von Zuhause ausgerissen. Gerade einmal sechzehn Jahre alt, war er mit einem doppelt so alten Touristen aus Mailand, der in seinem Dorf einen Urlaub verbrachte, durchgebrannt. Er hatte auch allen Grund dazu: In diesem Alter war es üblich, die eigene Sexualität zu entdecken und zu seinem Erschrecken richtete sich diese eben nicht auf die äußerst ansehnlichen Mädchen aus seinem Dorf. Stattdessen

hatte er, dank Mario, sein wahres Ich entdeckt: Ricardo war homosexuell. Da ihm ein Outing in seinem katholisch konservativen Dorf das Leben zur Hölle gemacht hätte, war er kurzerhand mit dem Feriengast nach Mailand ausgebüxt. Dieser fand die Idee anfangs gar nicht gut, doch Ricardo ließ sich nicht davon abbringen – immerhin konnte Mario ihn dazu bewegen, einen Abschiedsbrief zu schreiben, in dem er alles erläuterte und worin auch die neue Adresse vorkam. Ricardo war jedoch bewusst, dass er mit seinem Weggang von einem Augenblick auf den nächsten nicht mehr zur Familie gehören würde und daher überraschte es ihn auch nicht, im Gegensatz zu Mario, dass niemals auch nur jemand nach ihm fragte.

Die folgenden Jahre waren die reinste Achterbahn: Ricardos neu entdeckte Lust brach sich Bahn und da Mario Tänzer im Stadtballett Mailands war und regen Kontakt zu Gleichgesinnten hatte, traf er immer auf ausreichend Gelegenheiten. Mario selbst hielt sich ihm gegenüber jedoch zurück und war ihm stattdessen wie ein neuer Vater geworden. Er ermöglichte ihm, eine gute Schule zu besuchen und unterstützte ihn auch während seines Medizinstudiums an der Universität in Mailand. Jedoch erfuhr Ricardo nie von dessen eigenen sprichwörtlichen Leichen im Keller, bis es eines Tages zu spät war: Mario schuldete, wie so viele, der *Ndrangheta* mehr als nur einen Gefallen. Als es daran war, diesen einzulösen, weigerte er sich jedoch – mit fatalen Folgen. Auch in den scheinbar modernen Zeiten jenseits der Jahrtausendwende ist mit der italienischen Mafia nicht zu spaßen. Eines Tages, sie waren beide auf dem Weg zur medizinischen Fakultät, um Ricardos Doktorarbeit persönlich abzuliefern, passte sie ein Killerkommando ab: Drei mit Pistolen bewaffnete Hünen stiegen aus einer Limousine und entleerten ihre Magazine in die beiden völlig ahnungslosen Menschen. Noch während sich die kleinen Rauchwölkchen aus den Pistolenmündungen im lauen Herbstwind verteilten, saßen die Attentäter schon wieder in ihrem Fahrzeug und brausten mit quietschenden Reifen davon.

Mario starb bereits vor dem Eintreffen des Rettungswagens. Ricardo sah, bewegungsunfähig und blutend auf dem Gehweg liegend, wie das Leben unaufhörlich aus seinem langjährigen Mentor wich. Dies waren die schrecklichsten Momente in seinem

Leben. Dort liegend hatte er feststellen müssen: Hollywoods weichgespülte Filmversion des Sterbens war ausgemachter Schwachsinn! Die Realität des echten, konkreten Todes war dagegen wahrhaftig grausam: Keine heroischen letzten Worte, nach denen friedlich die Augen von allein zu fielen.

Im Gegensatz dazu war Marios tatsächlich geschehener Tod deutlich weniger glanzvoll und heroisch: Er lag röchelnd auf dem Rücken und versuchte, sich die blutenden Schusswunden mit zitternden Händen zuzudrücken – vergebens. In seinen Augen lag ein überraschter und zutiefst entsetzter Blick, kalter Schweiß rann an ihm herab und seine Atmung ging nur noch flach und stoßweise. Marios dunkelrote Blutlache breitete sich stetig aus und es dauerte nicht lange, bis sie mit Ricardos eigener, welche auch erschreckend schnell anschwoll, verschmolz. Es waren sicherlich nur Sekunden, die der Todeskampf dauerte, doch für Ricardo dehnten sie sich auf eine entsetzliche Ewigkeit. Marios Körper wurde von Krämpfen geschüttelt und er hustete Blut. Die in die frische Morgenluft ausgestoßenen Blutstropfen glänzten metallisch im Licht der niedrig stehenden Sonne, bis sie auf den Boden fielen und von den trockenen Pflastersteinen umgehend aufgesogen wurden. Der Blick des krampfenden Todgeweihten irrte ziellos umher, manchmal blieb er an Ricardo hängen, jedoch nur, bis das nächste Erbeben ihn unerbittlich schüttelte und er mit unkoordiniert um sich schlagenden Armen sein eigenes Blut in der Umgebung verspritzte.

Es dauerte nicht lang, dann ließen die Körperbeben nach, bis er schließlich nur noch da lag. Die vom Blut ertränkte, kaum noch wahrnehmbare Atmung blubberte beängstigend und seine Augäpfel zitterten und tanzten, ohne Ricardo noch einmal für einen letzten, klaren Blick fixieren zu können. Wenig später endete auch das Atmen, nichts bewegte sich mehr, lediglich ein Rinnsal dunklen, beinahe schwarzen Blutes sickerte aus seinem Mundwinkel und kurz danach verging letztlich auch das beängstigende Zittern der Pupillen: Wenige Zentimeter von ihm entfernt war soeben sein Freund, Mentor und Vertrauter Mario gestorben.

Ricardo selbst hatte riesiges Glück gehabt, dass er ihm nicht sogleich nachgefolgt war. Die Angreifer hatten sich hauptsächlich auf ihr Primärziel konzentriert, doch, wie er später von den Ärzten erfuhr, hatten sich insgesamt zehn Patronen auch in sein Fleisch gegraben. Die lebensrettende Operation dauerte acht Stunden und es wurden insgesamt zweieinhalb Liter an Blutkonserven benötigt, um ihn am Leben zu erhalten.

In der darauf folgenden Zeit erholte er sich wieder vollständig und bereits vor seiner Entlassung aus der Reha hatte er in Abwesenheit seinen Doktortitel verliehen bekommen. Während der ganzen Zeit nahm jedoch nur noch ein einziger, brennender Gedanke seinen Geist ein: Rache! Er hatte mittlerweile erfahren, dass die *Ndrangheta*, der wohl bekannteste Zweig der italienischen Mafia, hinter dem Anschlag steckte und seitdem fokussierte er all seine Fähigkeiten darauf, die Hintermänner auszuschalten – mit überwältigendem Erfolg. Seine medizinische Ausbildung in Kombination mit einem guten Messer machte ihn zu einer einzigen, zweibeinigen Waffe: Er wusste haargenau, wie und wohin er eine Klinge zu führen hatte, um jemanden wahlweise schnell, langsam, sanft, qualvoll und vor allem unbemerkt zu töten.

Doch vollkommen geheim blieb sein erfolgreich abgeschlossener Rachefeldzug jedoch nicht und so begann im Anschluss eine ziemlich erfolgreiche Laufbahn als Auftragskiller. Ironischerweise hätte genau die Organisation, die ihn zu dem machte, der er war, zu seinen größten Auftraggebern gehören können – scheinbar waren die Drahtzieher des Anschlags ohnehin recht unbeliebt unter ihresgleichen: Es kam nie zu Vergeltungsversuchen jeglicher Art. Doch Ricardo lehnte sämtliche mafiösen Angebote stets ab und nahm vielmehr geheimdienstliche Aufträge oder auch Missionen aus dem Ausland an. Trotz seines mitunter ziemlich blutigen Broterwerbs hatte er sich stets an selbst gesetzte Moralmaßstäbe gehalten.

All dies erzählte er seinen Mitreisenden im Flugzeug jedoch nicht. Er hielt seine Ausführungen ziemlich knapp und beschränkte sich darauf, alle ins Bild zu setzen, dass er Arzt sei und sich – quasi nebenbei – auf das effektive Töten mit Messern verstand. Lediglich Walter kannte alle Details und das sollte fürs Erste auch so bleiben.

Pierre, Joseph und Natalja waren noch übrig. Keiner der drei hatte große Ambitionen, als Nächster zu sprechen. Zwischen ihnen lag eine Spannung in der Luft, dass man beinahe die Luft zwischen ihnen knistern hören konnte. Niemand sagte ein Wort, doch nach Kurzem stand der Verlierer des Drückebergerduells fest: Joseph.

Neben Frank und Pierre war er der Einzige an Bord, der die grausamen Ereignisse in München miterlebt und überlebt hatte. Dabei war er auf den ersten Blick überhaupt nicht der Typ, der das Zeug hatte, solch ein Massaker durchzustehen. Äußerlich war Joseph relativ unscheinbar, mittelgroß, mittelschlank, hatte dunkelblondes Haar und ein Allerweltsgesicht. Er gehörte zu den Menschen, die man beim Stadtspaziergang nicht wahrnahm, bis man in sie hineingerannt war.

Er verfügte über einen messerscharfen Verstand und war auch bei den kompliziertesten Fragestellungen in der Lage, den alles entscheidenden Hinweis zu finden. Doch anstatt seine von der Natur mitgegebenen geistigen Flügel auszustrecken und abzuheben, hatte er sich bewusst für einen anderen Weg entschieden: Den Weg des geringsten Widerstands. Obwohl er durchaus das Zeug zum Jahrgangsbesten gehabt hatte, war seine Abiturnote nur durchschnittlich. Doch im Gegenzug hatte er diese Zeit auch völlig anders genießen können als seine Mitschüler. Während diese sich den Stoff regelrecht ins Hirn prügeln mussten, hatte Joseph einfach den Tag genossen. Lästige Hausaufgaben existierten für ihn praktisch nicht, bei Bedarf löste er sie einfach *live*, wenn er bei der Abfrage an der Reihe war. Wenn er nicht gerade beim Fußball war, verbrachte er die Sommer im Schwimmbad. Und in der dunklen Jahreszeit glühte sein C64-Spielecomputer.

Nach seinem eher mittelmäßigen Abitur hatte Joseph nichts anderes kennengelernt als den öffentlichen Dienst in München. Alle anderen Berufsoptionen hatte er sofort verworfen – zu stressig. Auch wenn er sich in einem echten Dschungel hoffnungslos verlaufen würde, im urbanen Dschungel der Gesetze, Regeln und Vorschriften war er der unumstrittene Herrscher. So wie die Ureinwohner Amazoniens in ihrem Revier behagliche Wohnräume schufen, die Früchte des Waldes sammelten, Tiere jagten und Fallen stellten, tat er es ihnen nach – eben nur in seinem persönlichen Dschungel. Sein behaglicher Lebensraum war ein Büro mit einer Bücherwand voll mit Gesetzen und Anordnungen, die gesammelten Früchte waren interessante Lehrgänge oder behördliche Kontrollbesuche im Schwimmbad. Echte Tiere jagte er natürlich auch nicht, doch dafür stellte er umso lieber zweibeinigen Blockierern oder Leistungserschleichern aller Art nach, statt Speere oder Pfeile schleuderte er Anordnungen, Verwaltungsauflagen und Bußgeldbescheide auf seine wehrlosen Opfer. In seinem eigenen, abgegrenzten Bereich war Joseph gefürchtet, er war dort in jeder Hinsicht ein geschickter, wendiger und kraftvoller Vollstrecker. Von seiner Natur her, tief in seinem Inneren verborgen, war er definitiv ein wahrer Kämpfer, der seine Befriedigung aus dem Bezwingen seiner Widersacher schöpfte, nur hatte er sich eben ein alternatives Schlachtfeld ausgesucht. Von den Grundanforderungen her war der Unterschied sogar verschwindend gering: Man musste wissen, wann man womit zuschlug, wann man besser den Rückzug antrat, musste verdammt zäh sein und man sollte im richtigen Moment ohne Zögern und ohne Gnade agieren und reagieren können. Und Joseph genoss den angenehmen Nebeneffekt, dass seine Art der Kriegsführung körperlich bei Weitem nicht so anstrengend war. Als topfit sollte man ihn beim besten Willen nicht bezeichnen, dennoch konnte er in München beim Wettrennen gegen den Tod in den Straßen und später auch beim Training für das *Bureau* recht gut mit den anderen mithalten. ›Etwas nicht zu wollen, bedeutet nicht, dasjenige nicht zu können‹, dies war einer von Josephs allgemeingültigen Leitsätzen.

Als sich die entsetzlichen Ereignisse in München überschlugen und sich die Straßen allmählich mit Leichen füllten, behielt Joseph einen kühlen Kopf, tat zur richtigen Zeit am richtigen Ort das Richtige und überlebte somit das Massaker und das anschließende Feuer. In den Wirren des Tumultes stieß er auf Pierre und den verbliebenen Rest des Einsatzteams *Recon*. Er half ihnen, aus der Stadt zu entkommen und leistete sogar einen kleinen, aber unschätzbaren Dienst zur Bekämpfung der Untotenplage. So ergab es sich, dass Joseph nicht einmal offiziell rekrutiert wurde, aber seitdem schlicht und einfach zum *CBESS* dazugehörte. Das obligatorische Training hätte er nicht einmal durchlaufen müssen. Walter und auch General Pokov hatte es überzeugt, dass er auf sich allein gestellt die wilde Meute in München überlebt habe. Wenn er sich recht erinnerte, hatte der General gesagt: „Was du als normales Beamtenbürschlein dort drüben geleistet hast, beweist, dass du mehr Eier hast als eine ganze Kompanie von Elitesoldaten zusammen."

Nichtsdestotrotz absolvierte auch er das Training. Er war zu dem Zeitpunkt sehr gespannt, die anderen kennenzulernen, doch es hatte sich herausgestellt, dass das Training kein Gruppentraining war. Vielmehr hatte jeder einen *Instructor*, der ihnen alles zeigte, worauf es ankam.

Joseph rutschte sichtlich nervös in dem Flugzeugsessel umher, aus seiner Sicht waren alle Anwesenden auf ihre Art besonders qualifiziert für diese Mission, nur er nicht – er war einfach nur der *Münchner Überlebende*. Doch Walter wies den Einwand bereits vor dem Start in Genf lachend ab, als Joseph seine Bedenken vortrug: „Das ist genau das, was wir brauchen. Du hast die Monster gesehen und bist danach unverletzt da raus gekommen. Und Pierre hat mir gesagt, du hättest dort richtig gut aufgeräumt. Also mach dir keine Gedanken, du bist ein genauso vollwertiges Teammitglied wie alle anderen, sonst wärst du nämlich gar nicht hier." Dies besänftigte Josephs Zweifel, doch ganz verschwunden waren sie dadurch nicht.

Joseph holte Luft und begann zu sprechen: „Kollegen, mein Name ist Joseph Mayr. Wie ihr hört, bin ich der Deutsche hier im Team." Obwohl er sich wirklich Mühe gab, seinen holprigen deutschen Akzent würde er wohl nie ganz aus der Fremdsprache herausbekommen. „Ich bin sechsunddreißig Jahre alt und habe die ganze Scheiße in München live mitbekommen und überlebt. So bin ich auch zum *Bureau* gekommen." Was genau in München passiert war, darüber ließ er die anderen im Dunkeln. General Pokov hatte ihm sehr eindrucksvoll klargemacht, dass die Ereignisse dort bis auf Weiteres unter die zweithöchste Geheimhaltungsstufe fielen. Stattdessen fuhr er mit allgemeinen Erläuterungen zu seinem Leben fort und als er damit fertig war, stand er auch schon an der Bar und öffnete sein zweites Bier.

„Dann bin ich gleich mal der Nächste", klinkte sich Pierre strahlend ein und deutete auf seinen Vorredner. „Joseph haben wir zu verdanken, dass ich überhaupt hier bin und ein paar der anderen wenigstens im Krankenhaus sein dürfen. Danke nochmal!" Pierre erhob das Glas in Richtung des Geehrten, die anderen sechs Passagiere taten es ihm gleich. Ob dieser Geste schoss Joseph vor Verlegenheit das Blut in den Kopf und er prostete verhalten zurück.

Pierre fuhr lächelnd fort: „Auch mir hört man an, wo ich herkomme. Selbstverständlich aus Frankreich. Genau wie Frank und Walter bin ich ein ehemaliger Soldat. Ich habe ein paar Jahre in der französischen Armee verbracht. Die letzten Jahre war ich Offizier in der Fremdenlegion und durfte vor allem in Französisch Guayana den Raumhafen mit meinen Jungs bewachen. Und wie es halt so kommt, laufe ich auf einer Ausrüstungs- und Waffenmesse General Pokov in die Arme. Ich weiß immer noch nicht, ob das ein Zufall war oder geplant, auf jeden Fall wurden da die Weichen gestellt. Ich habe danach meine Dienstzeit brav zu Ende gebracht und bin nun seit fünf Jahren hier im Dienst und noch kein einziges Mal gestorben." Schelmisch schmunzelnd erhob Pierre erneut sein Glas.

Nach Honoka war er der Zweitälteste des Teams, seinen vierzigsten Geburtstag verbrachte er unter Lebensgefahr, gejagt von den Untoten in München. Er hatte unmilitärisch langes Haar, bei dem nicht mehr das Grau durch die natürliche Haarfarbe schimmerte, sondern genau andersherum. Das jahrelange Trainieren und Kämpfen hatte unübersehbare Spuren an ihm hinterlassen: Nicht wenige verheilte Schnittwunden zierten sein Gesicht, jedoch nicht in dem Ausmaß, um es zu verunstalten. Ein Stück vom linken Ohr fehlte, das hatte er einem mexikanischen Drogenschergen zu verdanken und seine ganze körperliche Präsenz strahlte aus, dass man ihn besser nicht wütend erleben sollte. Nichtsdestotrotz machte er im Anzug eine genau so gute Figur wie in Uniform.

Als er weitersprach, begann er suchend in seinen Taschen herumzukramen: „Doch so langsam werde ich zu alt für diesen Scheiß. Gerade nach alldem, was in München passiert ist. Dies hier wird also meine letzte offizielle Mission für das *Bureau* sein, danach gehöre ich erstmal meiner Frau und meinen zwei Kindern. In den letzten Jahren sind die nämlich viel zu kurz gekommen." Ein Ausdruck des Erkennens erhellte sein Gesicht, als er in seiner Brusttasche endlich fündig wurde. Er kramte ein Foto heraus, es zeigte eine knapp vierzigjährige Frau, die, gekleidet in ein schlichtes Blümchenkleid, ein Picknick unter einer gigantischen Linde aufgeschlagen hatte. Zu ihrer Linken saß ein kleines Mädchen um die fünf Jahre, das seine Puppe mit einer imaginären Mahlzeit fütterte. Einige Meter über den beiden saß ein junger Teenager um die vierzehn lässig auf einem Ast und ließ seine Beine baumeln. Jean stammte aus Maries erster Ehe, doch für Pierre ist er wie ein eigener Sohn geworden und sie verstanden sich prächtig. Er reichte das Bild einmal herum: „Das sind Marie, Eva und Jean." Sein Gesicht hatte daraufhin so weiche und sanfte Züge angenommen, die man ihm bei seiner massigen Gestalt gar nicht ohne Weiteres zugetraut hatte.

Frank und Walter bedauerten Pierres Entscheidung, die Organisation zu verlassen, zutiefst. Schließlich hatten sie in den letzten Jahren bereits einiges durchgemacht – das schweißte zusammen. Doch sie konnten ihn auch verstehen, Pierre war – von den unbekannten Piloten im Cockpit einmal abgesehen – der Einzige mit Frau und Kindern auf diesem Flug. Es wäre nur fair, wenn er die Gelegenheit nutzte, endlich für sie da zu sein. Es war ohnehin ein Geheimnis, wie er überhaupt zu *CBESS* kommen konnte, ohne seine Familie zur Wahrung der Geheimhaltung zurücklassen zu müssen.

Die nächsten Worte richteten sich vor allem an Frank und Walter, doch auch die anderen waren dabei eingeschlossen: „Immer wenn ihr in der Nähe seid, steht meine Tür natürlich für euch offen. Ihr seid jederzeit herzlich willkommen." Er hatte dieses Versprechen seinen langjährigen Gefährten bereits in Genf gegeben, als er ihnen zähneknirschend seinen Abschied gestand und nun erneuerte er es für das gesamte Team. Frank und Walter zumindest würden das Angebot wohl öfter annehmen, als Pierre vielleicht lieb sein könnte. Hin und wieder lagen zwischen ihren Einsätzen mehrere Wochen. Die Einsatzgruppen wurden schließlich nur in ganz besonderen Situationen gebraucht, die die einzelnen Nationen der G8-Gruppe nicht selbst regeln konnten oder wollten – internationale Krisen scherten sich einen Dreck um Zeitpläne. Und wenn sie schon die Wahl hatten, ob sie sich in einem öden Militärcamp oder auf Pierres Bauernhof fit hielten, dann war der Fall ziemlich klar: Nix wie rüber zu Pierre! Marie, seine Frau, konnte die beiden auch gut leiden, doch wie es bei auseinandergerissenen Freundschaften nunmal so war, nur die Zeit konnte zeigen, ob all dies tatsächlich so funktionieren würde.

Pierre sah Franks und Walters Gesichtern genau an, welche zwiespältigen Gedanken in deren Köpfen umherschwirrten, was ihn zu einer überraschenden Bemerkung verleitete: „So ganz weg bin ich eigentlich gar nicht. Kurz bevor wir in Genf aufgebrochen sind, bin ich noch einmal zu General Pokov befohlen worden." Frank und Walter blickten sich ungläubig an: ›Davon wusste ich gar nichts‹, stand in ihren Blicken geschrieben.

„Wir haben einen Deal gemacht." Pierre malte mit den Fingern seine Unterschrift in die Luft. „Offiziell bin ich nun externer Berater und in echt werde ich einer der Trainings-Instructors für neue Agenten sein. So wie ich mitbekommen habe, werden bald die anderen beiden Einsatzteams aufgefüllt. Zumindest hin und wieder werden wir uns also über den Weg laufen", offenbarte er ihnen grinsend.

Pierre war selbst sehr überrascht vom Angebot des Generals gewesen. Er hatte die Entscheidung über seinen Ausstieg bereits vor einigen Monaten getroffen und doch haderte er sehr lange damit. Er hatte es unterbewusst immer wieder hinausgezögert, endlich den General davon in Kenntnis zu setzen. Ja, er wollte wirklich seine Zeit mit seiner Familie verbringen, doch sein ganzes Leben lang kannte er vor allem eines – das Kämpfen. Zusammen mit den Kameraden in seinem Team waren sie zu einer unerschütterlichen Einheit verschmolzen – er hatte das nagende Gefühl, dass er sie einfach im Stich lassen würde, wenn er ginge. Außerdem war er tief in seinem Inneren unsicher, ob ein beschauliches Zivilistenleben tatsächlich das Richtige für ihn wäre – seit er neunzehn war, kannte er nur diese eine Welt. Doch München änderte dies schlagartig, dort ist er dem Tod nicht nur einmal um Haaresbreite von der Schippe gesprungen. Dies war die Initialzündung, die er gebraucht hatte. Sofort, nachdem er den Einsatzbericht in Genf abgeschlossen hatte, wurde er beim General vorstellig. Als dann endlich die Katze aus dem Sack war, machte sich eine wohlige, erleichternde Entspannung in seinen Eingeweiden breit und er spürte, dass es trotz aller Zweifel doch das Richtige war. Alle, der General, sein Team und natürlich auch seine Frau beglückwünschten ihn zu seiner Entscheidung und doch, tief in seinem Inneren schlummerte weiterhin ein mulmiges Gefühl, das ihn die darauf folgenden Wochen nicht mehr losließ.

Doch dann schien Pierres Glück grenzenlos, als der General das Angebot auf den Tisch legte, als externer Berater dem *Bureau* erhalten zu bleiben. Damit hatte er alle Fliegen mit einer Klappe geschlagen: Er würde seine Familie oft genug sehen, um dies endlich als ein halbwegs normales Leben bezeichnen zu können. Und dennoch musste er seinen Beruf des Kämpfers und Soldaten nicht aufgeben und das auch noch ganz ohne die Gefahren echter Einsätze.

In der Zwischenzeit hatte sich Pierre die gekühlte Flasche aus der Bar geangelt und sein Glas wieder nachgefüllt. „Also lasst uns das Ganze hier professionell durchziehen und schnell beenden. Danach wartet ein neues Leben auf mich." Er blickte begeistert in die Runde wie ein Politiker nach einem Wahlsieg und erhob das Glas. Die anderen erwiderten die Geste, wobei gerade Frank und Walter regelrecht ausgelassen zurück grinsten.

„Dann fehle ja nur noch ich." Natalja stand im Gang und lehnte lässig an einem der Sitze. Wenn sie eines nicht mochte, dann stundenlanges Sitzen bei der Arbeit: Sie fühlte sich dann immer, als würde sie der hölzernen Götze mit dem Namen Schreibtisch die Essenz ihres Lebens opfern – der Rücken bog sich, der Kreislauf sackte in den Keller und auch das Hirn ging rasch in den Standby-Modus. So nutzte sie jede Gelegenheit, um stehen und umherlaufen zu können. Ein Nebeneffekt war, dass dies offenbar ihre Kollegen verunsicherte. „Du nimmst mir die Ruhe!" oder Ähnliches musste sie sich immer wieder an den Kopf werfen lassen, doch dies hielt sie nie davon ab, ihre örtlich begrenzten Wanderungen fortzusetzen und beispielsweise Papiere am Fenster stehend zu lesen. Irgendwann wurde es den anderen zu bunt und sie bekam daraufhin ein eigenes Büro. ›Auch nicht schlecht!‹, dachte sie sich dabei. Andere mussten jahrelang ihr eigenes Büro erstreiten und sie bekam es einfach so – auch ohne bewusst darauf hin gearbeitet zu haben.

Sie sprach zu den anderen Teammitgliedern: „Ich bin Natalja Orenko, vierunddreißig Jahre alt und eine echte Moskauerin. Seit ich denken kann, ist es eine Leidenschaft von mir, Dinge zu bauen oder zu reparieren. Das fing mit Bauklötzen an, dann bekam ich irgendwann meinen ersten Metallbastelkoffer mit jeder Menge Streben, Gelenken, Schrauben und so weiter und bis vor Kurzem habe ich noch militärische Prototypen gebaut."

„Militärische Prototypen?", fragte Ricardo fasziniert.

„Ganz genau. Ich habe in Sibirien, in Akademgorodok Maschinenbau und Werkstofftechnik studiert. Falls euch das kein Begriff ist: Akademgorodok ist ein ganz besonderer Stadtteil von Nowosibirsk, übersetzt heißt das *Akademisches Städtchen* und zumindest in Russland ist die Universität sehr renommiert. Danach bin ich dem Ruf von Mütterchen Russland gefolgt und bekam eine Stelle an der Lomonossow-Universität in Moskau – zumindest offiziell. Dort pendelte ich regelmäßig zwischen Moskau und der Anlage Yamantau hin und her."

Sie ließ ihren Blick umherschweifen und bemerkte die ratlosen Mienen: „Habt ihr schon mal etwas von Yamantau gehört?"

Überall zerknirscht grübelnde Gesichter, nur Joseph erhob die Hand und meldete sich wie ein braver Schüler. „Joseph, ich bin sehr gespannt", sagte sie sanft, beinahe mütterlich und übergab ihm das Wort.

„Mein Cousin ist Journalist und recherchiert natürlich viel im Internet. Eines Abends kam einmal irgendwie das Thema auf. Er sagte, der ganze Berg ist untertunnelt, dort unten wäre Platz für eine ganze unterirdische Stadt. Für den kompletten Kreml, den Generalstab und hochrangige Wissenschaftler soll eine geheime U-Bahnlinie direkt von Moskau in den Berg führen. Unzählige Atomwaffen sind dort einsatzbereit und er sagte, dass dort auch die russische Atomwaffensteuerzentrale ist: Wenn die Hauptstadt von einer Atomwaffe getroffen wird, würde von dort aus die Antwort losgeschickt – notfalls sogar vollautomatisch, falls alle Entscheider tot sein sollten. Die Anlage ist sozusagen der Sicherungskasten für das Armageddon." Beim letzten Satz schnürte es ihm die Kehle zu, ihm versagte beinahe die Stimme.

Natalja schmunzelte keck, „So weit daneben liegst du gar nicht. Ja, der Berg ist tatsächlich ziemlich gut ausgebaut, aber wenn überhaupt, dann passen maximal fünftausend Menschen dort hinein. Der Platz wäre schon ausreichend, doch das Lüftungssystem ist noch aus der Zeit Breschnews und weil der Berg in den letzten Jahrzehnten ziemlich gearbeitet hat, kommen wir da nicht mehr ran, um die Anlagen richtig zu warten. Nun ja, sagen wir es mal so: Zumindest nicht mehr mit dem bisschen Budget, das für die Anlage vorgesehen ist. Wenn wir uns richtig um die Lüftung kümmern wollen, müssten wir neue Schächte bohren oder sprengen und keiner sieht gerade den Anreiz, dies tatsächlich zu tun. Die U-Bahnlinie ist aber reine Fantasie. Einen über tausend Kilometer langen Tunnel zu bauen, wäre ein größerer Aufwand als alle Pyramiden Ägyptens zusammen. Nein, es gibt zwar Gerüchte über eine geheime U-Bahnverbindung vom Kreml aus der Stadt hinaus, was ich mir noch vorstellen kann, aber bestimmt nicht über die gesamte Strecke.

Das mit den Atomwaffen stimmt dagegen, auch wenn es wohl weniger sein werden, als im Westen angenommen wird. Ich hatte zwar keinen direkten Zugang zu vielen Bereichen, doch die nukleare Steuereinrichtung scheint tatsächlich auch dort zu sein. Ein paar der Techniker sind sehr gesprächig nach dem einen oder anderen Glas Wodka", ergänzte sie mit einem Zwinkern.

Die anderen Teammitglieder glotzten sie ungläubig an. ›Hatte sie jetzt tatsächlich russische Geheiminformationen ausgeplaudert – einfach so?‹, fragten sie sich überrascht.

„Was schaut ihr denn so? Das ist nichts, was eure Geheimdienste nicht schon längst wissen. Es nützt sowieso nichts, der Berg ist ein unerschütterliches Bollwerk, der hält locker fünf bis zehn Atombomben am Stück aus, da brauchen wir uns also gar keine großen Sorgen machen", entgegnete sie nicht ohne Stolz.

„Und schließlich sind wir ja jetzt Verbündete", warf Katie noch rasch ein. Die anderen nickten zustimmend. Trotz aller diplomatischen Spannungen der letzten Jahre zwischen dem Westen und Russland – zumindest beim *CBESS* verläuft die Zusammenarbeit auf allen Hierarchieebenen unverändert harmonisch und reibungslos.

„Genau, Katie. Also was habe ich nun den ganzen Tag gemacht? So wie bei fast allen Wissenschaftlern, enden auch bei unseren Konstrukteuren die Fähigkeiten bei der Planzeichnung. Danach kam ich ins Spiel. Ich hatte die spannende Aufgabe, zu bauen, was sich die blassen Herren in den Labors so alles ausgedacht haben. Ich habe an diversen Prototypen mitgebaut: Normale Militärfahrzeuge, Panzer, Raketenplattformen, Feuerwaffen und so weiter. Das war wirklich spannend, auch wenn nichts davon jemals in Serie produziert wurde." Daraufhin sprang Franks Fantasie an und entwickelte ein regelrechtes Eigenleben: Er stellte sich eine schweißglänzende Natalja in Arbeitskleidung vor, wie sie einen Schneidbrenner bediente. Die Vorstellung ihrer sanften Kurven unter der schmutzigen Kombi, sich spannender Muskeln und fliegender Funken brachten seine Hormone regelrecht zum Kochen. Es fiel ihm schwer, auch nur einigermaßen konzentriert zuzuhören und seine aufwallende Begierde zu verbergen. Er nahm sich vor, in den nächsten Tagen nicht von ihrer Seite zu weichen.

Wie der Großteil ihrer weiblichen Landsleute achtete Natalja sehr auf ihr Äußeres, jedoch ohne einem übertriebenen Schönheitswahn verfallen zu sein. Sie war mit knapp einem Meter achtzig recht groß und überragte die beiden anderen Frauen, Honoka und Katie deutlich. Ihre Statur war schlank, ohne direkt dürr zu wirken und man merkte ihren geschmeidigen Bewegungen an, dass ihr Beruf ihren Körper regelrecht gestählt hatte. Die hohen Wangenknochen, die scharfen Konturen ihrer Nase und ihr spitzes Kinn verliehen ihrem Gesicht einen strengen Ausdruck. Das kräftige braune Haar hatte sie zu einem Zopf gebunden und sie trug einen farblich passenden Kaschmirpullover zu der dunkelbraunen Hose und den Lederstiefeln. Ihre geradezu beflügelnde Wirkung auf Frank und viele andere Männer lag jedoch nicht an ihrem Äußeren, das bewegte sich im kaum definierbaren Bereich irgendwo zwischen normal bis hübsch. Vielmehr verbreitete sie eine besondere Ausstrahlung, die bei manchen Personen keine Wirkung erzielte und bei anderen, so wie bei Frank, diese einfach in ihren Bann zog. Sehr oft würde Frank sich noch Gedanken machen, was diese Frau für ihn so faszinierend machte, doch er würde nie auf eine eindeutige Antwort kommen – irgendetwas diffus Spürbares, doch niemals wirklich Greifbares streckte seine Fühler nach seinem Herzen aus und nahm ihn auf wohlig angenehme Art gefangen.

Natalja fuhr mit ihrer kleinen Ansprache fort: „Eines Tages, das war genau eine Woche nach den Zwischenfällen in München, wurde ich zu einem geheimnisvollen Treffen in Genf beordert – niemand hatte mir gesagt, worum es dort gehen sollte. Dort traf ich dann auf General Pokov und Walter." Sie blinzelte kurz in seine Richtung und sprach weiter: „Das Angebot, das ich dort erhalten hatte, konnte ich einfach nicht ablehnen. Ich war dann gleich dort geblieben und einen Tag später hatte bereits das Training begonnen."

Walter ergriff daraufhin das Wort und fügte, nun da die Russin sich vorgestellt hatte, noch hinzu, was ihre besonderen Aufgaben im Team waren: Sich Zugang zu verschaffen, alle Arten von technischen Geräten zu bedienen und der Umgang mit Explosivstoffen. Walter war bereits jetzt schon ein wenig stolz auf Natalja: Ihr Training fand im tiefsten Dschungel von Panama statt, was wirklich jeden an seine Grenzen bringen konnte. Besonders die Sprengstoffe hatten es ihr dort angetan: Man sah ihr die Vorfreude jedes Mal aufs Neue an, wenn sie etwas in die Luft jagen durfte. Nach den ersten Erfolgen hatte sie sich so gut mit den Anforderungen arrangiert, dass sie sogar eine Einsatzgruppe der lokalen Drogenpolizei begleiten konnte. Beim Einsatz hatte sie mitgeholfen, dem Team Zugang zu den Gebäuden zu verschaffen und die Anlage wirkungsvoll außer Gefecht zu setzen.

Zuletzt warf er Frank, von den anderen unbemerkt, einen eindeutigen, warnenden Blick zu. ›Man muss blind sein, um nicht mitzubekommen, dass er sie regelrecht anhimmelt‹, bemerkte er in Gedanken. Frank erwiderte den Blick, schaute kurz zu der schönen Russin und zog traurig den Kopf zwischen die Schultern: Er kannte die Regeln. Auch wenn es ihm noch so schwer fiele, solang Walter in der Nähe blieb, hatte er keine Chance, ihr nahe zu kommen. Schmollend nippte er an seinem Whisky.

Unterirdische Forschungsanlage

›Diese Hitze, diese elende Hitze!‹
Stephen lag auf der unbequemen Metallpritsche und starrte mit leerem Blick in Richtung Decke. Er hatte keine Vorstellung mehr, wie viele Tage sie sich bereits in diesem kargen Raum befanden. Es gab keine Fenster und das kalte Deckenlicht – offensichtlich das einzige Kalte hier im Raum – strahlte ununterbrochen. Für sie fühlte es sich an, als wären sie schon mehrere Wochen hier eingesperrt und doch konnten es höchstens ein paar Tage gewesen sein. Ohne einen verlässlichen Rhythmus verlor man schnell jedes Gefühl für Zeit.

Stephens Fantasie versank in unschönen Vorstellungen, während sein Leidensgenosse unablässig den Raum entlang wanderte, völlig in Gedanken verloren. Man sah ihm an, dass er sich nach so vielen Tagen immer noch nicht mit ihrer hoffnungslosen Lage abfinden wollte und verzweifelt versuchte, ihre Situation zu verstehen. Und ebenso offensichtlich konnte man ihm ansehen, dass er auf keine plausible Antwort auf seine Fragen, die ihm unentwegt im Kopf umhergeisterten, gekommen ist. Stephen genügte bereits eine kurze Inspektion des Raumes, der vielmehr eine stählerne Kabine war: Bis auf die massive Metalltür gab es keinen Ausgang. Ihre Gedanken kreisten stets in den gleichen Bahnen: Geheimdienst, Entführung, Erpressung, Lösegeld. Doch leider war das ziemlich weit von der Wahrheit entfernt – für ihre Entführer war eine Freilassung keine Option.

Gelegentlich hielt William es nicht mehr aus, schrie und trommelte mit den Fäusten gegen die Tür oder versuchte, die Edelstahlpritschen aus der Verankerung zu reißen. Ohne Erfolg, kein einziges Mal tat sich etwas. In den letzten Tagen hatten sie keinen Menschen mehr zu Gesicht bekommen, lediglich durch eine Luke im unteren Teil der Tür wurde in regelmäßigen Abständen ihr Menü aus einigermaßen schmackhaftem, chinesischem Essen und einem Fünfliterkanister Wasser hereingereicht. Insbesondere für das

Wasser waren sie sehr dankbar. Wie warm es genau in dem Raum war, wussten sie nicht mit Sicherheit. Ganz eindeutig aber befanden sie sich oberhalb der Dreißiggrad-Marke. Kein britischer Hochsommertag, an den sie sich erinnerten, konnte es mit der drückenden Hitze ihres Gefängnisses aufnehmen, zumal es hier auch keine kühleren Nächte gab, die Linderung versprachen.

Stephen wurde von einem Geräusch aus seinen Gedanken gerissen – er hatte gerade an seinen Terrier gedacht und wie es ihm bei seiner Nachbarin in Reading, vierzig Meilen westlich von London, wohl ginge. Es klapperte metallisch von der Tür her, dabei war es noch gar nicht die gefühlte Zeit für die nächste Mahlzeit. Die noch nicht aufgegessenen Überreste der letzten standen noch auf dem schlichten Aluminiumtisch am anderen Ende des Raums. William hielt in seiner unablässigen Wanderung inne und beide blickten sie nun in gespannter, grausiger Erwartung in Richtung der sich langsam aufschwingenden Tür.

Stuart trat in Begleitung der üblichen Wachmänner in den Raum und musterte sie mit einem unheimlichen Blick. Irgendetwas war ungewöhnlich an ihm, doch sie konnten nicht genau erfassen, was. Ein weiterer, ihnen bisher unbekannter Mann mit einem geschätzten Alter um die dreißig betrat nun den Raum: Ein schlanker Chinese in einem farbenfrohen Seidengewand – es wirkte beinahe surreal, eine solche Gestalt in dieser trostlosen Anlage zu erblicken. Bevor sie auch nur ansetzen konnten, ihre unzähligen Fragen an ihn zu richten – seinem Auftreten entnahmen sie instinktiv, dass er der Drahtzieher hinter dem Ganzen sein musste – richtete dieser einen eisigen Blick gegen die beiden gefangenen Journalisten, dass ihnen das Mark schier gefror: Seine Augen waren vollkommen schwarz und strahlten eine unfassbare Bosartigkeit aus, die sie sich bis dahin nicht einmal vorstellen konnten. Wie gelähmt konnten sie nichts weiter tun, als stumpf zurückzublicken.

Dann umspielte ein eiskaltes Lächeln seine Lippen, schneeweiße Zähne traten zum Vorschein. Er deutete mit dem Zeigefinger auf William, welcher sich daraufhin ein Stück weiter in den kahlen, metallischen Raum zurückzog. Es nütze nichts. Mit einer Geschmeidigkeit, die sie den massigen Aufpassern gar nicht zugetraut hätten, befanden sich plötzlich zwei von ihnen direkt neben dem Ausgewählten und hielten ihn am Arm gepackt. Als wäre dies ein Wecksignal gewesen, begann er nun, sich hektisch dagegen zu wehren und mit Armen und Beinen um sich zu schlagen. Der größere der beiden Gorillas beendete den Aufruhr mit einem Kopfstoß, der so heftig ausfiel, dass Stephen schon dachte, seinem armen Freund wäre damit der Schädel zertrümmert worden – das dumpfe Aufprallgeräusch von Knochen auf Knochen ließ das zumindest vermuten. Williams Gegenwehr erstarb augenblicklich und ein Blutstrom sickerte aus der frischen Platzwunde an seinem Kopf. Doch sonst wirkte er auf Stephen erstaunlich klar, dem die Rolle zuteilwurde, von seinem Platz am Tisch aus dessen Misshandlung mit steigendem Entsetzen beobachten zu müssen. Nachdem die Kräfteverhältnisse unmissverständlich wieder klargestellt waren, wurde der bemitleidenswerte William von den beiden kräftigen Männern mehr herausgetragen, als dass dieser sich noch selbst fortbewegte. Kurz bevor er zur Tür heraus war, warf er Stephen noch einen quälend langen Blick voller gebündelter Traurigkeit entgegen. Dann war er fort, lebend sah ihn Stephen nie wieder.

Der furchterregende Chinese folgte mit geschmeidigen Bewegungen und wehenden Kleidern. Zuletzt verließ auch Stuart, dem sie einmal blind vertraut hatten, den Raum und ließ den Journalisten völlig allein zurück. Erst jetzt fiel Stephen die Veränderung an ihm auf, die sie beide so beunruhigt hatte: Auch Stuarts Augen waren vollkommen schwarz.

– 9 –

Im Flugzeug irgendwo über dem Indischen Ozean

Nachdem sich nun alle vorgestellt hatten, legte sich ein gespanntes Schweigen über die Gruppe. Neugierige Blicke flogen durch den Raum, Honoka blätterte neugierig in der Dokumentenschachtel und Ricardo pulte mit seinem Messer an den Fingernägeln herum. Frank nickte Walter kaum merklich zu, worauf dieser sich an die Passagiere wandte: „Liebe Kollegen, jetzt, da wir uns ein wenig kennenlernen konnten – da fällt mir ein", er wandte sich nun augenzwinkernd an Katie, die ein wenig geistesabwesend mit den Fingern das eingestickte Wappen des *CBESS* auf der Armlehne nachfuhr: „Katie, ein paar Taekwon-Do-Kniffe musst du mir unbedingt mal zeigen." Ihre Antwort bestand nur aus einem einzigen, vielsagenden Blick: ›Ob du das wirklich willst? Du tust dir damit wohl mehr weh als deinem Gegner.‹

„Spaß beiseite, ihr seid bestimmt gespannt, was wir denn genau hier bezwecken sollen und was genau unsere Mission ist."

Zustimmendes Raunen war zu vernehmen.

„Ihr könnt euch sicherlich vorstellen, dass es etwas mit den Untoten zu tun hat, die damals in Kalifornien und vor Kurzem in München umhergezogen sind. Wie es aussieht, war nicht nur das *Bureau* in diesem Bereich aktiv, sondern auch andere Nationen. Noch während die Suppe in München am Brodeln war, haben wir eine Nachricht von den Chinesen bekommen. Sinngemäß haben die gemeint, ›es berührt uns sehr, welchen Schaden der letzte Ausbruch angerichtet habe‹, und sie boten uns an, auf wissenschaftlicher Ebene mit dem *CBESS* zusammenzuarbeiten. Sie meinten, dass sie seit einigen Jahren große wissenschaftliche Fortschritte bei der Erforschung des Phänomens gemacht haben und ein Austausch unserer Forschung von beiderseitigem Gewinn sein könnte."

Joseph blies erstaunt die Luft aus seinen Lungen: „Die Chinesen haben auch solche Dinger gezüchtet? Ich habe gehofft, dass die in München die Letzten und Einzigen gewesen sind." Ein resignierter Ausdruck legte sich über seine Gesichtszüge. Frank und Pierre wirkten nun auch sichtlich unruhiger, obwohl sie bereits vorher von Walter in die Mission eingewiesen worden waren – wenn man einmal von einer Horde blutrünstiger, menschenähnlicher Bestien gnadenlos gejagt wurde, brannte sich das ziemlich tief in das Gedächtnis ein.

„Ganz ruhig, noch wissen wir nichts Genaues", entgegnete Walter. „Selbstverständlich haben wir vorsichtig und diskret unseren Kontaktmann beim *Guojia Anquan Bu* darauf angesetzt. Aber dieser konnte auch nicht viel herausfinden. Eines steht fest, die Einladung kam nicht direkt vom *Guojia Anquan Bu*, dem chinesischen Nachrichtendienst. Vielmehr handelt es sich um einen gewissen Mr. Wang, doch niemand konnte etwas damit anfangen."

„Fliegen wir etwa um die halbe Welt für einen schlechten Scherz?", klinkte sich Ricardo ein. „Wozu dann das ganze Training." Eine Aura der Enttäuschung legte sich über die Passagiere wie ein in sich zusammenfallender Fallschirm.

Walter erhob beschwörend die Hände. „Ganz ruhig, wenn das nur ein Scherz wäre, würden wir jetzt nicht hier sitzen. Wir haben zwar keine Gewissheit, doch es gibt genug Hinweise, dass an dem Angebot wohl wirklich etwas Handfestes dran sein könnte. Als unser Verbindungsmann etwas tiefer gegraben hatte, ist er auf ein Forschungsprojekt gestoßen, das wegen Sicherheitsbedenken vor einigen Jahren eingestellt wurde. Unser geheimnisvoller Mr. Wang hatte zwar nicht direkt mitgewirkt, doch hatte sich damals eine staatliche chinesische Pharmafirma an der Forschung beteiligt."

Honoka konnte sich vor Aufregung kaum noch auf dem Sessel halten, „Lass mich raten, ein gewisser Wang war der Vorsitzende dieser Firma?"

Walter fiel vor Verblüffung beinahe das Glas aus der Hand. „Richtig, woher weißt du das denn?", fragte er verblüfft.

„Ich bin ihm bereits einmal begegnet." Alle atmeten daraufhin hörbar ein. „Das war vor mehr als fünf Jahren in London auf dem *European Skeptics Congress,* einer ziemlich nerdigen, wissenschaftlichen Veranstaltung. Dort geht es um erfrischend ungewöhnliche Sachen wie etwa die Heilwirkung von Himalayasalz, was UFOs mit Reinkarnation zu tun haben könnten oder wie sich Satan als Haustier machen würde."

Frank musste daraufhin loskichern und auch die anderen schauten Honoka verwirrt an. Walter fragte sich gerade, ob er nicht doch die falsche Wissenschaftlerin ausgesucht hatte.

Honoka warf ihnen einen strengen Blick zu. „Ihr solltet da einfach mal hinfahren! So schräg, wie ihr jetzt denkt, ist es gar nicht. Dort geht es hauptsächlich darum, die Grenzen des Schwarz-Weiß-Denkens auch in der Wissenschaft zu überwinden und sich mit modernen akademischen Methoden unüblichen Fragestellungen zu widmen. Alle dort sind hervorragende Wissenschaftler, die aber auch einmal Lust haben, sich einfach mal so über alle möglichen und unmöglichen Dinge Gedanken zu machen."

Als Londonerin hatte zumindest Katie schon einmal davon gehört. Die Besucher der umliegenden Bars waren während des Kongresses auch nicht schräger als zu jeder anderen Zeit des Jahres. Wie es schien, waren das tatsächlich relativ normale Wissenschaftler – zumindest kann sie sich nicht an verwirrte, freakige Personen im Umfeld der Veranstaltung erinnern. Sie wurde neugierig: „Ich bin schon ein paar Mal über die Plakate in London gestolpert. Hast du da auch etwas vorgetragen oder warst du nur Zuschauerin?"

„Normalerweise halte ich mich bei solchen Veranstaltungen eher zurück und sitze irgendwo in den letzten Reihen. Ich besuche diese Kongresse eigentlich nur, um auch mal aus Tokio rauszukommen. Ich bin sicher, du hättest mir damals ein paar gute Pubs zeigen können, oder?"

Damit hatte Katie nicht gerechnet, sie hatte Honoka eher als eine disziplinierte Wissenschaftlerin eingeschätzt, mit deren ungezwungener Seite konnte sie sich jedoch noch besser anfreunden und streckte ihr grinsend beide erhobenen Daumen entgegen „Das holen wir nach, ich freue mich jetzt schon darauf."

„Ich komme auch mit!", platzten Frank und Ricardo beinahe gleichzeitig dazwischen. Auch der Rest des Teams wollte sich davon nicht ausschließen lassen und bekundete die Bereitschaft, bei Gelegenheit einmal durch die Londoner Gassen zu streifen. Katie nickte zustimmend. „Machen wir, ich lass mir etwas einfallen", sagte sie vergnügt und richtete ihre Aufmerksamkeit wieder auf Honoka.

„Wie gesagt, bin ich dort lieber die Beobachterin, doch in dem Jahr hatte ich tatsächlich einen eigenen Vortrag im Programm. Es gibt da eine Verschwörungstheorie, dass AIDS, also genauer gesagt das HI-Virus ursprünglich als biologischer Kampfstoff von den USA entwickelt wurde." Sie nahm die argwöhnischen Blicke durchaus wahr, sprach jedoch ungerührt weiter: „Das HI-Virus tauchte ja plötzlich aus heiterem Himmel auf und niemand konnte sich so recht erklären, wo genau der Ursprung lag. Unvoreingenommen betrachtet, befand sich solch eine Erklärung durchaus im Bereich des theoretisch Denkbaren. Für meinen Vortrag habe ich einfach mal alle Fakten zusammengetragen und mit dem aktuellen Stand der Wissenschaft abgeglichen."

„Und was ist dabei herausgekommen?", wollte Joseph wissen.

„Nichts genau Eindeutiges. Meiner Meinung nach war es damals, also in den Sechziger- und Siebzigerjahren nicht möglich, einen so komplexen Virus im Labor zu entwickeln. Doch absolute Gewissheit haben wir da nicht. Durch einen glücklichen, nun ja, in dem Fall eher unglücklichen Zufall könnte durch Mutation tatsächlich das HI-Virus entstanden sein. Die Wahrscheinlichkeit dafür ist verschwindend gering, aber eben nicht null."

Honoka blickte in die Runde und sah den Anwesenden regelrecht an, wie es in deren Köpfen anhand dieser Möglichkeit arbeitete. „Doch was ich eigentlich sagen wollte", fuhr sie fort, „den Vortrag direkt nach mir hielt ein Chinese mit dem Thema: *Der Unsterblichkeit auf der Spur*. Und jetzt ratet mal, wie er hieß."

Keiner sagte etwas, da das Offensichtliche bereits ohne Worte im Raum schwebte.

„Ganz genau", bestätigte sie, „er hieß auch Wang. Ich konnte seinem Vortrag nicht wirklich folgen, da ich noch viele Fragen zu meinem eigenen beantworten durfte. Zumindest habe ich mitbekommen, dass es gelungen sein soll, das Altern im Tierversuch vollständig aufzuhalten. Die Stimmung ist daraufhin immer wieder zwischen Skepsis und Begeisterung hin und her gependelt. Wie gesagt, ich war selbst genug mit den Fragen zu meinem Beitrag beschäftigt, kann euch also nichts Genaueres dazu sagen."

Nun mischte sich Walter ein: „Kannst du uns sagen, welchen Eindruck dieser Wang auf dich gemacht hat?"

„Nun ja, relativ unscheinbar trifft es ganz gut, denke ich. Er war wohl um die fünfzig Jahre alt, doch ich denke, wenn ich ihm heute auf der Straße begegnen sollte, ich würde ihn nicht wiedererkennen. Er hatte seinen Vortrag mit voller Begeisterung begonnen. Doch im weiteren Verlauf gab es immer mehr kritische Stimmen aus dem Publikum, das hat ihn zunehmend aus dem Konzept gebracht. Das Ende seiner Präsentation habe ich nicht mehr miterlebt – wir sind in die Lobby weitergezogen – jedoch habe ich seitdem nie wieder etwas über ihn gehört oder gelesen."

Walter rieb sich nachdenklich das Kinn. „Sehr interessant, dann ist dieser Mr. Wang gar nicht mehr das geheimnisvolle Phantom, wie wir bisher dachten. Ich hätte mir bis soeben nicht vorstellen können, dass auch nur einer von uns auch nur von ihm gehört hätte und du", er nickte Honoka anerkennend zu, „bist ihm sogar begegnet. Die Welt ist wirklich ein Dorf geworden."

Walter ließ sich in den ledergepolsterten Sitz zu seiner Rechten fallen und fuhr fort: „Seit das Forschungsprojekt eingestampft wurde, hat niemand mehr etwas von Wang und auch den meisten Forschern gehört. Wir gehen davon aus, dass die Forschungen privat, an allen Gremien der Partei vorbei, fortgesetzt wurden. Unser Mann in Peking hat jedenfalls keinen Schimmer, was aus Wang und seinen Kollegen geworden ist. Er ließ aber durchblicken, dass der Parteiapparat und die Geheimdienste in China zwar ziemlich effizient sind, doch das Land sei schließlich so unfassbar groß, dass es unmöglich ist, wirklich jeden versteckten Winkel im dünn besiedelten Hinterland im Blick zu haben."

Honoka ergänzte daraufhin stirnrunzelnd: „Ich weiß aus eigener Erfahrung, Forschung ist heutzutage ziemlich teuer geworden. Wang muss doch irgendwo einen Geldgeber oder zumindest einen Gönner haben."

„Und wenn die nur halbwegs so umfangreich geforscht haben wie das *Bureau*", mischte sich nun auch Frank ein, „dann muss doch einfach irgendjemand Bescheid wissen. Die Anlage in Kalifornien war auch nicht gerade klein. Das muss doch zig Millionen gekostet haben. Die können doch niemals die Anwohner, alle Behörden und auch noch den chinesischen Geheimdienst verarscht haben. Ich krieg langsam ein komisches Gefühl dabei."

Die anderen stimmten ihm wortlos zu. Walter fuhr fort: „Ganz recht, es kann natürlich sein, dass unser Mann in Peking uns etwas verheimlicht, doch das mag ich nicht so recht glauben. An Geld würde es jedoch nicht gefehlt haben: Wangs Pharmaunternehmen wurde von einem großen Konkurrenten geschluckt. Als Geschäftsführer hatte er sich damals nicht mit Geld, sondern mit Aktien bezahlen lassen. Es hatte sich herausgestellt, dass er damit einen ziemlich guten Fang gemacht hatte. Die Aktien stiegen und so wurde aus seinem ansehnlichen Vermögen ein noch viel größeres. Ich habe einen unserer Finanzexperten beim *Bureau* darauf angesetzt, ob er irgendetwas herausfinden konnte. Auf den ersten Blick war nichts Auffälliges gewesen. Doch dann hatte er tatsächlich etwas gefunden: Das Unternehmen hatte nach dem Deal im Wesentlichen nur zwei Eigentümer: Wang und den chinesischen Staat. Doch direkt danach wechselten an der Börse in Shanghai immer mehr Anteile den Besitzer, stets in kleinen Mengen und immer von unterschiedlichen Verkäufern. Man musste also nur eins und eins zusammenzählen: Wang hatte seine Aktien unters Volk gebracht, ohne selbst direkt greifbar zu werden. Seine Anteile waren wirklich überall, vom uigurischen Bauern, über tibetanische Eselzüchter bis hin zum Immobilienhai in Shenzen. Das machte es unmöglich, auf Wangs Standort hin Rückschlüsse zu ziehen."

„Wirklich gerissen, dieser Wang. Ich hätte es genau so gemacht", warf Joseph anerkennend ein.

„Oh ja", konnte Walter nur bestätigen. „Das Ende vom Lied ist, wir wissen, dass unser Mr. Wang existiert. Doch wo er sich versteckt und vor allem, inwiefern er tatsächlich über nützliches Wissen verfügt, da tappen wir im Dunkeln. Doch schließlich wurden wir ja freundlich eingeladen, also sollen wir jetzt dorthin reisen und uns das Ganze einfach mal anschauen."

„Und lasst mich raten, wir sollen versuchen, möglichst viel herauszufinden, ohne selbst etwas preiszugeben", ergänzte Katie mit einem schelmischen Lächeln auf den Lippen.

Walter lachte kurz auf. „Wie überraschend, nicht wahr? Das wird vor allem deine Aufgabe sein. Ich hoffe, wir bekommen eine Gelegenheit, deren Systeme anzuzapfen."

Ricardo meldete sich besorgt zu Wort: „Wir wurden ja mehr oder weniger offiziell eingeladen. Müssen wir uns Gedanken wegen besonderer Gefahren machen? Kann es dort auch riskant werden?"

Walter erhob beruhigend die Hände. „Ich persönlich denke, dass wir ein paar sehr angenehme Tage erleben werden. Schließlich war es ja ein Hilfsangebot, das uns auf den Schreibtisch geflattert ist. Wir fliegen hin, lernen Mr. Wang kennen, schauen uns ein wenig um und hoffen, dass Katie unbemerkt in die Systeme hinein kommt. Wenn die Chinesen uns wirklich etwas anbieten können, habe ich auch die Freigabe, denen eine echte Zusammenarbeit anzubieten. Doch die Details handeln dann andere aus. Auf keinen Fall sollen wir irgendetwas tun, dass das Vertrauen gefährdet – also immer schön vorsichtig sein. Im Idealfall gehen wir rein, erzählen Mr. Wang die Fakten, die er eh schon kennt und fahren dank Katie mit allem, was wir brauchen, wieder nach Hause. Doch man weiß nie, wie sich solch eine Mission entwickelt, im schlimmsten Fall sind wir zu unvorsichtig und dann wollen die uns ans Leder. Genau deswegen habt ihr alle die volle Kampfausbildung mitgemacht."

„Wie einst bei Perikles: Es kommt nicht darauf an, die Zukunft vorherzusagen, sondern auf die Zukunft vorbereitet zu sein", zitierte Ricardo mit ernstem Blick den alten Griechen.

„Das trifft es auf den Punkt", antwortete Walter. „Lassen wir es einfach auf uns zukommen. Jetzt heißt es nur noch, euch auf den aktuellen Stand zum Anabo-Virus zu bringen: Honoka wird uns dann später bestimmt mit Details erschlagen." Ihr zweifelnder Blick, mit dem sie dies entgegnete, sprach Bände, doch Walter ließ sich davon nicht aus dem Konzept bringen. „Doch ich kann euch ja schon einmal erzählen, was wir bisher herausgefunden haben."

Er wiederholte seine Zusammenfassung, in deren Genuss Frank und später auch Pierre bereits gekommen sind. Als er damit geschlossen hatte, war fürs Erste alles gesagt und die Gruppe begann, sich zu zerstreuen. Honoka widmete sich begeistert den Forschungsunterlagen, Frank blickte fasziniert auf Thailands näherkommende Küstenlinie tief unter ihnen, Natalja plauderte mit den Piloten im Cockpit und der Rest hatte sich um die Bar versammelt.

Flughafen Beijing international

Der restliche Flug verlief problemlos und auch Honoka fand noch etwas Zeit, um sich ein wenig aufs Ohr zu hauen. Kurz vor Sonnenuntergang setzte Ihre Maschine auf der Landebahn der chinesischen Hauptstadt auf.

Bereits von Weitem konnten sie vom Cockpit aus die Millionenstadt Peking erkennen. Das hieß, Peking selbst konnten sie eigentlich gar nicht sehen. Dafür war die gigantische Smogwolke umso besser auszumachen, die an jenem Tag eine besonders deutliche Gestalt annahm. Wie eine brütende Henne hockte sie über der pulsierenden Metropole und ließ sich auch durch den sanften Westwind nicht von ihr trennen – das Lüftchen zupfte nur an ihren Rändern. Das hektische Durcheinander am Boden produzierte schlichtweg mehr Rauch und Abgase, als die Luftströmung davontragen konnte und so verteilte sich alles in ungesunden Schwaden über einen ausgedehnten Landstrich östlich von Peking. Der Flughafen lag einige Kilometer nordöstlich der Stadt und schien sich am Rande der Smogwolke regelrecht an sie heranzuschmiegen. Der nördliche Teil der Landebahn war im Anflug noch recht gut zu erkennen, doch das gegenüberliegende, südliche Ende begann sich bereits im Dunst einzutrüben.

Mit einer kleinen Chartermaschine wie der ihren auf einem internationalen Flughafen zu landen widersprach eigentlich jedem Gefühl von Zweckmäßigkeit. Beim unkritischen Hinsehen sah es für den Unbeteiligten stets danach aus, als wäre am Himmel mehr als genug Platz für die paar Flugzeuge, die dort oben ihre Bahnen zogen. Doch an gut frequentierten Tagen konnten sich auch über den Wolken gewisse Platzprobleme einstellen. Egal ob Riesenflieger wie ein Airbus A380 oder ein kleiner Businessjet, jedes Flugzeug benötigte einen Slot für die Landebahn und den dazugehörigen Platz im Luftraum. In ihrem Fall hatten es sich die Fluglotsen recht einfach gemacht – der Pilot schien mit denen ab und zu einen trinken zu gehen: Sie sollen einfach zwischen einem arabischen

Airbus A380 und der nachfolgenden Boeing 747 aus Singapur landen, ohne den Zeitabstand zwischen den beiden zu verlängern. Eigentlich war solch ein Manöver unter keinen Umständen erlaubt, da das Risiko dabei nicht zu unterschätzen war, doch keinen der Beteiligten schien das zu stören.

Natalja liebte das Fliegen und wollte sich das Spektakel nicht entgehen lassen. Vergnügt wie ein kleines Kind, tänzelte sie vor zum Cockpit und schnallte sich am unbesetzten, dritten Platz mit einer beeindruckenden Sicht nach vorne an.

Sie schwebten nun im Landeanflug über den Landebahnmarkierungen, die unter ihnen regelrecht hindurch schossen und waren kurz davor, aufzusetzen. Obwohl es zu keinem Zeitpunkt wirklich knapp wurde, sah es zunächst aus, als würden sie noch in der Luft direkt in das Heck des riesigen, träge dahingleitenden Airbus hineindonnern, jedoch hatte die enorme Dimension des vorausfliegenden Vogels einfach nur jedes Gefühl für Größen und Entfernungen durcheinandergewirbelt. In Wirklichkeit waren sie stets mehrere Flugzeuglängen davon entfernt. Der Gigant vor ihnen setzte butterweich auf der Landebahn auf und rollte einen kleinen Moment stur vor sich hin, als sich, kaum erkennbar, etwas an dessen Triebwerken änderte. Plötzlich wirbelten rings um die Turbinen große Mengen Staub und Dreck auf – wie mit einem gigantischen Laubbläser wurde die Landebahn mit Hilfe der Schubumkehr freigepustet. Eine Weile rollten sie im Gleichklang hintereinander her, bis sie gemächlich nach rechts in Richtung ein paar kleinerer Hangars abbogen. Die kleine Maschine wurde einmal noch kurz durchgeschüttelt, als das nach ihnen gelandete Flugzeug aus Singapur mit ebenfalls voll aufgedrehter Schubumkehr hinter ihnen vorbeischoss.

Ohne Eile steuerten sie in Richtung eines kleinen Hangars, der augenscheinlich ungenutzt wirkte, nahmen eine Parkposition ein und das leise Fauchen der Triebwerke erlosch nach einem kurzen Moment.

Für eine internationale Geheimorganisation zu arbeiten, hatte durchaus einige ziemlich nützliche Vorteile: Ein uniformierter Flughafenpolizist erwartete sie bereits am Hangar und geleitete die kleine achtköpfige Gruppe an den Sicherheitscheckpoints und der Zollabfertigung vorbei. ›Und ich dachte, ich bin eher der ruhige

Typ. Verglichen mit dem bin ich eine regelrechte Tratschtante‹, dachte sich Joseph, als er fasziniert zusah, wie der Polizist alles für sie regelte, ohne auch nur einen Laut von sich zu geben. Ein vielsagender Händedruck hier, ein knappes Nicken dort und manchmal auch nur ein strenger Blick und schon hatten es die Flughafenbeamten ziemlich eilig, die fremdartige Reisegruppe rasch durchzuwinken. Die letzte Tür, die sie von der Terminal-Haupthalle trennte, öffnete ihnen der geheimnisvolle Polizist persönlich. Er kramte einen kleinen Schlüssel aus seiner Brusttasche und entriegelte damit die massive Schiebetür. Das geschäftige Treiben der Haupthalle brandete förmlich in den Gang hinein, in dem sie sich befanden: Das dumpfe Stimmengewirr dutzender Gespräche sank wie eine weiche Decke auf sie herab und hieß sie damit im pulsierenden Herzen Chinas willkommen. Der regungslose Polizist trat einen Schritt beiseite, senkte zackig das Kinn und verharrte regungslos, bis alle acht an ihm vorbei in die Halle getreten waren. Pierre versuchte noch, sich höflich von diesem zu verabschieden und reichte ihm die Hand, doch dieser zeigte keinerlei Reaktion, so dass der Franzose leicht konsterniert als Letzter durch die Tür schritt, welche unmittelbar danach mit einem lauten Rumpeln wieder zugeschoben wurde.

„Ich dachte, die Chinesen sind für ihr Lächeln und ihre Freundlichkeit berühmt. Gegen den ist meine Tante Maria der reinste Engel", schnappte Ricardo.

„Die haben halt noch Schneid, diese Chinesen. Ich wette, nach dem dritten Wodka wäre sogar der aufgetaut und er hätte uns mit in seine Lieblingskaraokebar genommen", erwiderte Natalja.

„Ich habe da so meine Zweifel, aber wenn den jemand weichkochen könnte, dann du, große sibirische Schönheit." Frank entging nicht, dass die Russin nach seiner Bemerkung ein klein wenig errötete. „Ich komme gar nicht aus Sibirien!", entgegnete sie patzig.

Walter hob kurz die Hand, um die anderen zum Schweigen zu bringen. „Keine Sorge, wir werden hier noch genug Chinesen kennenlernen. Die meisten sind auch ohne Kartoffelschnaps sehr nett und zuvorkommend. Aber schaut mal dort", er deutete auf eine kleine, etwas abseits stehende Personengruppe neben dem Eingang.

„Einhundert Dollar, dass das unser eigentliches Empfangskomitee ist."

Die anderen schauten daraufhin suchend in der Halle umher, bis ihre Blicke an den gemeinten Personen haften blieben. Keiner wollte auf Walters Wettangebot eingehen.

Es war einfach zu offensichtlich: Inmitten der sich träge dahinschiebenden Masse der Reisenden fielen diese sechs Chinesen sofort auf – zumindest für den geübten Beobachter, der ab und an einmal mit Geheimdiensten zu tun hatte. Rein optisch war zunächst nichts Auffälliges zu erkennen: Sie trugen keine schwarzen Anzüge mit dunkler Sonnenbrille und hatten auch keinen schwarzen Lederkoffer in der Hand – solche Agenten gab es nur im Fernsehen, um es dem Zuschauer etwas leichter zu machen. Doch ihr Verhalten war einfach zu charakteristisch, das mussten sie einfach sein. Es wimmelte von Gruppen, die sich suchend im Terminal umblickten – Familien, Geschäftsleute oder ganze Schulklassen – doch diesen sechs sah man an den Blicken und der Haltung an, dass sie sich von den üblichen Empfangskomitees im Raum unterschieden. Walter spürte, dass sie sich nicht einfach nur in der riesigen Terminalhalle umschauten, sondern die komplette Umgebung genauso scannten, wie sie es tun würden, wenn sie im Einsatz wären. Eingänge, Ausgänge, Fluchtwege, Überwachungskameras und mögliche Hinterhalte formten sich zu einer imaginären Karte in den Köpfen der Agenten, worin dann alle anwesenden Personen wohlsortiert ihrer Wege gingen. Jeder Anwesende im Raum wurde blitzschnell in eine Kategorie eingeordnet: Harmlose Passanten, Flughafenpersonal, Sicherheitsdienst, auffällige Personen, potentiell gefährliche Personen und natürlich die zusammengewürfelt anmutende Gruppe aus dem Westen, wegen der die Agenten schließlich hier waren. Es bestand kein Zweifel, dass Walter und sein Team auch nur eine Sekunde unerkannt geblieben wären. Seit sie durch die Schiebetür getreten sind, ruhten die Blicke der sechs immer wieder auf ihnen.

›Wie gut, dass wir hier willkommen sind und eingeladen wurden, sonst wäre das recht schnell beendet gewesen‹, beruhigte sich Frank in Gedanken.

Pierre erlaubte sich den Spaß und winkte ihnen zu, als wäre das alles hier ein gewöhnlicher, stinknormaler Familienurlaub. Der

Größte – ein nicht ganz so breit wie die anderen gebauter Mann in einem kaum definierbaren Alter um die dreißig – nickte ihnen nur knapp zu, nahm ein Mobiltelefon aus der Jackentasche, sprach zwei oder drei knappe Sätze hinein und steckte es wieder zurück. Dann gingen alle wieder, als wären sie tatsächlich nur leblose Geheimdienstmaschinen, die man beliebig ein- und ausschalten kann, in ihren Beobachtungsmodus über.

Honoka, aufgrund ihrer vielen Reisen die Erfahrenste im Umgang mit einem solchen Menschenschlag, ließ sich davon am wenigsten beeindrucken: „Los, kommt! Eine freundlichere Einladung könnt ihr nicht erwarten. Das ist ihr Job, so komisch aufzutreten und den nehmen sie sehr ernst. Später werden auch diese Jungs ganz sicher noch herzlicher." Noch im Sprechen begann sie, sich geschickt durch die dahinfließenden Menschenmassen zu ihren neuen Gastgebern durchzurempeln. Den Übrigen blieb nichts weiter übrig, als ihr zu folgen, wobei sie sich um einiges schwerer taten, den Menschenstrom zu durchqueren als die darin äußerst geschickte Japanerin. Nach ein paar Metern lachte Ricardo kurz auf und meinte: „Da fällt mir eine neue olympische Sportart ein: Menschenschwimmen!" Worauf Frank erwiderte: „Wenn das so ist, ich würde mein ganzes Geld auf Honoka verwetten", und stürzte beinahe über einen riesigen Koffer, der sich geradezu wie aus dem Nichts vor ihm manifestierte.

Als die Nachzügler schließlich bei den sechs Agenten angekommen waren, hatte sich Honoka längst höflich vor ihnen verbeugt und einige Sätze mit deren Anführer, Jin Wenhe Juren, gewechselt. Und tatsächlich, sie hatte Recht behalten. Auch wenn die anderen fünf weiterhin teilnahmslos die Umgebung sondierten, Jin strahlte tatsächlich die Andeutung einer ehrlichen Freude aus.

Honoka ergriff das Wort: „Kollegen, darf ich vorstellen, Jin." Dann stellte sie ihm die anderen vor „Jin, das hier ist Walter." Walter versuchte sein Bestes, sich wie Honoka zu verbeugen. Auf halbem Weg streckte ihm Jin jedoch die Hand entgegen. „Willkommen, Walter. Sie müssen sich nicht verbeugen, Händeschütteln genügt." Walter richtete sich verlegen wieder auf, schüttelte Jin die Hand und der Rest der Gruppe tat es ihm nach. Die anderen chinesischen Agenten dienten dem Eindruck nach nur als eine Art Leibwache und sonst nichts weiter. Als Joseph sich zurückhaltend bei Jin nach ihnen erkundigen wollte, antwortete dieser nur, das seien ›seine Jungs‹, ohne es weiter zu erläutern.

Jin sprach leise ein paar Kommandos zu seinen Begleitern, worauf sich drei aus der Gruppe lösten und durch die Ausgangstüren vorausgingen. Mit einer ausschweifenden Geste lud ihr einheimischer Kontaktmann sie ein, den Männern zu folgen: „Bitte kommen Sie mit, seien Sie unsere Gäste", und bildete erhabenen Schrittes, beinahe als würde er schweben, die Nachhut hinter seinen Gorillas. Kurz nach Walters Team folgten auch die letzten beiden Agenten.

Am Straßenrand drängten sich mehrere schwarze und silberne Limousinen – vorzugsweise deutscher Hersteller – bereit, ihre krawattenbewehrten Fahrgäste aufzunehmen. Doch zu ihrem Erstaunen gingen sie an allen vorbei, ohne einzusteigen. Jin ignorierte die fragenden Blicke, die sie sich gegenseitig zuwarfen und ging ohne ein Wort zu sagen weiter. Spätestens, als sie dann am Eingang zur U-Bahn standen, war allen klar, dass die Wagen gar nicht für sie gedacht waren, sondern für die unzähligen Geschäftsreisenden, die voller Zuversicht und Erwartungen ihr Glück im Land der Mitte versuchten. ›So leicht wird man ein Opfer seiner eigenen Erwartungen‹, dachte sich Katie.

Jin grinste breit. „Sie wollten doch nicht etwa in eines dieser Autos einsteigen, oder?", fragte er und deutete auf die lange Reihe der wartenden Fahrzeuge. „Wenn wir bereits mitten in Peking sind, dann werden die gerade einmal den Flughafen verlassen haben." Nun, da er es ansprach, konnten sie es auch erkennen: Hier vor dem Terminalgebäude wälzte sich der Verkehr zwar schleppend, aber noch einigermaßen flüssig voran, doch in nicht allzu weiter Ferne hörten sie ein gedämpftes Hupkonzert und weiter vorn vernahmen sie undeutlich ein charakteristisches Flimmern in der Luft. An der Mautstation der Flughafenautobahn hatte sich ein beträchtlicher Stau gebildet. Die trübe, durch den Dunst kaum erkennbare Sonne hatte immerhin noch genug Strahlkraft, um die unbewegten Autodächer zu erwärmen. „Ich bevorzuge es auch, etwas stilvoller zu reisen, doch um diese Zeit ist es das einzig Sinnvolle, die U-Bahn zu nehmen", fügte er hinzu und tauchte im nicht nachlassenden Strom der vielen Reisenden unter.

Unten am Bahnsteig suchten sie sich eine halbwegs ruhige Stelle und warteten auf die nächste Bahn, während Jin ein wenig plauderte: „Diese ganzen Autos sind ein wahrer Fluch für die Stadt. Vor dreißig Jahren fuhren nur die Parteifunktionäre und ein paar Landsleute, die es zu bescheidenem Wohlstand geschafft haben, mit ihrem eigenen Automobil herum. Von der Partei hatte ich früher einen klapprigen russischen Lada bekommen und damals musste ich auf die Fußgänger und Radfahrer aufpassen, nicht andersherum." Angesichts dieser Aussage blickten sich seine Gäste ratlos an, denn rein äußerlich wirkte er keinen Tag älter als dreißig. Jin nahm deren Verwirrung zweifellos wahr, äußerte sich jedoch nicht dazu. „Und heute", er zuckte ratlos mit den Schultern, „ist es der Lebenstraum eines jeden Chinesen, ein Auto zu fahren – am liebsten natürlich ein deutsches." Alle schauten nun Joseph an, dieser nickte erhaben, verkniff sich aber jeglichen Kommentar und so fuhr Jin fort: „Doch mit jedem Jahr werden es immer mehr und wir können gar nicht schnell genug neue Straßen bauen, um da mitzuhalten. Und nun haben wir die unglückliche Lage, dass sich die Einwohner von Peking und vieler anderer Städte mit ihrem eigenen Wohlstand vergiften." Etwas ratlos und verunsichert blieb ihnen nichts weiter übrig, als betroffen auf den Boden zu starren.

„Aber was langweile ich Sie überhaupt mit meinen Gedanken, vom Jetlag müssten Sie ohnehin todmüde sein." Tatsächlich würde sich Honoka, trotz des kleinen Nickerchens nach dem Aktenmarathon im Flieger, sehr gerne irgendwo betten wollen. Ihre Augenringe belegten das ziemlich deutlich – da half auch die beste Augencreme nicht mehr. Doch die anderen spürten keine besondere Müdigkeit, vielmehr waren sie neugierig, wohin ihre Reise sie führte und was sie dort erwartete.

„Sie werden auch bald Gelegenheit bekommen, um sich ein wenig auszuruhen. Wir fahren jetzt mit der U-Bahn bis zum Bahnhof. Dort steht unser Sonderzug bereit, mit dem wir dann einige Stunden unterwegs sein werden. Genug Zeit zum Schlafen oder Plaudern, je nachdem, wonach Ihnen der Sinn steht."

Ein kleiner Schatten des Misstrauens huschte über Nataljas Gesicht. „Wohin führt uns denn unsere Reise genau? Uns wurde nur gesagt, dass wir Mr. Wang in Peking treffen sollten."

Als hätte Jin längst mit einer solchen Frage gerechnet, entgegnete er: „Wang kann Sie leider nicht persönlich begrüßen. Er hat", er überlegte einen Moment nach dem richtigen Wort, „unaufschiebbare Verpflichtungen wahrzunehmen. An unserem Reiseziel werden Sie genug Gelegenheiten haben, sich mit ihm zu unterhalten."

Hinter Jins stets aufgesetzter Fassade des Lächelns vermochte Walter für einen winzigen Moment einen bohrend ernsten Ausdruck erkannt zu haben. Doch dieser Eindruck war so flüchtig, dass er kurz darauf bereits unsicher war, ob ihn seine Sinne nicht einfach genarrt haben.

„Über den Ort unserer Anlage darf und werde ich keine Angaben machen. Allein, dass Sie hier sind, verstößt bereits gegen all unsere Geheimhaltungsregeln. Doch wir sind alle überzeugt, dass unsere Arbeit zum gegenseitigen Nutzen sein wird und deshalb haben wir Sie schließlich nach China eingeladen. Doch gewisse Aspekte müssen und werden weiterhin verborgen bleiben. Und ist es nicht so, dass auch Sie die Vorgabe haben, das eine oder andere Detail für sich zu behalten?"

Damit landete Jin einen Volltreffer. Walter überlegte, ob er etwas erwidern sollte, doch das würde ohnehin nichts ändern, in dem Punkt hatte er sie durchschaut, auch wenn das keiner genialen analytischen Fähigkeiten bedurfte – seit den alten Pharaonen galt bereits die Devise, dem Kooperationspartner mehr zu entlocken, als man im Gegenzug selbst preisgab.

Aus dem Tunnel hörten sie nun das entfernte Rattern der sich nähernden Bahn. Jin streifte sich wieder sein undurchdringliches Lächeln über und steuerte zusammen mit den anderen die Bahnsteigkante an. Rumpelnd fuhr die Bahn ein und die Türen öffneten sich. Eigentlich hatten sie mit einem übervollen Waggon gerechnet, in dem sie nur unter höchster Anstrengung untergekommen wären, doch der Airport Express war bei Weitem nicht so überfüllt wie die U-Bahnen der anderen Linien. Bis auf Jins Geleiteskorte aus den fünf schweigsamen Chinesen fanden sogar alle einen Sitzplatz. Keiner hatte Lust, etwas zu sagen und so fuhren sie schweigend ins Zentrum der pulsierenden Hauptstadt. Das sanfte Vibrieren lullte Honoka ganz ein, so dass sie die letzten zwanzig Minuten der Fahrt an Pierre gelehnt tief und fest schlief.

An der Endstation des Airport Express, Dongzhimen, fand die Gemütlichkeit jedoch ein jähes Ende. Sie verließen in trügerischer Ruhe den Wagen, steuerten die Rolltreppe an und wurden an deren Ende von der dort dahinfließenden Menschenmasse schier aufgesogen. Honoka, immer noch verschlafen, verlor für einen kurzen Moment den Anschluss, doch da sie schließlich die frisch gekürte interne Olympiasiegerin im Menschenschwimmen war, hatte sie die Lücke rasch wieder schließen können – trotz ihres Koffers. Keiner wusste, warum Jin die fünf anderen Agenten überhaupt mitgenommen hatte, doch hier im U-Bahn-Trubel waren sie das erste Mal richtig nützlich. Stets höflich und niemals wirklich grob teilten sie die Masse und schufen ihnen eine einigermaßen gangbare Spur inmitten der vielen Menschen, die nach getaner Arbeit in ihre Wohnungen zurückkehrten. ›Moses musste wohl ein Chinese gewesen sein. So mühelos, wie diese Männer sich durch die vielen Leute pflügen, da könnten die auch glatt das Rote Meer geteilt haben‹, dachte sich Frank und bemühte sich, bei seinen Kollegen zu bleiben, was trotz der erleichternden Umstände einer gewissen Anspannung und Konzentration bedurfte.

Sie hatten die Bahnsteigkante erreicht. Plötzlich war die drückende Masse vor ihnen verschwunden, nun schoben die vielen Menschen nur noch einseitig von hinten. Katie, die nicht gerade ein Schwergewicht war, wurde beinahe vom gedankenlos hinter ihr her stapfenden Frank mitsamt Koffer über die Kante auf die Gleise geschoben. Natalja schlug ihm heftig vor die Brust: „Pass doch auf du Trampel!" Frank stoppte kurzerhand, zog Katie wieder in die Gruppe hinein und murmelte eine Entschuldigung.

Wenige Sekunden später fuhr ihre Bahn ein, hielt an und spie ihre menschliche Fracht aus, bis sich kurz darauf der Menschenfluss in die entgegengesetzte Richtung umkehrte. Anschließend schwammen sie mit dem Strom und ließen sich vom Sog der Masse in den Wagen saugen. Nun standen sie da, eingepfercht und unfähig, sich zu bewegen, als die Türen sich schlossen. Vom eigenen Schwung getragen, schoben sich noch zwei letzte Fahrgäste in die rollende Blechdose. Joseph dachte sich: ›Unverletzt schaffen die das niemals!‹ und machte sich schon bereit, den Hebel der Notbremse direkt vor seinem Kopf zu ziehen. Doch Honoka legte die Hand auf seinen Arm und schob ihn sanft wieder zurück. Und tatsächlich, die Türen schlossen sich hinter den beiden Wagemutigen und die U-Bahn fuhr an. An der nicht vorhandenen Reaktion der anderen Fahrgäste zeigte sich, dass solche Manöver einfach zum alltäglichen Wahnsinn in der Pekinger U-Bahn dazugehörten. Auch wenn es in seiner Heimatstadt München oft sehr hektisch zuging – dass sich in dem Gewusel hier die geballten Menschenmassen so reibungslos und ohne Verletzte transportieren ließen, blieb ihm bis auf Weiteres unvorstellbar. Der unweigerlich darauf folgende Gedanke an die geliebte Stadt in der Heimat und dass dort auf absehbare Zeit gar keine U-Bahn durch die im Inferno ausgebrannten Tunnel fahren würde, legte sich schwer wie Blei auf sein Herz.

Ein paar Minuten später erreichten sie den Bahnhof Peking-West. Doch anstelle direkt zu den Gleisen zu gehen, befanden sie sich kurz darauf draußen auf dem südlichen Vorplatz. Überall wo sie hinblickten, waren Menschen, Beton und Metall. In der Mitte des runden Platzes thronte eine rot gestrichene, stählerne Skulptur mit einer Höhe von etwa zehn Metern, wobei sich aus drei stilisierten Drachen und deren Flammen eine Kugel bildete. Aber nicht einmal dieses Kunstwerk schaffte es, auch nur den geringsten, sehnsuchtsvollen Hauch des alten, traditionellen Chinas in ihnen aufleben zu lassen. Das imposante Bahnhofsgebäude hinter und über ihnen dominierte alles und prägte als riesiger, grauer Betonklotz das abstoßende Gesamtbild. Hinzu kam der Smog, der hier, mitten in der Stadt, um einiges dichter war als noch am Flughafen. Er hüllte ausnahmslos alles in seine allgegenwärtige gelblich-graue Präsenz, so dass die spätnachmittägliche Sonne nur noch als hellere Nuance am trüben Himmel zu erahnen war. Jin registrierte sehr wohl, wie dieser Ort auf die fremden Besucher wirken musste: „Sehen Sie, genau das meinte ich mit den Autos und der Verschmutzung überall."

Er drehte sich ein wenig nach rechts und sie konnten spüren, wie sein allgegenwärtiges, mechanisches Lächeln eine Nuance weicher wurde, als er mit der Hand auf einen Ort deutete, wo hinter dem blanken Beton, den diversen Verkaufsbuden und den vielen umherschwirrenden Pendlern die dunkelgrünen Spitzen einiger Bäume zu erahnen waren. „Dort entlang, ich zeige Ihnen ein kleines

Stück des wahren Chinas", sagte er und eilte mit ausgreifenden Schritten voraus.

Nach einem nicht enden wollenden Slalom durch die unbeirrbar vor sich hin drängenden Menschen hatten sie die karge, weitläufige Betonfläche des Bahnhofsplatzes überquert und standen nun vor einem Pailou-Tor, das sie mit seinen traditionellen Verzierungen und den typisch geschwungenen Dächern in einem liebevoll angelegten Park willkommen hieß.

Bevor sie durch das Tor schritten, blickten sie sich noch einmal um. Das Bahnhofsgebäude thronte und wachte unverändert über den Platz, den sie vor Kurzem erst äußerst mühevoll überquert haben – schließlich mussten sie nicht nur sich selbst, sondern auch ihr Gepäck durch das von Passanten wimmelnde Areal manövrieren. Zum Glück hatten sie sich für die leichte Variante, mit nur einem Koffer pro Person, entschieden. Das Gebäude war immer noch das selbe gigantische Betonmonstrum wie zuvor und doch, dessen ursprüngliche eiskalte Ausstrahlung wandelte sich ein wenig: Aus der nun deutlich größeren Entfernung konnten sie gut erkennen, dass sich auf der Dachebene kleinere, klassisch chinesische Pagodentürme mit geschwungenen, orangebraunen Ziegeldächern befanden. In der Tat erwärmte sich dessen Ausstrahlung ein wenig, dennoch wirkten sie im Großen und Ganzen äußerst deplatziert.

Sofern man einem Gebäude gegenüber überhaupt Mitleid empfinden konnte, bei diesem Bahnhof wäre es wohl angebracht gewesen: Es wirkte, als wüsste der gigantische Betonbau um seine kalte Ausstrahlung und hatte sich deshalb diese Türmchen wie hübsche, aber viel zu kleine Hüte, zur Schadensbegrenzung selbst aufgesetzt.

Ein wenig verwirrt wandten sie sich von dieser baulichen Sonderbarkeit ab und folgten ihrem einheimischen Führer, der voller Ungeduld bereits ein Stück vorausgegangen war. Als sie nun das Tor zum Park durchschritten, schien es, als beträten sie eine völlig andere Welt: Auch hier lag alles in den Schleier des Pekinger Smogs gehüllt, jedoch wirkte der allgegenwärtige Dunst völlig anders als in den urbanen Straßenschluchten: In diesem Park sorgte er stattdessen – vom Gestank einmal abgesehen – für eine äußerst beschauliche Atmosphäre. Das Verschwimmen der Konturen und die alles eintrübende, bräunliche Blässe überzeichneten die traditionelle Aura dieses Parks. Es wirkte auf sie, als würden sie ein altes, vergilbtes Foto betrachten – mit dem Unterschied, dass sie mittendrin standen.

Jin machte eine beschwörende Geste, mit der er den gesamten Park einrahmte. „Ich konnte einfach nicht anders, ich musste einfach diesen Umweg einbauen und Ihnen diese kleine Insel des alten, unverfälschten Peking zeigen, bevor wir weiter ziehen. In letzter Zeit sind solche Plätze leider immer seltener geworden – nicht nur in der Hauptstadt." Er deutete auf das gegenüberliegende, kaum erkennbare Ende der Grünanlage. „Doch nun müssen wir rasch weiterziehen. Unser Zug steht", er schmunzelte verschmitzt, „nun ja, sagen wir mal, im Halteverbot."

Mit raschen Schritten durchquerte er allen voran den Park, wobei seinen beeindruckten Besuchern immer noch genug Zeit blieb, diesen auf sich wirken zu lassen.

Die größte Fläche nahm ein ruhiger, flacher See ein. Aufgrund der vielen Einbuchtungen erschien er, je nach Blickwinkel, wie eine gigantische, schimmernde Spinne oder wie der wassergefüllte Handabdruck eines archaischen Riesen, der einst durch die Gegend gestreift sein mochte. Auf dem Gewässer trieben ein paar Tretboote, die passenderweise im Stile der alten chinesischen Dschunken gehalten waren. Während sie zügigen Schrittes den Park durchquerten, wussten sie gar nicht, wo sie als Erstes hinsehen sollten: Statuen, Skulpturen, uralte Bäume und kleine Pavillons säumten den Weg. Kinderwagen wurden geschoben und auf den Grünflächen wurde Tai-Chi ausgeübt. Teils scharten sich kleine Gruppen von Turnenden mit ihren anmutigen Bewegungen um einen Meister, der die Bewegungen vorgab und teils zelebrierten einzelne Chinesen ihr ästhetisches Programm ganz für sich allein an einem ruhigen Plätzchen unter einem der alten Bäume. Viele derjenigen, die sich geschmeidig auf der Stelle bewegten, waren bereits betagt, den ältesten schätzten sie auf ungefähr achtzig, wenn nicht sogar etwas älter.

Nach der kleinen urbanen Odyssee, die am Flughafen begann und in den völlig verstopften U-Bahnen ihren Höhepunkt erreichte, hatten sie beinahe geglaubt, dass das alte China restlos von einem Industriemonster verspeist wurde, das geräuschlos seinen Platz eingenommen hat. Doch die lebendige Kultur hier im Park relativierte dieses Bild wieder. Vielmehr war es so, dass die alten Traditionen ihren gemütlichen Platz auf der Bank der Geschichte mit einem neuen Besucher teilen mussten. Doch obwohl es für die beiden widersprüchlichen Volksseelen, die nun Seite an Seite im Herzen des Reichs der Mitte sesshaft geworden sind, ein wenig enger wurde – es war immer genug noch Platz für beide.

Am Ende des Parks angekommen, fühlten sie sich wie ausgespuckt: Kaum hatten sie das kleine, heckenumsäumte Tor durchschritten, befanden sie sich wieder mitten im Trubel der Pekinger Rush-Hour. Direkt vor ihnen querte eine achtspurige, hoffnungslos verstopfte Straße. Wie eine bunte Militärparade tuckerten die Fahrzeuge langsam und gleichförmig an ihnen vorbei. Obwohl der Park nur durch ein paar Hecken und Bäume von der benachbarten Verkehrsader getrennt war, spürten sie sofort die Veränderung der Luftqualität. Auch im Park war der Smog allgegenwärtig, jedoch war die dortige Belastung noch im Rahmen des Erträglichen. Honoka war in dieser Hinsicht abgehärtet, sie verbrachte einen Großteil ihrer Zeit in asiatischen Megametropolen, doch die anderen konnten nicht anders und setzten gleichförmig einen angewiderten Gesichtsausdruck auf und pressten geringschätzig die Luft aus ihren aufgeplusterten Wangen.

Jin schien das alles nicht im Geringsten zu kümmern, er bog wortlos nach rechts ab und stoppte nach einer kleinen Weile vor einer Eisenbahnüberführung. Ein Zug fuhr ratternd über sie hinweg. Es war ohrenbetäubend, sogar das allgegenwärtige Hupen der Autos wurde davon vollständig übertönt. Jin wartete kurz, bis dieser seine Passage beendet und auch Katie wieder die Hände von den zugehaltenen Ohren genommen hatte. Gerade, als er zu sprechen ansetzen wollte, hielt er wieder inne und glotzte irritiert an ihnen vorbei. Verunsichert drehten sie sich um und sahen, wie ein in ein buntes Leibchen gehüllter Jogger an ihnen vorbei hechelte. Sie bildeten ein entrückt kopfschüttelndes Spalier, während dieser sie atemlos passierte. Joseph fiel dabei Churchills legendärer Ausspruch: ›Sport ist Mord!‹ ein. In diesen beißenden Abgasen wäre der Sportler ohne seine Ertüchtigungsrunde wohl besser dran gewesen.

Bevor er sich wieder an die anderen wandte, blickte Jin blinzelnd der sich kraftlos dahinschleppenden Gestalt noch einen Moment nach. „Wir gehen jetzt ein Stück über die Gleise", sagte er so selbstverständlich, als würde dies hier jeder tun. Die Teammitglieder spannten sich und rissen entsetzt die Augen auf. Jin versuchte, sie mit einer Handbewegung zu beruhigen: „Nicht so ängstlich. Nach dem Zug, der gerade durch ist, haben wir auf dem äußerst linken Gleis ganze fünfzehn Minuten Zeit. Es kann also nichts passieren, solange Sie das tun, was auch ich tue." Skeptische Blicke wurden getauscht, es war offensichtlich, dass das Vertrauen in ihren Führer einen ziemlich großen Riss bekam. Doch bevor auch nur einer etwas entgegnen konnte, waren alle sechs Chinesen bereits am oberen Ende der schmalen Betontreppe, die zu den Gleisen hinaufführte, angekommen. Ihnen blieb wohl oder übel nichts weiter übrig, als ihnen hinterher zu eilen.

Auf ihren Streifzügen durch die Londoner Nächte hatte Katie immer wieder einmal abgekürzt und das eine oder andere Gleis überquert, also versenkte sie kraftvoll den Zuggriff ihres Rollkoffers, nahm das Gepäckstück in ihre Armbeugen und hastete als Erste die Stufen hinauf. Die anderen folgten mangels Alternativen ihrem unerschrockenen Beispiel. Oben angekommen sahen sie, wie links von ihnen die sechs Vorauseilenden bereits im Gänsemarsch über die Schwellen balancierten. Obwohl Jin ihnen versprochen hatte, dass fünfzehn Minuten lang kein Zug ihr Gleis benutzen würde und er selbst auch äußerst entspannt über die Schwellen schritt, fiel es ihnen dennoch äußerst schwer, dies zu glauben. Denn auf der Eisenbahnbrücke herrschte trotz allem ein reger Verkehr: In diesem Augenblick fuhr ein allmählich bremsender Schnellzug am anderen Ende der zwölfgleisigen Überführung in Richtung Bahnhof und weiter vorn rangierten zwei Diesellokomotiven. Etwas abseits schob sich noch ein Gleisbagger langsam vorwärts. Genau mittig auf der Eisenbahnüberführung stand einsam eine rote Elektrolok, deren Führer sie interessiert musterte, aber keine Anstalten machte, sie irgendwie aufzuhalten. Es sah vielmehr so aus, als erwartete er sensationslüstern ein blutiges Spektakel, das er um keinen Preis verpassen wollte. Doch eine solche Szene würde sich ihm nicht bieten, Jin sollte tatsächlich Recht behalten haben.

Ächzend stolperten sie über die Schwellen des äußerst linken Gleises und nach fünfminütigem Hetzen erreichten sie keuchend ein Nebengleis, auf dem ein rostbraun gestrichener, ziemlich alter Zug mit Diesellok und zwei angehängten Waggons stand.

Jins Begleiter waren offensichtlich bereits eingestiegen, er selbst hatte bereits die Stufen an der hinteren Tür erklommen und grinste sie von oben an. Als schließlich alle schnaufend bis auf Hörweite herangekommen waren, winkte er einladend. „Das ist nun unser Taxi für die nächsten Stunden. Ich kann Ihnen versprechen, es wird Ihnen an nichts mangeln." Er streckte beide Arme aus, um der schwer atmenden Katie das Gepäckstück abzunehmen. Sie ließ sich nicht zweimal bitten, reichte es hoch und folgte ihm in das Innere der beräderten Stahlröhre.

Sie durchschritt einen kleinen, schmalen Korridor und staunte nicht schlecht, als sie hinter einer Schiebetür in einem geräumigen Speiseraum stand, dessen Ausmaße sie von außen nicht für möglich gehalten hatte. Er war zwar nur etwas breiter als drei Meter, wirkte jedoch äußerst geräumig. An den Stirnseiten befand sich jeweils ein mit goldfarbenen Kordeln verziertes, rotes Sofa, das zum Verweilen einlud. Die großflächigen Fenster bestanden nicht aus dem alten, welligen Glas vergangener Zeiten, sondern verfügten über eine makellos geschliffene Oberfläche. An deren Rändern waren goldene chinesische Verzierungen aufgebracht, die augenschmeichelnd mit den dazugehörigen Seidenvorhängen harmonierten. Wände und Decken waren mit einem hellen, polierten Holz verkleidet – später sollten sie erfahren, dass es sich beim historischen Original um das Holz eines geweihten Nanmu-Baumes gehandelt hatte, das die Shaolin-Mönche aus Dengfeng dem chinesischen Kaiser zur Zeit der Boxer-Aufstände schenkten. Den Fußboden bedeckte ein cremeweißer Teppich, auf dem in altem chinesischem Stil über dessen gesamte Breite ein Tiger, ein Bär, ein Drache und ein Kranich so kunstvoll eingewebt waren, dass Katie sich kaum traute, mit ihren Stiefeln darüber zu laufen. In der Mitte dominierte ein dunkler, massiver Esstisch mit dazu passenden, gepolsterten Stühlen, der mehr als zwanzig Personen ausreichenden Platz zum Speisen ließ. Auf der kunstvoll mit Pflanzenmotiven bestickten Tischdecke befanden sich bereits Essstäbchen und einige leere Schüsseln. Katie war so überwältigt von dem Anblick, dass sie augenblicklich innehielt, um einen Moment lang alles auf sich wirken zu lassen. Natalja, welche direkt hinter ihr den Flur durchquerte, musste abrupt stoppen und bestaunte den Speiseraum mit genau der gleichen Faszination. Da die Russin sie um einiges überragte, musste sie sich dafür nicht einmal strecken. Frank, der davon nichts mitbekam, polterte im engen Korridor mit seinem klobigen Gepäckstück mitten in die Russin hinein. Um sie beide vor einem peinlichen Sturz zu bewahren, warf er seinen Koffer zur Seite und umarmte sie kurzerhand von hinten, bis sie beide wieder sicheren Stand hatten. Es war nun bereits das zweite Mal, dass Frank eine der Frauen schlicht über den Haufen gerannt hatte. Natalja funkelte ihn mit einem scharfen, aber nicht wirklich nachtragenden Blick an. Als Antwort zuckte er entschuldigend mit den Schultern, ehrliche Reue drückte er damit jedoch nicht aus – in Wahrheit fand er diesen Körperkontakt sogar recht angenehm. Als nun auch die restlichen Nachzügler von hinten in den Waggon drängten und es wirklich eng wurde, setzte sich Katie notgedrungen in Bewegung und folgte Jin ans andere Ende des Waggons. Dabei bemühte sie sich, möglichst nicht auf die gewebten Tiere zu treten. Sie bemerkte jedoch schnell, wie lächerlich dieser Anblick wirken musste und wechselte wieder in eine normale Gangart.

Am Ende des Raums wartete Jin, die Hand lässig auf das Sofa gelegt, bis sich alle eingefunden hatten. „Nach Ihrer langen Reise haben Sie doch sicher einen Bärenhunger", rief er ihnen entgegen. Pierre, der als Kräftigster von ihnen, einer Anspielung gleich, auf den Schultern des massigen, textilen Bären stand, nickte eifrig. Auch die anderen teilten ihre Zustimmung mit. Begeistert stimmte Jin darin ein: „Mir geht es genauso. Ich denke ebenfalls, dass Sie sich nach dieser kleinen Sightseeing-Tour", seine Adressaten blickten daraufhin ein wenig verwirrt drein, insbesondere das holprige Finale auf den Bahngleisen ging ein gehöriges Maß über das Erwartete hinaus, „bestimmt erst einmal etwas frisch machen möchten." Ihr zustimmendes Nicken genügte ihm als Antwort.

Dann zog er einen ordinären, wie in jedem Supermarkt geläufigen Plastikbeutel aus seiner Gesäßtasche und streckte ihnen diesen entgegen. Während die anderen damit überhaupt nichts anfangen konnten, zog Walter sein Handy aus der Hosentasche und platzierte es darin. Dann schlossen sich auch die restlichen sieben an und Jin verknotete die Schlaufen.

„Zurück in Peking gebe ich sie Ihnen wieder", sprach er und drückte einen Taster an der Wand. Die Tür glitt geräuschlos auf. Mit einer einladenden Geste forderte er sie auf, hindurchzutreten. „Wir haben die ersten acht Kabinen für Sie hergerichtet, dort finden Sie alles, was Sie in einem Hotelzimmer auch finden würden, Dusche inklusive." Jin schaute kurz auf seine Uhr, „Es ist jetzt fast sieben Uhr am Abend. Ich denke, eine halbe Stunde müsste genügen. Wir sehen uns dann gegen halb acht im Speiseraum."

Der zweite Waggon beherbergte die eigentlichen Reiseabteile, deren massive Holztüren linkerhand vom Gang abzweigten. Auch hier war alles sehr edel und hochwertig gehalten. Wie bereits im hinteren Teil des Zuges waren auch hier die Wände und Decken mit aufwendigen Holzarbeiten verziert. Der Flur reichte schätzungsweise ein wenig weiter als bis zur Mitte der Waggonlänge und endete in einer massiv wirkenden Schiebetür. Sie konnten in der linken Wand die Schiebetüren von insgesamt neun Abteilen ausmachen. Über jeder Tür waren aufwendige Schnitzereien auszumachen, jedes Abteil war mit einem anderen Tier aus dem chinesischen Jahreszyklus geschmückt: Ratte, Büffel, Tiger, Hase, Drache, Schlange, Pferd, Schaf und Affe. Die verbliebenen Tiere Hahn, Hund und Schwein thronten gemeinsam in einem Bogen über der letzten, großen Tür, die die Gästeabteile vom vorderen Bereich dieses Waggons trennte. Der Fußboden war ebenfalls mit einem sichtlich hochwertigen Teppichboden ausgelegt, jedoch wurde hier auf Motive oder Musterungen verzichtet. Jin verabschiedete sich höflich und verschwand durch die große Tür am Ende des Flurs. Wenig später hatten sich alle auf die Abteile verteilt.

Noch bevor sie unter die Duschen gesprungen waren, setzte sich der Zug langsam in Bewegung. Zu Beginn mussten sie im Pekinger Stadtgebiet noch einige Weichen passieren, so dass der Zug des Öfteren unangenehm schwankte und ruckelte. Gelegentlich waren die Erschütterungen so intensiv, dass sie Schwierigkeiten hatten, im taumelnden Waggon das Gleichgewicht zu halten – prompt fanden sich Katie und auch Ricardo einmal auf dem Boden ihrer jeweiligen

Duschkabine wieder, bis auch sie den rettenden Haltegriff an der Wand entdeckt hatten.

Eine halbe Stunde später kamen sie alle im Speiseraum wieder zusammen. Jin selbst war wohl noch in seinen Gemächern, doch die anderen Chinesen wuselten beschäftigt umher und bedeckten den Tisch mit anregend duftenden Speisen. Sie verbrachten die folgenden Minuten mit lockeren Plaudereien über den Zug und die liebevolle Ausstattung der Einzelabteile, als plötzlich Jin einen riesigen Wok auf einem Servierwagen herein rollte. „Es ist angerichtet. Nehmen Sie doch Platz, wenn Sie mögen", forderte er seine verblüfften Gäste auf. Er selbst setzte sich auf den Platz an der Stirnseite und lud sie mit einer Armbewegung ein, sich zu ihm zu gesellen. Unterdessen machte sich sein Personal daran, die ersten Portionen zu verteilen.

Jin und Honoka griffen zu den Essstäbchen, während die anderen äußerst dankbar über die Gabeln waren, die ebenfalls an ihren Plätzen bereitlagen. Walter bedankte sich im Namen aller für die großzügige Gastfreundschaft, mit einer weniger aufwendigen Mahlzeit wären sie ebenso zufrieden gewesen. Jin reagierte daraufhin beinahe beleidigt: „Oh nein, Sie sind unsere Gäste und sind wahrlich weit gereist, um mit uns zusammenzuarbeiten. Deswegen ist es wohl das Mindeste, Ihnen die Gastfreundschaft zukommen zu lassen, die Ihnen auch zusteht."

Nachdem das Wokgemüse seinen vorherbestimmten Weg gefunden hatte, erhob sich ihr Gastgeber und sammelte sich seinen Hauptgang aus den mit verschiedenen Speisen gefüllten Schüsseln, die auf dem Tisch verteilt standen, zusammen.

„Übrigens, die Chunjuan, die Frühlingsrollen, habe ich selbst nach einem Rezept meiner Großmutter zubereitet. Ich hoffe, sie sind nach Ihrem Geschmack", sagte er und legte jedem ein Exemplar auf den Teller. Gespannt probierten sie und tatsächlich schmeckten seine Kreationen um einiges aromatischer als im Chinarestaurant um die Ecke, was sie auch wohlwollend kund taten. Jin errötete daraufhin sogar leicht.

Danach pickte sich jeder das aus den unzähligen Schüsseln, worauf er Lust hatte. Natalja konnte unterdessen ihre Neugier nicht mehr bremsen: „Ich muss ehrlich zugeben, das ist ja wirklich ein bemerkenswerter Zug. Darf ich fragen, wie Sie daran gekommen sind?"

„Aber natürlich", antwortete Jin lächelnd. „Dieses Gefährt war einmal der Dienstzug des Kaiserlich Chinesischen Eisenbahnministers. Er wurde 1892 in Dienst gestellt und jahrzehntelang fuhren damit die Minister oder hochrangige Beamte dampfgetrieben durch ganz China. Dies blieb zumindest bis zum Einfall der japanischen Soldaten in den Dreißigerjahren so." Ihm entging nicht, dass Honoka daraufhin errötete und ziellos mit den Stäbchen in ihrer Schüssel umher stocherte. „Seien Sie beruhigt, ich habe keine Abneigung gegen Ihr Volk", beschwichtigte Jin sie wieder. „Das ist alles schon sehr lange her, ich stelle hier lediglich ein paar Fakten zusammen."

Honoka lächelte dankbar. Sie hatte des Öfteren bereits unschöne Situationen mit aufgebrachten Chinesen erleben müssen, die den kollektiven Frust über das wenig ruhmreiche Kapitel ihrer gemeinsamen Geschichte an ihr auslassen wollten. Umso erleichterter war sie, dass Jin nicht dazugehörte, welcher sogleich mit seiner Erzählung fortfuhr: „Zunächst wollten die Generäle dem japanischen Kaiser diesen Zug als Trophäe überreichen. Jedoch stellten sie fest, dass dies aufgrund der unterschiedlichen Spurweite ein sehr schwieriges Unterfangen geworden wäre. So hatten sie den Zug dann doch auf dem Festland gelassen und zur mobilen Kommandozentrale umgebaut. Jedoch wurde er nur zwei oder drei Mal wirklich genutzt, als die Führung zur Niederschlagung kleinerer Aufstände ins Hinterland musste."

Er machte eine kurze Pause, um sich kulinarischen Nachschub vom Tisch zu besorgen. „Zumindest ist es das, was wir herausfinden konnten. Keiner hat sich wirklich die Mühe gemacht, alles aufzuschreiben. Als ein paar Jahre später schließlich der *Große Vorsitzende* unser Land befriedet hatte, fand der Zug seinen Platz im Garten eines seiner Anwesen. Ab und zu hat er hier drinnen auch seine Gäste bewirtet. Irgendwann jedoch verließ Mao die Lust an dem Gefährt und es verfiel zusehends. Neunundsiebzig, einige Jahre nach Maos Tod, verschenkte der neue Vorsitzende, Deng Xiaoping, den Zug. Er ging an seinen langjährigen Mitstreiter Chen Yun, als Zeichen der Verbundenheit. Sie sollten wissen, dass dieser der eigentliche Vater der neuen Wirtschaftspolitik gewesen ist, dank der unsere Nation zur Industrienation aufsteigen konnte. Dummerweise hatte sich keiner die Mühe gemacht, den Zug dafür herzurichten oder gar zu restaurieren – es war vielmehr ein rein symbolisches Geschenk anlässlich des dreißigsten Jahrestages der Gründung der Volksrepublik Chinas. Danach verliert sich leider die Spur, ich denke, der Zug hatte noch mehrmals den Besitzer gewechselt, bis er schließlich von Wangs Firma aufgekauft und von Shanghai nach Peking gebracht wurde."

Jin machte eine kurze Pause und trank einen Schluck. Die Gäste folgten weiterhin gebannt seinen Worten, als er wieder ansetzte: „Die gesamte Einrichtung, die Sie hier sehen, war damals mehr oder weniger unbrauchbar. Es hat zwei volle Jahre gebraucht, um ihn wieder so herzurichten, wie wir ihn hier jetzt erleben dürfen. Leider konnten wir nicht mehr allzu viel von der Originalausstattung retten. Lediglich ein paar der Schnitzereien im Schlafwagen waren so gut erhalten, dass wir sie weiterverwenden konnten. Alles andere hier drinnen haben wir von Handwerkern neu anfertigen lassen. Wir hätten natürlich auch alte Originalstücke aus der Zeit ankaufen können, doch ich finde den ganzen Trubel um so alten Kram ohnehin völlig übertrieben. Jedes alte Teil ist irgendwann einmal neu gewesen, es geht vielmehr darum, wie gut die Qualität ist."

„Und die ist wahrlich hervorragend!", bestätigte Natalja anerkennend. Auch die anderen nickten zustimmend.

„Vielen Dank", erwiderte Jin sichtlich stolz. „Wir haben uns viel Mühe damit gegeben. Auch in der heutigen, modernen Zeit ist es manchmal leichter, mit dem Zug als mit dem Auto zu reisen. Rund um die Städte kommt man mit dem Auto noch gut voran, doch irgendwann werden die Straßen zunehmend schlechter – bei der langen Strecke wird man dann unvermeidlich seekrank. Außerdem ist das Reisen auf diese Art und Weise sicherer für uns."

Das ließ sie alle erstaunt aufhorchen.

Nach einer kurzen Pause sagte er in ernstem Tonfall: „Ich gehe davon aus, dass Sie ein wenig recherchiert haben, nicht wahr?" Ohne eine Antwort abzuwarten, fuhr er fort: „Dann wissen Sie sicherlich, dass wir nicht wirklich zum *Guojia Anquan Bu* gehören." Die erwiderten Blicke verrieten ihm, dass er mit seiner Vermutung richtig lag. „Nach dem tragischen Laborunfall vor ein paar Jahren wussten wir sehr genau, dass die jahrelange Forschungsarbeit verloren gewesen wäre, wenn wir uns nicht aus dem Staub gemacht hätten. Also haben wir alles Verwertbare mitgenommen, die Gelder flüssig gemacht und zwei Tage später waren wir spurlos verschwunden, bevor die offiziellen Gremien zum damaligen Vorfall auch nur zusammengekommen waren. Zum Glück haben sich uns auch fast alle Wissenschaftler angeschlossen. Wenn Geheimdienst und Partei wirklich nach uns suchen würden, dann hätten sie uns natürlich längst gefunden. Doch hier und da haben wir immer noch ein paar Freunde in den richtigen Positionen. Unser Lokführer vorn im Triebwagen wird zum Beispiel regelmäßig mit den aktuellen Zugangsdaten für das Bahnnetz versorgt, so dass wir unbemerkt die Gleise benutzen können." Mit einer verschwörerischen Geste sagte er: „Man könnte faktisch behaupten, wir befinden uns in einem Geisterzug. Mit Autos hätten wir das Problem, dass eine zufällige Begegnung mit einem übereifrigen Polizisten schon genügt, um uns das Leben schwer zu machen."

Jin sah, wie ein Funken des Verstehens in ihren Augen aufblitzte. „Doch das muss fürs Erste jedoch genügen. Wie ich Wang kenne, möchte er Ihnen unsere Geschichte lieber selbst erzählen. Ich hoffe, unser bescheidenes Abendessen hat Ihnen geschmeckt", endete er und leerte sein Glas. Überall war zustimmendes Nicken zu vernehmen. „Ich für meinen Teil ziehe mich nun zurück. Sie wissen ja, die Arbeit ruht nie." Mit einer geschmeidigen Bewegung erhob er sich und ging, ohne die Reaktion seiner Gäste abzuwarten, zu den Schlafabteilen. An der Tür sagte er noch: „Ich wünsche Ihnen eine angenehme Nacht, wir sehen uns dann wieder morgen früh", und entschwand in den dahinterliegenden Korridor.

Jins Leute hatten sich bereits während des Gesprächs unbemerkt entfernt und so blickten sich die Zurückgelassenen einen Moment lang verwirrt an. „Ein ziemlich ungewöhnlicher Typ, dieser Jin. Da bin ich erst recht auf seinen Chef gespannt", brach Ricardo das Schweigen.

Pierre machte sich unterdessen weiter über die Speisen auf dem Tisch her: „Wäre ja echt schade, wenn das hier alles weggeschmissen wird." Mit einem gleichgültigen Schulterzucken schloss sich Natalja ihm an: „Zum Wegwerfen ist es tatsächlich viel zu lecker."

Bis auf Katie, die bereits satt war, gönnten sich alle noch einen Nachschlag.

Kurz darauf waren sie schließlich zur vollsten Zufriedenheit sattgegessen und Honoka kämpfte mittlerweile gegen die Schläfrigkeit. „Ich kippe hier gleich vom Stuhl", sagte sie träge und erhob sich umständlich, „ich werde jetzt schlafen gehen. Dafür erzähle ich euch morgen, was alles in den Akten steht, die ich im Flieger durchgearbeitet habe." Auch der Rest der Gruppe erhob sich daraufhin und so gingen sie in ihre Abteile und wünschten sich eine angenehme Nacht.

– 11 –

Unterirdische Forschungsanlage

Schmerz!

Dumpfer, allgegenwärtiger, alles überstrahlender Schmerz!
William versuchte, die Augen zu öffnen, konnte es aber nicht.
William wollte schreien, doch kein Laut entfuhr seiner Kehle.
Er wollte rennen, fliehen, sich irgendwie aus seiner unerträglichen Lage befreien, doch sein Körper gehorchte ihm nicht.
Er wollte einfach nur, dass es aufhörte. Das tat es aber nicht.
Der dröhnende und pfeifende Lärm war unerträglich, dabei war es vollkommen still um ihn.
Gleißendes Licht verbrannte ihm schier die Augen, dabei waren seine Lider fest geschlossen.
Der Gestank, eine brennende, scharf-saure Mischung nach verrottenden Kadavern nahm ihm den Atem, dabei war die Luft um ihn vollkommen rein.
Er vernahm den widerlichen Geschmack vergammelten Fleisches, das auf seiner Zunge verweste, dabei füllte nur sein eigener Speichel seinen Mund.
Williams ganzer Körper fühlte sich an, als würden tausende in Säure getauchte Nadeln seine Haut durchbohren. Dabei saß er völlig unversehrt auf einem Zahnarztstuhl.
Er wand sich, versteifte und lockerte all seine Muskeln, krümmte sich und streckte sich wieder aus, dabei bewegte sich sein Körper um keinen Millimeter.
Es war so unwirklich! Gepeinigt spürte er den Schmerz, die Qual, einfach alles in voller, grausamer Intensität und doch war es, als würde er sich unbeteiligt von außen beobachten. Als wäre es unfassbar real und letztlich doch wieder nicht.
Pffft, pffft
Das charakteristische Geräusch einer Sprühflasche dröhnte in seinen gereizten Ohren und hallte einen ewig wirkenden Moment in seinem Kopf nach.

Dann spürte er die Tropfen. Sie prallten mit dem Schmerz glühend heißer Nägel auf Schultern, Stirn, Brust und Bauch. Wie Weltkriegsgranaten schien jeder einzelne Sprenkler, brennende Krater hinterlassend, mit ungeahnter Wucht auf seiner Haut zu explodieren. Es waren so unfassbar viele Tropfen, dass er glaubte, der Schmerz müsste ihn auf der Stelle umbringen. Obwohl das unvorstellbare Brennen kaum einen wirklichen Gedanken zulassen sollte, wunderte er sich, dass sein Kopf keinen einzigen Tropfen abbekommen hatte.

Schlagartig verschwand der Schmerz. Es kam so plötzlich, dass die seinen Platz vergeblich einnehmen wollende, dumpfe Leere fast noch furchterregender war als die umso präsenteren Qualen zuvor. Zum ersten Mal stieg echte, besitzergreifende Panik in ihm auf, er öffnete die Augen. Verblüfft, dass seine Lider ihm unerwartet wieder gehorchten, blinzelte er in den undurchdringlichen Nebel hinein, der sich vor ihm befand. Einen Moment dachte er, er sei tot und schwebe durch irgendwelche astrale Sphären, doch dann gewann sein Blick an Klarheit: Erste Strukturen und Umrisse zeichneten sich ab, sanft spürte er sein eigenes Körpergewicht auf dem Stuhl lasten und dass seine Hände und Füße daran gefesselt waren. Williams Sichtfeld klarte sich weiter auf und er bemerkte die Umrisse zweier Personen. Wenig später formte sich die eine schemenhafte Gestalt zu Stuart, der ihn in einem Krankenhauskittel und mit einer Kunststoffsprühflasche in der Hand diabolisch angrinste. Die zweite Person war der geheimnisvolle Chinese, der auch bei seiner Abholung zugegen war. Keine Spur von Anteilnahme war in seinem Gesicht zu erkennen, der Blick aus seinen schwarzen Augen wirkte vielmehr äußerst angespannt, als wäre dieser kurz vor dem Verhungern, was jedoch kein bisschen zu seiner athletischen Statur passte.

Die beiden tiefschwarzen Augenpaare betrachteten ihn wie zwei Forscher ihr Studienobjekt. Oder, so schwante es William langsam, wie zwei Metzger ihr Vieh.

„Morphin!"

William blinzelte, hatte er tatsächlich etwas gehört?

„Morphin, mein junger Freund", sprach Stuart. Seinen wohlgeformten Mund umschmeichelte ein Lächeln, das genauso wenig echt war wie das einer Krankenschwester auf der Sterbestation.

Doch die Augen blieben weiterhin finster und kalt. William versuchte, das Gesagte zu begreifen, konnte es aber nicht.

Es klapperte metallisch hinter ihm. Kurz darauf hatte Stuart einen kleinen Kosmetikspiegel in der Hand. „Deine Schmerzen waren eine Überreaktion der Nerven wegen der Entfernung deiner Hirnhaut. Dein Nervensystem ist völlig überreizt, absolut normal", erklärte Stuart.

›Nerven? Hirnhaut?‹

„Das Praktische dabei ist, wir brauchen nur ein bisschen Morphin auf dein Gehirn sprühen und es geht dir wieder gut", er schwenkte die Sprühflasche in der Hand. William verstand immer noch nichts, bis schließlich der Spiegel vor seine Augen gehalten wurde: Zuerst dachte er, es handelte sich um einen Zauberspiegel, der ihn in eine andere Welt jenseits aller Vorstellungskraft blicken ließ. Doch dann traf ihn die Erkenntnis wie ein Güterzug: Die Augen im Spiegelbild vor ihm waren tatsächlich die seinen und das im Licht der Deckenbeleuchtung glänzende, freigelegte Gehirn darüber, ebenfalls.

Sein Schock überholte das bewusste Denken angesichts dieser Ungeheuerlichkeit, die jenseits aller Vorstellungskraft lag. Bevor ihm allmählich gewahr werden konnte, dass er gerade auf sein eigenes Gehirn blickte, hatten ihm die Teile, die für Angst und Schrecken zuständig waren, bereits das Bewusstsein geraubt. Leblos und ohnmächtig sank er in sich zusammen.

- 12 -

Restaurierter Zug, irgendwo in Zentralchina

›Irgendetwas war anders!‹ Frank blinzelte in die Dunkelheit und musste sich kurz vergegenwärtigen, wo er war. Er hatte immer noch das grauenvolle Bild eines bewaffneten, dunkelhäutigen Dschungelkämpfers mit bösen, roten Augen vor seinem geistigen Blickfeld. Auch nach so vielen Jahren wurde er im Traum immer noch von den Dämonen seiner Vergangenheit heimgesucht – in diesem Fall handelte es sich ohne Zweifel um seinen allerersten Einsatz, damals in Somalia.

Seine Hände tasteten fahrig umher und fanden das Kabel der kleinen Nachttischlampe, dem er mit seinen Fingern bis zum Schalter folgte. Weiches Licht erhellte das geräumige Zugabteil und verscheuchte nun endgültig die Traumgestalt aus Franks Bewusstsein. Eigentlich wollte er nur ein wenig dösen, doch ein Blick auf seine Uhr offenbarte, dass er ganze vier Stunden geschlafen hatte – mittlerweile war es drei Uhr in der Nacht.

Ein leises Stöhnen entfuhr ihm, als er sich auf dem weichen Bett aufrichtete. Eine Folge seines Soldatenlebens war, dass er an das Schlafen auf hartem Untergrund gewohnt war – weiche Hotelbetten stellten deshalb eine gutgemeinte Folter für seinen daran nicht angepassten Körper dar. Auch wenn es verschroben wirken mochte, auf Reisen nahm er sich deshalb lieber eine Decke und schlief auf dem Boden. Obwohl das Reiseabteil verhältnismäßig geräumig war, auf dem Boden war nicht genug Platz, um sich dort auszustrecken. Also musste Frank sich notgedrungen auf dem weichen Bett ausbreiten, das nahezu den ganzen Raum einnahm. Seine Wirbel knackten, als er aufstand und sich in alle Richtungen drehte und wendete. ›So, das müsste jetzt wieder gehen‹, dachte sich Frank und lauschte in die Stille.

Nun fiel ihm auf, weshalb er aufgewacht war: Es war die Ruhe. Stundenlang hatte ihn das leise, rhythmische Rattern der Waggons auf den Gleisen begleitet, bis er es irgendwann nicht einmal mehr wahrgenommen hatte. Doch nun war es still, keine Gleise,

Schwellen und Weichen klapperten mehr unter den Stahlrädern. Der Zug hatte gehalten. Frank schob den fein gewebten Seidenvorhang vorsichtig beiseite. Draußen war es finstere Nacht, absolut nichts war zu erkennen. Alles schien normal, die anderen müssten friedlich schlummern und dennoch hatte er ein ungutes Gefühl. Sein Instinkt hatte ihn bisher noch nie im Stich gelassen. Er erhob sich vom Bett, schüttelte den letzten Rest seiner Müdigkeit ab und legte den Kopf schief, während er in die Stille lauschte. Gefühlt minutenlang stand er so da, als er tatsächlich ein Geräusch vernahm. Es war so leise, dass er nicht unterscheiden konnte, ob er es tatsächlich hörte oder als Vibrationen im Boden spürte. Es klang nach einem sehr gedämpften Klappern und dauerte nur wenige Sekunden. Solch ein Geräusch konnte natürlich alles bedeuten: Eine Hydraulikleitung, ein sich bewegender Passagier oder auch Tiere, die draußen umherstreunten. Dennoch ließ es Frank keine Ruhe. Von seinem Traum war er ohnehin noch viel zu aufgekratzt, um sich einfach wieder schlafen zu legen. Also beschloss er, dem nachzugehen.

Er löschte das Licht, tastete nach dem Türgriff und schob langsam und lautlos seine Abteiltür auf. Zentimeter für Zentimeter glitt die Schiebetür in die Wandverkleidung, bis endlich genug Platz war, um hindurchzuschlüpfen. Frank stand nun im Flur des Waggons und wurde von einem grünen Notausgangslicht sanft erhellt. Er hatte das allererste Abteil, das sich direkt neben der Waggontür befand, bezogen. Kurz überlegte er, in welche Richtung er sich wenden sollte und beschloss, dass der Speisewaggon noch warten konnte. In einem steten Wechsel aus Innehalten, Lauschen und Gehen tastete er sich lautlos bis zur Mitte des Waggons vor. Hinter allen Türen waren nur die Atemzüge der Schlafenden zu vernehmen, als wieder ein Geräusch auf sein Gehör traf. Diesmal klang es mehr nach einem Schnaufen.

Sofort hatte er eine Assoziation dazu: Solche Atemgeräusche kannte er nur zu gut. Er hatte einmal für kurze Zeit eine geheime Beziehung zu einer Sanitäterin seines Korps in Afghanistan. Im Feldlager gab es praktisch keine Privatsphäre und so waren sie genötigt, ihre geheimen, lustvollen Zusammenkünfte möglichst leise in dunklen Nischen zu zelebrieren – und dies klang genauso wie nun im Zug. Frank musste zugeben, das war der beste Sex seines Lebens. Damals ließ ihn die Mischung aus Nervenkitzel und Ekstase auch noch Tage danach erschaudern. Unwillkürlich musste er an Natalja denken. Ein unangenehmes Gefühl grundloser, aber dennoch aufkeimender Eifersucht wollte sich gerade seines Magens bemächtigen, als er sich vergegenwärtigte, dass er ihr Abteil ja bereits passiert hatte. Nein, die Ursache des Ganzen schien vom Ende des Waggons zu kommen, dem Abteil ihrer Gastgeber.

Seine Neugier war geweckt. Der weiche Teppich schluckte seine Schritte hervorragend, so dass er kurz darauf vor der Abteiltür stand. Unter der Tür zeigte sich ein hauchdünner Lichtstreifen, der sich nach wenigen Millimetern in den Fasern des Teppichs verlor. Vorsichtig legte Frank ein Ohr an die Tür und lauschte. Sämtliche Zweifel waren nun beseitigt, die Geräusche kamen tatsächlich von dort. Frank hörte nun das gedämpfte Schnaufen viel deutlicher, hinzu kam ein kaum vernehmbares Rascheln und Knarren. Sein gesamter Körper spannte sich unwillkürlich. ›Besonders verschmust haben die Chinesen nicht gewirkt. Das ist dann wohl kein Liebesspiel‹, konstatierte er voyeuristisch enttäuscht.

›Hier wird jemand festgehalten!‹ Erst jetzt bemerkte er, dass er die ganze Zeit die Luft angehalten hatte und füllte seine Lungen mit einem kräftigen Atemzug. Da er beim Vorbeigehen an allen Abteiltüren die ruhigen Atemzüge seiner schlafenden Kameraden vernommen hatte, fragte er sich, wer denn nun dort drinnen gefangen gehalten wurde – keiner von ihnen, das stand fest. Höflich anzuklopfen oder gar hineinzustürmen stellten keine Optionen dar – schließlich waren alle Teammitglieder wohlauf. Doch einfach in sein Abteil zurückschleichen, das konnte er jedoch auch nicht. Vorsichtig senkte er sich auf die Knie hinab und zog sein Kampfmesser aus der versteckten Scheide am Gürtel. Ein gefallener Kamerad seiner Rangers-Einheit hatte es ihm in Pakistan während seiner letzten Atemzüge vermacht und seitdem legte er es nur noch ab, wenn er in Linienmaschinen flog. Die Edelstahlklinge hatte er rasiermesserscharf geschliffen und auf Hochglanz poliert, das kam ihm nun zugute. Sehr vorsichtig schob er nun die Klinge unter die Tür in den schmalen Lichtspalt, der den Teppich darunter erhellte. Nach ein paar Mal Drehen und Kippen hatte er das spiegelnde Metall so ausrichten können, dass er einen kleinen Teil des dahinter liegenden Raums erspähen konnte.

Viel war nicht zu erkennen und Frank war unschlüssig, ob er deswegen enttäuscht oder besser doch erleichtert sein sollte. Der weiche Teppichboden setzte sich nahtlos in das Abteil hinein fort. Einige Meter weiter konnte er eine Tür erkennen. Weiter links, nur etwa drei Meter von ihm entfernt, sah er insgesamt sechs Beine: Vier Stuhlbeine und zwei menschliche, die daran gefesselt waren. Unentwegt zerrte der Gefangene an seinen Fesseln, doch es nützte nichts – dies war offenbar das leise Rumpeln, das Frank zuerst gehört hatte. Von der Kleidung her nahm Frank an, dass es sich um ein Mitglied von Jins Begleiteskorte handeln könnte, doch sicher war er sich nicht. Das Sichtfeld war stark eingeschränkt, der schmale Türspalt war nicht einmal breit genug, um die Knie des Opfers sehen zu können. Am äußersten Rand der Klinge konnte er hin und wieder noch ein paar Füße erkennen. Frank versuchte, das Messer noch ein wenig mehr zu kippen, ohne Erfolg. Dann trat ein zweites Beinpaar ins Bild und postierte sich rechts vom Stuhl. An der Beinhaltung des Unbekannten erkannte Frank zweifelsfrei, dass gleich etwas Kraftvolles, Anstrengendes geschehen würde. Von weiter links, außerhalb des Sichtfeldes, war eindeutig das Geräusch von etwas Schwerem zu hören, das aufgehoben wurde. Dann ging alles ganz schnell.

Der Gefangene bäumte sich mit enormer Kraft auf und zerrte wilder denn je an seinen Fesseln, die schnaufende Atmung wechselte in ein panisches Stakkato. Das Beinpaar daneben spannte sich, die Schuhe gruben sich haltsuchend in den Fußboden. Auch bei dem schlechten Sichtfeld war klar, dass dieser das verzweifelt tobende Opfer nun festhielt. Am linken Rand waren nun die Schuhspitzen wieder zu sehen. Von einem Moment auf den anderen erstarrte die Person auf dem Stuhl und verkrampfte regungslos. Frank konnte ganz deutlich die Wölbung der Schuhe ausmachen, als sich, vor Anspannung einrollend, auch die Fußzehen dieser Ganzkörperversteifung anschlossen.

Wuuuuusch

Der unverkennbare Klang eines sehr schnell geschwungenen Gegenstands war deutlich zu hören. Direkt danach ertönte das widerliche Geräusch des Aufpralls.

Knack

Franks Sinne waren bis zum Zerreißen angespannt, in seinen Ohren hallte es ähnlich laut nach wie bei der Explosion einer Bombe. Unmerklich hatte auch er sich angespannt. Als er mit Hilfe der Klinge einen erneuten Blick riskieren wollte, bemerkte er, dass das Messer einen kleinen Schnitt in den weichen Teppich getrieben hatte. Vorsichtig löste er seine umfunktionierte Sehhilfe wieder aus dem Stoff, strich die Fasern glatt, um die Spuren zu verwischen und wagte einen neuen Versuch, das grausige Geheimnis auf der anderen Seite der Tür zu lüften.

Der Gefesselte hing nun völlig reglos in seinen Fesseln. ›Kein Wunder, was auch immer die mit dem gemacht haben, muss fürchterlich weh getan haben. Hoffentlich ist der nicht tot‹, dachte er sich. Dann hörte er ein leises Klappern – irgendetwas ist gerade auf den Boden gefallen. Am rechten Rand seines eingeschränkten Sehfeldes nahm er nun eine Bewegung wahr und drehte das spiegelnde Metall ein wenig. Auf dem Boden lag ein handtellergroßes Etwas. Auf den ersten Blick wirkte es wie ein haariges Stück Melone. Es dauerte einen kleinen Moment, bis sich der Gedanke durch die Widerstände in seinem Kopf gebahnt hatte: ›Fuck! Das ist ein Stück vom Kopf! Da sind ja noch die Haare dran und – *Oh mein Gott!* – da schwimmt noch ein Stück vom Gehirn drin!‹ So, wie das Schädelstück dort lag, wirkte es wie eine makabere Müslischale aus dem Requisitenlager eines schlechten Horrorfilms. Frank schaute solche Filme sehr gerne, doch der alles ändernde Unterschied war, dieses Körperteil hatte sich im echten Leben noch vor wenigen Sekunden am rechten Platz befunden: Dem Kopf des geknebelten Opfers auf dem Stuhl. Franks Magen schrumpfte auf die Größe einer Rosine, er musste sich bemühen, nicht an Ort und Stelle sein Abendessen wieder loszuwerden.

Plopp

Ein dicker Blutstropfen schlug wenige Zentimeter neben dem Schädelstück auf. Anstatt sich beim Bodenkontakt in alle Richtungen zu verteilen, wurde er umgehend vom Teppichboden aufgesaugt, fast so, als hätte dieser regelrecht danach gedürstet. Von oben sah er nun eine Hand herabsinken, ohne Berührungsängste griff sie nach dem gefüllten Knochenstück und hob es vorsichtig auf. Der Greifende tat dies so sorgfältig, als würde er sich enorm bemühen, nichts vom blutbenetzten, grauen Inhalt zu verschütten.

Plopp

Ein zweiter, dicker Blutstropfen wurde vom Teppich absorbiert.
Ein Zucken durchströmte das rechte Bein des Gefesselten. Frank konnte es kaum fassen ›Wie grausam! Der lebt ja immer noch!‹ Mit zunehmendem Schrecken versuchte er sich vorzustellen, wie es sich anfühlen musste, lebend und nur mit halbem Hirn an einen Stuhl gefesselt zu sein. Sein krampfender, rebellierender Magen entriss ihm diesen Gedanken wieder. Dennoch konnte er den Blick nicht von dem zappelnden Bein abwenden. Das linke Bein war weiterhin völlig reglos, doch die Bewegungen des anderen wirkten nun ganz anders als noch vor dem Schwerthieb – es konnte nichts anderes als eine solche Waffe gewesen sein, das charakteristische Geräusch und die saubere Schnittkante ließen keine Zweifel übrig. Das grausig tanzende Bein wirkte nun, als würde sich eine wellenförmige Bewegung durch es hindurch vollziehen: Erst spannte sich der Oberschenkel an, das ganze Bein wippte in einem bizarren Takt in den Fesseln vor und zurück. Danach setzte sich das Muster in den Waden fort, nun tippten nur noch die Füße in gleichen, kaum zu ertragenden Takt. Am Ende waren die Zehen an der Reihe, welche sich ebenso rhythmisch aufrollten und lösten. Danach stellte sich eine kurze Pause ein und das Ganze begann wieder von vorn.

Plopp, plopp

Das stete Tropfen des Blutes untermalte den Takt dieser unfassbaren Vorstellung. Ein Paar Füße kreuzte gemächlichen Schrittes sein Sichtfeld von rechts nach links, offensichtlich derjenige, der das Schädelteil vom Boden gehoben hatte. Nun hörte Frank ein leises metallisches Klappern, wieder wurde irgendeine Gerätschaft aufgehoben.

Plopp

Die Füße tauchten nun wieder direkt neben dem Stuhl auf, ein zweites Paar postierte sich auf der anderen Seite.

Plopp

Was genau im Folgenden vor sich ging, konnte Frank sich nur vage vorstellen. Ein letztes Mal bäumte sich die bemitleidenswerte Person mit aller Kraft auf – für einen Moment sah es so aus, als könnte sie die Fesseln sprengen. Doch dann hörte er ein leises, schmatzendes Geräusch und nun wich endgültig alles Leben aus dem bemitleidenswerten Opfer.

Franks Blick verschwamm, Tränen des Entsetzens und des Mitgefühls umspülten seine geschwollenen Augenlider. Auch das Messer in seinen Händen zitterte nun leicht. Als er die Tränen wegzublinzeln versuchte, begann sich aus seiner Lunge ein tiefer Schluchzer des Mitgefühls seinen Weg zu bahnen. Mit geballter Konzentration konnte er ihn eben noch unterdrücken. ›Das reicht! Ich muss hier weg!‹, entschloss er sich in Gedanken. Er zog die Messerklinge vorsichtig aus dem Türspalt und richtete sich sehr mühsam, aber lautlos, wieder auf. Seine Lippen bebten in der Dunkelheit und seine Knie fühlten sich an, als weigerten sie sich, sein Gewicht tragen zu wollen. Schritt für Schritt schleppte Frank sich zurück in sein Abteil, verriegelte die Tür und setzte sich schwerfällig auf sein Bett. Sogar im Sitzen fühlte er sich, als wiege er eine Tonne. Den Blick auf die gegenüberliegende Wand gerichtet, kreisten seine Gedanken ziellos umher, bis ihn irgendwann ein äußerst unruhiger Schlaf übermannte.

– 13 –

Unterirdische Forschungsanlage

›Ich kann immer noch denken!‹

›Ich kann darüber nachdenken, dass ich denke!‹

›Das darf einfach nicht sein! Warum kann ich nicht einfach tot sein!‹

William öffnete die Augen. Der Anblick erschütterte ihn erneut wie ein Faustschlag. Ein Teil seines Bewusstseins hoffte immer noch, dass all dies nicht real war und er einfach nur träumte. Doch egal, wie intensiv er sich das auch wünschen mochte, er wusste genau, dass all dies keine Einbildung war. Erneut blickte er in sein Spiegelbild und konnte es nicht fassen: Sein Schädelknochen ist direkt über dem vollkommen unversehrten Gesicht, wie bei einem geköpften Frühstücksei, entfernt worden.

Als Stuart ihm vor gar nicht so langer Zeit den kleinen Handspiegel vor das Gesicht gehalten hatte, war William angesichts dieses unfassbaren Anblicks direkt ohnmächtig geworden. Die Intensität des Schreckens musste seinem offensichtlich sadistisch veranlagten Gegenüber derart imponiert haben, dass kurzerhand ein mannshoher Garderobenspiegel direkt vor ihm aufgestellt wurde. Er hatte nun faktisch keine Wahl mehr, als seine unangenehme Situation in allen Details zu betrachten. Zumindest war er nun allein, dessen konnte er sich dank der kompletten Raumeinsicht sicher sein.

›Scheiße! Da fehlt ein Stück!‹ Instinktiv versuchte er zurückzuweichen, was ihm aufgrund der ledergepolsterten Stahlfesseln an seinem Stuhl nicht gelang. Lediglich sein Kopf zuckte zurück und ließ sein Denkorgan erzittern wie Wackelpudding.

„Fuck!", entfuhr es ihm voller Entsetzen, als er die unheilvolle kinetische Eigendynamik seiner grauen Zellen vernahm. Er rührte sich nun keinen Millimeter und fürchtete, dass sein im Schädel rhythmisch vor und zurück wippendes Hirn letztlich doch noch heraus schwappen und sich auf dem gefliesten Boden verteilen würde.

Sein Magen rebellierte bei dieser Vorstellung. William würgte, konnte aber mit aller Willenskraft seinen Mageninhalt bei sich behalten. Die graue, von Adern überzogene Masse kam allmählich zur Ruhe.

Schwerfällig atmete er aus – unmerklich hatte er den Atem angehalten. Auf bizarre Art fasziniert schaute er nun etwas genauer hin: Auf Anhieb sah er, dass, wer auch immer dies bewerkstelligt hatte, kein bloßer sadistischer Metzger am Werk gewesen sein musste. Mit chirurgischer Präzision wurde die Haut einmal rund um seinen Kopf durchtrennt, der darunterliegende Schädelknochen aufgesägt und das Gehirn unbeschädigt zutage befördert. Die Blutgefäße, die das lebensnotwendige Organ in seinem Kopf überzogen, waren fast gänzlich unversehrt, pochten im Takt seines Herzschlages und sorgten dafür, dass er bei vollem Bewusstsein da saß und über sein gruseliges Spiegelbild nachsinnen konnte.

William war in seinen jungen Jahren als Journalist an einer Dokureihe über Aufklärungsmethoden bei Gewaltstraftaten beteiligt und in der Folge hatte er einige Drehtage im laufenden Betrieb der Glasgower Rechtsmedizin verbringen dürfen. Daher wusste er, dass es verdammt schwierig war, bei Schädelöffnungen das empfindliche Hirngewebe unversehrt zu lassen. Der Umgang mit der Knochensäge war dabei am wenigsten problematisch – entgegen der landläufigen Vorstellung war das martialisch wirkende Werkzeug ein wahres Präzisionsinstrument. Jedoch musste die Hirnhaut geöffnet werden, um an das eigentliche Hirn zu kommen. Wenn das Skalpell dabei abrutschte, dann konnte der Schnitt fatale Folgen haben.

Wer auch immer das bei ihm getan hatte – dass es Stuart höchstpersönlich war, kam ihm nicht in den Sinn – schien sorgfältig genug gearbeitet zu haben, um William nicht zu töten. Die Tatsache, dass solche Eingriffe hier offensichtlich des Öfteren vollzogen wurden, hätte sich ihm eigentlich aufdrängen müssen, doch ein Teil seines Bewusstseins blockierte diese Erkenntnis schlichtweg.

Ihm fiel auf, dass er nirgends Blut sah. Er hätte damit gerechnet, dass es Spuren an ihm hätte geben müssen. Schließlich war er immer noch in die Freizeitkleidung gehüllt, die er beim Betreten des unterirdischen Komplexes anhatte. Doch er konnte keinen einzigen Tropfen ausmachen. ›Gute Arbeit‹, dachte er mit einer verblüffend nüchternen Distanz, als würde das Spiegelbild aus einer völlig anderen Person bestehen.

Als er versuchte, die nur noch zur Hälfte vorhandene Stirn zu runzeln, registrierte er mit morbider Faszination, dass die Haut oberhalb der Nase mit einem leisen Schmatzen zwei Wellen schlug und trichterförmige Hohlräume zwischen Gesichtshaut und Schädel bildete. Er entspannte sein Gesicht wieder, die Haut legte sich wieder auf den Knochen und die eingeschlossene Luft entwich mit einem leise furzenden Geräusch. Williams Erstaunen darüber sorgte gleich für das nächste Stirnrunzeln und in der Folge für weitere Stirnfürze. Unwillkürlich musste er kichern. Er wollte es nicht, konnte aber dennoch nichts dagegen tun. Als er sah, wie sich daraufhin kleine, gut sichtbare Schockwellen durch sein gallertartiges Denkorgan ausbreiteten, gab es für ihn kein Halten mehr: William lachte laut und völlig enthemmt. Die graue Füllung seines Kopfes bebte und schwankte bedenklich – William lachte einfach weiter. Nun schwappte der gesamte Kopfinhalt vor und zurück und ragte teilweise bedrohlich weit über die Schädelkante hinaus.

Plötzlich wurde es dunkel um William und sein Lachen erstarb so plötzlich, wie es entstand. Hektisch atmend klammerte er sich an die noch vorhandenen Reste seines schwindenden Bewusstseins und gewann den zähen Kampf gegen die drohende Ohnmacht. Allmählich kam er wieder zu sich und die Wahrnehmung seiner Umgebung kehrte zurück. Lediglich ein dumpfes Druckgefühl, das er nicht zuordnen konnte, blieb übrig. ›Oh Mann! Ich sitze hier gefesselt mit offenem Hirn und kriege nen Lachanfall. Das ist doch gestört‹, dachte er voller Unbehagen.

Als er den Blick vom Spiegel löste, den Raum inspizierte und langsam den Kopf drehte, bemerkte er, dass die Umgebung irgendwie flach und unreal wirkte. Er blinzelte mit dem linken Auge, nichts änderte sich. Er blinzelte mit dem rechten Auge, seine Umgebung verschwand und tauchte direkt darauf wieder auf. William war auf dem rechten Auge blind, wie er mit Erschrecken feststellen musste.

Ein Gedanke fraß sich durch sein Empfinden, dass er beinahe schon meinte, spüren zu können, auf welchen Bahnen er durch sein Gehirn strömte: ›Haben die mir das Sehzentrum rausgeschnitten?‹ Kritisch beäugte er sein Spiegelbild und musterte besonders konzentriert die Stelle, an der seine Peiniger offensichtlich ein Stück entfernt hatten. An den Bereichen, wo seine noch intakten Ohren beinahe die Hirnmasse berührt hätten, befand sich jeweils eine deutliche Lücke von der Größe und Form eines Spielwürfels. ›Hoffentlich würfeln die Schweine nicht mit meinem Hirn‹, dachte er sich dabei. Außerdem entdeckte er direkt über den beiden betroffenen Stellen noch weitere, vereinzelte Lücken. Zu seinem eigenen Glück konnte er die Rückseite seines Kopfes nicht sehen, denn dort wurde deutlich mehr Substanz entnommen, als ihm bewusst war, hauptsächlich an der linken Hirnhälfte.

Als er den Kopf drehte und wendete und dabei seinen im grellen Licht schimmernden Kopfinhalt betrachte, fiel sein Blick auf einen etwas abseits stehenden Metalltisch. Neben ein paar glänzenden chirurgischen Instrumenten erblickte er dort das zu ihm gehörende Stück des Schädelknochens mit eindeutig seinen, an den Schläfen deutlich zurückgewichenen, rotblonden Haaren, das auf einer blutigen Schale lag. Ein Schrei bahnte sich seinen Weg, brach aber nicht hervor. William blieb einfach reglos mit entsetzt aufgerissenen Augen sitzen, unfähig, den Blick abzuwenden.

›Ist wohl ganz gut so. Auch so kann man sich vom Haarausfall befreien‹, dachte er mit seinem typisch britischen Galgenhumor und schaffte es endlich, den Blick weiter schweifen zu lassen.

Plötzlich stand Stuart, in OP-Bekleidung, direkt vor ihm. William hätte zu Tode erschrocken sein sollen, doch er registrierte es völlig teilnahmslos. Lediglich seine Atmung setzte vor Überraschung einen winzigen Augenblick aus, so dass er sich einen Ruck geben musste, um seine Lungen zischend wieder zu entleeren.

„Wie geht es uns denn?", fragte er wie ein Chefarzt bei der Visite und grinste höhnisch.

Dies ließ alle Barrieren der Höflichkeit in William fallen. Es platzte schier aus ihm heraus: „Was soll der Scheiß!! Wie krank seid …"

ANGST!

›Schreckliche Wesen sind hier im Raum‹, wurde sich William gewahr, schloss voller Panik die Augen und unterbrach augenblicklich seine Hasstirade gegen Stuart. Er konnte regelrecht körperlich spüren, dass sich mindestens zwei furchterregende Dämonen hinter ihm befanden. Dass er noch nie an übernatürliche Wesen geglaubt hatte und er auch im Spiegel nichts gesehen hatte, änderte nicht das Geringste an seiner Wahrnehmung. Von purer Angst ergriffen, regte er sich keinen Millimeter und hoffte, dass die beiden Alptraumgestalten genauso plötzlich wieder verschwanden, wie sie aufgetaucht sind.

Stuart lachte.

›Ja kann er die denn gar nicht wahrnehmen?‹, fragte sich William verwirrt. Er spürte, wie sich die beiden Präsenzen langsam entfernten – scheinbar wurden sie durch das Lachen wieder vertrieben. Allmählich entspannte sich Williams Körper wieder, doch die Furcht fiel nicht so rasch wieder von ihm ab, sondern schien nur zähflüssig von ihm abzutropfen. William traute sich wieder, seine Augen zu öffnen.

Stuart boxte ihm auf eine irgendwie freundschaftlich gemeinte Art in den Oberarm und lachte weiter.

›Immerhin einer, der hier Spaß hat‹, dachte sich William und merkte gar nicht, dass er mit seinem skeptischen Blick wieder die zerteilte Stirn gerunzelt hatte. William ahnte zwar, was nun passieren würde, aber es traf ihn dennoch: Als er seine Gesichtsmuskeln entspannte, entfuhr aus dem Zwischenraum von Schädel und Stirnhaut wieder eines der furzenden Geräusche, über das er selbst schon mehr hysterisch, als wirklich amüsiert lachen musste. Nicht so Stuart, dieser wieherte daraufhin regelrecht los und konnte sich vor Lachen kaum noch auf den Beinen halten.

So verletzt wie hier, mit aufgesägtem Schädel ausgelacht zu werden, hatte sich William noch nie in seinem Leben gefühlt. Dabei war es nicht einmal die Tatsache, dass sie ihm am Hirn herumschnippelten, sondern vielmehr, dass dieser Stuart das Ganze für einen Riesenspaß zu halten schien und ihn unverhohlen auslachte. Eine einsame Träne rollte seine linke Wange herunter.

Eine Tür öffnete sich. Da Stuart nicht den Raum verließ, sondern vielmehr versuchte, wieder die verlorengegangene Kontrolle über sich zu gewinnen, konnte es nur bedeuten, dass eine zweite Person hinzugekommen war. Die Dämonen waren auf jeden Fall verschwunden, zumindest spürte er keine Präsenz mehr in der Nähe.

„Lustig!", kicherte Stuart. „Das macht mit dir mehr Spaß als mit den anderen."

›Welche anderen?‹

Stuart drehte seine Hand ein wenig und gab dadurch einen zum Folterwerkzeug umgebauten Löffel preis: Die Unterseite war ganz normal metallisch glänzend, doch obenauf waren kleine Kabel, elektrische Bauteile und zwei handelsübliche Batterien angebracht.

„Ich erkläre es dir", sagte Stuart, der sich nun wieder halbwegs im Griff hatte. „Es gibt eine bestimmte Stelle am Schläfenlappen – wir nennen es den Gottesknoten – wenn man diesen stimuliert, dann erlebst du eigentlich wunderschöne religiöse oder göttliche Erfahrungen. Zumindest war das bisher immer so."

Ohne Vorwarnung schlug er ihn mit dem umgebauten Löffel auf die Stelle, wo einmal die rechte Schläfe gewesen ist.

William verkrampfte sich, die Dämonen waren wieder da und deutlich näher als zuvor. Er glaubte, den heißen, nach Schwefel stinkenden Atem direkt in seinem Nacken zu spüren.

„Geil!", wieherte sein Peiniger und lachte aus vollem Hals.

„Mach, dass sie weggehen", wimmerte der Gefesselte. Er glaubte zu spüren, wie eines der Höllenwesen die Hand in Richtung seines Herzens ausstreckte, ohne Probleme durch seinen Rücken drang und langsam zudrückte.

William wand sich, zerrte panisch an den Fesseln und versuchte, die dämonische Hand in seinem Inneren abzuschütteln. Offenbar wirkte es. Der Druck ließ nach und löste sich allmählich. Nach und nach verblassten die Schreckenswesen in seiner Wahrnehmung, doch der Nachhall der erlebten Furcht schaukelte sich immer wieder auf wie die Brandung des Meeres.

Stuart hockte direkt vor ihm und beobachtete sein Opfer voller Interesse. Als er sah, wie dieser allmählich aus den alles ertränkenden Fluten der Verzweiflung auftauchte, grinste er euphorisch.

„Krass! Alle anderen hatten Engel, Gott, das Universum und was weiß ich gesehen", sagte er. „Mensch, die hatten alle nen riesen

Ständer dabei bekommen." Stuart blickte nun sorgenvoll zu dem zweiten Mann, der später hinzugekommen war.

Dieser war nun in Williams Blickfeld getreten und musterte ihn genau. Er wirkte dabei regelrecht enttäuscht, besonders als er nach unten schaute und offenbar die bisher wohl übliche Erektion zu vermissen schien. Es handelte sich um einen Chinesen um die dreißig. Er war ungefähr so groß wie Stuart, was ihn für sein Volk beinahe schon zum Riesen machte. Doch, was er noch nie zuvor in seinem Leben gesehen hatte – und er ist als Journalist wirklich viel herumgekommen – die Augen waren vollkommen schwarz. Die perfekte, im Licht der Beleuchtung sanft schimmernde, kreisrunde Dunkelheit nahm ihn regelrecht gefangen und berührte ihn auf einer Ebene, zu der nicht einmal die imaginären Dämonen von eben vorgestoßen waren. William war sofort klar: ›Der wahre Dämon ist dieser Mann hier vor mir.‹

Der darauf folgenden Diskussion konnte William leider nicht folgen, sie sprachen einfach zu schnell auf Chinesisch, als dass er auch nur ansatzweise mitbekommen konnte, was gesprochen wurde. Offenbar war dieser Chinese Stuarts Vorgesetzter – oder irgendetwas Vergleichbares. Der Brite, der im OP-Anzug ein wenig lächerlich aussah, schien sich rechtfertigen zu müssen und fuchtelte dabei immer wieder mit dem bizarren Löffel in der Luft herum. Das Wortgefecht wurde immer hitziger, als der Chinese plötzlich nach dem Skalpell auf dem Stahltisch griff und ansetzen wollte, in Williams Hirn zu schneiden.

Mit weit aufgerissenen Augen beobachtete er hilflos, wie Stuart mit einem Aufschrei: „Wang! Wu!", dazwischenfuhr und beinahe selbst verletzt wurde. Es eskalierte zum Streit, beide schrien sich an und William konnte die Augen nicht mehr von dem Skalpell lösen, mit dem wild gestikulierend vor seinem Gesicht herumgefuchtelt wurde.

„Ni!", sagte der Chinese, der offenbar auf den Namen Wang hörte, bestimmt und hielt Stuart das Skalpell fordernd vor das Gesicht. Dieser nickte versöhnlich und nahm es in die Hand.

„Du musst entschuldigen", wandte er sich nun an seinen Gefangenen, „bei Gehirnen ist er zwar auch eine Art Fachmann." Er schmunzelte auf eine besonders fiese Art und Weise, die Williams Eingeweide trotz der Hitze im Raum schier gefrieren ließ. „Aber der wahre Hirnspezialist bin immer noch ich. Bisher hatten tatsächlich alle in diesem Stuhl wunderschöne, göttliche Visionen und die Männer hatten eine Latte, hart wie Stahl. Tja, und auf die Latte hat er es gerade abgesehen."

Aus dem Augenwinkel sah William, wie der Chinese plötzlich, wie hingezaubert, ein schartiges, schwarzes Obsidianmesser in der Hand hielt. Er setzte sich auf einen Stuhl und begann, verträumt mit dem Finger über das schwarze Metall zu streifen.

Stuart kommentierte dies nicht, sondern fuhr mit seinem grausigen Monolog fort: „Schade, dass bei dir genau das Gegenteil passiert ist, du hast wohl einfach nur Pech gehabt. Wir wussten alle, dass es auch ins Gegenteil ausschlagen kann, so wie bei dir eben, aber bisher ist es halt noch nie vorgekommen. In der Regel hilft es euch ziemlich gut darüber hinweg, wenn wir unser Material entnehmen, aber bei dir klappt das bedauerlicherweise nicht." Er seufzte, als hätte sich tatsächlich so etwas wie Mitgefühl in ihm geregt. „Normalerweise schnippeln wir euch Stück für Stück, genau in der Menge, wie wir es benötigen, winzige Bereiche aus den verschiedenen Hirngegenden ab. Die Kunst ist es, euch so lange wie möglich am Leben zu behalten. Das kannst du natürlich nicht wissen, aber frische Zellen sind eben hundertmal wirkungsvoller als die eingefrorenen. Du kannst dir bestimmt vorstellen, dass es auch in der chinesischen Provinz ziemlich schwierig ist, unauffällig an menschliche Gehirne zu kommen. Wir sind also gezwungen, äußerst sparsam zu sein." Irgendetwas in William verhinderte, dass das ganze Ausmaß dieser ungeheuerlichen Abscheulichkeit in sein Bewusstsein vordrang.

Stuart plauderte unterdessen in lockerem Ton weiter, als würde er auf einer Cocktailparty über seine Münzsammlung dozieren: „Seit Monaten versuche ich schon, Leifs Rekord zu schlagen: Erst bei sechzig Prozent mussten wir unsere Rekordhalterin mit Automatenmedizin am Leben halten und bis zum Schluss konnte er ihr ganze achtzig Prozent besten Materials entnehmen, bis es dann endgültig aus war. Wir konnten uns wochenlang von der kleinen Judy ernähren, das war ein echter Geniestreich." Seine Stimme überschlug sich beinahe vor lauter Begeisterung.

„Am Anfang sind wir noch stümperhaft vorgegangen und haben enorm viel Potential verschenkt: Zuerst haben wir einfach nur kleine Scheibchen abgeschnitten, bis unser Spender schließlich tot war. Den Rest der toten Materie haben wir dann eingefroren.

Doch mit der Zeit haben wir dazugelernt und sind mittlerweile richtig gut darin: Jetzt fangen wir mit eher harmlosen Bereichen an, dann kommen die nicht lebenswichtigen Teile, wie zum Beispiel dein Sehzentrum." Er zwinkerte ihm dabei auf eine Weise zu, dass es William regelrecht den Magen umdrehte. „Dann ist irgendwann eine ganze Hirnhälfte so gut wie abgeerntet und dann kommt der Punkt, an dem du sterben wirst. Aber etwas, das man auch nur ansatzweise Bewusstsein nennen kann, hast du dann ohnehin nicht mehr. Den Gottesknoten versuchen wir immer so spät wie möglich zu entfernen. Du wirst uns vielleicht für Monster halten, aber mit diesem kleinen Trick ließen alle die Prozedur widerstandslos über sich ergehen und freuten sich teilweise sogar drauf."

Er rieb sich nachdenklich das Kinn und beäugte den umgebauten Folterlöffel, der neben ihm auf dem kleinen Tisch lag und zwischen den sterilen, chirurgischen Instrumenten völlig deplatziert wirkte. „Es ist wirklich faszinierend, wie manipulierbar ihr Menschen seid, aber so leidet ihr wenigstens nicht dabei." Er schnipste mit dem Zeigefinger gegen den Griff des Skalpells in der anderen Hand und erklärte ein zweites Mal, als hätte er es mit einem Vorschulkind zu tun: „Du musst wissen, diese Stelle am Schläfenlappen, wenn man sie reizt, dann überfluten dich mystische und göttliche Visionen, als wären sie echt. Genau deswegen nennen wir diese Stelle Gottesknoten. Obwohl es ja eher daraufhin deutet, dass es Gott nicht gibt – denn wenn ich ihn mit dem Ding da", er tippte den ungewöhnlichen Gegenstand mit dem Zeigefinger an, „herbeirufen kann, wird wohl nicht allzu viel an seiner Allmacht dran sein. Und du hast statt Gott eben Satan und seine Dämonen gesehen, nicht wahr?"

William verstand die Worte, doch es fiel ihm schwer, deren wahre Bedeutung zu erfassen. Sein Blick wanderte sorgenvoll zu dem Chinesen, der weiterhin auf seinem Stuhl saß und augenscheinlich auf ein spezielles, sadistisches Unterhaltungsprogramm wartete. ›Was haben die mit mir vor?‹, fragte er sich entsetzt, sagte aber nichts.

„Wir probieren jetzt mal ein bisschen", setzte Stuart fort. „Das habe ich zwar noch nie in einem so frühen Stadium gemacht, aber ich versuche jetzt, deinen Gottesknoten zu entfernen, ohne dich gleich umzubringen." Er drehte und wendete nun das Skalpell langsam vor Williams panisch offen stehenden Augen. „Es tut kein bisschen weh, das verspreche ich dir. Und dann schauen wir mal, was von dir noch übrig ist, damit Wang sein kleines Ritual vollziehen kann."

›Ritual?‹

Stuart erkannte sofort die unausgesprochene Frage und machte sich den Spaß, ihn darüber aufzuklären: „Heute ist der Tag des Chinesischen Geisterfests, traditionell werden dabei Opfergaben an die Geister und Ahnen dargebracht. Er hat es mir einmal versucht, zu erklären, aber wirklich nachvollziehen kann ich es auch nicht. Auf jeden Fall ist das größte Opfer in seiner Region nicht das Menschenleben an sich, sondern die Männlichkeit eines Kriegers. Du bist zwar kein Krieger, aber für ihn scheint es wohl zu reichen."

Der Chinese verdrehte ungeduldig die Augen.

„Am wertvollsten ist es halt, wenn die geopferte Männlichkeit, also deine, voll entfaltet ist. Bisher hatte das mit dem Gottesknoten gut funktioniert. Nun ja, das kriegen wir schon irgendwie hin", sprach er, als ginge es lediglich um etwas Banales, wie einen Autoreifen zu wechseln. Entsetzt riss William die Augen auf. Die Situation zerrte enorm an seinen noch vorhandenen Nerven.

Der selbsternannte Chirurg erhob sich und trat an die Seite des sonderbaren Stuhls, um seinen Schnitt zu setzen. William jedoch konnte einfach nicht den Blick von dem Chinesen mit den dämonischen, schwarzen Augen abwenden, während das Skalpell lautlos in seine Gehirnmasse eindrang.

Augenblicklich war die schreckliche Empfindung wieder da, mit dem Unterschied, dass nur noch ein Dämon anwesend war: Der perverse Chinese. Zeitgleich mit dem Schnitt verwandelte er sich in ein Monstrum: Die Haut wurde ledriger und warf nun Falten, sein genüssliches Grinsen gab mächtige Reißzähne preis und das Steinmesser verdoppelte seine Größe – auf seiner matten Oberfläche schien es zu kochen und zu brodeln. Er sah, wie er sich erhob und ihm die mächtige Klinge entgegen hielt.

Schlagartig war alles wieder normal. Die Vision war weg. Dieser Wang wirkte wieder menschlich – bis auf die schwarzen Augen. Stuart, den er über den Spiegel beobachten konnte, lächelte zufrieden und legte ein daumennagelgroßes Stück einer grauen, gallertartigen Masse in eine Schale auf den Tisch.

Der andere machte sich unterdessen an Williams Kleidung zu schaffen und begann, diesen langsam und freudig grinsend davon zu befreien. William wurde schlecht.

Stuart kehrte zurück zu seinem Patienten und sprach wie ein Kinderarzt, der vor der Gabe einer Spritze beruhigen wollte: „Nur noch ein Stück, dann haben wir es geschafft."

›Ohne mich, ihr Schweine!‹ William wusste nicht, wo der Gedanke her kam, doch er sorgte dafür, dass er sich innerlich vollkommen veränderte. Nun fühlte er sich vielmehr wie ein Bombenattentäter, während er den Knopf der Fernbedienung für den Sprengsatz drückte. Sein ihm eigenes, friedliches Wesen wich einem entschlossenen, aggressiven Trotz.

Wangs Ellbogen streifte flüchtig seinen Bauch, William zuckte reflexhaft zurück. Stuart hielt daraufhin mit seinem Skalpell inne und als William wieder ruhig da saß, senkte er es wieder herab.

Gefesselt, aber willensstark, konzentrierte er sich völlig auf den schimmernden Chirurgenstahl, den er im Spiegel beobachtete, wie er gleich ein zweites Mal in sein Denkorgan eindringen würde.

›Warte.‹

›Warte.‹

Sein Blick durchbohrte das Spiegelbild regelrecht, so verbissen verfolgte er die Prozedur. Nun glitt das scharfe, chirurgische Instrument lautlos in die Nervenmasse hinein.

›Jetzt!‹

Stuart schien die fatale Entschlossenheit in William spüren zu können und wollte das Skalpell zurückziehen. Doch William war schneller: Blitzschnell und mit aller Kraft, die er hatte, bäumte er sich in dem Stuhl auf und katapultierte sein Gehirn förmlich nach oben in das Skalpell hinein. Stuarts Hand versank regelrecht in dem elastischen Organ und als er die Hand zurückgezogen hatte, folgte eine pulsierende Fontäne aus dunklem Arterienblut.

- 14 -

Restaurierter Zug, irgendwo in Zentralchina

Rrrrrrrring

Das mechanische Klingeln der Glocke erinnerte Walter an seine lange zurückliegende Schulzeit. Er richtete sich im Bett auf und entdeckte die kleine Messingglocke über der Tür, welche den Tag für die Reisenden sprichwörtlich eingeläutet hatte. Gedämpftes Tageslicht schien am Fenster durch die Seidenvorhänge und in regelmäßigen Abständen huschten die Schatten von Bäumen oder Masten vorbei. Walter setzte sich an die Bettkante und rieb sich den Schlaf aus den Augen. Als er die Füße auf den Boden setzte, konnte er durch seine Fußsohlen die Vibrationen des fahrenden Waggons vernehmen, was ihn zunächst ein wenig verwirrte – im Bett selbst spürte er nichts Derartiges. Neugierig kniete er sich auf den Boden, schlug Decke und Laken beiseite und staunte nicht schlecht: Das gesamte Bett war auf modernen Stahlfedern gelagert, die jede noch so kleine Erschütterung schluckten. Zusätzlich erkannte er noch zwei Öldämpfer, die einem Aufschaukeln entgegenwirken sollten. ›Ja, so reist man heutzutage. Allein das Bett ist schon besser ausgestattet als ein ganzer Kleinwagen‹, dachte er fasziniert. Mit einem anerkennenden Schmunzeln auf den Lippen trat er an das Fenster und lichtete die Vorhänge.

Viel zu sehen gab es jedoch nicht. In gemächlichem Tempo rumpelte der Zug durch eine karge Gebirgslandschaft. Wenige Meter von den Gleisen entfernt rauschte eine senkrechte, monotone Wand aus braunem Gestein an Walters Augen vorbei. Einen kurzen Moment musste er an die alten Agentenfilme der Fünfzigerjahre denken, bei denen nicht die Autos durch die Straßen fuhren, sondern im Studio vor eine bemalte Leinwand gestellt wurden. Die Leinwand war auf seitliche Rollen gespannt und wurde von Studiotechnikern endlos am Fahrzeug vorbeigekurbelt, was für das Publikum die Illusion von Bewegung erzeugte. Zunächst wirkte sein Ausblick genauso unreal wie bei diesen alten Streifen, doch als er sich nach unten beugte, um durch das Fenster in Richtung Himmel schauen zu können, konnte er sogar einen gelegentlichen Blick auf die Landschaft erhaschen. Was ihn nach der etwas turbulenten Ankunft in Peking am meisten überwältigte, war das Fehlen des Smogs. Vom aufgewirbelten Staub an den Gleisen einmal abgesehen, war die Luft hier sauber und klar. Die Bahnstrecke folgte einem Gebirgstal und schmiegte sich an die linke Flanke des Taleinschnitts. Ihre Route vollzog nun eine sanfte Kurve und gab dadurch für einen kurzen Moment den Blick auf das gesamte vor ihm liegende Tal frei. So schroff und unwirtlich, wie die Gegend beim ersten Anblick gewirkt haben mochte, umso größer war nun der Kontrast zum lebendigen Grün, das sich nun offenbarte. Die breite und flache Talsohle beherbergte einen sprudelnden, mäandernden Fluss, Felder, Wiesen und kleinere Waldstücke. Die Häuser eines kleinen Dorfes lagen wie wahllos dahingewürfelt an einer der Flussbiegungen. Auf jedem noch so kleinen, flachen Abschnitt im Gebirgshang waren Terrassen für den Reisanbau angelegt. Auf manchen meinte Walter sogar, ein paar Bauern ausgemacht zu haben. Doch sicher war er sich aufgrund der Entfernung nicht.

Die Lokomotive schob sich nun in die Kurve hinein und versperrte wieder die Sicht auf das Tal. Angesichts der nun wieder reizlosen Aussicht wandte er sich vom Fenster ab, grub ein paar frische Kleidungsstücke aus seiner Tasche und begab sich ins Bad.

Während des gemeinsamen, ausgiebigen Frühstücks erfuhren sie, dass sie den Zielbahnhof am Nachmittag erreichen würden, was ihnen noch einige Stunden Zeit gab, um zu enthüllen, was Honoka an Nützlichem aus den Unterlagen im Flugzeug extrahieren konnte.

Während Natalja im Anschluss an die Mahlzeit in Richtung ihres Abteils verschwand, wendete sich Walter an ihren Gastgeber: „Wir werden die Zeit nutzen, um uns ein wenig zu besprechen. Bitte fühlen Sie sich nicht gestört, wenn wir uns fürs Erste ein wenig zurückziehen."

Jin erwiderte daraufhin lächelnd: „Ganz im Gegenteil, solch eine Zugfahrt kann sehr, sehr lange dauern, wenn man sich nicht zu beschäftigen weiß. Wenn Sie irgendetwas benötigen, Sie finden mich in meinem Abteil." Er wandte sich um und ging Richtung

Tür. Dort machte er Natalja Platz, welche soeben wieder aus ihrem Abteil zurückkehrte. Sie hatte eine unscheinbare, schwarze Schachtel von der Größe eines sehr dicken Buchs in der Hand.

Ohne ein Wort zu verlieren, ging sie direkt an ihnen vorbei und steuerte die rückseitige Ecke des Raumes an, in der das Sofa stand. Sie kniete sich davor, legte das Gefäß auf den Boden und öffnete es. Von der Neugier getrieben, erhoben sich die anderen vom Tisch und gesellten sich nach und nach zu ihr. Der Inhalt der Box sah aus wie eine Mischung aus Kassettenrekorder und Defibrillator. Eine Hälfte wurde von einem schwarzen Plastikgehäuse eingenommen, in das zwei Lautsprecher eingearbeitet waren. Eine Reihe aus Tasten und Drehknöpfen diente offenbar der Bedienung. Den restlichen Platz beanspruchte ein Kabelwirrwarr, das Natalja mit geschickten Fingern entflocht. Eine Minute später wurde das Bild etwas deutlicher: Am Boden lagen nun acht Paar Ohrhörer und zwei dünne Verbindungskabel mit jeweils einem Kunststoffzylinder am Ende, die an einen Eishockey-Puck erinnerten. Sie blickte ihre Zuschauer stolz an und meinte: „Nettes Spielzeug, oder?"

Jedoch schien keiner ihre Begeisterung zu teilen. Joseph fragte skeptisch: „Was ist das überhaupt? Für mich sieht das aus wie ein winziger Achtzigerjahre-Agentenkoffer."

„Oh nein, das täuscht. Du verwechselst gerade Funktion mit Design", erwiderte sie grinsend. „Das hier ist Hightech pur. Das ist ein Rauschemitter, der unsere Unterhaltungen absolut abhörsicher macht." Fragende Gesichter starrten sie an, lediglich Walter hielt sich genüsslich etwas abseits – schließlich hatte er sie mit dem Gerät ausgestattet. „Über die Boxen wird ein spezielles Rauschsignal ausgesendet, das das Frequenzspektrum der menschlichen Stimme abdeckt. Alles, was wir sprechen, wird davon überlagert. Die Technik gibt es schon viele Jahre und hat sich bewährt. Dummerweise ist Rauschen nicht gleich Rauschen. Mit Hilfe von richtig schnellen Supercomputern ist es heutzutage möglich, sogar aus zufälligem Rauschen ein Gespräch wieder herauszufiltern. Doch seit ungefähr einem Jahr gibt es nun das Gerät hier." Sie klopfte mit den Knöcheln ihrer Finger auf das Gehäuse. „Damit erzeugen wir prozessorgesteuert aus zwei überlagerten Einzelsignalen ein Geräusch, bei dem auch der beste Supercomputer keine Chance mehr hat." Sie spielte ein wenig mit den Tasten und Reglern am Gerät und es ertönte ein Rauschen, wie man es von alten Fernsehern kannte, wenn diese kein Signal bekamen. Sie schaltete das Signal wieder ab. „Das ist Signal Nummer eins. Und jetzt noch Nummer zwei. Versucht ruhig einmal, irgendetwas zu sagen, ihr werdet bemerken, dass ihr nichts verstehen werdet." Ein paar Tastendrücke später lag ihnen stattdessen das Hintergrundmurmeln eines belebten Ortes in den Ohren. Es erinnerte an einen Universitätshörsaal, bevor der Dozent eintrat und sich endlich Gehör schaffte. Ein Wirrwarr aus menschlichen Stimmen, bei denen es in einiger Entfernung unmöglich war, einem einzelnen Gespräch folgen zu können. Natalja musste bei dem Anblick unvermittelt lachen, als sich die Münder der anderen bewegten und doch niemand auch nur einen Ton verstand. Auch ihr Lachen wurde von den Störgeräuschen verschluckt. Einen Knopfdruck später wurde es wieder still. „Der Prozessor legt nun diese beiden Kanäle genau so übereinander, dass keine Chance besteht, unser Gespräch herauszufiltern. Das braucht viel Rechenleistung, die Chips in dem Gerät kosten so viel wie ein Mittelklassewagen."

„Und wie sollen wir uns selbst dann überhaupt verstehen?", fragte Pierre grüblerisch.

„Mit Antischall!" Natalja genoss die einsetzende, allgemeine Ratlosigkeit regelrecht. Nach einer kurzen, gemeinen Pause lüftete sie das Geheimnis: „Schall ist nichts weiter als eine Schwingung der Luft. Wenn jedoch diese Schwingung auf eine exakt entgegengesetzte Schwingung trifft, wird sie praktisch ausgelöscht und es ist mucksmäuschenstill. Genau das passiert in den Ohrhörern hier." Sie deutete auf die acht Stück am Boden. „Unser Gerät weiß ja genau, welche Schwingungen es selbst erzeugt und leitet dann das entsprechende Gegensignal in die Ohrhörer. Solange wir uns nicht mehr als einen Meter weit vom Rauschemitter entfernen, gibt es zumindest für uns nur noch ein leises Hintergrundrauschen, bei dem wir uns aber ganz normal unterhalten können. Ich bin sicher, ihr werdet gleich begeistert sein."

Nun griff sie nach den beiden Kunststoffscheiben und erklärte: „Das sind Vibrasafer." Offensichtlich genoss sie das skeptische Staunen. Man könnte meinen, sie würde sich von den fragenden Blicken, die auf ihr lagen, regelrecht ernähren: „Ihr müsst wissen, man kann Gespräche auch unbemerkt anhand von Vibrationen abhören. Die Variante mit dem Laser an der Fensterscheibe kennt ihr bestimmt aus Hollywood. Diese beiden Dinger", sie wägte die beiden Geräte mit den Händen ab, als prüfe sie Obst an einem Marktstand, „vibrieren so stark, dass auch dabei nichts Verwertbares mehr abgefangen werden kann – egal mit welcher Technik." Unterdessen befestigte sie einen am Fenster und den anderen an der Wand direkt über dem Sofa. „Solange der Zug fährt, vibriert ohnehin alles von allein, doch wenn ich die Teile schon um die halbe Welt schleppe, will ich sie wenigstens auch benutzen", ergänzte sie zwinkernd.

„Dann wollen wir mal", sprach sie und konzentrierte sich auf den elektronischen Inhalt des Köfferchens. Sie justierte den Rauschemitter so, dass nun beide Signale gleichzeitig nebeneinander her rauschten. Nach und nach suchte sich jeder einen Platz auf dem weichen Teppichboden oder auf dem Sofa und steckte sich die Stöpsel ins Ohr. Die schlagartig eintretende Veränderung war verblüffend: Die skeptischen Gesichter verwandelten sich reihum in einen amüsiert grinsenden Ausdruck, kaum dass sie den auslöschenden Effekt des Antischalls erleben konnten – das erwartete Aha-Erlebnis stellte sich, aller Zweifel zum Trotz, tatsächlich ein.

„Geil!", war Franks schlichter, aber alles sagender Kommentar dazu. Das nervige Rauschen war auf einen Schlag annähernd ausradiert. Keiner von ihnen konnte sein Staunen darüber wirklich verbergen. Auch Joseph ließ sich zu einer Bemerkung hinreißen: „Echt cool das Teil. Ich vergesse immer wieder, dass wir ja auch richtige Geheimagenten sind."

Walter nickte zustimmend und sprach: „Ja, für das *Bureau* zu arbeiten hat durchaus seine Vorteile." Er wechselte nun wieder zu einem geschäftsmäßigen Tonfall: „Wir sollten aber nicht zu sehr trödeln. Der eingebaute Akku hält nur etwas mehr als eine halbe Stunde. Außerdem würden irgendwann auch unsere Gastgeber misstrauisch werden. Abhörsichere Unterhaltungen sind ja durchaus üblich, aber ihr könnt euch vorstellen, was denen im Kopf umgehen muss, wenn wir hier stundenlang zusammensitzen."

„Ein Gedanke führt zum anderen und irgendwann sind die dann vollkommen paranoid, selbst wenn wir uns nur gegenseitig banale Märchen vorlesen würden", ergänzte Katie verständnisvoll.

Walter nickte: „Du sagst es, also halten wir es einfach so kurz wie möglich." Sorgenfalten überlagerten nun sein Gesicht, als er Frank tief in die Augen sah: „Doch bevor Honoka etwas Licht ins Dunkel bringt, ich glaube, Frank hat etwas loszuwerden."

Alle Blicke ruhten nun auf diesem. Man musste kein Profiler sein, um zu spüren, wie sehr ihn die Ereignisse der letzten Nacht erschüttert hatten. Die Augenringe und das leichte Zittern beim Frühstück waren noch nicht allzu auffällig gewesen. Doch die Blicke, die er Jin immer wieder zuwarf, als dieser gerade nicht hinsah, sprachen eine deutliche Sprache. Insbesondere Walter, der ihn bereits seit einigen Jahren kannte, wusste, dass irgendetwas in der Nacht mit Frank geschehen sein musste.

Frank wollte der Technik immer noch nicht so ganz trauen und hüstelte ein paar Mal künstlich. „Und du bist sicher, dass niemand herausbekommt, was wir hier besprechen?", wandte er sich an Natalja. Sie legte einen beleidigten Blick auf und nickte langsam. Frank zögerte kurz, atmete nochmals tief durch und sprach: „Ich glaube, euch wird nicht gefallen, was ich gleich berichten muss. Ich denke, wir müssen die nächsten Tage doch mehr auf uns aufpassen als bisher gedacht."

Anschließend schilderte er ihnen knapp seine Beobachtungen der letzten Nacht. Aus seiner Dienstzeit bei der Polizei wusste er, dass Zeugen oft viel zu viel in ihre Eindrücke hineininterpretieren. Also blieb er einfach bei dem, was er gesehen und gehört hatte, ohne irgendwelche Deutungsversuche anzustellen.

Obwohl das Rauschen des Emitters trotz des Antischalls leise im Hintergrund mitlief, war das darauf folgende Schweigen von einer bedrückenden Stille. „Denkst du, die haben gemerkt, dass du da warst?", brach Ricardo das Schweigen. Frank antwortete leise: „Ich denke nicht. Ich bin sicher, dass ich keine Geräusche gemacht habe und beim Frühstück war dieser Jin ja ziemlich normal."

Walter überlegte kurz und entschied: „Dann sollten wir fürs Erste mitspielen und so tun, als wüssten wir von nichts. Möglicherweise hat es nichts mit uns zu tun, vielleicht hatten sie noch eine Rechnung mit jemandem offen – das geht uns dann nichts an. Doch wir sollten auf jeden Fall wachsam sein", bestimmte er ihre zukünftige Marschrichtung. „Gibt es Gegenstimmen?", vergewisserte er sich – überall Kopfschütteln.

Kurz darauf lagen alle Blicke auf Honoka. „Dein großer Moment", sprach Ricardo sie mit einem Augenzwinkern an. „Ich bin auf jeden Fall sehr neugierig, was du herausgefunden hast."

„Eine ganze Menge sogar, mich hat es förmlich aus den Socken gehauen. Dieses Virus ist vielleicht in der Lage, fast alle Probleme der Menschheit zu lösen."

Die grausamen Bilder des miterlebten Massakers in München erschienen wieder vor Franks geistigem Auge. „Auf mich wirkte es eher wie das Ende der Menschheit", erwiderte er gepresst.

Honokas Begeisterung ließ sich durch diesen berechtigten Kommentar keineswegs eintrüben. Vergnügt entgegnete sie: „In seiner jetzigen Form würde ich ihn natürlich nicht auf die Welt loslassen. Doch als Wissenschaftlerin bin ich überzeugt, dass wir auch die Nebenwirkungen in den Griff bekommen würden."

›Nebenwirkungen?‹ Franks Stirnrunzeln verstärkte sich zu einer schiefen Grimasse. Er verkniff sich mühsam den Kommentar, der sich automatisch als Antwort auf seine Zunge zu legen begann.

Honokas wissenschaftliche Faszination für dieses verheerende Virus irritierte auch die anderen gehörig, doch keiner sagte etwas. Sie fuhr fort: „Ich glaube, ich fange am besten von ganz vorne an: In den Achtzigerjahren war ja noch der Kalte Krieg im Gange. Viele geheime Forschungsprojekte des Pentagons liefen zu der Zeit auf Hochtouren. Geld schien keine Rolle zu spielen. Alles, was zählte, war, dem Feind die Stirn bieten zu können. Unter anderem arbeitete man auch sehr intensiv im Bereich biologischer Kampfstoffe."

Sie machte eine kurze Pause, damit alle ihr weiterhin folgen konnten. „Nach dem Ende des Kalten Krieges war jedoch kein großer Bedarf mehr an solchen Forschungen vorhanden. Nach und nach wurden die einzelnen Projekte eingestellt. Doch ein Forscherteam rund um einen gewissen Dr. Georgij Denissow – ein von Russland aus übergelaufener Wissenschaftler – konnte die Regierung über alle Widerstände hinweg überzeugen, ihre Untersuchungen für die friedliche Forschung fortzusetzen: Ihre Bemühungen begannen ursprünglich mit der Suche nach einem wirksamen Gegenmittel für Nervengas. Kurz vor der geplanten Einstellung ihres Projekts sind sie überraschend auf ein Virus gestoßen, das dafür sorgte, dass zerstörte Nervenbahnen wieder zusammen wuchsen. Für sich genommen war das eine regelrechte

Sensation." Sie blickte daraufhin Ricardo prüfend in die Augen, der auf eine wissende Art und Weise zurück nickte, wie es nur ein Arzt vermochte. Honoka atmete schwer aus und fuhr fort: „Jedoch gab es Komplikationen: Ein paar Tage später waren ausnahmslos alle Versuchstiere gestorben. Denissow war aber sehr zuversichtlich, das in den Griff zu bekommen und dank geschickter Verhandlungen mit den Generälen war seine Forschergruppe eine der wenigen, die sich damals keinen neuen Arbeitgeber suchen musste. Jahrelang haben sie geforscht, experimentiert und ausprobiert, doch sie kamen einfach nicht sonderlich weiter. Das Programm wurde um die Jahrtausendwende dann endgültig eingestellt, die Proben wurden eingefroren und alle gingen enttäuscht ihrer Wege."

Honoka sammelte ihre Gedanken, dann fuhr sie fort: „Was in den Jahren dazwischen geschehen ist, kann ich nicht nachvollziehen, doch nach ungefähr zehn Jahren Pause wurde unter Leitung des *CBESS* das Projekt SysThan ins Leben gerufen und die Forschungsanlage in den kalifornischen Bergen errichtet. Auch Dr. Denissow war wieder mit an Bord und dieses Mal gab es Fortschritte."

Sie registrierte, wie Walter an seinem Ohrhörer herumwerkelte – offensichtlich schien er Probleme mit dem Störpegel des Rauschemitters zu haben. Natalja, die mit ihm das Sofa teilte, stupste ihn mit dem Ellenbogen an, rückte ein Stück beiseite und deutete mit einem Klopfen ihrer Hand auf der Sitzfläche an, dass er etwas näher an sie heran rutschen sollte. Walter schaute zunächst etwas verdattert: ›Was soll das denn jetzt?‹, rutschte aber folgsam näher. Er hielt reglos inne, legte den Kopf schief und genoss die Erleichterung – das Rauschen in seinen Ohren war gebändigt. ›Physik, mein Freund, Physik!‹, dachte Natalja und ein strahlendes, gütiges Lächeln erschien in ihrem hübschen Gesicht. Dieses hüllte wiederum Franks Herz in wattige Freude, der bereits den ganzen Tag lang jeden Moment nutzte, um sie verstohlen anzuschauen und ihre wundervollen Züge und natürlich auch ihre Kurven zu betrachten.

Nun, da Walter wieder aufnahmebereit war, widmete sich Honoka wieder ihrem Thema: „Walter, du hast doch diese Anlage bewacht, du musst ihm doch sicherlich begegnet sein, oder?"

„Wem?"

„Dr. Denissow, dem Leiter der Anlage."

„Ach so!" Jetzt hatte auch er den Gesprächsfaden wieder aufgegriffen. Grübelnd rollte er die Augen nach oben und antwortete zerknirscht: „Nun ja, einmal bin ich ihm tatsächlich begegnet – zusammen mit Frank."

Honoka war sichtlich überrascht, legte den Kopf schief und warf einen ausgedehnten, fragenden Blick in dessen Richtung. Frank wurde blitzartig in die Wirklichkeit zurückgestoßen, seine romantischen Träumereien zu Natalja verwehten mit dem gleichen Gefühl des Verlusts, wie damals bei seinem Niesanfall mit reinstem Kokain. Wortlos und ohne Eile krempelte er sein rechtes Hosenbein hoch und präsentierte die gut sichtbare Narbe, die, einem winzigen Meteoritenkrater gleich, seine Wade zierte. „Für jemanden, der gerade eine 40mm Sprenggranate überlebt hatte, konnte er noch ziemlich gut mit einer Pistole umgehen", murmelte er traurig und krempelte sein Hosenbein wieder herunter.

Walter ergänzte: „Wie ihr euch denken könnt, unsere Begegnung war nicht wirklich konstruktiv." Mehr wollte keiner der beiden dazu sagen.

Nach einem kurzen, beinahe schon körperlich spürbaren Moment der Beklemmung deutete Natalja wortlos auf die Batterieanzeige des Geräuschemitters – sie hatten sich so sehr an das leise Hintergrundrauschen gewöhnt, dass sie es kaum noch wahrnahmen. Es war an der Zeit, fortzufahren.

Ein wenig irritiert zupfte Honoka an ihrer Kleidung und versuchte, den Gesprächsfaden wieder aufzunehmen: „Also: Denissow und die Anlage in Kalifornien, damit geht es weiter. Als sie dort den Betrieb aufgenommen hatten, fingen auch gleich die Tests mit einem Virus, namens MFF1604, an. Dieses Virus tauchte mehr oder weniger aus heiterem Himmel auf. Offensichtlich hatte Denissow in seiner Freizeit weitergeforscht. Wie genau er das Virus gefunden oder entwickelt hatte, weiß keiner. Ich vermute, er hatte sein bisheriges Virus von damals so lange mutieren lassen, bis er tatsächlich einen Durchbruch erreicht hatte. Das Anabo-Virus war geboren."

Pierre meldete sich daraufhin zu Wort: „Was heißt das überhaupt: Anabo-Virus? Für mich klingt das ziemlich bescheuert."

Sie grübelte einen Moment nach einer Antwort und teilte ihnen das Ergebnis durch ein ratloses Kopfschütteln mit. In den Unterlagen hatte sie keine Hinweise dazu finden können.

„Ich hätte zumindest eine Vermutung", flötete Ricardo mit der ungestümen Begeisterung eines Fünftklässlers, der als Einziger die Antwort auf eine Aufgabe wusste. „Unter Anabolismus versteht man beim Stoffwechsel alle aufbauenden Prozesse. Das Gegenteil wäre Katabolismus. Nach dem, was ich bereits aufschnappen konnte, sorgt das Virus ja für einen enorm gesteigerten Stoffaufbau. Im Grunde ist es dann mehr oder weniger ein anaboler Turbo für den Körper – irgendwie liegt dann der Name regelrecht auf der Hand."

„Klingt sehr plausibel, ungefähr so wird er wohl tatsächlich zu seinem Namen gekommen sein", entgegnete Honoka. Daraufhin umspielte ein zufriedenes Lächeln die Lippen des italienischen Arztes: „Und es klingt natürlich besser als MFF1604." Er wollte sich zufrieden zurücklehnen, doch das Zupfen der Ohrstöpsel unterband seine lässige Pose – das Kabel war schlicht zu kurz dafür.

Honoka holte tief Luft: „Die Wirkung des Virus war auf jeden Fall atemberaubend: Wie bereits bei den Forschungsreihen über eine Dekade zuvor, hat das Virus dafür gesorgt, dass zerstörte Nerven zusammenwuchsen, nur mit dem bemerkenswerten Unterschied, dass dieses Mal nicht alle Versuchstiere binnen kürzester Zeit verstarben. Und nun offenbarte sich erst die wahre Dimension des Virus: Die Versuchstiere überlebten nicht nur die Infektion selbst. Nein, sie waren sogar ziemlich unbeeindruckt von ihrer eigenen Lebenserwartung: In menschlichen Maßstäben gerechnet sind die Tiere über zweihundert Jahre alt geworden und waren bis zuletzt auch noch ziemlich lebhaft. Die Begeisterung der Forscher war schier grenzenlos: Seit Jahrtausenden war die Menschheit auf der Suche nach dem sagenumwobenen Jungbrunnen und nun schien es, als hätten sie ihn in einem unscheinbaren Virus gefunden." Auch Honoka war diese Begeisterung anzumerken, als sie weiter ins Detail ging: „Das Anabo-Virus sorgt dafür, dass so gut wie alle Aufbau- und Reparaturvorgänge im Körper mit enormer Geschwindigkeit vonstattengehen. Verletzungen heilen in Stunden anstatt von Tagen, Nervenenden wachsen wieder zusammen, Krankheiten kommen trotz Infektion nicht mehr zum Ausbruch und zerstörtes Gewebe erneuert sich langsam mit der Zeit. Aufgrund des rasant beschleunigten Stoffwechsels ist natürlich der Bedarf an Nahrung um einiges größer – egal, ob Maus oder Mensch, die notwendige Nahrungsaufnahme betrug ungefähr das Doppelte des normalen Umfangs. Insbesondere der Bedarf an Protein war exorbitant gestiegen. Das klingt erst einmal nicht viel, doch überlegt einmal selbst: Ihr müsstet jeden Tag das Doppelte verdrücken – das sind dann schon ziemlich große Mengen."

Sie registrierte sehr wohl die skeptischen Blicke rings umher, höchste Zeit mit dem tragischen Aspekt der Geschichte fortzufahren: „Im Tierversuch klappte alles noch hervorragend. Die grausamen Folgen, die wir von dem Virus kennen, waren bei den kleineren Versuchstieren nicht aufgetreten. Erste Tests an Menschenaffen bestätigten ebenfalls die vorläufigen Resultate, mit dem Unterschied, dass diese nach wenigen Wochen allmählich einen Teil ihrer – nennen wir es einmal Superkräfte – wieder einbüßten und nach ein paar Monaten immer ruhiger wurden. Auch diese Affen lebten erstaunlich lange, allerdings war Affe nicht gleich Affe: Die kleineren Rhesusaffen hatten überhaupt keine Ausfallerscheinungen, denen ging es prächtig. So richtig fing es erst bei den beiden Laborschimpansen an. Mit der Zeit wurden sie trotz genügend Futter vollkommen lethargisch und fielen direkt danach ins Wachkoma. Als diese lebendig keinen Nutzen mehr für die Forscher hatten, wurden sie getötet und seziert. Leider konnte ich den Bericht in dem dicken Papierstapel nicht finden, ich konnte nur den anderen Unterlagen entnehmen, dass scheinbar eine große Menge Gehirnzellen abgestorben sein soll.

Wäre das alles ganz normale, medizinische Forschung gewesen, dann hätten sich die Wissenschaftler nun in einer Sackgasse befunden. Doch das Militär war viel zu interessiert an den Ergebnissen, um auf halber Strecke stehenzubleiben. Also gingen die Versuche direkt am Menschen weiter. Was dann geschehen ist, hat uns Walter ja bereits im Flugzeug erzählt. Die Teilnehmer bekamen neben dem üblichen Hunger auch einen unstillbaren *Appetit* auf Gehirn." Bei dem Wort ›Appetit‹ rollte sie leicht mit den Augen – die Berichte dazu hatten die enorme Brutalität der Probanden keineswegs verharmlost. Sie entschied sich, wie dereinst auch Walter, der als Einziger neben ihr die Berichte selbst gelesen hatte, den anderen das wahre Ausmaß der geschehenen Gräuel vorzuenthalten.

Honoka hielt es in ihrer Sitzhaltung nicht mehr aus und richtete sich auf ihre Knie auf. „Jetzt wird es ein wenig anspruchsvoller, ich versuche euch nun die Wirkungsweise des Virus, so gut es eben geht, zu erklären." Mit diesem Satz hatte sie sofort wieder die ungeteilte Aufmerksamkeit ihrer Zuhörer. Frank, Pierre und Natalja waren bis dato kurz davor, in ihren eigenen Gedanken zu versinken und schauten ein bisschen schuldig drein – wie Schüler, die beim Dösen ertappt wurden.

„Das Virus setzt sich in den Nerven fest und nach der Infektion wandert es entlang der Nervenbahnen direkt in das Gehirn. Je nachdem, wo und wie die Infektion erfolgte, braucht es dafür wenige Minuten bis hin zu drei Wochen. Einmal im Gehirn angekommen, nistet es sich dort ein und greift in verschiedene Regelmechanismen ein. Was genau dort geschieht, konnte niemand genau herausfinden, doch es gab Beobachtungen, die in eine bestimmte Richtung deuteten: Die herausragenden Selbstheilungskräfte rühren sehr wahrscheinlich daher, dass eine infizierte Person in der Lage ist, große Mengen von Stammzellen zu bilden. Besteht irgendwo Reparaturbedarf – sagen wir einmal, weil Frank eine 40mm-Granate in einen geschlossen Raum hinein gefeuert hat ...", sagte sie in Anspielung auf die vor Kurzem thematisierte Begegnung mit Dr. Denissow vier Jahre zuvor.

Ein höhnisches Grinsen legte sich auf die Gesichter der Gruppe. Lediglich Frank blickte, angesichts der traumatischen Erinnerung an seine damalige Heldentat, eher erschrocken als vergnügt drein. Honoka sprach unterdessen ungehindert weiter: „... dann wandern diese Stammzellen in den verletzten Bereich und beginnen umgehend damit, neues Gewebe aufzubauen. Was den Forschern dabei aufgefallen war, sie fanden ebenfalls ziemlich hohe Konzentrationen an Somatropin, dem menschlichen Wachstumshormon. Dieses Hormon ist für fast alle Wachstumsprozesse im Körper verantwortlich, insbesondere bei Kindern und Jugendlichen."

Lediglich Ricardo kannte als Arzt dieses Hormon, nickte verstehend und fragte: „Und dieses Wachstumshormon sorgt für die Heilungskräfte?"

Honokas Antwort war nicht so gehaltvoll wie erhofft: „Ehrlich gesagt, wir wissen es nicht genau. Wenn du mich fragst, verwechseln wir hier soeben Ursache und Wirkung. Ich selbst denke nicht, dass das HGH, kurz für Human Growth Hormone, die Erklärung für die Heilungskräfte ist, sondern nur ein Teil des Puzzles. Eines wissen wir zumindest: Irgendwie sorgt das Virus für eine ungeahnte Produktion von Stammzellen und gleichzeitig den Anstieg des HGH und sehr wahrscheinlich ergeben sich die Fähigkeiten der Infizierten aus der Kombination von beidem."

Sie verdrehte die Augen, während sie ihre Gedanken sortierte: „Und das Hormon erklärt auch das bizarre Aussehen von manchen Infizierten."

Pierre wurde hellhörig: „Da bin ich mal gespannt, die Gefährlichsten von denen sahen in der Tat ziemlich gruselig aus. Ein bisschen wie Frankensteins Monster."

Frank und Joseph nickten eifrig. In München waren die deformierten, massigen Gestalten die schlimmsten von allen gewesen: Sie waren deutlich aggressiver und griffen sofort alles und jeden an, während die normalen Untoten sie hin und wieder gar nicht behelligten – zumindest, solange sie satt waren. Die meisten Toten des *CBESS*, das vor einigen Wochen mit zwei Teams bei dem schrecklichen Massaker in München dabei gewesen ist, gingen auf das Konto der *Frankies*, wie Pierre sie zu nennen pflegte.

Honoka zog die Augenbrauen hoch, „Ja, Frankensteins Monster passt ganz gut", bestätigte sie. „Wenn die Wesen eine lange Zeit bereits infiziert sind, sorgt das Wachstumshormon für deutlich mehr Gewebeaufbau als wirklich nötig – der Proband gerät aus dem Gleichgewicht. Der Körper versucht zu wachsen, jedoch wachsen die Knochen nicht mehr mit und so kommt es zu einer ziemlich grotesken Körperform."

„Irgendwie macht gerade etwas Klick bei mir", meinte Ricardo, „hast du einen Namen für das Phänomen?" Er meinte, sich an genau solch ein Krankheitsbild zu erinnern. Als er noch Medizinstudent gewesen ist, hatte es definitiv zum Lehrplan gehört.

Honoka grübelte verzweifelt: „Hmm, irgendetwas mit Mega und Akra oder so."

„Akromegalie!", platzte es aus dem Italiener heraus.

„Ja, genau", antwortete sie verblüfft, „das muss es gewesen sein."

„Das Studium war doch nicht ganz umsonst", triumphierte er zwinkernd. Dann zählte er das Krankheitsbild auf, als wäre er bei einer Prüfung, in der es ums Ganze geht: „Muskeln ohne Ende, enorm vergrößerte Hände und Füße, im Gesicht ist alles angeschwollen: Nase, Kinn, Augenbrauen, Ohren. Ihr habt recht, das klingt sehr nach Frankensteins Monster." Er zog tief die Luft ein, da er in seinem Redeschwall schlicht vergessen hatte, zu atmen und lehnte sich zurück, wobei ihm dieses Mal die Hörer aus den Ohren fielen. Das Rauschen brandete ohne Vorwarnung gegen seine Trommelfelle, dass er ein wenig zusammenzuckte. Verlegen sammelte er die Kopfhörer wieder auf.

Zögernd bestätigte Joseph diese Schilderung: „Ganz genau, gerade die Hände sind wirklich riesige Pranken und auch am Kopf siehst du sofort, wenn du einen vor dir hast. Diese", er blickte hilfesuchend zu Pierre, „wie habt ihr die nochmal genannt?"

„*Frankies*, wie Frankensteins Monster eben", ergänzte er zwinkernd.

Joseph setzte fort „ja, diese *Frankies* sind echt fies. Die sind richtig wild gewesen, dagegen waren die normalen Infizierten die reinsten Lämmer. Und keines von diesen Dingern war leichter als hundert Kilo. Ohne Schusswaffe hast du da kaum eine Chance."

Die fünf, die nicht direkt in München waren, pressten voller Grausen die Luft zwischen ihren Zähnen hindurch. Dieses Detail war ihnen weitestgehend neu, auch Walter, der die Berichte zwar gelesen hatte, wurde erst in diesem Augenblick wirklich bewusst, wie gefährlich diese *Frankies* tatsächlich waren.

Nachdem sich Honoka wieder gefasst hatte, fuhr sie fort: „Ja, das kann ich mir gut vorstellen. Auf jeden Fall ist es so, dass es Wochen bis Monate braucht, bis ein Infizierter zu solch einem Wesen wird. Sonst habe ich nichts weiter dazu gefunden, die Forschung scheint damit an ihre Grenzen gestoßen zu sein. Ich habe keine weiteren Hinweise gefunden, wir wissen also nur, dass es dieses Phänomen gibt. Wer weiß, vielleicht können unsere chinesischen Freunde da etwas weiterhelfen", sprach sie und zuckte hilflos mit den Schultern.

Honoka machte eine kurze Pause, niemand sagte etwas, aber sie sah ganz klar, wie es in den Köpfen arbeitete. Dann offenbarte sie das zweite Rätsel, auf das sie gestoßen war: „Obwohl wir darüber nicht einmal annähernd alles wissen, erklärt es zumindest ansatzweise die enorme Wiederherstellungsfähigkeit und den großen Hunger aufgrund des schnelleren Stoffwechsels."

Sie unterbrach sich kurz, um ihre Gedanken zu sammeln: „Was viel geheimnisvoller ist: Warum dieses unstillbare Verlangen nach frischem Gehirn? Aus den Unterlagen konnte ich zum einen herausfinden, dass am Anfang der Infektion nicht wenige Hirnzellen absterben. Die Forscher schätzten, dass ungefähr zehn Prozent der Hirnmasse ziemlich schnell vernichtet werden. Das klingt nicht viel, doch – auch das haben die Kollegen in der Anlage sehr schnell herausgefunden – der Zelltod konzentriert sich größtenteils auf den Frontallappen, der einen großen Beitrag zur Intelligenz und zum Sozialverhalten beiträgt. Diese zehn Prozent können durchaus den Unterschied zwischen geistiger Gesundheit und Pflegefall bedeuten. Ich muss auch dazu sagen, dass dies ein Durchschnittswert ist, manche traf es härter und manche blieben beinahe ohne Einschränkungen. Im Laufe der Zeit bildeten sich viele Nervenzellen wieder neu, doch genauso intelligent wie vorher war keiner der Probanden mehr."

„Das klingt immer noch sehr nach halbwegs menschlichen Wesen, doch die Dinger, denen wir in München begegnet sind, wirkten nicht gerade sehr helle", platzte Pierre hinein. Joseph ergänzte noch mit einem angewiderten Gesichtsausdruck: „Und allzu zivilisiert haben die sich auch nicht gerade benommen."

„Genau das hatte mich anfangs auch noch verwirrt", antwortete sie. „Der beschleunigte Stoffwechsel und die abgestorbenen Hirnzellen erklären nicht einmal ansatzweise die Aggressivität und die Lust auf Gehirn. Das hat offenbar mit einer anderen Wirkung des Virus zu tun: Wie es aussieht, sind die Infizierten nicht mehr imstande, bestimmte Proteine und Enzyme zu bilden, die enorm wichtig für das Nervensystem sind. Dummerweise tappten auch die Forscher des Projekts *SysThan* dabei bis zuletzt weitestgehend im Dunkeln. Die Obduktionen der Infizierten hatten ergeben, dass deren Gehirne vollgestopft waren mit einem zähen Proteinschleim. Ihr müsst wissen, auch im Gehirn ist ganz schön viel los: Ständig werden Proteine, Stoffe und Enzyme gebildet, umgewandelt, auf- und abgebaut. Das Anabo-Virus muss irgendeinen dieser unzähligen Prozesse gestört haben, so dass sich immer mehr Proteine im Gehirn angesammelt haben und nicht mehr abtransportiert werden konnten."

Zufrieden registrierte sie, dass ihr bisher noch alle folgen konnten und fuhr fort: „Wie es so schön heißt: *Das Leben findet immer einen Weg*, so haben auch die Infizierten instinktiv die Lösung für ihre eigene missliche Lage gefunden: Frisches Gehirn. In der unterirdischen Anlage gab es im Laufe der Zeit mehrere unerklärliche Übergriffe gegen die Wärter. Die meisten davon waren relativ glimpflich abgelaufen – meistens nur Biss- und Kratzwunden. Zwei dieser Zwischenfälle endeten jedoch tödlich."

Ein grausames Schmunzeln verriet ihre zynischen Gedanken: „Nun ja, streng genommen endete es auch für die anderen, davongekommenen Wärter nicht so gut: Diese zeigten nämlich relativ schnell die ersten Anzeichen einer Infektion. Sagen wir es mal so: Auch danach haben sie noch für das Projekt gearbeitet, doch dieses mal eben von der anderen Seite der Sicherheitstür aus."

Sie machte eine kleine Pause, um das Gesagte besser wirken zu lassen. Walter erinnerte sich unterdessen an die damaligen Gerüchte zurück. Ein paar der armen Wärter, die von einem Tag auf den nächsten nicht mehr zum Dienst erschienen, kannte er persönlich. Niemand konnte deren überraschendes Fernbleiben so recht erklären – bis jetzt.

„Bei den beiden tödlichen Angriffen hatten sie die armen Opfer förmlich zerfetzt und deren Gehirne vollständig verspeist. Das erste Mal wurde der mordende Proband von den nachkommenden Wachen sofort niedergestreckt, jedoch in dem anderen Fall saß der Übeltäter vollkommen gelassen auf seinem Stuhl und versuchte sogar, mit den hinzugekommenen Soldaten zu plaudern."

„Wie krank!", entfuhr es Katie. Auch die anderen verzogen angewidert das Gesicht.

„Oh ja, das muss grauenvoll gewesen sein, doch immerhin hatten die Männer Nerven gezeigt und ihn nicht einfach über den Haufen geschossen. Die Tage darauf war er sogar wieder ziemlich normal. Den üblichen Hunger hatte er immer noch, doch er war friedlich und es gelüstete ihn nicht nach Hirn. Das Faszinierende dabei: Er konnte sogar befragt werden. Sein Intellekt war zwar nur auf dem Niveau eines Vorschulkindes, dennoch hatte er einiges zu erzählen gehabt. Er schilderte, wie er selbst immer unruhiger wurde und wie er sich auf den armen Soldaten gestürzt hatte. Er sagte, er fühlte sich wie ferngesteuert – als hätte er selbst von außen auf das geblickt, was er da mit dem Wärter angestellt hatte. Erst, als das Unausweichliche geschehen war, hatte er sich wieder unter Kontrolle und er fühlte sich danach vollkommen befreit und wie neugeboren."

Ricardo wurde neugierig: „Lass mich raten, nach ein paar Tagen war alles wieder wie bisher und der Hunger kam zurück?"

Honoka nickte stumm.

Natalja hakte nach: „Also ist Gehirn eine Art Medikament für diese *Dinger*?" Sie legte all ihre Abscheu in das letzte Wort.

„Nicht ganz", erwiderte Ricardo mit belehrendem Tonfall. „Ein Medikament dient vor allem der Behandlung einer Krankheit und soweit ich das hier richtig verstanden habe, führt das Hirn nicht zu einer Heilung der Infektion. Es sieht eher danach aus, als brauchten sie es, um zu überleben."

Fast wie in Trance nickte Honoka zustimmend.

Ricardo räusperte sich und schluckte schwer. „Auch wenn es noch so widerlich klingt, für die ist menschliches Gehirn eine ziemlich makabere Art von Nahrungsergänzungsmittel."

Bis auf Honoka wichen alle angesichts dieser grauenhaften Äußerung ein wenig zurück und blickten sichtlich entsetzt in die Richtung des italienischen Arztes. Doch keiner sagte etwas, um zu widersprechen – auch wenn es niemandem so recht gefiel, er hatte direkt ins Schwarze getroffen.

„Muss es denn wirklich menschliches Hirn sein? Kann man nicht einfach Tierhirne nehmen?", dachte Katie laut.

„Genau das haben die Forscher in der Anlage auch probiert", antwortete die Japanerin. „Das Gehirn eines Menschen ist mit anderthalb Kilogramm ungefähr dreimal so groß wie bei einer Kuh. Also haben sie sich bei den umliegenden Schlachtereien das entsprechende Material in großen Mengen geholt. Anfangs hat es sogar recht gut geklappt, zwei bis drei Wochen lang waren die Infizierten vollkommen normal, doch danach begannen auch diese, sich zu verändern und griffen wieder die Wärter an. Es scheint, als bräuchten die Infizierten tatsächlich menschliches Gehirn. Aber immerhin verzögerten die Rinderhirne das Unvermeidliche."

Unterdessen tippte Natalja mit dem Finger auf eine Leuchtanzeige am Rand des Rauschemitters – das Licht war soeben von grün auf orange umgesprungen. Dem gesamten Team war sofort klar, was dies bedeutete. „Der Akku hält nur noch wenige Augenblicke", sprach sie es dennoch aus.

Angesichts des nahenden Endes ihres Gesprächs versuchte sich Honoka an einer Zusammenfassung: „Schade, einige Details aus dem Aktenberg waren noch ziemlich interessant. Doch das Wichtigste habe ich erzählt, denke ich. Wo das Anabo-Virus herkommt, weiß leider keiner mehr – dieses Geheimnis hat Dr. Denissow mit ins Grab genommen. Doch was dieses Virus anrichtet, davon haben wir immerhin eine einigermaßen genaue Vorstellung: Es sorgt sehr wahrscheinlich für die Bildung enorm vieler Stammzellen, deshalb können normale Verletzungen und Krankheiten den Infizierten kaum etwas anhaben. Jedoch haben die Ereignisse in München und Kalifornien auch gezeigt – unsterblich sind sie nicht. Das klingt jetzt etwas grausam, trifft es aber am besten: Man muss sich beim Umbringen eben etwas mehr Mühe geben als bei normalen Menschen."

Katie, Ricardo, Joseph und Natalja, die bisher keinem Infizierten begegnet waren, schauten tatsächlich ein wenig irritiert. Doch Frank, William und Pierre nickten wissend, schließlich hatten sie persönlich miterlebt, wie viel diese Wesen einstecken konnten.

Honoka redete unterdessen ungehindert weiter: „Diese Heilungskräfte sind an und für sich wirklich etwas Tolles, wenn nur die drastischen Nebenwirkungen nicht wären. Nummer eins: Die Infizierten haben einen enorm beschleunigten Stoffwechsel und daraufhin auch einen entsprechend großen Hunger. Doch das lässt sich in den Griff bekommen.

Nummer zwei: Die leichten Mutationen." Sie blickte hilfesuchend in Richtung des Arztes.

„Akromegalie", half er ihr auf die Sprünge.

„Danke Ricardo", fügte sie ein und setzte fort: „sind sichtbar, aber noch nicht wirklich besorgniserregend.

Nummer drei: Zu Beginn der Infektion sterben verdammt viele Hirnzellen blitzschnell ab.

Nummer vier ist das eigentliche Problem: Die Infektion lässt früher oder später das Gehirn absterben. Ihnen fehlt irgendeine Substanz, die wir nicht kennen und nur im gesunden Gehirn vorkommt. So werden aus normalen Menschen reißende Bestien oder stumpfe Wesen – je nach Stadium der Degeneration. Ich persönlich glaube, in der Wildnis würden sie im Laufe der Zeit einfach zugrunde gehen, weil es dort zu wenig andere Menschen gibt. Doch in Städten kann eine solche Meute eine Katastrophe heraufbeschwören – München ist da das beste Beispiel.

Und Fakt Nummer fünf: Das Virus ist ansteckend. Über die Luft wird es zwar nicht übertragen, jedoch führt ein Kontakt mit Blut und offenen Wunden unausweichlich zur Infektion. Ein Biss oder ein Kratzer genügt und man wird früher oder später einer von denen. Gelangt das Virus in großer Anzahl direkt ins Blut, ist dies eine Frage von Minuten oder Stunden. Bei flüchtigem Kontakt braucht das Virus mehrere Tage, bis es sich im Nervensystem eingenistet hat."

Honoka atmete schwer aus und ließ sich auf ihre Ellenbogen zurücksinken, soweit es das Kabel der Ohrhörer zuließ. Mit diesen wenigen Sätzen hatte sie das Wichtigste zum Anabo-Virus zusammengefasst.

„Jetzt sehen wir bereits um einiges klarer", ergriff nun Walter wieder das Wort. „Vielen Dank für diese Blitzeinführung." Honoka nickte stumm.

Etwas zerknirscht sprach er weiter: „Wie es ausschaut, müssen wir bei den Chinesen ein bisschen bluffen. Ich denke, sie glauben, dass wir deutlich mehr über das Virus wissen, wie es tatsächlich der Fall ist. Und weiterhin: Der Vorfall letzte Nacht", er warf einen ernsten Blick in Richtung seines amerikanischen Freundes, „beunruhigt mich tatsächlich – unsere *Freunde* haben tatsächlich etwas mehr kriminelle Energie, als ich anfangs für möglich gehalten hatte. Jedoch kann es auch sein, dass dies überhaupt nichts mit uns zu tun hatte. Wir sind Gäste, wir wurden freundlich eingeladen und so sollten wir es auch weiterhin halten. Fürs Erste spielen wir deren Spiel also brav mit. Bevor uns gleich der Saft ausgeht", das orange Lämpchen war mittlerweile erloschen und tauschte seinen Platz mit einem roten, „hat noch jemand etwas loszuwerden?"

Walter blickte jedem Einzelnen eindringlich in die Augen, doch niemand hatte etwas beizusteuern. Er deutete ein Nicken in Richtung Natalja an und sie knipste den Rauschemitter aus. Die Stille, die sich nun über sie legte, schien sich beinahe materiell zu manifestieren – als könnte man sie mit einem Messer in kleine Scheiben schneiden. Erst jetzt wurde ihnen bewusst, dass sie sich während dieses Gesprächs in einer unsichtbaren Kapsel aus Rauschen befunden hatten. Sie benötigten einen kurzen Moment, um sich ihrer Umgebung wieder gewahr zu werden: Sie befanden sich in Jins Zug, der sie an irgendeinen abgelegenen Ort im Reich der Mitte transportierte.

Natalja sammelte die gesamte Technik ein, verstaute sie im Koffer und brachte ihn in ihre Kabine zurück.

Die Zeit bis zum Mittagessen verbrachten sie in lockerer Atmosphäre, plauderten über dies und jenes und erkundeten die kunstfertigen Details des Waggons, der, obwohl nur ein neuerer Nachbau, tatsächlich wie ein rollendes Museum auf sie wirkte. Hin und wieder gesellte sich auch Jin hinzu und schloss sich dem unkomplizierten Zeitvertreib mit einigen interessanten Fakten an. Obwohl er ohne Zweifel von ihrer geheimniskrämerischen Unterhaltung wusste, ließ er sich keinen Unmut darüber anmerken. So leichtfüßig, wie sich Jin in der verborgenen Welt der Geheimnisse und Vertraulichkeiten zurechtfand, vermutete Walter ohnehin, dass Jin einmal Agent des Chinesischen Geheimdienstes gewesen und folglich auch mit einem solchen Verhalten vertraut sein musste.

Zum Mittagessen gab es nochmals ein opulentes Mahl verschiedener chinesischer Spezialitäten, auch wenn Jin dieses Mal zugeben musste, dass er selbst an keiner dieser Speisen mitgewirkt hatte. Während sie gerade den zweiten Gang genossen, stoppte der Zug und Jin verkündete strahlend das Ende der Zugfahrt.

Sie hatten den Zielbahnhof erreicht.

Wie auch in Peking hielt ihr Zug nicht direkt im Bahnhof, sondern ein gutes Stück entfernt. Die Antwort auf die Frage, wo sie sich denn nun befanden, blieb Jin ihnen jedoch schuldig. Er erwähnte nur, dass sie soeben knapp tausendfünfhundert Kilometer mit ihrem Zug zurückgelegt hatten. Ohne Hast sammelten sie ihr

Gepäck ein und verließen den Zug durch die gleiche Tür, wie sie ihn betreten hatten.

Die Gleise, auf denen sie sich nun befanden, führten an einer wenig einladenden Industriestadt vorbei. Auf der weiträumigen Gleisanlage konnten sie zwei unvorstellbar lange, parkende Güterzüge ausmachen – auf dem einen befanden sich Frachtcontainer, wobei der andere eine Mischung aus offenen Güterwagen und Waggons mit runden Flüssigkeitskesseln aufwies. Mit einer Länge von jeweils mehreren hundert Metern schien es unvorstellbar, dass sich ein solches Monstrum überhaupt bewegen ließe. Von diesen beiden Zügen und ihrem eigenen abgesehen, wirkte das Bahngelände wie ausgestorben. Auch auf dem eigentlichen Bahnhof etwas weiter hinten, waren keinerlei Anzeichen auszumachen, dass dieser benutzt würde: Es gab keine Personenzüge auf den Gleisen, keine wartenden Passagiere am Bahnsteig und auch vom üblicherweise vorhandenen Bahnhofspersonal war keine Spur zu erkennen. Lediglich die glänzende, von unzähligen Stahlrädern blankpolierte Oberfläche der Gleise zu ihren Füßen verriet, dass hier tatsächlich mehr als nur eine Handvoll Züge am Tag durchfuhren.

Als Letztes tauchte nun auch Katie in der Waggontür auf. Als sie aus dem Dunkel des Wageninneren nach draußen trat, wurde den anderen von einem Moment auf den anderen das Ausmaß der deprimierenden Tristesse dieses Stückchens Erde bewusst. Der Kontrast war so auffällig, dass es beinahe in den Augen brannte: Der einzige echte Farbtupfer weit und breit war eben Katie mit ihren rotblonden Haaren und ihrer dezent mintgrünen Jacke. Die Mittagssonne im Süden versuchte, durch eine konturlose Wolkenschicht zu dringen, doch für mehr als eine schimmernde Andeutung ihrer selbst genügte es nicht. In der Industriestadt im Süden beherrschte zweckmäßiger, nackter Beton das Stadtbild – wie bei einer Militärparade reihte sich in perfekter Ausrichtung Gebäude an Gebäude. Im Norden erstreckte sich ein ausladendes Bergland, einige wenige Reisterrassen waren auszumachen und hier und da schlängelte sich ein Schotterpfad eine Bergflanke hoch. Doch auch dort dominierte das karge Graubraun des nackten Gesteins, das nur gelegentlich vom Grün der spärlichen Vegetation überzogen war. Katie selbst bemerkte die faszinierten Blicke, die auf ihr ruhten, nicht. Sie war viel zu sehr damit beschäftigt, ihren grellorangefarbenen Koffer am Abstürzen zu hindern.

Joseph wollte sich soeben aus seiner Erstarrung lösen und ihr zur Hand gehen, als sie schließlich doch den Dreh herausbekam und sich zusammen mit ihrem Gepäckstück neben ihnen einfand.

Jin vergewisserte sich, dass die gesamte Gruppe wieder beisammen war und überquerte in einem fast schon komisch wirkenden Storchengang die Bahngleise in Richtung Norden – weg von der Stadt. Er steuerte auf eine Stelle in dem weiträumigen Bretterzaun zu und kramte einen Schlüssel aus der Hosentasche. Nachdem er das kleine, widerspenstige Tor aufschwang und mit einer auffordernden Geste den Weg freimachte, konnten sie schon das schwarze Blech einer wartenden Wagenkolonne erspähen. Jeweils drei schwarze Geländewagen und Pick-Ups parkten mit laufendem Motor, bereit, ihre Passagiere aufzunehmen. Regungslos hatten sich deren Fahrer neben den offenen Türen aufgestellt, es wirkte, als stünden sie bereits den halben Tag in dieser militärisch anmutenden Pose dort. Joseph musste schmunzeln, als er sich vorstellte, wie die Fahrer herumgelungert haben mussten, bevor ihr Zug den Bahnhof erreicht hatte.

Jin war unterdessen am ersten Wagen angekommen. Obwohl es nicht möglich schien, nahmen die Fahrer noch mehr Haltung an als bisher. Eine knappe Handbewegung genügte und sie eilten den Gästen entgegen, die ihnen bereitwillig ihr Gepäck überließen. Nicht einmal eine Minute später rollte die Kolonne, eine Staubwolke hinterlassend, in Richtung der Berge, die sich hinter dem Bahnhof scheinbar endlos emporhoben.

Staubpiste, irgendwo in Zentralchina

Die Berge schienen endlos.
Die Wagenkolonne fuhr bereits knappe zwei Stunden ohne Pause durch das namenlose Gebirge. Gab es zu Beginn noch etwas landschaftliche Abwechslung, hatte sich die Umgebung relativ schnell in ein grobmaschiges Kleid aus purer Tristesse gehüllt. In die anfangs noch flachen Hügel nahe des Bahnhofs waren stellenweise ein paar verstreute Reisterrassen eingelassen, die für einen nahezu unwirklichen, saftig grünen Akzent in dem farblosen Hügelmeer sorgten. Doch es dauerte nicht lange, dann wurden auch diese menschengemachten Inseln des blühenden Lebens immer seltener und seit geraumer Zeit war kein einziges Reisfeld mehr zu erblicken gewesen. Mittlerweile kam es den meisten so vor, als wären sie bereits auf einem anderen Planeten. Das allgegenwärtige rötliche Gestein ließ unweigerlich Assoziationen an den Nachbarplaneten Mars aufkommen. Die Straße, anfangs noch asphaltiert, wurde im weiteren Verlauf immer schlechter und aus den flachen Hügeln wurden allmählich richtige Berge. Wie die versteinerten Körper uralter, gigantischer Wesen ragten diese Berge aus der Erde empor, man könnte meinen, sie bestanden aus mehr als nur braunem, totem Gestein.
An den steilen Flanken der Erhebungen war kein Leben zu erkennen, weder pflanzlich noch tierisch. Das einzige Zeichen, dass in diesem Teil der Erde irgendetwas lebte, waren die halb verfallenen Wegweiser, die mit verblichenen chinesischen Schriftzeichen in die Richtung kleinerer Dörfer wiesen, welche jedoch stets außerhalb der Sichtweite der staubigen Straße lagen.
Zu Beginn jagte die schwarze Wagenkolonne noch in einem mörderischen Tempo durch die Landschaft. Die aufgrund der hohen Geschwindigkeit aufgewirbelte Staubwolke war so dicht, dass Honoka und Katie, die im letzten Fahrzeug saßen, sich verkrampft an den Türgriffen festhielten. Das vorausfahrende Fahrzeug war im alles verhüllenden Staubkokon mehr zu erahnen,

als zu sehen und alles Weitere wurde vom allgegenwärtigen, düsteren Orange des Steppenstaubs verschlungen. Das anfänglich ungute Gefühl wuchs zunehmend zu einer handfesten Besorgnis heran und es hätte nicht mehr lange gedauert, bis auch diese in eine ernstzunehmende Panik umschlug. Plötzlich polterte es einmal laut unter den Rädern, das Fahrzeug schlingerte ein wenig und ihr Fahrer brummte etwas Unverständliches in sein Funkgerät – prompt wurde die Kolonne deutlich langsamer und die undurchdringliche Wand aus gelbem Staub lichtete sich sogar so weit, dass sie zumindest die gröbsten Konturen der Landschaft um sich herum wieder erahnen konnten.

Eine gefühlte Ewigkeit später kroch die Kolonne, einer sterbenden Schlange gleich, über eine kaum noch erkennbare Geröllpiste. Obwohl alle Fahrzeuge enorme Bodenfreiheit besaßen, hatten sie Schwierigkeiten, einigermaßen insassenschonend durch die unzähligen Löcher und Rinnen zu fahren. Der Kontrast grenzte fast schon an Ironie: Ganz am Anfang rasten sie noch, als versuchten sie, ihre eigene Staubwolke mit Höchstgeschwindigkeit abzuhängen, nun jedoch war auch an das kleinste aufgewirbelte Stäubchen nicht einmal mehr zu denken.

Der Weg machte eine leichte Rechtsbiegung und so offenbarte sich zum ersten Mal das Ziel ihrer Allrad-Strapazen: Das relativ weitläufige Tal, in dem sie sich befanden, verengte sich für die nächsten paar Kilometer immer weiter, bis es beinahe zu einer Schlucht wurde. Nach dieser Schlucht erblickten sie eine schmale Ebene, die vor einer massiven Gesteinswand abrupt endete. Als hätte Gott mit Bauklötzchen gespielt, thronte ein dunkelgraues Bergplateau über der Landschaft, das einfach nicht dorthin zu gehören schien. Der Teil davon, den sie einsehen konnten, hatte ungefähr die Höhe eines der Glaspaläste in den Städten der westlichen Welt und fiel in einer sanften Neigung nach rechts ab. Obwohl dieses Plateau nicht annähernd hoch genug war, um die wenigen, diffusen Wolken am Himmel zu erreichen, war es dennoch wie in Watte gepackt. In der Luft neben der senkrechten Felswand und ebenfalls einige Meter über der Oberfläche befanden sich unzählige kleine Wölkchen, die sich unablässig auflösten und an anderer Stelle wieder neu bildeten. Eine Mischung aus Faszination und leichtem Grusel erfasste die Reisenden. Einen so surreal anmutenden Ort wie diesen hatten sie noch nie zuvor gesehen. Es schien beinahe magisch, jedoch wirkte die Szenerie so deplatziert und fremd, dass ihnen gleichzeitig auch etwas mulmig wurde.

Als könnte Jin ihr Unbehagen spüren, schließlich saß er allein im Führungsfahrzeug der Kolonne, offenbarte er ihnen über Funk, dass genau dort das Ziel ihrer Reise sei. Da sie gut in der Zeit seien, würden sie gleich eine kurze Rast machen.

Kurz darauf fanden sie einen passenden Platz. Die Geländewagen schwenkten nach rechts auf eine felsfreie Fläche ein und kamen in Kreisformation zum Halten – es erinnerte an die Wagenburgen der Reisekolonnen vergangener Tage. Kaum standen die Räder still, konnte es den durchgeschüttelten Passagieren nicht schnell genug gehen, aus den Fahrzeugen zu kommen. Ein zufällig anwesender Zuschauer hätte vermuten können, sie würden für einen Synchronwettbewerb trainieren: Türen öffneten sich, Beine schwangen heraus und streckten sich, Hände umgriffen das staubige Blech und die dazugehörige Person zog sich aus dem schwarzen Kasten, Drehung links, Drehung rechts, Strecken, Beugen, Aufrichten und zum Abschluss noch ein erleichtertes Seufzen.

Sie hätten es sich denken können: Die Bedeutung einer kurzen Rast war für Ihren Gastgeber eine völlig andere als für sie. Noch während sie sich orientierten und umblickten, wirbelten die Fahrer umher, legten Decken und Kissen aus und wie herbeigezaubert stand plötzlich eine große Teekanne auf einem Gaskocher. Gebäck lag auf kleinen Schalen daneben. Während Jins Leute sich nun einer gründlichen Inspektion der Fahrzeuge widmeten, lud dieser sie ein, Platz zu nehmen. Offensichtlich überrumpelt von der Gastlichkeit, ließen sie sich zögernd nieder, begleitet von einem umständlichen Ächzen und Stöhnen – nach der Rüttelpartie hätten sie es lieber vorgezogen, umherzulaufen oder zumindest zu stehen.

Angesichts des katastrophalen Zustands der Straße konnte Joseph sich einfach nicht mehr zurückhalten: „Man sagt doch immer, China investiert Milliarden in die Infrastruktur, irgendwie mag ich das nicht mehr so ganz glauben."

Jin schmunzelte, „Doch, doch! Das stimmt schon. Aber für dieses Fleckchen hier, ganz weit weg von Peking, interessiert sich keiner.

Es gibt keine gewinnbringend abbaubaren Bodenschätze und bei den wenigen Leuten, die hier leben, lohnt es sich für die Partei nicht einmal, einen Politoffizier oder auch nur einen Beamten zu schicken. Seit ungefähr zwanzig Jahren ignoriert die Partei diese Ecke des Landes komplett. Die Milliarden fließen nur in die Regionen, die aus Sicht der Partei lohnenswert erscheinen und auch wenn es nach viel Geld klingt, ist das Budget bei Weitem nicht ausreichend. China ist riesig und kein Geld der Welt wird ausreichen, um das ganze Land zu asphaltieren."

Sie schauten sich ratlos an. Natalja kam als Allererste auf das Offensichtliche: „Und genau deshalb leben Sie hier: Diese Gegend ist so weit weg von Peking wie nur irgendwie möglich. Und damit meine ich nicht einmal die Entfernung an sich." Jins einzige Antwort darauf bestand aus einem anerkennenden Nicken.

Bis der Tee durchgezogen war, lümmelten sie schweigend auf den Kissen herum. Als würde eine magische Anziehungskraft davon ausgehen, wanderten ihre Blicke immer wieder zu der beinahe schwarzen Gesteinswand am Ende des Tals. Diese Neugier blieb Jin nicht verborgen. Nach so vielen Jahren, die er selbst hier verbracht hatte, ließ auch seine eigene geheimnisvolle Faszination für diese geologische Sonderbarkeit nicht nach.

Nachdem er allen den Tee eingeschenkt hatte, begann er von ganz allein zu erzählen: „Diese dahingeworfen scheinende Formation dort vorn heißt für die Einheimischen *Long Dabian*. Übersetzt heißt das: *Haufen des Drachen*" – wobei unter Haufen tatsächlich das Erste gemeint war, das ihnen dazu durch den Kopf ging.

„Die Sage erzählt, dass vor undenkbar langer Zeit, als noch Drachen auf der Erde lebten, ein gigantisches Exemplar diese Region terrorisiert haben soll. Sein Appetit war jedoch sehr wählerisch: Auf seinen Jagdflügen von Dorf zu Dorf, erzählt man, habe er sich kein bisschen für die kleinen und dünnen Menschen interessiert, sondern sich stets die größten und schwersten geschnappt. Anfangs gab es für den Drachen noch Leckerbissen im Überfluss. Das Tal war sehr fruchtbar und niemand musste hungern – entsprechend füllig waren einige der Bewohner. Doch, dem Appetit der Schuppenechse geschuldet, wurden es nach und nach immer weniger.

Im Laufe der Zeit kamen die dort lebenden Leute hinter die Vorliebe des mittlerweile ziemlich verwöhnten Lindwurms. Keiner aß mehr seine Reisschale leer und sie überboten sich im Hungern. Der Drache, nun selbst zwangsläufig auf Diät gesetzt, wurde allmählich immer wütender und in einer Nacht des Zorns setzte dieser gleich mehrere Dörfer in Brand. Diese Warnung hatte offenbar ihre Wirkung nicht verfehlt, denn eine einzelne, kleinere Stadt blieb völlig verschont, obwohl sie am nächsten zu seinem Hort lag.

Man sollte meinen, dass gerade dort kein Stein mehr auf dem anderen liegen sollte, doch das Gegenteil war der Fall. Denn diese Ortschaft pflegte ihren eigenen Umgang mit der Bestie in der Nachbarschaft: Diebe, Mörder und Ehebrecher wurden dort nicht wie üblich eingesperrt. Nein, vielmehr wurde jeden Tag ein kleines Festessen für sie veranstaltet. Jedoch mussten die Verurteilten die kaum angerührten Portionen der anderen Tafelgäste aufessen. Der Zweck des Ganzen war offensichtlich: Diese armen, gemästeten Gesetzesübertreter kamen in den Genuss der wohl angenehmsten Haftstrafe weit und breit. Doch sobald der Drache seine Kreise am Himmel zog, wurde der Schwerste unter ihnen, sehr zur Freude des gehörnten Ungetüms, vor das Stadttor gejagt. Nach dieser einen, verheerenden Nacht hatten auch die umliegenden Dörfer die flammende Lektion kapiert und so folgte die gesamte Region diesem Beispiel. Eine Zeit des relativen Friedens kehrte ein. Man arrangierte sich mit der geflügelten Echse.

Eines Tages jedoch marschierte ein fremdes Heer in das Gebiet ein und schlug sein Lager auf. Die Kämpfer und Reiter waren stark und furchteinflößend und überall dort, wo sie auf Widerstand trafen, überrannten sie die Verteidiger mühelos. Während das Heer selbst, aufgrund des fruchtbaren Bodens und der vollen Vorratskammern, völlig ohne Not und Entbehrungen durch den Landstrich zog, reisten die Generäle dieser Armee in Kutschen und Wagen nebenher. Es wird erzählt, dass diese ziemlich faul und unglaublich fett gewesen sein sollen. Dem Drachen war dies natürlich nicht entgangen und je näher die Streitmacht rückte, desto begieriger zog er seine Bahnen am Himmel. Er hielt sich jedoch zurück und ließ sie erst einmal weiter vorrücken.

Doch dann machte sich die Streitmacht daran, die Stadt am Fuße seines Horts zu erobern, die er – sofern so etwas bei Drachen überhaupt möglich war – liebgewonnen hatte. Als hätte er geradezu darauf gewartet, stürzte er vom Himmel und wütete entsetzlich unter den Eindringlingen. Zuallererst verspeiste er ausnahmslos alle der leibesfülligen Generäle. Die Legende sagt, dass der Drache jeden Menschen mit einem Bissen verschlucken konnte, doch die Generäle sollen so unermesslich fett gewesen sein, dass der Drache sie zuerst mit seinen Krallen in zwei Hälften teilen musste, um sie verspeisen zu können.

Als daraufhin die Armee in heilloser Panik auseinander stob, fraß er sich auch am Fußvolk so satt und voll, dass er kaum noch fliegen konnte. Schwer taumelnd erhob er sich ächzend und röhrend in die Luft und schaffte es eben so noch in seinen Bau. An den darauf folgenden Tagen war immer wieder ein Grummeln aus der Richtung des Drachenhorts zu hören – offensichtlich verdaute er sein Festmahl. Zum Erstaunen der Bevölkerung mischten sich zunehmend Laute der Pein darunter. Von Tag zu Tag wurde das leidvolle Brüllen des Drachen immer lauter und ertönte schließlich Tag und Nacht. Im Morgengrauen des dreizehnten Tages erhob sich schließlich der schuppige Gigant in die Lüfte und stieß ein ohrenbetäubendes Brüllen aus, wie es auf dieser Welt noch nie zu hören war und auch niemals mehr zu hören sein würde. Die Erde erbebte unter dieser monströsen Gewalt, Häuser stürzten ein und die Leute krümmten sich auf dem Boden, mit den Händen auf den Ohren. Dann erschütterte ein gewaltiger Schlag die Erde, dass der Boden aufriss und ganze Dörfer verschluckte. Danach war es gespenstisch still, die vor Furcht und Entsetzen zitternden Menschen rappelten sich verwirrt auf und sahen das geflügelte Geschöpf, das sie so lange terrorisiert hatte, als kleinen Punkt am Horizont verschwinden. Der Drache kehrte nie wieder zurück. Seitdem erstreckt sich dort, wo das gepanzerte Ungetüm seinen Hort errichtet haben soll, diese schwarze, brodelnde Landschaftsformation."

Als Jin seine Geschichte beendet hatte, schwenkten, wie auf ein unhörbares Kommando hin, nochmals alle ihren Blick zu dem umwölkten, schwarzen Berg. Joseph glaubte, in den Gesichtern der anderen zu lesen, dass er nicht alleine mit seinem Gefühl war, dass die Verwirrung durch diese Geschichte eher zugenommen hat als andersherum.

Ein paar Meter entfernt wurde geräuschvoll eine Motorhaube geschlossen. In den eigenen Gedanken verloren, schreckten sie alle ein wenig auf. Die Antwort der Fahrer auf Jins fragenden Blick war ein kaum wahrnehmbares Nicken – wie es aussah, konnte die Allrad-Tortur nun weitergehen.

Nach dem groben Geschüttel vor ihrer Pause dachten sie, es könnte nicht mehr schlimmer werden – sie hatten ja keine Ahnung. Als das Tal, dem sie folgten, zunehmend enger wurde, quetschte sich ihr Weg immer näher an die Bergflanke heran. Anfangs hatten sie noch den wenig attraktiven, aber immerhin vorhandenen Ausblick von ihrer erhöhten Position aus genießen können. Doch je höher sie kamen und je steiler und tiefer der Abgrund zu ihrer Linken gähnte, desto heftiger zerrte die staubige Leere unter ihnen an den Nerven. Die Fahrspur – dies Straße oder gar nur Weg zu nennen wäre eine maßlose Übertreibung gewesen – war manchmal so schmal, dass sie förmlich spüren konnten, wie nahe die Reifen an der Kante waren, so dass kleine Steinchen den Hang herunter rieselten. Instinktiv rückten sie auf den Rückbänken ganz nach rechts, fort von der Tiefe. Sie hätten nur das Fenster herunter lassen müssen, dann hätten sie mit den Händen die Felswand auf dieser Seite berühren können, so dicht schoben sie sich mit ihren Fahrzeugen am senkrechten Stein vorbei. Natalja, die mit Joseph im zweiten Wagen saß, neigte eigentlich nie zu solchen Sentimentalitäten, doch sie hielt sich nun so verbissen an ihm fest, dass sie nicht wusste, ob er wegen des Höllenritts am Rande des Absturzes oder gar ihretwegen so verkrampft schaute.

Doch denjenigen, die vor lauter Anspannung schier durchdrehen mussten – die Fahrer – merkten sie nicht das kleinste bisschen an Nervosität an. Konzentriert und vollkommen ruhig steuerten sie die schweren Geländewagen, als wäre das hier ein moderner, mehrspuriger Superhighway. Offensichtlich fuhren sie diese Strecke ziemlich oft.

Sie zirkelten um eine Rechtsbiegung. Auf ein Mal war der Abgrund verschwunden und wich einem sanften Hang, an den sich geschmeidig geschwungen ihre wieder gut fahrbare, hangabwärts geneigte Straße schmiegte. Zeitgleich mit dem erleichterten

Aufatmen der Fahrgäste nahm die Kolonne wieder Geschwindigkeit auf und es dauerte nicht mehr lange, bis sie weiter unten durch das Tal brausten.

Sie fuhren ein Stück die Ebene entlang und folgten mehr oder weniger dem dortigen Wasserlauf. Am Fuße der deutlich näher gekommenen, schwarzen Felswand, die sich links von ihnen majestätisch erhob, konnten sie hin und wieder ein paar Häuser erahnen, jedoch wirkte es nicht so, als wären sie bewohnt. Doch spätestens der staubspeiende Konvoi aus mehreren schweren Lastwagen, der zwischen den Dörfern ein paar Kilometer links von ihnen über einen kaum zu erahnenden Weg fuhr, bewies, dass hier ein geschäftigeres Treiben herrschte, als sie zunächst vermuteten.

Je weiter sie parallel zum immer noch völlig fremdartig wirkenden Gestein fuhren, desto flacher wurde diese Formation. Sie mussten der immer weiter schrumpfenden Gesteinswand nicht mehr lange folgen, bis sie schließlich nach links einschwenken konnten und rasch wieder an Höhe gewannen. Einen kurzen, steilen Anstieg später befanden sie sich nun auf dem Rücken dieser geheimnisvollen Bergformation, die sie bereits Stunden zuvor aus der Ferne neugierig betrachten konnten.

Was ihnen sofort auffiel: Hier wirkte alles völlig tot. Den ganzen Tag waren sie bereits durch Steppe und Halbwüste gefahren, doch stets waren sie auf spärliche, aber eindeutige Zeichen von irgendwelchem Leben gestoßen: Karge Bäume, Büsche, struppiges Gras und ab und zu auch eine Echse, die sich auf einem Stein sonnte. Doch hier war absolut nichts mehr, das auf Leben deutete. Auch die Ebene zu ihren Füßen war bereits nicht gerade das, was als blühende Landschaft bezeichnet werden konnte: Der Bach mäanderte durch die Ebene, doch am Ufer wuchs nichts. Erst mit einigem Abstand dazu sprossen die ersten Pflanzen, welche jedoch nicht allzu gesund und vital wirkten – vielmehr, als wären sie nicht von allein dort gewachsen, sondern aufgrund eines nicht mehr nachvollziehbaren floralen Verbrechens zur Strafe hierher verpflanzt worden. Doch nun, auf dem Rücken dieser schwarzbraunen Sonderbarkeit wären sie sogar froh gewesen, hätten sie auch nur einen einzigen dieser geschundenen Krüppelsträucher aus dem Tal erblicken können. Die kleinen Wolken, die sie bereits aus der Ferne sehen konnten, wirkten aus der Nähe regelrecht unnatürlich. Und als sie durch die erste von ihnen hindurch fuhren, wussten sie, dass es gar keine normalen Wolken waren. Die Klimaanlagen der Fahrzeuge waren seit Längerem bereits auf Umluft gestellt, doch es nützte nicht viel. Als der milchige Nebel die Fahrzeuge beim Hindurchfahren verschluckte, roch es sofort verbrannt und beißend. Zuerst dachten sie, das Auto hätte einen Kurzschluss und es würde irgendwo schmoren. Doch es dauerte nicht lange, bis sie erkannten, dass es nicht nach geschmolzenem Plastik oder brennenden Schmierstoffen roch. Es roch nach einem echten Feuer – sie sind soeben durch eine wahrhaftige Rauchwolke gefahren. Die Rauchwolke, durch die sie fuhren, war zwar klein, doch seitdem bekamen sie den Verbrennungsgeruch nicht mehr so ganz aus der Nase. Der Blick aus dem Fenster offenbarte erst jetzt den offensichtlichen Wahnsinn ihrer Unternehmung: Diese Rauchwolken waren überall. Der ganze Berg brannte!

Als sie höher kamen, sahen sie plötzlich erste Risse im Boden. Zunächst konnte man sie mehr erahnen als sehen, doch je höher sie den Berg herauf kamen, desto größer wurden sie. Einige davon waren so groß, dass sie diese weiträumig umfahren mussten. Doch die meisten konnten sie auch einfach überqueren. Anfangs überfuhren sie noch ganz normale Holzbretter und -balken, die lose aufgelegt waren und nicht immer sonderlich vertrauenerweckend wirkten: Aufgrund der enormen Hitze, die gelegentlich aus dem Untergrund drang, wiesen viele der Balken bereits eindeutige, schwarze Schmorspuren an den Rändern auf. Doch die Bretter und Balken hielten, ohne auch nur zu knarzen.

Später genügte Holz nicht mehr, dann rollten sie zeitweise über massive Stahlträgerkonstruktionen. Die Luft über den Spalten flirrte, wie man es auch aus dem heißen Backofen in der Küche kannte, wenn man die Klappe öffnete. Sie glaubten jedes Mal, die Hitze regelrecht spüren zu können. Die Klimaanlagen liefen auf Hochtouren und konnten somit für einigermaßen lebenswerte Temperaturen in den Fahrzeugen sorgen: Anfangs herrschte in den Wagen noch die voreingestellte Temperatur von vierundzwanzig Grad, doch wenn sie ganz oben an ihrem Ziel angekommen sein würden, dann sollten in den Autos – der intensivst arbeitenden Lüftung zum Trotz – knapp dreißig Grad herrschen. Dies machte allen bewusst, dass sie sprichwörtlich über glühende Kohlen gefahren waren: Im Untergrund des Berges, auf dessen Rücken sich die kurz vor dem Schmelzpunkt stehenden Spezialreifen in den Staub krallten, gab es enorme Kohlevorräte. Der alles verändernde Umstand war, dass die unterirdischen Kohleflöze brannten und glühten.

Als sie im Vorbeifahren einen Blick in eine der tiefen Spalten riskierten, sahen sie nichts als endlose Schwärze – es war schlicht unmöglich abzuschätzen, wie tief es dort hinab ging.

Doch auch hierbei blieben die Fahrer unverändert entspannt und gelassen. Für einen durchschnittlichen Autofahrer wäre dieser Trip ein sprichwörtlicher Ritt auf einer Rasierklinge, doch hierbei konnten sie gut erkennen, dass man sich offenbar an so ziemlich alles gewöhnen konnte: Für ihre Chauffeure war der befahrene Weg wohl so alltäglich wie sonst die Fahrt zum Bäcker – zumindest wirkten sie so. Auch die westlichen Fahrgäste gewöhnten sich so langsam an die ungewöhnliche Situation, mit zunehmender Höhe verwandelte sich deren Schweißproduktion von mehr oder weniger intensivem Angstschweiß hin zur ganz normalen Temperaturregulation aufgrund der ansteigenden Hitze im Fahrzeuginneren. Pierre versuchte einmal, wohl aus purer Gewohnheit, sein Fenster zu öffnen. Vergeblich, die Fensterheber waren blockiert. Ihr Fahrer tippte nur lächelnd auf eine Stelle am Bildschirm des Bordcomputers: Dort wurden dreiundfünfzig Grad als Außentemperatur angezeigt. Pierres Augen weiteten sich überrascht und er nahm den Finger vom Knopf des Fensterhebers.

Allmählich gewannen sie an Höhe. Nach nicht allzu langer Zeit konnten sie zwischen den Rauchwolken ein paar Gebäude weiter oben ausmachen. Als sie ein paar Minuten später etwas näher heran gekommen waren, konnten sie erkennen, dass es sich offenbar um die Reste eines Dorfes handeln musste. Weiter unten waren sie immer wieder an den verkohlten Überresten vergeblicher Siedlungsversuche vorbeigekommen. Umso erstaunlicher kam es ihnen daher vor, hier oben, auf dem höchsten Punkt auf gar nicht so alte Siedlungsspuren zu stoßen. Trotz der umluftbetriebenen Klimaanlage stank es im Inneren der Fahrzeuge bestialisch. Sich hier dauerhaft niederzulassen, konnte eigentlich nur den schleichenden Lungentod bedeuten.

Nichtsdestotrotz, die teils verfallenen, teils intakten Gebäude befanden sich tatsächlich vor ihnen. Auf dem höchsten Punkt, beängstigend nahe an der Abbruchkante, die in das Tal zu ihren Füßen hinabstürzte, thronte ein halb verfallenes, buddhistisches Kloster über den umliegenden Ruinen.

Mittlerweile trennten sie nur noch wenige hundert Meter von der ausgestorbenen Siedlung, doch sie mussten noch einen letzten, großen Umweg fahren. Direkt zwischen ihnen und den steinernen Überresten klaffte eine riesige Erdspalte, aus der äußerst ungesund wirkender, gelblicher Rauch kroch. Der hier oben herrschende Wind verwirbelte die Schwaden zu andächtig drehenden und tanzenden Gebilden, die fortwährend ineinander übergingen, sich auflösten, an anderer Stelle wieder zusammen fanden und zu guter Letzt schließlich davon getragen wurden. Das tote Dorf wirkte durch diesen Schleier betrachtet, als befände es sich in einer gänzlich anderen Dimension. Bis auf Natalja, welche die ganze Welt rein logisch und analytisch wahrnahm, jagte ihnen bei diesem fast schon übernatürlich wirkenden Anblick ein Gänsehaut erzeugender Schauer über den Rücken.

Wenig später rollten die Fahrzeuge durch die ehemaligen Gassen des verfallenen Dorfes, die Reifen knirschten hörbar auf den Steinchen. Direkt am Fuße der Treppe, die zum Tempel führte, hielten sie in einer perfekten Linienformation.

Rund um das Kloster musste sich einmal ein gutes Dutzend Häuser befunden haben, jedoch standen nur noch drei davon vollständig. Darüber hinaus konnten sie bei genauem Hinschauen erkennen, dass deren ursprüngliche Dachbedeckung ersetzt worden war: Das traditionelle Holz wurde durch Metall und Ziegel ersetzt. Die anderen Gebäude wurden offenbar dem Verfall preisgegeben. Wenn man raten müsste, sah es danach aus, als wäre das Dorf bereits seit mehr als zwanzig Jahren unbewohnt. Hier und da waren noch schwarz verkohlte Überreste alter Holzbauten zu erahnen – offenbar hatte hier einst eine Feuerkatastrophe gewütet. Außerdem wiesen großflächige Lücken zwischen den Ruinen darauf hin, dass sich dort ebenfalls Gebäude befunden haben mochten.

Der Tempel selbst war nicht allzu groß. In der Mitte thronte ein quaderförmiger Bau. Katie fand, dass er der Silhouette eines Londoner Doppeldeckerbusses nicht unähnlich war. Der Vergleich drängte sich ihr auf, da die roten Ziegel die gleiche Farbe hatten wie die städtischen Nahverkehrsfahrzeuge. Lediglich das aufwendige, mit Drachen- und Löwenfiguren verzierte Pagodendach passte offensichtlich nicht dazu. Wobei die direkt darauf folgende Vorstellung, wie die Londoner Busse auch mit solchen Dächern durch das Bankenviertel gondeln würden, ein breites Grinsen in ihr Gesicht zauberte. An den Hauptbau des Tempels schloss sich links und rechts davon jeweils ein flacherer Anbau an. Der linke Teil war weitestgehend eingestürzt, lediglich ein unregelmäßiger Ziegel- und Schutthaufen bezeugte dessen ehemalige Existenz. Der andere Seitenflügel wirkte jedoch sehr gut erhalten.

Zum über allem thronenden Tempel führte eine breite, mächtige Steintreppe. Von der ehemaligen Gleichmäßigkeit der Stufen war jedoch nicht mehr viel zu erkennen: Eine Hälfte davon war in eine Mulde abgesackt, die sich als Folge der unterirdischen Feuer gebildet haben musste. Auch die besser erhaltene Hälfte bot bereits aus der Entfernung keinen sonderlich vertrauenerweckenden Anblick. Über die vielen Jahre hatte die Mischung aus Gasen, Rauch, Nebel und saurem Regen den Kalkstein der Stufen fortschreitend aufgelöst. Aus der Nähe betrachtet sollten sie an jedem Stein erkennen können, wo das seltene Regenwasser daran entlanggelaufen war: Überall hatten sich nach unzähligen Jahren gröbere und feinere Rillen in die Steine hinein geätzt. Wie durch ein Wunder sind jedoch am Fuße der Treppe zwei ehemals prächtige Statuen erhalten geblieben: In Form zweier, damals wahrhaft meisterlich ausgearbeiteter, sich umwindender Schlangen flochten sich diese Monumente in die Höhe, oben abgeschlossen durch eine kleine, kreisrunde Bedachung. An der Seite, die dem Wetter zugewandt war, konnten sie bereits aus der Ferne erkennen, dass dort der Stein enorm an Substanz eingebüßt hatte – nicht mehr lange und auch diese beiden, dem Verfall trotzenden Kunstwerke würden unweigerlich ihrem Ende entgegensehen. Doch die andere, dem Wetter abgewandte Hälfte ließ immer noch die ursprüngliche, mystische Kunstfertigkeit von damals erahnen. Der Blick auf die Ruinen verschwamm für einen kurzen Moment, als eine Schwade Rauchgase die Sicht versperrte.

›Dies ist also unser Ziel. Ich hätte ja mit allem gerechnet, aber das hier ist wirklich eine Überraschung‹, dachte sich Frank. Ein kurzer

Blick zu Walter, der die Rücksitzbank mit ihm teilte, bestätigte ihm, dass dieser ähnliche Gedanken hatte. Er tastete nach dem Türgriff und zog daran – nichts passierte. Er probierte es noch einmal, das Ergebnis blieb das Gleiche. Dem Fahrer entfuhr ein kaum verständliches, stark chinesisch angefärbtes „Sorry!" und prompt hatte er die Türverriegelung freigegeben. Frank und Walter stiegen aus, streckten sich und ließen die Szenerie auf sich wirken. Sie sahen den Kopf von Natalja, die dank ihrer Größe den relativ hohen Geländewagen überragte, aus dem sie soeben ausgestiegen war und ebenfalls neugierig den Blick schweifen ließ.

Nach und nach verließ auch der Rest der Gruppe die unangenehm warmen, schwarzen Blechdosen. Was sie alle ein wenig überraschte: Die Luft stank bei Weitem nicht so bestialisch wie erwartet. Oben auf der Ebene wehte ein nahezu schon erfrischender Wind, der die stetig emporsteigenden Rauchgase auf ein halbwegs angenehmes Ausmaß verdünnte. Sie hatten damit gerechnet, einer brutalen Hitze ausgesetzt zu sein, doch dort, wo sie sich befanden, schien der Berg glücklicherweise zur Ruhe gekommen zu sein. Der Wind umströmte sie mit geradezu frühlingshaften Temperaturen.

Die Abbruchkante zum nahezu senkrecht abfallenden Hang befand sich nicht einmal hundert Meter links von ihnen. Gelegentlich führte der Wind eine aufsteigende, dichte Rauchwolke mit sich, die – einem Geist gleich – über die Kante kroch, weiter geweht wurde und sich kurz darauf zunehmend auflöste. Eine dieser Wolken strömte einmal direkt um sie herum. Instinktiv hielten sie den Atem an, dennoch trieb es ihnen die Tränen in die Augen.

Auch aus der Nähe betrachtet wirkte der Zustand des verfallenen Dorfes regelrecht erbärmlich. Natalja, die ohnehin einen Blick für solche Dinge hatte, erkannte jedoch erstaunt, dass die intakten Gebäude mehr waren als bloße erhaltene Überreste des Dorfes: Die Dächer bestanden aus modernen, feuerfesten Materialien. Die Beschaffenheit des umliegenden Erdbodens ließ weiterhin vermuten, dass unterirdische Leitungen aus den Gebäuden heraus und wieder hinein führten und spätestens das moderne Tastenfeld neben der massiven, schwarzen Stahltür hätte Klarheit verschafft.

Ihr Gastgeber Jin hatte bereits die ersten Stufen der halb verfallenen Treppe erklommen und richtete mit einer beschwörenden Geste das Wort an sie: „Willkommen im Dorf *Long Jiao*, Horn des Drachens in Ihrer Sprache. Bevor wir in die eigentliche Anlage weiterziehen, haben Sie das Vergnügen, Ihre erste Nacht hier oben zu verbringen." Er wandte sich um und stieg behutsam, auf jeden Schritt achtend, die unregelmäßigen Stufen hinauf.

Das vertraute Zischen von Kofferraum-Dämpfern drang an ihre Ohren. Als sie sich danach umschauten, sahen sie, dass die Fahrer sich daran machten, ihr Gepäck zu entladen und in Richtung des Tempels zu tragen. Sie blickten sich einen kurzen Moment verwirrt an und stiegen dann, allein schon weil sich keine sinnvolle Alternative bot, den Chinesen nach. Einer der kräftigen Männer trug überraschenderweise keine Koffer oder Taschen, sondern eine schlichte Holzkiste von der Größe eines Schuhkartons. Walter fragte sich, was sich wohl dort drinnen befinden mochte: ›Auf jeden Fall etwas Wertvolles‹, vermutete er.

Am oberen Ende der Treppe angelangt, schritten sie durch den Tempeleingang. Dabei bemerkten sie verblüfft, dass das Tor nicht wie erwartet aus gealtertem Holz bestand, sondern aus massivem Stahl. Auch das Innere selbst wich vollkommen von ihrer Vorstellung eines buddhistischen Tempel ab. Lediglich die vier Buddhastatuen, die sie vom anderen Ende des Raumes gütig anlächelten, ließen noch eine Andeutung des ursprünglichen Zwecks erahnen. Sonst konnten sie die reine Zweckmäßigkeit, obwohl gut kaschiert, sofort erkennen.

Der Tempel war, seitdem das Dorf verlassen wurde, kein Ort der Andacht mehr: Die Überwachungskameras fielen ihnen als Erstes ins Auge, danach richtete sich ihr Blick auf das große Überwachungs- und Steuerpult, das mit seinen vielen Monitoren, Anzeigen, Knöpfen und Reglern nahezu die komplette linke Wand einnahm. Ein schwarz uniformierter Chinese überwachte das Gerät und beobachtete mit eiserner Konzentration die Bildschirme und die anderen unzähligen Elemente des Pultes. An der Decke konnten sie die mit Holzelementen verkleideten, aber dennoch deutlich erkennbaren Leitungen und Düsen einer beeindruckend leistungsstarken Klimaanlage ausmachen. In der Mitte des Raumes befand sich ein riesiger, kniehoher, massiver Akazienholztisch mit kunstvoll verzierten Beinen: An den prächtigen Teppich auf dem Boden des Zuges erinnernd, trugen an jeder Ecke ein Tiger, ein Bär, ein Drache und ein Kranich die dicke Tischplatte. Der Tisch war jedoch mehr als nur ein Möbelstück: Mit einem ausgeklügelten Mechanismus waren an manchen Plätzen Bildschirme und Tastaturen in die Tischplatte integriert, die sich nahtlos und beinahe unsichtbar versenken ließen. Um den Tisch herum waren zwölf runde Sitzkissen verteilt, offenbar war es hier in der Region üblich, auf dem Boden zu sitzen.

Jin jedoch ließ ihnen keine Gelegenheit, um sich hier genauer umzublicken, verschwand durch eine weitere Stahltür in den rechtsseitigen Gebäudeteil und wartete im darauffolgenden, schmucklosen Flur auf seine Gäste. An der fensterlosen Wand stand bereits sorgfältig aufgestapelt ihr Gepäck. „Bitte entschuldigen Sie, dass wir Ihnen hier oben nicht den gleichen Komfort wie sonst bieten können. Unsere Anlage ist eher zweckmäßig eingerichtet", versuchte er, die von der Zugfahrt verwöhnten Erwartungen zu dämpfen.

Die Teammitglieder schauten ihn daraufhin unwissend an, mit einer unausgesprochenen Frage im Kopf: ›Welche Anlage?‹

Mit dieser Reaktion hatte er offenbar nicht gerechnet. Jin blickte mit einem ebenso fragenden Gesichtsausdruck zurück, als brauchte er einen kurzen Moment, um dies zu verarbeiten. Dann lachte er kurz, aber herzlich auf: „Die Anlage ist natürlich unterirdisch, der umgebaute Tempel hier ist nur der Eingang zum eigentlichen Komplex."

Der Funke des Verstehens sprang daraufhin reihum über, bis Natalja zögernd fragte: „Aber der ganze Berg ist doch eine einzige, brennende Todeszone. Hier drin ist die Anlage?"

„In der Tat, beim Essen erzähle ich Ihnen gerne mehr", antwortete Jin schmunzelnd. „Doch zuerst zeige ich Ihnen Ihr Quartier für die heutige Nacht."

Er zog eine grüne, mit einem roten Drachen verzierte Chipkarte mit integriertem Fingerabdruckscanner aus seiner Gesäßtasche und entriegelte damit die erste Tür auf der linken Seite des Flurs. „Hier oben haben wir leider nichts Besseres als Sechsbettzimmer. Für unser Personal ist es mehr als ausreichend und ich denke, für diese eine Nacht werden Sie ausnahmsweise auch damit auskommen müssen."

Die Enttäuschung bei den Teammitgliedern hielt sich sehr in Grenzen. Die alten Hasen hatten sich bei so manchen Einsätzen auch schon in Erdlöchern verkriechen müssen und auch die anderen sind dank ihres noch nicht allzu lang zurückliegenden Trainings relativ gut abgehärtet. Katie spähte neugierig durch die Tür. „Sieht doch gar nicht so schlecht aus", erwiderte sie. „Keine Sorge, wir kommen zurecht."

Jin lächelte daraufhin ausdruckslos zurück. Wortlos überreichte er Katie und Ricardo jeweils eine schlichte, weiße Karte. „Ich lasse solange das Abendessen herrichten. Wenn Sie etwas benötigen, ich bin nebenan." Er blickte auf seine schlichte Kunststoffuhr. „In vierzig Minuten, also um sieben müsste alles fertig sein. Wir sehen uns dann einfach wieder in der Halle und dann kann ich Ihnen auch etwas mehr über all dies hier erzählen."

Natalja setzte an, um ihn noch etwas zu fragen, doch so schnell, wie er durch die dritte Tür entschwunden war, konnte sie ihre kreisenden Gedanken nicht zu einer grammatikalisch sinnvollen Frage formen. Schulterzuckend folgte sie Katie und Honoka in das schlichte, mit stählernen Doppelstockbetten ausgestattete Barackenzimmer und setzte sich grübelnd auf einen Stuhl – die unfassbare Tatsächlichkeit, dass die Anlage sich in diesem brennenden Fels befand, ließ tausende Gedanken in ihrem Kopf tanzen.

– 16 –

Tempel von Long Jiao

Beim Abendessen erlangten sie Gewissheit über die äußerst ungewöhnliche Konzeption der Anlage. Als sie nach und nach wieder in der Tempelhalle eintrafen, war diese kaum mehr wiederzuerkennen. Im rückwärtigen Teil brannte eine kleine Feuerstelle mit einem gigantischen Wok darauf, in dem ihr Essen bereits angenehm duftend schmorte. Die elektrischen, wenig einladenden Lichter sind fast alle gelöscht worden, stattdessen brannten vor den Buddhastatuen jeweils ein gutes Dutzend Kerzen. Zwei bereits geöffnete Flaschen guten australischen Rotweins standen neben anderen Getränken auf dem fertig gedeckten Tisch.

Die Stimmung war gelöst. Selbst Frank konnte den Schreck der vergangenen Nacht in tiefere Schichten seines Bewusstseins verdrängen und genoss das Festmahl wie die anderen auch. Nachdem sich schließlich auch Pierre als Letzter zu ihnen gesellte – die charakteristischen Spuren um seine Augen bezeugten, dass er ein kleines Nickerchen gehalten hatte – schlugen sie allesamt kräftig bei der großen Auswahl an regionalen Leckereien zu.

Wie versprochen fing Jin an, sie währenddessen über die Anlage ins Bild zu setzen: „Als wir auf der Suche nach einem neuen Ort für unsere Forschungen waren, wussten wir, dass der Ort nicht nur streng geheim sein musste, sondern auch absolut ausbruchsicher. Wir haben vieles in Erwägung gezogen und nichts wollte richtig passen. Entweder hätte die Partei uns irgendwann gefunden oder die Anlage wäre nicht sicher genug gewesen. Doch eines Tages hatten wir einen Tipp bekommen, dass sich in diesem Berg ein stillgelegtes Gefängnis für ausländische Spione befunden hatte. Wir waren ziemlich skeptisch, aber Wang war neugierig genug, um sich das einmal anzuschauen."

Als würde es daraufhin in leuchtenden Buchstaben über ihren Köpfen schweben, musste Jin kein großer Gedankenleser sein, um die unausgesprochene Frage in den Blicken seiner Gäste zu erraten: „Wang ist unten in der Anlage, Sie werden ihn morgen treffen.

Wissen Sie, der Aufzug ist ziemlich langsam und jede Fahrt an die Oberfläche frisst enorme Mengen an Energie und Zeit. Deshalb beschränken wir unsere Ebenenwechsel auf das Allernötigste."

„Auf jeden Fall", setzte er fort, „war es ziemlich schwer, irgendetwas über die Anlage herauszufinden. In der ersten Hälfte der Neunzigerjahre wurde die Anlage irgendwann stillgelegt – wann genau wissen wir nicht. Nach dem Ende des Kalten Krieges hatte die Partei keinen Bedarf mehr für eine solche Anlage, wobei wir vielmehr glauben, dass der Unterhalt zu aufwendig und teuer geworden ist. Dummerweise wurden damals, wie allgemein üblich, alle Unterlagen vernichtet. Wir sind nur auf die richtige Spur gelangt, weil der Onkel eines unserer Mitarbeiter seinen Dienst als Aufseher hier geleistet hatte.

Wir haben immer noch keine Ahnung, warum die Partei damals ein Gefängnis in ein brennendes Kohleflöz gebaut hatte, aber die Sechziger- und Siebzigerjahre waren schließlich auch ziemlich paranoide Zeiten. Eines können wir definitiv bestätigen: Die Anlage ist ausbruchssicher. Jeder, der ohne Autorisierung versuchen würde, das unterirdische Areal zu verlassen, ist verloren: Die unterirdischen Räume haben baumdicke Wände mit mehreren Hohlräumen, um die Wärme halbwegs abzuschirmen. Im Berg herrschen, je nachdem wo und wie heftig die Flöze brennen, zwischen einhundert und dreihundert Grad Celsius. Und wenn Sie die Hitze nicht umbringt, dann erledigen das auf jeden Fall die Rauchgase. Sollte tatsächlich einmal jemand in einen der unterirdischen Stollen vordringen, dann ist er bei der dort herrschenden Konzentration an Kohlenmonoxid, Kohlendioxid, Stickstoff und Schwefel in zwei Minuten tot."

Jin pausierte kurz, schob seine leergegessenen Schüsseln beiseite und klappte den in die Tischplatte eingelassenen Monitor auf. Ein paar Augenblicke später konnten sie den Lageplan des unterirdischen Areals darauf erkennen. „Es gibt nur einen einzigen Ein- und Ausgang: Der Aufzug, der direkt hier oben am Tempel beginnt und durch das glutheiße Gestein nach unten führt. Die Kabine ist isoliert, hat eine eigene Luftversorgung und ist die einzige Möglichkeit, sicher hinein- und herauszugelangen. Im Aufzugsschacht selbst herrschen nämlich auch die gleichen, tödlichen Bedingungen wie im Feuer unten – keine Chance. Alles,

Boden, Decke und Wände der Untergrundanlage sowie der Aufzug sind aus einer hitzebeständigen Nickelstahllegierung und halten problemlos den Temperaturen stand. In den Hohlräumen der Außenwände zirkuliert permanent Kühlflüssigkeit, um die Raumtemperatur auf lebensfreundliche Werte herunterzukühlen. Dummerweise wurde damals beim Bau am Schweißmaterial gespart. Der komplette nördliche Bereich", er tippte an dem Monitor auf ein Gebiet mit grau ausgefüllten Räumen und Röhren, „ist leider undicht und hält die Kühlflüssigkeit nicht mehr. Beim ersten Hochfahren der Systeme vor ein paar Jahren wären wir deswegen beinahe alle draufgegangen." Sie blickten ihn mit erschrocken geweiteten Augen an.

„Wir haben zum Glück mit Wasser gekühlt und nicht mit anderen, giftigen Kühlmitteln. Es ist in den Berg gesickert und hat sich in einem Hohlraum angesammelt. Als dort eine Gesteinswand dem Druck nachgegeben hatte, floss das Wasser direkt in ein brennendes Kohleflöz in der Nähe und der Wasserdampf ist ohne Vorwarnung in die Anlage geströmt. Zum Glück war zu dem Zeitpunkt niemand im Nordteil der Anlage und wir konnten rechtzeitig die Schutztüren schließen. Später haben wir dann entdeckt, dass diese Hälfte der Anlage an den Schweißnähten so löchrig war wie Schweizer Käse.

Die Lektion hat gesessen. Wir haben dazugelernt und haben danach zuerst mit Hitzeschutzanzügen und mobilen Klimakompressoren die Anlagen und Leitungen repariert und so Raum für Raum zurückerobert. Erst dann haben wir die Systeme hochgefahren. Der Nordteil war nicht mehr zu retten, aber der Rest der Anlage war zum Glück besser in Schuss. Ein wenig mussten wir ausbessern, aber im Großen und Ganzen sind die Räume dort unten noch die gleichen wie in den Achtzigerjahren."

Nataljas Augen leuchteten förmlich vor Neugier. Sie konnte es kaum erwarten, die unterirdischen Räumlichkeiten genauer zu inspizieren, obwohl der Gedanke, inmitten eines ewigen Feuers gefangen zu sein, ihr den Magen fast umdrehte. Auch die anderen hatten ein ungutes Gefühl, das sah man ihnen deutlich an: Die Schüsseln mit den vielen leckeren Spezialitäten waren kaum geleert und alle stocherten sie mehr mit den Stäbchen oder Löffeln im Essen herum, als dass sie wirklich aßen.

„Wie lange brennt das Feuer eigentlich schon hier?", fragte schließlich Ricardo.

Jin sammelte sichtlich seine Gedanken. „Hmm. Zutreffender wäre es, zu fragen, wann es mal nicht gebrannt hatte. Ich glaube, dass die Kohleflöze hier schon seit Jahrhunderten immer wieder schwelten und nur für kurze Zeiten zur Ruhe gekommen sind. Die meiste Zeit musste der Berg einfach ziemlich ruhig vor sich hingekokelt haben. Doch das eigentliche Feuer hatte wahrscheinlich erst begonnen, als versucht wurde, die Kohle abzubauen."

Jin wischte kurz auf dem Bildschirm herum und nun war ein beeindruckend scharfes Satellitenbild des Gebiets zu sehen. Er tippte auf die kleinen, braunen Rechtecke am Fuße der Felswand. „All dies sind kleine Bergarbeiterlager. Hier in der Gegend gibt es für die Menschen nichts anderes als die Kohle."

Er seufzte traurig. „Landwirtschaft ist hier schlicht undenkbar. Sie haben es ja gesehen, in der Nähe dieses Berges wächst nichts. Der Fluss unten in der Ebene besteht vielmehr aus Säure als aus Wasser. Ein Auto, das im Bach liegenbleibt, ist nach wenigen Wochen komplett aufgelöst. Auch eines unserer Fahrzeuge hatte dieses Schicksal ereilt, als eine Brücke nachgegeben hatte. Ich muss zugeben, das über die Zeit zu beobachten war schon ziemlich interessant." Sein aufgesetztes Lächeln wirkte daraufhin eine Nuance ehrlicher.

„Auch wenn hier einmal Regen fällt, dann ist das ein saurer Regen, der statt Leben zu spenden, es vielmehr zerstört. Dennoch siedeln am Fuße des Berges nicht wenige Menschen und alle schürfen sie im Berg und versuchen, die Kohle abzubauen. Dazu graben sie Stollen und Tunnel und sobald sie den Durchbruch zur Kohle geschafft haben, müssen sie verdammt schnell sein, die Kohle abzubauen, bevor diese verbrannt ist." Dann fügte er mit einem kalten, beinahe schon diabolischen Grinsen hinzu: „… und die Bergarbeiter gleich mit."

„Ah, ich verstehe", brachte Frank sich ein. „Erst durch die Tunnel kommt genug Luft herein, damit die Kohle richtig brennt. Und wenn sie einmal brennt, dann lässt sich das nicht mehr aufhalten. Ich tippe mal, die Bergleute haben bei der unten herrschenden Größenordnung ungefähr drei bis sieben Tage, richtig?"

Alle blickten ihn erstaunt an, verblüfft über so viel Kompetenz mit Feuern und Flammen. Er zog daraufhin mit dem Finger verlegene Linien auf der Tischplatte. „Vor vielen Jahren ist mir einmal die Wohnung abgebrannt, als ich eine Zigarette nicht richtig ausgedrückt habe. Es war nur ein unglücklicher Unfall. Die Chancen standen damals fifty-fifty, dass das erst einmal harmlose Glühen einfach ausgeht oder sich ganz langsam neue Nahrung sucht. Das hat mir zumindest der Brandermittler der Polizei gesagt. In dem Gespräch mit ihm habe ich viel über Feuer gelernt. Ein kleines Glimmen, das man sich selbst überlässt, kann noch stundenlang heiß genug sein, um einen Brand zu entfachen. Und ein echter Brand kann, wenn er einmal groß genug ist, kaum noch gelöscht werden", rechtfertigte er sein Wissen, was jedoch die Verblüffung der anderen noch mehr steigerte. Sogar Jin, der wirklich schwer aus der Reserve zu locken war, stand der Mund offen.

„Das trifft es auf den Punkt", erwiderte dieser schließlich. „Solange nur wenig Luft an die glühende Kohle gelangt, kann diese unvorstellbar lange vor sich hin glühen, doch kaum wird ein Zugang zu frischem Sauerstoff geschaffen, dann geht es sehr schnell und wird ziemlich hässlich."

Honoka gelang es nicht so recht, sich die Tragweite des Ganzen vorzustellen und fragte: „Und wie kann man das Feuer dann löschen?"

Jin blickte sie daraufhin an, als hätte sie gefragt, ob man mit dem Auto zum Mond fahren kann: „Gar nicht!", antwortete er beinahe empört. Sie blickte verdutzt zurück.

„Davon abgesehen, dass wir es gar nicht löschen wollen – dies ist ja unser Ausbruchsschutz – es geht einfach nicht."

Frank nickte zustimmend und nahm sich einen Garnelenspieß vom Tisch.

Jin setzte unterdessen an, die Unmöglichkeit eines solchen Vorhabens zu erklären: „Wenn Sie an Wasser denken, das können Sie gleich wieder vergessen. Das haben die Einheimischen natürlich alles schon ausprobiert. Aufgrund der Wärme müsste hier normalerweise alles blühen, doch als die Einwohner mit Wasser löschen wollten, entstand enorm viel Säure, die das Grundwasser vergiftete."

„Da fällt mir ein", mischte sich Joseph ein. Alle Blicke wandten sich ihm zu. „Meine Großmutter hat mir einmal von einem Gewächshaus erzählt, dass genauso betrieben wurde."

„Wie betrieben?", platzte Jin zurück.

„Na mit der Hitze eines unterirdischen Kohlefeuers!"

Nataljas technisches Interesse regte sich: „Wow, wo und wie denn?"

„Das war in Sachsen, vor etwa zweihundert Jahren. Wie der Ort genau hieß, kann ich nicht mehr sagen, irgendwo in der Nähe der Bergstadt Zwickau. In jungen Jahren war meine Großmutter dort die Stadtarchivarin und so hat sie schließlich von dieser Besonderheit erfahren. Es waren zwar keine allzu großen Mengen, aber auch dort gab es vereinzelt ein paar Steinkohlevorkommen. Wie es schien, hatte auch dort die Kohle im Boden immer wieder mal gebrannt."

Joseph rollte die Augen nach oben, das tat er immer, wenn er scharf überlegte und sprach: „Einmal soll ein Jäger sie entzündet haben, als er auf Fuchsjagd in einen Schacht geschossen haben soll. Ein anderer Jäger hatte es ebenfalls auf einen Fuchs abgesehen: Als er ihn ausräuchern wollte, stand danach nicht nur die Kohle, sondern auch der ganze Wald darüber in Flammen. Andere Ursachen sollten, damals sehr üblich, das Anzünden von Ameisenhaufen gewesen sein. Auch Blitzschläge, die direkt in die Kohlen fuhren und zu guter Letzt auch Selbstentzündung kamen in Frage. Offenbar ging das Feuer nach einem Brand stets von alleine wieder aus, doch einmal, während des Dreißigjährigen Krieges, brannte es einfach weiter.

Als zu der Zeit die feindlichen Truppen allmählich angerückt kamen, hatten die Bewohner all ihre Wertsachen in die Kohlegänge transportiert und die Eingänge zugeschüttet. Im Zorn darüber ließen die Eroberer die Gänge anzünden. Jedoch entzündeten sich auch die Kohlen im Untergrund. Dieser Brand soll so heftig gewesen sein, dass die Erde gegrollt haben muss wie bei Kanonendonner. Die Bergleute in weit entfernten, benachbarten Stollen konnten aufgrund der Hitze nicht mehr in ihre Stollen hinein, da ihnen sogar die Kerzen geschmolzen sein sollen. Jahrzehntelang versuchte man, die Feuer zu löschen – vergeblich. Dieser Brand hielt so ungefähr bis ins Jahr 1850 an."

„Das sind ja ganze zweihundert Jahre!", entfuhr es Katie.

„Ja, sieht ganz danach aus. Doch dieses Mal brannte es nicht so intensiv wie zuvor, sondern schwelte eher langsam vor sich hin."

„Weil die Luftzufuhr abgeschnitten war, richtig? Die Eingänge wurden ja verschüttet", ergänzte Frank. Verstehendes Nicken überall.

„Ja, das klingt plausibel", entgegnete Joseph grüblerisch. „Der Brand ließ auch an Heftigkeit nach, sodass die Einheimischen sich irgendwie damit arrangierten. Im Sommer war die Oberfläche darüber vollkommen kahl, aber selbst im tiefsten Winter grünte das Gras und die Vögel wärmten sich dort. Zur Belustigung sollen die Einheimischen manchmal Eier in den heißen Dämpfen gekocht haben. Irgendwann kam ein Industrieller aus der Gegend auf die Idee, die Hitze nutzbar zu machen und errichtete mehrere Gewächshäuser darüber. Mit den Jahren wurde diese Kuriosität immer bekannter und von weit her kamen interessierte Adlige und Forscher, um diesen sonderbaren Ort zu bestaunen. Denn nirgends sonst konnte man Palmen, Orchideen, Ananas und andere wärmeliebende Pflanzen erleben. Doch eines Tages erlosch das Feuer und alles verfiel mit der Zeit."

„Und es gibt keine Möglichkeit, so einen Brand zu löschen?", hakte Honoka nochmals ungläubig nach.

„Keine Chance!" „Unmöglich!", platzte es zeitgleich aus Jin und Frank heraus. Daraufhin mussten sie beide verlegen auflachen. Frank überließ dem Chinesen das Wort, ›… schließlich ist es ja seine Show.‹

„Wie gesagt, Wasser kann man sich gleich sparen, das macht alles nur noch schlimmer. Bei einem unterirdischen Kohlebrand wirkt Wasser nicht als Löschmittel, sondern eher als Brandbeschleuniger. Denn wenn das Wasser von oben auf das Feuer gepumpt wird, dann wird zwar die oberste Schicht gelöscht, doch dadurch bildet sich nun eine isolierende Schlackeschicht, die sich wie eine schützende Decke auf die schwelenden Flöze legt. Die Hitze kann nicht mehr so schnell entweichen, die Temperatur erhöht sich wieder und der Brand verstärkt sich sogar."

An den erstaunten Gesichtern erkannte er, dass dieser Fakt ihnen, bis auf Frank und Joseph, unbekannt war. „Und eines kommt noch hinzu: Wenn das Wasser nicht sofort wieder verdampft, sondern allmählich wieder austritt, dann rate ich ihnen, nichts davon zu trinken.

Sie haben es ja gesehen, auf diesem Berg gibt es außer uns kein lebendes Wesen weit und breit. Das liegt weniger an der Hitze, sondern am Schwefelwasserstoff, der sich bei starken Regengüssen bildet. Zum Glück regnet es hier nicht oft, doch wenn es einmal soweit ist, stinkt es hier überall nach faulen Eiern. Nicht immer, doch leider oft genug, ist dessen Konzentration in der austretenden Luft tödlich. Wir ziehen uns dann in die geschützten Innenräume zurück, doch wenn sich das Gas nach wenigen Stunden wieder verflüchtigt hat, finden wir überall tote Tiere. Wenn Sie anfangen müssen zu husten, ist es schon ziemlich knapp. Wenn dann noch Kopfschmerzen und Übelkeit hinzukommen, kann es sein, dass Sie von einem Moment auf den nächsten ohnmächtig werden."

Als würden ihm die erschrockenen Mienen seiner Zuhörer nicht genügen, setzte er gleich nach: „Und unten im Tal wird es nicht besser: Das Wasser, das wieder unten austritt, ist eigentlich kein Wasser mehr, sondern verdünnte Schwefelsäure. Deswegen wächst rund um den Fluss dort unten", er deutete mit der Hand auf einen Punkt unterhalb der Eingangstür des Tempels, „praktisch nichts mehr."

„Aber da unten leben doch Menschen?", bemerkte Katie mit Schrecken.

„Oh ja. Und stellen Sie sich vor, diese Menschen schürfen bereits seit Jahrzehnten und versuchen, dem Berg die aktuell ruhenden Kohlen zu entreißen. Da es in diesem Teil des Landes nichts weiter gibt als eben diese Kohlen, bleibt ihnen nichts weiter übrig, als illegal in den Berg zu gehen. An den Stellen, wo das Feuer zur Ruhe gekommen ist, treiben die Einheimischen ihre Stollen in das weiche Gestein und holen so lange Material heraus, bis entweder die Stollen einstürzen oder aber die Flammen auch diese Vorkommen zurückerobert haben. Hin und wieder stürzte solch ein Stollen auch von selbst ein. Die Mühe, die Gänge zu sichern oder abzustützen, machten sich die Leute dort unten erst gar nicht, von Bewetterung ganz zu schweigen. Meist versuchten sie einen Tag lang, die Verschütteten auszugraben. Wenn das misslang, dann trieben sie einfach einen neuen Stollen durch den Berg – sie hatten ja auch keine Wahl, wenn sie über die Runden kommen wollten. Das Leben hier ist ziemlich riskant und obwohl es immer wieder Verschüttete und Vermisste gibt …" Jin machte unwillkürlich eine winzige Pause. In diesem kurzen Moment wirkte er beinahe verträumt, als dachte er an etwas Wunderschönes. Außer Walter bemerkte jedoch keiner der Anwesenden diese kurze Veränderung. „… lassen sich die Menschen nicht davon abbringen, ihr Glück im Berg zu suchen", beendete Jin noch seinen Satz.

„Das klingt nach einem Teufelskreis", warf Natalja bestürzt ein. „Die neu gegrabenen Tunnel müssten ja wie eine Belüftung wirken. So geht das Feuer ja nie aus."

„Solange noch Kohle übrig ist, wird das wohl so sein", gab Jin zu. „Man müsste zum Löschen die Sauerstoffzufuhr komplett abschneiden und das wird wohl nicht passieren, wenn die Menschen hier nicht mit dem Schürfen aufhören. Bevor diese Anlage gebaut wurde, hatte die Partei tatsächlich versucht, das Feuer zu löschen. Hunderte Menschen lebten damals von dieser Kohle. Wurde einer der Stollen versiegelt, gruben die Menschen einfach an einer anderen Stelle weiter.

Die Partei steckte damals in einem Dilemma: Um den Brand dauerhaft zu löschen, mussten sie irgendeine Lösung finden, dass die Einheimischen nicht mehr gruben. Doch schließlich verkauften die Bergarbeiter auch ihre Kohle zu einem sagenhaft niedrigen Preis an die staatlichen Energieunternehmen. Den illegalen Bergbau in der Praxis zu unterbinden, hätte wahrscheinlich in einem Blutbad geendet. Die Bergarbeiter hier waren und sind ein ziemlich harter und selbstbewusster Schlag, sie hätten dies nie akzeptiert und einfach weitergemacht. Die Konsequenz wäre dann ein bewaffneter Einsatz von ehrbaren Chinesen gegen ehrbare Chinesen – trotz der oft nachgesagten Skrupellosigkeit des Parteiapparats gegen unbequeme Landsleute wäre dies niemals geschehen.

Es wurde auch überlegt, einfach alle umzusiedeln, doch diese Idee wurde letztlich auch fallengelassen. Irgendein Oberst vom *Guojia Anquan Bu* hatte stattdessen die Idee, das Feuer zu nutzen und so wurde diese Anlage Anfang der Siebzigerjahre unter höchster Geheimhaltung errichtet. Mit größtem Erfolg, muss ich sagen, denn die Menschen hier haben immer noch keine Ahnung, was sich noch alles in diesem Berg befindet."

Offenbar war ihr Gastgeber nun fertig mit seinen Erläuterungen, denn er widmete sich nun ganz den Speisen auf dem Tisch. ›Hat der etwa einen Bandwurm? Der müsste bei den Portionen doch mindestens drei Zentner wiegen‹, dachte Frank, äußerst beeindruckt von dessen Appetit. Er selbst konnte ohne Probleme Mengen verdrücken, von denen zwei bis drei Menschen satt wurden, doch Jin schien das ohne Probleme toppen zu können.

Dazwischen setzte Jin nur noch ein „Sie werden es morgen ja sehen, wenn wir gemeinsam hinunter fahren" hinterher. Den Rest der Zeit aßen sie nahezu schweigend, bis sich ihr Gastgeber unerwartet erhob und dem Techniker in der Ecke des Raumes bestätigend zunickte – dessen Anwesenheit hatten sie völlig ausgeblendet. „Wir sehen uns dann morgen früh", sprach er. „Wenn Sie etwas benötigen, Lei versteht auch Englisch." Er deutete mit einem kaum sichtbaren Blick auf den Mann am Bedienpult und entfernte sich in Richtung des Seitenflügels. Dass er dabei vergnügt eine fröhliche Melodie pfiff, verwirrte seine sitzengelassenen Gäste gehörig. So viel Fröhlichkeit hatten sie ihm irgendwie nicht zugetraut.

In den Straßen von München

Seine Rollschuhe glitten über den nachtschwarzen Asphalt. Das sanfte Vibrieren der Rollen breitete sich von seinen Füßen her über den gesamten Körper aus und erfüllte ihn mit einem wohligen Kribbeln. Sein Tempo war rasant und das goldgelbe Licht der Straßenbeleuchtung spiegelte sich auf der nassen Straße. Die grobkörnigen Reflexionen der einzelnen Laternen bewegten sich von vorn auf ihn zu, bis er schließlich darüber fuhr und sich ein Stück weiter die nächste Lichtquelle auftat. Frank war ganz alleine in der nächtlichen Stadt, die grobgepflasterten Fußwege rechts und links der Straße waren vollkommen leer und die runden, glitschigen Pflastersteine glitzerten und funkelten regelrecht im ständig wechselnden Licht. Die einheitlich grauen Häuser ragten hoch hinauf, so dass die breite Straße viel kleiner wirkte, als sie tatsächlich war. Kein Licht brannte in den dunklen Fenstern.

Frank fuhr durch eine Linkskurve und plötzlich sah er es.

Er versuchte zu bremsen und auszuweichen und doch wusste er augenblicklich, dass er es nicht schaffen würde. Er spannte sich an, schloss die Augen und bereitete sich bereits auf den unvermeidlichen Zusammenstoß vor.

Das Rumpeln unter seinen Füßen holte ihn zurück. Prompt öffnete er die verbissen zusammengekniffenen Augen. Wie er es bewerkstelligt hatte, den Aufprall zu vermeiden, war ihm völlig unklar, jedoch rollte er nun auf dem holprigen Pflaster des Fußweges aus und wurde allmählich langsamer. Mit aufgerissenen Augen sah er neben sich einen hüfthoch aufgetürmten Leichenberg vorbeiziehen. Es drehte ihm schier den Magen um. Ein taubes Gefühl kroch seine Kehle hinauf und drohte, ihm den Atem zu nehmen. Es war ein schrecklicher Anblick: Ein gewaltiger Knoten aus Armen, Beinen, Köpfen und Blut nahm beinahe die gesamte Straßenbreite ein. Er konnte in dem Gewirr keine einzelnen Menschen mehr ausmachen, als wären sie allesamt zu dieser einen, groben Masse aus totem Fleisch verschmolzen. Gesichter konnte er ebenfalls keine erkennen. Als wollten sie ihm den Anblick ersparen, waren die wenigen auszumachenden Köpfe so gedreht, dass die Gesichter von ihm abgewandt waren. Der Regen hatte zwar bereits vor einer Viertelstunde aufgehört, dennoch war es überall noch feucht. Die zerfetzte, vollgesogene Kleidung der Toten, die klaffenden Wunden und die freiliegenden Hautstellen schimmerten im trüben, gelblichen Licht der Straßenlampen.

Ein leises Wimmern drang an seine Ohren, dessen Ursprung er zunächst nicht lokalisieren konnte, bis er schließlich erschrocken registrierte, dass es aus seiner eigenen, sich vor Entsetzen immer weiter zuschnürenden Kehle drang. Getragen vom eigenen Schwung passierte er schließlich den Leichenberg, rumpelte noch ein paar Meter über das Pflaster und kam schließlich zum Stehen. Er hörte ein leises Plätschern und schaute daraufhin an sich herab: Er war mitten in einer kleinen Pfütze zum Stehen gekommen und seine Knie zitterten nun so heftig, dass seine Rollschuhe sich hektisch bewegten und das Wasser spritzen ließen. Dass er noch genug Kraft hatte, um nicht einfach so zusammenzuklappen, überraschte ihn. Er blickte wieder nach vorn, die sich endlos dahinziehende, nächtliche Straße entlang. Das Schimmern der gelben Laternen auf dem nassen Asphalt war nicht so regelmäßig, wie es hätte sein sollen – in den Reflexionen gab es mehrere Lücken. Frank blinzelte ein paar Mal, schüttelte den Kopf mehrmals rasch, um seine Lethargie abzuschütteln und erkannte schließlich, was die Ursache war: Noch mehr Leichen.

Nun versagten ihm letztlich doch die Beine und er fiel unsanft auf die Knie. Er hörte zwar das dumpfe knallende Geräusch, wie seine Kniescheiben den Aufprall seines Körpers auffingen. Die Erschütterung, die ihn dabei durchfuhr, registrierte er mit voller Intensität, doch es stellte sich keinerlei Schmerz ein. Frank fühlte sich am ganzen Körper völlig stumpf, als wäre sein ganzes Empfinden in einer gigantischen Schüssel mit Wackelpudding eingeschlossen. Frank wusste es nicht mehr genau, aber er glaubte, geschrien und geheult zu haben, konnte sich aber nicht erinnern, lediglich ein vages Gefühl in seinem Inneren bestätigte ihm dies.

Ein blaues, zuckendes Licht erfüllte die Gasse und tanzte hektisch die Hauswände entlang. Es war nicht so, dass es langsam näher kam. Nein, es war einfach da. Frank wendete seinen Kopf in Richtung des Ursprungs: Zurück zu dem Leichenhaufen. Die Barriere war völlig unverändert und die Kadaver lagen in genau der gleichen, widerlichen Anordnung wie bisher. Dennoch stand auf der ihm zugewandten Seite nun ein Krankenwagen mit zuckendem und blitzendem Blaulicht auf der Fahrbahn.

Die Hecktüren schwangen auf, knallten mit einem unschönen Geräusch von leidendem Fahrzeugblech gegen die Seitenwand des Kastenaufbaus und schwangen ein kleines Stück wieder zurück. Frank sah drei Personen von der Ladekante springen, die umgehend auf ihn zugerannt kamen. Immer noch völlig abgestumpft von der Situation beobachtete er unbeteiligt, wie noch weitere Personen heraus sprangen und ebenfalls auf ihn zusteuerten. Die Ersten waren nur noch wenige Meter von ihm entfernt, verlangsamten ihr Tempo, legten ihre Köpfe schief und musterten die armselige, kniende Gestalt auf dem glänzenden Pflaster des Fußwegs.

Völlig ungleiche Blicke trafen sich und für Frank war plötzlich alles klar und deutlich: Kalte, vollkommen schwarze Augen blickten ihn diabolisch triumphierend an. Die instinktiv auflodernde Panik stieg nicht einfach in ihm auf, sondern explodierte regelrecht in seinem Inneren. Auf einen Schlag nahm er alles um sich herum in ungeahnter Intensität wahr: Seine krampfenden Eingeweide, die im Blaulicht wild zuckenden Schatten, das unangenehme Prickeln, das sich von Händen und Füßen in Richtung Körpermitte ausbreitete und jede einzelne Pore seiner Haut, die Unmengen kalten Schweißes absonderte. Dabei blieb sein Blick in den furchterregenden Augen dieser nur äußerlich an Menschen erinnernden Wesen gefangen – es war ihm einfach nicht möglich, wegzuschauen.

Immer noch strömten unablässig immer mehr dieser Gestalten aus dem Krankenwagen und der nächste von ihnen war nur noch zwei Schritt von ihm entfernt. Seine Kehle war beinahe völlig zugeschnürt, er konnte kaum noch atmen. Aufgrund seiner Schreckstarre zu einer erbarmungslosen Regungslosigkeit verdammt, senkte er schließlich den Blick, sackte in sich zusammen und akzeptierte sein unvermeidliches Ende.

„Frank!"

Sie begannen an seiner Schulter.

›Ich spüre gar keinen Schmerz‹, bemerkte er erleichtert. Er registrierte lediglich ein dumpfes Druckgefühl und das sanfte Schaukeln seines ganzen Körpers, als sie an ihm zerrten.

Als Nächstes spürte er sie an seinen Beinen, auch hier fühlte es sich für ihn nur an, als würden sie ihn durchkneten, anstatt aufzufressen.

„Fraaaank!!"

Er spürte, wie immer stärker an ihm gezogen wurde, die Monstren schienen ihn zerreißen zu wollen. Zu seiner Verblüffung hörte er den Stoff seiner Bekleidung rascheln, während sie ihn bearbeiteten, spürte aber immer noch keinen Schmerz.

„Frank! Wach auf!"

Diffuses Orange mit tanzenden Lichtern!

„Frank! Komm zu dir!"

Jetzt verstand er. Die Untoten waren verschwunden, er befand sich nicht mehr in dieser unendlich langen Straße. Das orange Licht musste die Zimmerbeleuchtung sein, die durch seine geschlossenen Lider drang.

Er versuchte, seine Augen zu öffnen, was ihm jedoch nicht beim ersten Anlauf gelang. Er hatte im Schlaf so fest seine Augen zusammengepresst, dass er als Erstes sein zu einer Grimasse gepresstes Gesicht wieder lockern musste. Das Orange wurde heller und immer mehr Sterne und Lichter schwirrten vor seinem imaginären Sichtfeld. Nun schaffte er es, seine Augen zu öffnen und gleißendes, weißes Licht blendete ihn schmerzhaft. Frank stöhnte benommen.

Während sich seine Augen an die Helligkeit gewöhnten, spürte er noch die Nachwehen des erlebten Schreckens: Sein Magen fühlte sich an, als hätte man ihn entnommen, püriert und wieder eingesetzt – sein kompletter Bauch war eine einzige, dumpfe Zone der Übelkeit. Überrascht stellte er fest, dass der Druck an Schulter und Beinen immer noch da war, bis er mit fortschreitender Sehfähigkeit erkannte, dass alle seine Kameraden um ihn herum standen und ihn genau dort mit starken Händen immer noch festhielten.

„Frank?", hörte er eine besorgte Männerstimme. Offenbar gehörte sie zu Walter.

›Das war ein Traum! Komm zu dir! Entspann dich!‹, vergegenwärtigte er sich selbst zur Beruhigung. Es wirkte, Frank entspannte sich und sank prompt ein paar Zentimeter tiefer in die Matratze unter ihm ein. Er hatte gar nicht bemerkt, dass er seinen gesamten Körper bis zum Zerreißen angespannt hatte.

Endlich klärte sich sein Blick komplett und nun bemerkte er, wie sie sich über ihn gebeugt hatten und ihn irritiert musterten. Walter und Pierre, die ihn festgehalten oder wachgerüttelt hatten – wahrscheinlich beides – ließen ihn los. Diese beiden wussten bereits seit Jahren um seine unterbewussten Dämonen, die ihn immer wieder heimsuchten. Er sah ihnen ihre Erleichterung an und fand keine Spur von Sorge in ihren Gesichtern. Sie kannten Franks Alpträume bereits aus früherer Zeit. Dagegen wirkten die anderen umso besorgter: Natalja, Katie, Joseph, Honoka und Ricardo beäugten ihn mit aufgerissenen Augen.

›Oh mein Gott! Was wird Natalja jetzt über mich denken. Sie wird mich für einen Loser halten‹, war sein erster Gedanke, als er sie so sah. Frank wurde plötzlich sehr kalt. Er war von seinem Traum völlig nassgeschwitzt, doch das war nicht der wahre Grund für sein Frösteln.

›Mir geht's gut‹, wollte er sagen. Doch der Versuch scheiterte beim ersten Mal.

Frank benetzte sich die Lippen und sammelte sich. Nun klappte es: „Mir geht's gut. Das passiert mir ab und zu", sagte er mit so fester Stimme, dass es ihn nahezu selbst überraschte. Die Blicke, die auf ihn gerichtet waren, wurden deutlich weicher, beinahe schon teilnahmsvoll.

„Gebt mir bitte einen Moment allein", sagte er zu ihnen. Verstehendes Nicken folgte und sie verließen nach und nach den Raum. Natalja ging als Letzte und bevor sie die Tür schloss, drehte sie sich noch einmal um und musterte ihn mit einem traurigen Blick aus ihren großen, schönen Augen.

Als die Tür zuschlug, barg Frank das Gesicht in den Händen und weinte leise.

– 18 –

Unterirdische Forschungsanlage

Klick

Wuuusch

Die Klappe in der unteren Hälfte der Tür schwang zur Seite.
›Fütterungszeit‹, dachte Stephen verbittert. Es fiel ihm schwer, überhaupt in die Richtung des metallischen Geräuschs zu blicken, er wusste ohnehin bereits, was passiert war. Kräftige Hände würden durch die Öffnung greifen und das leere Geschirr sowie den Wasserkanister gegen ihre gefüllten Gegenstücke tauschen. Der Überraschungseffekt tendierte gegen Null: Es gab fast immer Nudeln mit Fleisch und Gemüse. Die einzige Abwechslung bestand darin, dass es manchmal gebraten und sonst als Suppe gereicht wurde.

Klick, klick

Ohne aufzusehen, hörte er, wie seine neue Mahlzeit in abgedeckten Schüsseln aus allerfeinstem chinesischem Porzellan in seinem Raum abgestellt wurde. Jeden Moment sollte nun das *Bloing* des Kunststoffkanisters ertönen, der ihn mit dem wichtigsten aller Lebensmittel, Wasser, versorgen würde.
Ohne Tag- und Nachtrhythmus war es ihm unmöglich abzuschätzen, wie lange er hier bereits festgehalten wurde, doch der regelmäßige Takt der Mahlzeiten ließ ihn vermuten, dass es eine Spanne von drei Wochen bis zu einem Monat sein musste. Anfangs glaubte er noch, dass er sich irgendwann einmal an die vermaledeite Hitze gewöhnen würde, doch es kam nicht so. Jeden einzelnen Tag schwitze und litt er genauso wie zu Beginn. Der Wasserkanister war sein einziges, linderndes Tageshighlight, denn jedes Mal befand sich mehr, als einfach nur Wasser, darin. Das

kostbare Nass war eisgekühlt und die Luftfeuchtigkeit kondensierte prickelnd an der Wand des begehrten Kunststoffgefäßes.

Doch das gewohnte Geräusch blieb dieses Mal aus, stattdessen hörte er ein drittes und ein viertes Klirren. Diese Ungewöhnlichkeit ließ ihn dann doch aufschauen und was er sah, benötigte eine kurze Weile, um durch seine träge gewordenen Hirnwindungen in sein Bewusstsein zu dringen: Das verlockende Schwarz zweier Colaflaschen strahlte ihm verführerisch entgegen.

›Cola? Ist denn etwa Weihnachten?‹, fragte er sich verwundert. Das erste Mal seit Längerem formte sich wieder ein Lächeln auf seinem Gesicht.

Bloing! Nun wurde doch noch der eiskalte Wasserkanister hereingereicht.

Mit einem Klappern wurde die Tür wieder von außen verriegelt und Stephen sprintete regelrecht zu den Getränken, die ihm beinahe wie ein Heilsversprechen aus einem anderen Universum vorkamen: *Trink mich und alles wird wieder gut!*

Er nahm die beiden Flaschen, beäugte sie kurz, als wollte er sich vergewissern, dass diese tatsächlich real waren und drückte sie an seine nackte Brust. Es durchfuhr ihn wie ein Stromschlag, als er die Kühle auf seiner Haut spürte. Für diesen winzigen Moment war er schier durchströmt von reinster, destillierter Freude. Er seufzte voller Wonne und spürte, wie die Frische tiefer in seine Haut vordrang und sich allmählich ausbreitete. Genüsslich schloss er die Augen und gab sich ganz diesem flüchtigen Augenblick hin.

Als er bemerkte, wie sich die schwarze Brause allmählich zu erwärmen begann, stellte er eine der beiden Flaschen zusammen mit dem Kanister auf den Boden, nahm die Bettdecke und wickelte das ungleiche Paar sorgfältig ein. Auf diese Möglichkeit, sein Getränk kühl halten zu können, war er glücklicherweise bereits sehr früh gekommen und nun war er froh, die Erfrischungskraft seiner zweiten Koffeinlimonade auf diese Weise für ein paar Stunden mehr erhalten zu können.

Mit der zweiten Flasche in der Hand ging er zu der Pritsche – das Metallgestell mit Matratze Bett zu nennen, wäre weitab von der Realität gewesen – und ließ sich langsam darauf nieder. Ganz langsam, um den Moment vollkommen auszukosten, drehte er den Schraubverschluss. Das kraftvolle Zischen, mit dem sonst die eingeschlossene Kohlensäure entwich, dehnte sich dadurch zu einem unterschwelligen, kaum wahrnehmbaren Rauschen. Dann plötzlich, als wäre das Innere zum Leben erwacht, stiegen zunächst nur einige wenige und später dann unzählige Blasen aus dem Schwarz nach oben und zerplatzten, als sie die Oberfläche erreichten. Der charakteristische Duft einer beinahe schon vergessenen Welt stieg dem Gefangenen in die Nase. Begierig sog er diese feine Note ein, die ihn an die zurückliegende, niemals hinterfragte Normalität mit Familie, Freunden und Freiheit seines ehemaligen, in allen Belangen unbeschwerten Lebens erinnerte. Er schloss die Augen und vermeinte, sogar die Vögel auf den Ästen des Baumes vor seinem Schlafzimmer in der Heimat hören zu können.

Mit einem beherzten Ruck drehte er den Verschluss komplett von der Flasche. Es zischte kurz und die vielen Sprudelblasen, die scheinbar magisch aus dem Nichts entstanden waren, bildeten eine Schaumkrone im Flaschenhals. Erfüllt von reinstem Genuss ließ er noch mehr des verführerischen Geruchs in seine Nase steigen und lauschte, wie die unablässig aufsteigenden Blasen prickelnd an der Luft zerplatzten. Langsam, ganz langsam führte er die Hand mit dem wohl wertvollsten Glasgefäß seines gesamten Lebens immer näher an sein Gesicht, bis er es direkt vor seinen Augen hielt. Er legte den Kopf schief und für einen kurzen Moment beobachtete er fasziniert den schwerelosen Tanz der aufsteigenden Kohlensäure. Dann kam der Moment, an dem er das Warten einfach nicht mehr aushalten konnte: Er machte einen tiefen, schweren Atemzug und nahm einen gigantischen Schluck.

Nach einer so langen Zeit der Unfreiheit, des Grübelns, der Ungewissheit, der Furcht und der erdrückenden Langeweile überwältigte ihn die übermächtige Intensität des Koffeingetränks. Als die schwarze Brause durch seinen Mund in Richtung Rachen floss, spürte er die Kälte, wie sie schmerzhaft an seinen empfindlichen Zähnen zog und sich im gesamten Mundraum ausbreitete. Die Kohlensäure schien in ihm regelrecht zu explodieren und eine massive Flut aus zerplatzenden Blasen kitzelte an seinem Gaumen. Ihm entfuhr ein ekstatisches Stöhnen, das immer wieder im Takt seines beim Schlucken auf und ab hüpfenden Kehlkopfes unterbrochen wurde. Erst jetzt, als bereits der Großteil der schwarzen

Kostbarkeit in Richtung Magen geflossen war, schmeckte er überhaupt etwas. Die Süße erfasste seine Zunge, auf der es leicht kribbelte. Um auch noch den letzten Rest in den hintersten Winkeln seines Gaumens genießen zu können, fuhr er mit der Zunge konzentriert überall im Mund herum. Die noch halbvolle Flasche in der Hand, stieß er einen zufriedenen Seufzer aus. Alles Negative schien in diesem Moment von ihm abgefallen zu sein und er lehnte sich zufrieden auf der Matratze nach hinten. Mit einem Lächeln auf den Lippen dämmerte er in einen leichten Schlaf.

Die Tür schwang nach innen auf und schob die unangetasteten, gefüllten Porzellanschüsseln mit einem gänsehauterregenden Quietschen beiseite. Müde blinzelnd auf die Ellbogen gestützt, richtete er sich in eine halb liegende Position auf und blickte erwartungsvoll in Richtung Tür. An der hochgewachsenen, schlanken Gestalt erkannte er sofort, dass es Stuart war. Ein ihm unbekannter, jedoch auf eine sonderbare Weise furchterregender Chinese war bei ihm. Ebenfalls drängten noch zwei der massigen Wächter durch die Tür. Als Journalist eigentlich ein Meister im Umgang mit Worten, hätte ihm mehr als genug einfallen müssen, das er den beiden verbal entgegenschleudern konnte. Doch sein Talent ließ ihn dieses Mal im Stich. Er setzte sich auf und spürte, wie sich die Cola in seinem Magen aufschaukelte und glucksend umherschwappte. Widersprüchliche Empfindungen lähmten seinen Verstand, so dass er kaum einen klaren Gedanken fassen konnte. Wie oft hatte er sich diesen Moment ausgemalt und wie vieles hatte er sich dafür zurechtgelegt – alles verschwunden.
„Wie geht es Ihnen heute?", fragte der Chinese.
›Der spricht ja perfektes, lupenreines Englisch‹, geisterte es dem Angesprochenen durch den Kopf. Er blickte auf die halb ausgetrunkene Flasche, die er im Schlaf irgendwie dort hingestellt haben musste und antwortete: „Nun ja, auf jeden Fall besser als die Tage zuvor." In Anbetracht des Ausmaßes seiner Verwirrung fand er die Antwort ungemein schlagfertig.
Mit einem triumphierenden Grinsen wandte sich Stuart an seinen Begleiter: *„Wo gaosu ni. Coke gongzuo!"* Stephen verstand nichts, außer dass es irgendetwas mit der Cola zu tun hatte.

Der Chinese wandte sich nun wieder an seinen Gefangenen: „Sie können sich bei Stuart bedanken, er meinte, es würde Sie auf bessere Gedanken bringen."

›Oh ja, damit hat er tatsächlich Recht gehabt. Das war das Beste, was mir seit Wochen passiert ist‹, fügte er unausgesprochen hinzu.

„Wenn Sie nun bitte mitkommen würden", wurde er mit einer richtungsweisenden Armbewegung in Richtung Tür aufgefordert. Die Bilder des wenig zivilisierten Umgangs mit Bolor und William und die Erinnerung an den Taserangriff, der ihn selbst einmal ziemlich unsanft niedergestreckt hatte, tauchten in seinem Kopf auf. Er seufzte schwer und entschied, mitzuspielen. Ächzend stülpte er sich das achtlos in der Ecke liegende Shirt über den Kopf und schlurfte mit trägen Bewegungen in die gewiesene Richtung. ›Bestimmt haben die nichts Schlimmes mit mir vor‹, hoffte er in Gedanken.

Sie gingen nach links und folgten dem Korridor. Rechterhand konnte er im Vorbeigehen durch eine Glasscheibe diverse Werkzeuge und Laborgeräte erspähen. Leider fehlte die Zeit, um genauer hinzuschauen. Etwas weiter erblickte er durch eine zweite Glasfront einen Raum, der ebenso wenig einladend war wie der Rest der Anlage, obwohl er in Gedanken hinzufügen musste, dass er auch nicht wirklich viel des Ganzen zu Gesicht bekommen hatte. Auch dort herrschte kalt wirkender Stahl vor, der jedoch nur kalt aussah, stattdessen jedoch unangenehm heiß war und bei direkter Berührung auf der Haut brannte. In der Mitte der Räumlichkeit befand sich ein Ungetüm von Stuhl, das ihn an seinen letzten Besuch beim Zahnarzt erinnerte.

Der Muskelprotz, der vor ihm ging, hielt wie durch ein unsichtbares Kommando hin an und versperrte allein durch seine massige körperliche Gestalt den weiteren Weg. Irritiert hielt Stephen an und bemerkte, dass er genau vor der Tür zu diesem Raum zum Halten gekommen war. Sein Blick irrte zwischen den beiden, ihm körperlich deutlich überlegenen Aufpassern, Stuart, dem Chinesen und der Tür hin und her. Dieser hielt eine Chipkarte an das Lesegerät in der Wand. Ein klickendes Geräusch erschallte und die Tür schwang einen Zentimeter weit nach innen. Mit einem eindeutigen Blick aus den gespenstischen, nachtschwarzen Augen wurde Stephen aufgefordert, dass er hindurchtreten sollte.

Reflexartig breitete sich in Stephen ein Fluchtreflex aus, unwillkürlich spannte sich sein gesamter Körper. Doch ein prüfender Blick in Richtung des Fleischbergs direkt neben ihm ließ ihn spüren, dass dieser sich auf eine gewisse, sadistische Art sehr auf eine unüberlegte Aktion seinerseits freuen würde. ›Spätestens am Lift wäre wohl ohnehin Schluss‹, konstatierte er und streckte widerwillig die Hand aus. Kaum hatte er einen Schritt in den Raum getan, schien jedoch das Vertrauen in seine Kooperationsbereitschaft verpufft zu sein: Mit der Kraft von Schraubstöcken wurden seine Arme gepackt und er wurde mehr in Richtung des Stuhls getragen, als dass er selbsttätig dorthin ging. Mit ebenso unbarmherziger Kraft wurde er nun in den Sitz gepresst, als wollten sie ihn festdrücken, damit er sich nicht mehr von alleine erheben konnte. Dann erst ließen sie ihn wieder los.

„Ausziehen!", ordnete Stuart mit bestimmtem Ton an. Seinem Blick war deutlich zu entnehmen, dass dies die einzige noch halbwegs freundliche Aufforderung dazu gewesen ist. Dennoch zögerte Stephen, nicht unbedingt aus Scham, sondern weil er kein gutes Gefühl bei der Richtung hatte, in die seine Situation steuerte. Kaum sichtbar, bekamen die beiden Muskelpakete ein Zeichen, das Ganze ein wenig zu beschleunigen. Bevor sie jedoch grob werden mussten, hob Stephen bereits die Hände und befolgte den Befehl so langsam, wie es eben noch ging, ohne die begrenzte Geduld seiner Entführer zu überstrapazieren. ›Wenn ich schon meine Würde verliere, dann wenigstens in meinem Tempo‹, dachte er sich und konzentrierte sich völlig auf die langgedehnte Prozedur. Das Letzte, was er wollte, war sich vorzustellen, was sie denn mit einem entkleideten Mann auf einem solchen Stuhl anzufangen gedachten.

›Nicht verzweifelt wirken! Nicht verzweifelt wirken! Nicht verzweifelt wirken!‹ Reflexartig erinnerte er sich wieder an das Antiterrortraining, das fast alle BBC-Auslandskorrespondenten auf Situationen wie solche vorbereiten sollte.

Teilnahmslos nahm Stuart die Kleidungsstücke entgegen und platzierte sie sorgfältig auf der ein paar Meter entfernten, metallenen Tischplatte. Ein beiläufiger Hinweis aus dem lange zurückliegenden Training querte sein Bewusstsein: *Wenn sie eure Sachen wegschmeißen, seid ihr garantiert tot, sonst dürft ihr zumindest hoffen, am Leben gelassen zu werden.* Der Marineinfanterist, der damals diesen Kurs durchführte, konnte dem anwesenden Häufchen junger, noch unerfahrener Journalisten sehr glaubwürdig nahebringen, wie echte Geiselnahmen ablaufen könnten. Dieser war selbst an mehreren Befreiungsaktionen beteiligt und hatte ihnen von Anfang an reinen Wein eingeschenkt, dass nicht jede Geisel eine Entführung überlebte und Misshandlungen aller Art nicht auszuschließen waren. Stephen hatte noch Tage danach spontane Schweißausbrüche bekommen, so intensiv und beklemmend war diese theoretische Einweisung gewesen. Dass er in eben diesem Augenblick in genau solch einer Situation war, kam ihm immer noch so surreal vor, als würde er alles durch eine Milchglasscheibe betrachten.

Bis auf seine Unterhose hatte er sich nun aller Kleidungsstücke entledigt und betrachtete die beiden mit weit geöffneten Augen. Stuart blieb teilnahmslos, während der andere ihm mit einer herrischen Geste deutlich machte, dass auch das letzte Kleidungsstück fallen sollte. Mit verschränkten Armen hatte dieser die Prozedur bereits die ganze Zeit mit unverkennbarem Interesse beobachtet. Wie viel morbide Genugtuung ihm das verschaffte, war auch ohne großes Rätselraten direkt zu erkennen.

Völlig nackt, seine Scham mit den Händen bedeckend, fragte sich das verunsicherte Opfer nun tatsächlich, was sie mit ihm vorhatten. Er konnte weder auf dem kleinen Tisch vor ihm noch auf der Arbeitsfläche auf den Schränken an der Wand irgendwelche Gerätschaften oder Instrumente erkennen. ›Sieht nicht nach Folter aus‹, bestätigte er stumm seine Hoffnung. ›Wird das eine Befragung? Ein halbwegs normales Gespräch?‹

Er wurde aus seinen Gedanken gerissen, als sich die beiden zeitgleich auf ihn zu bewegten, seine Hände und Füße an die dafür vorgesehenen Plätze dirigierten und die dazugehörigen, metallenen Fesseln um die Gelenke schlossen. Dabei streifte der Asiate, als er sich für den unteren Verschluss herabbeugen musste, mit der Wange sein edelstes Teil und zuckte nicht zurück, wie es normalerweise zu erwarten gewesen wäre. Stephen versuchte, so weit wie möglich zurückzuweichen, doch das Ergebnis war gleich Null.

Er nahm seinen ganzen Mut zusammen, konnte jedoch das Zittern in seiner Stimme nicht ganz unterdrücken: „Was soll das werden? Was haben Sie vor?"

Er wusste zwar nicht, was daran so lustig gewesen sein musste, doch er sah, dass sich beide sehr beherrschen mussten, nicht lauthals loszulachen. Während die muskulösen Schwergewichte den Raum verließen – schließlich wurden sie dank der Fesseln nicht mehr gebraucht – sprach Stuart: „Ach, Stephen, du hast zu viel Angst. Wir werden dich nicht töten, falls du das befürchtet hast."

›Na das klingt doch mal beruhigend‹, dachte er spöttisch, sagte aber nichts. Er wollte sie nicht unnötig reizen – nackt und gefesselt war er nicht gerade in der Position für markante Sprüche.

„Wir werden dir nicht einmal weh tun. Eigentlich hätten wir dich nicht einmal hierher bringen müssen." Er schweifte mit einer ausladenden Armbewegung durch den Raum. „Aber mein Freund Jin …"

Der Benannte funkelte Stephen begierig mit seinen unendlich tiefen, schwarzen Augen an, so dass diesem trotz der bedrückenden Hitze eine Gänsehaut über den Rücken nach oben kroch.

„… hat echt ein paar anstrengende Tage hinter sich. Und um ein bisschen zu entspannen, kommst du ihm gerade recht." Dabei zwinkerte er ihm zu, als hätte er einen schmutzigen Witz erzählt. Mutlos sank der Gefangene im Stuhl zusammen.

„Was meinst du? Was könnte funktionieren?", fragte Jin nachdenklich an seinen Mitstreiter. Grübelnd knetete dieser sein Kinn und musterte das Opfer, wobei ihrer beiden Blicke komplett von Kopf bis Fuß und wieder zurück über den nackten Körper streiften. Das behagte dem wehrlosen Reporter ganz und gar nicht: ›Was haben die vor? Ich will doch einfach nur hier raus!‹, überschlugen sich seine Gedanken.

Eine Schublade wurde geöffnet und nun hielt der große, schlanke Brite ein schwarzes, mit Schnüren versehenes Etwas hin in die Luft. „Du denkst, es funktioniert?", fragte Jin mit einer hörbar mitschwingenden Skepsis. Sie musterten noch einmal die wehrlose Gestalt mit bohrenden Blicken, dann nickte der Chinese: „Na gut, wir probieren es." Dann rollte er die nachtschwarzen Augen nach oben, offenbar überlegte er. „Ansonsten nehmen wir Luise."

›Luise? Wer ist Luise?‹ Das winzige, erschrockene Zucken in Stuarts Gesicht ist ihm keineswegs entgangen. Luise schien wohl nichts Gutes zu bedeuten.

Das schwarze Kleinod entpuppte sich als Augenbinde, die dank routinierter Handgriffe rasch ihren Platz über seinen Augen fand. Es wurde dunkel. Angst schnürte Stephen die Kehle zu, von einem Moment auf den nächsten war er völlig orientierungslos. Ein Meer aus matten Lichtblitzen schwirrte vor seinen verdunkelten Augen. Seine Pupillen zuckten und kreisten unter der Augenbinde, doch das Einzige, was es bezweckte, war, dass die pulsierende Aktivität seiner unterforderten Sehnerven durch den endlosen, unsichtbaren Raum tanzte. Mit einer enormen Anstrengung brachte er es zustande, seine Lider unter dem verdunkelten Stoff zu öffnen, doch die Schwärze blieb undurchdringlich. Lediglich am äußerst rechten Rand drang ein kaum mehr wahrnehmbares Schimmern durch eine Stelle, an der die Binde eine Falte warf und somit einen winzigen Spalt bildete.

Das ohnmächtige Gefühl einer Panik breitete sich im Körper des Leidtragenden aus: Seine Atmung beschleunigte sich und wurde flacher. Er spürte, wie seine Hände und Füße bitterkalt wurden, was ihm angesichts der herrschenden Temperaturen kaum möglich schien. ›Scheiße! Ich habe Angst! Was haben die vor?‹ Von seinen Eingeweiden ausgehend breitete sich die Panik bis in den letzten Winkel seines Körpers aus.

Er konnte deutlich hören, wie die beiden Personen sich im Raum umher bewegten. Einer stand nun direkt neben ihm, er vernahm ganz klar dessen ruhige Atemzüge, nicht weit von seinem Kopf entfernt. ›Warum beugt der sich über mich? Was passiert nun?‹ Er hielt instinktiv die Luft an, als wüsste er trotz seiner Sehunfähigkeit, dass gleich etwas geschehen würde.

Ein stechender Schmerz explodierte in seiner linken Brustwarze. Stephen zuckte so heftig in seiner Zwangslage zusammen, dass die Fesseln beißend in seine Hand- und Fußgelenke zwickten. Schlagartig war der Schmerz an der Brust verschwunden, lediglich ein sanftes Kribbeln hallte noch nach. ›Was war das?‹ Seine Lungen rebellierten und entließen die angehaltene Atemluft mit einem gepressten Keuchen.

Direkt neben seinem Ohr entsprang ein amüsiertes Kichern, das laut in seinen Gehörgängen dröhnte.

Das Ganze wiederholte sich, doch dieses Mal tat es nicht weh. Stephen zuckte nun nicht zusammen, doch er spannte sich und versteifte panisch seinen Körper, unfähig zu erfassen, was gerade mit ihm geschah. Er spürte ein intensives, entsetzliches Kribbeln, das sich von der gereizten Stelle her ausbreitete. Dann widerfuhr ihm das Gleiche auch auf der anderen Seite.

›Fuck! Spielen die mir gerade an den Nippeln rum?‹ In seinen schlimmsten Alpträumen hätte er sich so manches vorstellen können, doch nicht das! Er badete regelrecht in einem Meer aus Verzweiflung und doch, die zärtlichen Liebkosungen der empfindlichen Stellen strahlten eine wohlige Wärme in ihm aus. Es schien ihn innerlich beinahe zu zerreißen. Er ekelte sich, es widerte ihn an. Und dennoch, jedoch aller Abneigung zu Trotz: Ein Teil von ihm, der sich seiner bewussten Steuerung entzog, genoss diese Sinnlichkeiten. ›Das passiert gerade nicht wirklich! Das ist nicht real!‹, versuchte er sich einzureden. Er wollte sie anschreien, dass sie damit aufhören sollten, doch seine Stimmbänder gehorchten ihm nicht.

Eine der beiden Hände – für einen Mann erschreckend zart – löste sich von ihrem Ziel, strich ihm sanft über die Brust und hinterließ eine Spur des Kribbelns. Unablässig fuhren die anderen Finger fort, seine empfindsamen Brustwarzen zu reiben.

Verachtung stieg in ihm auf, jedoch wusste er selbst nicht, wer der eigentliche Adressat war: Der liebkosende Täter oder doch er selbst, da er offenbar in der Lage war, dem ganzen Tun – auch wenn es ungewollt war – einen gewissen Genuss abzugewinnen. Er versuchte, erneut zu protestieren, doch ihm entfuhr lediglich ein langgezogenes, gepresstes Röcheln.

„Mmmhmmmmmm", hörte er als zufriedene Reaktion. Sein Protestversuch wurde offenbar völlig falsch interpretiert, denn nun wanderten die sanft kreisenden Bewegungen immer tiefer.

›Nein! Das DÜRFT ihr nicht tun!‹ Von seinen Nippeln her breiteten sich immer noch sprühende Reizfunken in alle Richtungen aus, doch der anfängliche Genuss kehrte sich nun ins Unangenehme um, als hätte er in seinem Kopf endlich den passenden Schalter dazu gefunden. Gequält wand er sich nun auf dem Stuhl, doch es war vergeben. Die Fesseln ließen ihm nur einen marginalen Bewegungsspielraum, bei Weitem nicht genug, um seinen Peiniger auch nur annähernd zu bremsen.

Die umherstreifende Hand kreiste nun in deutlich tieferen Körperregionen und spielte jetzt mit seinem dichten, kräuselnden Schamhaar.

›Scheiße! Scheiße! Scheiße!‹ Ein erneutes, verzweifeltes Röcheln kämpfte sich durch seine zugeschnürte Kehle nach draußen.

„Ohoo, gefällt dir das?" Diese Worte wurden direkt in sein Ohr geflüstert, der warme Atemhauch kitzelte im Gehörgang.

›Das ist der Chinese! Dieser verfluchte, perverse Dreckskerl!‹ Er wusste zwar jetzt, welcher der beiden die Initiative hatte, doch das half ihm in seiner unangenehmen Zwangslage auch nicht weiter.

Er hörte die Atemzüge des Perversen, sie gingen nun deutlich schneller als zuvor. Hin und wieder spürte er auch einen sanften Lufthauch, der in seinem Ohr rauschte. Auch das kratzende Geräusch, mit dem sich die flinken Finger durch den dichten Wald seiner Intimbehaarung bewegten, konnte er in aller Deutlichkeit wahrnehmen. Schwer wie eine Bleikugel drückte sein krampfender Magen auf seine Eingeweide. Stephen wurde entsetzlich schlecht, doch zu seiner Erleichterung musste er sich nicht übergeben, nicht einmal ein leichtes Würgen drang aus seiner Körpermitte.

Die Tour durch seine Behaarung schien nun beendet zu sein. Er spürte nun einen sanften Druck an den Hoden.

›Fuck! Was wird das?‹ Es kitzelte und prickelte und es gab nichts, das er dagegen tun konnte.

›Nein!‹

Entsetzt spürte er das charakteristische Kribbeln, das er bereits so oft in seinem Leben willkommen geheißen hatte, ihn jedoch in diesem Augenblick in einen gehörigen Horror versetzte. Ausgehend von seinen Hoden breitete es sich langsam entlang seines Penis aus.

›Scheiße! Ich kriege doch nicht etwa eine Latte?‹ Er konzentrierte sich so gut er konnte auf diese wohlige, aber gleichzeitig auch äußerst erschreckende Empfindung und versuchte, diese mit purer Gedankenkraft zu unterdrücken.

›Nein! Ich habe doch solche Angst, ich KANN so keine Latte bekommen! Finger weg von meinem Schwanz!‹ Als wäre es purer Trotz, folgte die Hand dem sich fortschreitenden Kribbeln. Stark, aber doch zärtlich legten sich die Finger um das allmählich, allen Widerständen trotzend, hart werdende Glied.

›Scheiß Eigenleben! Scheiß Schwanz! Werde wieder klein!‹

Das Gegenteil geschah. Völlig hilflos spürte er, wie der an seinem besten Stück lastende Druck zu genau dem Ergebnis führte, das Stephen nun mehr fürchtete als jeden Schmerz und jede Folter.

›Nein! Nein! Nein! Kricket! Wäschewaschen! Geschirrspülen! Verkehrsstaus! Schwiegermütter! Nein! Fuck, lenk dich ab! Redaktionsbesprechungen! Walgesänge! Scheiße, nein!‹

Es nützte nichts. Sein Penis war nun trotz aller gegenteiligen Anstrengungen hart aufgerichtet und pulsierte im Takt seines Herzschlags.

„Perfekt!", hauchte ihm sein furchterregender Peiniger äußerst zufrieden ins Ohr. Der Lufthauch ließ es in seinen Gehörgängen rauschen.

Nichts tat sich mehr, die Behandlung war offenbar zu Ende.

›Aus?‹

Stephen hoffte vergebens.

Die Hand war wieder da.

›Scheiße!‹ Mit kräftigem Druck, so dass es beinahe schon weh tat, umgriffen die leicht schwitzigen Finger erneut sein emporgerichtetes Gemächt.

›Nein!‹ Langsam, unendlich langsam schob sich die zupackende Hand nach unten.

›Nein!‹

Seine Vorhaut glitt über die Eichel und gab sie allmählich frei.

›Nein!‹

Es war unfassbar intensiv.

›Nein, nicht!‹

Stephen fühlte sich unendlich hilflos. Er hatte seinen eigenen Körper nicht im Griff. Unaufhaltsam wie ein Buschbrand in der Trockenzeit wanderte das entsetzliche, unglaublich starke Gefühl über die Spitze seines Glieds. Ihm war, als breitete es sich aus wie eine in Zeitlupe betrachtete Explosion einer Feuerwerksrakete, die scheinbar aus dem Nichts in tausend verschiedenfarbige Partikel zerplatzte.

›Scheiße! Aufhören!‹ Er hasste es. Er hasste diesen Jin. Er hasste diesen Stuart. Ja, er hasste sich selbst. Und doch wusste er, was auch immer dieser Wahnsinnige haben wollte, er würde es bekommen. Er konnte noch so angewidert von dem Ganzen sein, gegen diese simplen, eindeutigen körperlichen Signale kam er einfach nicht an. Stephen wimmerte verzweifelt.

Die Hand bewegte sich schneller.

Auf
Ab
Auf
Ab

Stephen schluchzte jämmerlich, Tränen durchtränkten die undurchdringliche Augenbinde.

Auf
Ab

Noch nie zuvor hatte er sich so gedemütigt gefühlt. Niemals zuvor war er je so hilflos gewesen.

Auf
Ab

Ein Schmerz durchfuhr seinen Mund.

Auf

Er hatte sich soeben auf die Zunge gebissen.

Ab

Auf einmal wurde Stephens Kopf komplett klar. Er wusste nun, was zu tun war.

Auf

Er öffnete seine Kiefer ein wenig.

Ab

Schob das in seinem Mund vor Schmerz noch immer leicht pochende Geschmacksorgan ein bisschen zur Seite.

Auf

Er spannte sich am ganzen Leib.

Ab

Er zögerte.

Auf

Unter der feuchten, tränengetränkten Stoffbinde rollte er die Augen nach oben.

Ab

Verkrampft wappnete er sich auf das, was er gleich tun würde.

Auf

Er biss mit aller Kraft zu. Er spürte das entsetzliche Raspeln, mit dem seine Zähne unbarmherzig durch seine Zunge drangen.
Ab
Der Schmerz raubte ihm fast die Besinnung.
Auf
›Es funktioniert!‹ Er presste die Luft durch seine mit aller Kraft zusammengebissenen Zähne.
Ab
Stephen grinste triumphierend. Der süßliche, metallische Geschmack seines eigenen Blutes erfüllte seinen Mund. Seine Erektion fiel in sich zusammen wie eine angespülte Qualle am Strand.

Die Hand war weg, Stephen entspannte sich. ›Ihr dreckigen Schweine! So leicht mache ich es euch nicht!‹, dachte er voller Genugtuung. Er wandte sich in die Richtung, in der er den perversen Lüstling vermutete und spie das abgebissene Zungenstück genau dort hin. Er glaubte nicht, dass er traf, doch zumindest ein paar Spritzer des weiterhin süßlich sprudelnden Blutes mussten ihn einfach erwischt haben. Mit einer gewissen Zufriedenheit hörte er, wie das Ziel seines überraschenden Gegenschlags mit einem erschrockenen Schrei aufsprang. Für einen kurzen Moment war es darauf vollkommen still im Raum.

Der Schlag kam aus dem Nichts.

Die Luft wurde ihm aus den Lungen gepresst und sein Magen wurde nicht einfach nur getroffen, er wurde regelrecht ausgelöscht: Mit enormem Druck schoss sein Mageninhalt die Speiseröhre hinauf und ergoss sich in einem dicken Strahl direkt über seinen eigenen nackten, festgebundenen Körper. Das Gefühl, mit dem es seine Haut entlang floss, war eindeutig nicht angenehm, dennoch fand er es nicht ansatzweise so schlimm wie die entsetzliche Prozedur, die er noch vor Kurzem ertragen musste. Er schmeckte die saure Note von mit Magensäure versetzter Cola in seinem Mund und schluckte die zusammen mit dem nachsprudelnden Blut entstandene, gräusliche Mischung herunter. Dennoch musste Stephen kichern und wappnete sich sogleich für den nächsten Schlag.

Doch dieser blieb aus. Stattdessen hörte er Stuart irgendwo hinter sich fragen: „Luise?"

In dem Gefangenen gewann der Trotz allmählich überhand: „Scheiß Luise! Lasst mich hier raus!", warf er ihnen mit einem Nachdruck entgegen, der ihn selbst wohl am meisten überraschte.

Keiner der beiden reagierte jedoch darauf, sie ließen ihn weiterhin gefesselt auf dem Stuhl ausharren. Während einer irgendetwas aufzubauen schien, war der andere, sehr zu Stephens Befremden, um das Äußere ihres *Gastes* bemüht – er wurde gewaschen und von den beißend riechenden Überresten seines Mageninhalts befreit. Dabei wurde sorgfältig, aber keinesfalls grob vorgegangen. Da Stephen ungemein kitzelig war, durchfuhr ihn nicht nur einmal ein kalter Schauer, der ihn erzittern ließ.

Nach einer kurzen, geschäftigen Weile wurde ihm schließlich die Augenbinde abgenommen. Er blickte nun direkt in die dunklen Augen des Chinesen. All seine trotzige Zuversicht schwand in jenem Moment. Die Bosartigkeit, die in diesen schwarzen, nicht mehr im entferntesten an einen Menschen erinnernden Pupillen lauerte, schnürte ihm geradezu die Luft ab. Er wusste selbst nicht, was genau ihm eine solche Angst einjagte. ›Bis auf diese fiesen Augen ist auch dieser Jin doch nur ein Mensch‹, redete er sich ein. Zumindest konnte er nichts erkennen, das sein Weltbild enorm ins Wanken gebracht hätte, dafür hatte er in seinem Leben bereits zu viele Abnormitäten gesehen: Behaarte Wolfsmenschen, Menschen mit einem echten Schwanz oder auch mit drei Beinen – als Reporter kommt man eben rum. Solche schwarzen Augen, wie er sie nun direkt vor sich hatte, kannte er bereits in ähnlicher Gestalt. Sie erinnerten ihn an die Robben, denen er an der Küste immer wieder begegnet war: Schwarz, rund, schimmernd. Und doch, irgendetwas im Blick des Mannes vor ihm, etwas das er nur unterbewusst wahrnehmen konnte, machte ihm schmerzhaft deutlich, dass dieser Mann auf eine besondere Weise eben doch mehr war als einfach nur ein gewöhnlicher Mensch.

Klatsch!

Die Ohrfeige riss ihn aus seinen Gedanken. Offenbar gefiel es diesem gar nicht, unverhohlen angestarrt zu werden. Stephen konnte dem Funkeln der Augen, deren Ausdruck nun schlagartig von schaudernd-gespenstig auf feindselig-böse gewechselt war, nicht standhalten. Er wandte sich ab, schüttelte sich und ließ nun den Blick durch den Raum schweifen. Viel hatte sich nicht verändert: Auf dem Tisch vor ihm stand nun eine verschlossene Holzkiste und zu seinen Füßen sind rund um den Stuhl herum kniehohe Kunststoffelemente aufgestellt worden. ›Das hat bestimmt mit dieser Luise zu tun‹, dachte er. ›Wer das wohl ist?‹ Stuart saß lässig auf der Arbeitsfläche der Schränke, die an der Wand aufgestellt waren und ließ die Beine baumeln. Er ließ unentwegt einen kleinen, metallischen Gegenstand, der an einem Schlüsselring befestigt war, um seinen Zeigefinger rotieren. „Ach, Stephen", sagte er. Sein mitleidsvoller Blick hinterließ ein ungutes Gefühl. „Du hättest besser mitspielen sollen. Denn jetzt wird es nämlich doch weh tun."

›Lieber Schmerz als die kranke Scheiße von eben!‹, funkelte er mit ernstem Blick zurück.

Stuarts Blick zuckte hinüber zur Holzkiste und wieder zurück zu dem Gefangenen. In seinen Augen stand ganz klar geschrieben: ›Wenn du nur wüsstest!‹

Jin nahm nun die Holzkiste so vorsichtig vom Tisch, als wäre es eine Bombe. ›Täusche ich mich oder hat der etwa Angst? Das kann nichts Gutes bedeuten‹, ging es Stephen durch den Kopf.

In den Händen des Chinesen schwebte nun die Box, ganz dicht neben Stephens nackten Füßen, ungefähr eine Handbreit über dem Boden. Er hielt das Holzgefäß so weit es nur ging von sich entfernt, dass seine Arme vor Anstrengung leicht zitterten. Mit dem Daumen schob er einen kleinen Riegel beiseite und die nun gelöste Seitenwand schwang klappernd auf. Mit einem hektischen Schütteln wurde noch etwas nachgeholfen und Luise purzelte auf den Boden. Kaum hatte sie ihr vorübergehendes Zuhause verlassen, zog Jin die Kiste schreckhaft zurück und brachte noch einen Schritt Respektabstand zwischen sich und das freigelassene Tier.

Instinktiv stockte Stephen der Atem, er fing sich aber recht schnell wieder. ›Eine Spinne? Luise ist eine Spinne?‹ In einem beinahe schon anderen Leben, vor seiner Gefangennahme, hatte er gelegentlich bei Williams Tarantel nach dem Besten sehen dürfen und so hielt sich seine Furcht doch sehr in Grenzen. Soweit es seine Fixierung zuließ, beugte er sich nach vorne und betrachtete den Achtbeiner. ›Die ist ja beinahe schon hübsch‹, stellte er fest. Williams Tarantel kam ihm damals mit den langen, schwarzen Beinen, auf denen dicke, schwarze Härchen standen und den paarweisen Augen, die einen immer anzustarren schienen, stets ein wenig gruselig vor. Bunte, dicht behaarte Vogelspinnen wären seiner Meinung nach die bessere Wahl für das heimische Terrarium gewesen. Das Krabbeltier zu seinen Füßen war dagegen von vergleichsweise eleganter Erscheinung. Es war von beeindruckender Größe: Mit ausgestreckten Beinen müsste es seine Handfläche um ein kleines Stück überragen, vermutete er. Doch jetzt hatte Luise ihre langen, schlanken Beine unter ihrem Körper angewinkelt. Stephen sah sofort, dass sie ziemliche Angst haben musste – kein Wunder, wenn man aus einer gemütlichen, dunklen Holzbox irgendwo hin geschüttet wurde. Ihr Hinterleib war ungefähr so groß wie ihr Körper und ein kurzhaariger, brauner Pelz würde fast schon zum Streicheln einladen, wenn sie denn keine giftige Spinne gewesen wäre.

„Das ist Luise", stellte Stuart sie mit beinahe majestätischem Tonfall vor. „Jin hat sie gerade eben erst auf dem Schwarzmarkt besorgt."

Dieser nickte, ließ jedoch das Tier nicht aus den Augen. „Ich will doch einfach nur ein bisschen entspannen nach den letzten Tagen", sagte er trocken und emotionslos. „Warum haben Sie es nicht einfach geschehen lassen wie die anderen?"

›Dann bin ich jetzt also der Böse?‹, konterte Stephen in Gedanken.

Der furchteinflößende Mann vor ihm sprach mit zusammengebissenen Zähnen weiter: „Ich für meinen Teil werde schon noch meinen Spaß haben, das ist sicher. Stuart hat gesagt, dass das funktionieren wird und ich habe keinen Grund, ihm nicht zu glauben. Er ist hier schließlich der Arzt, nicht ich."

›Arzt? Der?‹

Dieser nahm Stephens Verblüffung mit einem enttäuschten Gesichtsausdruck wahr. „Tja", murmelte er voller Bescheidenheit, „jeder ist schließlich in irgendetwas gut, bei mir ist es eben das. Unsere kleine Freundin hier ist übrigens eine Brasilianische Wanderspinne."

›Die genauso freiwillig hier ist wie ich. Wir sollten uns zusammentun‹, verbrüderte sich Stephen in Gedanken mit dem armen Geschöpf, das sich allmählich aus seiner Angststarre löste und die langen, an den Enden spitz zulaufenden Beine langsam wieder ausstreckte. Er sah mit Genugtuung, wie Jin es mit der Angst zu tun bekam und stocksteif noch ein Stück zurückwich, bis er mit dem Rücken an die Wand stieß. ›Oh Mann! Ich bin doch mit der eingesperrt, nicht du‹, empörte Stephen sich innerlich.

Tastend startete Luise einen Ausbruchsversuch und begann in ihrer Ecke die Kunststoffabsperrung hinaufzukrabbeln, was dem Chinesen überhaupt nicht behagte. Schließlich befand sie sich in der ihm zugewandten Ecke des Geheges. Doch sie rutschte immer wieder an der Umzäunung ab. Sie konnte einfach keinen Halt finden, gab schließlich auf und wandelte stattdessen immer weiter an der Wand entlang, bis sie irgendwann aus Stephens Blickfeld verschwunden war.

„Das Nano-Zeugs funktioniert ja wirklich", triumphierte der sichtlich erleichterte Chinese. Offenbar war die Umzäunung mit irgendeinem Material beschichtet, so dass die Beine keine Haftung mehr hatten und das Tier dort blieb, wo es sein sollte: Drinnen.

Stuart setzte seine Vorstellungsrunde fort: „Wie gesagt, Luise ist eine Brasilianische Wanderspinne. Anders als die meisten Spinnen baut sie keine Netze, sondern geht richtig auf die Jagd. Ein faszinierendes Tier. Ach und sie ist eine der giftigsten Spinnen der Welt", dabei zwinkerte er ihm verschwörerisch zu.

Stephens anfängliche Sympathie für seine Leidens- und Gehegegenossin fiel in sich zusammen.

„Doch wir werden dich nicht damit töten", versicherte der Mediziner, „das hätten wir auch einfacher haben können. Wir haben genug Serum da. Das wird nicht geschehen. Uns, oder besser Jin", dieser hatte seine Beklemmung abgelegt und grinste nun in diabolischer Vorfreude, „geht es um eine besondere Nebenwirkung des Bisses." Stuart seufzte schwermütig. „Ich werde zwar nie verstehen können, was er für eine Freude aus seinen speziellen Neigungen gewinnt. Aber solange es ihm Spaß macht, stehe ich dem nicht im Wege."

›Neigungen?‹ Eine diffuse Furcht kroch dem Gefesselten nun langsam aus den tiefsten Winkeln seines Bewusstseins hervor und nagte an seinen Gedanken. ›Das kann nichts Gutes heißen.‹

Das metallische Kleinod, das der Arzt unentwegt um seine Finger hatte rotieren lassen, stellte sich als banaler Laserpointer heraus. „Dann wollen wir mal", sagte er, hockte sich nun direkt neben die Absperrung und ließ den violetten Leuchtpunkt hektisch über den Boden tanzen. Ohne erkennbares Muster ließ er das Licht mal hier-, mal dorthin schnellen. Stephen fragte sich schon, was das Ganze bezwecken sollte. Doch plötzlich kam die Spinne mit ungeahnter Geschwindigkeit über den Boden geschossen und stoppte kurz vor dem Punkt. Reglos lauerte das Tier. Das Licht zuckte nach rechts, die achtbeinige Jägerin drehte sich mit, das Licht zuckte nach links, sie folgte mit angriffsbereit erhobenen Klauen. Mit leichtem Ekel bemerkte Stephen, dass ihre beeindruckenden Fänge an der Unterseite rötlich gefärbt und die schwarzen, matt schimmernden Giftklauen von furchterregenden Ausmaßen waren.

Stuart ließ das kleine, behaarte Wesen ein paar Mal umherhetzen, die hektischen, trippelnden Schritte der acht Beine waren auf dem ebenen Stahlboden sehr gut zu hören. Wenn Stephen nicht geahnt hätte, was dieses Spiel bewirken sollte, dann wäre es beinahe schon unterhaltsam gewesen. Er wusste seit Längerem, dass, entgegen gewisser angstgetriebener Meinungen, fast alle Spinnen dem Menschen gegenüber doch sehr scheu und bissfaul waren. Sie bissen fast immer nur dann, wenn sie provoziert oder in die Ecke getrieben wurden. Wenn die beiden Entführer also wollten, dass ihr Opfer mit den Giftklauen Bekanntschaft machte, dann mussten sie sich – obwohl die Brasilianische Wanderspinne als eine der aggressiveren Spezies ihrer Art galt – etwas einfallen lassen. So gesehen, das musste Stephen zu seinem Bedauern zugeben, war der Einfall mit dem Laserpointer geradezu genial. In freier Wildbahn verzichteten diese besonderen Spinnen auf Netze, um ihre Beute zu fangen, sondern gingen auf die Jagd. Und genau dieses Jagdverhalten legte Luise nun in ihrem künstlichen Gehege an den Tag. Sie wurde zunehmend aggressiver und hetzte immer hektischer hinter dem Laser her und wenn sie einmal stillstand, sah man ihr an, dass sie sich spannte wie eine Sprungfeder. Zuletzt überraschte sie sogar Stuart: Anstatt wie gewohnt zum Licht zu krabbeln, federte sie kurz zurück und sprang direkt in den violetten Strahl hinein. Stephen hörte ganz deutlich das leichte Klicken, als ihre Giftzähne gegen den Stahlboden prallten, den sie ja vor Kurzem noch für einen Leckerbissen gehalten hatte.

Stuart schaltete den Laser für einen kurzen Moment aus, offenbar wollte er dem verwirrten Tier etwas Zeit geben, wieder zu sich zu kommen. Der Blick des Gefangenen löste sich von dem Wesen, das sich mit erhobenen Fängen angespannt und zuckend in alle Richtungen drehte, offenbar auf der Suche nach der entwischten Beute. Stephen nutzte die Pause, um hinüber zu dem Chinesen zu schauen: Es verschaffte ihm eine gewisse Genugtuung, dass dieser schreckensbleich bis zur Wand zurückgewichen war. ›Mann, der hat ja mehr Angst vor der Spinne als ich‹, dachte er innerlich kopfschüttelnd.

„Funktioniert gut, nicht wahr?", meldete sich Stuart mit einem sadistischen Zwinkern zu Wort. „Luise ist gerade einmal ein paar Stunden hier unten bei uns und ich bin begeistert, wie gut sie sich hier eingewöhnt hat." Die morbide Begeisterung für das Tier war ihm deutlich anzusehen.

Ohne eines weiteren Kommentars begann er wieder die giftige Achtbeinerin zu reizen. Es dauerte nicht lange und Luise war wieder genauso angriffslustig wie vor ihrem Sprung. „Weiter geht's", sagte Stuart begeistert und richtete den Leuchtpunkt genau auf Stephens nackte, vor Angstschweiß schimmernde Wade. Dieser zog die Luft zwischen den zusammengebissenen Zähnen ein und spannte sich. ›Hoffentlich klappt das nicht!‹, bangte er.

Direkt darauf spürte er etwas Weiches gegen seinen Unterschenkel prallen, das zu seinem Entsetzen auch noch daran kleben blieb. Die langen, pelzigen Beine der Spinne umschlangen seine Wade und hinterließen ein grauenerregendes Druckgefühl.

›Kein Schmerz? Die hat wohl nicht gebissen‹, beruhigte er sich in Gedanken.

Luise drehte sich einmal im Kreis, wobei ihn jeder Hautkontakt ihrer Beine wie ein Stromstoß durchfuhr. Stephen ahnte anhand des hektischen Trippelns auf seiner Haut, dass sie wohl immer noch im Jagdmodus sein musste.

Der Laserstrahl tanzte nun über sein anderes Bein und blieb nun als flirrender Punkt stehen. Offenbar war dies genau das, worauf der kleine Räuber gewartet hatte: Tip, Tip, Tip, Tip, Tip, Tip, Tip, Tip, brachte sie jedes einzelne Bein von ihrer ehemals großen, flachen Spannbreite näher an ihren Körper heran. Stephen meinte, ein leichtes Vibrieren zu spüren, das von ihr auszugehen schien. Dann wurde auf ein Mal das jagende Tier ganz still, er glaubte schon fast, dass es einfach von ihm abgefallen war. Doch plötzlich spürte er einen kurzen, explosiven Druck – den Absprung. Einen Sekundenbruchteil später durchfuhr ihn dort, wo der Laserpointer geruht hatte, ein kurzer, stechender Schmerz.

›Autsch! Die Drecksau hat gebissen!‹

Seelenruhig krabbelte die Spinne daraufhin sein Bein herunter und wartete ein paar Zentimeter von seinem Fuß entfernt. Alle Aggression war aus ihr gewichen.

Der Arzt klatschte begeistert in die Hände, offenbar war er sich bis dahin auch nicht sicher, dass all dies so geschehen würde, wie beabsichtigt. Jin, immer noch sich fürchtend an die Wand gepresst, versuchte unterdessen, seine Fassung wiederzugewinnen und schielte in Richtung seines Untergebenen. Dieser nickte ihm beruhigend zu und öffnete einen der Schränke an der Wand. Am Schwanz gepackt, förderte er eine weiße Maus zutage. Offenbar war diese betäubt, denn bis auf ein paar Zuckungen der Schnurrhaare war keine Bewegung an ihr auszumachen. Er drapierte das arme Wesen in der Holzbox und trug diese zum Spinnengehege, wo Luise immer noch auf Beute wartete. Er stellte den Behälter behutsam hinein, stets bereit, den Rückzug anzutreten, falls die Spinne zu forsch auftreten sollte. Dann nahm er wieder den Laserzeiger und leuchtete direkt in die Kiste. Pflichtgemäß stürmte Luise hinein. Einen kurzen Moment geschah nichts, dann drang ein leises Fiepen an ihre Ohren und es wurde still. Zufrieden nahm er eine kleine Metallstange und benutzte diese als Armverlängerung, um die Tür der Box wieder zuzuklappen.

Eine Aura der allgemeinen Erleichterung erfüllte daraufhin den Raum: Beide Entführer atmeten tief durch und auch bei dem Gefangenen ließ die Anspannung nach – obwohl das tödliche Gift bereits begann, sich in ihm auszubreiten. Noch spürte er keine besonderen Auswirkungen des Bisses, lediglich an der betroffenen Stelle zwickte es leicht. Der Schreck war schlimmer als der Biss selbst – noch.

Der Chinese hatte sich unterdessen sehr schnell wieder gefangen, trat aus seiner Ecke hervor und direkt auf den nackten Mann auf dem Stuhl zu. Er ließ seinen finsteren Blick mehrmals über den Körper streifen. Er kam näher und betrachtete interessiert die Bissstelle, die sich ausgehend von den beiden Punkten, an denen die Klauen die Haut durchdrungen hatten, allmählich in einem tiefen Rot einzufärben begann.

Mit einem bohrenden Blick schaute er seinem Opfer tief in die Augen: „Spüren Sie schon etwas?", fragte er neugierig.

Stephen lauschte in seinen eigenen Körper hinein und ja, da tat sich etwas: „Mein Fuß kribbelt. Moment, eigentlich das ganze Bein sogar."

›So fängt es also an, mit einem leichten Kribbeln‹, ergänzte er für sich in Gedanken.

„Sehr gut", stellte Jin fest und wandte sich an den Mediziner: „Du passt doch auf, dass der nicht stirbt, oder?"

Ein bedächtiges Nicken folgte: „Garantieren kann ich natürlich nichts, ich sehe solch eine Spinne heute zum ersten Mal." Er blickte in Richtung der Holzkiste, die er vor Kurzem auf den Tisch abgestellt hatte. „Aber wir haben genug Serum, was soll schon schiefgehen", sprach er voller Zuversicht und zwinkerte aufmunternd.

„Will ich doch hoffen!" Bodenlose, schwarze Augen funkelten wieder in Richtung des Gefesselten. „Ihr Widerstand eben hat mich ziemlich wütend gemacht. Aber irgendwie macht mich das auch ziemlich an." Er schloss die Augen und biss sich sanft auf die Lippen, als würde er sich etwas besonders Schönes vorstellen. Die Augen öffneten sich wieder und glitten Stephens mit Schweißperlen überzogenen Körper entlang nach unten. „Wenn alles so klappt wie erwartet, dann werde ich wohl noch öfter", er überlegte kurz nach dem richtigen Ausdruck, „auf Sie zurückgreifen." Er leckte sich erregt die Lippen und begann, sich zu entkleiden.

›Oh nein, bitte nicht‹, resignierte Stephen. ›Die giftigste Spinne der Welt und ein Perverser. Das ist zu viel, das halte ich nicht aus!‹

Unterdessen wandelte sich das expandierende Kribbeln in eine Taubheit, die sich langsam nach oben ausbreitete und nun allmählich begann, auch seinen Oberschenkel zu erobern. Doch da war noch mehr: Als würde es nachrücken wollen, breitete sich von seinen Fußzehen her ein brennender Schmerz aus.

Links von ihm erklang ein Klappern. Verängstigt schaute er sich danach um. Dort wurden aus einer kleinen Ampulle, die mit einer blassgelben Flüssigkeit gefüllt war, zwei kleine Spritzen aufgezogen. Sechs kleine Piekser später war die erste Spritze leer.

Stuart hatte jeweils eine kleine Menge in Arme, Schultern und Brustmuskeln entleert. Die zweite blieb unangetastet auf dem Metalltablett liegen. Doch angesichts der Geschwindigkeit, mit der sich die Wirkung des Giftes in ihm ausbreitete, bezweifelte Stephen ernsthaft die Wirksamkeit des Serums: Die Taubheit hatte bereits seinen Unterleib erfasst und kroch schon das andere Bein unermüdlich in Richtung seiner Zehen herab. Der nachfolgende Schmerz hatte bereits das Knie überschritten und wanderte ebenfalls unaufhaltsam weiter. Er blickte an sich herunter und erschrak: ›Fuck! Mein Bein ist ja so rot wie ein Pavianarsch!‹

Unterdessen hatte sich der Lüstling vor seinen Augen bereits bis auf die Unterhose entkleidet, in der sich auch schon eine kleine, lustvolle Beule bildete.

›Baumwolle? Feinripp? Ein bisschen hättest du dich ruhig ins Zeug legen können!‹ Wäre ihm vor Angst nicht die Kehle zugeschnürt gewesen, hätte er sicher rebellierend losgelacht.

Es wurde plötzlich gleißend hell, als Stuart ihm direkt in die Augen leuchtete, offenbar, um seine Reflexe zu testen. Das Ergebnis schien zufriedenstellend zu sein, denn er hielt dem anderen den erhobenen Daumen entgegen. Dieser nickte bestätigend und fragte: „Wie lange noch?"

Stuart kam näher zu seinem *Patienten* und drückte an dessen knallrotem Bein herum. Dieser stöhnte leise auf, als er an diejenigen Stellen kam, wohin sich der wandernde Schmerz bereits ausgebreitet hatte. „Wie es aussieht, geht es ziemlich schnell. Zwei Minuten, vielleicht auch etwas mehr."

Jin riss erstaunt die Augen auf und zog die Luft zwischen den Zähnen ein. „Cool!", freute er sich wie ein kleines Kind. Er schnellte in die Höhe und hüpfte mehr, als dass er ging, zu einem der niedrigen Schränke. Als er wieder zurückkehrte, hatte er eine mit unidentifizierbaren chinesischen Schriftzeichen versehene Tube in der Hand. Die Beule in der Unterhose ist nun deutlich größer geworden.

Stephen nahm all dies nur noch am Rande wahr, er war viel zu sehr damit beschäftigt, mit zusammengebissenen Zähnen den allgegenwärtigen Schmerz auszuhalten. Die Taubheit ist ihm bereits bis über den Bauchnabel gekrochen, der Schmerz folgte immer noch dicht darauf. Beide Beine brannten, als würde sie jemand mit glühend heißem Sandpapier abschmirgeln. In seinen Pobacken stach es, als ob er auf einem Nadelkissen säße und zu seinem Entsetzen machte die Qual auch nicht vor seinem empfindlichsten Körperteil halt: Als es sich Millimeter für Millimeter den Schaft seines Penis entlang ausbreitete, glaubte er, dass scharfe Messer diesen Stück für Stück schälen würden und an der Spitze tat es so weh, als ob unsichtbare Folterknechte sie mit einem gigantischen Bleistiftspitzer malträtieren würden. Seine Atmung ging gepresst und stoßweise, das Gesicht war zu einer angespannten Grimasse verzerrt und die Muskeln am Hals traten markant hervor, während er sich hilflos auf dem Stuhl wand und quälte. Leidend gab er sich einen Ruck und öffnete die verkrampft aufeinandergepressten Augenlider. Dass er nun das sinnbildlich mit reinstem, flüssigen Schmerz getränkte Körperteil sehen konnte, machte alles noch ein gehöriges Stück schlimmer: Sein Schwanz war genauso knallrot wie der Rest seines vergifteten Körpers. Die Eichel hatte dagegen eine wenig gesund wirkende, dunkelviolette Farbe und, soweit er das einschätzen konnte, hatte er soeben die Latte seines Lebens. Seine Erektion war so hart wie noch nie zuvor und ragte wie ein majestätisches Monument aus seinem Unterleib. Der Schmerz in seinem pulsierenden Glied war dermaßen dominant, dass er die Qualen in den anderen Bereichen seines Körpers kaum noch wahrnahm.

Vor ihm stand der perverse Chinese, mittlerweile völlig nackt und starrte gierig auf das im Rhythmus des Herzschlags pochende Objekt seiner Begierde. In der einen Hand hielt er die Tube – offensichtlich Gleitgel – und mit der andern rieb er sich seine eigene, ebenfalls prall aufgerichtete Latte. Ein entrücktes, triumphierendes Grinsen lag in den – unter anderen Umständen wohl recht hübschen – Zügen des Mannes und verzerrte es zu einer beinahe schon dämonischen Fratze.

Der Gequälte warf einen herzerweichend leidenden Blick in Richtung des Mediziners, doch von diesem war keine Hilfe zu erwarten. Bis auf einen Kommentar: „Ziemlich geiles Gift, nicht wahr?", beobachtete er nur passiv das Geschehen, die zweite Spritze mit dem Serum griffbereit in der Hand.

›Nein! Das könnt ihr nicht machen‹, flehte Stephen in Gedanken und wimmerte leise. Er wusste selbst nicht, ob vor Schmerz oder Abscheu.

Plong

Leise polternd fiel der Kunststoffdeckel der Gleitmitteltube auf den Boden und rollte davon. Niemand machte sich die Mühe, diesen wieder aufzuheben. Jin drückte ungeduldig den Inhalt der halben Tube in seine geöffnete Handfläche und beugte sich vor.

›Nicht an meinen Schwanz! Nicht an meinen Schwanz! Nicht an meinen Schwanz!‹ Stephen wollte einfach nur sterben, doch falls ihm das Spinnengift überhaupt diesen Wunsch erfüllen würde, dann eindeutig viel zu langsam.

Beinahe schon zärtlich verteilte Jin das Gel. Als die kühle Masse erstmals auf die empfindliche Spitze seines brutal schmerzenden Prachtstücks traf, verschwand das quälende Stechen für einen winzigen, erleichternden Moment. Jedoch nur, um direkt und mit gesteigerter Intensität zurückzukehren. Es erfasste ihn mit der unaufhaltsamen Wucht eines tonnenschweren Kreuzfahrtschiffes und raubte ihm fast die Besinnung. Ein winziger, noch funktionierender Teil seines Bewusstseins hoffte, dass er in eine gnädige Ohnmacht fallen würde, doch dies geschah nicht. Wie Funken einer Wunderkerze sprühte reinster, destillierter Schmerz um sein stahlhartes Glied, während die Hand seines sichtlich zufriedenen Peinigers mit festem Griff daran auf und ab rieb.

›Nein! Nein! Nein! Lasst mich doch einfach sterben!‹, dachte er, sein Blick verlor sich im unendlichen Schwarz der Augen seines Gegenübers, der ihn die ganze Zeit mit einer diabolischen Faszination anstarrte.

Dann hörte es auf. In aller Seelenruhe trat Jin einen halben Schritt beiseite, dessen aufgerichtetes Gemächt pendelte bei dieser Bewegung hin und her. Stephen glaubte, sich übergeben zu müssen, doch sein Magen war ohnehin leer und auch diese Empfindung wurde rasch wieder vom alles verschlingenden Schmerz hinfortgefegt.

Stuart bewegte sich nun doch und injizierte den Rest des Serums direkt in die Unterarmvene. Das leidende Opfer auf dem Stuhl sparte sich gleich die vergebliche Hoffnung auf Linderung. Das

Mittel hielt ihn am Leben, doch gegen den Schmerz wirkte es nicht, das war ihm mittlerweile qualvoll bewusst geworden.

Nach der erfolgten Rettungsprozedur machte sich nun der Perverse daran, sein spezielles Schäferstündchen fortzusetzen: Er wandte dem Wehrlosen nun seinen Rücken zu und kam Zentimeter für Zentimeter immer näher gerückt.

Grausend ahnte Stephen, was dies zu bedeuten hatte. Doch gefesselt, wie er war, gab es nichts, was er dagegen tun konnte. Es sei denn, ein Wunder würde geschehen. Mit einer ungeahnten Klarheit sah er durch seinen eigenen Schmerz hindurch jedes einzelne Detail: Jedes Muttermal, die einzelnen Schweißtropfen, die auf der blassen Haut perlten und die Behaarung am Gesäß waren, wie durch eine Lupe betrachtet, kristallklar erkennbar und brannten sich, immer näher kommend, regelrecht auf seiner Netzhaut ein.

›Nein! Bitte nicht! NEIN!‹

Galaxien aus purem Schmerz explodierten, als die Pobacke das empfindliche Ende seiner aufgezwungenen Erektion streifte. Eine Hand tastete nach Stephens brettharter Latte und dirigierte sie an den Ort seiner Bestimmung.

Beide stöhnten laut: Stephen vor Qual und Scham, der andere vor sadistischer Lust. Dann legte Jin los, während er mit den Händen seinen eigenen, hart aufgerichteten Schwanz bearbeitete – zuerst langsam, dann immer schneller werdend. Mit der unentrinnbaren Gewalt von Blitzschlägen durchfuhr der Schmerz immer wieder den hilflosen Vergewaltigten, außerstande, auch nur das Geringste an seiner entsetzlichen Lage zu ändern. Sekunden flossen sirupartig wie Minuten dahin und Minuten dehnten sich wie Kaugummi, als wären es Stunden. Nicht nur eine, sondern mehrere gefühlte Ewigkeiten später umfing doch noch eine erlösende Ohnmacht das leidende, menschliche Lustobjekt, während sein Vergewaltiger, davon völlig unbeeindruckt, in einer Raserei aus Ekstase und Wut seine Lust befriedigte, bis er irgendwann, in Schweiß gebadet, von seinem missbrauchten Opfer abließ.

– 19 –

Tempel von Long Jiao

Das Frühstück war bei Weitem nicht so opulent wie die vorhergehenden Mahlzeiten. Es sollte auch nur dafür sorgen, dass keiner hungrig in den Aufzug steigen musste, vor dessen Panzertür sie nun standen. Es war mehr eine vage Ahnung als ein konkretes Gefühl, doch irgendwie wirkte Jin an diesem Morgen deutlich angespannter als die Tage zuvor. Bisher hatte er ihnen einen coolen, souveränen Eindruck von sich selbst vermittelt, der jedoch mit fortschreitender Dauer des Frühstücks allmählich immer mehr Risse bekam.

Es überraschte sie kein bisschen, dass im rechten Flügel des Tempels nicht nur ihre rudimentären Schlafquartiere untergebracht waren, in denen sie die Nacht verbracht hatten. Auch der Zugang zur eigentlichen Anlage befand sich dort.

Sie vermeinten – ganze zwei Mal – in der letzten Nacht bereits das unterschwellige Rumpeln dieses massiven Aufzugs vernommen zu haben, vor dessen verschlossenen Türen sie nun warteten. Ganz sicher waren sie sich dessen zunächst nicht, doch je näher die Geräusche der aufsteigenden Kabine kamen, desto mehr wandelten sich ihre Zweifel in Überzeugung. Offenbar hatte Jin nicht die Nacht oben mit ihnen verbracht.

Vor fünf Minuten hatte Jin eine alte Konsole an der Wand bedient und damit den Aufzug gerufen. In dieser Zeit standen sie nun in einem länglichen Vorraum herum, sagten kein Wort und warteten darauf, dass ihr, vom Äußerlichen her wenig vertrauenerweckendes, Beförderungsmittel endlich bei ihnen ankommen würde.

Ein lautes, stumpfes Poltern ertönte, dann wurde es still. Obwohl es trotz des unermüdlichen Luftstroms aus der Klimaanlage relativ warm war, konnte sich keiner so recht erklären, warum mehrere Topfhandschuhe an kleinen Nägeln in der Wand hingen. Sie waren rot gefärbt und mit einem weißen Blütenmuster versehen. Da in dem kleinen Raum ausschließlich das Grau von Beton und Stahl vorherrschte, zogen diese nicht hierher passenden Haushaltsgegenstände ihre Blicke geradezu magisch an. Doch niemand fragte Jin danach.

Die nicht ausgesprochene Frage beantwortete er ohnehin von ganz allein. Er nahm sich ein Paar davon, stülpte sie sich über die Hände, trat vor und drehte an dem massiven Handrad in der Mitte der zwei mal zwei Meter großen Stahltür. Nach mehreren Umdrehungen ertönte ein leises Zischen von der Tür, das mit jeder weiteren Umdrehung ein wenig intensiver wurde.

Plong

Das Handrad geriet an einen Anschlag und die Tür schwang einen Spaltbreit auf. Dort, wo die Luft entwich, konnten sie ganz deutlich ein charakteristisches Flimmern erkennen, das eindeutig auf die lebensfeindlichen Temperaturen im Aufzugsschacht hinwies.

„Ich habe das Gefühl, bei den hohen Temperaturschwankungen verformt sich der Stahl jeden Tag in eine andere Richtung. Allein, um uns zu ärgern!" Jin stemmte ächzend seine Füße in den Boden und zog an der Tür, die sich nur widerwillig von ihm bewegen ließ. Als er sie schließlich geöffnet hatte, schnaufte er ein paar Mal durch, behielt die Topfhandschuhe einfach an und ignorierte die verwirrten Blicke, die sie ihm zuwarfen. Er trat ein wenig zur Seite und deutete mit einem Nicken an, dass sie doch bitte in den Aufzug eintreten sollten.

Nur sehr zögerlich folgten sie der Aufforderung, die glutheiße Außenwand schreckte sie gehörig ab. Doch im Innenraum selbst herrschten unerwartet angenehme Temperaturen – sofern man in der Lage war, einem tropisch schwülwarmen Sommertag etwas Positives abzugewinnen.

Sie hatten damit gerechnet, dass sich der bisherige, verfallene Achtzigerjahre-Charme des Vorraumes im Aufzug fortsetzen würde, doch das Gegenteil war der Fall: Sauberer, schimmernder Edelstahl strahlte ihnen entgegen. Ihr Transportmittel, so sahen sie jetzt, war eigentlich gar kein richtiger Aufzug: Sie betraten keinen der geläufigen Würfelräume, vielmehr befanden sie sich nun in einer rautenförmigen, stark abwärts geneigten Kabine, in der ein Dutzend Stufen nach unten führte. Natalja fühlte sich sofort an die alte Militäranlage in Yamantau erinnert, in der sie noch vor Kurzem für Mütterchen Russland gearbeitet hatte. Auch dort führten vergleichbare Standseilbahnen in den geheimen Untergrund. Jedoch war sie sich nun sehr unschlüssig, welcher Konstruktion sie nun weniger vertrauen sollte. Die altersschwachen, quietschenden und rostenden Metallblöcke in Russland ließen ihr einst bei jeder ihrer unzähligen Fahrten die Haare zu Berge stehen. Doch es kam nie auch nur zum kleinsten Zwischenfall. Das Gefährt, in dem sie sich derzeit befanden, machte dagegen zwar von innen einen ordentlichen Eindruck. Doch der Umstand, dass sie ohne die schützende Kabine innerhalb einer Minute gegrillt worden wären, ließ ihr trotz der schweißtreibenden Temperaturen das Blut in den Adern gefrieren.

Nachdem sich jeder einen Platz im Inneren gesucht hatte – Frank bereute es, vor Natalja eingetreten zu sein, andersherum hätte er von weiter oben einen perfekten Blick in ihren Ausschnitt gehabt – zog Jin das Panzertor wieder zu, schloss die eigentliche Aufzugstür und bediente die Steuerung. Ein paar Tastendrücke später erwachten zunächst die beiden undefinierbaren Metallkästen in der Mitte zum Leben. Bei diesen handelte es sich um zwei leistungsstarke Klimaanlagen, die das Raumklima auf einen erträglichen Bereich herunter kühlten. Der Boden unter ihren Füßen ruckte und die Kabine setzte sich langsam in Bewegung.

Die Fahrt in die Tiefe dauerte knapp fünf Minuten. Keiner sagte währenddessen auch nur ein Wort.

Als Jin die am unteren Ende der Kabine gelegene Tür öffnete und aus dem Auszug trat, folgten sie ihm, wobei jeder zunächst vorsichtig die Nase aus dem Aufzug streckte und sich interessiert umschaute. Der Anblick, der sich ihnen bot, war ungewöhnlich, konnte jedoch keinen der Anwesenden recht überraschen. Boden, Wände und Decke waren aus mattem Edelstahl. Verschwommen konnten sie ihre schemenhaften Gestalten in der Wand gegenüber erkennen. Ohne auch nur eine Naht erkennen zu können, erstreckte sich nach rechts ein langer Korridor, der von schwachen Deckenleuchten erhellt wurde. In die Decke waren in regelmäßigen Abständen überdimensionierte Lüftungsgitter eingelassen, aus denen die gekühlte Luft der Klimaanlage strömte, die in einem zähen Ringen gegen das Feuer im Berg die Temperatur auf einem erträglichen Niveau zu halten versuchte.

Jin bemerkte Franks Neugier, die sich auf eine Türklinke links von ihnen richtete. Kein Spalt war in der gleichmäßigen Metallwand zu sehen, nur eben jene Türklinke. Offenbar ging die Tür über die gesamte Breite des Korridors. Frank hatte das Gefühl, dass er soeben die schlechteste Geheimtür aller Zeiten entdeckt hatte.

„Besenkammer", sagte Jin so beiläufig, dass keiner auch nur den geringsten Zweifel am Wahrheitsgehalt hegte, schob sich an seinen Gästen vorbei und durchschritt den Korridor mit schwebenden Schritten. Wenig später sollten sie das Gefühl bekommen, so wie Jin sie durch die Anlage führte, dass er sich sorgte, sie könnten sich verlaufen. Das war jedoch nicht zu befürchten, da der Komplex nur über einen einzigen verwinkelten Hauptgang verfügte, von dem alle Räume abzweigten.

Im Aufzug war die allgegenwärtige Hitze einfach nur lästig – sie waren davon ausgegangen, dass es in der Anlage selbst wieder kühler wurde – doch nun, bei unverändert hohen Temperaturen von deutlich über dreißig Grad wurde es allmählich unangenehm. Bei allen zeigten sich bereits nach wenigen Augenblicken die ersten Schweißperlen auf der Stirn und in ihren Gesichtern konnte man das Unbehagen aufgrund der Hitze deutlich ablesen. Förmlichkeit und Etikette wurden von einem Moment auf den nächsten deutlich weniger wichtig: Frank zog seinen dünnen, aber nun völlig nutzlosen Pullover aus. Walter und Joseph entledigten sich ihres Hemdes, das Shirt darunter musste genügen. Katie hatte ohnehin nur einen leuchtend blauen, knappen Rock und eine passende Bluse an. Entgegen Franks sehnlichen, unausgesprochenen Wunsch, knöpfte Natalja keine weiteren Knöpfe ihrer Bluse auf. Lediglich Pierre, Honoka und Ricardo blieben standhaft, obwohl die beiden Männer im Anzug, gemeinsam mit der Wissenschaftlerin in ihren Jeans und dem Kashmirpulli, nun etwas deplatziert wirkten.

Im Bereich vor ihnen zweigten keine sichtbaren Türen ab. Die matte Stahlverkleidung begleitete sie homogen und ohne Unterbrechungen bis zum Ende, wo es in einem Neunziggradwinkel links um die Ecke ging. Die blassgelben Deckenleuchten ließen keine sonderlich wohlige Atmosphäre aufkommen. Der Komplex verströmte schlicht und einfach genau das stimmige, authentische Ambiente, das man eben von einer geheimen, unterirdischen Forschungsstation erwartete.

Nach der zweiten Linksbiegung zweigte nun auch die erste Stahltür vom Korridor ab. Im Vorbeigehen deutete Jin auf den Kartenleser an der linken Seite: „Unser Raum für alles: Besprechungen, ruhige Abende, Essen, Feiern und so weiter. Dort wird Sie gleich Wang erwarten, doch zuerst zeige ich Ihnen den Rest."

›Ob die da auch ne Playstation haben?‹, fragte sich Joseph fasziniert. Seine Studienzeit hallte in seinem Gedächtnis nach.

Die zweite Tür befand sich kurz vor der Hälfte des Ganges, der Allzweckraum musste wohl ziemlich groß dimensioniert sein. Jin lehnte lässig die Hand gegen die heiße Wand und sprach: „Hinter dieser Tür ist Ihre Unterkunft. Sie ist deutlich bequemer als letzte Nacht. Sie werden sich nur an die Wärme gewöhnen müssen."

Katie atmete daraufhin schwer aus. ›Bei der Hitze kann ich nicht einmal an Schlaf denken‹, dachte sie. Solche Temperaturen war sie nicht einmal von den allerheißesten Sommertagen in England gewohnt.

Jin registrierte ihre unausgesprochene Kritik sehr wohl. „Dort drin ist es ein paar Grad kühler als hier, Sie werden es schon aushalten", entgegnete er verständnislos.

Die letzte Tür, bevor es in die nächste Biegung überging, führte in die Küche. Auch ohne Jins Erklärung hätten sie aufgrund der feinen Duftnote darauf getippt. Die äußerst ansprechenden Gerüche wurden zwar augenblicklich von der leistungsstarken Klimaanlage in Richtung Decke gesaugt, dennoch blieb ein homöopathischer Hauch von gebratenem Gemüse und Sojasoße in der Luft hängen.

Zwei Rechtswendungen später befanden sie sich nun im eigentlichen Herzstück der Anlage. Linkerhand gingen nun deutlich mehr Türen ab und in jede war ein Monitor eingelassen, der offenbar zur Überwachung der Innenräume genutzt wurde. Rechterhand hatte der ewige, deprimierende Stahl an der Wand ebenfalls ein Ende gefunden. Ein größeres und zwei kleinere Fenster ließen sie einen Blick in die dahinterliegenden Räume werfen. Der erste war ein hervorragend ausgestattetes biotechnisches Labor, wie Honoka voller Staunen auf den ersten Blick erkannte: Von mehreren Bioreaktoren, über diverse DNA-

Sequenziergeräte unterschiedlicher Ausführungen, einen Massenspektrometer und einen vollautomatischen Laborroboter, bis hin zu den üblichen Gerätschaften wie Mikroskope, Zentrifugen, Brutschränken und vielem mehr ließ dieses Labor wahrhaft keine Wünsche übrig.

„Arbeitet da denn gar keiner?", stellte Katie überrascht fest. In der Tat waren sie während ihrer Tour durch den Komplex noch auf keine weitere Menschenseele gestoßen. ›In einer Forschungsanlage dieser Größe musste es vor Forschern doch nur so wimmeln‹, dachte sie.

„Das Biotechnologielabor nutzen wir relativ selten", entgegnete Jin und ging ein paar Schritte auf eine der Türen in der linken Seite zu. „Wir forschen mittlerweile nicht am Virus selbst, sondern an den Infizierten." Er erweckte mit ein paar Tastendrücken den Monitor zum Leben. Sie scharten sich gespannt darum und erblickten die Videoübertragung des Raums dahinter.

Der Bildschirm zeigte eine Zelle, wie man sie sich aus Gefängnissen vorzustellen vermochte: Eine Pritsche, ein Tisch, ein Waschbecken und eine Toilette, sonst verfügte das kleine Zimmer über keinerlei weitere Ausstattung. Auf der Pritsche saß ein großer, kräftig gebauter Mann. Er wirkte äußerlich wie ein fett gewordener Bodybuilder: Das T-Shirt spannte sich über den kräftigen Armen, sein Kreuz war so breit, dass er auf dem schmalen Bett kaum liegen konnte und doch, es waren nicht nur Muskeln, die ihn so massig machten. So gut es die Detailauflösung des Monitors eben erkennen ließ, wirkte er irgendwie aufgedunsen. Das Gesicht war rundlich und geschwollen und wirkte irgendwie zu groß für diesen Menschen. Auch die Hände waren riesig und wollten nicht so recht zum Rest des Körpers passen.

„Unser Dienstältester", sagte Jin, als er sich sicher war, dass alle einen Blick auf den Monitor werfen konnten. Als hätte er dies durch die dicke Stahltür hören können, wandte der Insasse den Kopf in Richtung Tür. Auf ein Mal machte es in Franks, Josephs und Pierres Köpfen Klick! Die aggressivsten und blutrünstigsten der Wesen, die München nur wenige Wochen zuvor unsicher gemacht hatten, verfügten über die gleichen Merkmale, nur bei Weitem nicht so ausgeprägt wie bei demjenigen im Inneren des Raumes. Pierre beugte sich nochmals in Richtung des Monitors vor und versuchte, dessen Augen zu fixieren, doch die Auflösung war nicht fein genug dafür. Dennoch hatte er nicht den geringsten Zweifel: In der Zelle befand sich der beeindruckendste *Frankie*, den er je zu Gesicht bekommen hatte.

„Er war einmal ein Student, der bei uns seine Abschlussarbeit schreiben wollte", erläuterte Jin. „Doch dann wurde er von einer infizierten Versuchsmaus gebissen." Fatalistisch zuckte er mit den Schultern. „Tja, jetzt ist er unseren Forschungen so nah, wie er es sich nie hätte ausmalen können." Jin schmunzelte und hämmerte zweimal mit der Faust gegen die Tür.

Wie vom Blitz getroffen schoss der Gigant im Inneren der Zelle in die Höhe und rannte wie von Sinnen gegen die Tür. Honoka, die lässig die Hand gegen den warmen Stahl gelegt hatte, quiekte auf und zuckte erschrocken zurück, als sie die Erschütterung des Aufpralls spürte. Das massige Geschöpf warf sich noch ein gutes Dutzend Mal gegen die Tür, bis es sich darauf beschränkte, nur noch wie wild mit den Fäusten dagegen zu hämmern.

„Sie hätten ihn am Anfang erleben sollen", sagte Jin mit einer Spur von väterlichem Stolz, als die Schläge an der Tür leise genug wurden, um sich wieder zu unterhalten. „Damals war er noch ein kleines, schwächliches Bürschchen, das kaum die Kraft hatte, das Mikroskop zu tragen. Ich muss sagen, er hat sich wirklich gemacht." Er lachte trocken und ging zur übernächsten Tür auf der linken Seite.

Auch hier erwachte ein Monitor zum Leben, der daraufhin den Raum dahinter zeigte: Sie sahen eine Gruppe von fünfzehn Menschen. Ungefähr die Hälfte waren Frauen und einer davon sahen sie eindeutig an, dass sie schwanger war.

„Die hier sind etwas umgänglicher, wie Sie sehen können. Sie haben eine verbesserte Variante des Virus bekommen und das Ergebnis sieht man ja."

„Wieso sind die denn so friedlich? Die Dinger in München waren ja eher das Gegenteil von denen", fragte Ricardo und deutete mit der Hand auf einen Punkt irgendwo hinter der Stahlwand.

„Ach, die hier sind einfach nur gut gefüttert", antwortete Jin, als wären es gar keine Menschen, sondern nur tierische Attraktionen in einem Zoo. „Aber lassen Sie sich nicht täuschen. Ich weiß ja nicht, was Sie über das Virus bereits wissen", er blickte kurz in die Runde, doch keiner sagte etwas dazu. „Nun ja, sie sind nur untereinander so friedlich. Wenn ich die Tür hier öffne, dann werden sie sich mit dem gleichen Vergnügen auf Sie stürzen wie unser Freund in der anderen Zelle."

›Auf uns stürzen? Und auf ihn etwa nicht?‹ Franks Gedanken gingen in eine Richtung, die ihm nicht behagte. Er schaute Jin fordernd in die Augen, doch bis auf das gruselige, kalte Dauerlächeln wollte ihm nichts auffallen.

Sie gingen ein Stück weiter. Durch das nächste Fenster auf der rechten Seite sahen sie einen gefliesten Raum, in dessen Mitte sich ein Stuhl befand, der an eine Zahnarztpraxis erinnerte – wenn die Stahlfesseln an den Seiten nicht gewesen wären. Ohne weiter darauf einzugehen, ging Jin daran vorbei und deutete in den Raum hinter der dritten Glasscheibe.

Offenkundig handelte es sich hier um einen Sezierraum. Ein OP-Tisch aus blankpoliertem Stahl dominierte den Raum und das grelle, kalte Licht einer Operationsleuchte warf scharfkantige Schatten in den Raum. Ein Forscher, der offenbar keinen Respekt vor der medizinischen Kleiderordnung zu haben schien, schnippelte mehr an der Leiche auf dem polierten Edelstahl herum, als dass er eine gewissenhafte Autopsie durchführte. Honoka, der seit ihren ersten Studientagen die Notwendigkeit sauberer und möglichst nicht kontaminierter Kleidung regelrecht eingehämmert wurde, erschrak regelrecht beim Anblick des Ganzen. Handschuhe, Mundschutz, Kopfbedeckung – Fehlanzeige! Vielmehr wirkte die sezierende Person wie die Heavy-Metal-Persiflage eines Wissenschaftlers: Das sichtlich gut gepflegte, etwas mehr als schulterlange, blonde Haar war zu einem Zopf gebunden und mehrere Piercings zierten die markanten Stellen im Gesicht: Augenbrauen, Ohren und Wangen.

Doch das Sonderbarste an ihm war sein Kittel, der eigentlich doch keiner war. Immerhin konnte ihm keiner vorwerfen, dass er keinen Laborkittel trug, doch dieser wurde in erheblichem Maße umgestaltet. Dessen Träger schien tatsächlich ein waschechter, leidenschaftlicher Rocker zu sein: Ungefähr zwei Dutzend schwarzer und brauner Stofffetzen mit den Emblemen diverser Rock- und Heavy-Metal-Bands waren darauf genäht. Neben bekannten Vertretern wie AC-DC und Metallica waren auch diverse

Totenschädel und unbekannte Bands dabei. Als Krönung diente noch ein quietschgelbes Zwinkersmiley mit gewaltigen Hörnern, das zwar farblich überhaupt nicht zum Rest passte – thematisch dafür umso mehr. Während Honokas Entsetzen beinahe schon in Atemnot gipfelte, weckte dessen Erscheinung bei Katie gewisse Sympathien. Obwohl ihr Geschmack eher bei elektronischer Musik lag, kannte sie viele im Auftreten ähnliche Menschen und hatte bisher noch nie schlechte Erfahrungen mit ihnen gemacht. Die anderen ließen keine Regung erkennen. An einem so ungewöhnlichen Ort wie diesem – ein riesiger, klimatisierter Stahlkasten mitten in einem unterirdischen Kohlefeuer – schien sie mittlerweile gar nichts mehr zu erschüttern.

Die für eine Obduktion allgemein üblichen Gerätschaften lagen auf einem rollbaren Edelstahlwagen griffbereit ausgebreitet. Diejenigen unter ihnen, die keinen Bezug zum Fach hatten, waren ziemlich überrascht, was dort alles abgelegt war: Neben Klammern, Zangen, Schalen und Skalpellen in allen möglichen Größen befanden sich dort auch eine Knochensäge, mehrere Meißel, ein Stahlhammer und eine Bohrmaschine. Etwas abseits sahen sie auf einem Stuhl einen losen Kleiderhaufen. Der Verstorbene musste wohl zuletzt Jeans, ein rot-weißes Radtrikot und abgenutzte Sportschuhe getragen haben.

Ricardo beäugte mit sichtlicher Neugier die Leiche auf dem Tisch und kam rasch zu dem Ergebnis, dass die Person vor wenigen Stunden noch gelebt haben musste. Ricardos geschultem Auge entging nicht, dass der Körper keine Leichenflecken an Rumpf oder Gesäß aufwies, die bei einem liegend Gestorbenen üblicherweise auftraten. Nein, bei diesem waren stattdessen die Hände und die Füße bis hoch zum Knie dunkelviolett angelaufen. Offenbar ist der Mann im Sitzen gestorben.

Nachdem das Herz des nun Aufgebahrten aufhörte zu schlagen, sammelte sich das Blut, von der Schwerkraft gezogen, in den Extremitäten. In diesem Fall bedeutete es, dass der leblose Körper mindestens eine halbe Stunde nach dem Einsetzen des Todes in sitzender Position geblieben sein musste. Die Konsequenz daraus gefiel ihm überhaupt nicht: Denn das bedeutete sehr wahrscheinlich, dass der Tote auf dem Stuhl im benachbarten Zimmer festgebunden gewesen sein musste – und dort auch gestorben war. Mit einem mulmigen Gefühl in der Magengegend, das zwar noch keine Furcht war, aber ganz klar diese Richtung einschlug, drehte sich der italienische Arzt um und versuchte nochmals durch die andere Scheibe einen Blick auf den Stuhl zu erhaschen. Doch von seiner Position aus blieb er leider außer Sichtweite. Er würde mit den anderen darüber sprechen müssen, doch zunächst versuchte er, sich nichts anmerken zu lassen.

„Einer unserer Besten", stellte Jin unterdessen den bizarren, skalpellschwingenden Rocker vor. „In Sachen Anatomie und Probenentnahme macht ihm wahrlich keiner etwas vor." Er klopfte leise mit den Knöcheln gegen die Scheibe. Der Pathologe hatte seine Zuschauerschar gar nicht bemerkt, blinzelte ein paar Mal verwirrt, nickte dann verstehend und widmete sich wieder seinem Untersuchungsobjekt.

Sorgfältig entnahm er mit Skalpell und Zange immer wieder würfelförmige Teile des Gehirns aus dem Schädel, bei dem oberhalb der Stirn der Knochen entfernt wurde. Die wabbeligen, grauen Proben packte er sorgfältig in mehrere Schüsseln und verstaute diese in einem großen Kühlschrank in der hinteren Ecke des Raumes. Es war zwar nur ein flüchtiger Moment, doch es genügte, um sehen zu können, dass der Kühlschrank randvoll mit diesen Gefäßen war.

„Lassen wir ihn besser in Ruhe weitermachen", unterbrach Jin ihre Beobachtungen und setzte an, seine Führung fortzusetzen. Zum nächsten Raum führte eine massive Tür, die mit Hilfe eines langen Stahlhebels geöffnet werden musste. Alle Türen in der Anlage wirkten schwer und stabil, doch diese war so dick, dass sie nicht bündig mit der Wand abschloss, sondern sogar ein klein wenig in den Gang hinaus ragte. „Fassen Sie doch mal die Tür an", ermunterte Jin seine Gäste.

Pierre und Walter tasteten so vorsichtig mit den Fingerspitzen, als würden sie damit rechnen, sofort einen Stromschlag oder etwas Ähnliches verpasst zu bekommen. In der Tat zuckten sie zurück, als sie das Metall berührten und schüttelten verwundert die Köpfe. Doch dann lachten sie auf und pressten ihre Handflächen fest dagegen.

„Ohoo, sehr angenehm", bemerkte Pierre genüsslich.

„Ja, unser Kühlraum. Besser, Sie fragen gar nicht erst, wie viel Energie der frisst."

Nach und nach nahm sich jeder einmal die Zeit, um im Vorbeigehen die angenehme Kühle zu ertasten, während Jin bereits ein Stück weitergegangen war und sie dabei interessiert beobachtete. Als alle in den Genuss dieser flüchtigen Erfrischung gekommen waren, schritt ihr Führer weiter, ohne ein Wort über die Räume zu verlieren, die sie nun passierten. Auf der rechten Seite war offensichtlich noch ein größerer Raum, da nur noch eine einzige Tür vom Flur abzweigte. Linkerhand passierten sie dagegen fünf davon. Sie vermuteten, dass dort wohl weitere *Probanden* untergebracht waren, aber ganz sicher konnten sie sich natürlich nicht sein.

Am Ende des Korridors angelangt, wand sich der Weg nach rechts, führte noch ein paar Meter weiter und endete dann abrupt.

„Ich habe Ihnen ja erzählt, dass wir einen Teil der Anlage nicht wieder instandsetzen konnten. Tja, das ist die Tür dorthin", sagte er und zuckte ein wenig verlegen mit den Schultern. „Dort drinnen ist es zwar noch etwas wärmer als hier drinnen, aber es spricht nichts dagegen, zumindest einen kurzen Blick hineinzuwerfen."

›Noch heißer?‹ Als hätten sie eines Signals bedurft, registrierten sie erst jetzt, wie verschwitzt sie mittlerweile nach den wenigen Minuten hier unten waren. Katie und Honoka machte die Hitze bereits erheblich zu schaffen, ihnen war deutlich anzusehen, wie unwohl sie sich bei diesen Temperaturen fühlten.

›Unvorstellbar‹, ging es Natalja reflexartig durch den Kopf. Sie musste an den maroden russischen Militärkomplex in Yamantau denken, wo sie die letzten Jahre zugebracht hatte und welche Reparaturarbeiten dort alles nötig waren. Dies mitten in diesen ehemals aufgegebenen, fast schon glühenden Räumen unter Lebensgefahr zu bewerkstelligen, erzeugte bei ihr trotz der Hitze eine Gänsehaut.

„Hinter dieser Tür ist der Teil, den wir nicht retten konnten." Er nickte in die gemeinte Richtung. „Wenn Sie gleich einen Blick hinein werfen, wissen Sie gleich, warum", sprach er, entriegelte die schwere Tür und stemmte sich mit aller Kraft gegen das Türblatt. Mit dem ungesunden Quietschen von leidendem Metall schuf er den Zugang zum stillgelegten Teil und trat beiseite, um sie eintreten zu lassen.

„Puh", ächzten sie alle gleichförmig, als ein Schwall noch heißerer Luft an ihnen vorbeiströmte. Katie und Honoka schüttelten daraufhin beide ablehnend mit den Köpfen – was auch immer sie dort erwartete, ihre Neugier war nicht groß genug, um sich durch diese Hitze zu kämpfen. Sie traten ein paar Schritte zurück und deuteten mit einer abwehrenden Handbewegung an, dass sie dort nicht hinein gehen würden. Walter nickte verständnisvoll, er stand am nächsten zur Tür und spürte, wie sein Gesicht in der heißen Luft prickelte. Er warf vorsichtig einen Blick um die Ecke.

„Krasse Scheiße!", entfuhr es ihm, kaum dass er den Kopf durch die Tür gesteckt hatte. ›Das hätte ich auch nicht wieder in Schuss bringen wollen‹, dachte er. Auf den ersten Metern schien sich das Bild der bereits besuchten Anlage zunächst fortzusetzen: Boden, Wände und Decke bestanden weiterhin komplett aus Metall, jedoch war es bei Weitem nicht so gepflegt wie der Bereich, den sie bereits kennengelernt hatten. Das Metall war stumpf und stellenweise sogar unangenehm verfärbt. Insbesondere an den Ecken und den kantigen Übergängen zwischen Wand und Decke war hier und da Rost zu sehen.

Das hingegen war noch der vergleichsweise gut erhaltene Teil. Insgesamt sechs Stufen führten ein bisschen weiter nach oben und ab dort war die Zerstörung deutlich zu erkennen: Die linke Korridorwand existierte nicht mehr, offenbar wurde sie abgetragen, um an anderer Stelle wiederverwendet zu werden. Die Räume, die sich dahinter befunden haben mochten, konnte man höchstens noch erahnen, denn im Wesentlichen erstreckte sich dort nur noch eine riesige unterirdische Schutthalde. ›Offenbar ist der Teil hier eingestürzt‹, stellte er in Gedanken fest. Trotz der Zerstörung wirkte es dennoch auf eine gewisse Art aufgeräumt. Im Korridor hätte sich der Schutt ebenfalls auftürmen müssen, dieser war jedoch komplett davon befreit worden. Die rechte Seite wirkte dagegen unversehrt: Lediglich durch ein paar Türen unterbrochen, verlor sich eine Wand aus gealtertem Stahl in der Ferne.

Er hatte genug gesehen und zog sich wieder zurück, um auch den anderen einen Blick zu erlauben. Bei den beiden zurückgebliebenen Frauen angekommen, erkundigte er sich nach deren

Wohlbefinden und kam zu dem Schluss, dass es ihnen trotz ihres Unwohlseins noch recht gut ging. „Es gibt Schlimmeres", hatte Katie entgegnet. Wobei ihr die Frage durch den Kopf ging, wie Jin das Ganze aushielt. Schließlich stand er – beinahe wie eine Wache – die ganze Zeit bei der Tür in diesem Kokon aus purer Hitze, ohne sich auch nur eine Spur des Unmuts anmerken zu lassen.

Nachdem die verbliebenen fünf ebenfalls einen kurzen Blick hinein geworfen hatten, stemmte Jin die Tür wieder zu. Frank half ihm dabei. Die permanent laufende Klimaanlage wälzte die Luft weiterhin unermüdlich um und sorgte, im Vergleich zu den Bedingungen von zuvor, für eine geradezu kühle Brise.

„So, fürs Erste war das unsere kurze Führung durch die Anlage. Nachdem Sie sich nun ein erstes Bild machen konnten, wird es höchste Zeit, dass Wang Sie kennenlernen darf." Jin wandte sich um und durchschritt den Hauptgang in die Richtung, aus der sie gekommen waren. Wie eine Schulklasse bei einer Museumsführung folgten sie ihm brav. Als sie an der Tür mit dem mutierten Ex-Studenten vorbeikamen, konnten sie hören, dass dieser immer noch in seiner Zelle randalierte. ›Woher der wohl die ganze Energie nimmt‹, fragte sich Joseph schwitzend. ›Bei der Hitze wäre ich doch längst völlig fertig.‹

Auf ihrem Weg begegneten sie noch zwei weiteren Menschen, die ihnen mit eiligen Schritten entgegen kamen. Einer der beiden war der größte von Jins Gorillas, die sie auf ihrer Reise hierher begleitet hatten und der andere war ein großer, schlanker Mann, dessen Blässe beinahe schon ungesund wirkte. Er trug eine getönte Brille, durch die er jeden Einzelnen interessiert musterte. Doch sie hielten nicht und Jin machte auch keinerlei Anstalten, sie einander vorzustellen. Schließlich befanden sie sich vor der Tür zu dem Raum, in dem sie nun endlich diesen geheimnisvollen Wang kennenlernen sollten, der sich so viele Jahre meisterlich vor allen Behörden und Geheimdiensten verstecken konnte.

An besagtem Allzweckraum angekommen, entsperrte Jin die Tür ohne anzuklopfen und hielt sie ihnen offen, damit sie alle eintreten konnten. Als Walter ihn passierte, glaubte er, einen Ausdruck freudiger Erregung in dem Mann erkennen zu können, der sie durch halb China bis hierher gebracht hatte, beinahe als wäre dieser nun froh, dass er sie nun endlich los sei und sich um wichtigere Dinge kümmern konnte.

Jeder Einzelne von ihnen war sichtbar überrascht, als sie nun endlich den eigentlichen Gastgeber, Wang, erblickten. Nach dem, was sie gehört hatten, erwarteten sie einen Forscher, der mindestens fünfzig oder gar sechzig Jahre alt sein musste. Doch der Mann vor ihnen, der sich daran machte, sie mit ausgebreiteten Armen zu begrüßen, passte absolut nicht dazu. Vor ihnen stand ein junger, sportlicher Chinese, der höchstens dreißig Jahre zählen musste. Er hatte sehr kurzes, schwarzes Haar, beinahe schon unnatürlich glänzende, braune Augen und definierte, jedoch noch nicht kantig wirkende Gesichtszüge. Für wahre Irritation sorgte jedoch seine Bekleidung: Sie hatten damit gerechnet, dass er sich ebenso wie Jin in einen sündhaft teuren Anzug hüllen würde. Auch die übliche Laborkleidung, passend zur Forschung in der Anlage, hätte noch gut ins Bild gepasst, doch so, wie er nun vor ihnen stand, fühlten sie sich wie in einer schlechten Oper: Er trug die traditionell chinesische Seidenrobe – einen Hanfu. Der im Licht anmutig schimmernde, schwarze Stoff war mit aufwendigen, goldfarbenen Stickereien verziert, bei genauem Hinsehen konnten sie wieder die vier Tiere – Drache, Kranich, Tiger und Bär – ausmachen. Der Saum am Kragen und an den Ärmeln hatte ein kräftiges, dunkles Rot. Auch wenn dieser Mann äußerlich so wirkte, als wäre er mit einer Zeitkapsel aus der Vergangenheit in die Gegenwart gereist, er sah nahezu umwerfend gut damit aus.

„Aaah meine Gäste!! Es freut mich, dass ihr endlich da seid", begrüßte er sie in perfektem, akzentfreiem Englisch. Entweder schien er ihre Verwirrung über sein Erscheinungsbild nicht zu bemerken oder er war bereits sehr routiniert mit solchen Reaktionen. Pathetisch schritt er auf sie zu und umarmte jeden von ihnen. Die Umarmungen waren fast schon unangenehm lang, es wirkte beinahe so, als würde er ihre Gegenwart in sich aufnehmen wollen.

Honoka zögerte dabei sichtlich. Der Wang, den sie vor ein paar Jahren auf dem Kongress erlebt hatte, wies zwar durchaus eine gewisse Ähnlichkeit mit dem Mann vor ihr auf. Doch die Person, die sie nun herzlich in die Arme schloss, schien eher dessen jüngere, deutlich sportlichere und attraktivere Kopie zu sein. ›Muss wohl sein Sohn sein‹, dachte sie und erwiderte letztlich die Geste. Joseph fühlte sich bei dieser Art der Begrüßung ziemlich unwohl. Das lag jedoch vielmehr daran, dass er solche Herzlichkeiten generell nicht gewohnt war – von Gleichgeschlechtlichen schon gar nicht – doch er ließ es über sich ergehen. Frank dagegen spürte ein unangenehmes Ziehen in seinen Eingeweiden, als er sah, wie Natalja mit ihrer gewohnten Offenheit die Arme um ihren Gastgeber schlang. Es bereitete ihm beinahe schon körperliche Schmerzen, als er in allen Details beobachten musste, wie sich ihre wohlgeformten Brüste an den Chinesen schmiegten. Obwohl es nicht der Fall war, glaubte er sogar, dass diese Umarmung noch länger dauerte als bei den anderen. Für einen Sekundenbruchteil blickte sie dabei Frank in die Augen und lächelte aufreizend, als wüsste sie ganz genau, was ihm gerade durch den Kopf ging. Er glaubte, in diesem flüchtigen Moment doppelt so stark zu schwitzen wie zuvor, doch das machte bei diesen Sahara-Temperaturen ohnehin keinen Unterschied mehr.

Jin setzte sich unterdessen auf den Platz direkt neben den, wo Wang sich vor seiner Begrüßung befunden hatte und regte sich nicht weiter. Wie verwandelt, vermittelte er nun den Eindruck, als wäre er nur ein Roboter, der nun in den Standby-Modus gegangen war.

Wang bat sie, am Tisch Platz zu nehmen und ohne auch nur den geringsten Smalltalk abzuhalten, kam er gleich zur Sache: „Ursprünglich waren wir eine ganz normale Biotechnologiefirma. Wir versuchten, mit Hilfe von speziell umgebauten Viren Medikamente in das Gehirn zu transportieren und somit die Blut-Hirn-Schranke zu überwinden. Über Jahre haben wir hunderte Viren ausprobiert, bis wir schließlich beim Tollwutvirus einen Fortschritt erreichten. Wir haben mit Gentechnik versucht, das Virus so weit umzuprogrammieren, dass es zwar weiterhin in das Gehirn eindringt, dort jedoch keinen Schaden mehr anrichtet. Eine von unzähligen Variationen hatte schließlich ein halbwegs vernünftiges Ergebnis hervorgebracht. Ein erster bescheidener Erfolg im Tierversuch war bereits: Die Versuchsmaus starb nicht innerhalb weniger Tage. Sie schien sich zunächst aufzublähen – Ohren, Schwanz und Pfoten sind als Erstes enorm gewachsen, bis ein paar Tage später auch die Knochen zulegten und die Maus am

Ende doppelt so groß war wie bisher. Mit dieser einzigartigen Maus hielten wir überraschenderweise den Schlüssel zu einem enormen Zellwachstum in der Hand – wir waren hin und weg. Die Nebenwirkungen waren jedoch nicht unerheblich: Das Wachstum, das wir beobachten konnten, war eigentlich vielmehr eine Wucherung, die sich über den ganzen Körper erstreckte. Die Maus war zwar größer und stärker als zuvor, sah aber nicht unbedingt besser aus, wenn ihr versteht. Außerdem war die Maus nach der Infektion genauso schreckhaft und aggressiv wie bei einer echten Tollwut, mit dem Unterschied, dass sie nicht daran starb.

Letztlich verendete auch diese Maus, doch sie ließ sich damit erstaunlich viel Zeit: Zum Zeitpunkt des Versuchs war sie fast drei Jahre alt, für eine Maus fast schon ein Greis. Auch sie baute im Laufe der Zeit langsam, aber stetig körperlich ab, doch ich persönlich denke, dass es kein Alterungsprozess war, sondern die vielen Experimente.

Eines Tages jedoch biss sie einem unserer Studenten in die Hand und – keiner weiß, warum – sprang aus dem geöffneten Fenster. Als wir sie vom Pekinger Bürgersteig kratzten, war wirklich nichts mehr zu machen, gegen die Schwerkraft war auch diese Supermaus machtlos."

Wang lehnte sich ein wenig zurück und schmunzelte: „Ich gehe davon aus, dass Jin euch Hogan bereits vorgestellt hat."

Irritiert schauten sie zurück. „Er hat uns keinen Hogan vorgestellt", meinte Walter vorsichtig. „Ist das etwa der *ungewöhnliche Pathologe?"*

Wang lachte. „Nein. Hogan ist der Student, den diese Maus damals gebissen hatte. Er wohnt gleich in der ersten Zelle."

Walter riss die Augen auf. „Ah! Ja, dann wissen wir, wer Hogan ist", sagte er schließlich.

Joseph ergänzte noch schaudernd: „Ein ziemlich lebhafter Kerl ist das." Die anderen nickten zustimmend.

„In der Tat", antwortete der Wissenschaftler nachdenklich und faltete die Hände. „Nach so vielen Jahren finde ich es immer noch faszinierend, dass ein so winziges Ding, das man vor ein paar Jahrzehnten noch nicht einmal unter dem Mikroskop sehen konnte, solch eine enorme Wirkung auf komplexe Lebewesen haben kann. Ich finde, Viren sind wirklich echte Wunderkerle."

Joseph fand Wangs Interesse ziemlich abscheulich, schließlich hatte er in München miterleben müssen, was diese Kreaturen anzurichten imstande waren und dieser Wang fand das auch noch amüsant.

„Wir hatten damals ja noch keine Ahnung, was das Virus beim Menschen bewirken würde. Nun ja, das hat sich schnell erübrigt, denn der arme Student hat es uns schließlich vor Augen geführt. Als Mensch war er recht klein und schmächtig, doch das Virus hat ihn ziemlich schnell wachsen lassen – das Ergebnis kennt ihr ja aus eigener Anschauung."

Jin fügte noch teilnahmslos ein: „Stuart, einer unserer Leute, gab ihm seinen Namen. Er steht nämlich total auf Wrestling, müssen Sie wissen. So groß und aggressiv, wie er geworden ist, haben wir ihn schließlich umgetauft. Von seinem bisherigen Wesen ist seit Jahren ohnehin nichts mehr übrig."

„Oh ja, das merkt man deutlich", entgegnete Pierre und schaffte es, dabei nicht allzu patzig zu klingen.

„Wir brachten es aber auch nicht über uns, ihn einfach umzubringen. Irgendwie ist er uns dann doch ans Herz gewachsen", schloss Jin, ohne dies weiter zu erläutern.

Insbesondere Frank legte die Stirn in Furchen. Während der Zugfahrt hatte er ja bereits mitbekommen, wie viel denen ein Menschenleben in Wirklichkeit bedeutete. Die Entwicklung des Gesprächs nährte eher seine Zweifel an den guten Absichten ihrer Gastgeber, als sie zu entkräften. Wang schien Franks Sorge mit irgendeinem geheimen Sinn zu spüren. Er beeilte sich, wieder zu seiner Geschichte zurückzukehren: „Wirklich zufrieden waren wir mit dem Virus natürlich nicht. Schließlich hatte es uns bei unserem ursprünglichen Vorhaben nicht wirklich weitergeholfen. Und das unfassbare Potential der Lebensverlängerung hatten wir damals schlicht und einfach nicht gesehen. Wir waren wohl ein bisschen betriebsblind.

Doch dann hat mich eines Tages mein Professor aus alten Studienzeiten daran erinnert, dass damals ja auch mein Vater zusammen mit den Deutschen an Viren experimentiert hatte. Fragen konnte ich ihn dazu leider nicht, er ist schon vor längerer Zeit gestorben. Doch in unserem alten Haus habe ich ein paar seiner

Aufzeichnungen gefunden und diese haben uns tatsächlich zum Durchbruch verholfen.

Unser ursprüngliches Vorhaben mit den Medikamenten haben wir letztlich zwar aufgegeben, doch dafür haben wir – viel besser – dem Tod gehörig den Stinkefinger gezeigt." Um dies zu unterstreichen, streckte er seine beiden Mittelfinger aus und fuchtelte damit grinsend in der Luft herum.

Als er sah, dass er niemanden mit seinem Humor begeistern konnte, räusperte er sich und fuhr fort: „Ich muss sagen, ich finde es fast ein bisschen gruselig, auch mein Vater hatte bereits Jahrzehnte zuvor ebenfalls solch ein Virus geschaffen – vielleicht ist das ja eine Art Familienschicksal, wer weiß."

Er machte eine kurze, nachdenkliche Pause. Dann sprach er weiter: „Mein Vater ist damals auf genau die gleichen Probleme gestoßen wie wir auch. Doch zu unserem Glück hatte er sich viele Gedanken gemacht, wie dies alles zu lösen sei. Und in der Tat, er lag letzten Endes genau richtig mit seinen Vermutungen. Nur hatte er damals nicht über die nötige Technologie verfügt. Wir schon!" Er grinste nun bis zu den Ohren, so stolz war er auf sein Werk.

„Und die zweite Versuchsmaus war dann der wirkliche Durchbruch. Zunächst bemerkten wir nur zwei Besonderheiten: Erstens, sie bekam einen riesigen Hunger, ohne jedoch fett zu werden. Und zweitens, sie starb einfach nicht. Das weckte unsere Neugier und wir machten einige Tests. Über ein halbes Jahr haben wir sie beobachtet, Blut gezapft, durch Labyrinthe geschickt, Proben genommen und wir haben sie in unser Herz geschlossen. Petie ist echt ein aufgeweckter Kerl, stets neugierig und zutraulich. Wollt ihr ihn mal streicheln?"

Daraufhin standen acht Münder erstaunt offen. Man konnte regelrecht die Fragezeichen über den Köpfen der Gäste sehen.

Ohne auf eine Antwort zu warten, erhob er sich und verließ den Raum durch die kleine, unscheinbare Hintertür. Kurz darauf kehrte er zurück – eine süße, weiße Maus auf der Hand.

„Darf ich vorstellen, Petie. Er ist stolze sieben Jahre alt", sprach er in einem beinahe zärtlichen Tonfall und ließ das Tier von seiner Hand auf den Tisch gleiten. Alle acht wichen vom Tisch zurück.

Wang lachte kurz auf. „Warum so ängstlich. Petie ist trotz allem eine ganz normale Maus. Mit den wilden Monstren, denen ihr in

München begegnet seid, hat er nichts zu schaffen." Er zog einen kleinen Haferkräcker aus dem Inneren seiner ungewöhnlichen Bekleidung. „Die habe ich immer dabei für unseren kleinen Petie", sprach er fröhlich und hielt einen davon seinem pelzigen Freund hin. Dieser schnupperte kurz daran, riss seine Kiefer weit auf und biss kraftvoll hinein, dass es ein knackendes Geräusch machte. Schicht für Schicht nagte er ab, bis der ganze Kräcker verschwunden war. Der Bauch war nun sichtbar gefüllt. Nach der Mahlzeit streckte Petie seine Nase in die Luft und schaute sich schnuppernd um. Dann steuerte er auf Katie zu, die ihm am nächsten saß, machte an der Tischkante halt und musterte sie mit aufgestellten Ohren. Seine Nase und die Schnurrhaare bewegten sich unaufhörlich.

Wang sprach: „Du kannst ihn gerne streicheln, Petie tut niemandem etwas."

Katie zog die Augenbrauen zusammen, streckte die Hand aus und zögerte letztlich doch. Jin schmunzelte amüsiert. „Nun kommen Sie schon, es ist doch nur eine Maus. Wäre er gefährlich, hätte Wang ihn gar nicht erst hereingebracht. Petie ist mittlerweile ein Teil des Teams wie alle hier. Ich verbürge mich für den kleinen Kameraden." Dabei verbeugte er sich langsam und umständlich, so gut es seine sitzende Haltung eben zuließ. Niemand wusste, ob dies ernst gemeint war oder er sich nur über sie lustig machte. Walter tippte auf Letzteres.

Katie jedoch sammelte sich und hielt dem putzigen Nager vorsichtig den Zeigefinger entgegen. Petie beschnupperte ihn von allen Seiten und schleckte schließlich daran. Erschrocken zuckte ihre Hand wieder zurück und auch Petie machte einen Satz nach hinten. Als Katie spürte, wie lächerlich das alles war, lachte sie kurz auf und hielt die Handfläche an die Tischkante. Petie nahm die Einladung an und krabbelte behände darauf. Beide betrachteten sich eine kleine Weile neugierig, dabei wiegte sie ihre Hand von einer Seite zu anderen, um ihn von allen Seiten betrachten zu können. „Sieht aus wie eine ganz normale Maus. Aber die Augen, die sind ja ganz schwarz."

Frank, der anfangs alles mit geistiger Distanz beobachtete, war nun hellwach und starrte teils erschrocken, teils interessiert auf den kleinen Vierbeiner. Auch Pierre, Walter und Joseph, die bereits die schrecklichen Augen der Monster von Münchens Straßen kannten, waren nun hochkonzentriert bei der Sache.

Wang versuchte, sie mit entspannter Stimme zu beruhigen „Ja, alle seiner Art haben diese Augen. Aber schau ruhig tief hinein, du wirst feststellen, dass es zwar komisch aussieht, aber sonst keinen Unterschied gibt."

Franks und Walters Blicke trafen sich. Ein einziger Gedanke lag knisternd zwischen den beiden: ›Wir können das genaue Gegenteil bestätigen!‹ Einen Sekundenbruchteil später gesellte sich auch Pierre dem unsichtbaren Gedankenaustausch hinzu. Dieser winzige Augenblick der Verständigung löste sich jedoch genauso schnell auf, wie er entstand. Nun ruhten wieder alle Blicke auf Katie. Sie hatte ihre Hand mitsamt Nager dicht vor ihr Gesicht geführt und musterte ihn mit schräggelegtem Kopf. Nach einer kleinen Weile wich der skeptische Ausdruck aus ihrer Miene und machte einem sanften Lächeln Platz. Sie führte die Hand nun direkt vor ihre Nase und Petie schleckte ihre Nasenspitze ab, worauf sie kicherte wie ein kleines Schulmädchen. Die Anspannung löste sich daraufhin auch bei den anderen und versickerte wie Wasser in einem Schwamm. Lediglich Frank blieb als Einziger noch deutlich verkrampft.

Als Katie nun die Hand ausstreckte und Petie genau diesem entgegen hielt, schreckte er regelrecht zurück. Mit geweiteten Augen glotzte er das unscheinbare, pelzige Etwas an. Dies waren tatsächlich die gleichen Augen, in die er schon viel zu oft blicken musste und doch waren sie irgendwie anders. Die Maus ruhte ganz still auf Katies Hand, als wüsste sie, dass Frank berechtigterweise eine gewisse Furcht vor ihr empfand. Frank fürchtete nicht wirklich diese kleine, putzige Maus an sich, sondern das, wofür sie stand: Hetzende Meuten, schnappende Kiefer, greifende und reißende Hände, entsetzlich schreiende Verletzte und unzählige Tote. Seine Beklemmung war so intensiv, er bemerkte erst jetzt, dass seine Lunge zum Zerreißen gespannt war – er hatte unmerklich den Atem angehalten, als das Tier immer näher gereicht wurde. Frank ließ die Luft entweichen und atmete schwer, während er die weiterhin reglose Maus anstarrte.

›Ja, diese Augen sind anders. Nicht so stumpf und leer, dort ist tatsächlich ein Ausdruck drin. Irgendwie sind die Augen dieser Maus sogar menschlicher als bei den Wesen damals in München.‹

Frank legte den Kopf schief, wie es Katie bereits zuvor getan hatte. Petie tat es ihm gleich und wurde wieder etwas lebhafter. Tastend arbeitete er sich auf Katies Hand nach vorne, bis er nicht weiter konnte, auch die Nase und die Schnurrhaare nahmen ihre Arbeit wieder auf. Frank spürte die erwartungsvollen Blicke der anderen auf sich lasten. Würde er jetzt sprechen, könnten alle hören, wie seine Stimme zitterte. Also flüsterte er nur: „Wie es scheint, bist du wohl wirklich nur eine Maus, unsterblich zwar, aber trotzdem eine Maus. Lass es uns herausfinden, Kleiner!"

Widerwillig vollführte er das gleiche Ritual wie vor Kurzem die zierliche Engländerin: Er führte zaghaft seine Nase auf das Tierchen zu. Zuerst wich es ein wenig zurück, doch kurz darauf kam auch Franks Nase in den Genuss des fast schon mystischen Mäusezungenkontakts. Frank war ungemein erleichtert. Bis zum letzten Augenblick hatte er befürchtet, dass dieses kleine Wesen seine Zähne in die Haut schlagen würde, was zu seiner Beruhigung nicht geschah. Frank atmete tief durch und lehnte sich schlapp in den Stuhl. Erst jetzt spürte er, dass ihm dicke Schweißperlen auf der Stirn lagen, die er rasch wegwischte.

Sein Blick traf auf Wang: Dieser hatte ihn die ganze Zeit genau beobachtet und warf ihm nun einen geheimnisvoll wissenden Blick zu: ›Durchschaut! Ich weiß ganz genau, was in dir vorgeht.‹

Eine neue, andersartige Beklemmung wollte soeben in Frank aufsteigen. Doch sie zerstreute sich augenblicklich, als nun Natalja aufkicherte und sich alle Blicke auf sie richteten. Petie wurde herumgereicht und auch sie hatte sich die Nase abschlecken lassen. Die Maus wanderte nun von einer Hand zur anderen, bis jeder in den Genuss der süßen, aber auch leicht bizarren Weihung gekommen war. Die Stimmung wurde dabei im Laufe der Zeit immer heiterer – lediglich Pierre, der als Letzter an der Reihe war, zeigte ansatzweise ähnliche Vorbehalte wie Frank.

Das für den Sensenmann unerreichbare Nagetier wurde wieder auf den Tisch zurückgelassen und wanderte schnuppernd umher. Wang drapierte einen letzten Keks auf das Holz und ließ das Nagetier außer Acht. Vergnügt plapperte er weiter: „So, nun kennt ihr unseren Proband Nummer eins, Petie. Darauf aufbauend haben wir weitergeforscht und waren ziemlich optimistisch. Doch je größer unsere Versuchstiere wurden, umso mehr Probleme machten sie auch. Zusätzlich zum Hunger wurden sie aggressiv. Wir fürchteten, dass das Tollwutvirus doch wieder die Kontrolle übernommen hätte. Doch nach aufwendigen Tests hat sich ergeben, dass nicht die Tollwut die Ursache war, sondern etwas ganz anderes.

Als sich eines Tages ein Dutzend Versuchsaffen befreien konnte, fanden wir endlich das fehlende Puzzlestück. Einmal entfesselt, sind sie sofort über die Forscher hergefallen, die sich unglücklicherweise im gleichen Raum befunden haben. Doch sie haben diese nicht, wie wir zunächst erwartet hätten, schlicht und einfach angegriffen und gefressen. Nein, ihr Hunger war von besonderer Art: Die Affen haben die Köpfe geknackt und dabei waren sie nicht gerade zimperlich. Bei zweien haben sie so lange den Schädel auf den Boden gehämmert, bis der Schädelknochen nur noch Mus war. Der dritte Kopf wurde mit Hilfe eines massiven Mikroskops aufgeschlagen. Dieser arme Tropf hat immer noch unser größtes Mitgefühl, er war nämlich noch bei Bewusstsein, als sich die Meute daran machte, sein Gehirn zu verspeisen – bei den Bildern der Überwachungskamera dreht es einem regelrecht den Magen um." Seine Gäste verzogen angewidert das Gesicht. Joseph hatte sofort die Bilder seiner ersten Begegnung mit den Infizierten in einer U-Bahnstation in München im Kopf. Er hatte Mühe, sein Zittern zu unterdrücken.

Als würde es bloß um den letzten Picknickausflug gehen, erzählte Wang völlig unbeschwert weiter: „So schrecklich das alles auch war, es bedeutete einen Meilenstein in unserer Erforschung des Rätsels. Der Sicherheitsdienst unseres Labors in Peking musste das alles über die Videokameras mit ansehen, bis schließlich ein Team zusammengestellt war, das hinein gehen konnte. Als alles vorbereitet war und das bewaffnete Einsatzteam sich daran machte, den Laborraum zu stürmen, geschah etwas, mit dem niemand gerechnet hatte. Die Affen haben es sich gemütlich gemacht, hingen in den Stühlen oder lungerten auf Tischen und Schränken herum und wirkten wie ausgewechselt. Als das Team das Labor mit großem Getöse stürmte, bereit auf alles zu schießen, was ihnen zu nahe kam, konnten die Männer ihren Augen kaum trauen: Ganz gemütlich liefen die Affen auf die Männer zu und fingen an, sich gegenseitig zu lausen und auch den Männern durch die Haare zu fahren. Wir waren alle sehr erstaunt, dass keine Schüsse gefallen waren, denn diese Jungs haben einen sehr nervösen Zeigefinger. Doch nach fünf Minuten gab der Einsatzleiter den Raum wieder für das wissenschaftliche Personal frei – keine Gefahr. Danach räumten wir gründlich auf und sorgten dafür, dass die Affen sich nicht noch einmal befreien konnten. Doch leider haben wir einen hohen Preis bezahlt." Er warf Jin einen traurigen Blick zu. „Jins Bruder war eines der Opfer." Alle schauten ihn betroffen an und taten ihr aufrichtiges Beileid für seinen Verlust kund. Dieser errötete leicht und winkte ab. „Das ist nun schon ein paar Jahre her. Ich habe meinen Frieden damit gemacht."

„Wollen wir besser eine kurze Pause machen?", fragte Wang zu ihrer Überraschung. Ihm war aufgefallen, dass Pierre dem Ganzen nicht mehr so richtig folgte. Dieser betrachtete immer wieder abschätzig die riesigen Schweißflecken an seinem Anzug. Ihm war deutlich anzusehen, dass es ihm äußerst unangenehm war.

Wang schien sich mit Worten beinahe selbst ohrfeigen zu wollen: „Was bin ich nur für ein schlechter Gastgeber. Ihr seid die Temperaturen hier unten ja nicht so gewöhnt wie wir. Ihr wollt euch bestimmt erst einmal kurz erfrischen, oder?" Walter ergriff die Gelegenheit und nickte eifrig.

„Ich bringe Sie hin", sagte Jin knapp und erhob sich. „Nehmen Sie sich ruhig die Zeit, die Sie brauchen. Die Duschen sind einigermaßen kühl, doch übertreiben Sie es bitte nicht, sonst fällt schlimmstenfalls die gesamte Kühlung aus."

„Ich mache in der Zwischenzeit etwas Tee", machte Wang ihnen die Rückkehr schmackhaft. „Und dann sind wir natürlich sehr gespannt, was ihr uns so über euer Virus berichten könnt." Mit einem Cracker lockte er Petie auf seine Hand, erhob sich vom Tisch und deutete eine Verbeugung an.

Dass Wang nicht gleich zu Beginn das Kaninchen aus dem Hut zauberte, war allen klar. Walter beschloss, nach der bereitwilligen Auskunft von eben, ihren Gastgebern etwas mehr an Information zu geben, als er zunächst vorhatte. Doch erst sollte es darum gehen, ihre Quartiere aufzusuchen und ungestört das zu tun, wofür sie überhaupt um den halben Erdball geflogen waren.

– 20 –

Unterirdische Forschungsanlage – Wohnquartier

„Für so viel Besuch sind wir eigentlich gar nicht ausgelegt", sagte Jin, während er seine Karte dorthin hielt, wo sich sonst die Türklinke befunden hätte. „Deswegen haben wir kurzerhand unseren privaten Bereich für Sie geräumt, wir wohnen die paar Tage im Raum hinter dem Gemeinschaftsraum."

Es machte Klick und er öffnete die Tür zu ihrem neuen Kurzzeit-Zuhause. Ein Schwall erfrischend kalter Luft drang durch die Öffnung und ließ sie alle einmal tief durchatmen. Neugierig versuchten sie alle gleichzeitig, in den dahinterliegenden Raum zu äugen, was gehörig misslang.

Joseph fand eine Lücke in dem selbstverschuldeten Menschenknäuel, quetschte sich hinein und schaute sich um. Obwohl die frische Luft immer noch sehr warm war, fröstelte ihm beinahe ein wenig. „Wow, das ist ja mal richtig gemütlich", bemerkte er begeistert. Beim Gesamtbild der Anlage dominierte zwar nackter, zweckmäßiger Stahl, doch dieser Teil hier ging beinahe schon als wohnliche Residenz durch. Es sprang sofort ins Auge, dass der Fußboden mit Holz ausgelegt war und die Wände mit dicht gewebten Seidenvorhängen abgehangen waren. Es gab nur wenige Stellen, an denen er noch den nackten Stahl aufblitzen sehen konnte. An der rechten Wand stand etwas, das er am ehesten als *Riesendrachencouch* benannt hätte: Über die Breite von mehreren Metern erstreckte sich eine unfassbar breite Couch, die enorm kunstvoll verarbeitet war. Die untere Hälfte war eher in Brauntönen gehalten. Mehrere schwungvolle Farbwechsel über blau, violett und orange später, dominierte die obersten Bereiche des Stoffes ein roter, zickzackförmiger Kamm. Am linken Seitenteil war der Kopf mittels goldener Stickereien und passender Stoffbänder angedeutet. Joseph konnte beim besten Willen nicht behaupten, Experte für chinesische Drachen zu sein, doch wenn man ihn gefragt hätte, wie ein Drachensofa aussehen sollte, dann genau so. Das Einzige, was das Gesamtbild etwas störte, waren die beiden rudimentären

Metallpritschen, die in der entgegengesetzten Ecke des Raumes aufgestellt waren.

Joseph spürte, wie sich hinter ihm auch die anderen langsam wieder entwirrten und nacheinander eintraten. Er wich ein Stück beiseite, um ihnen Platz zu machen und ließ den Blick weiter kreisen. Er war sehr gespannt, was sie hinter den vier Türen erwartete.

Jin machte das Schlusslicht und umkreiste die Gruppe, die ein wenig den Eindruck machte, als wären sie Touristen, die zum ersten Mal in einem fremden Land waren. ›Gewissermaßen stimmt das ja auch, fremder als hier geht es kaum noch. Und dabei haben die unsere *Einheimischen* noch gar nicht richtig kennengelernt.‹ Sie mussten ihm wohl seine Gedanken teilweise angesehen haben, zumindest schauten sie ihn äußerst irritiert an. Er räusperte sich und wechselte wieder in seine jahrelang eingeübte Ausdruckslosigkeit: „Wie gesagt, das hier sind eigentlich unsere Privaträume. Fühlen Sie sich während ihres Aufenthalts einfach wie Zuhause. Da wir die meiste Zeit des Jahres hier sind, haben wir es uns so gemütlich gemacht, wie es die Umstände eben möglich machen. Wir haben hier unten so gut wie jede Errungenschaft der Zivilisation. Außer Internet – aus Sicherheitsgründen." Er vernahm verstehendes Nicken.

Ohne unnötig lange zu warten, schritt er gleich zur linken Tür, öffnete sie und ließ alle einen kurzen Blick hinein werfen: Ein riesiges, mit Seidenbezügen versehenes Bett stand in der Mitte des Raums. In die gegenüberliegende Wand wurde erst letztes Jahr ein beleuchtetes Wandbild installiert, das zumindest auf den ersten Blick den täuschend echten Eindruck eines Fensterblicks nach draußen vermittelte. Ein bequem wirkendes Gästebett befand sich in der Ecke. Jin selbst hatte nie Probleme mit der unterirdischen Anlage gehabt, doch Wang, in dessen Zimmer sie soeben blickten, litt manchmal an einer tief verwurzelten Sehnsucht nach Natur und Frischluft. Er tippte, dass sich die Frauen – spätestens, wenn sie sein eigenes Zimmer gesehen hatten – hier drin einquartieren würden.

Hinter der zweiten Tür befand sich ein Büro mit zwei schlichten Schreibtischen, dazugehörigen, bequemen Drehstühlen und ein paar Vitrinenschränken. Seit sie in die unterirdische Anlage eingezogen waren, hatten sie den Raum noch kein einziges Mal wirklich in Anspruch genommen, doch die Gewohnheit zwang sie irgendwie dazu, solch ein funktionales Zimmer einzurichten, schlicht und einfach, weil es sich so gehörte. Wang schleppte manchmal eine Prostituierte hier hinein, doch sonst blieb der Raum bereits seit Jahren ungenutzt.

Hinter der dritten Tür befand sich Jins privates Reich. Der zweckmäßige Stil der Anlage sagte ihm so zu, dass er es vorzog, dies in seinem Zimmer nicht sonderlich zu übertünchen. Die Stahlwände blieben nackt und nur auf Wangs Wunsch hin hatte er sich auch solch ein riesiges Bett hinein gestellt. Einen Tag später bereute er es fast schon wieder, er lebte ohnehin lieber etwas schlichter und das Monstrum nahm einfach nur kostbaren Platz weg – er benötigte es ja nicht einmal, um sich mit Prostituierten auszutoben, flauschige Schlafzimmer törnten ihn eher ab. Ein Gedanke führte zum anderen und prompt musste er an Stuart denken. Insgeheim begehrte er ihn, doch dieser hatte eines Tages ganz klar deutlich gemacht, dass er nicht interessiert war. Dennoch leistete er einen unschätzbaren Dienst, um Jins äußerst rege Sexualität zu befriedigen: Er unterstützte seinen höhergestellten Verbündeten auf seine eigene, sadistische Art und Weise. Schließlich war Luise zu guter Letzt Stuarts Idee gewesen – er hatte in einem Fachartikel davon gelesen und direkt erkannt, dass solch ein Tier äußerst nützlich für Jins Zwecke sein könnte.

›Reiß dich zusammen!‹, ermahnte er sich innerlich und versuchte, seine lüsternen Gedanken zu vertreiben. Er ließ sein ewiges Dauerlächeln regelrecht versteinern und geleitete die Gruppe zur letzten Tür, hinter der sich nichts weiter befand als ein geräumiges Badezimmer.

„Das wäre also unsere kleine, unterirdische WG", beendete Jin den Rundgang. „Wir haben es uns für die Dauer Ihres Aufenthalts woanders gemütlich gemacht. Fühlen Sie sich also so wohl, wie es eben geht. Sie wissen ja, wo Sie uns finden", sprach er und ließ sie stehen, wo sie waren.

In der Tat, Katie und Honoka nahmen sofort Wangs Zimmer in Besitz. Natalja dagegen zerrte eine der Pritschen in das Büro nebenan und machte mit ernsten Blicken deutlich, dass niemand anderes dort willkommen war. Es versetzte Franks Herz einen schmerzhaften Stich, doch nach dem Alptraum der letzten Nacht hatte er das Gefühl, besser doch alleine zu schlafen. Also belegte er die andere Pritsche, die er einfach in der Ecke stehen ließ, wo sie war. Und falls sie nachts einsam und schlaflos umhergeisterte, war er wenigstens der Erste, dem sie begegnen würde. Für ihn war es so ohnehin bequemer als auf einem der Polsterbetten, in denen er einfach versinken würde. Joseph breitete sich auf dem Drachensofa aus und die anderen drei Männer räumten das Gästebett aus Wangs Zimmer in Jins Stahlkabinett.

Während sich alle daran machten, ihre luftigsten Klamotten aus dem Koffer zu holen und nonverbal die Duschreihenfolge festzulegen – wer zuerst kommt, mahlt zuerst – nahm Katie den muskulösen Franzosen an die Hand und verschwand mit ihm im Büro. ›Das hätte Natalja auch mit mir so machen können‹, schmachtete Frank in Gedanken, wohl wissend, dass Katie nicht einmal ansatzweise das vorhatte wie Frank in seinen schlüpfrigen Fantasien.

Neugierig trottete er hinterher und lehnte sich lässig an den Türrahmen, von wo er den besten Blick hatte. Pierre durfte auch gleich richtig schuften: Jeden einzelnen Vitrinenschrank musste er auf Katies Kommando hin von der Wand wegrücken und auch die Schreibtische durfte er umstellen. Frank deutete an, dem Kameraden helfen zu wollen, doch dieser lehnte wortlos ab und zwinkerte in Richtung der kleinen Britin, als sie konzentriert die Wand musterte und nicht in seine Richtung schaute. Frank nickte verstehend. Pierre hatte mit ihr wohl das Gleiche vor wie er mit der Russin und lehnte die Hilfe aus demselben Grund ab, aus dem Frank sie ihm erst angeboten hatte: Stumpfes Imponiergehabe, um die Frauen zu beeindrucken.

›Pierre, du bist verheiratet! Tu nichts, das du nicht bereuen würdest‹, versuchte Frank ihm mit Blicken zu sagen, doch der war viel zu sehr mit seiner Aufgabe beschäftigt.

Natalja saß gebannt auf ihrer Pritsche und beobachtete das ganze Gerücke und Geschiebe mit zunehmendem Interesse. Ihr anfänglicher Unmut über das ungefragte Eindringen in ihr Territorium wich allmählich einer gewissen Neugier, was Katie mit ihren Helfern denn hier drin vorhatte. Katie suchte im unteren Teil der Wand offenbar nach Schnittstellen oder Ähnlichem, wurde jedoch nicht wirklich fündig. Doch dann veränderte sich Nataljas

Gesichtsausdruck und sie deutete mit dem Finger auf eine Unregelmäßigkeit oben in einer Ecke: „Da oben, ist es das, was du suchst?"

Katie schaute zu der gewiesenen Stelle und legte den Kopf schief. Frank konnte von seinem Platz aus überhaupt nichts erkennen und machte deshalb ein paar Schritte in den Raum hinein. Erkennend machte die Suchende aus purer Freude einen kleinen Hopser: „Ja genau, danke", strahlte sie.

›Dort?‹ Pierre ließ die Luft aus seinen aufgeblasenen Wangen entweichen. ›Da war gar kein Schrank, das hätten wir uns alles sparen können.‹ Er sagte aber nichts, er hatte schließlich ganz eindeutig die Blicke der beiden Frauen gespürt, wie sie das Spiel seiner Armmuskeln beobachtet hatten. Also war es nicht ganz umsonst gewesen.

Das, was Katie gesucht hatte, war nichts weiter als eine Steckdose gewesen. Diese war mit einer metallischen Klappe verdeckt, so dass man sie nur bei genauem Hinsehen bemerkte.

Die rothaarige Computerspezialistin hob den Zeigefinger in die Luft, bedeutete ihnen, dass sie gleich wieder zurückkehren würde und rannte hinaus und um die Ecke in Wangs ehemaliges Schlafzimmer. Ein paar gedehnte Sekunden lang bewegte sich niemand. Es wurden lediglich ratlose Blicke ausgetauscht, bis Katie mit einem kleinen Notebook und einem wirren Kabelsalat in den Händen wieder zurück eilte. Sie legte alles auf den Tisch ab und entflocht den Kabelknoten. Die drei Beobachter rührten sich immer noch nicht und beäugten neugierig ihr Tun. Wenig später hielt sie triumphierend ein weißes Kabel in der Hand und blickte zu der Dose hinauf.

Natalja begriff sofort. Als Größte hier im Raum war sie ohnehin die Einzige, die diese Stelle ohne Hilfsmittel erreichen konnte. Geschmeidig wie eine Katze erhob sie sich und nahm der kleinen Hackerin das Kabel ab. Irritiert betrachtete sie das Ende, welches unerwarteterweise kein Stecker war, sondern aus zwei zusammengelöteten Kupfersträngen bestand.

„Danke. Einfach beide Enden in die Löcher stecken", hörte sie als Anweisung. „Ach und hol dir keinen Stromschlag", setzte Katie noch fröhlich nach.

Zögernd wandte sich Natalja in die Richtung der gemeinten Ecke und betrachtete die Blechklappe so skeptisch, als hätte sie eine Giftschlange vor sich. Sie griff nach der Metallblende und erwartete schon, dass Unmengen schmerzhaften Stroms mitten durch sie hindurch fließen würden, doch nichts Derartiges geschah. Dennoch war sie so angespannt, dass ihr der kleine Deckel mit einem leisen Scheppern wieder zufiel.

Plötzlich hörten sie in der Ecke des Raumes, unweit der Lüftungsöffnung der Klimaanlage, ein hektisches Rumpeln. Das gehetzte Trippeln, das eindeutig von einem kleinen Tier stammte, das sich aufgescheucht durch die Luftschächte bewegte, entfernte sich rasch. Ihre Blicke folgten den Geräuschen durch den Raum, sie gingen nach rechts, über Frank hinweg und dann durch die Wand, bis sie leiser werdend verstummten.

Einen kurzen Moment starrten sie noch durch die Wand hindurch in die Richtung der längst verhallten Geräusche, doch dann trafen sich ihre Blicke. Zu ihrem gegenseitigen Erstaunen stand darin zwar eine gewisse Verwirrung geschrieben, doch keiner von ihnen zeigte Verunsicherung oder gar Angst – obwohl es schließlich nicht alltäglich sein sollte, solche Begegnungen in einer geheimen, unterirdischen Anlage mitten in einem Grubenbrand zu haben. Sie zuckten allesamt mit den Schultern, schüttelten die kurzzeitige Verwirrung ab und kehrten zum Tagesgeschäft zurück. Natalja machte sich wieder daran, das Kabel zu befestigen und werkelte mit verkniffenem Gesicht an der Steckdose herum.

Frank nutzte unterdessen die Gunst des Augenblicks und setzte sich genau an die Stelle, auf der seine Verehrte soeben noch gesessen hatte. Er versuchte, ihre Wärme oder auch nur einen Hauch ihrer Präsenz im Polster zu erfühlen, doch das gewünschte Ergebnis stellte sich zu seinem Bedauern nicht ein. ›Hoffentlich setzt sie sich zu mir‹, fasste er seinen schlichten Annäherungsplan nochmals in Gedanken zusammen und starrte ihr auf den wohlgeformten Hintern, während sie sich mit den elektrischen Kontakten abmühte.

Mit einem leisen Klappern ließ Natalja kurz darauf die Metallabdeckung wieder zufallen und klatschte Stolz in die Hände. ›Mission erfüllt! Und das OHNE Stromschlag!‹ Sie drehte sich um, Katie begann umgehend, ihren Computer mit der Leitung zu verbinden. Dann sah sie Frank, der ihr von der okkupierten Pritsche her, scheinbar vollkommen cool und gelassen, entgegen blickte. ›Ach Frank‹, dachte sie und versuchte, ihm einen bösen Blick zuzuwerfen. Doch das misslang gehörig, denn ihr Schmunzeln entwaffnete sie sofort wieder. ›Du nutzt echt jede Gelegenheit, mir nahezukommen, nicht wahr‹, dachte sie stumm, während sie in Richtung des freien Bürostuhls neben der Tür schielte.

›Nein, nicht den Stuhl! Setzt dich da ja nicht drauf!‹ Frank sah seinen Annäherungsversuch bereits kläglich scheitern, als sie jedoch mit den Schultern zuckte und sich tatsächlich neben ihm auf die leicht ächzende Matratze gesellte. Sie tat es ihm gleich und ließ sich nach hinten sinken, so dass sie beide lässig wie Teenager an der Wand lehnten. Frank, getragen von einer Welle der Zuversicht, tat so, als würde er hin und her rücken, um ihr etwas Platz zu machen, doch in Wirklichkeit machte er sich noch ein wenig breiter, sodass sich ihre Arme sanft berührten. Als sie ihren Arm nicht, wie er befürchtet hatte, zurückzog, musste er all seinen Willen zusammen nehmen, um nicht über beide Ohren zu grinsen. So lümmelten sie nun, eine tatsächlich und einer nur vermeintlich gelassen auf der Pritsche und beobachteten Katie, die nun mit rasend schnellen Fingern über die Tastatur huschte.

„Du kannst uns ruhig erklären, was du da machst", warf schließlich Pierre ein, von der Neugier übermannt.

Katie blickte verwirrt auf, als hätte er sie aus einem wunderschönen Traum geweckt. „Oh, sorry", sagte sie reuig und drehte sich mitsamt Rechner so, dass alle einen Blick auf das Display werfen konnten. „Ich war mir von Anfang an ziemlich sicher, dass unsere Freunde hier unten keine besonderen Sicherheitsmaßnahmen vornehmen würden und tatsächlich ist das auch so. Die Anlage ist nicht mit dem Internet verbunden, von außen kommt man also nicht in das Netzwerk hinein."

„Haha, wir sind ja auch nicht draußen", rief Frank in bestem Cowboy-Tonfall.

„Ganz genau. Die internen Netzwerkschnittstellen haben sie für uns abgestellt, aber eben nicht den Strom." Sie deutete mit den Fingern eine Pistole an und schoss eine imaginäre Patrone in Richtung der Dose. „Mit genauen Messinstrumenten kann man heutzutage die Eigenschwingungen des Stromnetzes hervorragend herausfiltern, so dass man quasi in der Stille die Computer hier drin reden hören kann."

„Die Anlage wird bestimmt mit einem eigenen Generator versorgt", dachte Natalja laut, „und das bekommst du alles herausgefiltert?"

„Sogar noch einfacher als mit einem externen Stromnetz. Der Generator hat genau eine charakteristische Frequenz, die ist kinderleicht herauszufiltern. Sekunde", unterbrach sie das Gespräch und tanzte mit den Fingern regelrecht auf der Tastatur herum. Kommandozeilen entstanden, rutschten nach oben, um neuen Platz zu machen und entstanden erneut. Eine knappe Minute ging es so, als auf einmal ein Fanfarengeräusch aus ihrem Rechner drang. „Ha!", rief sie begeistert aus. Der Bildschirm ging aus und kurz darauf wechselte die Ansicht: In pixeligen Buchstaben erschien *Spoofix, by Frederick C.* auf dem Display.

„Perfekt, das war ja mal richtig einfach", sprach sie und schloss das Programm wieder. „Wenn wir noch eine andere Dose hier finden, dann dürften wir eine richtig gute Qualität haben." Daraufhin blickten sich alle nochmals im Raum um und kurz darauf fand Pierre tatsächlich einen zweiten Anschluss: Direkt über der Pritsche.

Natalja sprang kurzerhand auf, um das nächste Kabel von der Hackerin zu empfangen. Kurz darauf war dieses ebenfalls verdrahtet und die schöne Russin fand sich wieder neben Frank auf der Pritsche ein. Zu seiner Freude musste er gar nicht versuchen, unbemerkt an sie heranzurücken, nein, sie lehnte sich von ganz alleine an ihn. ›Fehlt nur noch, dass sie ihren Kopf auf meine Schulter legt‹, ging ihm sehnsuchtsvoll durch den Kopf.

Katie vollführte wieder ihren Stepptanz auf der Tastatur und dieses Mal ertönten die Fanfaren um einiges schneller.

„Feierabend!", flötete sie und lehnte sich zufrieden zurück.

„Feierabend?", fragte Pierre.

„Genau, den Rest macht der Rechner von alleine", grinste sie. „Ab sofort können wir so gut wie den gesamten Datenverkehr mitlesen. Lediglich wenn jemand das Licht einschaltet oder Spannungsspitzen auftreten, sind wir mal kurz blind und taub." Die Verblüffung stand allen ins Gesicht geschrieben, so einfach hatten sie es sich tatsächlich nicht vorgestellt. „Der Rechner liest nun die ganze Zeit mit und wertet alles aus. Wenn alles gut läuft, dann haben wir heute Abend vollen Zugriff auf die Anlage." Frank stieß ein erstauntes Pfeifen aus.

Sie lachte kurz und herzlich auf: „Deswegen habe ich mir nun verdient, als Erste duschen zu gehen." Mit einem frechen Blick zwinkerte sie ihnen zu und schritt, stolz powackelnd, zur Tür hinaus, dass Pierre der Schweiß hervortrat. Dieser schnappte ein paar Mal kurz Luft und verließ ebenfalls den Raum.

›Da sitzen wir nun‹, dachte Frank. Allein im Raum mit Natalja bemerkte er plötzlich, dass seine sehnlichsten Träume soeben wahr geworden sind. Und nun saß er da wie ein Schuljunge und wusste nicht, was er tun oder sagen sollte. Er starrte verlegen die gegenüberliegende Wand an und fuhr mit Blicken Katies Kabel entlang. ›Was sage ich denn jetzt? Was tue ich denn jetzt? Ich habe keine Ahnung!‹, er konnte keinen klaren Gedanken fassen. ›Ich stelle mich ja an wie ein Zwölfjähriger. Mann, ich habe jahrelang gegen Schlimmeres gekämpft als das!‹, redete er in Gedanken auf sich ein und doch blieb er handlungsunfähig. Er spürte Nataljas neugierig gespannten Blick auf sich ruhen. Obwohl es genau das war, was er sich seit Tagen sehnlichst wünschte, fühlte er sich nun äußerst unwohl.

„Na wenn du schon mal da bist", hörte er sie sanft in sein Ohr hauchen, „dann kannst du mir ja wenigstens die Schultern massieren."

„Echt jetzt?" Er konnte es kaum fassen.

Sie kicherte leise. „Ja hast du vielleicht eine bessere Idee?", fragte sie ihn mit einem herausfordernden Lächeln.

›Ja, hunderte! Aber da ist jetzt vielleicht der falsche Zeitpunkt.‹ Also spannte er sich, richtete sich auf und widmete sich ihrer Schulterpartie. Er sah ihr an, wie sie es genoss. Dem Druck seiner starken Hände folgend wiegte sie sich nach links, rechts, vor und zurück. Er weitete seinen Aktionsradius etwas aus und strich ihr langsam, aber kraftvoll den Rücken entlang. ›War das etwa ein leises Stöhnen?‹ Er setzte an der gleichen Stelle nochmal an und tatsächlich, sie schnurrte wie ein Kätzchen.

„Dusche ist frei!", posaunte Katie so laut durch die nur leicht angelehnte Tür, dass es eindeutig für sie beide bestimmt gewesen sein musste. Frank hielt inne und löste sich von der verzückenden

Rückenpartie. Für einen winzigen Moment waren sich dabei ihre Gesichter sehr nahe. Ihre Augen waren noch genießend geschlossen und er spürte ihren Atem auf seiner Wange. Fast schon erschrocken wich er zurück. Sie öffnete langsam wieder die Augen und er glaubte ein ›*du hättest mich ruhig küssen dürfen*‹ darin gelesen zu haben.

›Oh Mann, ich Idiot!‹, ohrfeigte er sich gedanklich.

›Dann müssen wir das eben nachholen.‹ Doch anstatt dies direkt umzusetzen, stammelte er ein verlegenes „Dann bin ich mal", und schlich zur Tür hinaus.

- 21 -

Unterirdische Forschungsanlage – Mehrzweckraum

Falls Jin und Wang ihre ausgedehnte Abwesenheit zu lange vorkam – immerhin war es etwas mehr als eine Stunde – dann ließen sie sich nichts davon anmerken. Zumindest konnte Walter, der selten mit der Einschätzung eines Menschen danebenlag, keine Ungeduld oder gar Misstrauen spüren. Erfrischt und neu eingekleidet befanden sie sich wieder am Tisch und für Walters Befinden spielte jeder seine Rolle hervorragend. Obwohl sich das hastig zusammengewürfelte, neue Team *Recon* noch nicht wirklich einspielen konnte, harmonisierten sie doch ziemlich gut und keiner zeigte irgendwelche Anzeichen, die ihren Gastgebern andeuteten, dass Katies Computerkonstruktion soeben deren Rechner anzapfte.

Wie versprochen, hatte der Chinese einen Tee zubereitet. Eine kunstvoll verzierte Porzellankanne stand auf dem Tisch, aus der sich, trotz des hier herrschenden Saunaklimas, eine dünne Dampfsäule in der Luft nach oben schraubte. Mit feinen roten und schwarzen Linien und Strichen waren die bereits bekannten Figuren – Kranich, Tiger, Bär und Drache – aufgemalt. Walter bekam langsam den Eindruck, dass dieser Wang versuchte, mit dieser Symbolik irgendetwas aufzubauschen, das gar nicht existierte. Sein traditionelles Auftreten mit der Hanfu-Bekleidung und dem ganzen anderen Drumherum wollte er ihm nicht so recht abkaufen. ›Jeder hat eben so seine Defizite‹, dachte er sich, verschwendete jedoch keinen weiteren Gedanken daran.

Nach ein paar nichtssagenden Floskeln und dem beinahe schon rituell langsamen Einschenken des Tees an die Gäste lagen die Blicke der beiden Chinesen erwartungsvoll auf ihnen.

Walter nickte Honoka zu und sie erwiderte verstehend seine Geste. Sie wiederholte für die beiden äußerst gebannt zuhörenden Männer ihren Monolog, den sie bereits im Zug auf der Hinfahrt gehalten hatte. Walter ließ dabei die beiden nicht aus den Augen, um deren Reaktion auf das Gesagte erfassen zu können. Doch diese lauschten einfach nur interessiert, ohne auch nur die geringste

Regung erkennen zu lassen. Er hatte das beängstigende Gefühl, dass die Japanerin ihnen keine einzige neue Erkenntnis vermittelt hatte.

Nach einer ewig lang scheinenden Wartezeit rührte sich Wang. Er legte die Fingerkuppen seiner beiden Hände gegeneinander und lehnte sich in seinem Stuhl zurück. „Hmm, von der Forschungsanlage in Amerika wusste ich nichts", sprach er unerwartet offen zu ihnen. „Aber zu der Zeit wusste ich auch noch nicht, dass es eure Organisation überhaupt gab und hinter dem freigelassenen Erreger steckte."

Dies erschütterte Frank bis ins Mark. Obwohl er jetzt seit einigen Jahren schon für das *Bureau* arbeitete, ist ihm noch nie so deutlich wie in diesem Moment ins Bewusstsein gedrungen, dass er für genau die Organisation arbeitete, die das Virus, das für so viel Chaos, Tod und Leid verantwortlich war, selbst geschaffen hatte. Doch bevor sich die Überraschung in irgendwelchen Gedanken manifestieren konnte, sprach ihr sonderbar gekleideter Gastgeber bereits weiter: „So wie ich das gerade verstanden habe, wurde das Virus…" Er wandte sich hilfesuchend an die japanische Wissenschaftlerin: „Wie heißt es nochmal?"

„Anabo-Virus", antwortete sie äußerst kühl und distanziert – offenbar teilte sie Walters Eindruck.

„Anabo-Virus, danke schön", bedankte er sich höflich. „Die Namensgebung ist tatsächlich ziemlich zutreffend. Wie es scheint, wurde dieses Virus, völlig unabhängig voneinander, ganze zwei Mal erschaffen."

Honoka und Walter ahnten, worauf er hinaus wollte, die anderen kamen jedoch gedanklich nicht ganz mit und starrten ihn aufgrund der vermeintlichen, schrecklichen Sensation an, als hätte er ihnen erzählt, dass im Nebenraum ein UFO für sie bereitstehen würde, um sie nach Alpha Centauri zu bringen.

Wang bemerkte dies und musste unwillkürlich kichern: „Ihr denkt zu kompliziert, meine Freunde", amüsierte er sich regelrecht. „Das zweite, gleichartige Virus ist dasjenige, von dem ich kurz zuvor erzählt habe. Die erste Versuchsmaus, die Hogan zu dem gemacht hatte, das er jetzt ist."

Jetzt machte es allmählich Klick in den Köpfen. Verlegene Laute des Begreifens erfüllten kurzerhand den Raum.

Wang fuhr fort: „Wir haben damals auch das Tollwutvirus verwendet und mutieren lassen. Das Ergebnis war genau das gleiche, wie ihr mir gerade geschildert habt." Er atmete einmal schwer durch und überraschte sie ein zweites Mal: „Ehrlich gesagt bin ich von eurem Virus sogar ein bisschen enttäuscht."

Obwohl keiner von ihnen an der Urheberschaft des Virus beteiligt war, fühlten sie sich automatisch ein wenig gekränkt von dieser Äußerung. Dies brachte sogar Walters sonst immer perfekte Selbstbeherrschung zum Bröckeln: „Was soll das bedeuten?", fragte er und bemühte sich um einen neutralen Tonfall, was jedoch nur bedingt gelang.

Die Antwort kam dieses Mal von Jin, der zu Walters Überraschung ebenfalls persönlich betroffen wirkte. ›Schon sonderbar, in welche Richtung dieses Gespräch so geht‹, registrierte er und dachte an Franks ungutes Gefühl bei dem Ganzen. Er nahm sich vor, etwas wachsamer zu sein.

„Wenn sie nur wüssten, was alles möglich ist", sagte Jin. „Das *Anabo-Virus*", er sprach das Wort in sehr abschätzigem Tonfall aus, „ist mehr oder weniger nur der kleine, missratene Bruder des wahren Virus."

›Was?‹ Ihre Reaktion war so deutlich, als hätte sie jemand mit leuchtenden Neonbuchstaben über ihre Köpfe gemalt.

Mit einem fast schon an Überheblichkeit grenzenden Tonfall klärte Wang sie auf – es hätte nur noch gefehlt, dass er gesagt hätte: *Kommt, ich zeige euch mal, wie man einen richtigen Virus macht*: „Unser zweites Virus ist eine extrem verbesserte Weiterentwicklung, rein qualitativ gesehen liegen da Welten dazwischen. Zum Ersten, die Deformierungen. Das haben wir ziemlich schnell hinbekommen. Es lag tatsächlich an einer massiven Überkonzentration der Wachstumshormone."

Ricardo nickte verstehend. Dies war haargenau auch seine Vermutung gewesen. In ihm stellte sich das prickelnde Triumphgefühl ein, das man immer dann bekam, wenn man bei einer Sache Recht behielt.

„Am Anfang haben wir noch versucht, mit Hormonen gegenzuhalten, um diese Entwicklungen zu hemmen. Doch dann haben wir in der DNA des Virus die passenden Stellen gefunden und modifiziert."

„Und die Heilkräfte?", fragte Honoka. Ihr war deutlich anzusehen, dass es sie vor Neugierde innerlich beinahe zerriss.

„Da hat sich nichts geändert", antwortete er väterlich. „Die Selbstheilungskräfte haben ihre Ursache in den Stammzellen. In der Tat war die Ausschüttung des Wachstumshormons nur eine Nebenerscheinung des Ganzen."

„Sie haben ja die Infizierten in der Zelle mitbekommen", ergänzte Jin. „Diese sehen, obwohl auch sie bereits seit mehreren Monaten infiziert sind, immer noch ziemlich normal aus." Ihnen blieb nichts weiter übrig, als zustimmend zu nicken.

„Und dieser Hogan?", wand Natalja ein. Sie führte ihre Frage nicht weiter aus, es war ohnehin allen klar, worauf sie hinaus wollte.

Sie konnte den beiden Chinesen nicht auch nur die kleinste Regung damit abringen. „Hogan bekommt einmal pro Woche Hormone, um nicht noch weiter zu wachsen", überraschte Wang sie mit seiner Antwort.

Franks Stuhl machte ein lautes, unangenehmes Kratzen auf dem Untergrund, als dieser bei der Aussage regelrecht aufschrak. ›Noch weiter wachsen? Der ist jetzt schon gigantisch!‹

„Genau das meinte ich vorhin", erläuterte ihr Gastgeber. „Dieses nicht ausgereifte Virus ist einfach gräuslich und fabriziert eben solche unzumutbaren Monstren wie Hogan. Als er mit der Zeit immer größer geworden ist, sind wir leider nicht schnell genug auf die Lösung mit den Hormonen gekommen", schien er sich beinahe zu entschuldigen. „Die Veränderung ist irreversibel, doch seit wir ihm die Hormone geben, hat er sich immerhin nicht noch weiter verändert. Nichtsdestotrotz ist das ein Segen für ihn. Wir gehen nämlich nicht davon aus, dass dieses Wachstum irgendwann aufgehört hätte."

Frank fühlte, wie eine archaische Angst irgendwo ganz tief in ihm drin nach seiner Seele zu greifen schien. ›Ich will mir gar nicht ausmalen, wie der sonst ausgesehen hätte‹, dachte er sich, obwohl er eine vage Vorstellung davon hatte. Damals in München hatte er auch mit ein paar *Frankies* zu tun gehabt. Doch im Vergleich mit dem Koloss, den die Chinesen hier herangezüchtet hatten, kamen ihm diese wie die reinsten Lämmer vor. Bei der Vorstellung, dass er damals auch solch einem Monster hätte begegnen können, stellten sich ihm die Haare auf den Unterarmen auf. Zu seiner Erleichterung schien niemand sein kurzzeitiges Unwohlsein wahrzunehmen, sie hingen alle viel zu gebannt an Wangs Lippen.

„Auf jeden Fall, dieses abnorme Wachstum haben wir recht schnell in den Griff bekommen", fand Wang wieder zum Gesprächsfaden zurück. „In den Experimenten meines Vaters hatte dieser das Virus mit Hilfe von Strahlung weiter mutieren lassen. Einige der Versuchstiere hatten schließlich keine Anzeichen mehr gezeigt, jedoch litten sie dafür unter *anderen Nebenwirkungen*." Er rollte bei dem Wort leicht mit den Augen, dass sie automatisch verstanden, besser nicht nach der Art der Nebenwirkung zu fragen. „Mein Vater dachte, damit in eine Sackgasse geraten zu sein, doch dem war nicht so. Vielmehr sind die Viren in unzähligen Genen mutiert und dank unseres heutigen Kenntnisstands haben wir es geschafft, das richtige Gen zu isolieren."

Mit einem leichten Anflug von Stolz lehnte er sich zurück und blickte triumphierend seinen Gästen in die Augen. Doch dieses Gefühl legte sich rasch, als er sah, dass einzig Honoka die Tragweite seiner Forschungen erfassen konnte. Alle anderen nahmen die Tatsache seines Forschungsergebnisses einfach so hin.

Aus purer wissenschaftlicher Eitelkeit konnte er nicht anders, als ihnen die Komplexität seiner Forschungen doch noch unter die Nase zu reiben: „Auch wenn es irgendwie banal klingt, es ist ziemlich schwierig und umfangreich, solche Gene zu identifizieren." Honoka nickte erwartungsgemäß, die anderen steigerten immerhin ihre Aufmerksamkeit. Er setzte fort: „Normalerweise nimmt man eine Art und vergleicht bei verschiedenen Individuen ihre Eigenschaften mit ihrem Genom. Die erste Hürde ist es, das Genom komplett zu sequenzieren und die zweite, aus der unvorstellbaren Fülle an genetischer Information genau das eine, richtige Gen zu identifizieren. Eigentlich raten wir da mehr, als dass wir tatsächlich etwas herausfinden. Wenn man einmal genug Belege für solch ein Gen zusammengetragen hat, schaltet man es bei Versuchstieren gezielt aus, um zu sehen, ob sich so tatsächlich der gewünschte Effekt einstellt. Erst dann hat man ein Gen wirklich identifiziert, obwohl auch dabei immer noch eine gewisse Restunsicherheit besteht." Wang redete sich förmlich in Rage, er nahm seine Teetasse, leerte sie und sprach weiter: „Die Viren, die wir haben mutieren lassen, sind jedoch so stark mutiert, dass jedes neue Virus mehr oder weniger einer neuen Art entsprach. Demzufolge mussten wir für jeden einzelnen Virenstamm das Genom sequenzieren und am Ende standen wir vor einem riesigen Berg an Informationen, mit dem wir nichts anfangen konnten."

Er seufzte einmal schwer, als würde er die damalige Frustration nochmals nacherleben. „Doch dann kam Jin auf die rettende Idee." Er legte ihm anerkennend die Hand auf die Schulter.

Jin erläuterte sein Vorgehen: „Wir haben dann einfach mit Hilfe von statistischen Methoden den Computer nach auffälligen Basenpaaren suchen lassen, die bei allen Unterarten auf den gleichen Effekt haben schließen lassen. Am Ende der Berechnungen haben wir dann ganze dreizehn Gene isolieren können – immerhin besser als mehrere tausend. Und diese Gene haben dir dann gezielt getestet und in der Tat konnten wir mit einem davon den übermäßigen Ausstoß des Wachstumshormons ohne irgendwelche zusätzlichen Nebenwirkungen blockieren."

Wangs Hunger nach wissenschaftlicher Anerkennung schien nun gestillt zu sein, er genoss die staunenden Mienen seiner Gäste und schien die Stimmung regelrecht aufzusaugen. Er goss sich etwas Tee nach und diesen kippte er nicht einfach hinunter wie zuvor, sondern nippte voller Genuss an dem aromatischen Getränk.

Hinter Nataljas Stirn arbeitete es ebenso intensiv wie bei den anderen, sie war jedoch die Erste, die eine passende Frage dazu auf den Lippen hatte: „Und das Gehirn?"

Die beiden Chinesen schienen nicht recht zu verstehen, also holte sie etwas weiter aus: „Dieser Hunger auf Gehirn, was ist damit? Die Infizierten müssen ja, wie es scheint, Gehirne fressen, um nicht zugrunde zu gehen. Wie haben Sie das in den Griff bekommen?"

Sie überlegten einen winzigen Augenblick und antworteten beide gleichzeitig: „Gar nicht!"

Natalja schaute zerknirscht, sie hatte definitiv mit einer hoffnungsvolleren Antwort gerechnet. Auch den anderen war anzusehen, dass es ihnen genauso erging.

„Wir haben einiges verbessern können, aber diesen Aspekt konnten wir nicht beeinflussen", erläuterte Jin in väterlichem Ton. „Zum Beispiel haben wir die Selbstheilungskräfte so optimiert, dass sie nur dann aktiviert sind, wenn sie gebraucht werden – etwa bei Verletzungen oder um die Altersdegeneration umzukehren."

›Altersdegeneration umkehren? Unfassbar!‹, dachte Ricardo und biss sich vor Erstaunen auf die Lippen. Nicht so, dass es blutete, aber doch so stark, um einen beißenden Schmerz zu bereiten. Er konnte jedoch die Gedanken, die darauf folgen mussten, nicht ausführen, da nun Wang wieder einsprang und seine volle Aufmerksamkeit beanspruchte: „Das ist auch gut so, sonst hätten die uns bereits alle Haare vom Kopf gefressen." Sie lachten beide so unecht, dass man glauben könnte, sie würden Fröhlichkeit nur aus Büchern kennen.

Wang sprach weiter: „Dieser riesige Hunger, von dem ihr berichtet habt, ist ja eine direkte Folge dieser Selbstheilung. Bei den Wesen mit eurem Anabo-Virus läuft die Selbstheilung unnötigerweise ohne Unterbrechung ab und sorgt für einen riesigen Energiebedarf. Und bei Verletzungen beschleunigt sich das Ganze nochmals, sodass der Energiebedarf ins Unermessliche steigt. Wir haben einen Regulierungsmechanismus gefunden, sodass die Selbstheilungskräfte nur unterschwellig laufen und erst bei Bedarf aktiviert werden. Dadurch liegt der Kalorienverbrauch eines Infizierten zwar immer noch deutlich über dem eines Menschen, aber bei Weitem nicht mehr so extrem."

Wang holte Luft, um weiter zu sprechen, doch Ricardo platzte ihm dazwischen: „Altersdegeneration umkehren? Ist es so gemeint, wie ich es verstehe?"

Wang war von dem Zwischenruf total überrumpelt, da er bereits am Sortieren seiner eigenen Gedanken war, also fragte Jin nach: „Wie verstehen Sie es denn?"

Ein besonderes Glänzen trat in die Augen des Italieners, er musste sich beherrschen, nicht allzu breit zu grinsen: „Es klingt danach, als könnte das Altern damit rückgängig gemacht werden."

Die beiden Chinesen schauten sich daraufhin gegenseitig in die Augen, schmunzelten verschmitzt und nickten schließlich.

Wang ließ ihnen keine Zeit, den Gedanken weiter zu verfolgen: „Ja, ihr seht, wir konnten einiges an dem Virus verbessern, doch den Hunger nach Gehirn, der sich unvermeidlich einstellt, den konnten wir nicht abstellen. Aber wir sind zuversichtlich, auch das früher oder später in den Griff zu bekommen. Immerhin wissen wir ja schon, woran das liegt."

›Da bin ich jetzt aber gespannt‹, dachte Honoka, sagte aber nichts.

„Im Prinzip passiert bei den Infizierten das Gleiche wie bei Alzheimer. Bereits vor langer Zeit hatte man in den Gehirnen toter Alzheimerpatienten große Mengen von Proteinplaque gefunden und genauso ist es auch bei unseren Infizierten. Mittlerweile weiß man einigermaßen genau, wie das Zusammenspiel der Proteine im Gehirn funktioniert. Spielen wir doch ein bisschen Kaufmannsladen und zwar an der Wursttheke", lachte er und hielt beide Hände in die Höhe, als hielte er einen schweren Gegenstand.

„Das hier ist ein Amyloid-Vorläufer-Protein", sagte er und bewegte die Hände so, als würde er eine Salami in der Hand wiegen. „Das ist ein wichtiges Protein, das in Nervenzellen vorkommt. Hinzu kommen Sekretase-Enzyme." Er nickte Jin zu, der daraufhin seine Hand reichte – Zeigefinger und Mittelfinger wie bei einer Schere ausgestreckt.

„Diese Enzyme schneiden das Protein." Er streckte Jin die imaginäre Wurst entgegen.

„Schnipp!", sagte dieser und ließ einmal die beiden Scheren-Finger zusammenfahren. Wang tat mit einer Hand so, als würde er ein größeres Stück nach hinten werfen und als läge der kleine, abgeschnittene Teil nun in der Fläche der anderen Hand.

Jin zog die Hand zurück und streckte nun die andere nach vorne, ebenfalls mit den Fingern zur Schere geformt.

„Schnipp!", lachte er ein zweites Mal und tat so, als würde er ein winziges Stück aus der Handfläche schneiden.

Wang tat so, als würde er ganz vorsichtig mit den Fingerspitzen danach greifen und hielt ihnen ein winziges, imaginäres Etwas entgegen.

Irritiert schauten sie darauf, unschlüssig, was sie mit dem bizarren Schauspiel anfangen sollten.

„Das ist ein kleines, süßes *β-Amyloid*. Dieses kleine Stückchen kommt millionenfach in den Gehirnen von Alzheimerkranken und auch von unseren Probanden vor. Normalerweise sorgt der Körper dafür, dass die Amyloide wieder abgebaut werden."

So eingespielt, dass klar wurde, dass sie dieses Theater nicht zum ersten Mal spielten, griff sich Jin das eingebildete Stückchen, führte seine Hand zum Mund und beförderte es hinein, als würde er eine Nuss essen. Genüsslich kaute er herum und schluckte einmal demonstrativ.

„So wäre alles gut", sprach Wang ruhig. „Doch in unserem Fall funktioniert das ganze Zusammenspiel nicht mehr."

Jin wollte wieder nach Wangs Hand greifen und plötzlich – sie schienen tatsächlich eine bizarre Art von mikrobiologischem Kaufmannsladen zu spielen – gab Wang ihm einen Klaps auf die Hand wie bei einem unartigen Kind, das nach der Auslage greifen wollte.

„Die Amyloide werden nicht mehr abgebaut und sammeln sich an. Es werden immer mehr", er drehte die Hand, um zu zeigen, dass die unsichtbare Substanz auf seiner Handfläche wuchs. Dann nahm er die zweite Hand dazu und tat so, als würde er einen Schneeball formen. „Dann verknoten sie sich und wachsen immer noch weiter." Er bebte mit seinen Händen, als würde die imaginäre Last immer schwerer werden. „Dann wird es schließlich zu viel, die Nervenzellen werden zerquetscht und das Gehirn stirbt." Mit einem Donnern ließ er beide Hände auf den Tisch knallen.

Honoka stand ungeniert der Mund offen. Sie war bei der Alzheimerforschung auf dem gleichen Kenntnisstand wie die beiden, hatte aber noch nie eine so raffinierte Erklärung dazu erleben dürfen.

Natalja fragte dagegen mit einer Härte in ihrer Stimme, die sie noch nie zuvor bei ihr erlebt hatten: „Das erklärt zwar, warum die blöd werden, aber nicht warum die an unser Hirn wollen."

Für einen kurzen Moment waren ihre beiden Gesprächspartner tatsächlich irritiert, doch sie fingen sich augenblicklich wieder. Wang antwortete als Erster: „Nun ja, blöd werden sie eher schon bei der Infektion: Wenn sich das Virus in den Nerven einnistet, dann sterben relativ viele Hirnzellen. Das ist eine völlig normale Immun- und Abstoßungsreaktion. Was wir soeben gemeint hatten und worauf du mit deiner Frage wohl auch hinaus wolltest", er ließ es sich nicht nehmen, sie für ihren Tonfall mit einem kurzen Blitzen aus den Augen milde zu rügen, „das waren die Langfristfolgen. Der Prozess der gestörten Amyloidase geht deutlich langsamer vonstatten und, das haben wir leider erst nach einem weiteren toten Labormitarbeiter herausgefunden, kann dagegen aufgehalten und bis zu einem bestimmten Grad wieder umgekehrt werden." Die Begeisterung, mit der er darüber berichtete, schien bei diesem sonst so beherrscht wirkenden Mann regelrecht überzukochen, dagegen vermissten sie jegliches Mitgefühl bei der Erwähnung des zu Tode gekommenen Forschers – zumindest konnten sie keinerlei emotionale Schwingungen vernehmen, die darauf gedeutet hätten.

Strahlend fuhr er fort: „Schließlich haben wir bemerkt, dass sie, nachdem sie den Schädel restlos leer gefressen hatten, wieder friedlich wurden und auch im Laufe weniger Tage einen Teil ihrer verlorengegangenen geistigen Fähigkeiten zurückgewinnen konnten."

Jin reihte sich nahtlos an die Ausführungen an: „Nach einigen Tagen ging aber das Gleiche wieder von vorne los. Wir hatten natürlich sofort eine Theorie." Honoka zog daraufhin fragend eine Augenbraue nach oben, sagte aber nichts. „Wir vermuteten sofort, dass unseren Probanden irgendeine bestimmte Substanz fehlen musste. Ihre Körper konnten diese offensichtlich nicht mehr selbst produzieren. Die Natur ist ja bekanntlich voller Rätsel und wie es aussieht, haben unsere Probanden instinktiv geahnt, wo sie ihre fehlende Substanz finden können."

„In unseren Hirnen?" Obwohl dies genau ihre Frage von eben beantwortet hatte, traf sie die Erkenntnis dennoch bis ins Mark.

Wang maß sie mit einem abschätzigen Blick, als wäre sie ein störrisches Kind, das schwer von Begriff ist: „Aber natürlich. Es liegt doch auf der Hand, denen fehlt irgendeine Hirnsubstanz und im menschlichen Hirn ist sie vorhanden. Das haben sie gespürt, der Drang und das Verlangen sind dann immer größer geworden und am Ende dominiert natürlich der reine Überlebensinstinkt."

„Wir haben sogar Grund zu der Annahme, dass das Virus dieses Verhalten steuert", ergänzte Jin und ließ sie aufhorchen. „Uns ist kein menschlicher Mechanismus bekannt, der einen so starken Instinkt auslöst, wie es bei den Infizierten der Fall ist. Offenbar steuert das Virus das Verhalten direkt."

„Weil es eine Abwandlung des Tollwuterregers ist?", warf Ricardo ein. Stummes Nicken war die Antwort.

Als er bemerkte, dass seine Teamkameraden logisch nicht ganz mitgekommen waren, erklärte er sich: „Das Tollwutvirus befällt die Nerven und das aggressive Verhalten wird dabei ja auch direkt vom Virus ausgelöst. Ihr müsst wissen: Das Virus selbst ist äußerst anfällig gegen Wasser. Deswegen manipuliert es das Verhalten seines Wirtes so, dass dieser in seinem Verhalten nun auch völlig wasserscheu wird."

„Und so ähnlich sorgt der Anabo-Virus dafür, dass die unser Hirn fressen wollen?", hakte Natalja irritiert nach.

„Wir verstehen die Details bis jetzt noch nicht, doch es ist die logischste Erklärung", antwortete Jin.

Katie schluckte schwerfällig. ›Es ist zwar grausam, aber irgendwie auch nachvollziehbar.‹ Sie begann, ein gewisses Mitleid für die Infizierten, die weniger einer Laune der Natur als vielmehr den Bemühungen einer Handvoll übereifriger Wissenschaftler entsprungen waren, zu entwickeln.

Wang sprach weiter: „Mit der Zeit haben wir dann herausgefunden, dass gar nicht einmal große Mengen benötigt werden: Ungefähr dreißig Gramm Hirnmasse genügen, um einen Infizierten für zwei Wochen oder länger zu stabilisieren."

Frank durchbohrte ihn daraufhin regelrecht mit Blicken: ›Wie habt ihr das denn herausgefunden? Woher habt ihr die Gehirne?‹ Er blickte kurz zu Walter hinüber. Dieser erriet augenblicklich seine Gedanken – ihm ging wohl Ähnliches durch den Kopf – und funkelte ihn an, besser nicht nachzufragen.

Ungestört fuhr Wang fort: „Wir testen aber gerade, wie weit man die Dosis reduzieren kann, ohne dass größerer Schaden entsteht."

›Dosis? Menschliches Hirn ist doch kein Medikament!‹, wollte Katie ihm entgegen schreien, doch Walter konnte auch sie mit einem warnenden Blick noch rechtzeitig bremsen.

„Deswegen ist es gerade keine gute Idee, wenn wir euch unseren Probanden persönlich vorstellen." Er schmunzelte finster, offenbar stellte er sich gerade in allen Einzelheiten vor, was dann passieren würde. „Aber ich denke, wir können versuchen, euch über eine Videoleitung mit ihnen reden zu lassen." Er blickte Jin an, der einen Moment überlegte und nickte, wenn auch deutlich wurde, was er von dieser Idee hielt.

Der Rest des Gespräches brachte im weiteren Verlauf keine nennenswerten Erkenntnisse zutage. Selbstverständlich hatten sie gefragt, woher das Gehirn stammte, mit dem sie experimentierten, doch die beiden Chinesen wanden sich so geschickt aus der Affäre, dass Walter ihnen innerlich sogar seinen Respekt dafür aussprach.

Die restliche Zeit verbrachten sie mit Smalltalk und allgemeinen Plaudereien über den Alltag mit den Infizierten.

Letztlich sah Walter es ein. Sie würden nicht mehr aus ihnen herausbekommen, als sie freiwillig preisgeben wollten. ›Dann müssen wir eben schauen, was wir so alles auf Katies Festplatte ziehen können‹, erwärmte er sich innerlich und wartete geduldig, bis es an der Zeit war, in ihre Gemächer zurückzukehren, ohne gleich einen Verdacht auf ihr geheimes Tun zu erregen.

- 22 -

Unterirdische Forschungsanlage – Unterkunft

„Wow, na das haut mich mal richtig um", trällerte Katie begeistert, kaum dass sie wieder ihr Quartier betreten hatten. „Ein zweites Virus, das genau das Gleiche bewirkt. Und dann auch noch eine verbesserte Variante. Ein Glück, dass nicht dieses Virus in München umgegangen ist."

Frank, Joseph und Pierre blickten sie zerknirscht an, sagten aber nichts. So vergnügt wie sie konnte nur jemand darüber sprechen, der das ganze Ausmaß nicht persönlich zu spüren bekommen hatte.

Ohne eines weiteren Wortes stürmte sie direkt durch das geräumige Zimmer in das Büro, von wo sie sich noch mehr Informationen aus ihrem Computer erhoffte. Walter eilte direkt hinterher und gemeinsam beobachteten sie, wie der Monitor zum Leben erwachte.

„Cool, wir sind drin!", jubelte sie, nachdem sie einen ersten flüchtigen Blick auf den Bildschirm geworfen hatte. „Wir haben Zugang zu allen Systemen und Rechnern, die derzeit angeschaltet sind."

Frank kam gerade herein und musste unwillkürlich grinsen, als er dies hörte. Die anderen waren noch mit sich selbst beschäftigt, doch es würde nicht lange dauern, bis die Neugier auch sie hierher trieb.

„Lasst mich mal etwas stöbern. Erst einmal wechseln wir die Sprache." Ein paar Mausklicks später verschwanden fast alle chinesischen Schriftzeichen und tauschten ihren Platz mit Buchstaben und Worten in englischer Sprache. „Fehlerfrei ist das Programm nicht", gab sie zu, „aber die Datenbank hat ein wirklich fähiger Kollege aus so gut wie allen im Netz erhältlichen Übersetzungsdaten zusammengestellt. Um uns zurechtzufinden reicht es allemal."

Lagerhaltung, lasen sie auf einer Menüüberschrift.

„Interessant", bemerkte Katie und öffnete das Lagermanagement mit einem Mausklick. Neben den Beständen an Fleisch, Gemüse,

Wasser und anderen, eher üblichen Dingen fanden sie noch eine ziemlich ungewöhnliche Auflistung:

Vitale Substitutionsorganismen:

#316	*Entnommen und verbraucht*
#317	*In Lagerung, geplante Entnahme in 3 Tagen; Lagerort: Zelle 2*
#318 - #339	*Identifiziert und vorbereitet zur Zuführung*
#331	*Aus Programm entfernt*

Nun war auch endlich das gesamte Team um Katies kleinen Zauberkasten versammelt. Ohne dass Walter sie herbeirufen musste, hatte die gebannte, konzentrierte Atmosphäre sie von ganz allein hierher gelockt.

„Substitutionsorganismen?", wiederholte Honoka nachdenklich das Geschriebene. „Ich habe da eine unschöne Ahnung", ergänzte sie unheilvoll.

„Bei Nummer 317, kannst du irgendwie herausfinden, wo genau diese Zelle zwei ist?", wies Walter die Hackerin an. Katie öffnete Fenster, hangelte sich durch Menüs und summte begeistert, als sie endlich etwas gefunden hatte: „Deren Netzwerk ist noch schlechter aufgeräumt als das WG-Zimmer meines ehemaligen Mitbewohners – und das soll was heißen", kommentierte sie, als hätte sie einen kilometerlangen Hindernislauf absolviert. „Ich bin jetzt in der Kamerasteuerung drin. Dann schauen wir doch einmal, was da in Zelle zwei gelagert wird."

Sie klickte auf das entsprechende Feld und an der rechten oberen Bildschirmecke tauchte ein winziges Bild einer Überwachungskamera auf. Katie schüttelte enttäuscht den Kopf: „Pfuscher!", kommentierte sie das offensichtlich wenig benutzerfreundliche System und schaltete die Aufnahme auf Vollbild um.

Das Kamerabild zeigte einen beinahe leeren Raum, der passend zur Anlage beinahe ausschließlich aus Metall bestand. Lediglich ein fadenscheiniger Vorhang trennte einen kleinen Bereich ab, der wahrscheinlich die Toilette sein musste und am linken Bildschirmrand befanden sich mehrere Pritschen an der Wand.

„Dort!", rief Pierre und tippte mit dem Finger auf dem Rechner, dort wo die Pritschen zu sehen waren. „Hey!" Katie quittierte dies mit einem giftigen Blick und wischte über den Fingerabdruck, den er hinterlassen hatte. Als sie fertig war, blickten sie alle genauer hin und tatsächlich, auf einem der Betten saß eine menschliche Gestalt. Sie erkannten, dass es sich um einen Mann handeln musste, doch weitere Details konnten sie aufgrund der geringen Auflösung nicht erkennen. Er saß reglos da und hatte die Arme um die angewinkelten Beine geschlungen.

„Hmm, okay", grübelte Ricardo laut. „Das ist also dieser Substitutionsorganismus. Da frage ich mich, was genau das zu bedeuten hat."

„Einer der Infizierten, denke ich mal", kommentierte Honoka.

„Kann gut sein, aber dann ist es einer, den die uns nicht gezeigt haben." Frank war sein ungutes Gefühl deutlich anzuhören. Seit seiner Beobachtung während ihrer Hinfahrt im Zug konnte er ihren vermeintlichen Gastgebern nicht mehr so recht trauen. Als er sich vergegenwärtigte, wie viele Türen der Chinese bei ihrem Rundgang eben nicht geöffnet hatte, bekam er eine äußerst beunruhigende Vorahnung. „Wenn ihr mich fragt, irgendetwas läuft hier anders, als die uns hier vorzuspielen versuchen."

Pierre teilte seine Sorgen weniger: „Frank, du wirst paranoid. Bloß weil die hier mit Menschen forschen, sind die ja nicht gleich der Feind."

„Das *Bureau* hat übrigens das Gleiche gemacht", versuchte nun auch Walter seinen langjährigen Freund zu beruhigen, was jedoch nicht so recht gelingen mochte.

„Kannst du mehr darüber herausfinden?", hakte er bei Katie nach.

Im gewohnten, atemberaubenden Tempo flogen ihre Finger über die Tastatur. Manche Menüs waren, trotz ihres Übersetzungsprogramms, weiterhin auf Chinesisch und sehr viele Ordner, die sie öffnete, waren schlichtweg leer oder mit nichtssagenden Dateien zugemüllt. Offenbar war das Computersystem gespickt mit Sackgassen – ob aus banaler Schlampigkeit oder purer Absicht, konnte Katie beim besten Willen nicht sagen. Schließlich fand sie einen Bereich namens *Administration* und stürzte sich darauf wie eine Löwin auf eine lahmende Gazelle. Sie raste durch die Menüs, dass den Umherstehenden beim Zusehen fast schon schlecht wurde: Fenster öffneten sich, wurden verschoben und wieder geschlossen, Einstellungen wurden scheinbar wahllos an- und wieder abgewählt, bis …

„Ups!"

Katie rührte sich keinen Millimeter und starrte auf den Bildschirm.

„Was ist los?", fragte Joseph besorgt, als sie nicht von alleine mit der Sprache herausrückte.

„Wie es aussieht, habe ich in den Sicherheitsprotokollen etwas Mist gebaut. Entweder das Übersetzungsprogramm hat eine Macke oder wir sind in eine Falle getappt", gab sie zerknirscht zu. „Ich wollte unsere Chipkarten freischalten, damit wir überall Zugang haben. Doch wie es scheint, habe ich soeben alle Türen blockiert."

Natalja hob den Zeigefinger und deutete ihnen an, dass sie einen Moment warten sollten. Dann entschwand sie aus dem Büro. Kurz darauf hörten sie, wie sie sich an der Tür zum Korridor zu schaffen machte. Der enttäuschten Miene, mit der sie zurück kam, sahen sie sofort an, dass sie nun tatsächlich eingesperrt waren.

Alle schauten Walter erwartungsvoll an, doch so recht wusste er auch nicht weiter. „Du bist die Spezialistin. Kriegst du das wieder in den Griff? Wurden wir entdeckt?"

Sie zuckte mit den Schultern. „Im System selbst hat uns keiner erwischt. Denn falls dem so wäre, dann hätten sie automatisch Gegenmaßnahmen unternommen. Ich hätte dann an deren Stelle die ganze Anlage heruntergefahren und neu gestartet." Erleichtertes Aufatmen ließ ein wenig die Spannung entweichen.

„Aber", wandte Frank ein, „wenn die versuchen irgendwohin zu gehen, dann merken die doch, dass die Türen zu sind."

„Stimmt", entgegnete sie zerknirscht. „Dann kommt es darauf an, ob sie das einfach nur für einen Fehler halten oder direkt mit uns in Beziehung setzen."

„Kriegst du das vielleicht wieder hin?", erkundigte sich Honoka vorsichtig.

„Ich kann es ja mal versuchen, aber dieses Mal werde ich um einiges vorsichtiger sein." Sie konnte den unterschwelligen Zweifel nicht ganz aus ihrer Stimme verbannen. Sie startete erneut das gewohnte Befehlskonzert, jedoch deutlich langsamer als noch zuvor. Vor jeder Befehlseingabe zögerte sie einen kurzen Augenblick und überlegte scharf die Folgen ihrer Kommandos.

Obwohl sie keine Ahnung hatten, was sie da tat, schauten ihr alle fasziniert und auch ein wenig bange über die Schulter. Die Anspannung, unter der sie standen, war jedem Einzelnen deutlich anzusehen: Honoka zog den Kopf zwischen die Schultern, als erwartete sie umgehend einen Schlag, Joseph und Ricardo nestelten beide nervös an ihrer Kleidung herum, Nataljas Finger gruben sich förmlich in die Lehne des Stuhls, hinter dem sie stand und die drei Kämpfer zeigten eine Spannung und Wachsamkeit, als wären sie mitten in einem Kampfgebiet.

„Hmm, sieht gut aus", sprach die Computerspezialistin endlich. Sie blickte kurz zu Natalja herüber, die verstehend nickte und ein zweites Mal zur Tür ging. Ein Klicken drang an ihre Ohren, dann war es still. Eine geschlagene Minute dauerte diese gespenstische Ruhe, bis sie hörten, wie Natalja die Türe wieder schloss und Entwarnung gab. „Absolut nichts. Der Flur ist leer und gehört habe ich auch nichts – bis auf die Klimaanlage." Die Anspannung legte sich daraufhin wieder.

„Dann haben wir wohl noch einmal Glück gehabt", bestätigte Walter erleichtert. „Besser, du bastelst erstmal nicht weiter bei denen im System herum", wandte er sich an die kleine Britin, die nach diesen Worten betroffen zusammensank.

„Versuch doch einfach, alle interessanten Dateien und Dokumente sicherzustellen und wenn wir das haben, ist die Mission ja bereits erfüllt. Dann können wir ein bisschen deren kleine Zaubershow bestaunen und zufrieden wieder heimfahren."

„Na das klingt ja mal nach leicht verdientem Lohn", neckte Joseph fröhlich. Auch die anderen wirkten durchaus zufrieden mit dem Plan.

„Alles klar. Ich lasse einfach meinen Extractor über Nacht laufen, der saugt sich alles, woran der so ran kommt und ich denke, so schlecht, wie die Systeme hier gesichert sind, haben wir danach Material für Monate."

„Klingt gut, ich schiebe aber trotzdem Wache", kommentierte Frank, dessen ungutes Gefühl trotz aller Erleichterung nicht weichen wollte. Er nahm sich einen der Stühle, zog ihn neben die Flurtüre und nahm Platz, nachdem er sein glänzendes Messer hervorgezogen und griffbereit neben sich auf den Boden gelegt hatte.

Walter hielt das Ganze zwar für maßlos übertrieben, machte aber keinerlei Anstalten, ihn davon abzuhalten. Vielmehr wandte er sich an Ricardo: „Kannst du ihn für die zweite Hälfte der Nacht ablösen?" Dieser nickte verstehend und schnipste mit dem Finger gegen sein eigenes Messer, das er unter seiner Kleidung verborgen hielt. „Ich glaube zwar nicht, dass wir in irgendeiner Gefahr sind", er blickte fragend zu Katie, die bestätigend nickte, während sie sich von ihrem Arbeitsgerät abwandte und aufstand, „aber schaden kann es nicht, zumindest diese Nacht gewappnet zu sein."

Schließlich zerstreuten sie sich und gingen in ihre Schlafräume.

Walter und Pierre schliefen augenblicklich ein – als Soldaten hatten sie sich antrainiert, in jeder Situation schnellstmöglich einschlafen zu können – denn im Einsatz war man nie sicher, wann die nächste Gelegenheit zum Ruhen kam. Ricardo schien sich dem angeschlossen zu haben, zumindest hörte Frank kein einziges Geräusch aus diesem Raum. Umso belebter war es im anderen Schlafzimmer: Katie und Honoka unterhielten sich noch eine geschlagene Stunde. Frank konnte zwar nichts verstehen, doch dem Tonfall konnte er entnehmen, dass sich Katie offenbar enorme Vorwürfe aufgrund des fehlgeleiteten Kommandos machte und Honoka sie einfühlsam zu beruhigen versuchte. Irgendwann schien das auch funktioniert zu haben, denn auch von dort hatte er nun seit einer Weile nichts mehr gehört. Nachdem er das Licht gelöscht hatte, versuchte Joseph anfangs noch, ihn in ein Gespräch zu verwickeln. Doch das hatte er ziemlich rasch unterbunden: „Kamerad, nichts für ungut. Ich schiebe gerade Wache und ich nehme sowas verdammt ernst. Wir können uns morgen unterhalten, okay?" Joseph konnte Franks pflichtbewussten Eifer zwar nicht so recht nachvollziehen, machte es sich jedoch auf dem drachenartigen Sofa gemütlich und schlief kurz darauf ein.

Josephs Atmen war das einzige Geräusch, das er seit geraumer Zeit vernahm. Seine Gedanken schlichen in der Zwischenzeit immer wieder in Nataljas Zimmer hinein. ›Ob sie etwa noch wach liegt? Was sie wohl gerade träumt?‹ und andere, ähnliche Gedanken waberten durch sein Bewusstsein. Ihr kurzer sinnlicher Moment, als sie sich ganz nahe waren, ging ihm nicht mehr aus dem Kopf: Ihre zarte Haut unter seinen Fingern, das Kitzeln ihrer Haare an seinen Armen und der prickelnde Hauch ihres Atems.

Schritte auf dem Flur. Frank war plötzlich hellwach und das wunderschöne Gedankenkino verging wie eine platzende Seifenblase. Er umfasste den Griff seines Messers, das er für die Dauer seiner Wache neben den Stuhl auf den Boden gelegt hatte, erhob sich und presste sich neben der Tür an die Wand. Er stand nicht direkt daneben – so würde man ihn zu schnell entdecken – sondern zwei Schritte davon entfernt. Das war weit genug außerhalb des Sichtfelds, um unsichtbar zu bleiben, aber dennoch nah genug, um mindestens zwei Angreifer überraschen zu können – falls denn jemand angreifen würde. Reglos stand er nun da und lauschte gespannt. ›Verdammt nochmal! Atme leiser!‹, dachte er in Richtung des Deutschen, der in seinem Schlaf der Seligen überhaupt nichts davon mitbekam.

Die Schritte im Flur kamen näher, es waren mindestens zwei Menschen, dessen war er sich nun sicher. Er spannte seine Muskeln und machte sich bereit, blitzschnell reagieren zu können, falls sie etwas Unschönes vorhatten.

Doch sie passierten ohne Zögern die Tür und die Schritte wurden wieder leiser. Nun konnte er heraushören, dass es insgesamt vier Personen waren: Zwei davon hatten leichtes Schuhwerk an und die anderen beiden trugen Stiefel, die deutlich zu hören waren. ›Wenn jemand bei der Hitze hier drin Stiefel trägt, dann nicht ohne Grund‹, dachte er sich und schloss daraus, dass sie nicht die einzigen Menschen in der Anlage mit Kampfausbildung waren. Jins *Jungs*, wie er sie einmal genannt hatte, mussten also auch hier unten sein.

Obwohl die Schritte nun bereits vor einer Weile verhallt waren, blieb Frank an Ort und Stelle. Nichts tat sich auf der anderen Seite der Tür, doch er wagte es nicht, herauszuschauen – die Gefahr, entdeckt zu werden, war ihm zu groß.

Im Schlafzimmer der Männer ging das Licht an, Ricardo machte sich wohl daran, ihn abzulösen. Die Tür öffnete sich und Frank erblickte den Italiener, der trotz der Wärme erneut einen dunklen Anzug trug. ›Entweder ist der total eitel oder er hat einfach nichts anderes dabei‹, dachte sich Frank, sagte aber nichts und konzentrierte sich wieder auf die Tür. Das Licht ging wieder aus und ein dunkler Schatten schlich mit geschmeidigen Bewegungen durch den Raum. Ricardo war nun hier, um seinen Platz einzunehmen.

Ein paar geflüsterte Sätze später – Joseph schlief ungerührt weiter – hatten sie sich darauf geeinigt, gemeinsam an der Tür zu wachen. Frank blieb, wo er war und Ricardo nahm, allerdings sitzend, an der anderen Seite der Tür seine Position ein.

„Glaubst du, die wollen uns vielleicht ans Leder?", flüsterte Ricardo in der Dunkelheit.

„Es sieht bisher nicht danach aus. Aber irgendetwas ist hier faul. Das sind mehr als einfach nur Wissenschaftler", gab Frank sein ungutes Gefühl wider.

„Du meinst wegen dem, was du im Zug mitbekommen hast?"

„Nicht einmal deswegen. Es sind eher die beiden Chinesen. Die haben irgendetwas an sich, da stellen sich mir die Haare auf."

„Stimmt", musste Ricardo zugeben. „Und ganz besonders dieser komische Chirurg, oder was auch immer der war. Der kommt mir ganz schön schräg vor."

„Ganz genau, wir mü…" Frank brach mitten im Wort ab. Die Schritte waren wieder zu hören und bereits sehr nah. Er wagte es nicht, auch nur das geringste Geräusch zu machen und sei es auch nur, den Kameraden darauf aufmerksam zu machen. Doch dieser hatte es ohnehin selbst bemerkt und sich lautlos vom Stuhl erhoben.

Die Gangart der Schritte war nun deutlich anders: Schneller und kraftvoller, fast schon stürmisch. Die vier mussten es verdammt eilig haben. ›Oder die waren ziemlich sauer‹, ging es Frank alarmierend durch den Kopf.

Wenige Augenblicke später waren sie direkt vor ihrer Tür und zu ihrem Erschrecken hielten sie genau hier an.

›Fuck! Na dann, jetzt kommt's drauf an!‹, pushte er sich in Gedanken. Er umfasste sein Messer so kraftvoll, dass er hören konnte, wie seine Finger mit einem leisen, knirschenden Schnarren am Ledergriff rieben. Er fixierte den ganz leicht schimmernden Lichtspalt, der sich am unteren Ende der Tür befand, die Schatten der vier Menschen am anderen Ende waren deutlich auszumachen. Irritiert bemerkte er, wie er instinktiv die Luft anhielt und konzentrierte sich darauf, flach und leise weiterzuatmen.

Dann kam Bewegung in die kleine Gruppierung. Die Schatten auf der anderen Seite bewegten sich. Frank war unterdessen in einen besonderen, konzentrierten Bewusstseinszustand übergegangen. Er wusste genau, was er zu tun hatte: Er würde warten, bis mindestens zwei in den Raum getreten waren, dann würde er den Ersten mit einem Schlag auf die Halsschlagader zu Boden schicken und den Zweiten, da Ricardo auch da war, mit Wucht zu Boden werfen und nichttödlich überwältigen. Er musste darauf vertrauen, dass Ricardo mit den anderen beiden fertig wurde. Aber bei zwei Agenten und zwei Zivilisten, wie er anhand des Schuhwerks vermutete, sollte das locker drin sein.

Einer der Schatten trat nun direkt an die Tür. Beide spannten sie sich und machten sich bereit.

Sie hörten das charakteristische Piepen der Türsteuerung. Es machte Klick im Schloss, jetzt müsste gleich die Tür aufschwingen.

Doch nichts geschah. Stattdessen stürmten die vier nächtlichen Beinahe-Besucher wieder los und kurz darauf verhallten deren Schritte immer leiser in der Ferne.

„Hmm. Und nun?", fragte Ricardo, ratlos, wie er sich verhalten sollte. Frank grübelte einen Moment und fasste einen Entschluss: „Ich schaue mich mal kurz um."

„Denkst du, das ist eine gute Idee?", zweifelte der Italiener.

„Ich werfe nur einen kurzen Blick durch die Tür, was soll schon passieren, die sind ja wieder weg", entgegnete Frank und machte sich daran, mit nahezu unendlicher Langsamkeit die Türklinke herunterzudrücken. Als er versuchte, vorsichtig daran zu ziehen, hielt er überrascht inne. Besorgnis stand deutlich in seinem Gesicht geschrieben: „Abgesperrt. Die haben tatsächlich die Türe verriegelt."

„Scheiße", entfuhr es Ricardo. „So langsam teile ich dein ungutes Gefühl."

„Ich wusste doch, dass hier etwas komisch ist!", bestätigte Frank seine Ahnung. „Wir sollten …" Er unterbrach sich, legte den Kopf schief und lauschte. „Hörst du das auch?"

„Oh ja. Es vibriert ja sogar richtig." Er ließ sich auf die Knie herunter und legte die Handflächen auf den Boden. Das sanfte

Rumpeln war deutlich zu spüren. Dann blickte er auf und fragte: „Frank, denkst du, der Berg stürzt ein?"

Trotz seiner Beklemmung musste er beinahe loslachen, konnte sich aber noch beherrschen: „Nein, nein. Wenn ein Berg einstürzt, dann klingt das vollkommen anders. Ich war ja einmal genau mittendrin", versuchte er, ihn zu beruhigen. „Wenn ich raten müsste, dann dürfte das der Aufzug sein."

„Hmm, du könntest recht haben. Es wird langsam leiser", lautete die Antwort, als plötzlich Walter den Raum betrat: „Hört ihr das?"

„Ja klar", antwortete Frank, „das müsste der Aufzug sein."

„Okay, kann schon sein", gähnte er mehr, als dass er sprach. „Was gibt's sonst so?"

Frank berichtete knapp, was sich zugetragen hatte und wartete nun geduldig, was Walter dazu meinte.

„Dann wecke ich mal Katie", sagte er knapp und erhob sich. Frank und Pierre blieben unterdessen an Ort und Stelle und setzten ihre Türwache fort.

Ohne auch nur ein Anklopfen anzudeuten, öffnete er die Tür zum anderen Schlafzimmer und trommelte sie aus dem Bett.

Wenig später tauchte sie schlaftrunken im Türrahmen auf und rieb sich die müden Augen.

Walter deutete mit einem Blick in Richtung des Büros. Sie nickte, wandte sich um und klopfte. Im Gegensatz zu Walter wartete sie höflich, bis sie das ermächtigende „Ja" vernahm. Natalja hatte sich ein schwarzes Tuch übergeworfen und schaute sie, in ihrem Bett sitzend, erwartungsvoll an. Wortlos setzte sich die Computerspezialistin an den Rechner und erweckte ihn zum Leben. Natalja erhob sich umständlich und ging neugierig um den Schreibtisch herum. Walter gesellte sich dazu und fragte: „Irgendetwas Ungewöhnliches?"

Katie blickte den Operationsleiter mit großen Augen an – was sie zu sagen hatte, würde ihm beim besten Willen nicht gefallen: „Wir wurden entdeckt, die Verbindung ist gekappt."

„Ach Scheiße!", rief er voller Enttäuschung und schlug mit der Handfläche gegen den Türrahmen. Sein finsterer, stechender Blick lag auf der Hackerin, sie fürchtete ernsthaft, dass er gleich völlig ausrasten würde und machte sich auf ihrem Stuhl so klein wie möglich.

Doch stattdessen blieb er reglos stehen und legte den Kopf schief: „Der Aufzug kommt zurück. Langsam gefällt mir das Ganze überhaupt nicht mehr", flüsterte er. Dann hörte sie das leise Rumpeln auch.

Das Geräusch wurde rasch lauter. Nun hörten es auch Frank und Pierre. ›Hmm, das klingt irgendwie anders als vorhin‹, schienen sie sich mit Blicken zu sagen. Auch das deutlich spürbare Vibrieren im Boden verstärkte sich zusehends. Kurz darauf schreckte Joseph aus seinem Schlaf hoch und schaute sich orientierungslos um. Die Intensität nahm noch weiter zu, nun war es mittlerweile ein imposantes Dröhnen geworden. Natalja war die Erste, die verstand, was das zu bedeuten hatte: „Das scheiß Ding stürzt ab!"

Katie schoss daraufhin pfeilschnell in die Höhe, dass der Stuhl, auf dem sie saß, polternd umkippte. Zusammen mit den anderen beiden floh sie aus dem Raum. Anfangs konnten sie das Rumpeln noch gut verorten, es kam aus Richtung der Wand, an der Natalja ihr Bett aufgestellt hatte. Doch nun war es so gegenwärtig, dass es von allen Seiten her zu kommen schien. Joseph saß wie versteinert auf dem Sofa und zog den Kopf zwischen die Schultern – als ob das irgendetwas genützt hätte.

Wie aus heiterem Himmel kam Honoka panisch aus dem Zimmer gestolpert, die seidene Bettdecke schleifte sie in einer Hand hinter sich her – offenbar bemerkte sie das nicht einmal. Schutzsuchend eilte sie durch den Raum, erkannte Frank und klammerte sich an ihn. So wie die Japanerin, nur in Unterwäsche gekleidet, auf ihn zu kam, wollte er sich für seine völlig deplatzierten Gedanken innerlich schon ohrfeigen. ›Für ihr Alter ist sie echt noch verdammt knackig‹, dachte er zu seinem eigenen Erschrecken. Doch all dies wurde auf einen Schlag nebensächlich: Der abstürzende Aufzug zerschellte am Boden.

Es war erschreckend unspektakulär. Sie hatten befürchtet, dass die Kabine, vom eigenen Schwung getragen, wie ein wütendes, dämonisches Geisterschiff komplett durch ihren Raum fahren und alles auf ihrem Weg zermalmen würde. Doch stattdessen gab es einen kurzen, aber heftigen Rumms. Der Boden erbebte leicht und Natalja konnte das vertraute Kreischen von sich verbiegendem Metall heraushören. Katies Beine versagten ihr den Dienst, wollten sie nicht mehr länger tragen und ließen sie auf die Knie herabfallen.

Honoka klammerte sich verbissen an Frank, obwohl dieser vielmehr glaubte, dass er sich umgekehrt an ihr fest hielt. Joseph schien das Unmögliche zu versuchen und seinen Kopf wie eine Schildkröte zwischen seine Schultern einzuziehen. Walter und Natalja zuckten zwar heftig zusammen, konnten sich aber souverän auf den Beinen halten.

Dann wurde es still. Diese Stille war auf ihre Art intensiver als das Getöse zuvor. Es war nicht einfach nur die banale Abwesenheit von Geräuschen. Nein, es schwang vielmehr darunter mit, dass sich ab nun alles von Grund auf geändert hatte. Sie saßen in der Falle.

Während Katie sich wieder aufrappelte, schwang langsam die Tür zum zweiten Schlafzimmer auf und Pierre steckte vorsichtig die Nase heraus. Die Erleichterung, dass nicht alles augenblicklich eingestürzt war und sich alle bei bester Gesundheit befanden, war ihm deutlich anzusehen.

„Ja hast du etwa alles verschlafen?", lachte Natalja verwirrt. Er schien sie mit Blicken, mehr spielerisch als ernst, aufspießen zu wollen: „Wie kommst du darauf? Ich habe mir Deckung gesucht." Noch während er dies aussprach, wurde ihm klar, wie sinnlos diese Schutzmaßnahme im Ernstfall gewesen wäre und stimmte kurz in ihr Lachen ein – ein wenig zu schrill, musste er sich selbst eingestehen. Alle anderen schlossen sich den beiden an, weniger, weil der Kommentar so unfassbar lustig gewesen ist – das war er nicht – sondern vielmehr, um die geballte Anspannung in ihnen herauszulassen. Sogar Joseph konnte so seine lähmende Schreckstarre überwinden. Er erhob sich, nachdem die surreale Heiterkeit wieder abgeklungen war, endlich vom Sofa und durchschritt unschlüssig den Raum.

Die Stimmung kippte schlagartig ins andere Extrem und eine nervöse Beklemmung schwebte nun wie eine unsichtbare Wolke zwischen ihnen. Alle Blicke lagen bohrend auf Walter, mit einer einzigen unausgesprochenen Frage, die ihn wie Voodoonadeln durchbohrte: ›Und nun?‹

– 23 –

Unterirdische Forschungsanlage – Zelle 2

Klick

Obwohl er geschlafen hatte, wusste Stephen sofort, dass die Tür entriegelt wurde. Das Geräusch war völlig anders als das der Klappe, zu der in regelmäßigen Abständen seine Verpflegung hereingereicht wurde. Dieses Klicken, das er bisher nur wenige Male vernommen hatte, erfüllte ihn augenblicklich mit einer abgrundtiefen Furcht, die fest an den verborgensten Bereichen seines Ichs zerrte.

Er setzte sich auf und starrte konzentriert zur Tür, als wollte er sie mit purer Gedankenkraft davon abhalten, aufzuschwingen. Und tatsächlich, zu seinem Erstaunen geschah tatsächlich nichts.

Eine gefühlte Ewigkeit saß er da, unfähig irgendetwas zu unternehmen und starrte einfach nur auf das bedrohliche Rechteck aus Stahl, das ihn in seiner Zelle vom Rest der Anlage trennte. ›Wenn ich hier raus komme, dann ziehe ich in eine Holzhütte. Ich kann kein Metall mehr sehen!‹, fuhr es ihm durch den Kopf wie bereits unzählige Male, wenn er einmal einen flüchtigen, optimistischen Moment hatte. Er verfiel mit der Zeit in einen leichten Dämmerzustand und starrte geistesabwesend durch die Tür hindurch auf irgendeinen imaginären Punkt am vermuteten Horizont.

Dann hörte er Schritte – schnelle, schwere Schritte. Von reflexartiger Furcht erfüllt spannte er jeden Muskel an, als würde er sich für einen Hieb wappnen. ›Bitte nicht nochmal‹, flehte er in Gedanken. ›Noch einmal halte ich das nicht aus.‹ Die vom Spinnengift verursachten Schmerzen in seinem Glied waren auch nach mehreren Stunden immer noch nicht komplett abgeklungen. Er spürte immer noch ein unangenehmes, dumpf pochendes Gefühl, das mit jedem seiner Herzschläge an- und abschwoll. Er wollte sich gar nicht vorstellen, was er ohne das Gegengift alles hätte ertragen müssen.

›Scheiße! Ja kriegt der denn nie genug?‹

Doch zu seinem Erstaunen wurden die Schritte draußen im Gang wieder leiser und entfernten sich. Befreit ließ er sich nach hinten auf die Matratze sinken und seufzte leise. Eine geraume Weile lag er so da und versank genauso tief in seiner eigenen Erleichterung wie im viel zu weichen Schaumstoff der Schlafunterlage. Für ihn war es, als füllte sich die Vertiefung, die sein Körper schuf, mit reinster, flüssiger Freude, in der er nun schwebte wie in einer gefüllten Badewanne.

Als sich auch in den darauf folgenden Minuten nichts tat, setzte er sich wieder auf. Ein wenig nervös trommelte er mit den Fingern auf den Knien, als er sich schließlich ein Herz fasste, aufstand und vorsichtig einen Schritt auf die Tür zu machte.

Er ließ sich in die Hocke nieder und lauschte angestrengt. ›Nichts!‹

Langsam, als müsste er durch zähen Schlamm waten, machte er zwei weitere Schritte nach vorne. Er lauschte erneut. ›Wieder nichts.‹

Er sammelte sich, spannte seine vom wochenlangen Radfahren immer noch gekräftigten Waden und stellte sich auf die Zehenspitzen. Dann atmete er tief durch und überwand flink und lautlos die letzten Meter bis zur Türe.

Er legte sein Ohr gegen das Türblatt und zuckte zurück. Die Hitze war zu viel für seine empfindliche Haut. Er ließ sich davon nicht weiter irritieren, legte seine Hände trichterförmig an das Metall und postierte sein immer noch leicht brennendes Hörorgan darauf. Und nun hörte er tatsächlich etwas: Ein leises Rumpeln. Er fragte sich, was das wohl sein könnte. Für ihn klang es, als würde in großer Entfernung eine Pferdekutsche mit groben Stahlrädern über Kopfsteinpflaster gezogen. Dann hörte er für einen winzigen Moment ein deutlich lauteres Getöse, das jedoch schnell wieder erstarb. Dann wurde es schlagartig still.

Erschrocken wich er von der Tür zurück. ›Was zur Hölle ist hier los?‹, fragte er sich. Vorsichtig tastete er mit den Fingern nach der Klinke, als stände sie unter Strom. Er wusste selbst nicht, was er erwartete, doch es tat sich nichts – sie war heiß wie eh und je und auch sonst war alles unverändert.

Obwohl: Eines war tatsächlich anders. Das allgegenwärtige Rauschen der Klimaanlage war verschwunden. Die Stille, in der er sich befand, fühlte sich für ihn so real und plastisch an, als könnte er sie mit bloßen Händen aus der Luft greifen und wie einen Schneeball formen. Er starrte auf die Lüftungsschlitze, die sich nur einen Schritt entfernt an der Decke befanden. Zögernd überwand er die geringe Distanz und streckte die Hände nach oben. Das Ausbleiben jeglichen Luftstroms bestätigte, was er ohnehin bereits wusste: Die Klimaanlage war aus.

„Scheiße", murmelte er leise und fügte gedanklich ein ›Wollen die mich hier etwa backen?‹ hinzu. Unzählige Male hatte er bereits an der Wirksamkeit dieser spärlichen Frischluftzufuhr gezweifelt – die aus den Schlitzen strömende Brise war nur einen Hauch kühler als die wüstenartige Luft hier drinnen. Doch in diesem Moment wurde ihm unzweifelhaft bewusst, dass ohne diesen sprichwörtlichen Tropfen auf den heißen Stein – oder besser Stahl – das Klima ziemlich rasch noch unerträglicher werden sollte. Er prüfte den Wasserkanister, den er mit Hilfe seiner bewährten Methode kühl gehalten hatte. ›Halb voll‹, stellte er erleichtert fest.

Dann hörte er wieder Schritte im Gang. Augenblicklich packte ihn eine fröstelnde Lähmung, die sich seines ganzen Körpers bemächtigte. ›Kann dieser Alptraum nicht einfach enden?‹, dachte er. Ohne die stützende Muskelspannung seiner gallertartig weich gewordenen Beine rutschte er mit dem Rücken an der Wand herunter, schlang die Arme um die Knie und wartete auf seine Abholung.

Leicht zitternd lauschte er und musste feststellen, dass die Geräusche im Flur völlig anders waren als bisher. Statt der bisher üblichen, kraftvollen Schritte – manchmal mit Kampfstiefeln, manchmal auch normalem Schuhwerk – klang es hier eher wie ein wildes Gewusel, als würde eine Gruppe neugieriger Kinder die Umgebung erkunden.

Mehrere Minuten hockte er noch da und wartete, dass sich endlich die Furcht lösen würde und er die Kontrolle über seinen Körper wiedererlangen könnte. Als es endlich soweit war und er sich umständlich auf die Beine rappeln konnte, war das Rumoren im Flur längst wieder verstummt. Er ertappte sich bei der Überlegung, dass er sich gar keine Gedanken gemacht hatte, wer das denn gewesen sein sollte. Denn das erwartete Personal war es auf jeden Fall nicht – kein perverser Chinese, der gekommen war, um ihn zu holen. In seiner furchtgeplagten Lethargie hatte er die rege Aktivität auf der anderen Seite der Stahlpforte einfach so hingenommen, ohne einen Gedanken darüber zu verschwenden.

Sein Blick fixierte nun die schlichte Türklinke, die ihn bereits unzählige Male auf eine gemeine, trügerische Art und Weise dazu verlockte, sie zu betätigen und ihm zu versprechen schien – schon wäre er frei, einfach so. Davon abgesehen, dass er sich bereits an ihrem ersten Tag wunderte, warum die Tür von außen elektronisch geöffnet wurde, innen aber dieser Handgriff angebracht war, endete jeder seiner Versuche, damit nach draußen zu gelangen in einer frustrierenden Enttäuschung.

›Ziemlich bescheuert, ist aber jetzt auch schon egal‹, dämpfte er die reflexhaft aufkommende Hoffnung, machte einen Schritt in deren Richtung, ergriff die Klinke und fiel vor Überraschung aus allen Wolken. Sein Atem stockte, als sie sich zu seiner Überraschung tatsächlich bewegen ließ. Er spürte den sanften Ruck in der Hand, als der Schließmechanismus entriegelte.

Stephen blinzelte und rieb sich mit der freien Hand die Augen. Nur ganz langsam, als würde sie durch ein dichtes Sieb geschüttet, sickerte die Erkenntnis in sein Bewusstsein. Endlich angekommen, entwich ihm ein leiser Laut der Freude wie bei einem unter Druck stehendem Kessel. ›Ich fasse es nicht, ich bin draußen!‹, jubilierte er innerlich. Durch den schmalen Spalt der aufgeschwungenen Pforte sah er noch mehr Stahl schimmern, fasste sich ein Herz und zog sie ganz auf. Zögerlich steckte er den Kopf hinaus und schaute nach links und rechts. Auf der rechten Seite, kurz bevor der Korridor abzweigte, sah er zu seinem Erstaunen eine Gruppe von Menschen, die genauso wenig wie er hierher, in die Flure der Anlage, zu gehören schienen. Er sah ihnen sofort an, dass sie eindeutig nicht zum Personal der Einrichtung gehörten. Suchend irrten sie umher und wirkten verwirrt und unkoordiniert – als wären sie nur eine Horde von Tieren, die in menschlichen Körpern gefangen waren.

Noch während er überlegte, ob er auf sich aufmerksam machen sollte, wurde er bereits entdeckt. Eine kleine Frau erspähte ihn aus dem Augenwinkel und drehte ihren Kopf so schnell in seine Richtung, dass er sich beinahe schon wunderte, kein protestierendes

Knacken ihrer Halswirbel zu hören. Sie fixierte ihn mit finsteren Augen, zeigte mit dem Finger auf ihn und stieß einen markerschütternden Schrei aus, der sich reißend wie ein rostiger Nagel tief in seine Seele bohrte. Noch bevor der furchterregende Laut zwischen den blanken Metallwänden verhallt war, schnellte sie, als verfügte sie über vorgespannte Sprungfedern in ihrem Inneren, auf ihn zu. Eine eiskalte Gänsehaut kroch Stephen den Rücken hinauf. Er spürte instinktiv, dass seine neugewonnene Freiheit in Wirklichkeit eine Verschlechterung seiner Lage bedeutete – diese Frau war definitiv nicht an feinsinnigen Gesprächen interessiert. Nur einen Sekundenbruchteil später, als hätte jemand eine unsichtbare Fernsteuerung betätigt, begannen auch die anderen scheußlichen Gestalten auf ihn zuzuhetzen. Jetzt endlich packte Stephen die Angst so intensiv, dass er ohne nachzudenken durch seine Tür zurück huschte und sie zu knallte.

Noch während seine Augen nach irgendetwas suchten, womit er die Tür verbarrikadieren konnte, polterte etwas Schweres dumpf dagegen. Die Frau ist offenbar mit voller Wucht dagegen gerannt. Wie von Sinnen kratzte sie an der Tür, ihre Fingernägel schrammten hörbar den Stahl entlang. Während er panisch von der Tür wegsprang, hatte sein Gehirn sogar noch genug Rechenleistung übrig, um unwillkürlich an seinen zurückgelassenen Hund in England zu denken, wie dieser auch immer an den Türen seiner Wohnung zu kratzen pflegte. Er suchte weiter nach irgendetwas, das seine Überlebenschancen erhöhen könnte. Doch da er bereits seit Wochen jeden Winkel seiner Zelle auswendig kannte, wusste er, dass es nichts gab, das er dafür hernehmen konnte – die Tür musste ausreichen. Trotzig und mit wackeligen Knien überwand er die Distanz, stemmte sich mit dem Rücken gegen den heißen Stahl und hoffte auf das Beste.

Die eigenwillige Konstruktion, dass sich nur an der Innenseite eine Türklinke befand, was nicht einmal in den frühen Tagen, als die Anlage noch ein Geheimdienstgefängnis gewesen ist, Sinn machte, kam ihm in seiner Situation sehr zugute. Er spürte in seinem Rücken einen so heftigen, dumpfen Einschlag, dass nun auch der letzte Zweifel an den Absichten der Gestalten draußen beiseite gewischt war: ›Scheiße, die wollen mir echt ans Leder‹, dachte er gehetzt.

Er hörte, dass sich auf der anderen Seite des für seinen Geschmack viel zu dünnen Blechs ein regelrechter Tumult anbahnte. Ein zweiter und dritter Aufprall ließ das schützende Metall in seinem Rücken erzittern, doch der Riegel hielt. Doch nun mischten sich noch andere Geräusche darunter: Ein Fauchen und Röhren ertönte, dass es ihm die Nackenhaare aufstellte. Weiterhin vernahm er den typischen Klang eines Handgemenges. ›Was ist das für eine abgefuckte Scheiße!‹, ging ihm durch den Kopf. ›Mann, jetzt ist diese verdammte Tür schon mal offen und ich kann trotzdem nicht raus!‹

Der Lärm hinter ihm veränderte sich. Es schien, als läge der Fokus der wütenden Meute nicht mehr auf der Tür und dem eingesperrten Opfer dahinter, vielmehr schienen die Gestalten dort draußen nun gegenseitig übereinander herzufallen. Mit angewiderter Miene lauschte er gespannt in das sich ihm darbietende akustische Schauspiel hinein. Und in der Tat, nach wenigen Augenblicken erlangte er Gewissheit über seine Vermutung. Ein nicht besonders lauter, jedoch von unermesslicher Qual erfüllter Schrei drang an seine Ohren, der jedoch zeitgleich mit einem dumpfen Schlag sofort wieder erstarb. Dann wurde es leiser, Stephen spitzte die Ohren. Er war nicht ganz sicher, aber er glaubte in dem Rumoren und Geraschel die Geräusche von reißendem Fleisch und schmatzenden Mündern zu erkennen. Erleichtert, dass sie von ihm abgelassen hatten, jedoch immer noch von einer entsetzlichen Furcht erfüllt, versuchte er sich keinen Millimeter zu bewegen und möglichst leise und flach zu atmen, um sie auf keinen Fall auf ihr ursprüngliches Ziel aufmerksam zu machen.

Offenbar war dies von Erfolg gekrönt. Denn einige Minuten später, die ihm in seiner Anspannung jedoch wie Jahrhunderte vorkamen, verrieten ihm die Geräusche im Flur, dass sie sich nach und nach aufrappelten und mit schlurfenden Schritten entfernten.

Nun, da die gröbste Gefahr vorüber war, bemerkte er erst den brennenden Schmerz in Armen und Beinen. Er hatte sich so verbissen gegen die Tür gepresst, dass seine Muskeln krampften und er sich nur mit Mühe und unter stechenden Schmerzen aus seiner unbequemen Position an der Tür befreien konnte.

Unterirdische Forschungsanlage – Unterkunft

„Tot", konstatierte Katie und klappte den Rechner zusammen. „Der Strom geht zum Glück noch, wie wir ja eindeutig sehen können, aber die Rechner sind alle aus oder zerstört."
„Und was ist mit den Türen?", rief Frank vom anderen Ende des Raumes und tippte dabei mit dem Fingernagel gegen die Türklinke.
„Nichts. Ich habe hier auf gar nichts mehr Zugriff", entgegnete sie zerknirscht. „Ich konnte sie damals nur aus Versehen verriegeln, weil ich Zugriff auf das Rechenzentrum hatte. Aber jetzt, ohne das, kann ich nichts mehr ausrichten."
Walter schien das überhaupt nicht zu gefallen, er machte ein Gesicht, als hätte er auf eine besonders saure Zitrone gebissen. Natalja schien die Unterhaltung gar nicht wahrgenommen zu haben und inspizierte unterdessen klopfend und tastend die Tür. Als sie ihr Ohr, ungeachtet der Hitze, prüfend an das Blech legte und mehrmals vergeblich versuchte, die Klinke zu betätigen, hielt sie plötzlich inne und zog die Luft zwischen den Zähnen ein. Mit einer Hand immer noch an der Tür verweilend fuchtelte sie mit der anderen komisch in der Luft herum. Als sie schließlich mit dem Finger auf die Tür, oder besser gesagt, hindurch deutete, verstanden sie endlich, was sie damit andeuten wollte. Frank, der ihr am nächsten war, gesellte sich hinzu und legte ebenfalls sein Ohr an den schmerzhaft heißen Stahl. Er ließ es sich nicht nehmen, ihr eine Hand auf die Schulter zu legen, scheinbar um sich festzuhalten. Sie ließ ihn gewähren.
Auf der anderen Seite der Tür war, wie sie gut hören konnten, eine rege Betriebsamkeit ausgebrochen. Schlurfende, tapsende Schritte mehrerer Personen waren dort zu vernehmen. Franks Stirn legte sich in Furchen, er hatte eine grauenvolle Vorahnung, die sich allzu bald bestätigen sollte. Aus einiger Entfernung, jedoch nahe genug, um es noch hören zu können, hallte ein markerschütternder Schrei durch den weitläufigen Flur. Natalja wich erschrocken von

der Tür zurück und schüttelte Franks locker aufgelegte Hand dabei ab. Er blieb jedoch, wo er war und lauschte weiter.

Als Reaktion auf diesen Schrei entstand ein gewaltiger Tumult im Korridor: Alle, die sich dort aufgehalten hatten, versuchten gleichzeitig in die Richtung des Lauts zu stürmen – was augenblicklich in einem fürchterlichen Chaos endete. Er hörte menschliche Leiber gegeneinander prallen und stürzen. Dann vernahm er das Ächzen und Schnaufen eines Handgemenges, wobei sich offenbar alle gleichzeitig wieder aufzurappeln versuchten, als ginge es um olympisches Gold. Schließlich entwirrte sich das hektische Knäuel und nach kurzer Zeit verhallten auch die Schritte des letzten in wahnwitzigem Tempo Rennenden.

Frank löste sich von der Tür und war sichtlich erschüttert, so dass er sich erst einmal auf den Boden setzen musste.

Gespannt starrten sie ihn an, doch keiner sagte etwas. Schließlich seufzte er schwer und sprach ausdruckslos: „Der Gang ist voller Infizierter." Dann schwieg er wieder. Damit war alles gesagt, was zu sagen war.

Nach einer Weile betretenen Schweigens meldete sich Joseph zaghaft zu Wort: „Also sind wir hier eingesperrt und können sogar noch froh darüber sein."

„Nicht ganz", verströmte Natalja mit einer fast schon unpassenden Fröhlichkeit in der Stimme. „Das mit dem eingesperrt sein müsste ich in den Griff bekommen." Sie wendete sich an Ricardo: „Was hält dein Keramikmesser alles aus? Kommt es durch das Stahlblech hier durch?" Sie ließ demonstrativ ihren Fingernagel über das Metall kratzen, dass es ein unangenehmes Geräusch machte.

„Ich denke schon", sagte er, trat ein paar Schritte auf die Wand zu und rammte die Schneide so kraftvoll hinein, dass sie vibrierend stecken blieb. Er musste mehrmals daran hebeln, um sie wieder frei zu bekommen. Als er die Klinge wieder in der einen Hand hielt, streckte er ihr den erhobenen Daumen der anderen entgegen. „Das Blech ist weich wie Leder, kein Problem."

Gemeinsam durchtrennten die beiden schließlich die Blechverkleidung rund um den Schließmechanismus und legten ihn dadurch frei. Ächzend ließ sich die Ingenieurin in die Hocke sinken, ihre Hose spannte sich dabei völlig faltenfrei über ihrem Hintern, dass es Frank beinahe den Atem raubte. Nach einem kurzen Stochern in der Mechanik hebelte sie mit dem Messer an etwas herum. Ein Klicken drang daraus hervor und sie erhob sich wieder, wobei Frank fasziniert beobachtete, wie der gedehnte Stoff ihrer Shorts sich entspannte und leise raschelnd wieder seine ursprüngliche Form annahm. Kurz bevor sie sich ganz aufgerichtet hatte, wandte er seinen Blick verlegen ab, was sein Glotzen jedoch mehr verriet, als zu kaschieren. Doch sie entgegnete nichts und nickte Walter zu.

›Okay, eine Hürde weniger‹, dachte dieser und nickte anerkennend zurück. Doch das wahre Problem sollte erst noch auf sie warten. „Stellt sich nur die Frage: Was machen wir dann", wandte er sich an das Team. „Vorschläge?"

Honoka meldete sich vom Sofa aus zu Wort: „Wie es aussieht, sind die einfach abgehauen und haben den Lift zerstört. Wenn ihr mich fragt, sieht es nicht gut für uns aus."

›Na das war ja mal konstruktiv‹, dachte Pierre, verkniff sich aber einen entsprechenden Kommentar, der ohnehin keinen positiven Beitrag zur Erhellung der Stimmung geliefert hätte. „Auch wenn der Lift abgestürzt ist, es ist der einzige Weg rein oder raus. Vielleicht kann Natalja irgendetwas retten", versuchte er ihr – und auch ein wenig sich selbst – Mut zuzusprechen.

Natalja sagte nichts, doch ihre Augen sprachen Bände: ›Bei dem Rumms soeben wird nicht viel zu retten sein.‹

„Hmmm, etwas Besseres fällt mir auch nicht ein", gab Walter ernüchtert zu. „Jetzt müssen wir nur noch mit diesen *Dingern* fertig werden. Frank, Pierre, Joseph, ihr wart in München mittendrin. Wie kommen wir am besten mit denen klar?"

Als ihm klar wurde, dass sich die anderen beiden nur äußerst ungern in diese Zeit zurückversetzen wollten, ergriff Pierre notgedrungen das Wort, obwohl die damaligen Ereignisse auch an seiner Seele zerrten: „Nun ja, die Hellsten sind die ja nicht gerade und genau das ist unser einziger Vorteil. Sobald die uns sehen, werden die mit ungeahnter Kraft und Schnelligkeit auf uns zu stürmen. Wenn sie angreifen, dann legen sie alles, wirklich alles, was sie haben in den Angriff. Wenn ihr nicht aufpasst, dann rennen die euch einfach über den Haufen. Und wenn das passiert, dann war's das", begann er seinen wenig Mut machenden Bericht.

„Katie, wie gut bist du in deinem Taekwon-Do?", überrumpelte er sie, dass sie kurz nach Luft schnappen musste.

„Hmm, ziemlich gut", antwortete sie, nachdem sie sich wieder gefangen hatte. „Nicht wirklich Weltklasse, aber eine Anfängerin bin ich keinesfalls", zwinkerte sie ihm zu. Sie konnten heraushören, dass in ihren Worten ein wenig Stolz mitschwang. Walter, der um Katies Fähigkeiten am besten Bescheid wusste, ahnte direkt, worauf der bullige Franzose hinaus wollte.

Dieser hakte direkt nach: „Auch gut genug, um mit einer hirnlosen Bestie fertig zu werden, die doppelt so schwer ist wie du?" Dabei musterte er ihre zierliche Gestalt einmal von oben bis unten.

Die Selbstsicherheit in ihrer Antwort überraschte ihn: „Sicher, je mehr Schwung die drauf haben, desto besser kann man die zu Boden bringen."

Für einen kurzen Augenblick runzelte er die Augenbrauen, gab jedoch sogleich ein zufriedenes Räuspern von sich. „Perfekt, auf diese Antwort habe ich gehofft. Kannst du das einmal demonstrieren, ohne mir gleich etwas zu brechen?"

Ihre Augen weiteten sich. Damit hatte sie wahrlich nicht gerechnet, doch sie entschloss sich, mitzuspielen: „Ich versuch's, aber garantieren kann ich nichts. Hast du gelernt, wie man richtig fällt, wenn ich dich zu Boden werfe?"

Die Selbstverständlichkeit, mit der sich die kleine Britin, die gerade einmal halb so schwer wie er war, um seine Unversehrtheit sorgte, irritierte den erfahrenen Kämpfer. „Ähm, nur ein wenig", stammelte er verlegen. „Ich greife dich ja nicht wirklich an, also musst du ja auch nicht gleich alles geben."

Sie schürzte zweifelnd die Lippen und er konnte ihr nicht ansehen, ob sie am Gelingen ihrer eigenen Verteidigung oder an einer sanften Landung seinerseits zweifelte. „Na dann", sprach sie auffordernd und stellte sich breitbeinig und mit abwehrbereiten Armen in der Mitte des Raumes auf. „Bereit!"

„Okay", antwortete er kraftvoll und begab sich ebenfalls in Position. „Die Infizierten gehen fast immer auf den Kopf. Also ungefähr so", sprach er und setzte sich ohne Vorwarnung in Bewegung. Mit nach vorne gestreckten Armen rannte er auf die unverändert zart erscheinende Frau zu und hoffte auf das Beste für sie.

Plötzlich spürte er, wie er am Arm gepackt und mit einer ungeahnten Kraft nach unten gezogen wurde. Irgendwie schaffte Katie es außerdem, sich den gepackten Arm um die eigene Schulter zu wickeln. Sie ließ sich fallen und hebelte dabei den völlig überrumpelten Kameraden mit einer fast schon spielerischen Leichtigkeit aus dem Gleichgewicht. Er vollführte eine halbe Rolle in der Luft, dass es ihm vorkam, als würde sich der Raum um ihn drehen als andersherum. Dann landete er unsanft mit dem Rücken auf dem Boden, dass es ihm die Luft aus den Lungen trieb. Völlig verwirrt benötigte er einen kleinen Moment, um sich wieder zu orientieren und Herr über sich selbst zu werden. Zu seinem Erstaunen bemerkte er, dass sein Kopf auf etwas Warmem, Weichem lag: Sie hatte es sogar noch geschafft, während seiner Flugphase ihre Beine unter seinen Kopf zu bringen – sonst hätte er sich mit Sicherheit eine mittelschwere Gehirnerschütterung zugezogen. Er blickte blinzelnd nach oben und schaute in die Gesichter der Umstehenden, alle hatten verblüfft die Münder offen stehen.

Katie machte sich daran, sich unter seinem schweren Körper hervorzumühen. Auch er selbst rappelte sich auf und fühlte währenddessen in sich hinein, ob er sich irgendwo verletzt hatte. Doch alles schien zu seiner Erleichterung in Ordnung zu sein.

Plötzlich fing Joseph zu klatschen an, reihum stimmten auch die anderen mit ein. Katies Leistung musste sie sehr beeindruckt haben, keiner hatte ernsthaft damit gerechnet, dass sie so mühelos einen erfahrenen Kämpfer, wie es Pierre nunmal ohne Zweifel war, ausschalten konnte.

Wieder fest auf dem Boden stehend, als wäre nichts gewesen, nickte schließlich auch der Franzose ihr anerkennend zu. Er wusste, dass sie gegen einen ausgebildeten Kämpfer seiner Gewichtsklasse, der seine Fähigkeiten auch tatsächlich einsetzte, nicht den Hauch einer Chance hatte. Doch er wollte sie nicht unnötig verunsichern, das half niemandem wirklich weiter. Doch gegen die Infizierten, die genauso hirnlos attackieren würden, wie er es gerade vorgemacht hatte, sollte es in der Tat ziemlich gut funktionieren, wenn sie aufmerksam blieb und sich nicht in eine Ecke treiben ließ.

Pierre vervollständigte seinen Plan in Gedanken und teilte ihn schließlich mit: „Falls wir uns da draußen durchkämpfen müssen, dann würde ich es folgendermaßen machen: Katie und ich sind ganz vorne. Die Infizierten werden in vollem Karacho auf uns zustürmen und wir zwei schicken sie zu Boden. Katie mit ihrer Kampftechnik und ich mit roher Gewalt." Er schlug die Faust in die offene Fläche der anderen Hand, um zu verdeutlichen, welche beeindruckenden Kräfte er damit meinte. „Danach ist es euer Job, sie als zweiten Schritt unschädlich zu machen. Am sichersten ist es, ihnen den Kopf zu zertrümmern."

Honoka und Natalja rissen ob der ihnen aufgetragenen Aufgabe erschrocken die Augen auf – Pierres Alltag aus Kämpfen und notfalls auch Töten war für sie, als frisch angeworbene Zivilisten, immer noch sehr befremdlich. Obwohl sie seit ihrem Beitritt mehrere Wochen Zeit hatten, sich damit auseinanderzusetzen, hatten sie nicht wirklich auf dem inneren Radar, tatsächlich jemals zu Gewalt greifen zu müssen – schließlich sollte es ja eine Freundschaftsmission sein.

Walter meldete sich unterstützend zu Wort: „Ganz genau, Pierre hat Recht. Zu unserem Unglück ist das leider doch kein entspannter Nachbarschaftsbesuch unter Freunden mehr, sondern tatsächlich ein Kampfeinsatz. Ab sofort geht es hierbei um nichts Geringeres als das nackte Überleben. Also habt keine Skrupel und kein falsch angebrachtes Mitgefühl, denn das haben die mit uns ganz bestimmt auch nicht."

Frank zog daraufhin sein glänzendes Messer hervor. Daraufhin fragte Ricardo: „Bringen Messer überhaupt etwas gegen diese Dinger?" Besorgnis schwang ganz deutlich in seinem Ton mit

Frank schaute ihn prüfend an und wartete so lange mit seiner Antwort, dass dieser begann, sich automatisch unwohl zu fühlen: „Oh ja, mit einem Messer kommt man recht gut gegen die an." Er machte eine kurze Pause und schnitt mit seiner Klinge sirrend durch die Luft. „Also natürlich nur, wenn du gut damit umgehen kannst."

Er registrierte den äußerst beleidigten Blick des Italieners, dass er erheitert auflachen musste. „Bei dir habe ich natürlich nicht den geringsten Zweifel", versuchte er den verletzten Stolz seines Gegenübers wieder zu besänftigen. „Normale Schnittwunden bringen natürlich herzlich wenig, die schließen sich einfach viel zu schnell, um wirklichen Schaden zu verursachen. Aber ein Stich ins Herz oder ein großer Schnitt in eine Hauptschlagader bringen auch einen *Frankie* ganz sicher zur Strecke." Er rollte mit den Augen, während er sprach, als würde er eine solche Szene gerade hinter seiner Stirn miterleben. „Du musst nur höllisch aufpassen, dass die dich nicht vorher erwischen, bis die verblutet sind." Ricardo machte ein zerknirschtes Gesicht, als ihm bewusst wurde, dass seine bevorzugte Waffe bei Weitem nicht so wirkungsvoll war wie gewohnt. Frank fuhr unbeirrt fort: „Am besten, du kommst direkt in das Gehirn durch, entweder durch die Augen oder du durchstichst vom Hals aus die Schädelbasis nach oben."

„Hmm", erwiderte Ricardo, zog das gleiche Messer, das er im Flugzeug bereits vorgeführt hatte und betrachtete es stirnrunzelnd. „Dann sollte ich wohl besser ein größeres nehmen." Er verschwand im Schlafzimmer und kam kurz darauf mit mehreren, deutlich imposanteren Exemplaren gleicher Bauart zurück.

Pierre nickte beeindruckt: „Ja, mit denen wirst du tatsächlich etwas anrichten können." Der ehemalige Auftragskiller warf ihm einen dankbaren Blick zu und legte, zur Verwunderung aller, sein Sakko ab – sie dachten tatsächlich, er würde seinen Modestil trotz der Hitze weiter durchziehen. Doch nun krempelte er die Ärmel hoch und steckte sich die Messer mit geübten Handgriffen, die darauf schließen ließen, dass er nicht zum ersten Mal seine Klingen derart verbarg, hinter den Ledergürtel, so dass sie ihn beim Gehen nicht behindern oder gar verletzen würden.

Walter schlurfte in der Zwischenzeit suchend durch den Raum und im Büro wurde er schließlich fündig. „Natalja, ich brauche Werkzeug", erschallte seine Stimme von dort. Als sie dorthin blickte, sah sie, wie er die Hand ausstreckte, als erwartete er von ihr, dass sie es ohnehin schon dabei hätte. Sie ging zu ihm hinein und wühlte in ihrer Tasche, die auf der Pritsche stand. Danach rumpelte es mehrmals und kurz darauf trat Walter heraus, mit drei massiven Tischbeinen in der Armbeuge. Natalja hatte das vierte. Er gab jeweils eines an Joseph und Honoka. Das letzte behielt er für sich.

›Gute Wahl‹, zwinkerte Frank ihm zu. Die Tischbeine hatten wahrlich die perfekte Form, um als Waffe dienen zu können: Das obere Ende war massiv, kantig und schwer. Der untere Teil dagegen war schmal genug, dass man es mit einer Hand umfassen konnte. Eine ringförmige Verdickung verhinderte, beim Schwingen den Halt zu verlieren, fast so, als hätte der Tischler damals beim Bau bereits die Zweckentfremdung als Waffe im Kopf gehabt. Walter hob die improvisierte Keule über den Kopf und ließ sie einmal kräftig auf das Sofa niederfahren. Der Schwung, mit dem sie unerwartet zurück federte, ließ sie ihm beinahe wieder aus der Hand gleiten. Er nickte zufrieden. „Schusswaffen wären effektiver, aber immerhin besser als nichts", kommentierte er und forderte auch die anderen auf, ihre Prügel auszuprobieren. Kraftvoll droschen sie daraufhin auf das unter den Schlägen bebende Möbelstück ein, bis schließlich jeder ein Gefühl für seine Waffe entwickelt hatte. Die beiden Frauen keuchten bereits vor Anstrengung und auch Josephs Gesicht war deutlich gerötet.

›Lange halten sie das nicht aus‹, dachte Frank schwermütig, während er sein eigenes Messer mehrmals in den Händen hin und her wog. ›Hoffentlich kommen die Infizierten nicht alle auf einmal, denn dann überrennen die uns einfach.‹

Walter fiel auf, dass Katie noch etwas loszuwerden hatte: Brav wie ein Schulmädchen hob sie die Hand. ›Da soll noch einer sagen, die junge Generation sei verzogen‹, dachte er sich und erteilte ihr das Wort. Die Sorge stand ihr geradezu ins Gesicht geschrieben, als sie sprach: „Was ist mit dem Riesen? Diesem *Monsterfrankie*?" Beim letzten Wort machte sie ein Gesicht, als wäre sie barfuß auf etwas Glitschiges getreten. „Gegen den habe ich keine Chance, der ist tatsächlich zu schwer. Und dich", sie wandte sich an Pierre, „wird der auch einfach umrennen."

Die selbstbewusste Zuversicht des Hünen geriet in der Tat ins Wanken. „Scheiße, den habe ich ganz vergessen", presste er überrascht hervor.

„Das ist meiner!", überraschte sie Ricardo mit einer Selbstsicherheit, die Zweifel an seinem Urteilsvermögen aufkommen ließ. Er ließ eines seiner kleineren Messer um alle fünf ausgestreckten Finger der rechten Hand wirbeln und grinste dabei, als würde er sich bereits auf die Begegnung freuen.

Mit väterlicher Sorge mischte Frank sich ein: „Wir glauben dir ja, dass du gut damit umgehen kannst. Aber mit dem Zahnstocher da", er deutete auf das Keramikmesser, „tust du dem doch nicht einmal weh."

Doch Ricardo ließ sich nicht im Geringsten verunsichern und lachte leise: „Ich habe schon genug Schwergewichte zur Strecke gebracht, macht euch mal keine Sorge. Ich brauche nur ein bisschen Platz und dann war der einmal eine Gefahr für uns. Vertraut mir einfach", beschwor er sie. „Wenn wir als Gruppe gegen ihn antreten, rennt der einfach in uns hinein." Er seufzte traurig, als hätte er eine Gruppe begriffsstutziger Kinder um sich. „So erwischt er garantiert mindestens einen von uns, bevor wir ihn irgendwie ausschalten könnten." Er sah, wie es in ihren Köpfen arbeitete, also wiederholte er sich: „Vertraut mir einfach."

Er hatte nicht übertrieben, als er meinte, dass er mehr als genug Schwergewichte ausgeschaltet hatte. In seinem vorherigen Leben als *selbständiger Justizbeschleuniger*, wie ihn ein Staatsanwalt, der ihn nicht nur einmal in seine Dienste nahm, gerne genannt hatte, wurde er bevorzugt engagiert, um gut bewachte Mafiabosse oder andere Stars der kriminellen Szene auszuschalten. Davon abgesehen, dass diese selbst oft äußerst wehrhaft waren und sich auch nicht gerade zimperlich ihr eigenen Lebens erwehren konnten, hatten sie meistens gleich mehrere Bodyguards um sich geschart. In Sachen Kraft und körperlicher Präsenz kamen diese dem Ungetüm, das sie auf dem Überwachungsmonitor gesehen hatten, recht nahe.

Schusswaffen nutzte er nur sehr selten. Sie waren laut und ein nicht zu unterschätzendes Sicherheitsrisiko, da er sich damit nicht so frei in der Öffentlichkeit bewegen konnte, wie es eigentlich notwendig gewesen wäre. Außerdem hinterließen sie zu viele Spuren: Wenn er doch einmal das Pech hatte, von der Polizei gestellt zu werden, hätte er zugleich das Beweismaterial in Form von Schmauchspuren an sich, die er nicht so schnell loswerden konnte wie sein Messer, das er blitzschnell so gut wie überall entsorgen konnte. Nicht nur einmal stand er bereits solch einem Riesen im Zweikampf gegenüber und jedes Mal hatten sie leichtsinnig seine Bewaffnung verspottet. Doch dank seiner trainierten Reflexe war er so flink, dass er ihren Attacken souverän ausweichen konnte und mit jedem Schnitt beförderte er sie stückchenweise, aber zuverlässig, ins Nirwana. Da er dank seiner medizinischen Ausbildung genau wusste, wo er den meisten

Schaden anrichten konnte, dauerten nur ganz wenige dieser Kämpfe länger als ein paar Sekunden.

„Du bist dir ganz sicher?", wollte Walter sich vergewissern.

„Ganz sicher", antwortete er ruhig. Zweifeln nützte ohnehin nichts. Er wusste, dass dieser gigantische *Frankie* um Längen gefährlicher war als jeder Mensch, dem er je gegenüberstand. Doch er wusste auch, dass er der Einzige im Team war, der in der Lage war, diesen Koloss auszuschalten oder zumindest so weit zu schwächen, dass sie ihm mit gemeinsamen Kräften Herr werden konnten. Das Wichtigste war, dass dieser stumpfe Fleischberg ihn nicht zu packen bekam – er musste sich eben auf seinen Instinkt und seine Reflexe verlassen.

Ein Moment des Schweigens breitete sich aus und die unheilvolle Vorahnung ihres unabwendbaren Aufbruchs in die Unsicherheit auf der anderen Seite der Tür umhüllte sie wie kriechende Nebelschwaden. Mehr schlecht als recht gewappnet für das, was auch immer sie erwarten sollte, standen sie nun da und schauten sich skeptisch in die Augen. Frank und Pierre standen, an ungleiche Zwillingsbrüder erinnernd, mit eingezogenen Köpfen neben der Tür, Natalja, Honoka und Joseph ließen verlegen ihre Keulen vor und zurück pendeln, Ricardo rieb die stumpfen Seiten zweier Messer mit einem knirschenden Geräusch aneinander und Katie knetete verlegen ihre Hände. Auch Walter stand reglos da, die Hände auf das zweckentfremdete Tischbein gestützt und musterte jeden Einzelnen von ihnen.

„Ach es nützt ja nichts!" Er vertrieb die Stille mit einer so festen Stimme, die er sich gar nicht zugetraut hatte, dass alle leicht zusammenschraken. „Los, bringen wir es hinter uns!"

Als hätten sie nur auf einen solchen Weckruf gewartet, kehrten Spannung und Konzentration wieder zurück. Ohne eines weiteren Wortes nahmen sie an der Tür Aufstellung, Frank hatte bereits ein Ohr gegen das Metall gepresst und lauschte. Sekunden später löste er sich wieder davon, die Wange hatte sich aufgrund der Temperatur deutlich gerötet. „Ich höre nichts da draußen. Vielleicht haben wir ja Glück", flüsterte er. Walter runzelte zweifelnd die Augenbrauen, sagte aber nichts und bemühte sich, seine Finger nicht an dem scharfkantigen, freigeschnittenen Blech zu schneiden, während er die Hand auf die Türklinke legte. Er nickte Katie und

Pierre knapp zu. Das selbstbewusste Antwortnicken der beiden genügte ihm. Er öffnete ihnen die Tür.

In einer einzigen fließenden Bewegung glitten sie hinaus – er nach rechts und sie nach links – und nahmen breitbeinig eine abwehrbereite Haltung ein. Wild entschlossen folgte der Rest der Gruppe, auf das Schlimmste gefasst. Der Gang war jedoch zu beiden Seiten hin völlig leer. Die Erleichterung, die sie erfasste, war beinahe schon körperlich zu spüren, jedoch blieb ihre aufmerksame Anspannung weiterhin erhalten. Mit festem Blick suchten sie das Areal ab, als fürchteten sie, dass sich ihre Gegner gegen jede Logik plötzlich aus dem Nichts heraus manifestieren könnten.

Walter deutete mit einer Bewegung in Pierres Richtung an, dass Katie zu ihrem Vorhut-Partner stoßen sollte. Mit federnden Schritten überwand sie die kurze Distanz und nun schritten sie langsam und vorsichtig voran. Der kraftstrotzende Franzose, der sie selbst bei seiner geduckten Gangart um ein gutes Stück überragte, wich ihr nicht von der Seite. Die anderen sechs folgten in geringem Abstand ihrem menschlichen Schutzwall.

Sie passierten nun die Tür zu dem Raum, in dem sie sich noch vor gar nicht langer Zeit im Plauderton mit den beiden Chinesen unterhalten hatten. Für einen Moment hielten die beiden Führenden inne und blickten Walter fragend an, doch dieser wollte ihr Glück nicht überstrapazieren und deutete weiter den Flur entlang. Sie nickten einstimmig und setzten sich wieder in Bewegung. Kurz darauf gelangten sie an das Ende des Korridors, der nun nach rechts um die Ecke herum weiterführte. Pierre bedeutete ihnen, zu warten und spähte vorsichtig um die Ecke. Sie sahen, wie sich sein gewaltiger Brustkorb bewegte, als er erleichtert ausatmete und die Daumen nach oben streckte – sicher. Sie nahmen wieder ihre Formation ein und setzten ihren Weg fort.

An der nächsten Biegung jedoch schnellte der Veteran erschrocken von seiner Beobachtungsposition zurück – seine Reaktion konnte nur eines bedeuten. Trotz seiner jahrelangen Kampferfahrung bildete sich ein Kloß in Franks Hals. ›Das wäre dann wohl das Ende unserer kleinen Glückssträhne‹, dachte er zerknirscht.

Der Blick des Franzosen lastete nun eindeutig auf Ricardo.

„Ist es der Große?", fragte dieser. Es schwang eine spürbare Unsicherheit in seiner Stimme mit. Er wusste die Antwort auf seine Frage ohnehin bereits, Pierres Blick sprach Bände. Sein stummes Nicken bestätigte schließlich nur noch die Gewissheit. „Und noch an die zehn Infis, aber die sind erst weiter hinten", ergänzte er noch.

›So sei es‹, fügte sich der Italiener schwermütig in sein Schicksal, atmete einmal schwerfällig durch und verstärkte den Griff um die beiden Messer, dass sich die Haut über den Knöcheln weißlich spannte.

Ernsten Schrittes trat er vor und direkt in den Korridorabschnitt mit den widernatürlichen Kreaturen hinein. Er fühlte sich wie ein zu Tode Verurteilter, der dabei war, die letzten Meter bis zum Galgen bewältigte. Der gewaltige Unterschied war, dass er sein Ende selbst in der Hand hatte und möglicherweise sogar noch abzuwenden vermochte. Ein Verurteilter konnte sich dagegen nur fatalistisch in das Unabwendbare fügen. Äußerlich wirkte Ricardo vollkommen ruhig, doch hinter seiner Stirn toste eine wilde Brandung der Emotionen, dass es ihn innerlich regelrecht zerriss.

›Scheiß Idee!‹, urteilte er, als er schließlich das Ungetüm in seiner vollen Monstrosität betrachten konnte. Es war so massig, dass es beinahe den halben Gang in seiner Breite einnahm. ›Aber eines stimmt tatsächlich. Die anderen hätten keine Chance gegen diesen Brocken‹, stellte er fest.

Er richtete seine ganze Aufmerksamkeit auf den Koloss. Nur am Rande nahm er noch die anderen Infizierten wahr, die in den desillusionierend angehäuften Trümmern des abgestürzten Aufzugs herumwühlten – vom Schwung getragen hatte sich die Stahlkabine so weit in den Gang hineingebohrt, dass nur noch eine einzelne Person kletternderweise daran vorbeikommen würde.

Wie ein Westernheld bei High-Noon wartete er breitbeinig und reglos, dass sein Gegner den ersten Zug machen würde. In der Tat dauerte es nur einen kurzen Augenblick, bis der Riese seiner gewahr wurde. Als dieser sein Opfer erblickte, erstarrte er kurz, blickte zu den anderen Infizierten hinter sich, dann wieder zurück und nochmals nach hinten. Dann stürmte er ohne Vorwarnung los, dass Ricardo in den Spiegelungen der Lampen auf dem Boden sehen konnte, wie sich der metallene Untergrund unter seinen gewaltigen Schritten verbog.

›Jetzt kommt's drauf an‹, dachte sich der selbsternannte Klingenvirtuose mit einem mehr als mulmigen Gefühl. ›Ich hoffe, ich kann mich wirklich auf meine Reflexe verlassen.‹ Denn er spürte bereits, wie sich sein denkendes Bewusstsein angesichts der polternd anrückenden Gefahr in tiefere Bereiche zurückzuziehen gedachte.

Er machte einen Schritt zur Seite und stellte einen Fuß mit akribischer Genauigkeit in den Winkel zwischen Boden und Wand.

Pierre hatte es kurz zuvor bei Katie erschreckend genau angedeutet: Hogan raste auf die gleiche Weise mit ausgestreckten Armen auf ihn zu – nur eben einen Zentner schwerer. In dieser verhängnisvollen Kombination aus Masse und Geschwindigkeit wirkte er geradezu unaufhaltsam.

›Nicht gut, nicht gut, nicht gut‹, ging es Ricardo durch den Kopf. Er spürte, wie seine Angst drauf und dran war, die Kontrolle über ihn zu übernehmen.

›Reiß dich zusammen!‹, ermahnte er sich. Zu seiner eigenen Überraschung funktionierte es. Sein Sichtfeld verengte sich, er sah nur noch die massige Gestalt, die bereits die Hälfte des Weges zurückgelegt hatte. Alles andere blendete er schlicht aus. Er taxierte jede einzelne Schwachstelle seines Kontrahenten und wusste automatisch, wie er ihn zur Strecke bringen konnte.

›Noch fünf Schritte.‹

Er beugte seine Knie leicht, um besser ausweichen zu können.

›Vier‹

Die schwarzen Augen des Anstürmenden bohrten sich förmlich in die vermeintliche Beute hinein, als würde er ihn bereits im Vorfeld mit Blicken weichklopfen wollen.

›Drei‹

Ricardo holte mit dem rechten Arm nach hinten aus.

›Zwei‹

Das Monstrum machte keine Anstalten, langsamer zu werden. Offensichtlich wollte er ihn einfach ungebremst umrennen und mit sich reißen.

›Eins‹

›Und Action!‹

Der Italiener tauchte so schnell unter den zupackenden Pranken weg, als verfügte er über einen zusätzlichen Geheimvorrat an

Erdanziehungskraft. Mit einer einzigen kraftvollen Bewegung vollführte sein rechter Arm einen ausladenden Bogen und beschleunigte dabei. Noch während er sich im Fallen befand, ließ er die kleine, rasiermesserscharfe Klinge durch die Achillessehne fahren, dass das gespannte Gewebe mit einem unglaublich lauten, peitschenden Knall zerriss.

›YES!‹, triumphierte er in Gedanken. Dass ihm dabei das Messer schmerzhaft aus der Hand gerissen wurde, war ihm gleich – er hatte ja noch genug davon im Gürtel.

Während er selbst auf dem Boden landete, sich in einer einzigen, fließenden Bewegung über die Schulter abrollte und direkt wieder auf die Füße kam, ließ er den *Frankie* nicht aus den Augen. Ricardo war so plötzlich unter ihm durchgetaucht, dass dieser es nicht einmal wirklich registriert hatte, sondern einfach stur weiter polterte. Hogan machte noch einen donnernden Schritt mit dem unverletzten Bein und danach geschah genau das, was beabsichtigt war: Ohne die stützende Sehne setzte der Fuß auf dem Boden auf und in dem Moment, als es daran gewesen wäre, sich wieder abzustoßen, geschah, was zu erwarten war – nichts. Haltlos sackte das ganze Bein nach unten weg. Seine nach vorne ausgestreckten Hände schwangen nach oben, in dem hilflosen Versuch, das Gleichgewicht irgendwie halten zu können. Doch es nützte nichts. Der Gigant fiel vornüber wie ein gefällter Baum.

Der Aufprall war ungemein hart und ließ den Boden beben. Er schlug der Länge nach mit voller Wucht auf, das charakteristische Knacken ließ vermuten, dass er sich die Nase gebrochen hatte. Getragen von der hohen Geschwindigkeit, mit der sein vermeintliches Opfer hätte umgerannt werden sollen, schlitterte er noch meterweit über den Boden und kam dann schließlich zum Liegen.

Jeder normale Mensch hätte zumindest einen Moment gebraucht, um wieder zu sich zu kommen, doch nicht Hogan. In seiner Raserei stemmte er sich sofort wieder hoch und machte sich daran, sich auf sein neues Ziel zu stürzen: Natalja. Sie hatte schon immer geahnt, dass die ihr innewohnende, ausgeprägte Neugier einmal zu ihrem Verhängnis werden sollte – doch so konkret und brutal hatte sie es sich nicht vorgestellt. Sie befand sich direkt an der heißen, metallenen Korridorecke, um mitzuverfolgen, wie Ricardo sich schlug. Zu ihrem Pech fiel der Gigant ihr nun im wahrsten Sinne des Wortes vor die Füße. Es ging alles so unfassbar schnell. Vor Schreck war sie wie gelähmt.

Blitzartig hatte sich der zu Boden gegangene Angreifer wieder auf das unverletzte Bein hochkatapultiert und streckte geifernd die Hände nach ihrem entgleisten Gesicht aus, das der Kraft seiner gewaltigen Greifer wahrlich nichts entgegenzusetzen hatte. Dieser Moment war so überbordend angefüllt mit geballtem Schrecken, dass die Zeit selbst sich dehnen musste, damit Nataljas Entsetzen überhaupt Platz darin finden konnte. Wie in Zeitlupe sah sie, wie die geschwollenen Pranken immer näher kamen: Sie wurden größer und größer und größer. Vom Horror gepackt stieß sie einen schrillen Schrei aus, der in ihren eigenen Ohren beängstigend widerhallte. Dann spürte sie einen gewaltigen Druck in der Magengegend und plötzlich sah sie für einen kurzen Augenblick nur noch das blanke Metall der Decke über ihr.

Der *Frankie* belastete nun sein zerschnittenes Bein und fiel erneut – direkt auf die schreckstarre Russin. Der Koloss war so schwer, dass sie glaubte, direkt in eine Müllpresse gebeamt worden zu sein. Erst jetzt realisierte sie, dass sie zum Glück überhaupt noch lebte und wem sie das zu verdanken hatte: Frank.

Als sie noch das Verderben unentrinnbar auf sich zukommen sah, hatte er längst reagiert: Er war direkt zu ihrer Rettung geeilt, hatte sie um den Bauch gepackt und mit aller Macht nach hinten gezerrt. Auf dem Weg zu ihr hatte er kurzerhand den völlig perplex dastehenden Joseph– als wäre dieser nur ein leichtes Stofftier – beiseite geschleudert, dass dieser hart gegen die Metallwand prallte und augenblicklich das Bewusstsein verlor.

Nun lag Frank begraben von seiner Fracht am Boden und versuchte nach dem Aufprall, der ihm die Luft aus den Lungen gepresst hatte, wieder zu sich zu kommen. Wäre er nicht gewesen, hätte der *Frankie*, trotz der zerteilten Sehne, mit Sicherheit den Schädel der vor Grauen handlungsunfähigen Frau gepackt und zu Mus verarbeitet. Dem automatischen Eingreifen ihres liebesblinden Verehrers sei Dank, griffen seine Hände ins Leere und Hogan stürzte direkt auf sie, ohne Schaden anzurichten. Sie spürte lediglich einen dumpfen Schmerz auf beiden Oberschenkeln: Den Knüppel in ihren Händen hatte sie völlig vergessen, dieser lag nun quer über ihren Beinen. Das Monster ist zu ihrer Verblüffung genau so gefallen, dass es seine Zähne direkt in das Holz geschlagen hatte.

Einen Sekundenbruchteil später kam bereits Ricardo mit einem beherzten Hechtsprung angeflogen. Keiner wusste, wie er es geschafft hatte, so schnell sein großes Messer zu ziehen, das er nun fest in beiden Fäusten hielt. Er setzte sein gesamtes Körpergewicht ein und ließ sich mit voller Wucht auf den *Frankie* fallen, der soeben wieder seine Greifer nach der wehrlos eingeklemmten Russin ausstrecken wollte. Unendlich tiefe, schwarze Monsteraugen bohrten sich dabei direkt in Nataljas Seele.

Das riesige Keramikmesser schimmerte matt im Licht der Deckenlampen, während Ricardo seine Fäuste an die Brust presste, so dass es für einen Moment so aussah, als würde die Klinge direkt aus seiner Brust emporwachsen. Er packte das Messer mit aller Kraft und spürte den Widerstand, als die Spitze auf den dicken Schädelknochen traf. Dabei drückte es ihm den Griff so schmerzhaft gegen seine Brust, dass er glaubte, es würde eher ihm die Rippen brechen, als dass er auch nur das Geringste gegen den riesigen Infizierten ausrichten könnte. Er fürchtete schon, dass alles vergebens gewesen sei, als ein plötzliches Rucken durch das Tötungswerkzeug in seinen Fäusten ging und die Schneide direkt in den Schädel fuhr. Ricardo spürte einen zweiten Widerstand, als die stahlharte Keramik am anderen Ende des geknackten Kopfes erneut auf Knochen stieß – doch auch diesen überwand er mit Hilfe seines Körpergewichts, mit dem er immer noch komplett auf den Stich lastete. Ein kleines Stück drang die Klinge noch durch, doch dann steckte sie fest und ließ sich weder vor noch zurück bewegen.

›Hoffentlich reicht das‹, dachte Ricardo, während er schmerzerfüllt spürte, wie der stumpfe Messergriff gegen seine Brust drückte. Zum Glück sollte er Recht behalten, Hogan war zwar noch nicht tot und eine gewisse Gefahr ging immer noch von ihm aus, doch seine zappeligen Bewegungen waren nun, da die Schaltzentrale irreparabel beschädigt war, völlig unkoordiniert und ziellos. Natalja, die sich innerhalb der letzten wenigen Sekunden ganze zwei Mal um ihren Schädel sorgen musste, konnte einigermaßen erleichtert aufatmen. Die dicken, muskulösen Arme des zappelnden Monsters fuchtelten wie wild in der Luft herum, bekamen aber nichts zu packen. Auch der Rest des sterbenden

Leibes erbebte, doch das war mehr ein konfuses Zucken als ein zielgerichteter Angriff.

Natalja schien bei der kosmischen Verteilung des Faktors Glück offenbar eine saftige Extraportion abbekommen zu haben: Die ziellosen Schläge des Infizierten waren immer noch extrem kraftvoll, doch sie war so zwischen diesem und Frank eingekeilt, dass ausschließlich dieser die Prügel abbekam. Schlag um Schlag musste er stöhnend einstecken, während er vergeblich versuchte, sich zu befreien. Immerhin wurde die auf ihm liegende Last nun etwas geringer – Pierre hatte sich den heldenhaften Italiener gepackt und diesen von dem Knäuel herunter gerollt. Dieser hielt immer noch sein Messer mit krampfenden Fäusten fest, so dass der Franzose die Finger mit sanfter Gewalt einzeln lösen musste. Die Klinge bog sich dabei bedenklich unter der Belastung – Pierre wunderte sich erstaunt, dass sie nicht einfach abbrach. Als er endlich Ricardos Griff davon lösen konnte, federte die Klinge zurück und spritzte dabei eine dunkelrote Blutfontäne in die Luft – der Schwall aus beinahe schon schwarz wirkenden Tropfen benetzte die Wand und rann langsam daran herunter.

Während Ricardo sich etwas abseits unter Pierres Fürsorge wieder fangen konnte, schnappte sich Walter die beiden Verbliebenen – Katie und Honoka – und sie machten sich daran, den Koloss von den beiden Eingequetschten zu zerren. Honoka nahm, so gut es eben ging, die zappelnden Beine, Walter umgriff die Hüfte und Katie versuchte, ihn an Nataljas Tischbeinkeule zu bewegen. Sie nahm das Holz in die Hände und registrierte, wie der festgenagelte Kopf haargenau ihren Bemühungen am Holz folgte. Dabei erschrak sie so sehr, dass sie beinahe auf dem Hosenboden landete: Die Kiefer des Ungetüms schnappten immer wieder auf und zu und schlugen klappernd die wenigen verbliebenen Zähne in das Holz.

„Weitermachen!", schrie Walter sie an. Sie nahm ihren ganzen Mut zusammen und griff erneut nach dem Holz. Dabei kam sie nicht umhin, dem schnappenden Ungetüm direkt ins Maul zu schauen. Die Unmengen an Blut, die zwischen den Kiefern hervor strömten, machten es schwer, etwas zu erkennen, doch dann sah sie es: Ricardos Messer hatte sich durch den Schädel in den Mundraum und dann direkt in das Holz gebohrt. Über ihre eigene, eiskalte

Reaktion wäre sie selbst noch vor wenigen Wochen überrascht gewesen: Sie spitzte erstaunt die Lippen, zuckte hinnehmend mit den Schultern und hebelte mit aller Kraft an dem Holz, womit sie den unentwegt weiter tobenden Koloss von den beiden herunter rollte. Ein Gedanke an ihre Pinnwand, an der sie kleine Zettel, aber beileibe keine Untoten anzupinnen pflegte, rauschte durch ihre Gedanken wie ein vorbeifliegender Vogel.

Walter zögerte nicht lange, griff nach seinem Prügel und löschte das verbliebene Leben in Hogan mit vier kräftigen Hieben aus und hinterließ an Stelle des Kopfes eine widerliche Ansammlung grauroten Gewebes. Natalja, vollkommen angespannt vor Angst, hatte immer noch die Hand um ihren Prügel geschlossen und ließ auch dann nicht los, als Walter seine Schläge niederprasseln ließ. Nun, da sie allmählich ihren Schockzustand überwand, zog sie vorsichtig mit dem ausgestreckten Arm daran. Mit einem Schmatzen bekam sie ihre Waffe frei, das blutbesudelte Messer steckte immer noch im Holz und schimmerte rötlich im Licht. Es hätte ihr dabei den Magen umdrehen sollen, doch von dem Schock der Ereignisse war sie immer noch so abgestumpft, dass die ganzen Eindrücke nicht ganz zu ihr vordrangen – sie funktionierte einfach nur noch. Breitbeinig und schwer atmend stand Walter über dem entsetzlich zugerichteten Leichnam gebeugt, Blut und matschige Hirnmasse rannen von der Keule auf den Boden.

Noch bevor sie sich nach der bewältigten Gefahr wieder sammeln konnten, drang ein warnender Schrei an ihre Ohren. Pierre hatte soeben von Ricardo abgelassen, schnellte in die Höhe und fixierte einen Punkt im Flur, den nur er einsehen konnte. „Sie kommen!", schrie er und winkte fordernd mit der Hand, dass sie gefälligst zu ihm stoßen sollten.

Ohne groß zu überlegen, schnellte Katie an seine Seite und was sie sah, ließ sie einen kurzen Augenblick vor Angst erstarren: Von den Infizierten, die sich im Gang herumdrückten, befanden sich bereits die ersten drei in vollem Lauf auf sie zu. Auch die anderen würden mit Sicherheit gleich nachfolgen, um ihren Hunger an den acht äußerst leckeren Menschen zu stillen. Als Walter ihr die Hand auf die Schulter legte, zuckte Katie schreckhaft zusammen. Er schaute ihr direkt in die Augen und nickte ihr ermunternd zu – ihre Erstarrung löste sich und eine tiefe Entschlossenheit erfüllte sie. Sie wandte sich wieder nach vorn, beugte ihre Knie, um sicheren Stand zu haben und konzentrierte sich auf die anstürmenden Wesen.

Als Erstes erreichte sie ein junger Mann, seine nachtschwarzen Augen waren vor animalischer Gier weit aufgerissen und er hielt ungebremst direkt auf Katie zu – aufgrund ihrer geringen Größe das vermeintlich leichtere Opfer. Wie auch der riesige *Frankie* zuvor, hatte er die Hände nach vorne ausgestreckt, um sie zu packen. Diese Einladung nahm sie gerne an: Sie ließ sich bereits fallen, bevor er sie ganz erreicht hatte, packte einen Arm, rollte sich auf den Rücken und zog ihre Beine an. Dann brachte sie ihre Füße unter seinen Rumpf und drückte ihn von sich weg.

Als hätte die Gravitation eine kleine Pause eingelegt, flog er in einer gestreckten Flugbahn durch die Luft und an den anderen vorbei, die dem zappelnden Wesen fasziniert mit Blicken folgten. Dann prallte er mit voller Wucht gegen die Wand am Ende des Flurs und landete nur eine Handbreit von Nataljas Schuhen entfernt auf dem Boden. Blutbesudelt und geistig immer noch leicht abwesend machte sie jedoch keinen besonders kampfkräftigen Eindruck.

Der Schein trog. Sie überlegte nicht, sondern reagierte sofort, als hätte sie in ihrem ganzen Leben bisher nichts anderes gemacht, als Leute totzuschlagen: Sie führte ihre Keule in einem perfekten Halbkreis über ihren Kopf hinweg direkt auf das überraschte Etwas, das sich bereits wieder daran machte, auf die Beine zu kommen. Der Schlag saß und zertrümmerte den Schädel mit einem einzigen, kraftvollen Hieb. Es knackte entsetzlich und der Kopf teilte sich wie eine Wassermelone, die unachtsam fallen gelassen wurde.

Dann hieb sie noch einmal darauf ein und noch einmal und noch einmal. Sie steigerte sich in eine regelrechte Raserei hinein, immer wieder ließ sie das schwere Ende des Tischbeins niederfahren. Als vom Kopf nichts mehr übrig war und eine schaurige Mischung aus Blut und Hirnmasse ihre nackten Beine hinunterlief, setzte sie kurzerhand ihre Schläge am verbliebenen, längst reglos daliegenden Körper fort.

Die anderen registrierten es mit Schrecken. Angewidert verzogen sie ihre Gesichter, als auch sie mit ein paar Tropfen besonders weit gespritzten Bluts benetzt wurden. Doch sie schritten nicht ein, da Pierre ihnen bereits die nächsten Infizierten vor die

Füße warf. Den ersten ließ er ganz nahe an sich herankommen, er ließ sogar zu, dass dieser ihn packte, doch dann griff er am Nacken zu und schleuderte ihn kraftvoll gegen die Wand links von sich. Die Nase brach und augenblicklich floss ein Schwall dickflüssigen Blutes daraus hervor. Dann schob Pierre ihn, eine Blutspur malend, an der Wand entlang und schleuderte ihn zu Boden. Frank war sofort zur Stelle und brach ihm mit einem kraftvollen Stampfen seiner Stiefel das Genick.

Für den zweiten verknotete der schwere Franzose beide Hände ineinander und schwang sie wie eine Keule. Er traf den Angreifer mit voller Wucht am Hals. Der Körper wurde von dem Hieb zu Seite abgelenkt, während der Kopf versuchte, an Ort und Stelle zu bleiben und bedenklich wegknickte. Honoka, die das aus etwas Abstand sah, dachte schon, dass er einfach direkt vom Hals gerissen würde. Doch dies geschah nicht – im Gegenteil. Das erschütterte Wesen schien das kaum zu registrieren und versuchte sogar noch, nach Pierres Hand zu schnappen. Reflexhaft zog dieser seine Hand zurück.

Vom Schwung des machtvollen Hiebes getragen, schlug der Infizierte an genau der gleichen Stelle gegen die Wand wie sein Vorgänger und verschmierte das daran herablaufende Blut mit seinen struppigen, schwarzen Haaren. Pierre reagierte blitzschnell und packte ihn, bevor dieser sich wieder sammeln konnte und warf ihn kurzerhand nach hinten. Bereits während er nach einer kurzen Flugphase über den Boden schlitterte, versuchte er schon wieder, mit ersten hektischen Bewegungen auf die Beine zu kommen – es sah aus wie ein Hund, der im Wasser schwamm. Natalja, mittlerweile überall von schimmernden Blutspritzern übersät, sah ihn auf sich zu schlittern und offenbarte das diabolischste Grinsen, das Frank jemals in seinem Leben zu Gesicht bekommen sollte.

Sie packte ihre Keule so kraftvoll mit beiden Armen, dass ihre Muskeln markant hervortraten. Konzentriert schwang sie den Prügel nach hinten, legte den Kopf schief, wartete und ließ mit einem Schwung, der einem Profigolfer Beifallsstürme entlockt hätte, das Holz mit voller Wucht in das geifernde Gesicht fahren. Das matschig klingende Geräusch ließ sogar Katie herumfahren, die sich eigentlich auf die Infizierten von vorne konzentrieren sollte. Das stumpfe Ende des Tischbeins hatte mit diesem einen Schlag den

Schädel komplett ausgelöscht: Das Gesicht wurde bis an das andere Ende des Schädelknochens weitergeschoben, der splitternd in dutzende Fragmente zerbrach. Noch während die knöchernen Bruchstücke durch die Luft taumelten, spritzte das Gehirn aufgrund der enormen Wucht in einer grauen, bröckeligen Fontäne in alle Richtungen, so dass es die Wände zu beiden Seiten mit einem glibberigen Biomasse-Putz versah. Schwer atmend und breitbeinig stand die Russin, an ein surreales Kriegerdenkmal erinnernd, über den reglosen Überresten und blickte voller Zorn nach vorne auf die anderen Infizierten, die sich, vom Tumult angelockt, nun alle auf dem Weg zum Team des *Bureaus* befanden.

Katie und Pierre funktionierten in der Tat als perfektes, ungleiches Bollwerk. Sie alleine sollte ganze drei der Anstürmenden direkt zu Boden schicken. Den ersten hatte sie sich wie bereits zuvor um die Schulter gewickelt und mit einer Drehbewegung auf den Untergrund geschleudert. Walter brauchte nur zwei Schläge. Die zweite – eine kleine, leicht übergewichtige Frau – beförderte sie mit einem beeindruckenden Sprungtritt direkt und ohne Umwege ins Jenseits: Sie sprang in die Höhe, hämmerte ihren Fuß gegen den Unterkiefer, der mit einem knallenden Geräusch brach. Noch während sie sich in der Luft befand, zerschmetterte sie mit einem zweiten Tritt den Schädel, indem sie ihn an der Wand zermalmte.

Von ihrer kraftvollen Attacke aus dem Gleichgewicht gebracht, befand sie sich nun jedoch direkt in der Angriffslinie. Ihre Landung nach dem Sprungtritt war nicht so perfekt wie geplant. Vom eigenen Impuls getragen, drehte sie sich in der Luft und landete direkt vor den Füßen des nächsten anstürmenden Schreckenswesens auf dem Metallboden. Es stolperte über ihren daliegenden Körper und taumelte direkt in Pierre hinein. Er packte es mit einer Hand an den Schultern und mit der anderen am Hinterkopf und schleuderte es kraftvoll in den Untergrund. Walter gab der kurzzeitig betäubten Kreatur den Rest, er begann zuerst, etwas unbeholfen auf ihn einzudreschen – da der Infizierte unablässig aufzustehen versuchte, konnte er kaum einen Schlag auf eine empfindliche Stelle lenken. Doch irgendwann kapitulierte das Wesen vor der Unzahl gebrochener Knochen und erschütterter Weichteile, so dass es sich nach ungefähr zwei Dutzend Schlägen letztlich kein bisschen mehr rührte.

Pierre sprang unterdessen kurzerhand über die wehrlose Britin am Boden hinweg und rammte eine zierliche, weibliche Infizierte mit der Schulter, dass sie von der Wucht zurückprallte und sogar einen Moment liegen blieb. Katie nutzte diese kurze Pause, um sich wieder auf die Beine zu schwingen und erwehrte sich ohne Mühe eines Mannes, der an Pierre vorbeigeschlüpft war – dieser konnte ihn nur noch mit einem Ellbogenhieb ein wenig aus der Bahn werfen. Der Kampfkünstlerin kam das sehr gelegen, sie konnte ihn einmal über die Schulter werfen und zuschauen, wie Honoka und später auch Ricardo gemeinsam darauf einschlugen und -stachen.

Ein weiteres Ungetüm raste heran und dieses konnte Pierre nicht so einfach umwerfen. Stumm rangen die beiden miteinander, während faulende Zähne unentwegt nach dem Franzosen schnappten. Frank eilte zu Hilfe und ließ das wütende Wesen mit einem beherzten Tritt ins Knie zusammensinken. Gemeinsam rangen sie den Kerl, der über unmenschliche Kräfte zu verfügen schien, zu Boden. Joseph, der nach Franks heftigen Stoß wieder zu sich gekommen war, kam mitsamt Keule hinzu. Doch seine Schläge zeigten wenig Wirkung. Da die beiden Elitekämpfer ihre Mühe hatten, den Zappelnden am Boden zu halten, konnte er seine Schläge nur auf Rücken und Gesäß platzieren.

Frank deutete mit Blicken auf sein spiegelblankes Kampfmesser, das er im Tumult hatte fallen lassen. „HALS!!", schrie er. Joseph stand nur da und verstand nicht. Frank war kurz davor, loszulassen und es selbst zu erledigen. „Ramm ihm das Messer in den Hals!", schrie er ihn an.

Joseph brauchte exakt eine, sich ewig anfühlende, Sekunde, um zu begreifen. Sein Geist hatte sich in tiefere Bereiche zurückgezogen und beobachtete seinen eigenen Körper distanziert, wie er dem Befehl Folge leistete: Er ließ sich auf ein Knie herunter, hob das Messer vom Boden, fixierte einen kurzen Moment den Hals der tobenden Kreatur und ließ den glänzenden Stahl ohne nennenswerten Widerstand in das Fleisch fahren. Der Infizierte schien gar nicht zu registrieren, wie sein kämpfendes Grunzen in ein Röcheln überging und eine rhythmisch pulsierende Fontäne den Deutschen mit dunkelrotem Blut duschte. Die Kreatur wütete unentwegt weiter, während Joseph reglos in einer knienden Position verharrte, als hätte er ein rituelles Opfer dargebracht. Er schloss die Augen, ließ das Messer fallen und erstarrte für eine gefühlte Ewigkeit, bis sich Honoka schließlich des vor Blut triefenden Mannes annahm und ihn wieder in die Realität zurückschüttelte.

Frank und Pierre, denen es immer leichter fiel, den Tobenden unter Kontrolle zu halten, erschraken zutiefst, als plötzlich Natalja wie entfesselt mit dem Schrei eines Berserkers an ihnen vorbeigestürmt kam. Die blutbesudelte, immer noch mit Ricardos Messer versetzte Keule hielt sie schwungbereit hinter ihrem Rücken erhoben, um den letzten Verbliebenen den Rest zu geben.

Diese beiden waren bei Weitem nicht mehr so gefährlich wie die anderen: Eine große, dünne Frau humpelte stark und war, während die Kämpfe in vollem Gange waren, bereits mehrmals gestürzt, hatte sich aber immer wieder aufgerappelt. In vollem Schwung hämmerte ihr die Russin ihre Keule gegen die Seite. Das Keramikmesser brach dabei ab und fiel polternd zu Boden. Die Furie, die in diesem Moment keinerlei Ähnlichkeit mehr mit der russischen Schönheit aufwies, in die Frank sich so sehr verliebt hatte, ließ nicht ab und wütete entsetzlich – Knochen brachen, Blut spritzte und immerfort war das dumpfe Poltern der Einschläge zu hören.

Ricardo war unterdessen bei der benommenen Infizierten angelangt, die Pierre zu Boden gerammt hatte, ihre Bewegungen waren nur noch träge und fahrig. Sie blickte ihn hassend aus ihren bösen, schwarzen Augen an. Kurzerhand zückte er zwei seiner Messer aus dem Gürtel und stach ihr, mitten durch die schwarzen, scheinbar bodenlosen Pupillen, direkt ins Gehirn. Sie erschlaffte augenblicklich.

Ein letzter Infizierter war noch im Gang, stellte jedoch keine wirkliche Gefahr dar: Röchelnd kroch dieser auf allen vieren vorwärts. Frank nahm sich Josephs Keule, die dieser fallengelassen hatte und schritt langsam auf die bemitleidenswerte Gestalt zu. Aus der Nähe sah er nun mehr Details und verzog angewidert das Gesicht. Der Hunger der Infizierten kannte in der Tat keinerlei Grenzen, er sah die eindeutigen Zeichen, dass dieses Geschöpf, das voller Wut und Gier in den schwarzen Augen auf ihn zugekrochen kam, als Mahlzeit für die anderen herhalten musste. Der Körper war überall von tiefen Wunden übersät, aus denen es jedoch, den besonderen Heilkräften geschuldet, nicht mehr blutete. Doch weiter hinten im Flur, bei den Trümmern des abgestürzten Fahrstuhls, war eine große Blutlache zu sehen, von der eine immer dünner werdende Blutspur ausging, die nicht weit von dem röchelnden Ding endete. Er entdeckte ein paar besonders tiefe, mit dunkelroten Fleischfetzen umrandete Wunden in den Beinen. Es waren regelrechte Krater, an deren Grund bereits das Rosa der blutverschmierten Schenkelknochen hervorschimmerte. Die wenige noch an Ort und Stelle befindliche Muskulatur arbeitete zuckend, während das Wesen weiter vorwärts zu kriechen versuchte. Frank beendete mit einem einzigen brutalen Hieb diese mitleiderregende Existenz.

Eine instinktive Euphorie über die schadlos bewältigte Gefahr hatte soeben den Weg in sein rasendes Herz gefunden und wollte ihn soeben mit erleichterndem Glück überfluten, als er hinter sich jemanden herzerweichend schluchzen hörte. Es war Natalja. Franks Glücksgefühle verpufften ins Nichts, sobald er ihre Tränen sah. Sie hatte sich mit dem Rücken an der Wand in die Hocke herabgelassen, barg das Gesicht in den Händen und heulte hemmungslos. Es überraschte ihn zwar, wie schnell ihr Wandel von der eiskalten Kriegerin zur fühlenden Frau vonstattenging, doch er konnte einigermaßen gut nachvollziehen, was in ihr vor sich ging: Die knapp überlebte Attacke des riesigen *Frankies* und der anderen Infizierten mussten sie tief in ihrem Innersten erschüttert haben. Er erinnerte sich an seinen allerersten Einsatz in Somalia, damals noch beim US-Militär, als auf einmal eine Gruppe von Kindersoldaten ihre Patrouille aus dem Hinterhalt angegriffen hatte und es ihn innerlich schier auseinandergerissen hatte, zurückschießen zu müssen.

Die soeben durchgestandene Begegnung mit den Infizierten würde auch in seiner Psyche eine weitere, tiefe Kerbe hinterlassen, dessen war er sich sicher, doch zunächst wollte er für sie da sein. Er ging ruhig auf sie zu, kniete sich vor sie und barg sie in seine kräftigen Arme. Er spürte, wie ihre Tränen an seinem Hals herab liefen und strich ihr beruhigend über das vom verspritzten Blut ganz klebrige Haar, bis sie sich wieder gefangen hatte.

Auch an den anderen gingen die letzten Augenblicke nicht spurlos vorbei. Joseph rang sichtlich um Fassung, nachdem er von

Honoka aus seiner Lethargie geschüttelt wurde. Er hatte die Hände hinter dem Nacken verschlungen und betrachtete, sich langsam im Kreis drehend, die Szenerie. Die toten Leiber, die Unmengen von Blut und Hirnmasse auf dem Boden und an der Wand, die benutzten Keulen, die verstreut da lagen und die acht unversehrten Überlebenden – jeder von ihnen mehr oder weniger stark mit Blut besudelt – all dies war so unfassbar, dass es eine Weile benötigen würde, um überhaupt erst einmal in sein Bewusstsein vorzudringen. Auch Katie und Ricardo hatten Schwierigkeiten, das überlebte Massaker zu begreifen, Walters dankendes Schulterklopfen an sie verpuffte geradezu. Honoka dagegen schien das alles sachlich und nüchtern zu betrachten und untersuchte Hogans Überreste.

Auch Pierre befand sich direkt neben dem gefällten *Frankie* an der Ecke, wo der Flur abknickte. Er beobachtete gespannt, ob von hinten weitere Angreifer kamen – er glaubte zwar, ein leichtes Rumoren gehört zu haben, doch niemand zeigte sich. Walter nickte dem Franzosen zu. Dieser erwiderte folgsam die Geste und spähte weiterhin den Korridor entlang, um notfalls schnell zu warnen, falls noch mehr Infizierte anrücken sollten.

Walter stieg an den Leichen vorüber, passierte Frank und Natalja, die umschlungen nicht einmal Notiz von ihm nahmen. Mitfühlend legte er jedem im Vorbeigehen die Hand auf die Schulter, während er selbst auf die verbogenen Überreste des Aufzugs zu hielt.

Je näher er kam, desto mehr verließ ihn seine Zuversicht: Die Kabine hatte sich mit einer zerstörerischen Wucht in den Gang gebohrt, dass er Mühe hatte, überhaupt an den geknautschten und gefalteten Metallresten vorbei zu kommen. Er stieg vorsichtig über die scharfkantigen Splitter hinweg, die das Weiterkommen beinahe unmöglich machten und spähte in die Kabine hinein.

›Hmm, ich glaube, nicht mal McGyver wird das Ding wieder zum Laufen bekommen‹, fasste er in Gedanken zusammen. ›Aber warten wir mal, was Natalja dazu sagt.‹ Er versuchte, sich zumindest ein klein wenig Hoffnung zu bewahren.

Vorsichtig tauchte er unter einer verbogenen, zentimeterdicken Metallplatte hindurch und trat hinein. Sein gründlich erschütterter Optimismus bekam unverhofft wieder neue Nahrung: ›Von innen sieht es gar nicht so zerstört aus‹, bemerkte er. ›Sogar die

Beleuchtung geht noch‹, freute er sich mit einem Blick auf die beiden Glühlampen, die das Innere aus verbogenen, aber immer noch funktionsfähigen Lampenfassungen erhellten. Nachdem er über ein paar Metallteile und eine der beiden aus der Verankerung gerissenen Klimaanlagen geklettert war, blickte er direkt auf den entblößten Elektromotor. Dessen Antriebsrad drehte sich leise surrend im Leerlauf. Ein kurzes Lachen entsprang aus seiner Kehle. Das behagliche Gefühl neu aufkeimender Zuversicht eroberte daraufhin Walters Bauch, als würde nach einem zähen Wintertag endlich der ersehnte Schluck warmen Tees auf ihn warten.

„Natalja! Schau dir das bitte mal an!", rief er laut.

„Kommen gleich!", hörte er Frank als Antwort rufen.

Während sie sich auf den Weg machten, versuchte Walter den Motor, so gut es ging, freizulegen.

„Walter?", hörte er sie nun von deutlich näher fragen.

„Hier drin", antwortete er und bog ächzend die letzte Strebe beiseite, die den Weg zum Antrieb blockierte. Nun sah er ihren Kopf in die Kabine hinein lugen. Er grinste sie fröhlich an, was sie sichtlich irritierte. Doch nach einem kurzen Zögern war sie schließlich zu ihm hinein geklettert und schaute sich um. Mittlerweile sah er vier zusätzliche Gesichter, die erwartungsvoll zu ihnen hinein spähten.

Die Russin war nun direkt neben ihm und schaute zu dem Aggregat hinunter. „Der Motor sieht ja noch richtig gut aus. Zumindest von hier aus", sagte sie monoton. Sie beugte sich nach unten und betrachtete den Antrieb genauer. Umständlich rüttelte sie einmal daran, als etwas anderes ihre Aufmerksamkeit auf sich lenkte. Sie verharrte regungslos und starrte auf einen verborgenen Punkt etwas weiter unten.

„Hmm", meinte sie nachdenklich und erhob sich. „Der Motor dürfte kein Problem darstellen", sagte sie.

Walter wartete auf das *aber*, das auch prompt folgte: „Aber, ich habe da etwas anderes entdeckt."

Sie drehte sich einmal im Kreis und schaute sich um. Dann ging sie auf die Seitenwand zu, die sich vom Einschlag zu einem metallenen Gebirge aufgefaltet hatte. An einer Stelle war jedoch genug Platz, dass ein Mensch nach draußen steigen konnte. Sie quetschte ihren Oberkörper hindurch und streckte eines ihrer blutverkrusteten Beine in die Länge, um nicht vornüber zu kippen. Kurz darauf zog sie sich wieder in die Kabine zurück und Walter wusste sofort, dass der Aufzug nicht mehr zu retten war, als er ihren Gesichtsausdruck sah. Das angenehme, hoffnungsvolle Gefühl in seinen Gedärmen wich einem zähen Nichts, das sich mit scharfen Sägezähnen bis in den letzten Winkel durch ihn hindurch zu fressen und jede angenehme Emotion auszulöschen schien.

„Das Ding bewegt sich keinen Millimeter mehr", sprach sie es schließlich aus. „Der Motor geht, aber der Antrieb ist komplett hin. Das Zahnrad, ohne das hier gar nichts geht, ist aus der Verankerung gerissen und so stark verbogen, dass wir ohne Schweißgerät und Hydraulikpresse nichts damit anfangen können", besiegelte sie in kalter Ingenieurssprache ihr Schicksal.

Walter lehnte sich an eine verbeulte Stahlplatte. Deren Hitze, die eigentlich unangenehm auf seiner Haut hätte brennen müssen, spürte er gar nicht. Erwartungsvoll starrte er sie an, dass sie doch noch irgendeine gute Nachricht aus dem Hut zaubern sollte. Doch das tat sie nicht.

„Gibt es irgendetwas, das wir tun können?", fragte er schließlich.

Zweifelnd wiegte sie den Kopf zur Seite und antwortete: „Vielleicht haben die ja für einen Notfall vorgesorgt und irgendwo ist das nötige Werkzeug aufzutreiben."

Bong! Franks Faust hämmerte dumpf gegen eine der Metallplatten, dass sie leicht vibrierte. „Fuck!! Wir sitzen hier echt fest", machte er seinem Ärger Luft. Beruhigend versuchte Pierre, ihm die Hand auf die Schulter zu legen, doch Frank wandte sich schnippisch ab und ging zur Seite. Dann hielt er inne, überlegte kurz und schritt kraftvoll auf das nahe Ende des Korridors zu. Er hatte die Türklinke zu der Besenkammer erspäht und knallte seine Hand so heftig auf die Klinke, dass sie eigentlich hätte abbrechen müssen. Zu seiner Überraschung war nicht abgeschlossen und so zog er an der breiten Stahlpforte, um den Raum dahinter zu offenbaren.

Walter und Natalja hatten sich unterdessen wieder aus den Innereien der Aufzugskabine herausgekämpft und beobachteten gespannt, was der Ex-US-Ranger denn so alles freilegen würde.

Jin hatte sie tatsächlich nicht angelogen, es war ein Wartungsraum – mehr oder weniger. Hinter der nun geöffneten Tür setzte sich der Korridor noch ein paar Meter fort und war mit allerhand Dingen vollgestopft, die im Alltag einer solchen Anlage nützlich waren. Der komplette hintere Teil war vollgestellt mit leeren Käfigen. Von kleineren Nagergehegen bis hin zu größeren Kabinen, in denen auch ein Mensch Platz fand, waren alle Größen vertreten. ›Die großen waren wohl für die Laboraffen, von denen sie erzählt haben‹, vermutete Honoka grübelnd.

Ansonsten fanden sie das übliche Hausmeisterinventar vor: Reinigungsmittel, Arbeitskleidung und Werkzeug, das ohne ein erkennbares System auf einem Tisch angehäuft war. Natalja prüfte die chaotisch angeordneten Utensilien und musste resigniert mit dem Kopf schütteln – nicht das Richtige dabei. Frank verursachte ein rumpelndes, metallisches Geräusch, als er an einem großen Holzstiel zog. Es stellte sich heraus, dass sich am Ende des unterarmlangen Stücks ein massiver, faustgroßer Hammerkopf befand. Er ließ das Werkzeug zweimal am ausgestreckten Arm vor und zurück pendeln und schürzte zufrieden die Lippen.

Walter blickte Natalja, die als Einzige den Lift reparieren konnte und deshalb ihre letzte Hoffnung war, erwartungsvoll in die Augen. Bevor sie ihm mit ihrer Antwort unvermeidlich den letzten Rest an Hoffnung zerstören würde, hörten sie Katie unvermittelt aufquieken.

„Ich fasse es nicht!", sang sie mehr, als dass sie sprach und tippte mit dem Finger auf ein Papier, das an der Innenseite der Tür angebracht war. Es war ein uraltes, an den Rändern vergilbte Blatt Papier mit dünnen, schwarzen Linien darauf. Zwei beinahe zur Unkenntlichkeit verblasste, rötliche Kästchen mit chinesischen Schriftzeichen – 安全出口 – dominierten die Zeichnung.

Frank war kurz davor, vor lauter Freude einen Hüpfer zu machen, sah aber davon ab – nicht dass er noch jemanden unbeabsichtigt den rostigen Hammer an das Bein schlug. „Scheiße, das ist ja ne Fluchtwegkarte!", rief er triumphierend. Natalja, die direkt daneben stand, riss erstaunt die Augen auf und wandte sich um. Die Karte war uralt und kaum mehr lesbar. Sie stammte wohl aus den damaligen, kommunistischen Zeiten und wurde noch auf altmodische Weise per Hand auf das Papier gebannt, das am Rand bereits vergilbt und angerissen war. Das erste Notausgangszeichen war ganz eindeutig der Aufzug, in dessen Nähe sie sich befanden.

Sie richtete ihre Aufmerksamkeit auf das andere, verblasste Emblem und fuhr mit dem Finger die Linien nach. Vom entgegengesetzten Ende der Anlage ausgehend führten zwei sehr lange, schmale Striche von der Anlage weg.

„Ein zweiter Ausgang", trällerte Katie und klatschte begeistert in die Hände. Pierre, der von seinem ersten Wachposten bis zur Liftruine nachgerückt war, konnte nicht verstehen, was am Ende des Flurs vor sich ging. Er blickte sich zu ihnen um und warf einen irritierten Blick hinüber. Strahlend streckte sie ihm beide erhobenen Daumen entgegen. Sein durchdringender Blick wurde daraufhin deutlich weicher.

„Abwarten", dämpfte Joseph die Erwartungen. „Ich will ja kein Spielverderber sein, aber ist das dort nicht der eingestürzte Teil?"

Natalja fuhr mit den Augen einmal den gesamten Plan entlang, ausgehend vom Lift folgte sie dem verwinkelten Korridor und das weiträumige Areal, das in klaren Linien an die ihnen bereits bekannten Bereiche grenzte, musste in der Tat der aufgegebene Teil sein. Sie nickte murrend.

Walter beschloss kurzerhand, dass sie aufbrechen sollten und sprach: „Da war ja gar nicht so viel eingestürzt. Wir gehen da jetzt hin und schauen uns das an." Sein bohrender Blick sagte ihnen, dass er kein Zögern und keinen Widerspruch dulden würde. Natalja nahm daraufhin den Plan von der Tür. Obwohl der Weg dorthin eindeutiger nicht hätte sein können, wollte sie ihn lieber dabei haben. Sie faltete ihn vorsichtig und schob ihn in die Gesäßtasche ihrer Shorts – eine der wenigen Stellen, an denen keine trocknenden Blutspuren klebten. Als ihr dies gewahr wurde, während sie an sich herab blickte, verzog sie zwar angeekelt die Mundwinkel, blieb aber dennoch gefasst.

Von Franks Sucherfolg inspiriert, schob sich Walter unterdessen in der engen Kammer an diesem vorbei und kramte ebenfalls in den Gerätschaften auf dem Tisch herum. Dann hebelte er an einem zweiten, ähnlichen Holz herum und förderte eine alte, schwere Axt zutage. Er betrachtete sie abschätzig von allen Seiten. Der Stahl war fleckig, hatte kleinere Rostspuren an den Kanten und die Klinge konnte auch beim größten Wohlwollen nicht mehr als scharf bezeichnet werden. Er fuhr ohne die übliche Vorsicht, die man sonst walten lassen sollte, mit dem Finger über die Schneide und spürte jede einzelne der unzähligen Riefen im Stahl. Er rümpfte gleichgültig die Nase und packte das Arbeitsgerät am Ende des Holzstiels. Das Werkzeug hatte seine besten Zeiten ganz klar hinter sich, doch für das, was er damit bezwecken wollte, war sie nichtsdestotrotz hervorragend geeignet.

Die anderen hatten sich bereits wieder zu Pierre gesellt, dem Honoka soeben die neuen Erkenntnisse vermittelte. Er brummte zufrieden und nahm bereitwillig Walters Keule entgegen, die dieser dank der Axt nicht mehr benötigte. Wie hingezaubert tauchte Katie abmarschbereit an seiner Seite auf, sie blickten sich Mut zusprechend in die Augen und schritten wachsam, im bewährten Modus Operandi, den Weg zurück, den sie gekommen waren.

Als sie wieder bei den arg zugerichteten Leichen angekommen waren, spürten sie mit jedem Schritt den klebrigen Sog des trocknenden Blutes auf dem Fußboden. Anfangs versuchten sie noch umständlich, den klebrigen Blutansammlungen auszuweichen. Doch als ihnen gewahr wurde, dass sie ohnehin alle mehr oder weniger schlimm besudelt waren, schritten sie zwar vorsichtig, jedoch auch nicht mehr übermäßig zimperlich an den reglosen Kadavern vorbei.

Ohne Zwischenfälle erreichten sie wieder den Bereich, wo sich der Gemeinschaftsraum und ihr Quartier befanden. Doch dieses Mal ließen sie es sich nicht nehmen, einen genaueren Blick in die Räumlichkeiten ihrer verschwundenen Gastgeber zu riskieren. Walter zog eine der Chipkarten hervor, die Jin ihnen zu Beginn gegeben hatte und hoffte, dass sie tatsächlich funktionieren würde. Er wartete, bis Pierre und Frank sich nach einer wortlosen Abstimmung abwehrbereit an der Tür in Position gebracht hatten und legte dann die Plastikkarte an das Lesegerät. Zu ihrer Überraschung ertönte tatsächlich ein metallisches Klicken und die Tür bewegte sich ruckend um ein paar Millimeter. Er schaute seinen beiden Wachtposten in die Augen und als sie zustimmend nickten, stieß er kraftvoll die Tür auf.

Die Vorsicht stellte sich als unnötig heraus: Der Raum war vollkommen leer. Doch bis sie sich dessen gewiss sein konnten, arbeiteten sie sich langsam vorwärts. Die Gruppe teilte sich. Die eine Hälfte ging links und die andere rechts um den großen Tisch herum, bis sie sich an der rückseitigen, offen stehenden Tür wieder trafen. Joseph hatte als Erster die Gelegenheit, in den dahinterliegenden Raum zu spähen und als er unumwunden hinein spazierte, fiel die Anspannung augenblicklich von ihnen ab wie eine Neuschneedecke, die von einem Baum herab rauschte.

Immerhin wussten sie nun, wo die beiden Chinesen für die Dauer ihres Aufenthalts zu nächtigen geplant hatten. Zwei zusammenklappbare Gästebetten, die automatisch die Assoziation an ein schwedisches Einrichtungshaus aufkommen ließen, standen einsatzbereit in der Ecke. Die beiden hatten tatsächlich ihren eigenen Wohnbereich geräumt und auf eine Menge Komfort verzichtet, damit das achtköpfige Team des *CBESS* es hier unten einigermaßen bequem hatte. Frank wirkte sichtlich verwirrt, da diese altruistische Geste in krassem Widerspruch zu seinen unheilvollen Vorahnungen stand. Widersprüchliche Gedanken spielten Fangen in seinem Kopf: Seine Einschätzungen sprangen zwischen den beiden Polen – intrigantes Täuschungsmanöver und ehrliche, wohlmeinende Gastfreundschaft – hin und her.

Der Eindruck drängte sich auf, dass hier alles stehen und liegen gelassen wurde. Die Tür von Peties Käfig, der auf einer Anrichte stand, war offen. Den Nager sahen sie nicht. Offenbar hatten sie ihn mitgenommen oder er versteckte sich irgendwo.

Ein klobiger, äußerst alter Computermonitor nahm die Hälfte des Schreibtisches ein – Katie konnte nicht widerstehen und erweckte ihn mit einem kurzen Rütteln an der Maus zum Leben.

Auch wenn sie keinen Brocken Chinesisch verstand, war ihr sofort klar, was die dargestellten Linien und Symbole auf dem Display bedeuteten: Ihr Eindringen in das Computersystem wurde wider Erwarten doch entdeckt. In der Folge hatten die Betreiber die konzeptionsgemäß ungemein lebensfeindliche Anlage, inklusive ihrer wenig friedfertigen Bewohner, sich selbst überlassen.

Erst jetzt, als Natalja, die ihr über die Schulter sah, es aussprach, wurde es ihnen tatsächlich bewusst: „Die Kühlung ist aus."

Sie waren seit dem Absturz der Aufzugskabine stets so abgelenkt gewesen – entweder mit sich selbst oder den auf sie eindringenden Infizierten – dass sie dies gar nicht registriert hatten. Die Temperaturen waren ohnehin seit Beginn schon jenseits jeglichen Komfortempfindens gewesen, dass sie den geringfügigen Temperaturanstieg der letzten Stunde nicht bewusst registrierten.

Doch nun wurde ihnen auf einen Schlag klar, welches unangenehme Schicksal ihnen blühte, wenn sie keinen Weg hier heraus finden sollten: ›Entweder wir werden gefressen oder wir werden gebacken.‹ Keiner sprach es aus, es stand ohnehin sehr deutlich in ihren Gesichtern geschrieben.

Nachdem sie den Schreck dieser Erkenntnis überwunden hatten, inspizierten sie den Raum etwas genauer. Türen und Schubladen wurden geöffnet und der überall herumliegende Krempel wurde kopflos durchwühlt. Katie versuchte, dem Rechner seine Geheimnisse zu entlocken, auch wenn sie dieses Mal auf ihr Übersetzungsprogramm verzichten musste.

„Krass!", entfuhr es plötzlich Honoka, die sich dem Waschbecken in der hinteren Ecke gewidmet hatte. Alle drehten die Köpfe in ihre Richtung. Sie hielt einen kleinen Kunststoffgegenstand in Händen und knibbelte daran herum. Sie hörten ein leises, ratschendes Geräusch von reißender Kunststofffolie, dann drückte sie den Zeigefinger hinein und hatte, als sie ihn wieder hervorzog, etwas Schimmerndes an dessen Spitze kleben. Irritiert blickten sie die Japanerin an, was sie denn Geheimnisvolles zutage gefördert hatte.

„Kontaktlinsen", löste sie das Geheimnis und machte einen Schritt auf die anderen zu, den bedeckten Zeigefinger zu ihnen ausgestreckt.

„Die ist ja riesig", entfuhr es Ricardo, als er Gelegenheit hatte, sie genauer zu betrachten. Nach und nach beäugte jeder das sanft im Licht schimmernde Kleinod.

Walter stieß schwerfällig die Luft aus. Was er auszusprechen gedachte, lastete schwer auf ihm: „So wie es für mich aussieht, kann das nur eines bedeuten." Er kratzte seine gesamte Beherrschung zusammen, um das Unfassbare auszusprechen: „Diese Linsen sind keine Sehhilfe, sie sind eine Tarnung."

Obwohl sie gleich beim ersten Anblick der Linsen gewusst hatten, was ihr Fund bedeutete, schreckten sie bei Walters Worten auf. In der Tat waren es keine normalen Linsen: Von der Größe her hatten sie den doppelten Durchmesser wie üblich und sie waren nicht klar und durchsichtig, sondern sahen aus, als hätte man sie von einem echten Auge abgeschabt: In der Mitte war das gleiche

Braun, das sie von Jins und Wangs Augen kannten und der Rand war weiß und mit feinen, täuschend echten Äderchen versehen.

„Ich kann das nicht so recht glauben", grübelte Joseph. Jeder wusste, was er damit meinte: Die Infizierten, die ihnen zu Ohren gekommen sind oder denen sie tatsächlich begegnet waren, wollten sich ohne zu Zögern auf sie stürzen. Doch Jin und Wang hatten sie nichts Konkretes anmerken können. ›Wie haben sie nur den Hunger und die Aggressivität in den Griff bekommen? Und warum sind sie nicht vollkommen verblödet wie alle anderen Infizierten?‹, standen ihm als Gedanken deutlich ins Gesicht geschrieben, dass er es gar nicht auszusprechen brauchte.

Doch Frank, der ohnehin von Beginn an die edlen Absichten ihrer Gastgeber bezweifelte, unter denen sie hierher eingeladen wurden, hatte sogleich eine plausible Lösung parat: „Doch, das kann schon sein", entgegnete er dem Deutschen. Dieser schaute irritiert zu ihm hinauf: „Wie meinst du das?"

„Damals in München", er sprach es so aus, als wäre diese Tragödie nicht vor einigen Wochen geschehen, sondern läge bereits Jahre zurück, „da haben sich auch nicht alle auf uns gestürzt." Joseph zog die Stirn in Falten, nickte schließlich und ließ Frank weiter sprechen: „Diejenigen, die einen Menschen erwischt haben, waren danach ziemlich ruhig. Fast so, als wären sie satt gewesen."

„Stimmt", bestätigte Pierre, nachdem auch er sich die blutigen Straßenszenen in der Millionenstadt in Erinnerung gerufen hatte. „Man konnte sogar ganz normal an denen vorbeigehen, während die seelenruhig weiter gefressen haben." Angewidert spuckte er in die Ecke und als er sich direkt darauf der groben Unhöflichkeit bewusst wurde, nuschelte er ein „Tschuldigung" nach.

Ricardo vervollständigte den gedanklichen Kreis: „Also waren die Chinesen auch infiziert." Genau in dem Moment, während er es aussprach, fühlte er sich, als würden all seine Knochen aus Eis bestehen. „Die haben es irgendwie geschafft, ihren Hunger in den Griff zu kriegen. So haben die sich nicht gleich auf uns gestürzt."

Joseph musste sich daraufhin an Wangs äußerst innige Begrüßungszeremonie erinnern. Sein Unwohlsein dabei war also durchaus berechtigt gewesen, denn die Umarmung war wohl doch keine simple Sympathiebekundung gewesen. Er hatte automatisch das Bild des Kaninchens im Kopf, das seine Familie in einem Stall gehalten hatte, als er noch klein war. Erst als es zu spät war, hatte er damals erfahren, wofür das Tier tatsächlich gedacht war. Noch am Vortag hatte er das flauschige Tier gestreichelt, das eines Sonntags als saftig gebratene Keule seinen Teller zierte.

Honoka schüttelte kräftig ihre Hand, um die Linse wieder loszuwerden und sprach: „Und die Dinger waren dafür da, die schwarzen Augen zu verbergen." Mit einem leisen, kaum hörbaren Platschen landete die Linse auf dem Boden, um direkt darauf von Franks Schuh demonstrativ zermalmt zu werden.

Josephs Gedanken waren bereits einen Schritt weiter: „Hmm, das heißt also, wir haben mit zwei, nennen wir es mal Zombiefürsten, zu Abend gegessen."

Eine nervöse Spannung lag nun zwischen ihnen. Franks schlimmste Befürchtungen hatten sich in der Tat bewahrheitet, doch das machte es für ihn nur noch viel schlimmer. Er fragte sich nun unentwegt, ob er etwas hätte tun können, ob er ihre unschöne Situation hätte verhindern können. Auch die anderen waren sichtlich vor den Kopf gestoßen und das einzige Geräusch, das noch durch den Raum hallte, war ein gelegentliches Mausklicken vom Rechner her. Katie starrte so angespannt in den Monitor, dass ihr Gesicht Falten warf, als wäre sie um zwanzig Jahre gealtert. Was auch immer sie entdeckt hatte, es dürfte sich nicht um eine gute Nachricht handeln.

Mit großen, traurigen Augen blickte sie zu ihnen hoch. Walter sah sofort, dass sie den Tränen nahe war. Sie tippte mit dem Finger auf den Monitor und sie bemühten sich, dort etwas zu erkennen.

Obwohl fast alles voll mit unverständlichen chinesischen Schriftzeichen war, ein paar entzifferbare Buchstaben und Zahlen waren in einer Liste zu erkennen.

Sie dachten, es könnte nicht mehr schlimmer werden, doch sie hatten ja keine Ahnung! „Die Dreckschweine!", entfuhr es Walter, als er registrierte, was dies zu bedeuten hatte. Auch die anderen beteiligten sich mit jeweils einem Schimpfwort.

Es war die Liste, in die sie bereits einmal Einblick gehabt hatten: Die *vitalen Substitutionsorganismen*.

Die Nummern 318 bis 339 waren nun jedoch etwas anders angeordnet.

# 318 - #325	在股票 准备拆除
	Walter, Honoka, Natalja, Katie, Joseph, Pierre, Frank, Ricardo
#326 - #339	确定和准备运输
#331	衷

„Mmhmm", bestätigte Katie. „Diese Wichser wollten uns als Versuchsobjekte missbrauchen." Gerechter Zorn wallte in ihr auf und ersetzte die Erschöpfung des vorangegangenen Kampfes mit purer Energie. Sie war kurz davor, mit der Tastatur auf den Monitor einzuschlagen, konnte sich aber noch beherrschen.

„Versuchsobjekte, oder sogar als Nahrung", ergänzte Natalja noch. Die letzten Töne ihres Satzes waren lediglich noch ein Krächzen, als weigere sich ihre Kehle, diese Worte passieren zu lassen.

„Die Schweine!", entfuhr es Frank bereits zum zweiten Mal. Dann fuhr er sich, kraftlos und matt, mit den Händen durch das militärisch kurze Haar. „Ich habe geahnt, dass da was faul ist." Innerlich fühlte er sich einfach nur leer, die Anspannung ihres kürzlich überstandenen Kampfes und sein Zorn waren augenblicklich in sich zusammengefallen wie ein Kartenhaus – sein Bewusstsein zog sich zurück. Sämtliche Emotionen schienen wie flüchtige Gase schlichtweg verdampft zu sein, er wurde zu einer bloßen menschlichen Hülle. Abwesend setzte er sich auf die Anrichte hinter ihm und sagte nichts mehr, während ganz tief in seinem Innersten die widersprüchlichen Gefühle Furcht und Zorn einen epischen Kampf ausfochten, ohne jedoch nach außen vorzudringen. Er starrte einfach nur geistesabwesend ins Leere und registrierte nicht einmal, wie Natalja sich zu ihm setzte und mitfühlend seine Hand nahm.

Walter, der seinen Freund bereits seit mehreren Jahren kannte, wusste, dass man ihn in solchen Phasen am besten einfach nur in Ruhe ließ. Obwohl Frank nie wirklich davon erzählt hatte, wusste Walter, dass dieser nicht erst vor vier Jahren in der geheimen Forschungsanlage bei Altadena das erste Mal in solch einen bodenlosen seelischen Abgrund geblickt hatte. Er musste auch davor bereits unfassbare Schrecken gesehen und miterlebt haben. Das hatte Walter sehr schnell gespürt, nachdem er Frank als sympathischen, aber ziemlich abgewrackten Cop kennengelernt hatte. Doch Frank verfügte – wahrscheinlich genau dadurch – auch über eine immense mentale Stärke. Selbst wenn die Welt aus den Angeln gehoben werden sollte, würde es ihn für einen Moment zwar aus der Bahn werfen, doch er würde sich auch genauso schnell davon wieder erholen. Frank war zwar in der Tat etwas instabil, was sich nicht nur in seinen Alpträumen äußerte, doch wenn es darauf ankam, war stets Verlass auf ihn gewesen. In Situationen, wo auch so mancher gestählter Kämpfer wie ein hysterisches Huhn umhergeirrt war, behielt Frank den Überblick und wuchs gerade dann über sich hinaus. Walter tätschelte seinem Freund mitfühlend die Schulter und machte sich schließlich daran, den Raum nach etwas Nützlichem abzusuchen.

Gemeinsam mit Pierre hebelte er kurzerhand die Zwischentür aus den Angeln und legte sie auf dem Teppich ab. Natalja beäugte ihr Tun neugierig, wollte sich jedoch nicht vom geistig wie ausgeknipst wirkenden Frank lösen und fragte schließlich in den Raum: „Was habt ihr vor?"

Walter blickte nur kurz auf, um „Genau das, wonach es aussieht" zu sagen, dann ging er zu einem der mit Kordeln verzierten Wandteppiche, den er eingehend musterte. Kurzerhand riss er das schwere Textil zu Boden und schleifte es hinter sich her. Nach einigen gekonnten Handgriffen hatten sie die Kordeln des schweren Stoffteils mit den Angeln der Tür verbunden und nickten sich gegenseitig anerkennend zu. Die anderen hatten sich mittlerweile wie Schaulustige um sie geschart und beobachteten gespannt, wie sie den sonderbaren Schutzschild testeten – denn nichts anderes sollte ihre Konstruktion darstellen. Als wollten sie Kasperletheater aufführen, krochen sie unter die Decke. Joseph schmunzelte ungeniert bei der Vorstellung, dass sich gleich eine Handpuppe hinter dem Stoff erheben würde. Mit den Händen krallten sie sich in den Saum des Gewebes und zogen damit das schwere Metallblatt zu sich heran. Sie ruckten und zerrten am Stoff, um zu prüfen, ob ihre Konstruktion robust genug war, um den immensen Strapazen standzuhalten, die sie ihrer Konstruktion zumuten wollten. Dann arbeiteten sie sich, anfangs noch mühsam, aber zunehmend agiler durch den Raum nach vorne, bis sie mit einem Poltern gegen die Wand stießen. Ein dumpfes, vom schweren

Stoff verzerrtes Lachen drang an die Ohren der irritierten Zuschauer.

Das Schauspiel holte auch Frank wieder in die Wirklichkeit zurück. Er hatte sich erhoben und die Fäuste in die Hüften gestemmt, von der lähmenden Lethargie kurz zuvor war nun nichts mehr auszumachen. Er hatte wieder den entschlossenen Glanz in den Augen, den Walter seit Jahren an ihm schätzte. ›Er hat sicherlich seine Dämonen, aber auf ihn ist einfach Verlass‹, dachte er voller Zuneigung über seinen langjährigen Weggefährten. „Genehmigt?", fragte Walter ihn scherzhaft, was ein breites Grinsen in das Gesicht seines Gegenübers zauberte. Frank nickte und ihm war anzusehen, dass er sich einen spöttischen Kommentar verkneifen musste.

Er musterte Katie kurz mit einem Seitenblick. ›Wie bisher, als Vorhut, wäre sie ohne diese Barriere früher oder später völlig fertig und am Ende ihrer Kräfte. So ist es deutlich besser‹, dachte er wohlwollend. „Dann kämpfen wir uns mal in Richtung Ausgang", sinnierte der Amerikaner mit einem Vertrauen, das alle, die ihn nicht bereits länger kannten, völlig überraschte – schließlich hatte er die letzten Minuten völlig apathisch gewirkt. „Was denkt ihr, wie viele es noch sind?"

Schulterzucken war die einzige Antwort, die er darauf bekam. Mit einem kurzen Blickwechsel stimmten sich Frank und Pierre als Kräftigste im Team ab, dass sie die Barriere übernehmen würden. Walter nahm die Axt in beide Hände. Das Signal wirkte, alle griffen nach ihren Waffen und scharten sich hinter dem zusammengezimmerten Schutz, der von den beiden locker in der Hand getragen wurde, als würden sie lediglich zu einem Picknick aufbrechen.

Zurück im Korridor empfing sie eine trügerische Stille, doch sie wussten, dass es nicht allzu lange so bleiben sollte. Sie brachen auf und tatsächlich, nach der nächsten Biegung sahen sie die ersten beiden ziellos umherschlurfenden Gestalten.

Es begann!

Die beiden Kreaturen stießen einen seltsam heiseren Schrei aus und rannten ohne eine weitere Vorwarnung in einem irrsinnigen Tempo auf sie zu. Sie hatten die Distanz zur Gruppe so schnell überwunden, dass Frank und Pierre noch nicht einmal richtig unter ihre Konstruktion schlüpfen konnten, als die Wucht, mit der die Leiber der Angreifer dagegen prallten, sie beinahe von den Beinen riss. Trotz dieses Überraschungseffekts: Die dumpfen, schmatzenden Einschläge der als Antwort geschwungenen Waffen – die Axt, der Hammer, Ricardos Messer und die zur Keule umfunktionierten Tischbeine – brachten alle Lebenszeichen der beiden Infizierten rasch zum Verstummen.

„Gut so", lobte Walter. Sein Atem ging von der Anstrengung bereits deutlich schneller.

Frank spürte ein Knie im Rücken und das Kommando: „Vorwärts!"

Und schon brandete eine wütende Welle aus gierigen, hungrigen Wesen gegen sie. Frank und Pierre am Schutzschild stemmten sich mit aller Kraft gegen das Metall und ächzten unter jedem Aufprall. Sie spürten durch den schweren Teppich das Trommeln von Fäusten und, deutlich heftiger, die Einschläge der Waffen auf den brechenden und berstenden Körpern der hirnlosen Massen, die auf sie eindrangen. Schreie der Wut mischten sich mit dem Gurgeln zerfetzter Atemwege, dem knackenden Geräusch brechender Knochen, dem dumpfen metallischen Donnern von Körpern, wenn sie von der Metalltür jäh gestoppt wurden und Walters Kommentaren, wie er ihr sonderbares Gemetzel dirigierte. „Vorwärts! Stop! Aufprall! Heben! Senken!"

Es dauerte nicht lange und es mischte sich immer öfter das erschöpfte Ächzen ihrer Mitstreiter in die Kampfgeräusche. Frank wurde klar: ›Lange würden wir das nicht aushalten. Wie viele von den Dingern gibt es denn hier unten?‹

Sie arbeiteten sich über die gewaltsam gefällten Leiber hinweg nach vorne. Manche versuchten, noch vom Boden aus nach ihnen zu schnappen, doch sie konnten sich mit Fußtritten recht gut gegen die arg zugerichteten Gestalten wehren, bis sich einer von hinten ihrer annahm. Unter dem schweren Teppich hatten sie zwar kaum genug Licht, die Niedergeschlagenen eingehend zu betrachten, aber eine der Gestalten, über die sie in ihrem Vormarsch gestiegen waren, hatte eine charakteristische Wölbung am Bauch. Frank wurde übel. Das musste die schwangere Frau gewesen sein, die sie zu Beginn auf dem Monitor der Kamera gesehen hatten – sie war also tatsächlich nicht eingebildet gewesen. Walter hatte sie mit einem Axthieb nahezu geköpft: Ihr Kopf war zwar noch mit dem Rest des Körpers verbunden, doch eben nicht mehr so vollständig wie noch zuvor. Der Schädel hing nur noch an wenigen Muskelsträngen und war im rechten Winkel zur Seite geknickt. Entsetzt, aber auch mit einer gewissen anatomischen Neugierde, starrte Frank auf die im Zwielicht unter dem Teppich schimmernden, freigelegten Halswirbel. Ein kleines Rinnsal des aus dem toten Leib sickernden Blutes strömte über die verschobenen Knochen hinweg und vermengte sich mit dem Rest auf dem Boden.

Erst jetzt bemerkte er überhaupt, dass er seit geraumer Zeit nicht mehr das blanke Metall des Bodens unter seinen Füßen gesehen hatte: Der Gang war regelrecht geflutet vom Blut der unaufhörlich auf sie eindringenden Angreifer. Er hoffte zumindest, dass es tatsächlich nur das Blut der Infizierten war, durch das sie hier wateten. Obwohl er viel zu beschäftigt damit war, sich mit aller Kraft gegen die gewaltvollen Durchbruchsversuche zu behaupten, hatte er das Gefühl, dass sich seine Kameraden ziemlich souverän gegen den Ansturm erwehrten, der unentwegt gegen die Barrikade anprallte. Doch hin und wieder hatte er auch einen Schrei hinter sich gehört und hoffte schlicht, dass alle noch unversehrt waren.

Als hätte Walter seine Gedanken erahnt, spürte er ein weiteres Mal ein befehlendes Drücken von hinten. Pflichtbewusst setzte er sich wieder in Bewegung. Frank stieg über die Frauenleiche hinweg und versuchte, nicht den sich deutlich abzeichnenden Bauch mit seinen Stiefeln zu berühren. Das Halten, Drücken, Schwingen, Stechen, Schlagen und Töten wurde allmählich zum Automatismus und sie kamen nun allmählich immer besser voran. Nach einer Weile hatte Frank schließlich den Eindruck, dass deutlich weniger und teils auch nur noch vereinzelte Angreifer gegen ihre Barriere drückten. Dafür hörte er jetzt umso mehr das Schnaufen seiner Kameraden. Sie mussten körperlich genauso am Ende sein wie die vor Erschöpfung stöhnende Besatzung des Schutzschildes. Seine Arme brannten von der Anstrengung wie Feuer. Die Schulter, mit der er die nicht enden wollenden Attacken auf die schützende Tür abfing, spürte er gar nicht mehr. Doch er wusste, wenn all dies vorbei war, würde seine komplette Seite puterrot anschwellen und der geprellte Arm wäre dann für viele Tage nur noch ein schmerzendes, nutzloses Anhängsel.

Nach ein paar Schritten ohne jegliche Krafteinwirkung von vorne oder oben, wagte er es kaum zu glauben – doch unter ihren Füßen war plötzlich kein Blut mehr. Lediglich ihre damit überzogenen Stiefel hinterließen noch frische, rote Fußabdrücke. Er bemerkte es erst mit einer gewissen Verzögerung, dass sie die letzten Augenblicke gar nicht mehr attackiert wurden. ›Ist es etwa vorbei?‹, dachte er sich, schob aber weiterhin gemeinsam mit Pierre die Barrikade pflichtbewusst weiter.

Hände klatschten mehrmals sanft auf ihren Rücken. Das leise Platschen des spritzenden Blutes, mit dem sich der Teppich vollgesogen hatte, war dabei deutlich herauszuhören. Dann hörten sie die erlösenden Worte: „Es ist vorbei!"

Offenbar brauchte es noch eine Weile, bis es auch tatsächlich ins Bewusstsein gesickert war, denn Pierre schob einfach stoisch weiter nach vorne und stoppte erst, als Frank ihm sanft in die Seite knuffte.

Wie von magischen Kräften bewegt, wurde der schwere, matschige Teppich von ihren Schultern gehoben. Auf einen Schlag wurde es schmerzhaft hell, ihre Augen benötigten etwas, um sich wieder an das gleißende Licht zu gewöhnen. Allmählich formten sich die verschwommen Schemen zu den Umrissen ihrer im wahrsten Sinne des Wortes abgekämpften Kameraden. Ihre schwerfällig schnaufenden Mitstreiter empfingen sie entrückt lächelnd im Licht und ließen sich, einer nach dem anderen, völlig entkräftet auf dem Boden nieder.

Frank und Pierre blinzelten verwirrt und konnten ihren Augen kaum trauen. Sie waren vollkommen überwältigt von der Spur aus Leichen, die sie im Laufe ihres Massakers hinterlassen hatten. In der Dunkelheit unter dem Stoff hatten sie zwar das Getöse über ihren Köpfen durchaus mitbekommen und sie waren über viele reglose Körper gestiegen – doch dass es so viele waren, hatten sie nicht geahnt.

Pierre stand der Mund vor Verwunderung offen und als er den metallischen Geschmack von Blut vernahm, das dort hinein lief, tastete er nach der vermuteten Wunde an seinem Kopf. Doch da war keine, musste er zu seinem Erstaunen feststellen. Seine Hand tastete über das besudelte Gesicht und wischte blasse Spuren in die rote, glitschige Schicht, die Fäden ziehend an ihm herunter tropfte. Als er schließlich die Abscheulichkeit des Ganzen bemerkte, versuchte er hektisch, alles mit den Händen abzuwischen, was wirkte, als würde er einen Ameisenangriff auf sein Gesicht abwehren und spie daraufhin mehrmals angewidert aus, bis der widerliche Geschmack verschwunden war.

Frank beobachtete das Schauspiel, wie der dunkelrot triefende Franzose sich zappelnd bewegte und bemerkte erst nach einer Weile, dass auch er den gleichen Anblick bieten musste. Mit einem einzigen, großflächigen Wischen seiner Hände machte er sein eigenes Gesicht wieder frei und beließ es dann dabei, als er sah, dass ausnahmslos jeder von ihnen wie die Splatter-Karikatur eines wilden Massenmörders aussah.

Nur Honoka bot einen vergleichsweise zivilisierten Anblick, was in ihrem Falle lediglich bedeutete, dass weniger als die Hälfte von ihr blutverschmiert war. Als ihre Kräfte im Getümmel so schnell nachließen, wodurch sie um ein Haar von einem Infizierten über die Barrikade gezogen wurde, hatte Walter sie kurzerhand aus der Formation heraus nach hinten gereicht. Er hinterließ ihr den Befehl, sich um die Kreaturen zu kümmern, die sich hinter ihnen erneut aufrappeln könnten. Das war ein weiser Entschluss, denn wie sich herausstellte, hätten ihnen nicht wenige der niedergestreckten Angreifer von der anderen Seite aus ein zweites Mal sehr gefährlich werden können. Honoka hatte zwar keine Ahnung, wie die arg zugerichteten Gestalten jemals wieder hätten aufstehen können, doch einige taten es, als wollten sie sämtliche Gesetze der Biologie, Medizin und Physik verspotten.

Auch wenn die Angst ihr fast die Besinnung raubte, nun da sie ganz alleine gegen mehrere der verletzten, aber immer noch unverändert gierig funkelnden Monster stand – sie musste ihnen schnellstmöglich den Garaus machen. Mit beherzten Schlägen ihrer Keule löschte sie einen nach dem anderen aus – ihrer begrenzten Kraftreserven zum Trotz. Jedoch ein einziges Mal wurde es tatsächlich brenzlig. Glücklicherweise hatte Katie wohl instinktiv die Gefahr gespürt. Während Honoka mit einer zierlichen Frau rang, die ungeahnte Kräfte mobilisiert hatte und unablässig nach ihr schnappte, bannte die kleine Kampfsportlerin die Gefahr mit einem einzigen, gut gezielten Tritt.

Bevor er sich erschöpft zurücklehnte, blickte Frank sich ein letztes Mal um und musterte sie alle nochmals mit prüfendem Blick.

Schließlich konnte er ein erleichtertes Jauchzen nicht zurückhalten, nachdem er bemerkt hatte, dass sie wohl tatsächlich alle unverletzt davongekommen waren. Die von Blut und anderem Gewebe überzogenen Waffen hatten sie mit einem erleichterten Seufzen in die Mitte des Flurs geworfen, dass sie einen bizarren, rötlich schimmernden Haufen bildeten. ›Ungefähr so müsste es wohl auch in Satans Besteckschublade aussehen‹, dachte er sich und gruselte sich augenblicklich vor seiner eigenen Fantasie.

Alle atmeten sie schwer, als hätten sie einen Marathonlauf hinter sich gebracht, doch niemand hielt sich ein verwundetes Körperteil oder wirkte anderweitig verletzt.

›Ein Pluspunkt dafür, dass Gott vielleicht doch existiert, oder zumindest Schutzengel‹, notierte Frank in Gedanken, sank erschöpft nach hinten und schloss die Augen, bis sich wieder neue Kräfte in ihm gesammelt hatten.

Unterirdische Forschungsanlage – Zelle 2

„Moment mal", sprach Katie.

Nachdem sie allesamt mit großem Ekel ihre besudelte Bewaffnung wieder an sich genommen hatten, standen sie nun, immer noch in Sichtweite des vorhergehenden Blutvergießens, um eine Türe versammelt. Die friedliche Stille, die sie nun umgab, war auf ihre eigene, besondere Art genauso furchterregend und verwirrend wie das Gemetzel davor.

Sie hatten sich um eine verschlossene Tür geschart. Zunächst war dies nichts Besonderes – bis auf einen ausgeweideten, menschlichen Kadaver, der in einer schwarzen, zerfurchten Ansammlung bereits geronnenen Blutes in der Ecke lag wie ein weggeworfenes Spielzeug. Diese Leiche ging – zugegeben als einzige überhaupt – nicht auf ihr Konto, sondern hatte sich bereits an ihrem Platz befunden, bevor das Team auf die ersten Infizierten gestoßen war. Lediglich die zerfetzten Reste eines Kleides ließen noch darauf schließen, dass es sich einst um eine Frau gehandelt haben musste. Wer auch immer das einmal gewesen ist, ihr Ende lag bereits über mehr als eine Stunde zurück und die wenigen herausquellenden Gedärme waren von der hitzebedingt beschleunigten Fäulnis bereits deutlich aufgebläht. Doch abgestumpft von den zurückliegenden, wenig angenehmen Begegnungen in den Fluren der Anlage, beachteten sie den fast vollständig verspeisten Leichnam nur noch mit untergeordnetem Interesse.

Katie hatte sich mit einem gleichgültigen Schulterzucken abgewandt und konzentrierte sich stattdessen auf die Türe. Ihr Blick heftete sich an die linke untere Ecke des daran installierten Bildschirms. „Das ist dann wohl Zelle zwei." Sie tippte auf die Schriftzeichen, unter denen diese Zahl das einzige für Nichtchinesen lesbare Symbol war. „Wer auch immer da drin ist, dem sollte das Gleiche widerfahren, wie auch bei uns geplant war", fasste sie nochmals den letzten Kenntnisstand aus den verwertbaren Computerdateien zusammen.

„Kein Infizierter?", fragte Frank ungläubig. Allein die Tatsache, dass die Tür nicht sperrangelweit offen stand, untermauerte bereits die Vermutung.

›Finden wir es heraus‹, deutete sie mit einem quälend langsamen Nicken an.

Walter tippte Joseph und Ricardo auf die Schulter. Nach den Strapazen machten die beiden noch am ehesten den Eindruck, dass sie physisch noch nicht am Limit waren. Sie sollten das Empfangskomitee bilden, falls sie sich doch irren sollten. Er wartete, bis sie bereit und die anderen ein wenig beiseite getreten waren. Dann hielt er mit einem übertrieben ausgestreckten Arm die Chipkarte an das Lesegerät. Obwohl sie eher mit keinem Effekt gerechnet hatten, klickte der Türmechanismus tatsächlich und Ricardo machte den Durchgang frei, indem er die Tür mit dem Fuß aufschob. Er hielt beide Messer abwehrbereit in den Händen, doch als er seinem Gegenüber in die Augen schaute, senkte er augenblicklich die Arme und machte einen selbstsicheren Schritt hinein. Joseph und Walter folgten direkt dahinter. In der Tat hatten sie keinen Grund zur Vorsicht gehabt: Vor Angst zitternd stand Stephen ihnen gegenüber und wagte es nicht, sich auch nur einen Millimeter zu rühren, als er sah, wie die sonderbar bewaffnete Gruppe, einer nach dem anderen, in sein Gefängnis traten.

Insbesondere Natalja jagte ihm einen gehörigen Schrecken ein. Schließlich war sie immer noch vom nahezu schwarzen, verkrusteten Blut des mühsam niedergerungenen *Frankies* und der anderen Infizierten, unter denen sie gewütet hatte, befleckt.

Der verschreckte Journalist floh darauf in die hinterste Ecke des kleinen Zimmers und streckte abwehrend die Hände aus. Dass Pierre ihm kurzerhand nachlief, ihn mit beiden Händen packte und wie in einem Schraubstock festhielt, trug auch nicht gerade zur Vertrauensbildung bei.

„Halt still, das ist notwendig", befahl Walter scharf und hoffte, dass der europäisch aussehende Mann diese Worte verstand, während er auf ihn zuschritt. In der Tat erstarrte Stephen. Ob aus Furcht oder weil er es verstand, konnte Walter nicht abschätzen – für das Endergebnis war das auch unerheblich. Walter packte den Kopf mit beiden Händen und schaute dem vor Angst bebenden Mann prüfend in die Augen. Er ignorierte das leise, herzerweichende Wimmern so gut es ging. So wie er den Armen behandelte, fühlte er sich total mies, doch sie mussten einfach sicher sein. Er benutzte die Finger seiner linken Hand und schob damit die Augenlider auf, dann tippte er mit dem Zeigefinger der anderen direkt in das Auge. Schaudernd spürte er den sanften Ruck, als der Geplagte instinktiv zusammenzuckte, doch er ließ nicht ab und bewegte den Finger ein wenig. Zu seiner Erleichterung fühlte er nur, wie sein Finger mit einem widerlichen, feuchten Rubbeln über das weiche Gewebe fuhr.

„Keine Linse, er ist ein Mensch!", entfuhr es ihm und nun hatte er es eilig, den Gequälten wieder loszulassen. Als auch Pierre seinen Griff lockerte, musste er sogleich ein zweites Mal zupacken, da Stephen vor lauter Furcht und Verwirrung die Beine versagten. Er geleitete ihn sanft zu seiner Pritsche und setzte ihn dort ab.

Sie benötigten nicht lange, um dem gefangen gehaltenen Reporter klar zu machen, wer sie waren und wieso sie in ihrer furchterregenden Aufmachung umherstreiften. Stephen, den nach den Ereignissen der letzten Tage kaum noch etwas überraschen konnte, nahm sämtliche Ungeheuerlichkeiten, die sie ihm eröffneten, mit einer stoischen Selbstverständlichkeit auf. Nicht einmal der Umstand, dass sie hier festsaßen und möglicherweise nie wieder hier heraus gelangen könnten, beunruhigte ihn merklich.

Der Brite erzählte in aller Kürze auch seine Geschichte, wobei er jedoch die Schändung seines Körpers unter Zuhilfenahme der Spinne ausließ.

Nach einer spärlichen Grundreinigung – das Waschbecken in Stephens Zelle ließ sich tatsächlich mit heißem, beißend nach desinfizierendem Chlor riechendem Wasser füllen – fühlten sie sich zumindest nicht mehr so arg befleckt wie vorher. Nichtsdestotrotz machten sie keinen besonders angenehmen Eindruck. Ihre Bekleidung war immer noch blutverschmiert und mit ihren Waffen, denen man die vorherige Benutzung deutlich ansah, würden sie in der Zivilisation ganz klar für fliehende Passanten und einen massiven Polizeieinsatz sorgen. Doch zurzeit war das definitiv eine ihrer geringeren Sorgen.

Stephen gab mit einem eher beiläufigen Kommentar, dass es spürbar wärmer geworden sei, den Anstoß, keine weitere Zeit zu verlieren, sodass sie sich in einer halbherzigen Kampfformation daran machten, weiter in Richtung des erhofften Ausgangs vorzudringen.

Als Stephen aus der Tür trat und in den Teil des Flurs blickte, entließ er ein raues Röcheln, das eigentlich ein Schrei hätte werden sollen. Doch der Anblick des Resultats ihrer mit vereinten Kräften verursachten, rohen Gewalt, schnürte ihm die Kehle zu. Er taumelte instinktiv nach hinten, während seine Beine ihm bereits zum zweiten Mal innerhalb kürzester Zeit den Dienst versagten. Mit jedem tapsenden Schritt sank er ein wenig mehr in die Knie und setzte sich schließlich mit einem Plumpsen auf den Boden. Katie war blitzschnell bei ihm, stützte ihn und ermutigte ihn mit sanften Worten.

Sie hatten ihn zwar gewarnt, dass der Korridor aussah wie ein Messi-Schlachthof, doch keine noch so gute Schilderung hätte ihn auf die grausame, in Blut schwimmende Realität vorbereiten können. Schließlich mussten auch sie alle, obwohl sie bereits mit dem unfassbaren Anblick vertraut waren, angewidert das Gesicht verziehen, als sie beim Verlassen der Zelle erneut mit ihrem Werk konfrontiert wurden. Immerhin schimmerte nicht mehr alles in dem grausigen Rot, mit dem das vor Kurzem noch frische Blut die grelle Beleuchtung an Wände und Decke zurückreflektiert hatte. An der Oberfläche war es nun weitestgehend geronnen, dass es nun eher an erstarrende Lava erinnerte.

Es dauerte nicht lange, bis Stephen sich ein zweites Mal dem Anblick stellte und dieses Mal reagierte er deutlich gefasster. Er sog zwar hörbar die Luft zwischen den zusammengebissenen Zähnen ein, hatte sich aber sonst recht gut im Griff. Natalja, die direkt hinter ihm war, schlug ihm zweimal Mut zusprechend auf die Schulter, dann wandte er sich nach links und eilte den anderen hinterher, die sich bereits am Glasfenster zum Labor gesammelt hatten. Offenbar hatten sich tatsächlich sämtliche Infizierte der Anlage in ihrem gewaltigen, letztlich aber doch erfolglosen Ansturm auf sie gestürzt, denn sie kamen nun vollkommen unbehelligt voran. Folglich machten sie sich keine sonderliche Mühe mehr, leise zu sein.

Statt angegriffen zu werden, hatten sie gleich darauf eine völlig andersartige Begegnung: Honoka, die gemeinsam mit Pierre voranschritt, glaubte, im Augenwinkel etwas im Labor gesehen zu haben.

Unvermittelt blieb sie stehen, so dass Joseph beinahe direkt in sie hineingelaufen wäre. Sie kam der Glasscheibe so nah, dass ihre Nase einen kleinen, schmierigen Fleck darauf hinterließ. Die Augen zusammengekniffen, blickte sie konzentriert in Richtung des Operationstisches, wo sie die vermeintliche Bewegung erspäht haben wollte. Mit einer winkenden Handbewegung machte sie die anderen auf sich aufmerksam und nun standen sie an der Scheibe versammelt wie Gaffer bei einem Verkehrsunfall, konnten jedoch nichts erkennen. Joseph wollte sie gerade ansprechen und fragen, was sie denn vermutete, gesehen zu haben, als auch er plötzlich eine Bewegung hinter dem Seziertisch ausmachte: Ähnlich wie bei einem aus der Tiefe auftauchenden Walfisch zeigte sich ein rundgebogener, menschlicher Rücken, der jedoch rasch wieder nach unten glitt. Er zog zischend die Luft zwischen den Zähnen ein und an der erstarrten Reaktion der anderen sah er, dass auch sie es gesehen hatten.

Unvermittelt tippte Frank mit der einen Hand, die andere hielt den Hammer fest umschlossen, seinem langjährigen Freund Walter auf die Schulter. Dieser grunzte verstehend. Ohne ein Wort nahm er die Axt in beide Hände und gemeinsam gingen sie in Richtung der Tür, die in den Raum führte. Pierre öffnete sie ihnen und kaum, dass sie drin waren, schob er sie auch wieder zu. Vom Fenster aus blickten sie nun auf das Schauspiel, das die beiden ihnen sicherlich gleich bieten würden, wenn sie den womöglich letzten verbliebenen Infizierten in der Anlage zur Strecke brachten. Dieser bemerkte just in diesem Moment die Gefahr, in der er schwebte und umrundete den Tisch, um diesen zwischen sich und die beiden Kämpfer zu bringen.

Als die anderen sechs vom Flur aus sahen, um wen es sich dabei handelte, verschlug es ihnen geradezu den Atem: Es war der tätowierte Rocker-Chirurg. Durch die massive Scheibe konnten die Zuschauer sehen, wie dieser abwehrend die Arme hob und seine Lippen bewegte. Sie hörten zwar nicht, was er sprach, doch es war eindeutig erkennbar, dass er Frank und Walter beschwor, ihn nicht umzubringen.

Walter trat vor, die Axt ließ er lässig am langen Arm baumeln und deutete befehlend auf den Aluminiumstuhl in der Ecke. Folgsam nahm der Verängstigte dort Platz und wehrte sich auch nicht, als Frank begann, ihn kraftvoll festzuhalten. Walter unterzog ihn des gleichen Tests, den auch Stephen kurz zuvor über sich hatte ergehen lassen und matschte ihm den Zeigefinger – nur deutlich gröber diesmal – mitten ins Auge. Er wischte mit einem angewiderten Gesichtsausdruck auf dem Augapfel herum, dann nahm er auch noch den Daumen zu Hilfe und kurz darauf zog er die Hand wieder zurück. Er hatte etwas Schimmerndes auf der Fingerkuppe, das er nun prüfend ins Licht hielt – eine Kontaktlinse.

„War klar", spottete Frank und holte sogleich mit dem Hammer aus, um diese Existenz vor ihm mit wenigen kraftvollen Schlägen zu beenden.

Walters Eingreifen kam beinahe zu spät. Er reagierte erst, als der Hammer in Franks Hand bereits den höchsten Punkt erreicht hatte und nun, Schwung aufnehmend, herniedersank.

„FRANK!! NICHT!!", schrie er ihm mit all seiner Autorität in der Stimme entgegen. Frank reagierte instinktiv auf den Befehl, konnte jedoch den begonnenen Schlag nicht mehr abbrechen, also lenkte er ihn zur Seite um. Die Schlagwaffe traf nun nicht mehr direkt den Kopf, sondern erwischte nur ein Stück vom Ohr, das sich unter der Wucht wie Gummi bog und wieder zurück federte. Dann prallte der schwere Metallkopf mit einem zerstörerischen *Plong!* gegen die silbrig glänzende Rückenlehne. Von der eigenen Wucht getragen, hinterließ das Schlagwerkzeug eine tiefe Kerbe im weichen Aluminium und polterte dumpf zu Boden, als es aus Franks Hand geschleudert wurde.

Das knapp mit dem Leben davon gekommene Opfer schrie entsetzt auf und kippte seitlich vom Stuhl. Dann krümmte sich der vor Stunden noch so selbstbewusst aufgetretene Mann an Ort und Stelle zusammen und faltete schützend die Hände über dem Kopf. Frank stand nun wie eine fleischgewordene Unheilsprophezeiung schwer atmend über ihm, tat jedoch nichts und blickte stattdessen Walter mit einem zornigen Funkeln an.

„Das ist ein Mensch", klärte dieser ihn mit knappen Worten auf und hielt die Kontaktlinse hoch. „Das ist eine völlig normale Kontaktlinse. Der da", er warf einen abschätzigen Blick in Richtung der wimmernden Gestalt, „ist kein Infizierter."

Die Tatsache, dass er soeben im Begriff war, einen Menschen umzubringen, erschütterte Frank sichtlich, doch es dauerte nicht lange, bis der Zorn wieder zurückkehrte: „Und trotzdem ist er einer von denen", rief er und tippte mit der Stiefelspitze sanft gegen das zusammengekrümmte Bündel, das daraufhin aufheulte, als wäre es mit vollem Schwung getreten worden.

Walter verzog missbilligend den Mund. „Stimmt, aber tot nützt er uns nichts", sprach er emotionslos. Er bewegte sich zu ihm herüber, ließ sich in die Hocke sinken und legte seine Hand auf die mit Aufnähern versehene Jeansweste. „Wie heißt du?", fragte er in dem sanftesten Ton, den er derzeit aufbringen konnte.

Das Jammern ebbte ab und eine kurze Weile später hörten sie ein kaum verständliches „Leif".

Frank grunzte. „Also Leif, dann frage ich mal ganz nett: Was soll der ganze Scheiß hier?"

Offenbar rief ihm Franks wenig freundlicher Ton direkt wieder die beinahe-Begegnung mit dem Hammer ins Bewusstsein, denn er fing wieder an, erbärmlich zu wimmern und stotterte einen völlig unverständlichen Kauderwelsch.

Walter beendete das mit einem kleinen Klaps auf die Wange. „Lass das! Du hast uns etwas zu sagen?"

Das armselige Klagen endete zwar nicht ganz, klang jedoch so weit ab, dass sie ihn nun wenigstens verstehen konnten: „Ich bin keiner von denen, ich bin ebenso wenig freiwillig hier wie ihr", versuchte er, ihnen begreiflich zu machen. In den Gesichtern der beiden las er jedoch, dass sie ihm kein Wort glaubten.

Als würde es all seine Kräfte kosten, richtete er sich ein wenig auf und räusperte sich. „Ich war Pathologe in Alesund und habe dann aus China dieses Jobangebot bekommen", stammelte er. „Als ich einmal hier drin war, haben die mich einfach nicht mehr gehen lassen."

„Soso. Und wenn du hier festgehalten wirst, warum spielst du dann so brav mit?"

Der Norweger versuchte aufzustehen und, einem Reflex gleich, wollte Frank direkt ansetzen, dies zu verhindern. Walter bremste ihn mit einem deutlichen Blick, doch die subtile Einschüchterung verfehlte ihre Wirkung dennoch nicht: Auf allen vieren kroch ihre neueste Bekanntschaft zu einem der Arbeitsplätze, angelte sich ein Notebook herunter und hielt ihnen den Bildschirm entgegen. Als Hintergrundbild war eine Collage aus einem rot gestrichenen

Holzhaus und den Innenansichten von mehreren Zimmern eingerichtet. In der Küche war eine Frau am Esstisch zu sehen. „Deswegen."

Sie begannen nun, allmählich zu begreifen.

„Mir war augenblicklich klar, dass ich hier nicht mehr lebend rauskomme. Bei den krassen Wesen hier unten wäre mir das sogar irgendwann bestimmt einmal egal gewesen, solange ich nicht einer von denen werde." Er rollte die Augen nach oben, als würde er diese Vorstellung gedanklich durchspielen. „Aber meine Familie hat damit nichts zu tun. Für deren Tod möchte ich nicht verantwortlich sein, deswegen spiele ich wohl oder übel mit."

Von der Neugier getrieben, hatte sich nun auch der Rest des Teams eingefunden und beäugte den tätowierten Skandinavier, als wäre er ein bizarres Fabelwesen. „Das ist Leif", stellte Walter ihn vor. „Er sagt, er hat mit dem Ganzen hier nichts zu tun und wird von unseren chinesischen Freunden festgehalten. Ob das stimmt oder nicht, kann ich nicht sagen, aber wir werden ihn auf jeden Fall mitnehmen."

Nun wandte er sich direkt an Leif: „Im stillgelegten Teil soll es einen Ausgang geben. Stimmt das?"

Der Schrecken in seinen Augen machte einem leichten Funkeln der Hoffnung Platz. Es dauerte ein wenig, bis er überhaupt zu begreifen schien – Frank legte bereits ungeduldig den Kopf schief. „Ich weiß es nicht. Ich war nie dort drin. Ich weiß nur, dass sie die Überreste dorthin schaffen. Ansonsten weiß ich kaum etwas über die Anlage. Ich wurde von den Aufpassern immer nur von meinem Zimmer zum Labor und wieder zurück begleitet."

Walter gefiel diese Antwort nicht, er gab sich aber die größte Mühe, sich das nicht anmerken zu lassen. „Nun ja, dann wissen wir ja genauso viel wie vorher. Wir fesseln ihn und nehmen ihn mit", besiegelte er das Schicksal ihres Gefangenen.

„Fesseln? Muss das sein?", fragte er erschrocken.

„Also ICH traue dir nicht", antwortete Walter und blickte in die Runde. Die Reaktion der anderen sieben deckte sich mit seinen Erwartungen. „Und die anderen auch nicht. Also ja, das muss sein."

– 26 –

Unterirdische Forschungsanlage – Korridor

Joseph war gerade dabei, die Tür zum Kühlraum zu öffnen: Er drehte den großen Hebel und mit einem tiefen Zischen entwich eiskalte Luft in den Flur, die umgehend kondensierte und sie in einen gespenstischen Nebel hüllte. Mit einem Krafteinsatz, der die Sehnen an seinen Armen hervortreten ließ, schob er die schwere Tür auf und blickte hinein. Blinzelnd starrten sie auf gestapelte Kartons und Unmengen an Fleisch, das steifgefroren an Haken baumelte – nichts von Interesse, das es wert war, wertvolle Zeit zu verschwenden. Sie zuckten mit den Schultern und zogen die Tür wieder zu sich heran.

Den gefesselten Norweger nicht aus den Augen lassend, setzten sie ihren Vormarsch durch die Anlage fort und befanden sich nun kurz vor der letzten Biegung, nach der es in den stillgelegten Bereich gehen sollte.

Plötzlich lachte Pierre kurz auf und deutete mit dem Finger auf die Metallwand an der Ecke: „Ha, wie geil!", jubelte er und nun sahen sie es auch. ›Dass uns das nicht schon vorher aufgefallen ist‹, dachte sich Walter, als er das unscheinbare, leicht verblasste, grüne Symbol mit dem unverwechselbaren Pfeil nach rechts erkannte: Ein Notausgangsschild.

›Die Anlage muss von Deutschen gebaut worden sein‹, dachte Joseph reflexhaft, als er sich an seinen Arbeitsalltag im Amt erinnerte, wo er in einem scheinbar weit zurückliegenden, völlig anderen Leben horrende Bußgeldbescheide wegen nicht eingehaltener Brandschutzauflagen verschickt hatte.

Pierres Freude und Erleichterung waren so groß, dass er einen kleinen Freudensprung vollführte, bei dessen Landung sich der metallene Fußboden federnd einbeulte. Mit einem kindlich vergnügten Strahlen im Gesicht trabte er los, um die letzten Meter rasch hinter sich zu bringen, bog um die Ecke und verschwand aus dem Sichtfeld. Ratlos schauten sich die anderen an und machten sich daran, ihm in normalem Tempo zu folgen.

Dann vernahmen sie plötzlich ein tiefes, äußerst bedrohliches Röhren aus dem Teil, in den soeben ihr Kamerad verschwunden war. Direkt darauf hörten sie Pierre schreien. Entsetzte Todesangst schwang darin mit, dass es ihnen die Haare aufstellte. Augenblicklich stoppten sie und rührten sich nicht.

Dann erschütterte etwas, das nach einem dumpfen Aufprall klang, ihre gereizten Nerven. Pierres Schrei erstarb und wich einem schmerzhaften Stöhnen.

Ein erneutes Röhren drang an ihre Ohren. ›Was auch immer hinter der Ecke ist, ein Mensch oder auch ein Infizierter ist das nicht‹, schlossen sie gleichsam aus dem tiefen, voluminösen Ton.

Plötzlich tauchte Pierre wieder auf, doch bei Weitem nicht so, wie sie erhofft hatten. Wie ein lebloser Crashtest-Dummy segelte er, sich grotesk überschlagend, durch die Luft. Er prallte hart gegen die Wand, fand beinahe sogar etwas Stand mit den Beinen, kippte dann jedoch wie ein Bowlingpin nach vorne und schlug ächzend auf den Metallboden.

Der Franzose war von der Krafteinwirkung auf seinen Körper wie betäubt, er bewegte sich nur noch in Zeitlupe. Seine Hände tasteten haltsuchend auf dem Boden umher und das Gummi der Schuhe quietschte unangenehm auf dem blanken Stahlboden. Er hob nun den Kopf und erstarrte, als er den Blick auf etwas direkt vor ihm richtete. Seine Bewegungen wurden augenblicklich koordinierter, er versuchte, in hektischer Panik zurückzuweichen.

Frank hatte soeben als Erster seinen Schreck überwunden und wollte dem Armen zu Hilfe eilen, als …

Knack!!

Wo soeben noch Pierres intakter Kopf gewesen ist, befand sich nun eine riesige, weiße, krallenbewehrte Pranke. Es ging so schnell, sie hatten es nicht kommen sehen. Pierre bewegte sich nicht mehr, er war auf der Stelle tot. Lediglich sein linker Fuß ruckte noch einmal spontan zur Seite, danach regte sich nichts mehr. Der Schädel des Franzosen wurde von dem Hieb schier zerschmettert, überall besprenkelten kleine Brocken seines Gehirns die warmen Stahlwände. Die kleineren Spritzer blieben einfach haften, doch die größeren Brocken begannen augenblicklich, langsam an der

Metalloberfläche nach unten zu gleiten, wobei sie schimmernde, schnell trocknende Schleimspuren auf ihrem Weg hinterließen.

›PIERRE! Das darf nicht sein, das darf einfach nicht sein!‹, hämmerte es in Katies Kopf, sie musste würgen, doch aus ihrem leeren Magen stieg nur etwas Galle nach oben, die sie angewidert wieder herunter schluckte. Wie angewurzelt standen sie da, Honokas Lippen bebten und keiner von ihnen wagte, auch nur zu atmen.

Eine zweite, mit dichtem, weißem Fell bewachsene Pfote erschien neben dem Leichnam. Lange, schwarze Krallen klackten auf dem Stahlboden, in ihren Ohren dröhnten sie jedoch so laut wie Pistolenschüsse. Dann sahen sie den Kopf des Monsters, das Pierre auf dem Gewissen hatte. Sie hatten mit allem gerechnet, aber ganz sicher nicht damit.

Ein reflexartiger Gedanke, so bizarr, dass er sie bis an ihr Lebensende verfolgen würde, entstand ganz automatisch in Katies Kopf: ›Süß! Soo süüüß!‹

Weiches Fell, abwechselnd weiß und schwarz, überzog den Kopf. Eines der runden, flauschigen Ohren strahlte so hell wie in einer Waschmittelwerbung. Das andere war tiefschwarz und die matt schimmernde Färbung setzte sich über den halben Kopf in einem Kreis fort, der unterhalb des Auges seine Begrenzung fand. Auch Joseph wurde von befremdlichen Gedanken verfolgt und musste unwillkürlich an die Anime-Serien seiner Jugend denken, die er damals so gerne geschaut hatte.

Pierres Vollstrecker war ein Tier, dem niemand solch eine Grausamkeit auch nur im Entferntesten zugetraut hätte: Ein massiger Pandabär beschnupperte genau in diesem Moment die Überreste von Pierres zerborstenem Schädel. Obwohl das Tier soeben mit einer unvorstellbaren Kraft das Lebenslicht des Franzosen ausgelöscht hatte, machte sich keine Panik unter dem immer noch reglos dastehenden Häuflein Überlebender breit. Jeder kannte die sonst so trägen und friedlichen Tiere aus Zoos und dem Fernsehen. Doch die Vorstellung, dass dieses Tier vor ihnen eine echte Gefahr darstellen würde, brauchte offenbar eine Weile, um die lebenslang geprägte Vorstellung des sanften Bambusfressers zu durchbrechen.

Der massige Bär nahm sie, obwohl sie nur wenige Schritte davon entfernt wie angewurzelt dastanden, entweder überhaupt nicht wahr oder ignorierte sie gar bewusst. Dann öffnete er sein Maul und sie sahen eine Reihe blitzend weißer Reißzähne. Eine riesige, blassrosafarbene Zunge kam heraus und schleckte einmal über die zermatschten Reste von Pierres Kopf. Als würde er sich tatsächlich um menschliche Essmanieren scheren, knabberte er vorsichtig an der schwerlich identifizierbaren Masse herum. Pierres Herz, das in seinem Automatismus immer noch schlug, pumpte weiter rhythmisch Wellen dunkelroten Blutes aus dem Hals, wodurch sich das weiße Fell der Schnauze rasch mit einem glänzenden Rot tränkte. In dem Ausmaß, in dem sich der Pelz der sanft wirkenden Bestie färbte, fiel auch die Lähmung von den entsetzten Zuschauern ab. Natalja bewegte sich als Erstes, griff mit den Händen in die Kleidung von Frank und Stephen vor sich und zupfte sanft daran, während sie einen ersten, schlurfenden Schritt nach hinten machte. Allmählich legten sie alle ihre Lethargie ab und wichen nun vorsichtig nach hinten. Sie hatten bereits ein paar kleine Schritte zurückgelegt, als der Bär, welcher nun in einer immer noch anwachsenden Blutlache stand, ihrer gewahr wurde. Der Kopf hob sich und fixierte die Gruppe, die augenblicklich wieder erstarrte – als ob das etwas genutzt hätte. Ein dröhnendes Knurren ertönte und sie sahen, wie sich die Muskeln, trotz des dichten Fells, sichtbar spannten.

„Fuck!", flüsterte Walter zitternd.

„Lauft!", sagte daraufhin Joseph so leise, dass er schon meinte, keiner hätte es gehört. Doch dem war nicht so, plötzlich bewegte sich alles. Gleichzeitig, als hätten sie es einstudiert, drehten sie sich um und spurteten los. Stephen, erst das Schlusslicht, nun unerwartet der Führende, fixierte automatisch den einzigen Ort, der überhaupt noch eine vage Hoffnung auf Rettung symbolisierte: Die Kühlkammer.

So plötzlich, als hätte ihm jemand einen Stromschlag verpasst, bewegte sich der Bär und machte sich daran, ihnen nachzustellen. In den Gejagten übernahmen automatisch die Überlebensinstinkte das Ruder und in heilloser Flucht versuchten sie nun, dem Unentrinnbaren zu entkommen.

Das Glück war ihnen hold: Ein fitschendes Geräusch drang von hinten an ihre Ohren, direkt gefolgt von einem markerschütternden Röhren und einem plumpen Aufprall. Stephen, der bereits wie ein Besessener gegen die schwere Metalltür des Kühlraums drückte, um sie zu öffnen, drehte den Kopf und sah im Augenwinkel, wie das wütende Tier in Pierres glitschiger Blutlache ausgerutscht und gestürzt war. Die komplette rechte Seite des Bären war nun getränkt vom Lebenssaft des frisch Dahingeschiedenen.

Wut und Hunger übernahmen nun vollends die Kontrolle über das infizierte Geschöpf und gerade diese Kopflosigkeit rettete ihnen letztlich das Leben. Anstatt zunächst in einen Bereich mit Bodenhaftung zu gelangen, versuchte es erneut, mit voller Gewalt loszupreschen. Das Resultat war beinahe schon komisch: Wie eine Zeichentrickfigur bewegte es rotierend die Beine, ohne auch nur nennenswert vorwärtszukommen, bis es schließlich erneut zu Boden ging.

Der zweite Anlauf gelang deutlich besser, dennoch taumelte das bluttriefende, röhrende Monster erst gegen die Wand und nahm erst dann wirklich Schwung auf.

Fast alle Fliehenden hatten es mittlerweile in den eiskalten Raum geschafft. Frank hatte den gefesselten Norweger am Genick gepackt und regelrecht in den Raum hineingehälftet, dass dieser gegen eine der aufgehängten Schweinehälften lief und fortan mit dem Gleichgewicht rang. Der Amerikaner hastete als Letzter durch den schmalen Türspalt und schob gemeinsam mit Stephen die Stahltür zu. Mit knirschend zusammengebissenen Zähnen legte er den Hebel um, der das Schloss verriegelte.

Keinen Moment zu früh, denn noch während er die Hand am vor Feuchtigkeit dampfenden Metall hatte, wurde die massive Barriere von einem gewaltigen Stoß erschüttert, gefolgt vom Geräusch hektisch trippelnder Krallen auf dem Metallboden des Flurs. Die Ruhe währte nur kurz. Ein zweiter, noch heftiger Schlag ließ die Tür erzittern, so dass das komplette Inventar des Raums vibrierte und die aufgehängten Fleischstücke zu pendeln begannen. Von der Todesangst gepackt, wichen sie allesamt weiter nach hinten zurück, als ein dritter Schlag, gefolgt von einem entsetzlich wütenden Brüllen nicht nur die Tür, sondern zugleich auch ihre Seelen erschütterte.

Einschlag folgte auf Einschlag und Frank fixierte, einer waschechten Panik nahe, das obere Scharnier der Türe: Mit jedem Hieb löste es sich eine Winzigkeit mehr aus seiner Verankerung. ›Halte durch!‹, feuerte er in Gedanken den ächzenden Stahlstift an, doch er wusste, dass er irgendwann unweigerlich nachgeben musste.

Ein kurzer Moment der Ruhe ließ sie gespannt aufhorchen. Dann hörten sie wieder die schweren Krallen auf dem Boden, gefolgt von einem weiteren Moment der Stille. Sie wollten schon hoffen, dass das wütende Monster nun von seiner Verfolgung abgelassen hatte, als sie vernahmen, wie es lostrabte – deutlich schneller als zuvor. Sie hielten automatisch die Luft an und zogen den Kopf zwischen die Schultern ein, als würde der nächste Einschlag nicht die Tür, sondern direkt sie selbst treffen. Der Aufprall war deutlich gewaltiger als die Male zuvor. Mit einem berstenden Geräusch brach nun tatsächlich der massive Stahlstift im oberen Scharnier. Franks Poren öffneten sich augenblicklich und fluteten seinen Körper mit entsetzlich kaltem Angstschweiß. ›Noch so ein Hieb und wir sind Geschichte‹, bangte er.

Die schwere Türe, die sie vor Kurzem nur unter größter Kraftanstrengung überhaupt bewegen konnten, hatte sich nun deutlich verbogen. Das untere Scharnier hielt, doch die obere Hälfte der Stahlpforte ragte nun ein Stück weit in den Raum, dass man genug Platz hätte, um einen Arm hinauszustrecken.

Ein fürchterliches Schnaufen drang nun an ihre Ohren, dann erfolgte ein vergleichsweise sanfter Schubser und das darauf folgende, trippelnde Geräusch von schwarzem Horn auf Metall ließ ihnen eine eiskalte Gänsehaut über den Rücken fahren. Ein weiterer Schlag ließ die Tür erbeben, er war bei Weitem nicht so heftig wie der vorangehende und doch federte der massive Stahl beängstigend weit in den Raum hinein. Als würde es etwas nützen, pressten sie sich noch weiter in die hintersten Winkel des Raumes hinein und erwarteten nichts Geringeres als ihr eigenes Ende.

Wieder stapften die Pranken über den Boden. Dieses Mal schien der Bär besonders viel Anlauf nehmen zu wollen, denn die Schritte wurden zunehmend leiser. Sie fürchteten das Schlimmste. Doch nach einer Ewigkeit des bangen Grausens wurde ihnen durch das

Ausbleiben des erwarteten Angriffs endlich gewahr, dass der Bär offenbar tatsächlich von ihnen abgelassen hatte.

Zeitgleich fiel die Anspannung von ihnen ab und sie sanken in sich zusammen. Trotz der vergleichsweisen Kühle, die jedoch eher vom Backofenklima herrührte, aus dem sie geflohen waren, perlten bei jedem von ihnen dicke Schweißperlen auf der Haut. Einen Moment bewegte sich keiner von ihnen, als plötzlich und ohne Vorwarnung Walter auf den tätowierten Neuzugang losging. Sein Schwinger hämmerte so gewaltvoll gegen Leifs Schläfe, so dass es an ein Wunder grenzte, dass dieser nicht einfach direkt zu Boden ging. Augenblicklich strömte dunkles Blut aus der frischen Platzwunde.

„Du Schwein!", fuhr Walter ihn an, während er mit ungeahnter Wut einen Faustschlag nach dem anderen auf den Norweger niederprasseln ließ. Er schrie und schnaubte und ließ keinen Zweifel daran, dass er ihn wohl mit bloßen Händen umgebracht hätte, wenn sie ihn nicht mit vereinten Kräften von dem zusammengekauerten Bündel heruntergezogen hätten. Dabei schrie er unentwegt „Du hast es gewusst!" und „Er hatte Kinder!"

Wild schnaufend bäumte sich Walter nochmals mit allen Kräften auf und beinahe hätte er sich wieder losgerissen. Franks Augen weiteten sich vor Schreck, so unbeherrscht hatte er seinen Freund noch nie erlebt. Zugegeben, es war auch das erste Mal, dass ein geliebter Freund und Kamerad direkt vor ihren Augen zerfleischt wurde. Schließlich sank Walter kraftlos in sich zusammen und heulte verzweifelt wie ein kleines Kind. Frank legte ihm mitfühlend die Hände auf die Schultern, als er merkte, wie etwas an seiner Wange kitzelte. Erst jetzt bemerkte er, dass auch bei ihm alle Schleusen geöffnet waren und ein silbrig glänzender Strom aus Tränen über sein Gesicht floss. Er ließ sich auf die Knie herab und ergab sich ebenfalls in seine Trauer.

Nach einer geraumen Weile – Leif hatte die ganze Zeit nicht gewagt, auch nur den kleinsten Mucks von sich zu geben – steckten schließlich Honoka und Natalja die Köpfe zusammen und berieten sich. Kurz darauf erhoben sie sich und gingen zu den beiden stumpf ins Leere starrenden Soldaten. Liebevoll holten sie die beiden in die Realität zurück, nahmen sie an die Hand und zogen sie zu den anderen, die sie mit erwartungsvollen Augen anblickten. Der arg gebeutelte Norweger blieb an Ort und Stelle in der hintersten Ecke des Raumes.

„Tja", begann Natalja so lässig sie konnte. Ihre Stimme zitterte leicht. An der Temperatur lag es auf jeden Fall nicht: Obwohl die Fleischvorräte noch zur Hälfte gefroren waren, herrschte mittlerweile auch in diesem Raum allgemeine Zimmertemperatur. „Hier sind wir nun", fuhr sie fort.

Ringsherum nickten alle verstehend, als hätte sie mit diesem Satz bereits alles von sich gegeben, was gesagt werden musste. Das darauf folgende Schweigen war dagegen so intensiv, dass in ihr die erschreckende Vorstellung heranwuchs, es niemals wieder durchbrechen zu können, so dass sie einfach stumm und im Kreis sitzend verhungert wären. Sie benötigte drei Anläufe, bis sie wieder etwas Verständliches von sich geben konnte. „Fürs Erste sind wir hier drin wohl sicher, aber irgendwann müssen wir schließlich hier raus", krächzte sie heiser. Die auf sie gerichteten, traurigen Blicke wurden daraufhin noch kraftloser. Der anfängliche Optimismus, trotz des abgestürzten Aufzugs über den zweiten Ausgang entkommen zu können, hatte sich nach Pierres wenig appetitlichem Ende in das Gegenteil verkehrt. Auch Nataljas mühsam aufrechtgehaltener Elan hatte sich mit den wenigen Worten, die sie soeben gesprochen hatte, bereits verbraucht. Sie senkte die Lider und schwieg.

Honoka übernahm schließlich ihren Part: „Die Infizierten haben wir überlebt, das ist doch schon mal was", versuchte sie, ihrer Situation etwas Positives abzugewinnen. „Jetzt müssen wir nur noch an dem …", sie stockte, es wollte ihr einfach kein passendes Wort einfallen. Panda wollte sie die Kreatur, die im Flur auf sie wartete, keinesfalls nennen. Das putzige, friedliche Tier, das sie damit assoziierte, hatte mit dem blutrünstigen Ungetüm nicht das Geringste gemein. Somit kroch das nächste Schweigen, unüberwindlich wie dickflüssige Lava, zwischen sie.

„Kopf bedecken!"

Dieser Kommentar schien aus dem Nichts zu kommen.

„Man muss den Kopf bedecken, dann wird er ruhig." Leif hatte sich ein wenig aufgerichtet. Dies waren seine ersten Worte nach der schmerzhaften Auseinandersetzung mit Walter. Einer nach dem anderen drehte sich zu ihm um. Besonders das finstere Funkeln in Walters Blick irritierte ihn sichtlich. Er räusperte sich und sprach: „Wenn man den Kopf bedeckt, dann wird er ruhig. Mein Vater ist Jäger und hatte bei der Elchjagd immer eine große, schwarze Wolldecke dabei. Er hat sie nur einmal wirklich gebraucht, aber da hat sie ihm wohl das Leben gerettet."

›Eine Wolldecke?‹ Sie mussten ihre Frage nicht aussprechen, es stand eindeutig in ihren Blicken geschrieben.

„Wenn ein Bär angreift, dann nützt ein Gewehr auch nichts mehr", sprach Leif weiter und rappelte sich nun in eine sitzende Position auf. „Man kann maximal zwei Schuss abgeben, dann ist der bei dir und erst richtig sauer. Selbst wenn die Schüsse tödlich sind, ein Bär hält lange genug durch, um den Jäger vorher noch mitzunehmen."

Niemand sagte etwas dazu. Sie schauten ihn einfach nur ratlos an, als hätte er über Astrophysik doziert. „Eine große, dunkle Decke ist besser. Mit etwas Übung kann man die über den Kopf werfen und das Tier wird sofort ruhig. Dann kann man sich gefahrlos aus dem Staub machen."

Joseph gab plötzlich ein furchterregendes, nasales Grunzen von sich, das in jeder anderen Situation wohl ein Lachen hätte sein sollen, hier jedoch gehörig misslang. „Eine Decke? Was für ein Schwachsinn, das ist doch kein Papagei!", giftete er zurück. Zustimmendes Nicken breitete sich aus wie eine La-Ola-Welle. Alle blickten sie nun auf den unscheinbaren Stoffhaufen neben der Tür, den sie bis dahin noch gar nicht wahrgenommen hatten. Offenbar waren die schweren Wolldecken dort für das Personal gedacht. Jeder, der länger als eine Minute im Kühlraum zu tun hatte, musste angesichts des krassen Temperaturunterschieds wirklich dankbar dafür gewesen sein.

„Das funktioniert!", blaffte Leif patzig zurück. „Habt ihr denn eine bessere Idee?"

– 27 –

Unterirdische Forschungsanlage – Korridor

Das beinahe schon schmerzhaft laute Knirschen und Quietschen von sich verbiegendem Metall hallte durch den metallisch schimmernden Flur, als sie mit aller Kraft die arg zugerichtete Tür des Kühlraums, der ihnen Schutz geboten hatte, aufstemmten.

›Na toll‹, dachte Leif resigniert. ›Die Idee mit dem Anschleichen können wir gleich mal beerdigen.‹ Seine Stimmung sank ins Bodenlose. Die letzten Minuten hatte er ohnehin damit verbracht, sich innerlich selbst zu ohrfeigen. ›Warum hab ich nicht einfach die Klappe gehalten‹, dachte er sich immer wieder. Ohne Frage, er wusste, dass die Idee mit der Decke funktionieren würde, doch er hatte nicht damit gerechnet, dass er derjenige sein würde, der das umsetzen musste. Vielmehr war er davon ausgegangen, dass einer der kampfgestählten, taffen Männer diese Aufgabe heroisch an sich reißen würde. ›Das hat man davon, wenn man Heldenmut nur aus dem Fernsehen kennt‹, ging es ihm wortwörtlich durch den Kopf, als er wenige Minuten zuvor mit der plötzlichen Wende seines Schicksals konfrontiert worden war. Um ein Haar hätte er sich vor lauter aufkommender Angst in die Hose genässt.

Er blickte an sich hinab und beäugte skeptisch seine Aufmachung. Er konnte es immer noch nicht recht fassen, doch er sah aus wie ein äußerst gelungenes Halloween-Experiment. Um seine Überlebenschancen zu erhöhen – oder genauer gesagt, damit er überhaupt eine hatte – nahmen sie die frisch geschmolzenen Schweinehälften von den Haken, zogen das Fleisch ab und banden es ihm in mehreren Schichten um Rumpf, Schultern und den rechten Arm. Als er sah, wie Ricardo begonnen hatte, die saftig schimmernden Proteinquellen sorgfältig zu zerlegen, hatte er noch geglaubt, dass er den Bären damit ablenken wollte. Doch als dieser den ersten Fleischstreifen an ihn angehalten hatte, um Maß zu nehmen wie ein Schneider, ahnte er bereits, dass es wohl doch zu anderen Zwecken gedacht war. Die darauffolgende Antwort auf sein Fragen raubte ihm schier die Besinnung. Er hatte als Pathologe nicht wenige der armen Menschen, die von Jin, Wang und ihren Gehilfen in diese Anlage verschleppt wurden, ohne auch nur mit der Wimper zu zucken, fachmännisch seziert. Doch der Gedanke, selbst in totes Fleisch gekleidet zu sein, ließ ihm die Galle hochkommen.

Nun stand er da, ein Arm, ein Bein und der Oberkörper mit mehreren Schichten Schweinefleisch bandagiert. Er drehte seinen Arm mit kindlichem Staunen in die eine und dann in die andere Richtung und betrachtete seine faserige Panzerung, wie sie schaurig im Licht schimmerte. Angewidert kniff er die Augen zu schmalen Schlitzen zusammen und schürzte die Lippen, doch insgeheim war er sehr froh, wie eine lebendige Nachtmahrgestalt aus der Türe heraustreten zu können. Er hob den schweren Arm in die Höhe und hielt ihn vor sich, während er den ersten Schritt durch die Türe machte und damit rechnete, augenblicklich von der schwarzweißen Bestie in zwei Hälften gerissen zu werden. Doch nichts dergleichen geschah. Zögernd machte er einen zweiten Schritt.

Diese letzten beiden Schritte hatten ihm bereits all seine Kraft gekostet, zumindest fühlte er sich so. Es war weniger, weil er sich mit seiner Zusatzlast gegen die Schwerkraft behaupten musste, das war nicht das eigentliche Problem. Nein, er musste vielmehr all seine Energie aufbringen, um gegen seine Instinkte anzuarbeiten, die ihn entgegen seiner Bewegungsrichtung wieder in den vermeintlich sicheren Kühlraum zurückziehen wollten.

Schwerfällig schob er einen Fuß vor den anderen, als würde er durch zähen Morast waten. Nun stand er mitten im Korridor und wartete auf die Erfüllung seines Schicksals – welches auch immer es sein mochte. Er vernahm einen undeutlichen Schemen im Augenwinkel und noch bevor er den Kopf in die Richtung gedreht hatte, wusste er bereits, dass sich nun alles entscheiden würde. Quälend langsam, als würde dieser von Gummibändern zurückgezogen, wandte er den Kopf nach rechts und nun sah er sie, die Bestie. Als wäre sie in den vergangenen Stunden, seit sie im Kühlraum Schutz gesucht hatten, ein gutes Stück gewachsen, thronte sie Ende des Korridors. Mit schiefgelegtem Kopf betrachtete sie den fleischbehangenen Menschen aus ihren großen, makellos schwarzen Augen.

Von einem Moment auf den nächsten war es so, als würde Leif seinen eigenen Körper nicht mehr spüren: Alles war irgendwie dumpf und taub, aber dennoch wusste er instinktiv, dass jeder einzelne Muskel seine Befehle mit ungeahnter Perfektion umsetzen würde. Mit Ausnahme seiner Schließmuskeln – er registrierte nur beiläufig, wie der Inhalt seiner Blase sich mit dem Schweiß auf seiner Haut vermengte und am linken Bein herunter rann.

Eine gefühlte Ewigkeit lang standen sie beide einfach nur da und betrachteten sich abschätzend. Leifs Lippen bebten vor Angst und er musste all seine Willenskraft aufbieten, um nicht einfach Hals über Kopf davonzurennen. Er hielt die Decke so fest in der linken Hand, als wollte er sie ausquetschen, sein Unterarm begann bereits zu verkrampfen. Am anderen Ende begann der Bär seine Zähne zu fletschen, um die Schnauze herum war das Fell rötlich eingefärbt, doch sonst bewegte er sich kein bisschen. Zumindest so lange, bis Katie ihren Kopf an der Tür um die Ecke schob, das Tier erblickte, erschrak und panisch in den Raum zurückfederte.

Als hätte er auf solch ein Wecksignal nur gewartet, schnellte der Bär mit einem markerschütternden Röhren los. Nun versagte bei dem um sein Leben fürchtenden Norweger auch der Darmausgang – er registrierte es nicht einmal. Er fiel instinktiv auf die Knie und hielt schützend die Arme vor den Kopf. Er weinte vor Angst, als der kraftvolle Trab der Bestie den Boden erbeben ließ.

›Die Decke! Die Decke! Die Decke!‹, schrie er sich in Gedanken an. Er musste sich mit all seiner verbliebenen Gedankenkraft darauf konzentrieren, dass sein Bewusstsein von der Panik nicht einfach hinfortgespült wurde. Plötzlich spürte er ein Kitzeln an seiner ungeschützten, nicht eingepackten Schulter. Instinktiv blickte er hin und sah die Decke, die dort eigentlich nicht hätte sein sollen. Erst jetzt, kurz bevor der alles entscheidende Zusammenprall bevorstand, bemerkte er den Fehler: Im Würgegriff der Panik hielt er, entgegen seines Plans, nun beide Arme, also auch den ungeschützten, vor seinen Kopf.

›Scheiße!‹ Er bewegte den Arm wieder zurück, doch es war bereits zu spät. Plötzlich war der Bär bei ihm. Er machte einen letzten Satz und richtete sich zu voller Größe auf. Ein Wimpernschlag verging, dann rammte er dem hoffnungslos unterlegenen Mann die Vorderpfoten mit der Kraft einer Hydraulikpresse gegen die Brust, dass dieser hart auf dem Boden landete.

Leif spürte das Gewicht auf seinem Brustkorb, das ihn erbarmungslos am Boden festnagelte. Beide Arme nach oben ausgestreckt, lag er nun auf dem Rücken und wurde von der Masse des Tiers in die Rolle des handlungsunfähigen Opfers verdammt. Er spürte jede einzelne der langen Krallen, die sich trotz der vielen Schichten aus Schweinefleisch tief in seinen Oberkörper bohrten. Der Schmerz war so intensiv, dass er glaubte, die schwarzen Klauen würden sogleich wieder hinten an seinem Rücken austreten. Er sah und spürte, wie die mahlenden Zähne in das Fleisch seines ungeschützten Arms drangen und das unglaublich kräftige Tier heftig daran riss und zerrte. Er war erstaunt, dass sich sein nutzlos umher baumelndes Körperteil überhaupt noch an ihm befand. Mit einer seltsamen Distanz zu seiner eigenen Zerfleischung hörte er, wie seine Rippen – eine nach der anderen – brachen. Von panischem Grauen erfasst spürte er, wie die Vorderpfoten des schweren Tiers daraufhin regelrecht in seinen ungeschützten Eingeweiden versanken, als würde es lediglich auf morschen Zweigen stehen. Es ging alles so schnell, erst jetzt wollte ein Schrei über seine Lippen kommen, doch aus seinen kollabierten Lungen drang nicht einmal mehr ein Keuchen.

Er hörte ein kauendes Geräusch und er sah im Nebel aus hell und dunkel, als würden die beiden Lichtgegensätze miteinander tanzen, dass die mahlenden Zähne nun am anderen, geschützten Arm nagten und zerrten. Er spürte zwar den Druck der kräftigen Kiefer, doch die Schnitzel- und Kotelettschicht war dick genug, dass die Zähne nicht zu ihm durchdrangen. Leif versuchte, sich beiseite zu rollen und das Ungetüm abzuschütteln – vergeblich. Im verzweifelten Versuch, den ungebändigten Kräften auch nur etwas entgegensetzen zu können, bewegte er den eingepackten Arm – doch auch dies nützte nichts. Stattdessen spürte er etwas Kaltes an der Wange, als die feuchte Nase flüchtig daran entlang strich – sein Kopf war völlig ungeschützt, wurde es ihm gewahr.

Er wusste, dass er ohnehin bereits so gut wie tot war und die folgenden Augenblicke die letzten seiner Existenz sein würden – von seinem Rumpf war nur noch eine zerquetschte Masse übrig. Und doch mobilisierte die Vorstellung, dass der Bär seinen Kopf wie ein rohes Ei zerquetschen würde, nochmals Kraftreserven, die er nicht mehr für möglich gehalten hätte. Er zog mit aller Kraft am unversehrten, mit fremdem Fleisch gepolsterten Arm und hörte, wie die geborstenen Knochen in seinem zerdrückten Oberkörper knirschend aneinander raspelten. Dieses entsetzliche Reiben in seinem Inneren ließ ihm schwarz vor Augen werden, doch er machte unerbittlich weiter. Ein Ruck ging durch seinen Körper, als er mit einem schmatzenden Geräusch den Arm aus der zerfransten Schweinefleisch-Schutzschicht befreien konnte. Vom eigenen Schwung getragen schlug der Arm oberhalb von seinem Kopf auf der am Boden ausgebreiteten Decke mit einem platschenden Geräusch auf und blieb dort seltsam verrenkt liegen – es grenzte ohnehin an ein Wunder, wie er ohne das stützende Knochengerüst überhaupt eine solche Kraft aufbringen konnte. Erst jetzt registrierte er, wie sehr er aus dem anderen, zerkauten Arm blutete – die Decke war bereits zur Hälfte vollgesogen und erinnerte an das Muster eines Marmorkuchens.

Der schwarze Schleier vor seinen Augen wollte sich nicht mehr lichten, sondern begann, allmählich sein Bewusstsein in sich aufzusaugen wie Löschpapier einen Tintenfleck. ›Ich sterbe‹, dachte Leif völlig emotionslos. ›Wenige Sekunden und es ist aus.‹ Eher einem Automatismus folgend als noch wirklich bewusst, krallte sich seine Hand in die glitschige Wolle. Er spürte erneut das entsetzliche Scheuern seiner eigenen Knochensplitter, während er die Decke mit dem letzten Rest seiner verbliebenen Energie über ihre beiden Köpfe schwang, als würde er sich friedlich mit ihm zur Nachtruhe einkuscheln wollen.

Für diejenigen, die das brutale Blutbad mit ansehen mussten, hatte der Pandabär keine Ähnlichkeit mit dem knuffigen Besuchermagnet der Zoos rund um den Erdball mehr. Stattdessen schien er vielmehr eine Manifestation reinster, geballter Aggression zu sein und bestand scheinbar nur noch aus reißenden Krallen und Zähnen. Genau in dem Moment, als sich die weit aufgerissenen Kiefer um den Schädel des Todgeweihten schlossen und dieser mit einem peitschenden Knallen barst, sank die Decke über beide hinab und begrub das blutige Ende von Leifs achtunddreißigjähriger Existenz.

Als wäre es ein Startschuss gewesen, begannen sich Walter, Frank und Joseph, die die eigentliche Arbeit verrichten sollten, endlich zu bewegen. Walter hielt die Axt fest in beiden Händen, während die anderen beiden lediglich weitere Wolldecken bei sich hatten.

Die Attacke ging so unglaublich schnell, dass sie von der Wucht und der Geschwindigkeit des Bärenangriffes schier überfordert waren. Trotz ihrer Rolle als unbeteiligte Zuschauer glaubten sie, Leifs unvorstellbares Leiden regelrecht mitfühlen zu können. Sie hatten sich direkt hinter der Tür aufgestellt, um – so zumindest der Plan – nach einer heldenhaften Deckenwurf-Aktion des Norwegers der Bestie den Rest zu geben. Die erwartete, filmreife Torero-Nummer war jedoch kläglich an der Brutalität des Adressaten gescheitert. Doch erst das abscheuliche Geräusch, mit dem Leifs Schädel in unzählige Splitter zersprang, ließ die Lähmung von ihnen abfallen.

Leif wurde vor ihren Augen brutal hingerichtet, doch der hohe Preis, den der tragische Held bezahlen musste, sollte nicht komplett vergebens gewesen sein. Die Decke schien tatsächlich das zu bewirken, wofür sie gedacht war: Wie ein friedliches Schmusekätzchen lag der Panda auf Leifs toten Überresten und machte auch keine Anstalten, sich von der übergeworfenen Decke befreien zu wollen. Das Tier strahlte nun eher eine geradezu morbide Faszination auf sie aus: Das makellose, schwarzweiße Fell schimmerte anmutig im Licht und die Schmatzgeräusche klangen, als würde es friedlich einen Futternapf ausschlecken.

Einen winzigen Augenblick lang keimte in Walter etwas Ähnliches wie Mitgefühl auf, angesichts dessen, was sie gleich beabsichtigten. Doch der Gedanke an seinen langjährigen Freund Pierre ließ das Pendel in seinem Inneren zu purer Wut ausschlagen. Auf Zehenspitzen umrundeten sie den tierischen Killer und blickten sich kurz in die Augen. Wie auf ein unsichtbares Signal hin ließen Frank und Joseph ihre beiden Wolldecken ebenfalls über den Kopf des Bären fallen und brachten sich rasch in Sicherheit.

Walter hob die Axt empor, um Schwung zu holen. Dabei stieß die Spitze der Schneide gegen das Blech über ihm und erzeugte ein raspelndes, metallisches Geräusch. Das Tier spannte sich daraufhin, doch das schartige Metall fuhr bereits mit voller Wucht in dessen Flanke, dass es beinahe vollständig im Fleisch versank. Walter verlor keine Zeit, zerrte mit aller Kraft am Griff und bekam die Axt augenblicklich frei. Ohne abzusetzen, schwang er mit den Armen eine Acht, platzierte seinen Hieb in die linke Schulter und registrierte mit Genugtuung das Geräusch von reißenden Muskelfasern.

Die Decken schienen geradezu mystische Zauberkräfte zu besitzen. Denn statt wie von der Tarantel gestochen aufzufahren, erhob sich das orientierungslose Tier so gemächlich, als würde es in seiner Heimat durch die Wälder streifen. Das frisch verletzte Vorderbein sackte ein und der Bär kippte leicht zur Seite. Walter holte weit aus und hämmerte den mittlerweile rötlich schimmernden Stahl direkt in den Oberschenkel. Augenblicklich begannen Unmengen dunkelroten Blutes pulsierend aus der klaffenden Wunde zu spritzen.

So tief der brutal ins Fleisch gehackte Krater auch war, der Bär fiel nicht. Stattdessen mobilisierte er genau in diesem Moment die gefürchteten Kräfte, die bereits zweien von ihnen zum Verhängnis geworden sind. Er schnaufte wild, was beinahe schon genügte, um die Wolldecken vom Kopf zu pusten und schnellte hoch. Das getroffene Vorderbein versagte jedoch den Dienst und ließ ihn taumeln.

Walter wusste, dass er das Tier entweder schnell zu Fall brachte oder er selbst würde der Nächste sein. Er holte erneut aus und schnitt eine zweite, tiefe Kerbe in den Oberschenkel, doch der einzige Effekt war, dass das vom strömenden Blut bereits nassrot glänzende Bein ein wenig zuckte. Mit wildem Schütteln versuchte der Panda nun, die letzten Reste seiner Kopfbedeckung loszuwerden. Der Stoff wirbelte in der Luft herum, aber noch blieb er an seinem Platz. Walter landete den dritten Schlag auf den Oberschenkel.

›Jetzt fall, du Biest!‹, verlieh Walter seinem Tun zusätzlichen, gedanklichen Nachdruck. Und tatsächlich, das Bein knickte ein. Es grenzte ohnehin an ein Wunder, dass die sich wütend schüttelnde Bestie immer noch stand: Walter hatte die anfänglich klaffende Wunde im Bein zu einem monumentalen Krater ausgeweitet, aus dem unentwegt ein kraftvoller Blutgeysir sprudelte. Walter hackte nochmals in die Wunde und endlich rutschte das Bein zur Seite. Die Krallen schrammten mit einem entsetzlichen Geräusch über den Boden und der Koloss brach mit einem hilflosen Röhren zusammen, dass Walter kurzerhand aus dem Weg springen musste.

›Jetzt geb ich dir den Rest, du Mistvieh!‹ Er steigerte sich in einen Blutrausch, unentwegt hackte er auf die zappelnde Kreatur ein, riss Wunden, brach Rippen und ließ Blut fließen, doch scheinbar unbeeindruckt davon setzte sie unentwegt an, sich wieder aufzurichten. Während die Axthiebe auf den Bären niederregneten, stemmte dieser seine gewaltigen Pranken in den Boden, fiel aber immer wieder. Durch seine unzähligen, vergeblichen Aufstehversuche hatte sich das blutgetränkte Wesen mittlerweile bis zur Wand bewegt. Ein weiteres Mal versuchte der Vierbeiner, die Pfoten wieder auf dem blutbesudelten Boden zu platzieren und nun gelang es auch: Er arbeitete sich mit dem von Hieben arg zugerichteten Rücken an der Wand allmählich in die Höhe. Dabei rutschte nun auch der letzte Stofffetzen vom Kopf und er sah Walter aus seinen schwarzen, dämonischen Augen voller Wut an.

Ein beißender Schmerz fuhr Walter plötzlich durch den Fuß. Der Prankenhieb kam so schnell, dass er keine Chance hatte, zu reagieren. Er blickte nach unten und sah, wie die Krallen tiefe Löcher in seinem Fuß hinterlassen hatten. Immerhin hatte das Tier dadurch erneut das Gleichgewicht verloren und war wieder an der Wand herunter gerutscht. Doch es machte sich augenblicklich daran, sich mühsam wieder in die Höhe zu arbeiten. Walter wurde äußerst schmerzhaft bewusst, dass die Gefahr trotz seiner zahllosen Treffer und der gigantischen Blutlache noch keineswegs vorüber war.

„Jetzt stirb endlich!", schrie Walter und humpelte einen Schritt zurück. Die Antwort darauf war ein wütendes Brüllen, das jedoch deutlich kratziger klang als noch zu Beginn ihres Kampfes. Walters Axthiebe haben tatsächlich einigen Schaden anrichten können, er wunderte sich ohnehin, wie diese Bestie sich überhaupt noch rühren konnte. Walter brachte seinen Gegner mit einem Axtschwinger direkt auf die Schnauze zum Schweigen. Durch den krampfhaft festgehaltenen Holzstiel hindurch spürte er in seinen Fingern die Vibrationen, mit denen die Stahlschneide über den Schädelknochen rumpelte, ohne ihn jedoch durchdringen zu können. Ein Übelkeit erregender, abrasierter Hautfetzen hing nun baumelnd an der Seite der Schnauze herunter – Walter konnte nun direkt auf den Knochen und die freigelegten Reißzähne blicken. Obwohl er diese Verletzung aus purem Vorsatz mit seiner Axt zugefügt hatte, schien er dennoch den Schmerz auf eine besondere Art mitzufühlen, das Grauen stand in seinem Gesicht geschrieben.

Zu seinem eigenen Pech hatte er damit nochmals zusätzliche Kräfte geweckt, denn mit einer ungeahnten Schnelligkeit drang der nächste Prankenhieb auf Walter ein, der sich soeben noch mit einem beherzten Satz nach hinten in Sicherheit retten konnte. Sein durchlöcherter Fuß sendete dabei einen stechenden Schmerz aus, dass ihm die Tränen in die Augen schossen.

›Au Scheiße!‹

Dieses Mal stolperte der Bär nicht, sondern setzte sogleich wieder zum nächsten Angriff an. Walter überlegte nicht mehr, sondern handelte einfach nur: Ein letztes Mal schwang er seine Waffe, traf den Hals, ließ los und suchte humpelnd sein Heil in der Flucht. Das Geräusch des wütenden, ihm folgenden Ungeheuers klang so nah, dass er glaubte, jeden Moment von langen, schwarzen Krallen zerrissen zu werden. Er hörte das Klackern auf dem Metallboden, das glitschige Schleifen, mit dem das blutgetränkte Fell an der Wand entlang glitt und das gelegentliche Klappern des Axtstiels, der ab und zu gegen Wand oder Boden schlug – die Schneide steckte immer noch im Hals fest.

Ohne sich umzudrehen, schleppte sich der Flüchtende voller Panik und mit schmerzverzerrtem Gesicht den Korridor entlang und traute sich nicht, nach hinten zu blicken.

›Scheiße, Scheiße, Scheiße! Jetzt macht der mich auch noch platt‹, waren die einzigen Gedanken, zu denen er noch fähig war. Er hatte bereits die Hälfte des Korridors durchquert, als er das klirrende Geräusch der Axt hörte, die offenbar endlich abgefallen war. Nun merkte er auch, dass die anderen Geräusche scheinbar leiser geworden sind. Er hoffte, sich einen kleinen Vorsprung erarbeitet zu haben, wagte aber immer noch nicht, sich umzudrehen. Wenig später hörte er jedoch ein schwaches Grunzen und dieses konnte er so gut verorten, dass er sich sicher sein konnte, einen halbwegs akzeptablen Sicherheitsabstand zum außer Kontrolle geratenen Ex-Vegetarier zu haben. Walter humpelte jetzt etwas langsamer, damit er einen Blick über die Schulter werfen konnte und was er sah, ließ ihn taumeln. Er landete unsanft auf dem Boden: Die regelrecht zerfetzte, blutende Bestie lag auf dem Boden und bewegte sich nur noch unkoordiniert und fahrig.

„Scheiße ja! Stirb du Sau!", jubilierte er innerlich. Er musste erneut an Pierre denken, was ihm einen schmerzhaften Stich ins Herz versetzte. Walter rappelte sich mühsam wieder auf, hielt aber immer noch vorsichtig Abstand. Weiter hinten im Flur nahm er wahr, wie die anderen zögernd aus der Tür getreten waren und die bizarre Szenerie betrachteten. Sogar über die große Entfernung hinweg konnte er ihnen das Entsetzen deutlich ansehen. Leifs zerquetschte Überreste, die Unmengen an Blut, das über viele Meter hinweg die Wand beschmierte und sich am Boden sammelte und zu guter Letzt das massakrierte, sterbende Tier musste ihnen einfach den Magen umdrehen. Er sah in der Ferne, dass sich Katie an Ort und Stelle übergeben musste und Joseph und Stephen wieder in den Raum eilten, um offenbar das Gleiche zu tun.

Mit bohrenden Blicken beobachtete er die jämmerlich krepierende Kreatur. Das Tier bewegte sich mittlerweile nicht mehr, lediglich der mit blutgetränktem, zotteligem Fell überzogene Brustkorb hob und senkte sich noch. Es dauerte jedoch nicht lange, dann riss der Lebensfaden komplett und der nun leblose Kadaver sank schlaff in sich zusammen.

›Es ist vorbei!‹ Walter versuchte ernsthaft, sich zu freuen oder zumindest erleichtert zu fühlen, doch die herbeigesehnten Emotionen wollten sich einfach nicht einstellen. Matt nestelte er stattdessen an seinen Schuhen herum, damit er endlich seine – zum Glück einigermaßen glimpfliche – Verletzung verarzten konnte, bevor sich das Adrenalin in seinem Körper abbaute und das Ganze beginnen würde, schmerzhaft zu werden.

- 28 -

Unterirdische Forschungsanlage – letzte Korridorbiegung

Als sie an die Stelle gekommen waren, wo Pierre vor gar nicht allzu langer Zeit noch vergnügt um die Ecke gelaufen war, sahen sie nun eigenartige, matte Streifen an der Stahlwand. Es dauerte eine Weile, bis sie darauf kamen, was genau deren Ursache war.

Sie erinnerten sich schaudernd: Als der Bär den Kopf des Franzosen brutal zerschmettert hatte, wurden die gequetschten Überreste seines Gehirns in alle Richtungen zerstäubt. Doch nun sahen sie nicht einmal mehr den kleinsten Brocken davon. Während sie sich im Kühlraum verborgen hatten, musste der Panda alles restlos von den Wänden geschleckt haben, was die matten Schlieren am Stahl ganz klar bezeugten. Keiner wollte jedoch anhalten und diese genauer betrachten, stattdessen senkten sie den Blick und stapften mit angehaltenem Atem durch dieses gruselige Wegstück – vorbei an Pierres seltsam verrenktem Leichnam, bis sie schließlich an der halboffenen Tür zum stillgelegten Teil der Anlage angekommen waren.

Unschlüssig standen sie nun vor dem Durchgang. Keiner wagte es, ihn zu öffnen. Stattdessen blickten sie sich gegenseitig ratlos an. Sie fürchteten sich nicht wirklich vor dem, was auf der anderen Seite auf sie warten könnte. Nein, sie hatten eher Angst davor, auf nichts zu stoßen, also auch nicht auf den erhofften Ausgang. Diese Angst war auf ihre eigene, besondere Art schrecklicher als jedes noch so bizarre Monstrum, das Wang und Jin hier noch hätten erschaffen können.

Ein metallisches Klirren ließ sie alle erschrocken zusammenfahren. Von der gleichen Lethargie wie die anderen erfasst, war Ricardo das Messer aus der Hand geglitten und klappernd auf dem Boden zu Liegen gekommen. Entschuldigend verdrehte er die Augen und machte sich daran, es wieder aufzuheben. Er bewegte sich so langsam, als befürchtete er, irgendwelche schlafende Geister zu wecken, falls er nicht achtgab.

Beunruhigt spürte er die Blicke der anderen auf sich lasten. Er wusste, der Grund dafür war eher, dass er gerade die einzige Bewegung weit und breit verkörperte, sodass die Augen etwas zum Fixieren hatten, als dass seine Kameraden irgendetwas zum Ausdruck bringen wollten. Nichtsdestotrotz war ihm das Starren unangenehm. Also trat er die Flucht nach vorne an, erhob sich wieder, machte zwei Schritte, zog die Tür ganz auf, spähte vorsichtig hinein und trat schließlich hindurch.

Für einen kurzen Moment fürchtete er, Pierres Schicksal zu teilen und sogleich von einer wütenden Bestie in Stücke gerissen zu werden, doch nichts dergleichen geschah. Er atmete durch und spürte, wie sich seine vor Furcht rebellierenden Eingeweide wieder entknoteten. Er bedeute den anderen, zurückzubleiben, damit er zunächst die Lage erkunden konnte, doch sie machten ohnehin keine Anstalten, ihm nachzufolgen. Stufe für Stufe erklomm er die kurze Treppe und je mehr er vom dahinter liegenden Bereich einsehen konnte, desto sicherer war er, dass sich hier keine lauernden Gefahren mehr versteckten.

Das Geröll zu seiner Linken erweckte weiterhin den Eindruck, als erfüllte es bereits seit vielen Jahren unverändert die eingestürzte Hälfte. Und auch auf der anderen Seite wirkte es genauso wie während ihrer kurzen Führung am Vortag. Ohne eines besonderen Signals bedurft zu haben, waren ihm zuerst Walter und Frank, dann schließlich auch der Rest nachgefolgt. Sie alle hatten ihre Beklemmung wieder ablegen können und musterten eingehend die Umgebung auf der Suche nach dem rettenden Ausgang, konnten jedoch nichts entdecken.

Walter, wieder ganz in seiner Rolle als Teamleiter, tippte Frank und Ricardo auf die Schulter und deutete auf die Tür direkt vor ihm. Sie nickten verstehend und nahmen zu beiden Seiten Aufstellung, bereit, sofort zu reagieren, falls sich etwas auf Walter stürzen wollte, wenn er die Tür öffnete. Katie, die Chipkarte in der Hand, wartete, bis er seine Bereitschaft signalisierte, dann hielt sie das weiche Plastik an das Lesegerät. Das vertraute mechanische Klicken ertönte und Walter öffnete die Tür mit einem beherzten Tritt, nach dem er sich sofort wieder zurückzog.

Augenblicklich überrollte sie ein Schwall drückend heißer, entsetzlich stinkender Luft, dass sie automatisch den Atem anhielten und mit der Übelkeit rangen. Der Geruch von Tod und Verwesung war ihnen allen bekannt, doch der Odem, der sie nun umwehte, schien direkt aus den Tiefen der Hölle zu kommen, zumal er unter ähnlichen Temperaturen entstanden war. Blitzschnell griff Frank wieder nach der Türe, um sie wieder zuzuziehen. Als er währenddessen in den dahinterliegenden Raum blicken musste, trieb es ihm die Tränen in die Augen: Überall waren menschliche Leichen in sämtlichen Stadien der Verwesung aufgestapelt. Er sah Skelette auf dem Boden, die in einer dicken Brühe aus Blasen werfenden Leichensäften lagen. Darauf getürmt befanden sich in Auflösung befindende Kadaver und ganz obendrauf fiel sein flüchtiger Blick auf ungefähr eine Handvoll frischer, enorm aufgedunsener Leichen. Diese vermittelten den Eindruck, gleich wie Luftballons platzen zu müssen. Noch während er die Hand an der Türe hatte, ergoss er den spärlichen Inhalt seines Magens über seine Stiefel. Er spürte, wie Hände nach ihm griffen und ihn weiter den Flur entlang zerrten, weg von diesem gruseligen, entsetzlich stinkenden Ort.

Die anderen drei Türen an der Seite ließen sie unbeachtet hinter sich und erst nach der Rechtsbiegung am Ende des Korridors wagten sie es, stehenzubleiben. Es war, als würde der Gestank sie verfolgen und es dauerte eine Weile, bis sie schwer atmend begriffen, dass dem tatsächlich so war: Den Lufthauch, der sie umströmte, spürten sie nicht, jedoch erkannte Natalja, dass Katies feines Haar sich leicht bewegte.

›Die Luft strömt nach vorne, es muss also wirklich einen Ausgang hier geben‹, überlegte sie stumm, legte all ihre Vorsicht ab und rannte ohne Vorwarnung um die nächste Ecke.

Frank stockte vor Schreck der Atem, vor seinem inneren Auge sah er bereits, wie sich Pierres Schicksal an der angebeteten Russin wiederholte. Kopflos stürmte er hinterher und schaffte es eben noch, nach der Biegung nicht in sie hinein zu rennen.

Sie stand, die Hände in die Hüften gestemmt, mitten im Flur und musterte ein Lüftungsgitter in der Decke. Als sie ihn bemerkte, drehte sie sich um und das erleichterte Lächeln, das sie ihm zuwarf, ließ ihm beinahe die Tränen kommen. Er warf ihr einen fragenden Blick zu, den sie mit einem zustimmenden Nicken quittierte: Dieses Gitter führte zum erhofften Notausgang.

Am Gitter war ein Metallgriff angebracht, der sie schier dazu aufforderte, daran zu ziehen. Zu ihrem Erstaunen schwangen dadurch das Gitter und eine daran angebrachte Klappleiter, wie sie es von so mancher Dachbodenluke kannten, nach unten.

Kurz darauf waren sie alle nach oben geklettert und bestaunten den Hohlraum, in dem sie sich befanden. Die unterirdische Höhle war deutlich breiter als der Korridor, aus dem sie emporgestiegen waren. Glatter, von Mineralienadern durchzogener Fels umgab sie wie eine Kuppel. Sie konnten keine Spuren menschlichen Einwirkens erkennen, offenbar war dieser Freiraum, so wie sie ihn nun vorfanden, von ganz allein in den Berg gewachsen. Lediglich am Ende, ein Dutzend Schritte entfernt, sahen sie einen Stollen, der im Halbdunkel in den Stein hinein geschlagen wurde.

„Das kann doch einfach nicht sein!", rief Joseph, der als Erster diesen Tunnel erkunden wollte, entnervt. Sieben Köpfe wandten sich daraufhin in seine Richtung um und diejenigen, die ihm am nächsten waren, erkannten sofort, was er meinte: Ein massives Metallgatter versperrte den Weg.

Joseph wollte prüfend daran rütteln, als Honoka gerade noch rechtzeitig seine ausgestreckte Hand mit einer blitzschnellen Bewegung beiseite schlug. Er schaute sie ungläubig an, als sie ihren Zeigefinger mit etwas Spucke benetzte und die schwere Stahlkonstruktion damit antippte: Ein leises Zischen war zu hören – das Gitter musste verdammt heiß sein. Ricardo wunderte sich für einen Moment, dass gar kein kleines Dampfwölkchen aufstieg, aber dann wurde ihm klar, dass dies bei den hohen Temperaturen hier drinnen gar nicht möglich war.

Mittlerweile hatten sie sich alle an der Barriere versammelt. Einen Moment lang standen sie alle einfach nur verdutzt da, die halbwegs gelöste Aufbruchsstimmung von vorher ist einer traurigen Resignation gewichen. Schwitzend und schwer atmend schauten sie einander ratlos an, als Nataljas Züge sich plötzlich aufhellten. Sie stieß Frank mit dem Ende ihrer Keule sanft in die Seite. Dieser gab ein leidendes Keuchen von sich, als der Schmerz durch die vom Schutzschild geprellte Schulter fuhr. Er ließ vor Schreck den Hammer in seiner Hand fallen, dass Natalja loslachen musste. Obwohl es bei dieser Hitze kaum möglich zu sein schien, wurde Franks Gesicht noch eine Spur roter und er stimmte verlegen mit ein. Mit sanftem Druck schob sie ihn kurzerhand beiseite und bückte sich nach dem Hammer, den sie abschätzend einmal vor und zurück schwang. Dann trat sie erhaben an das Gitter und winkte Walter, der die Axt in der rechten Hand hielt, zu sich. Sein fragender Blick schien sie zu amüsieren.

„Habt ihr alle noch nie Holz gehackt?", fragte sie in die Runde. Alle Männer nickten, konnten mit der abwegigen Frage jedoch nicht viel anfangen. Der sinnliche Schmollmund, den sie dabei machte, ließ Franks Blut fast überkochen, er lächelte. Als der Kanadier schließlich nah genug heran war, griff sie das vordere Stück seines Holzstiels und platzierte die Axt so, dass die Schneide genau im Spalt zwischen dem Gatter und der massiven Stahlniete saß. Ein für ihre schlanke Statur unglaublich kräftiges Rucken am Axtstiel bedeutete ihm, dass er gut festhalten sollte.

Sie umrundete ihn mit kurzen, federnden Schritten, wobei sie ihm mit ihrer freien, linken Hand sanft über den Rücken strich. Franks Lächeln wurde breiter – irgendwie fühlte er sich von ihrer eleganten Dominanz, mit der sie die Situation beherrschte, ungemein angetörnt. Gerne hätte er mit Walter getauscht, um an seiner statt von ihr berührt und dirigiert zu werden – doch das dumpfe, schmerzhafte Pochen in seiner Schulter relativierte seinen Impuls rasch wieder. Er wusste, dass es für solche Gefühlsaufwallungen der denkbar ungünstigste Augenblick war, doch gegen ihre unergründliche Magie auf ihn war er schlicht wehrlos.

Pling!!

Eine explosionsartige Erschütterung durchfuhr Walters Arme, so heftig, dass ihm beinahe das Werkzeug aus der Hand geflogen wäre – ein überraschend angestrengter Gesichtsausdruck beherrschte nun seine Züge. Nun verstand er und hielt die Axt mit aller Kraft. Er spürte hinter sich, wie sie schwungvoll zum zweiten Schlag ansetzte.

Plong!!

Er staunte nicht schlecht, als er aus nächster Nähe mit ansah, wie die Klinge der Axt tief in den Stahl hinein schnitt.

Blong!!

Beim dritten Schlag ächzte Natalja bereits hörbar – sie legte wirklich all ihre Kraft hinein. Mit Erfolg! Der Kopf der Niete flog ab und taumelte durch die Luft, bis er nach zwei kleinen Hüpfern auf dem Boden liegen blieb.

Erleichterter Applaus hallte durch den erhitzten Gang. Nur Walter stimmte nicht mit ein, die Wucht des Schlags hatte nicht nur die Niete geköpft, sondern auch der Axt einen äußerst heftigen Impuls mitgegeben. Erschrocken blickte er nach unten, wo sich die Schneide nur wenige Zentimeter neben seinem noch unverletzten Fuß in das Bodenblech geschnitten hatte. Als ihn seine Reflexe daraufhin automatisch zurückschrecken ließen, zuckte ein beißender Schmerz durch seinen anderen, bandagierten Fuß, als er ihn dabei ungewohnt stark belastete. ›Na toll, das Schicksal hat es wohl irgendwie auf meine Füße abgesehen‹, dachte er fatalistisch.

Vor Anstrengung schnaufend, wollte Natalja den Hammer wieder an seinen ursprünglichen Besitzer, Frank, zurück geben. Doch dann erinnerte sie sich, wie er schmerzerfüllt bei ihrem Rempler zusammengefahren war. Stattdessen hielt sie das Werkzeug nun Joseph entgenen. „Leg alles rein", versuchte sie ihm klarzumachen. „Das funktioniert nur, solange die Axt kalt ist." Dieser nickte, packte den Holzstiel energisch mit beiden Händen und machte sich bereit.

Stephen hatte unterdessen den noch immer leicht geschockten Walter mit sanftem Druck aus dem Weg geschoben und die Axt aus dem Boden gehebelt.

Sie machten sich ans Werk.

Pling, Pling, Plong!!

Die zweite Niete segelte durch die Luft.

Pling, Plong, Plong, Bumm!!

Jeder konnte es hören: Der letzte Schlag klang vollkommen anders als diejenigen zuvor – viel dumpfer und ohne das bisher typische, metallische Klingeln. Der Kopf der dritten Niete bog sich bereits zur Seite, doch gänzlich lösen konnten sie das kleine, widerspenstige Metallteil jedoch nicht. Am Krafteinsatz war es jedenfalls nicht gescheitert, Joseph hatte mit unveränderter Stärke den Axtkopf gefoltert.

Mit rüdem Ton unterbrach Natalja sie augenblicklich: „Stopp!! Nehmt sofort die Axt raus!"

Stephen zog am Griff und hebelte daran herum, bekam sie aber nicht herausgezogen. Joseph warf kurzerhand den Hammer beiseite und machte sich daran, ihn zu unterstützen. Mit einem Geräusch von ächzendem Metall kam sie schließlich doch frei.

Als Joseph das Gerät im schwachen Licht prüfte, sahen sie auch, warum Natalja keine wertvollen Sekunden verlieren wollte: In der Mitte der Schneide befand sich eine runde, münzgroße Kerbe. Die große Hitze hatte den Stahl zu weich gemacht, um durch die Niete dringen zu können.

Honokas Stimme drang leise an ihr Ohr, sie war bereits ein paar Meter zurück gegangen: „Wir braten hier drin. Wir sollten fürs Erste zurückgehen." Als sie sich nach ihr umdrehten, sahen sie sofort, warum sie das vorgeschlagen hatte: Es war eine deutliche Untertreibung, wenn man behauptete, dass sie keinen sehr vitalen Anblick mehr bot. Ihre Haut war beängstigend blass und sie war die Einzige, an der keine Ströme von Schweiß herab liefen.

Ricardo erkannte die Anzeichen sofort. ›Wenn du aufhörst mit Schwitzen, ist der Hitzschlag nicht mehr weit.‹ Er wandte sich um und eilte ihr entgegen. Sie bemühte sich eisern, nicht das Bewusstsein zu verlieren und ließ sich von den anderen zurück in die Anlage helfen. Sie wurde mehr getragen, als dass sie wirklich von alleine ging, lediglich die kurze Leiter zurück in den Korridor musste sie aufgrund der Enge aus eigener Kraft bewältigen.

An der Tür zum ehemaligen Kühlraum angekommen, umschlang Ricardo sie kurzerhand an der Hüfte und zog sie hinein. Zu seiner Enttäuschung bemerkte er, dass sich mittlerweile auch in diesem Raum die heiße Luft staute. Er setzte Honoka in die Ecke und seinem Mienenspiel war deutlich anzusehen, wie sehr ihm missfiel, was er nun zu ihrer Rettung tun würde. Nacheinander betastete er prüfend die Schweinehälften, die bereits für Leifs heldenhaften, letztlich aber gescheiterten Ablenkversuch herhalten mussten und wuchtete schließlich die schwersten vier auf den von ihren Haken. Er drapierte sie nebeneinander auf dem Boden und breitete ein paar der Decken darüber aus. Mit einem mitfühlenden, gütigen Blick, der sagte: ›Tut mir leid, aber die Dinger sind das einzige Kalte in der ganzen Anlage‹, hielt er der benommenen Kameradin die Hände entgegen, um sie zu dem kühlen Lager zu geleiten. Offenbar war sie geistig bereits weit genug weggetreten, um nicht einmal zu registrieren, worauf er sie genau betten wollte. Bereitwillig ließ sie sich auf die Fleischstücke dirigieren, ohne sich auch nur ansatzweise irgendwelchen Unmut anmerken zu lassen.

„Okay, wir kommen zurecht, geht schon mal vor!", schickte Ricardo daraufhin die anderen weg. Es genügte, wenn er auf sie aufpasste, während sie allmählich wieder herunterkühlte. Davon abgesehen wollte er niemandem die üble Luft hier drinnen zumuten, die eines starken Magens bedurfte. Der beginnende Verwesungsprozess des nun aufgetauten Fleischs in Verbindung mit dem säuerlich stinkenden Erbrochenen, das Joseph und Stephen angesichts des massakrierten Pandas von sich gegeben hatten, trieb ihm die Tränen in die Augen. Doch er blieb standhaft und gab der Japanerin die Fürsorge, die sie benötigte.

Wenige Minuten später schrak Ricardo hoch, als er direkt hinter sich etwas hörte. Als er sah, dass es Stephen war, der den Wasserkanister aus seiner Zelle geholt hatte und kein blutrünstiges Monster, atmete er erleichtert auf. „Danke. Du kannst wohl Gedanken lesen", sagte er lächelnd.

Stephen betrachtete die leichenblasse Japanerin mit einem sorgenvollen Blick. „Sie braucht es dringender als jeder von uns", entgegnete er und machte sich daran, den Deckel abzuschrauben.

Den ersten Schluck, den sie ihr gaben, konnte sie nicht bei sich behalten und würgte ihn röchelnd mitsamt des restlichen Mageninhalts wieder aus. Stephen erschrak dabei so, dass er sich auf dem Hosenboden wiederfand. Ricardo jedoch, der als mordender Arzt weitaus Schlimmeres gewohnt war, ließ sich nicht beirren. Geduldig wartete er einen Moment, bis sie sich wieder gefangen hatte und flößte ihr unermüdlich einen winzigen Schluck nach dem anderen ein, bis es seiner Meinung nach genug war.

Den Journalisten hatte er schließlich zu den anderen fortgeschickt, die sich in den Unterkunftsräumen gesammelt hatten. Honoka hatte die Hitze zwar am meisten zugesetzt, doch das feindliche Klima nagte ebenso gnadenlos an der Konstitution der anderen Eingeschlossenen. Sie nutzten die Ruhe, um ebenfalls wieder zu Kräften zu kommen und, wenn möglich, sogar ein Nickerchen zu machen.

Es dauerte nicht allzu lange – ungefähr eine Viertelstunde – bis sich Honoka wieder hinreichend erholt hatte. Ihre beängstigende, beinahe schon graue Blässe wich wieder einem vitalen Teint und wenig später konnten sie sich schließlich aufmachen, um ebenfalls wieder zu den anderen zu stoßen.

- 29 -

Unterirdische Forschungsanlage – Hinterzimmer

Natalja zog sich in das verlassene Büro zurück und freute sich auf die folgenden zwei Stunden Ruhe, auf die sie sich geeinigt hatten, um sich von den kräftezehrenden Strapazen zu regenerieren. Obwohl die Dusche – immerhin funktionierte sie noch – so heiß war, dass sie befürchtete, es würde ihr die Haut vom Leib schälen, genoss sie die Reinigung in vollen Zügen. Sie konnte dadurch nicht nur die angetrockneten, fremden Körpersäfte, sondern auch einen Großteil des erlebten Traumas von sich abwaschen.

In frische Klamotten geschlüpft, ging sie zielstrebig auf den geräumigen Bürostuhl zu, setzte sich und wippte bis zum Anschlag nach hinten. ›So könnte das funktionieren‹, dachte sie sich, überkreuzte noch die Beine zum Schneidersitz und dämmerte im gleichen Augenblick in das Reich des Schlafgottes Morpheus hinfort.

›Irgendetwas ist anders!‹ Natalja spürte eine fremdartige Wärme in ihrem Schoß, die nicht da sein durfte. Wie spielende Hunde jagte ein schrecklicher Gedanke den nächsten. ›Träume ich noch? Wurde ich verletzt und verblute gerade? Wo sind die anderen?‹

Vorsichtig, als würde die Luft um sie aus Rasierklingen bestehen, tastete sie mit unsicheren Händen in Richtung Körpermitte. Als ihre Hände etwas Warmes, Weiches berührten, hielten sie sofort inne. Natalja spannte sich unmerklich am ganzen Körper, worauf sich auch die mysteriöse Wärmequelle leicht bewegte. ›Was ist das? Ich hab Angst!‹ Sie wagte nicht, ihre Augen zu öffnen. Nach einer kleinen, gefühlten Unendlichkeit, in der nichts geschah, traute sie sich doch, die Lider zu heben – mit dem Anblick, der sich ihr bot, hätte sie hier unten als Allerletztes gerechnet: Eine kleine Katze hatte es sich auf ihr gemütlich gemacht und schlummerte friedlich. Das Tier war nicht sonderlich groß, hatte braun-golden getigertes Fell und sich zu einem runden Knäuel zusammengerollt. Der Schwanz, welcher unter den Beinen entlang den felinen Kreis bis zum Kopf vollendete, hatte eine hübsch anzusehende, weiße Spitze. Dies machte das kleine Wesen noch niedlicher, als es ohnehin schon war.

Natalja fragte sich, wie dieses Kätzchen inmitten all dieser hirnlosen Bestien überleben konnte, schließlich stürzten sich diese in ihrem unendlichen Hunger auf alles, was einen Puls hatte. Nun erinnerte sie sich wieder an das mysteriöse Poltern im Luftschacht, als sie dabei war, Katies Rechner mit dem Stromnetz zu verbinden. ›Du bist wohl ein kleiner Versteckkünstler‹, dachte sie wohlwollend und begann, langsam und vorsichtig das weiche Fell zu kraulen. Das verschmuste Tier schüttelte sich leicht und schmiegte sich noch mehr an Natalja heran – die unmissverständliche Aufforderung, dass diese fortfahren durfte. Es dauerte nicht lange, bis sie schließlich die charakteristischen Vibrationen in den Beinen spürte. Das putzige, goldbraune Knäuel schnurrte genüsslich vor sich hin, hin und wieder zuckten die kleinen Ohren und sie konnte sehen, wie die makellos weißen Schnurrhaare in die Vibration mit einstimmten.

Sie spürte regelrecht, wie dadurch von ganz allein der Stress und die Anspannung der letzten Stunden von ihr wichen. Sie erlebte einen kleinen Moment des Friedens an diesem Ort des Chaos und des Todes und saugte diesen Augenblick förmlich in sich auf. Ihre Gedanken schweiften ab, sie sah lang zurückliegende, fröhliche Momente aus der Vergangenheit vor ihrem geistigen Auge. Ihre Erinnerung durchstieß eine unsichtbare, mentale Barriere, fast so als wenn ein Flugzeug durch eine kleine Wolke flog – vor ihrem geistigen Auge sah sie, wie sie mit ihrem Vater ihr allererstes eigenes Radio aus zusammengesammelten Einzelteilen baute. Die Teile hatten sie damals aus alten, weggeworfenen Geräten ausgebaut und die nötigen Drähte und Werkzeuge hatte ihr Vater sich vom Hausmeister der Universität *ausgeliehen*, zumindest bezeichnete er es so. Diese vertrauten Stunden, die sie unter der nackten, viel zu schwachen Glühbirne im Keller verbrachten, waren die glücklichsten ihrer Kindheit gewesen und sie erinnerte sich immer wieder gerne daran. Mit solchen Gedanken und Erinnerungen hatte sie stets wieder neue Energie und Hoffnung schöpfen können, wenn der raue Wind des Lebens ihr einmal ins Gesicht blies. ›Auch wenn hier alles den Bach runtergeht, das Leben ist trotzdem schön‹, dachte sie mit wiedergewonnenem Lebensmut und widmete sich den Ohren des schnurrenden Streuners.

Doch auch der friedlichste Moment musste einmal ein Ende haben. Ihre zwei Stunden waren nun beinahe vorbei und es war nun an der Zeit, sich wieder zu den anderen zu gesellen. ›Da kann ich unseren neuen Freund gleich mal vorstellen‹, dachte sie mit einer gewissen Vorfreude. Doch so ganz konnte sie sich noch nicht von ihrer kleinen, verschmusten Gesellschaft lösen und so ließ sie ihre rechte Hand einfach noch ein wenig darauf ruhen, bis das Schnurren allmählich nachließ und letztlich ganz aufhörte. Sie zog ihre Hände zurück und wollte nun ihren neuen, flauschigen Freund sanft von sich herunter schubsen.

Die ganze Zeit hatte das Tier reglos dagelegen und verzückt die gesamte Prozedur genossen. Nun, da Natalja offensichtlich damit aufgehört hatte, kam wieder Leben in die Katze: Natalja merkte durch das dichte Fell hindurch, dass sie sich spannte und kurz darauf hörte sie ein zorniges Katzenmurren. Das ehemals so friedvolle goldbraune Geschöpf streckte sich, hob den Kopf und blickte nach oben.

›Oh nein! Diese Augen!‹ Dieser Gedanke schoss beinahe schmerzhaft durch ihren Geist und zerschnitt dabei sämtliche positiven und wohligen Gefühle in ihr wie mit einer Sense. Natalja konnte sich vor Schreck nicht rühren. Sie fühlte sich wie von einem gigantischen Hammer getroffen, wobei die Schockwellen, rhythmisch wiederkehrend, gleich mehrmals durch ihren Körper zu dringen schienen. Aus dem dichten Fell blickten ihr keine normalen Katzenaugen entgegen. Nein, sie waren durchgehend schwarz. Die Augen des Verderbens. Diese Katze war infiziert.

Natalja hielt die Luft an, unschlüssig, was sie nun tun sollte. Ihr wurde bewusst, dass sie nun seit fast zwei Stunden allein im Raum mit ihrem diabolischen Besucher war und sie, während sie geschlafen hatte, augenscheinlich nicht angegriffen wurde. Entweder war ihr pelziger Besucher noch am Anfang der Infektion oder schlicht anders als die anderen Wesen in der Anlage. Langsam und vorsichtig zog sie ihre Hände zurück, die vor Kurzem noch nichtsahnend im weichen Fell versunken waren.

›Autsch!‹ Das war offenbar die dümmste aller Reaktionen. Ohne Vorwarnung und blitzschnell biss ihr das Tier in die Hand, begleitet von einem leisen Fauchen. Der Schmerz blieb im erträglichen Rahmen. Was Natalja wirklich erschütterte, waren die Augen. Die Menschenhand wie eine Maus zwischen den Zähnen, blickte das infizierte Tier zu ihr hinauf. Es schien, als könnte sich Natalja in diesen Augen verlieren, so vollkommen war die dunkle Leere darin – keine Regung, kein Erkennen, keine Begierde, keine Furcht waren zu erkennen, die Augen waren einfach nur vollkommen schwarz und leer. Sie waren zu funktionsfähigen, aber absolut ausdruckslosen Sinnesorganen degradiert.

Auf eine sehr befremdliche Art kam sogar eine Kommunikation zwischen beiden zustande: Als Natalja versuchte, ihre gebissene Hand zu sich zu ziehen, wurde dies mit einem nasalen Fauchen quittiert. Augenblicklich hielt sie inne, überlegte kurz und wählte nun die andere Richtung. Die Reaktion verblüffte sie. Als wäre nichts gewesen, lösten sich die scharfen Zähne. Das Fauchen verstummte und die flauschigen Augenlider schlossen sich auf die katzentypische Art und Weise, wenn diese in Schmuselaune waren. Nun, da die Augen geschlossen waren, sah das eigenartige Wesen auch wieder wie eine ganz normale Katze aus. Endlich wagte Natalja es, wieder zu atmen und füllte ihre Lungen mit einem tiefen Zug.

Obwohl sie ahnte, was geschehen würde, versuchte sie erneut herauszufinden, was passierte, wenn sie die Hände wieder wegzog. Die Reaktion folgte prompt: Das kleine Raubtier auf ihrem Schoß schien förmlich zu explodieren – unvermittelt fuhr es seine Krallen aus und versenkte sie mit einer enormen Kraft in Nataljas linkem Unterarm, begleitet von einem entsetzlichen Fauchen.

In jungen Jahren hatte Natalja mit Ihrem Vater hin und wieder ein paar Wildfallen ausgelegt, welche unbarmherzig zuschnappten, wenn etwas darauf trat. Genauso schnell schnappte auch die Katze zu und gab erneut ein furchterregendes Fauchen von sich. Natalja widerstand dem Reflex, die Hand weiter zurückzuziehen, sicherlich wäre das übernatürliche Wesen dann völlig durchgedreht. Natalja war bewusst, dass der Zwerg im Ernstfall den Kürzeren ziehen würde, doch sie wollte lieber nichts riskieren. Mit einer Ruhe, die sie selbst überraschte, ertrug sie den bohrenden Schmerz in ihrem Unterarm und registrierte, wie die Krallen versuchten, ihre Hand wieder nach unten zu ziehen. Sie gab dem nach und nun harrte ihre

Hand wieder auf dem leicht gesträubten Fell, das markerschütternde Fauchen verstummte augenblicklich. Eine Gänsehaut kroch ihren Rücken entlang, als sie spürte, wie die sich zurückziehenden Krallen an ihrer durchlöcherten Haut rieben und den Arm schließlich wieder frei gaben. Das infizierte Haustier rollte sich nun wieder zu dem gleichen Knäuel zusammen wie am Anfang ihrer Begegnung und schnurrte in Erwartung weiterer Streicheleinheiten.

›Das ist doch krank!‹, dachte Natalja. Ihre Hände waren schwitzig und blutige Rinnsale liefen aus den kleinen Wunden an ihrem Handgelenk herab. Nichtsdestotrotz gab sie ihr Bestes und kraulte und streichelte ihr neues, grauenerregendes Haustier mit der linken Hand. Natalja wusste, einer Eingebung folgend, automatisch, was sie nun zu tun hatte, jedoch kostete es Unmengen an Überwindung, dies tatsächlich umzusetzen.

Mit traurigen Augen blickte sie auf das Fellknäuel, das es sich auf ihren Beinen gemütlich gemacht hatte und flüsterte: „Sorry, Kleines." Während sie mit der linken Hand mechanisch weiter streichelte, bewegte sie ihre rechte darüber hinweg in Richtung Kopf. Widersprüchliche Emotionen überwältigten sie beinahe innerlich, ihr entfuhr ein zutiefst gequältes Wimmern. Sie unterdrückte es mit größter Kraftanstrengung und beobachtete, dass das Geschöpf auf ihrem Schoß ihre innere Zerrissenheit nicht einmal zur Kenntnis nahm. Erst als sie ein wenig zu lang die Streicheleinheiten unterbrach, vernahm sie wieder das dumpfe, bedrohliche Grollen.

Konzentriert setzte sie das Verwöhnprogramm mit der linken Hand fort, bis sie endlich ihre rechte Hand auf den Nacken des schnurrenden Bündels legen konnte.

Ihr Sichtfeld verschwamm allmählich. Ihre Lippen bebten und sie versuchte vergeblich, den Strom aus Tränen beiseite zu blinzeln, doch sie strich unablässig weiter über das mit ihrem eigenen Blut mittlerweile leicht verklebte Fell.

Einen kurzen Moment zögerte sie. ›Ich kann das nicht, ich schaff das einfach nicht. Monster oder nicht, die will doch einfach nur schmusen.‹ Doch dann dachte sie an die unerträglichen, schwarzen Augen und spürte die verebbenden Schmerzen der Stiche im Unterarm. Sie legte vorsichtig die Finger ihrer Rechten um den Hals des Miniaturtigers und drückte zu.

Sie hatte mit vielem gerechnet, doch nicht mit dem, was nun geschah. Fauchen, Kratzen, ein letztes, wildes Aufbäumen im Todeskampf – all dies hatte sie erwartet, doch nichts dergleichen stellte sich ein. Das befallene Tier ließ es einfach geschehen. Es blieb weiterhin reglos liegen und genoss die Streicheleinheiten, als würde es gar nicht bemerken – oder schlimmer noch, geradezu gutheißen – dass sein neues Frauchen soeben dabei war, es zu erdrosseln. Zunächst mussten Nataljas Finger noch nach der richtigen Stelle tasten, währenddessen setzte sich das Schnurren unverändert fort. Je fester sie ihren Griff um den Hals legte, desto mehr verwandelte sich das Schnurren: Zunächst in ein Kratzen, dann in ein heißeres Keuchen und zuletzt nur noch in ein gepresstes, flaches Schnaufen. Herzzerreißende Wellen des Mitgefühls brandeten gegen Nataljas Seele. Ganz tief in ihrem Inneren schien etwas zu zerreißen, sie fühlte sich entsetzlich.

Ihr Griff schloss sich nun mit aller Kraft um den Hals. Augenblicklich erstarb auch das letzte Schnaufen und bei Natalja brachen letztlich alle Dämme. In dieser tödlichen Umarmung dasitzend heulte sie hemmungslos, gebeutelt von in ihrer qualvoll strafenden Sympathie mit diesem Wesen, das gerade durch ihre eigenen Hände starb. Eine Sekunde lang hob es noch einmal die Lider und sah mit seinen glänzenden, schwarzen Augen zu ihr hinauf. Sicherlich bildete sie es sich ein, doch Natalja glaubte, einen entrückten, erlösenden Frieden darin erkannt zu haben. Fantasie oder nicht, später sollte sie genau dieser todessehnsüchtige Blick noch des Öfteren in ihren Träumen verfolgen – jedes Mal würde sie schweißgebadet und mit einem schuldigen, geradezu besudelten Gefühl aufwachen. Mit hypnotischer Langsamkeit schlossen sich die Augen des bereitwillig sterbenden Haustiers wieder.

Salzige Tränen liefen Nataljas Wangen hinunter und tropften auf das blutige Fell, das sie mit der anderen Hand immer noch mechanisch streichelte. Als sich nichts mehr in ihren Händen zu rühren schien, hörte sie schließlich damit auf, hielt jedoch den Griff der rechten Hand um den Hals entschlossen aufrecht. Kurz darauf spürte sie ein unterschwelliges Zucken, das den blutverschmierten Körper auf ihrem Schoß durchströmte. Ohne darüber nachzudenken fing sie wieder mechanisch an, mit den Fingern durch das verklebte Fell zu fahren. Prompt entspannte sich das sterbende Tier wieder und Natalja glaubte regelrecht zu spüren, wie es sich wohlwollend in das eigene Dahinscheiden ergab. Nataljas Emotionen überrollten sie daraufhin, unter Tränen heulte sie auf und schrie ihren unerträglichen Schmerz regelrecht hinaus. Als sie daraufhin kaum noch Luft bekam, schluchzte sie zusammengekrümmt in einer innigen Umarmung mit dem noch warmen, aber nun definitiv toten Fellbündel, bis der Schmerz über diese angenehm begonnene und umso grausamer geendete Begegnung allmählich abebbte.

Sie spürte eine starke Hand auf ihrer rechten Schulter, blinzelte den Tränenschleier aus ihren Augen und erblickte Frank, wie er fragend auf sie herabsah. Seinem Blick war anzusehen, dass er nicht erst eben hereingekommen sein musste, sondern sie bereits eine Weile beobachtete. Die gepeinigte Melodie ihrer überkochenden Gefühle hatte alle in Aufregung versetzt, doch als klar war, dass keine Gefahr bestand, hatte Frank sie alle sanft, aber bestimmt des Raumes verwiesen – völlig abgegrenzt und vereinnahmt von ihrer alles erschütternden Seelenqual hatte sie den ganzen Trubel nicht einmal wahrgenommen.

So gut es ihre Sitzposition erlaubte, zog er sie zu sich und aneinander geschmiegt verbrachten sie noch ein paar Minuten in stummer Umarmung, bis ihr inneres, selbstzerstörerisches Beben zu einem unterschwelligen Raunen verklungen war und Natalja sich wieder einigermaßen gefasst hatte.

Niemals mehr würden sie über diesen Moment sprechen, obwohl die letzten Minuten alles, wirklich alles verändert hatten. Sie hatte zwar keine Gewissheit, doch sie ahnte es bereits: Das Anabo-Virus machte sich allmählich, aber unabwendbar daran, ihren Körper zu erobern.

– 30 –

Unterirdische Forschungsanlage – Korridor

Das Übersteigen der unzähligen Leichen wurde allmählich immer mühsamer. Dies lag zum einen an den deutlich gestiegenen Temperaturen. Seit die ausgefallene Klimaanlage das ewige Feuer um sie herum nicht mehr daran hinderte, seine heißen Finger nach ihnen auszustrecken, waren die Bedingungen allmählich immer unerträglicher geworden. Im Quartier, wo sie sich gesammelt und ausgeruht hatten, war der Temperaturanstieg noch moderat ausgefallen, doch hier im Gang war es bereits so heiß, dass die Luft unangenehm in ihren Kehlen brannte und kratzte. Es wurde höchste Zeit, die Anlage zu verlassen, wenn sie nicht jämmerlich an der zunehmend lebensfeindlichen Hitze zugrundegehen wollten.

Zum anderen machten ihnen die vielen menschlichen Kadaver zu schaffen, die das Vorwärtskommen zum reinsten Hindernislauf verkommen ließen. Erst jetzt, da sie erneut den Flur zum Notausgang durchquerten, registrierten sie überhaupt, welch Massaker sie hier unter den Infizierten angerichtet hatten. Überall lagen die leblosen Körper verstreut, die sie mit ihren behelfsmäßigen Waffen niedergestreckt hatten. Wenige Stunden zuvor hatte das Adrenalin noch dafür gesorgt, dass die erschreckende Dimension des Ganzen nicht allzu tief in ihr Bewusstsein vordrang. Doch nun, nach ein paar Stunden Ruhe, waren sie das erste Mal wirklich erschüttert über das deutlich sichtbare Resultat ihres Überlebenskampfes. Sie hatten nun ungefähr die Hälfte der Strecke überwunden und bereits aufgehört, die arg zugerichteten Toten zu zählen – es waren Dutzende.

Überall, wo sie hinblickten, sahen sie verkrustetes Blut, klaffende Schnitte in totem Fleisch und zertrümmerte Schädel. Vorsichtig durchquerten sie dieses Meer aus leblosen Leibern, sorgsam darauf bedacht, nichts zu berühren. Das leichte, unterschwellige Knistern des verkrusteten Blutes unter ihren Schuhen strapazierte ihre gereizten Nerven ohnehin genug.

Doch ein spezielles Stück des Weges stellte ihre Nerven vor eine besondere Zerreißprobe: Ein knappes Dutzend der leblosen Körper war so angeordnet, dass sie darüber klettern oder sie aus dem Weg räumen mussten. So ungewöhnlich schien dies zunächst inmitten dieses Massakers zwar nicht zu sein, doch sie konnten sich nicht erinnern, beim Rückweg auf eine solche Ansammlung gestoßen zu sein. Es gab nur eine einzige Erklärung: Während sie im Quartier neue Kräfte gesammelt hatten, waren diese Infizierten noch nicht tot gewesen und hatten sich – warum auch immer – an diesem Fleckchen zum Sterben zusammengerottet. Eine geschlagene Weile standen sie vor dem verknoteten Hindernis, unschlüssig, ob sie einfach darüber klettern oder sich eine Gasse bahnen sollten.

Ricardo, als Arzt der Erfahrenste von ihnen im Umgang mit Verstorbenen, war sich jedoch sicher, dass zumindest jetzt wirklich alle tot waren. Er bewegte sich als Erstes und hebelte mit einem beherzten Krafteinsatz den obersten Toten von der Anhäufung herunter. Es war erstaunlich leicht zu bewerkstelligen, er griff einfach in die Armbeuge, zog daran und schon bewegte sich der Kadaver. Die Totenstarre hatte sich bereits vollkommen entfaltet und nun lag der unnatürlich verkrümmte Körper ein Stückchen abseits, als wäre er nur eine Schaufensterpuppe.

„Noch drei, dann können wir vorbei, glaube ich", brach Ricardo das betretene Schweigen und griff bereits nach einer Frau mit zur Unkenntlichkeit zerschlagenem Schädel – diese war definitiv tot gewesen. Walter gab sich einen Ruck und stellte seine Waffe säuberlich an der Wand ab. Dann tat er es ihm gleich und räumte einen großen, schlanken Mann aus dem Weg. ›Das ist ja ohnehin meiner‹, dachte er, als er die tiefen, charakteristischen Fleischwunden sah, die ganz eindeutig von seiner Axt stammten. Er wunderte sich ein wenig über seine Teilnahmslosigkeit, mit der er diesen Körper, der ja schließlich einmal ein Mensch gewesen ist, betrachtete. Bevor er weiter darüber nachsinnen konnte, hörte er, wie Joseph, der sich ebenfalls an der Räumaktion beteiligte, kreischend aufschrie und einen erschrockenen Satz nach hinten machte. Walter zog fragend die Augenbraue nach oben. Für ihn sah alles aus wie vorher.

„Was ist denn?", fragte Katie, obwohl sie die Antwort darauf bereits wusste. Mit leichtem Schaudern, aber auch einer gewissen, morbiden Neugier hatte sie das Tun aus etwas Abstand beobachtet. Die letzte Leiche, die der Ex-Beamte soeben aus dem Weg ziehen wollte, gab wider Erwarten seinen Bemühungen nach – dieser Tote war noch nicht erstarrt. Joseph atmete stoßweise, stützte die Hände auf die Knie und beäugte misstrauisch den reglosen Körper. „Der da hat keine Leichenstarre", flüsterte er mehr, als dass er sprach. Es wirkte, als wollte er die gekrümmte Gestalt vor sich nicht wecken.

„Ist der etwa noch am Leben?", presste Stephen aus seinen zusammengebissenen Zähnen hervor. Mit Grauen erinnerte er sich, dass er, nachdem er Honoka seinen Wasserkanister überlassen hatte, sich völlig allein durch dieses Schlachtfeld zur Unterkunft begeben hatte. Er konnte ganz deutlich die klaffende, ausgefranste Wunde am Hals sehen, mit der ein Weiterleben doch ziemlich unmöglich gewesen sein sollte. Doch in den letzten Stunden hatte sich die Grenze zum Unmöglichen um ein gutes Stück verschoben, ausschließen wollte er es daher nicht. Ricardo zuckte nur verlegen mit den Schultern. Er würde, um sichergehen zu können, näher herantreten müssen, doch der Schreck hatte auch ihn in seiner Gewalt.

„Hrrrmpf!" Natalja grunzte unwillig und setzte sich in Bewegung. Sie ließ dabei ihre Holzkeule an einem Arm hinter sich über den Boden schleifen, so dass diese eine schmale Spur in das eingetrocknete Blut kratzte. Mit der freien Hand schob sie den völlig verdatterten Teutonen beiseite, nahm den Prügel in beide Hände und beseitigte all ihre Zweifel, indem sie Hirnmasse spritzend für Tatsachen sorgte. Dann stieg sie kurzerhand über die Kadaver hinweg und setzte, als nach ein paar Metern ihr immer noch keiner folgen wollte, einen ungemein genervten Gesichtsausdruck auf, der sie schließlich alle aus ihrer Erstarrung löste.

Die sorgenvollen Blicke, die Walter ihr zuwarf, während er sich an den ehemals menschlichen Überresten vorbei arbeitete, entgingen ihr nicht. Er begrüßte zwar ihre aktuelle Unerschrockenheit, doch aus seiner Erfahrung wusste er, dass die Frau vor ihm nicht die wahre Natalja war. Angesichts der Schrecken, die gerade sie in den letzten Stunden durchleben musste, hatten nun die tieferen Ebenen ihres Bewusstseins die Kontrolle übernommen. Ihre sensiblen, verletzlichen Anteile hatten hinter dieser Fassade aus

Stärke und Abgebrühtheit Schutz gesucht. Vor vielen Jahren hatte Walter bereits einmal etwas Ähnliches beobachten müssen: Es war in Bagdad, als ein Kamerad, der ebenfalls solche Anzeichen aufwies, durchgedreht war. Er hatte sein Gewehr weggeworfen und war Hals über Kopf weggelaufen. Dummerweise ist er damals ausgerechnet in ein von feindlichen Kämpfern besetztes Haus geflohen – er hatte keine Chance. Walter nahm sich vor, die nach außen so stark wirkende Russin genau im Auge zu behalten. Als er bei ihr angekommen war, legte er ihr die Hand auf die Schulter und erkundigte sich nach ihrem Befinden. Doch mehr als ein „Ich komme schon klar" konnte er ihr nicht abringen. ›Entweder sie ist total stark und steckt das alles verdammt gut weg oder sie ist mental vollkommen am Ende‹, konstatierte er in Gedanken.

Nach der zweiten Biegung mussten sie schließlich über keine gefällten Körper mehr steigen, sie passierten Stephens ehemalige Zelle und stiegen an dem leblosen, blutverkrusteten Pandabären vorbei. Obwohl auch dieser definitiv tot war, versuchten sie alle, möglichst viel Abstand zu ihm zu lassen und pressten sich im Vorbeigehen regelrecht an die Wand.

Als sie an dem Fenster vorbeikamen, von wo aus sie den tätowierten Skandinavier zum ersten Mal erspäht hatten, erstarrte Stephen plötzlich. Er musste offenbar etwas entdeckt haben. Er überlegte kurz, dann zog er sich das frische, jedoch längst wieder nassgeschwitzte Shirt über den Kopf und verknotete die Öffnungen so, dass er es als Beutel benutzen konnte. Dann erhob er den Zeigefinger, um ihnen zu bedeuten, dass sie kurz auf ihn warten sollten und verschwand im Raum.

Er ging auf die kleine Holzbox zu, die er bereits bei ihrer letzten Raumerkundung mit undurchdringlicher Miene betrachtet hatte. Joseph erinnerte sich noch gut, mit welchem Nachdruck er ihnen riet, sie nicht zu öffnen. Nun jedoch stülpte er seinen provisorischen Baumwollsack darüber und fingerte so lange daran herum, bis sich irgendetwas darin zu bewegen schien. Dann kippte er die ganze Konstruktion um und hielt sie so in die Höhe. Der unbekannte Inhalt befand sich nun am Boden des Stoffbeutels. Er wartete, bis sich am Grund des Beutels nichts mehr bewegte. Obwohl es so anstrengend war, dass sich die Muskeln unter seiner Haut deutlich abzeichneten, ließ er seine Last nicht vorher ab, bis er tatsächlich keine Regung mehr vernahm. Dann warf er die kleine Holzkiste kurzerhand polternd zu Boden und bemühte sich hektisch, die Öffnung des Textils mit den Händen zu verschließen. Dabei war er so gespannt und wachsam, dass er jederzeit bereit war, seine Beute von sich zu schleudern, falls sich etwas regen sollte. Schließlich hatte er bereits einmal Luises Biss spüren können und hatte kein Interesse an einer Wiederholung – ganz davon abgesehen, dass er nirgendwo das Gegengift sehen konnte. Doch die Achtbeinerin blieb ganz ruhig, hatte ihre Beine im Dunkeln unter dem Körper zusammengekrümmt und ließ sich klaglos von ihm herumtragen.

Obwohl sie ihm die schlimmsten Schmerzen zugefügt hatte, die er je in seinem Leben ertragen musste, fand er es irgendwie nicht richtig, das Tier einfach in der unterirdischen Anlage krepieren zu lassen. Er ertappte sich bei dem Gedanken, dass er eigentlich wütend auf das haarige Krabbeltier sein sollte, doch nichts dergleichen stellte sich ein.

„Wir sind nicht die einzigen Gefangenen hier drin", wandte er sich einsilbig an die anderen, die sein Tun vom Flur aus skeptisch durch die Glasscheibe beäugt hatten. Ohne ein Wort zu verlieren, folgte er ihnen, bis sie ein zweites Mal vor dem Metallgitter standen, das immer noch den Weg nach draußen versperrte.

Dieses Mal gab es keine weiteren Überraschungen. Mit vereinten Kräften hatten Frank, Stephen und Walter die letzten Verbindungen zerschlagen. Die Stahlbarriere kippte um und schlug mit einem donnernden Poltern, das den gesamten Berg zu erschüttern schien, auf dem Boden auf. Der Weg war nun frei.

Mit einer emotionalen Distanz, die ihn beinahe vor sich selbst fürchten ließ, dachte Joseph: ›Eigentlich hätten wir doch jetzt jubeln sollen. Oder irgendetwas anderes.‹ Doch nicht nur zu seiner Verwirrung blieben sie alle stumm, legten ihre Bewaffnung auf den Boden und traten einer nach dem anderen in das Zwielicht des Stollens hinein.

Honoka bildete die Vorhut, was ihr bereits nach wenigen Schritten überhaupt nicht mehr behagte. Es dauerte nicht lange, bis auch der letzte Lichtschein erloschen war. Unbeholfen tastete sie sich nun mit den Händen an der Felswand entlang nach vorne – an eine Taschenlampe hatte leider keiner von ihnen gedacht. Die

Schritte der anderen hinter ihr hallten von den Wänden wider und manchmal klang es so, als würde jemand direkt vor ihr gehen. Ihr analytischer Verstand wusste natürlich, dass dies nur ein verzerrtes Echo war, doch dieser hatte in diesem Moment keine Gewalt mehr über sie.

Als erneut eines der gänsehauterregenden Geräusche von vorne in ihr Gehör drang, verweigerten kurzerhand ihre Beine die bislang so konstruktive Zusammenarbeit und sie blieb wie angewurzelt stehen. Kurz darauf spürte sie eine große, starke Hand auf ihrer Schulter und vernahm Franks Stimme: „Alles okay?"

Sie wollte antworten, doch die Worte, die ihr Gehirn in Richtung Mund verlassen hatten, wurden auf sonderbare Weise auf ihrem Weg dorthin verschluckt und ihr entfuhr lediglich ein stumpfes Röcheln. Sie konnte in der Dunkelheit regelrecht spüren, wie Frank den Kopf schief legte und versuchte, irgendeine sinnvolle Aussage aus dem Geräusch zu destillieren.

„Ich habe Angst!" Ihr kam schließlich doch noch etwas über die bebenden Lippen. Auch das waren nicht die Worte, die ihr Verstand geformt hatte – tiefere, simplere Schichten ihres Bewusstseins hatten in ihr das Ruder übernommen. Die Tatsache, dass sie sich selbst wahrnahm, wie sie regelrecht ferngesteuert nur auf einfachste Art und Weise funktionierte, hätte sie zutiefst erschrecken müssen. Doch auch diese Bewusstseinsfunktion entzog sich ihrem Zugriff, so dass sie all dies mit einer kühlen, unbeteiligten Distanz betrachtete.

Als Frank sich vergewissert hatte, dass keine unmittelbare Gefahr vor ihnen lag, griff er nach ihren Schultern, dirigierte sich an ihr vorbei und heftete ihre Hände an seine Hüften, damit sie sich festhielt und von ihm führen ließ. Dann setzte er sich langsam in Bewegung und tastete sich vorwärts.

Ihre Odyssee durch den lichtlosen Stollen löschte allmählich jedes Gefühl von Zeit und Raum in ihnen aus. Obwohl bei ihrer Anreise die Dimensionen des glutheißen Berges von außen recht überschaubar wirkten, glaubten sie, dass sie mittlerweile so weit gestolpert und getastet waren, um längst das Tageslicht in Australien oder irgendwo am anderen Ende der Welt erblicken zu müssen. Nicht wenige Male hatte der eine oder andere von ihnen den Gedanken, einfach umzukehren. Doch Frank schritt stoisch voraus und Natalja, die die Letzte bildete, schob jedes Mal auffordernd von hinten, wenn ihre Karawane ins Stocken geraten war. Doch irgendwann, zuerst hatten sie es für eine Sinnestäuschung gehalten, vernahmen sie wieder einen diffusen, kaum wahrnehmbaren Lichtschimmer. Dann dauerte es nicht mehr lange und sie konnten schließlich wieder erste Details und – viel wichtiger – das Ende des Stollens als entfernten Lichtpunkt erkennen. Franks Schritte beschleunigten sich, da er sich nun nicht mehr vorwärts tasten musste und die letzten Meter rannte er in Richtung der ersehnten Freiheit.

Es brannte schmerzhaft in den Augen und doch konnte Frank seine Augen nicht von dem gleißenden Tageslicht abwenden, auf das er wie ein Besessener zu rannte. Im Augenwinkel sah er die Tunnelwände im Rausche seiner eigenen Geschwindigkeit an sich vorbeiziehen. Wie bei einem Hürdenlauf übersprang er die Gesteinsbrocken, über die sie zuvor im Dunkeln noch unzählige Male gestolpert waren.

Kurz bevor ihn das ersehnte Tageslicht endlich umfangen sollte, sah er verschwommen ein Hindernis, das den kompletten Tunnel ausmachte. Bevor sein bewusstes Denken überhaupt angesprungen war, hatte sein Unterbewusstsein bereits alle Ventile für eine Panik geöffnet. Das wohltuende Brennen seiner vom Rennen erschöpften Beine machte einer stumpfen Mattheit Platz, so dass er mit jedem Schritt eine Winzigkeit tiefer in die Knie sank. Abwehrend hob er die Arme in die Höhe und wappnete sich auf den unvermeidlichen Zusammenstoß. Eine fatalistische Hoffnungslosigkeit bemächtigte sich seiner Gefühle, dass sie, allen Erfolgen zum Trotz, nur wenige Meter von der ersehnten Freiheit entfernt, von einem weiteren Gitter aufgehalten wurden.

Den Aufprall vorausnehmend hielt er die Luft an und spannte sämtliche Muskeln bis zum Zerreißen an. Erst als er auf eine Armlänge herangekommen war, setzte echtes Erkennen ein: Es war gar kein Gitter. Es war auch keine unüberwindliche Barriere, sondern lediglich ein Spinnennetz. Noch während die Einsicht seine Panik verdrängte wie Löschschaum eine züngelnde Flamme, spürte er das Ziehen der Spinnfäden an Armen und Gesicht sowie den kleinen Impuls, mit dem sie rissen.

Zeitgleich mit der Auflösung des Seidengebildes wurde er wieder klar im Kopf. Keinen Moment zu früh, denn so konnte er eben noch seinen eigenen Absturz verhindern. Der Tunnel endete nicht etwa in einer Ebene, einer Plattform oder irgendetwas anderem, das Platz für mehr als zwei Personen bieten würde – er endete genau eine Schrittlänge vor der nahezu senkrechten Abbruchkante des Berges. Geblendet vom ungewohnt intensiven Tageslicht, ahnte er mehr, als dass er sah, wie ihr Weg sich auf einem abenteuerlich schmalen Staubpfad an der felsigen Bergflanke fortsetzte. Er wusste augenblicklich, dass er, seines eigenen Schwungs geschuldet, keine Chance hatte, diese schmale Ecke passieren zu können. Der tödliche Absturz war vorprogrammiert.

Frank tat das einzig Sinnvolle: Ein kontrollierter Sturz. Während er mit den Füßen voran abtauchte und über den Boden schlitterte, dass das harte Profil seiner Stiefel eine kleine Lawine aus Staub und kleinen Steinchen vor sich her schob, verschmolz er in Gedanken zu einem Amalgam aus den Karatefilmen seiner Jugend und seiner eigenen, recht beeindruckenden Aktionen als Baseballläufer. Seine Hände suchten kratzend Halt im Fels und nicht nur einer seiner Fingernägel riss dabei schmerzhaft ab. Dennoch lag ein entrücktes Lächeln auf seinen Lippen, so dass sich der aufgewirbelte Staub in den Zwischenräumen seiner Zähne sammelte. Theatralisch wie bei Karate-Kid schlitterte er über den Boden – auch wenn es knapp wurde, er wusste, dass er noch rechtzeitig zum Halten kommen würde.

Schuhsohlen und ein Schrei! Honoka, von der gleichen Euphorie erfüllt wie der soeben zum Liegen gekommene Kamerad, war Frank dicht nachgefolgt und hatte sein geradeso geglücktes Vorhaben – den Absturz zu vermeiden – noch vor sich. Zu ihrem Nachteil hatte Franks breitschultriger Rumpf ihr die Sicht nach vorne weitestgehend versperrt, so dass sie ihm in blindem Vertrauen gefolgt war. Nun war ihr Verdunkler plötzlich abgetaucht und mit der Intensität einer Supernova hatte die alles überstrahlende Helligkeit jegliche Orientierung in ihr ausgelöscht. Das letzte Bild in ihrem Kurzzeitgedächtnis war Franks plötzliches Abgleiten in den Staub. Instinktiv machte sie einen federnden Satz, um das menschliche Hindernis zu überwinden – nichtsahnend, dass genau dies zu ihrem Verhängnis werden sollte.

Wie in Zeitlupe sah Frank das gewellte Profil ihrer Schuhe über sich hinweg ziehen wie einen Zeppelin mit Rückenwind. Immer noch von seiner Superheldenvorstellung des Karatekämpfers auf dem Baseballfeld erfüllt, dauerte es, bis er überhaupt registrierte, was da gerade im Luftraum über ihm geschah. Plötzlich sah er ein Bein, das aus dem Nichts zu kommen schien, die fliegende Japanerin hart an der Hüfte traf und sie mit einer so großen Wucht aus der Bahn warf, dass sie gegen die Tunnelwand prallte. Das Geräusch von reißendem Stoff mischte sich mit dem von rieselnden Steinen und erst jetzt erkannte er das Bein: Es war sein eigenes, das sich zur Rettung der Kameradin einfach selbständig gemacht hatte. Leblos wie ein Kartoffelsack plumpste Honoka zu Boden und blieb zu seiner Erleichterung stabil auf dem schmalen Tritt vor dem gähnenden Abgrund liegen.

›Das wäre fast schiefgegangen‹, dachte Frank, während die Anspannung mit ungeahnter Erleichterung von ihm abfiel und er sich in den Staub sinken ließ. Sein hektischer Atem wirbelte kleine Staubwolken vor seinem Gesicht auf. Er spürte eine Hand auf seiner Schulter und sah Walters Schuhe, die sich an ihm vorbei in Richtung der bewusstlosen Japanerin manövrierten.

„Ihr habt uns eine Heidenangst eingejagt!", hörte er Katies Stimme von weiter hinten. „Was habt ihr euch dabei gedacht?", setzte sie in vorwurfsvollem Ton nach.

Frank seufzte, rollte sich auf die Seite und richtete sich ein wenig auf. „Keine Ahnung", gab er ehrlich zu. „Mit mir ist wohl die Freude durchgegangen."

Das dumpfe Pochen in seinen Händen ließ seinen Blick dorthin wandern und was er sah, gefiel ihm gar nicht. ›Oh Mann, die wütende Horde dort unten habe ich ohne einen Kratzer überlebt und jetzt renne ich fast selber in den Tod und verstümmle mich dabei.‹ Bei seinem verzweifelten Gleitversuch auf dafür denkbar ungeeignetem Felsgestein hatte er sich tatsächlich mehrere Fingernägel abgebrochen, als er sich verzweifelt in den Boden gekrallt hatte. Irritiert starrte er auf das Potpourri aus blutgetränktem Staub und dem martialisch umgebogenen Kreatin, zu dem nun die Enden beider Hände geworden sind. Wie geöffnete Motorhauben standen sie von sechs seiner Fingerkuppen ab und allmählich dämmerte Frank, dass in den nächsten Tagen und

Wochen wohl noch schlimmere Schmerzen auf ihn zukommen sollten als damals, bei seinen einzigen beiden Schussverletzungen in Afrika und dem Irak.

„Ricardo, komm doch mal bitte", rief er den Arzt, als dieser soeben an ihm vorbei schreiten wollte.

„Gleich", lautete die Antwort. Ricardo beugte sich stattdessen über Honoka, um ihren Zustand zu untersuchen. Die Hände vor sich in die Luft erhoben, lehnte Frank seinen Kopf nach hinten an den warmen Fels, schloss die Augen und wartete.

„Uuuuhhh!", vernahm er Nataljas Stimme. Das mitfühlende Grausen war deutlich herauszuhören. Er kniff ein Auge wieder auf und erblickte ein schmerzhaft verzerrtes Gesicht, als würde sie die Schmerzen erleiden und nicht er.

„Deine Aktion sah schon verdammt krass aus, aber gleich so heftig …", kommentierte sie.

Frank zwang sich das rührendste Lächeln auf, zu dem er fähig war. „Ich hatte ziemlich viel Schwung drauf", entgegnete er.

Sie betrachtete unterdessen mit einer fast schon erschreckenden Faszination seine Verletzung von allen Seiten. „Tut's weh?", erkundigte sie sich nach dem Offensichtlichen.

Da er gerade knapp mit dem Leben davon gekommen war, fiel es ihm schwer, mit der ihr deutlich anzusehenden Schadenfreude umzugehen.

„Richtig weh tut's erst in ein paar Stunden."

Sie nickte verstehend. „Du wirst's schon überleben, großer, starker Krieger." Jetzt schien sie ihn tatsächlich zu verspotten. Links von sich hörte er Joseph kichern.

Ricardo richtete sich auf. Seine Körpersprache ließ keine Besorgnis erkennen, offenbar hatte Honoka keinen nennenswerten Schaden erlitten. Ruhigen Schrittes kam er auf sie zu. „Wenn sie wieder aufwacht, werden wir sehen, ob sie dir dankbar um den Hals fällt oder dir … AUTSCH!!"

Er kniete sich hin, packte Franks Handgelenk und drehte das Untersuchungsobjekt im Licht. „Halb so wild", bagatellisierte er den Schaden. „Das blutet sich schon wieder sauber, aber es wird eine Weile lang etwas weh tun", sagte er so neutral und sachlich, wie es nur ein Arzt vermochte.

›Etwas weh tun?‹ Franks verkniffenem Gesichtsausdruck war deutlich abzulesen, was er von dieser Untertreibung hielt.

„Schau mal, da oben", sprach der Mediziner überraschend. Frank benötigte einen Moment, dies zu verarbeiten, doch dann wandte er seinen Blick suchend an die Decke.

„Aaauuu!", entfuhr es ihm plötzlich.

›Fuck, die gute alte Feldarzt-Ablenkungs-Maske, ich hätte es wissen müssen.‹

„Das war schon mal der Erste", triumphierte der Mediziner und hielt ihm grinsend das zerschrammte, blutbenetzte Überbleibsel entgegen, das er ihm gerade überraschend gezogen hatte.

„Elender Schlachter!", schnappte Frank leise.

„Ach komm, es geht nicht anders. Die Dinger müssen ab."

„Alter!!" Stephen hatte sich neugierig über sie gebeugt. Etwas Besseres fiel ihm darauf nicht ein, als er bemerkte, worum die beiden so viel Aufheben machten.

›Jetzt reicht's! Ihr nervt!‹ Trotz wallte in Frank auf. Er knurrte missmutig und hielt dem Italiener postwendend seine lädierten Hände entgegen. Ohne zu zögern machte sich dieser an seine Aufgabe, die er ebenso teilnahmslos erledigte, als würde er nur ein Nasenspray verabreichen.

– 31 –

Unweit des Dorfes Long Jiao

Mit Honoka über der Schulter war es gar nicht so einfach, über den schmalen Pfad zu balancieren, doch Joseph ertrug sein Los, ohne zu klagen.

Die Wucht von Franks Tritt war für sie Rettung und Verhängnis zugleich: Die aufgebrachte Kraft war unbedingt nötig gewesen, um sie aus dem vollen Lauf derart abzulenken, dass sie nicht einfach ungebremst in den Tod gestürzt wäre. Doch ganz ohne Nebenwirkungen war dies natürlich nicht geblieben. Ricardos Diagnose war zwar einigermaßen beruhigend, doch tauschen wollte er mit ihr beim besten Willen nicht: Eine mittlere bis schwere Gehirnerschütterung hatte ihr augenblicklich das Bewusstsein geraubt und ihre rechte Körperhälfte würde bald komplett blau anschwellen. Doch ihr Kreislauf war stabil und nach zwei Wochen der Regeneration würde sie wieder ganz die Alte sein.

Womöglich täuschte er sich auch, aber Joseph glaubte bereits zu spüren, wie sich bei der Frau auf seinen Schultern die Schwellung allmählich ausbildete – sie schien sich mit der Zeit immer weicher anzufühlen.

Eine gefühlte Ewigkeit kämpften sie sich bereits den schmalen, staubigen Pfad entlang, der ohne unterstützende Geländer, Griffe oder Seile in die nahezu senkrechte Felswand geschlagen wurde. Der Blick nach oben hatte ihnen bereits zu Beginn signalisiert, dass ihre Odyssee noch nicht vorüber war. Doch dass es sich so extrem in die Länge zog, hätte keiner von ihnen erwartet. Anfangs hatte sich noch Ricardo der menschlichen Last angenommen, doch nachdem er einmal, völlig verausgabt, sehr bedrohlich in Richtung Abgrund schwankte, wurde Honoka an den Nächsten übergeben. Stephen hielt erstaunlich lange durch, doch auch er musste irgendwann erschöpft kapitulieren. Für ihn war das Ganze eine doppelte Anstrengung, denn er versuchte gleichzeitig, sein umfunktioniertes Shirt so weit wie möglich von sich weg zu halten. Alle Angebote, das Spinnentransportgefäß abzugeben, hatte er jedoch mit einem beunruhigten Blick in den Augen abgelehnt.

Walter mit seinem verletzten Fuß und auch Frank, der sie mit seinen blutigen Fingern nicht einmal hätte halten können, kamen nicht in Frage, also war nun letztlich Joseph an der Reihe.

Er hoffte, dass ihm niemand seinen Unmut anmerkte, als die Wissenschaftlerin mit vereinten Kräften auf seine Schultern gelegt wurde. Nicht unbedingt aufgrund der Anstrengung – sie war angenehm leicht, wie sich herausstellte – er mochte es nur nicht, so viel direkte Verantwortung für ein Menschenleben zu haben. Doch zu der Zeit hatten sie ohnehin bereits den Großteil der Strecke bewältigt und die erlösende Geländekante über ihnen war fast schon zum Greifen nah.

Die Morgensonne stand noch niedrig und erst gegen Nachmittag würden ihre warmen Strahlen die Gesteinswand und den Pfad in ein Wechselspiel aus Licht und Schatten verwandeln. Über sich konnte Joseph jedoch sehen, wie sie schräg über die Kante hinweg in das unter ihnen liegende Tal hineinleuchtete. Als würde sie einen Schleier hoch über ihren Köpfen ausbreiten, verwandelte sie den allgegenwärtigen Dunst in ein sich unentwegt bewegendes, illuminiertes Gebilde aus milchig weißen und leicht gelbstichigen Schwaden. Natalja, die einmal mehrere Wochen in einer sibirischen Polarstation verbringen musste, fühlte sich augenblicklich an die dortigen Polarlichter erinnert – wenn auch eine äußerst farblose Variante davon.

Ein surrealer Gedanke bildete sich in Josephs Kopf und wollte seitdem nicht mehr verschwinden: ›*Ewoks, die Karawane der Tapferen.*‹ Unentwegt musste er schmunzeln. Als Kind hatte er diesen Film geliebt und nun bahnte sich diese vergessen geglaubte Prägung durch die Windungen seines Hirns und blieb schlicht und einfach, zur gebetsmühlenartigen Wiederholung verdammt, in seinen Gedanken hängen. Tapfer waren sie alle gewesen, keine Frage, und nun, so wie sie sich nach den zurückliegenden Ereignissen den Pfad hinauf schleppten, schien die Assoziation tatsächlich recht gut zu passen – ja sie waren tatsächlich eine Karawane der Tapferen. Dann endlich sah Joseph anstatt des sich monoton dahin ziehenden Felsens endlich den Himmel zu seiner Rechten und wurde von der Sonne regelrecht geblendet.

›Wir sind oben!‹, jubelte er innerlich. Er wusste nicht, wo diese Kraftreserven schlummerten, die ihn mit so viel neuer Kraft erfüllten, doch seine Schritte beschleunigten sich und er schritt so energisch über die karge Hochebene, dass seine immer noch bewusstlose Fracht winkend mit den Armen baumelte.

Sein euphorisches Lächeln sorgte für ein kaltes Ziehen an den Zähnen und als er den Kopf drehte, sah er, wie die anderen aufgeschlossen waren. Nun hielten sie in einer fast schon militärisch präzisen Linienformation auf das Tempelgebäude des verlassenen Dorfes Long Jiao zu. Sogar Walter hielt humpelnd Schritt, trotz seiner Schmerzen im Fuß lächelte auch er befreit.

›Autsch!‹ Ein unerwartetes, heftiges Zucken lief durch Honokas Körper, so dass es ihrem Träger das Gleichgewicht raubte und er taumelte.

›Schön, dass du aufwachst, aber du musst mich nicht gleich zwicken‹, dachte er, als er einen Schmerz in der Schulter spürte.

Ratatatatatata! Zeitgleich mit diesem Gedanken vernahm Joseph ein ohrenbetäubendes Knattern und erschrak so, dass sich sein anfängliches Taumeln in ein Stürzen wandelte. Er versuchte, so sanft wie möglich auf dem Boden aufzuschlagen – Honoka sei schließlich oft genug durch die Mangel gedreht worden – und meinte, das sogar recht gut bewerkstelligt zu haben. Denn nun lag er auf dem steinigen Boden und sie auf ihm.

Stephen hörte als letzter von ihnen das Sturmgewehr knattern. Er hatte glücklicherweise keinen Treffer abbekommen. Aus dem Augenwinkel sah er, als hätten sie es wie eine Choreografie eingeübt, wie sich alle zeitgleich auf den Boden warfen. Ob sie sich reflexhaft in den Staub warfen oder gar getroffen zu Boden sanken, konnte er nicht unterscheiden. Er selbst benötigte einen Sekundenbruchteil länger als sie und das alleine genügte schon, um selbst das Ziel der nächsten Salve zu werden. Während die anderen sieben bereits lagen, Joseph und Honoka wirkten auf merkwürdige Art verkeilt, hatte er soeben erst sein Abtauchen begonnen. Keinen Moment zu früh, denn schon hörte er das peitschenähnliche Pfeifen über sich, das genau dort, wo vor Kurzem noch sein Kopf gewesen ist, die Luft zerteilte. Einen Sekundenbruchteil später hörte er erst das Rattern des Gewehrs, das für ihn weniger wie eine Waffe als vielmehr wie der übliche Lärm einer Techno-Party aus seiner

Jugend klang. Ungetroffen landete er auf dem scharfkantigen Felsboden und spürte nicht einmal, wie die Steine seine Haut zerkratzten.

Es wurde plötzlich still, keine Schüsse ertönten mehr. Vorsichtig erhoben sie die Köpfe. Das Magazin war leergeschossen und Stuart kramte völlig ruhig in seiner Gürteltasche nach Ersatz. Wie der Bösewicht in einem Western stand er breitbeinig auf der öden Fläche, seine Konturen zeichneten sich deutlich vor dem spärlich bewölkten Himmel ab.

Etwas zeitverzögert registrierte Stephen genau in dem Moment den Schmerz im Gesicht. Die scharfkantigen Steine hatten ihm mehrere blutende Kratzer zugefügt. Außerdem – und das machte ihm mehr Sorgen – spürte er nun das wilde Zucken aus dem provisorischen Beutel, den er geistesgegenwärtig verbissen festgehalten hatte, als er sich auf den Boden fallen ließ.

Luise wurde in ihrem dunklen Gefängnis wild umhergeschleudert und war ebenso wie die Menschen unsanft auf dem Boden gelandet. Verständlicherweise war sie in hektische Panik verfallen und versuchte nun, sich aus ihrer Lage zu befreien.

Stephen spürte, wie durch den Stoff hindurch eines ihrer Beine seine Hand streifte. Instinktiv und ohne nachzudenken schnellte er ruckartig in die Höhe und zog an dem Beutel, so dass die tödliche Achtbeinerin wieder nach unten rutschte.

›Fuck!‹ Voller Grauen wurde ihm genau in diesem Moment bewusst, dass er soeben bloß die eine Todesart gegen eine andere ausgetauscht hatte: Der infizierte Krieger vor ihnen hatte seine Waffe mit dem typisch metallischen Geräusch eines nachgeladenen Sturmgewehrs wieder feuerbereit gemacht, kniff die nachtschwarzen Augen zu dünnen Schlitzen zusammen und legte mit einem diabolischen Grinsen auf sein Ziel an. Allen war klar, dass er dieses Mal nicht verfehlen würde.

„Wir haben eine Lebensversicherung hier drin!", schrie Stephen und reckte den Beutel mit der Spinne in die Höhe. Er wusste selbst nicht, wie er auf diesen stumpfen Bluff kam, doch zu seiner Überraschung wirkte es: Anstatt einen Sprühregen aus überschallschnellen Projektilen auf ihn loszulassen, legte Stuart den Kopf schief und wartete.

›Scheiße, lass dir etwas einfallen!‹, schrie er sich innerlich an. Er sah mit Schrecken, dass in seinem Gegenüber die ersten Zweifel aufwallten, die Waffe deutete langsam wieder bedrohlich in seine Richtung. „Hier ist alles drin!", schrie er die Worte, ohne darüber nachzudenken. Sie strömten einfach aus ihm hinaus. „Alle Dateien und alle Informationen über euch sind da gesammelt."

›Es wirkt‹, jubilierte er innerlich, als er sah, wie Verwirrung in die Gesichtszüge des Bewaffneten trat. Der Journalist in ihm schien offenbar die Kontrolle übernommen zu haben, denn die Worte, die er sprach, überraschten ihn ebenso sehr wie seinen Adressaten: „Wenn du uns tötest, gehen diese Informationen automatisch an alle Geheimdienste der Welt." Obwohl er dies nur raten konnte, setzte er nach: „Auch eure anderen Verstecke sind dann nicht mehr geheim. Ihr werdet gejagt und ihr werdet keine Chance haben, wenn sich die ganze Welt gegen euch verbündet." Er legte all seinen Schmerz und Hass in diese Worte und sie erzielten tatsächlich die beabsichtigte Wirkung: Der Lauf des Gewehrs zeigte nun in Richtung Boden.

Die Anspannung zwischen den beiden war so intensiv, dass es niemanden überraschen würde, wenn zuckende Blitze zwischen ihnen hin und her schnellen würden.

„Dann sollte ich euch vielleicht doch nicht alle töten", drang es zu ihnen herüber. „Komm her und mach keinen Scheiß!"

›Krass! Der glaubt mir das ja wirklich‹, freute sich Stephen innerlich. Er versuchte, sich nichts Verdächtiges anmerken zu lassen und machte einen ersten Schritt. In diesem Augenblick wurde ihm bewusst, dass er keine Ahnung hatte, was er nun tun sollte. Der Inhalt des Beutels weckte allerhöchstens eine krude Wiedersehensfreude, hatte darüber hinaus aber nicht wirklich das Potential, ihr aller Leben zu verlängern.

Das Sturmgewehr wurde ungeduldig hin und her gewedelt. „Na komm schon", rief Stuart, dem sein Zögern nicht verborgen blieb.

Er hatte keine Wahl und setzte langsam einen Fuß vor den anderen, während er überlegte, was er nun tun könnte, um das Blatt noch zu wenden. Als er bereits ein gutes Stück von der Gruppe entfernt war und der Abstand zu dem Widersacher nur noch ein paar Meter betrug, spürte er instinktiv, dass sich etwas Fundamentales geändert hatte. Er konnte das Blitzen in den bösen, schwarzen Augen sehen, als dieser sprach: „Danke, mein Freund. Ich bin sehr gespannt, was du da drin hast." Für einen winzigen Augenblick zuckte sein Blick zu dem Beutel in Stephens Hand, doch dann blickten sie sich wieder tief in die Augen und Stephen erstarrte.

Dann drückte Stuart ab und weniger als eine Sekunde später hatte eine Handvoll tödlicher Projektile den nackten Oberkörper seines Opfers durchdrungen.

›Kein Schmerz?‹, wunderte sich Stephen überrascht. Er spürte jedes einzelne Geschoss, wie es in ihn eindrang. Ebenso spürte er, wie diejenigen, die nicht steckengeblieben waren, auf der anderen Seite taumelnd wieder austraten – tiefe Krater im Fleisch hinterlassend. Die Wucht der unfassbar schnellen Patronen schoben seinen Körper wie Faustschläge nach hinten und er registrierte dabei sehr wohl, wie sie seine vor Kurzem noch wohlsortiert angeordneten Eingeweide zerfetzten. Bei einer besonders unheilvollen Kugel glaubte er sogar, in Zeitlupe ihren Weg verfolgen zu können: In seinem Lendenbereich schlug sie gegen einen Wirbel, zerbrach diesen knirschend und setzte ihren Weg quer durch seine ohnehin schon durchsiebten Gedärme fort, bis sie schließlich an der Seite wieder austrat. All dies fühlte er mit einer Klarheit, wie er noch nie zuvor in seinem Leben etwas wahrgenommen hatte, doch Schmerz spürte er keinen.

Stephen lächelte, während seine Beine unter ihm wegknickten und er wie eine von ihren Fäden befreite Marionette zu Boden ging. In einem plötzlichen Impuls des Mitgefühls versuchte er, die Spinne möglichst sanft auf dem Boden aufkommen zu lassen, während er selbst so hart aufschlug, dass das Blut aus seinen frischen Wunden spritzte. Als er nach vorne kippte, stieß es ihm die Luft aus den Lungen, sein Mund füllte sich mit Blut, das zusammen mit der ausgepressten Luft nach oben drang. Von da, wo die Patronen seinen Brustkorb durchschlagen hatten, stiegen zwei feingestäubte, zartrosa gefärbte Fontänen wie Geysire in die Luft.

Bäuchlings lag er da, kaum noch fähig, sich zu bewegen und sah röchelnd zu, wie Luise sich träge unter dem Stoff seines ehemaligen Shirts bewegte. Blitzschnell war der Bewaffnete neben ihm angelangt und griff nach dem Behältnis. Völlig unnütz versuchte Stephen, Widerstand zu leisten, doch damit reizte er seinen

Widersacher nur. Dieser trat einmal beiläufig nach ihm und plötzlich blitzte tatsächlich ein unfassbar quälender Schmerz auf. Ringförmig und in mehreren Wellen durchströmte ihn die Pein, er hustete und stieß blutigen Schleim dabei aus, der zähe Blasen in seinem Mundwinkel bildete, die nach und nach platzten. Er bemerkte gar nicht, wie er die Tasche losließ und Stuart danach griff.

Allmählich wandelte sich die Qual zu einem dumpfen Pochen, sein Blick klärte sich wieder und er sah sein eigenes, dunkelrotes Blut an den staubigen Lederschuhen vor sich kleben. Instinktiv versuchte er, davon wegzukriechen, doch kein Nervensignal gelangte mehr in seine gelähmten Beine. Alles, was er noch konnte, war, mit seinen kraftlosen Händen kleine Furchen in den Staub zu ziehen. Als er jedoch kurz aufschaute und sah, was der Übeltäter gerade machte, erstarrte er sofort und fixierte das Geschehen: Voller Ungeduld hatte dieser den Beutel ein kleines Stück geöffnet und die Hand ohne zu schauen hineingesteckt.

›Die Welt ist doch gerecht!‹, triumphierte der sterbende Reporter innerlich und lachte. Zumindest versuchte er zu lachen, doch in Wahrheit war es nicht mehr als ein rasselndes Hecheln, während die kleinen Blutblasen in seinen Mundwinkeln unentwegt zerplatzten und sein zerkratztes Gesicht mit weiteren Tropfen seines kostbaren Lebenssaftes besprenkelten.

„Aaah!"

Endlich hörte er den Schrei, der das Blatt wendete. Zwar nicht mehr für ihn, aber zumindest für die anderen – dass er selbst todgeweiht war, wurde ihm in dem Moment klar, als ihn die Geschosse durchsiebt hatten.

Er hörte das dumpfe Geräusch, mit dem die Tasche irgendwo außerhalb seines Sichtfeldes unsanft auf dem Boden landete.

„Scheiße, was war das?", schrie Stuart ihn an. Er ließ sich auf ein Knie zu Stephen herabsinken, während er mit der linken Hand fuchtelnd in der Luft umher wedelte. Er packte den wehrlosen Sterbenden grob im Haar und hob seinen Kopf vom Boden, dass sie sich in die Augen sehen konnten. „Was war das? Was ist da drin?", fragte er nun etwas leiser, doch mit immer noch dem gleichen Nachdruck.

Stephen wollte nichts lieber tun und dem Mann, der Schuld an den schlimmsten Stunden, Tagen, ja ganzen Wochen seines Lebens war, zu offenbaren, woran dieser ziemlich bald sterben würde. Er zog die Luft ein, bis er an dem Punkt angelangt war, dass seine kollabierenden, mit Blut gefluteten Lungen nichts mehr aufnehmen konnten, präsentierte das breiteste Grinsen, dessen er fähig war und sprach sein letztes Wort auf Erden so laut, dass es sogar die anderen hören konnten: „Luuiiseee!" Die letzten Töne gingen in ein abscheuliches Schmatzen über, das unsanft erstarb, als sein Kopf losgelassen wurde und haltlos wieder im Staub landete.

Reglos lag er da und beobachtete seinen Widersacher. Der trockene Boden nahm begierig sein Blut auf, das unentwegt aus den vielen Wunden sickerte. Fasziniert spürte er, wie der frische Wind hier oben auf dem Berggrat über seine feuchten Wunden fuhr und mit eiskalten Fingern daran zupfte, als wäre dieser neugierig, wer oder was sich denn da mitten in seine Strömung gelegt hatte. Doch Schmerz spürte er keinen, nein, er spürte vielmehr Ruhe und Frieden in seinen letzten Momenten.

Er sah, wie Stuart sich auf die Knie hat fallen lassen, das Gewehr hatte er achtlos beiseite geworfen. Entsetzt hielt dieser seine geschwollene, knallrot gefärbte Hand vor die Augen und wimmerte vor Schmerz. „Komisch, bei mir hat es länger gedauert", beobachtete Stephen durch den Schleier hindurch, der sich allmählich über sein Denken und Fühlen zu legen begann. Verwirrt registrierte er, dass seine Lungen sich anfühlten, als würde er die Luft anhalten, aber er hielt doch gar nicht die Luft an. Kraftvoll versuchte er, seinen biologischen Blasebalg ein letztes Mal zu aktivieren und die schwefelige Luft einzuatmen, doch nichts geschah.

›Dann ist es eben so‹, dachte er ruhig und in einer Demut vor dem Sterben, die er gar nicht für möglich gehalten hatte. Stattdessen konzentrierte er sich darauf, das Leiden des anderen auf eine besondere, fatalistische Art zu genießen. Er konnte regelrecht zusehen, wie die tiefrote Schwellung dessen Körper entlang wanderte und aus dem Wimmern ein Ächzen wurde, das sich kurz darauf noch steigerte – leise, gepeinigte Schmerzensschreie prickelten angenehm in Stephens Ohren. Offenbar schien das

Spinnengift um ein Vielfaches schneller zu wirken als ein paar Tage zuvor noch bei ihm selbst.

›Stirb! Stirb! Stirb!‹, feuerte Stephen ihn stumm und mit bohrendem Blick an. Dass seine eigene Existenz nur noch auf die nächsten wenigen Augenblicke begrenzt war, interessierte ihn nicht im Geringsten. Er hatte sich aus irgendeinem morbiden Ehrgeiz heraus vorgenommen, in ihrem bizarren Synchron-Todeskampf den Sieg davonzutragen, indem er selbst als Letzter der beiden den Löffel abgab.

In der Punktwertung zum letzten Atemhauch lag er zwar hinten, doch der frisch Vergiftete holte auf. Allzu viele Schmerzensschreie hatte dieser gar nicht von sich gegeben, als diese in ein Röcheln und Pfeifen übergingen – er hatte nun am ganzen Körper die Farbe eines Feuermelders. Nun kippte dieser krampfend zur Seite, während Stephen spürte, wie er selbst immer schwächer wurde und sein Sichtfeld allmählich verschwamm.

›Dranbleiben!‹ Allein dieser Gedanke kostete nun bereits ungemein viel Energie, doch noch klammerte er sich regelrecht an das aus ihm schwindende Leben.

Dann hörte Stephen mit einer enormen Klarheit ein schmatzend würgendes Geräusch und dann überhaupt nichts mehr. Es war nicht nur einfach so leise, weil der nun reglos daliegende Infizierte keinen einzigen Laut mehr von sich gab. Nein, es war tatsächlich so still wie noch nie zuvor, seit er auf diesem Planeten weilte: Das Rauschen des Blutes in seinen Adern, das ihn sein ganzes Leben lang begleitet hatte, war verstummt. Erst in diesem Moment wurde ihm bewusst, dass er gar keine Ahnung hatte, wie laut es ihn so viele Jahre lang durchströmt hatte.

Die Augen fielen ihm zu, mit einer letzten Anstrengung riss er sie noch einmal auf und sah, dass er tatsächlich ihren grotesken Todeswettkampf gewonnen hatte. Er schmatzte noch ein letztes Mal mit den Lippen und ließ eine allerletzte Blutblase zerplatzen. Dann war er tot. Als die letzte Spannung aus seinem Körper wich, rollte er noch ein wenig zur Seite, dass es wirkte, als wollte er noch ein letztes Mal in den Himmel blicken, doch in dem Moment hatte der Wind seine Seele längst davon geweht.

Direkt darauf waren Walter und Natalja bei ihm. Sie kamen so schnell angerannt, dass Staub und kleine Steinchen aufwirbelten, doch sie konnten nichts mehr für ihn tun, als trauernd seinen Leichnam zu bergen.

Einen Steinwurf weiter hinten gab es jedoch noch Hoffnung: Ricardo kämpfte mit vollem Einsatz um ein weiteres Leben. In Josephs Schulter steckte ein Projektil, es hatte ihm das Schlüsselbein zertrümmert und war steckengeblieben. Doch dieses war nur eine einzige Kugel aus der Gewehrsalve – die restlichen hatten die bewusstlose Frau auf seinen Schultern getroffen.

Jetzt erst stellte sich heraus, zu welcher Perfektion es Ricardo im Umgang mit tödlichen Verletzungen gebracht hatte: Er konnte sie nicht nur zufügen, sondern auch behandeln. Katie hatte er aufgetragen, sich um den Deutschen zu kümmern, als er sah, dass die Verletzung nicht lebensbedrohlich war. Ein wenig hilflos nickte sie. Sie konnte ohnehin nicht mehr tun, als ihn zu stützen, während sie gemeinsam Ricardo mit einer grausigen Mischung aus Faszination und Entsetzen beobachteten.

Honoka hatte mehrere Treffer die Beine, einen in den Oberkörper und einen letzten in den Arm abbekommen. „Scheiße, Oberschenkelarterie!", stellte der Arzt erschrocken fest und presste augenblicklich beide Hände mit seinem ganzen Körpergewicht auf die Innenseite des Oberschenkels. Aus dem pulsierenden Schwall wurde nur noch ein rhythmisches Sickern, doch er wusste, dass es ihr nur einen kurzen Aufschub geben würde. ›Hier ist wohl das erste Mal, dass jemand ohne die übliche Pfütze verblutet‹, dachte er und gruselte sich gleichzeitig über die kühle Distanz, mit der sein Verstand diesen Einfall produzierte. Der trockene Staub hatte das ausgetretene Blut geradezu durstig aufgesogen, was es leider auch unmöglich machte, abzuschätzen, wieviel sie bereits verloren hatte.

Ricardo blickte an sich herunter und sah seinen Ledergürtel. Gedanklich pries er den Moment, an dem er aufgrund der Hitze unten seine sonst so penible Kleiderordnung gelockert hatte. Obwohl er mit dem Gedanken gespielt hatte, auch ihn abzulegen – er trug ihn noch.

„FRANK!", schrie er, ungewiss, ob dieser überhaupt in der Nähe war. Er hörte das hektische Knirschen des staubigen Untergrunds –

Frank war bereits direkt neben ihnen und ließ sich mit den Knien auf den Boden fallen.

„GÜRTEL!" Frank wusste augenblicklich, worum es ging: Ricardo musste das Bein abbinden, um Honokas Leben retten zu können. Er selbst trug keinen, griff stattdessen nach Ricardos Gürtelschnalle und stieß einen spitzen Schrei aus.

›Oh, Fuck!‹ Seine zerschundenen Hände machten es ihm unmöglich, das Lederstück zu öffnen. Tränen liefen ihm die Wangen herab, als er immer wieder versuchte, den Mechanismus zu greifen, doch die Schmerzen ließen dies nicht zu. Er blickte sich kurz um, erspähte Katie nur zwei Meter neben sich und robbte hektisch auf sie zu. Ihre Augen waren entsetzt geöffnet und sie wirkte ein wenig abwesend.

„Schnell! Geh rüber zum Italiener und nimm dir seinen Gürtel!", forderte er sie auf. Währenddessen nahm er ihr den schmerzerfüllt ächzenden Joseph ab, den er nun mit einer fast schon kumpelhaft aussehenden Umarmung stützte.

„Was?"

Frank rollte mit den Augen. „Ricardo braucht den Gürtel, um das Bein abzubinden. Du musst ihm den Gürtel abnehmen."

Ein Klappern war zu hören und prompt hielt sie ihren eigenen – ein schmaler, grüner Stoffgürtel – in die Höhe.

„Ja, so geht das auch", ächzte Frank und deutete ihr mit Blicken, dass sie keine Zeit verlieren sollte.

Wie rabiat Ärzte im Kampfeinsatz sein konnten, hatte Frank bereits erlebt. Doch Katie raubte es beinahe die Besinnung, als sie nicht nur zusehen, sondern auch noch mitwirken musste. Ricardo presste unentwegt die Hände auf die sickernde Wunde und wies sie an, den Gürtel um das Bein zu binden und so weit wie möglich hochzuschieben. Dann deutete er mit Blicken auf seine Hände: „Wenn ich loslasse, dann stellst du dich sofort da drauf." Er gab ihr genau eine Sekunde Zeit, dann löste er seinen Griff.

„LOS!"

Doch nichts geschah. Katie starrte einfach nur ausdruckslos.

„Fuß drauf!"

Katie zögerte weiter. Mit der einen Hand zog er bereits den Gürtel in Position und mit der anderen schlug er ihr hart gegen die

Wade. Dies löste ihre Blockade und wie befohlen stellte sie ihren Fuß auf die Wunde und lastete mit ihrem ganzen Gewicht darauf.

„Gut so!", sprach Ricardo ihr Mut zu. Er zog und zerrte weiter am Gürtel. An der Unterseite hatte er ihn bereits ein gutes Stück oberhalb der Wunde postiert, nun musste er nur noch an dem Schuh vorbei.

„Wenn ich jetzt sage, nimmst du den Fuß hoch", wies er Katie an. „Und sobald der Gürtel in Position ist, knallst du den Fuß wieder drauf! Okay?"

Sie deutete ein Nicken an. Ihre Augen waren panisch geweitet, ihre Lippen bebten und Tränen überströmten ihr Gesicht.

„Jetzt!"

Mit flinken Fingern zog Ricardo den Gürtel über die Wunde, aus der augenblicklich wieder frisches Blut sprudelte.

„Fuß!"

Katie ließ ihren Schuh wieder rasch auf die Wunde sinken. Dass Ricardo dabei ein paar Blutspritzer ins Gesicht bekam, schien er nicht einmal zu bemerken. Mit einem kraftvollen Rucken zog er an Katies Gürtel, dass sie beinahe das Gleichgewicht verlor.

„Weitermachen!", forderte er sie auf, als er das bemerkte. Nun schluchzte sie bedauernswert, tat aber wie geheißen.

Der Arzt erhob sich nun und machte sich ans Werk, als wäre er Handwerker und kein Arzt: Er stemmte einen Fuß in Honokas Hüfte und zog mit aller Kraft an der Schlinge. Sie konnten regelrecht dabei zusehen, wie das Bein immer weiter eingeschnürt wurde.

Katie wollte soeben den Fuß herunter nehmen, als er ihr mit dem Ellbogen in die Seite boxte. „Noch nicht", sagte er. Honokas Körper bebte unter den kraftvollen Anstrengungen, mit denen er am lebensrettenden Gürtel riss und zerrte, bis dieser tatsächlich kein bisschen mehr fester zu schnüren ging.

„Jetzt kannst du loslassen", sagte er ruhig. Katie sank daraufhin zusammen und heulte – es war schlicht zu viel für ihre zum Zerreißen gespannten Nerven gewesen.

Ricardo beachtete sie nicht weiter und verarztete noch die anderen Verletzungen. Doch diese waren die bei Weitem nicht so schlimm wie die zerfetzte Oberschenkelarterie.

Mittlerweile waren auch Walter und Natalja dazugestoßen und beäugten sie sorgenvoll.

„Sie lebt", erleichterte Ricardo ihre Gemüter. „Doch sie muss in ein Krankenhaus und auch dann ist es noch ziemlich kritisch."

Zu ihrem Glück verfügte die mittlerweile verlassene Schaltzentrale im Tempelgebäude über ein funktionsfähiges Satellitentelefon. Walter kontaktierte das Kommando des *CBESS*. Der Rettungshubschrauber sollte in einer knappen Stunde bei ihnen sein.

Sie stabilisierten die mit dem Tod ringende Japanerin so gut es ging und dank eines Erste-Hilfe-Koffers konnte Ricardo sich auch um die anderen Verwundeten kümmern. Josephs Schulter ließ er jedoch, wie sie war und fixierte nur seinen Arm mit einer Schlinge. Die unzähligen Knochensplitter sollten sich später noch zu einer regelrechten Odyssee für ihn entwickeln.

Tausende Fragen schwirrten ihnen durch den Kopf, doch genau in diesem Moment waren sie allesamt einfach nur froh, am Leben und in Freiheit zu sein. Keiner sagte ein Wort.

Als schließlich der Rettungshubschrauber in einer riesigen Staubwolke landete, musste sich Natalja mit beiden Händen die Ohren zuhalten. Keiner musste sie nach ihrem Befinden fragen, ihr war einfach zu offensichtlich anzusehen, dass sie unter heftigen Kopfschmerzen litt. Als die Turbinen endlich heruntergefahren waren und das Dröhnen in ihrem Kopf auf ein erträgliches Maß abgeebbt war, schaute sie schließlich Walter tief in die Augen und fragte: „Und jetzt?"

Die Falten in seinem Gesicht schienen in diesem Moment tiefer als je zuvor zu sein. Er kniff die Augen zu schmalen Schlitzen zusammen und legte den Kopf ein wenig schief. Nach ein paar quälend langen Sekunden entspannten sich seine Züge wieder. Natalja öffnete ihre Lippen ein wenig, als wollte sie ihm damit helfen, die passenden Worte zu finden. Doch Walter zuckte nur ratlos mit den Achseln, nahm sie bei der Hand und zog sie ohne ein weiteres Wort in das Innere des Fluggeräts.

– 32 –

Burg Schächtitz, Slowakei

„Auf Elisabeth!"
„Oh ja. Auf sie und alles, wofür sie stand!"
Jin und Wang erhoben die halbvollen Gläser und ließen sich nach einem genüsslichen Schluck in die historischen Sessel sinken.
Trotz der oberflächlichen Heiterkeit arbeitete es gehörig in ihren Köpfen. Während Wang wie so oft über das Wesen ihrer Unsterblichkeit philosophierte, erging sich Jin in Gewaltfantasien: Er stellte sich in allen Einzelheiten vor, wie seine eingesperrten *Gäste* von den nichtmenschlichen Bewohnern zerfleischt wurden. Ein entrücktes Lächeln lag ihm auf den Lippen. Im Halbdunkel der allmählich heraufziehenden Dämmerung leuchteten seine Zähne wie Glühwürmchen.
Zu Jins Überraschung waren die acht Agenten deutlich umtriebiger als gedacht. Doch dadurch wurde die ohnehin geplante Stilllegung der Anlage lediglich etwas vorverlegt und beschleunigt. Und wenn die Infizierten sie nicht schmatzend verspeist hatten, dann müssten sie genau in diesem Moment an der tödlichen Hitze zugrunde gehen. Er schloss die Augen und stellte sich in allen Einzelheiten vor, wie sie verzweifelt versuchen würden, durch den glühend heißen Aufzugsschacht nach oben zu gelangen. Wie sie sich kraftlos durch die Flure schleppten, immer schwächer wurden und schließlich leblos zusammenbrachen.
Die Einladung – selbstverständlich eine Falle – war letztlich Jins Idee gewesen. Er schätzte Elisabeth, die ehemalige Burgherrin ihres jetzigen, neuen Domizils, sehr. Dass diese vom *CBESS* in München niedergestreckt, ja regelrecht hingerichtet wurde, brach ihm beinahe das Herz. Er musste nicht lange überlegen, was er tun wollte und so hatte er Wang mit all seiner Überzeugungskraft überredet, das *Bureau* zu ihnen nach China einzuladen. Dieser hatte zwar entgegnet, dass sie als Unsterbliche über solch profane Dinge wie Rache doch erhaben sein sollten. Doch auch ihm war die geheimnisvolle Gräfin in den gemeinsamen Jahren ans Herz

gewachsen, also hatte er zugesagt. Schließlich war sie mehr als nur eine Mentorin für sie gewesen, sondern auch Inspiration und Quelle für ihre Forschungen.

Jin lachte auf. „Stell dir vor, wie ihr Geist hier durch die alten Mauern spukt."

Wang schaute sich im Saal um, der viel zu groß für die beiden einzigen Gäste des riesigen Bauwerks war. Er stellte sich vor, wie sich eine halbtransparente Gräfin Bathory in einem ihrer blutroten Kleider aus dem Kamin heraus manifestieren würde. „Ja das wäre eine tröstliche Vorstellung." Dann schwiegen sie wieder.

Etwas später begann es draußen zu dämmern und die sonst so farbenfrohen Teppiche und Wandvorhänge verblichen zu düsteren Grautönen. Wie auf ein geheimes Signal hin blickten sie sich tief in die Augen. Die gegenseitige Vertrautheit von Jahrzehnten im gemeinsamen Dienst einer Idee, die alle Vorstellung sprengte, knüpfte ein unsichtbares Band zwischen ihnen. Sie hatten sich auch ohne Worte viel zu sagen: ›Es ist beschlossen.‹

„Es ist soweit", sprach Jin es schließlich aus.

„Du hast recht. Also machen wir's."

Mit dem letzten Schluck im Glas stießen sie nochmals an und besiegelten das Ende der Welt, wie sie es bisher kannten.